SPICA

7. Auflage, 2022

Gesamtherstellung: Spica Verlag GmbH
Umschlagillustration und Vignetten: Otto Sander Tischbein
Printed in Europe
ISBN 978-3-943168-06-8

Micha H. Echt

Der Cara WAHN kommt selten allein

www.spica-verlag.de

... all denen,
die an dieses Projekt geglaubt
und mich immer wieder ermutigt haben ...

Messetücken

1

Schwindelfingen im Herbst

Die Nachricht schlug ein wie eine Bombe!
Lehman Brothers Inc. ist pleite!
Eine der weltgrößten Banken zahlungsunfähig!
Oberamtsrat Klaus Dipendenti schüttelte den Kopf. Es war schlimmer als gedacht, viel schlimmer! Dipendenti beobachtete täglich die Börsenwerte und studierte den Dax online auf dem Rathauscomputer. Es war beängstigend! Die weltweite Finanzkrise schien in diesen Wochen, den letzten Wochen des Jahres 2008, förmlich mit den Händen greifbar zu sein. Klaus hatte studiert, Klaus war Beamter und er konnte die Zeichen der Zeit erkennen. Noch schien im kleinen Schwindelfingen alles ruhig zu sein, aber er wusste, dass Oma Hilde schon weniger Marmelade eingekocht hatte.
„In schweren Zeiten gibt es kein süßes Leben", lautete ihre Antwort auf seine Frage. Und Oma Hilde musste es wissen. Der letzte kleine Tante-Emma-Laden hatte Ende des Sommers für immer geschlossen und der Rundfunkladen nebenan verkaufte immer weniger Fernsehgeräte. Der Mann im Geschäft meinte, es läge an den großen Märkten und den Billigangeboten vom Kaffeehaus Bohne, aber ist es wirklich so? Ist nicht doch die Krise schuld? Ist sie nicht an allem schuld?

Klaus wusste genau, was auf sie zukommen würde. Seine Beobachtungsgabe war gut, er analysierte haarscharf und genau, verglich alle Fakten und fällte Entscheidungen. Dafür war er bekannt. Schnelle, klare Entscheidungen bei ausreichend Hintergrundwissen.
Legendär sein Entschluss aus dem Jahre 1997, als er bereits neun Wochen nach Antragseingang die Befestigung eines Pkw-Stellplatzes mittels Rasengittersteinen genehmigte. Ohne weitere Auflagen! Hintergrundwissen, Information und Intuition waren wichtig im Leben eines Beamten und nur Klaus wusste, dass es sich damals um den Stellplatz von Oma Hilde handelte. Aber das waren alte Geschichten, jetzt galt es mit offenen Augen der Krise zu begegnen, den Gürtel enger zu schnallen und ein Programm aufzustellen, womit er und Gertrude diese Zeiten überstehen würden.
Er brauchte ein Sparprogramm! Aber wo fängt man an? Sicher, Klaus könnte Gertrude ab sofort zum Discounter schicken, aber wollte er das wirklich? Klaus machte sich viele Gedanken. Jeden Morgen nach dem Studium des Schwindelfinger Boten nahm er sich genau sechzig Minuten Zeit zum Nachdenken. In den letzten Wochen hatte er viele Möglichkeiten entwickelt und ebenso viele Ideen wieder verworfen, aber dann kam die Rettung. Genau betrachtet kam seine Sekretärin, Isolde Cabra. Wie in jedem Jahr verabschiedete sie sich in den Silvesterurlaub und Klaus fragte aus purer Höflichkeit, wohin es denn diesmal gehen würde.
„Karibik, drei Wochen Sonne pur“, flötete sie zurück, drehte sich um und rauschte davon.
Und bei Klaus machte es Pling! Schlagartig wurde ihm klar, wo gespart werden konnte, und schon am nächsten Adventssonntag kramte er die Rechnungen seines Reisebüros heraus, kontrollierte die letzten fünf Jahre und war schockiert!

Campingchef Marcus Bolso prostete seinem Gegenüber, Klempnermeister Fritz Kleineplumber, zu und trank genüsslich sein Pils. „Wir sind uns also einig?“, fragte Marcus noch einmal nach. Kleineplumber antwortete nickend: „Jo, gleich im Januar fange ich an.“ Auch Klempner Fritz Kleineplumber war gut gelaunt, hatte er doch gerade einen dicken Auftrag an Land gezogen. Es war gut, dass er sich auf die Solartechnik eingelassen hatte. Sein Slogan „Die Sonne schreibt keine Rechnungen“ machte sich wieder einmal bezahlt. Dabei wusste er genau, dass es sich für die meisten seiner Kunden finanziell überhaupt nicht lohnte, Solar zu installieren. Für Kleineplumber schon und für die Umwelt auch. Und für Marcus Bolso.
Campingchef Bolso hatte haargenau nachgerechnet und wollte seine Warmwasserbereitung auf Solartechnik umrüsten. Die Preise waren im Moment so günstig wie nie. So eine Krise hat eben auch ihre guten Seiten.
Die beiden Männer bestellten sich noch ein Bier.

Klaus Dipendenti hatte ebenfalls gerechnet und konnte es kaum glauben. Die letzten fünf Jahre Urlaub hatten ihn sage und schreibe 13.500,00 Euro gekostet, das waren in D-Mark 26.403,30! Dabei waren die Angebote des Reisebüros „Tartarinada“ günstig, jeweils drei Wochen für immer knapp 1.500,00 Euro. All inclusive, versteht sich.
Aber da waren dann noch Ausflüge, Leihwagen, Sonnenschirme, Strandliegen, Sonnencreme, günstige Markenartikel, Schmuck, Andenken und der allabendliche Abstecher an die Bar. Klaus schüttelte den Kopf und wusste genau: Sein Sparprogramm heißt Urlaub!
Gerade gestern erst stand es wieder im Schwindelfinger Boten, das Reiseland Deutschland liegt voll im Trend – und von

Schwaben aus war es ja nicht weit bis Deutschland. Klaus rieb sich die Hände, er hatte seine persönliche Krisenlösung gefunden!
In der Woche vor Weihnachten war nicht viel los und die Aktienkurse brauchte er nicht mehr zu kontrollieren. Klaus nutzte die Zeit zum Planen. Er suchte online, studierte Zeitschriften und fragte unauffällig im Kegelklub. Das günstigste Angebot in Deutschland lag bei unglaublichen 8 Euro pro Person und Tag, natürlich mit Selbstverpflegung, natürlich mit eigenem Zelt, natürlich mit eigener Anreise und natürlich auch mit deutschem Sommerwetter. Aber der Preis war unschlagbar.
Er atmete tief durch: Wir fahren zelten, back to the roots, Natur pur!

Marcus Bolso saß im Büro. So kurz vor Weihnachten war es auch bei ihm etwas ruhiger, die Buchführung war nahezu auf dem Laufenden, die Mitarbeiter allesamt im Urlaub und die Planung für die nächste Saison war fertig. Die neuen Preislisten waren gedruckt, Aufträge für die Handwerker erteilt und er selbst hatte die Arbeiten zum Verfliesen der neuen Hundedusche nahezu abgeschlossen.
Marcus saß am Schreibtisch und öffnete die Weihnachtspost. Zwei Gäste hatten Weihnachtskarten geschickt. Die Lieferanten beglückten ihn, wie in jedem Jahr, mit dem obligatorischen Kalender, eine Firma aus dem Süddeutschen wollte ihn mit einem Probefläschchen Trollinger Herzblut vom Biertrinker zum Weintrinker umerziehen und selbst seine Ex hatte ihm ein Kärtchen zukommen lassen. Auch das Finanzamt hatte an ihn gedacht und ihm, damit er ja nicht die fällige Steuerzahlung zum 10. Januar vergaß, einen netten Brief geschickt. Der letzte Brief, den Marcus öffnete, war von den Stadtwerken, auch die hatten ihn nicht vergessen und ihm

eine nette Mitteilung zukommen lassen: Preiserhöhung von Müll- und Abwassergebühr zum 1. Januar! Ja, dachte Marcus, so kann man auch durch die Krise kommen! Scheiße ist die echte Lizenz, um Geld zu drucken.
Und Planung ist Glückssache! Seine Preise standen fest, waren gedruckt und zementiert für das neue Jahr! Jetzt half nur eins, er brauchte mehr Umsatz, er brauchte mehr Gäste! Er musste Werbung machen.
Marcus musste zur Messe! Messe klang super, ja Campingmesse war geradezu ein Zauberwort. Er klemmte sich ans Telefon.

Der zweite Weihnachtsfeiertag in Schwindelfingen, und Klaus und Gertrude waren erledigt. Mit gut fünfzig war man eben doch nicht mehr so fit.
Heiligabend Karpfen blau, zuvor Kaffee und Kuchen mit den Enkeln und im Anschluss mit Nachbar Willi, dem Weihnachtsmann, den guten schottischen Whisky geleert.
Am ersten Feiertag das traditionelle Frühstück bei den Eltern der Schwiegertochter, dann Mittagessen bei Tochter und Schwiegersohn und am Abend Rotwein und Sauerbraten. Zwischendurch, wie in jedem Jahr, noch zu Oma Hildes Kaffeekränzchen auf dem Dorf. Und das alles war nur das Warm-Up, am zweiten Feiertag kam traditionell Gertrudes großer Auftritt. Gänsebraten à la Oma Hilde und am Nachmittag echte Schwarzwälder Kirschtorte, mit reichlich original Kirschwasser.
Die Familie war begeistert und Kinder nebst Enkelkindern wie wild am Schwärmen; komisch nur, dass sofort nach dem Kaffee alle verschwunden waren. Nur Klaus und der Abwasch waren geblieben. Aber Klaus hatte Glück, an Weihnachten machte Gertrude die Küche allein.

Er ließ sich seinen Plan noch einmal genau durch den Kopf gehen, alles war gut durchdacht und generalstabsmäßig organisiert. Er würde nach dem kleinen Spaziergang durch den Stadtpark den perfekten Abend gestalten. Klaus war professionell vorbereitet. Er hatte die Fotoalben mit den Urlaubsbildern der letzten Jahre herausgesucht. Die Bilder mit dem Schimmel im Hotelbad, den Mietwagen mit der Riesenschramme auf der Beifahrerseite und natürlich auch die Bilder vom Pool ohne Wasser. Sein Plan war einfach genial, denn die Bilder aus den ersten Jahren waren auch dabei. Klaus am Angelsee mit seinem Zelt, Klaus am Nürburgring mit Zelt, Klaus mit seinen Freunden im Zelt auf Klassenfahrt. Die Bilder aus der Studentenzeit hingegen hatte er im Schrank gelassen. Auch auf denen war Klaus zu erkennen, auch das Zelt und seine Freundin war mit drauf – aber die hieß damals nicht Gertrude.
Für den Abend hatte Klaus einen guten Trollinger aufgemacht und zum Atmen in die Kammer gestellt. Alles war perfekt. Heute Abend, nach dem traditionellen Weihnachtsspaziergang, würde er sein Camping-Spar-Projekt bei Gertrude starten.

Weihnachten an der Nordsee ist für Marcus Bolso die schönste Zeit. Dieses Jahr ist es richtig kalt, in den letzten beiden Nächten ist die Temperatur sogar unter den Gefrierpunkt gefallen, und die Luft ist so klar, dass man meint über das ganze Meer blicken zu können. Jetzt ist es in Weeldewarft fast einsam und eine wunderbare Ruhe liegt über dem Dorf. Es gibt kaum Gäste, der Campingplatz ist geschlossen und Marcus hat endlich Zeit zum Ausschlafen und an den Strand zu gehen. Selbst das Telefon bleibt still an diesen Tagen. Die meisten Gäste dachten ohnehin, dass Marcus den

ganzen Winter in der Südsee verbrachte, um die Millionen vom Sommer zu verbraten.
Marcus hingegen dachte daran, dass seine Mitarbeiter jetzt wirklich im Urlaub waren. Das ganze Restaurant zu Hause in Italien, die Reinigungskräfte zu Hause in Polen und sein Platzmeister, wie jedes Jahr, im Skiurlaub.
Er selbst indes hatte die letzte Woche genutzt und zwei Kollegen überzeugt, mit ihm zur Campingmesse nach Stuttgart zu fahren. Bolso sah schon die Überschrift am Messestand prangen: „Die Nordsee – Deutschlands schönste Campingplätze". Seine Kollegen Hein und Jens hatten große Fotos und ein paar Grünpflanzen zur Dekoration besorgt.
Das Sommergeschäft wird in diesem Jahr brummen wie noch nie! Marcus war total optimistisch. Er brauchte nur noch bei der Messegesellschaft die Standplätze mieten, drei Hotelzimmer buchen und schon in ein paar Tagen konnte ihr Auto mit den Glanzprospekten beladen werden.

Es hatte geschneit in Schwindelfingen. Weihnachten mit Neuschnee war märchenhaft schön und Gertrude stapfte mit Klaus durch den tief verschneiten Park. Es war noch nicht geräumt, der Pulverschnee lag wie Watte auf den Bäumen, und Klaus fand es einfach wunderbar. Gertrude dagegen meinte, es wär ä Schweinerei, nicht mal an Weihnachten fegen die die Strass! Auf den Gehsteigen war es auch tatsächlich glatt und Klaus schaffte es drei Mal, gerade noch im letzten Moment, einen gemeinsamen Sturz zu vermeiden. Letztendlich schafften sie es aber ohne größere Ausrutscher wieder zurück nach Hause.
Weihnachten war so friedlich. Die vier Kerzen am Adventskranz brannten, die teure Edeltanne verbreitete Gemütlichkeit im Raum und Nadeln auf dem Teppich. Klaus lächelte

Gertrude an und hob sein Glas. Er hatte zwei Viertele Trollinger eingeschenkt und prostete ihr zu.
Ihr aber kam das langsam komisch vor, irgendetwas stimmte hier nicht! Was sollte das werden? Der Fernseher lief nicht und ihre Lieblings-CD war eingelegt. Und warum hatte Klaus die alten Bilder hervorgekramt?
Klaus aber war sich sicher, sein Plan war perfekt! Er erzählte von Oma Hildes Marmelade, von der Aktienkrise, von seinen Berechnungen ihrer letzten Urlaubsbudgets und er zeigte Gertrude die alten Fotos. Die ersten noch in Schwarz-Weiß; sein Zelt, sein Angelurlaub und sogar die Nordsee. Er schwärmte von den guten alten Zeiten am Meer, malte fantastische Urlaubsbilder in den Raum und erklärte am Ende, dass es für Gertrude und ihn nur einen einzigen Weg gab, die Krise zu überstehen. Sie müssen zurück zur Natur, zurück zum Campingurlaub!
Gertrude sah ihn entgeistert an. Irgendwo zwischen Schock und Entsetzen flüsterte sie ganz ruhig: „Alter, du spinnst! Nie im Leben krieche ich in ein Zelt!"
Klaus stutzte, Gertrude schien nicht wirklich begeistert zu sein. Hatte er etwas falsch gemacht? Nein! Er glaubte fest an seinen Plan und so einfach ließ sich ein Oberamtsrat nicht aus der Spur werfen.
„Stell dir doch einfach nur vor, wie schön es ist, morgens am See zu erwachen, frische Weckle mit Honig und Marmelade in der Sonne zu genießen", versuchte er es erneut.
„Ja", meinte Gertrude, „und die Luftmatratze schwimmt im Zelt, weil es die ganze Nacht geregnet hat, ich gehe mit zwanzig wildfremden Frauen in die Gemeinschaftsdusche, von denen neunzehn im Alter meiner Tochter sind! Nein, wir fahren in den Süden, lass es gut sein und buch uns eine Kreuzfahrt!"

Doch Klaus wollte keine Niederlage, nicht zu Weihnachten, nicht im neuen Jahr und schon gar nicht bei der Bekämpfung der weltweiten Finanzkrise. Er schwärmte weiter von der Möglichkeit, ganz individuell im Jogginganzug Urlaub machen zu können, nicht schon zum Frühstück im Anzug essen zu müssen und – statt am Hotelpool um Liegestühle zu kämpfen – direkt vom Zelt zum Strand zu gehen. Klaus erzählte von Kanutouren und von den Riesenfischen, die er beim Zelten schon geangelt hatte. Dass es damals mehr Bier als Fische gab und dass dabei statt der Stühle nur Bierkisten benutzt wurden, ließ er einfach unerwähnt.
Klaus gab sich wirklich Mühe und warb für das Unternehmen Camping in den schillerndsten Farben. Aber Gertrude blieb stur bei ihrem Nein. Zwei Stunden lang, dann gab sie ihre erste Verteidigungslinie auf und lenkte ein. „Klaus", sagte sie, „weil heute Weihnachten ist, das neue Jahr bald beginnt und ich nicht streiten möchte - wir können uns ja mal so einen Wohnanhänger ansehen. Aber in ein Zelt krieche ich auf keinen Fall!" Sie erklärte ihm, dass es für sie unter Umständen sogar vorstellbar wäre, mit einem festen Bett, einer kleinen Küche und einer eigenen Toilette einen Kurzurlaub auf einer dieser feuchten Zeltwiesen zu machen.
Instinktiv spürte Klaus, dass er heute Abend nicht mehr weitermachen sollte. Ein guter Oberamtsrat schätzte die Lage immer richtig ein. Er nickte verstehend und schenkte Gertrude noch von dem vorzüglichen Trollinger nach.

„Zwischen den Jahren ..." Das war auch so ein Begriff! Als ob in diesen Tagen die Welt still stehen würde. Am Telefon hörte er bei jeder zweiten Nachfrage: „Die Kollegen sind zwischen den Jahren nicht im Hause, rufen sie doch am 2. Januar wieder an." Es war zum Mäusemelken, warum

konnten es sich große Firmen leisten, ihren Service in den Weihnachtsurlaub zu schicken?
Marcus saß am Schreibtisch seines Campingplatzes und sah durch das Fenster das Eingangsschild im Winde wehen – „Campingplatz Watt'n Blick".
Das Wetter war genauso trüb wie seine Stimmung. Er saß am Telefon und rieb sich die Augen, nein, er wollte das Hotel nicht kaufen, er wollte nur ein Zimmer mit Bett mieten. Wie lange sollte er denn schlafen, um 140 Euro pro Nacht abzuwohnen? Welcher spezielle Service war in diesem Preis enthalten? Und 140 Euro pro Nacht war noch das Günstigste, was er finden konnte, alles schien ausgebucht. „Messezeit", war der schlichte Kommentar, den er immer wieder hörte. Die spinnen, die Römer, dachte sich Marcus, nachdem er schweren Herzens drei Hotelzimmer gebucht hatte. Drei Zimmer für sich und seine beiden Messebegleiter. Die 140 Euro summierten sich bei zwölf Nächten auf die utopische Summe von 1.680 Euro, aber das war immer noch besser, als sich mit Hein und Jens ein Zimmer teilen zu müssen.
Am Nachmittag versuchte Marcus erneut, mit der Messegesellschaft Kontakt aufzunehmen, und tatsächlich, es war jemand erreichbar. Eine nette Stimme, eine nette Frauenstimme am anderen Ende der Republik versuchte ihm in nahezu unverständlichem Dialekt klarzumachen, dass die Messe bereits ausgebucht sei. Marcus wollte es nicht glauben, sie hatten schon für ein paar Hundert Euro Zimmer gebucht, Poster drucken lassen, Grünpflanzen zur Dekoration gekauft – und nun sollte nichts mehr frei sein?
„Sie haben doch so viele Hallen, Hunderte von Ausstellern, und da ist keine Ecke für unsere Campingplätze mehr dabei? Geben Sie Ihrem Herzen einen Stoß, lassen Sie doch einfach noch einmal Ihre hübschen Augen über alle Listen fliegen",

versuchte Marcus zu flirten. In den Hallen für Aussteller aus Deutschland sei wirklich nichts mehr frei, machte ihm die Dame von der Messe deutlich, nur am Rande der Europahalle sei noch eine kleine Fläche frei, ein Aussteller sei wegen der Finanzkrise kurzfristig abgesprungen, 20 Quadratmeter mit Rückwand und Verkaufstresen für nur 2.500 Euro, ein echtes Schwabenschnäppchen. „Ein Schnäppchen?" Marcus verstand überhaupt nichts mehr. Aber er hatte keine Wahl. Seufzend stimmte er zu und die nette Stimme erklärte ihm, dass die 2.500 Euro natürlich netto seien. Zuzüglich Mehrwertsteuer. Natürlich, dachte Marcus, und schluckte zum wiederholten Mal an diesem Tag, aber seine Partner Jens und Hein und er selbst waren wild entschlossen! Die Preiserhöhung der Stadtwerke musste abgefangen werden! Koste es was es wolle!

Der erste Tag nach Weihnachten und der Briefkasten war wieder voll mit Werbung! Diese Konsumgesellschaft versuchte jeden Kunden in den Wahn zu treiben und Klaus wunderte sich wieder einmal, wer das alles kaufen sollte! Die Möbelhäuser machten Jahresendaktionen, Teppichlager-Auflösungs-Veranstaltungen lockten mit Riesenrabatten, es gab Riesenflachbildfernseher für alle, die doch nicht blöd sind, und Messeinladungen. Messeinladungen? Messeinladungen zur CMT, zur Caravan-Motor-Touristik nach Stuttgart.
Der Wohnwagenhändler Angle hat eine große Ausstellung in Halle 77 und eine noch größere Werbung in der Zeitung! Bei Klaus stellte sich ein Lächeln ein, manchmal war Werbung doch zu etwas gut. Er ging in den Keller und holte einen Trollinger für den Abend.
Nach dem Essen ließ er den Fernseher aus, stellte die guten Gläser auf den Tisch und schenkte Gertrude und sich selbst

ein „Viertele“ ein. Wie zufällig studierte er die Zeitung und las Gertrude das eine oder andere vor, um dann, ganz zufällig, die Werbung vom Wohnwagenhandel Angle zu finden. „Meine Liebe“, begann Klaus, „unser Campingurlaub beginnt schon nächste Woche!“
Gertrude runzelte die Stirn und zum Glück konnte Klaus nicht sehen, was sie gerade dachte. Er aber präsentierte die bunte Werbeseite mit den schicken Wohnwagen und erklärte seine Idee: „Lass uns am Freitag nach Stuttgart fahren, ich nehme mir frei – und vielleicht können wir ja gleich am Eröffnungstag ein Schnäppchen machen.“
Klaus schwärmte in bunten Bildern und schillernden Farben, Gertrudes Gesicht glättete sich langsam bis hin zu einem kleinen Lächeln und beim zweiten Gläschen willigte sie ein, ihn nach Stuttgart zu begleiten.
Klaus hatte den Einladungsprospekt intensiv studiert, es gab tolle Angebote was die Ausstattung betraf, aber er fragte sich, ob diese Wohnwagen aus Gold geschnitzt wurden. Die Preise lagen in Dimensionen, an die er überhaupt nicht gedacht hatte, und es gab Fachbegriffe bei denen er nicht einmal ahnte, worum es sich handeln könnte.
Je mehr Klaus im Prospekt blätterte, desto mehr Fragen hatte er. Caravan und Motorcaravan, Faltcaravan, Wintervorzelt, Mover, Vorlegekeil, Antischlingerbremse, Kederleiste, Alkoven, Dinette, Kassettentoilette, Teilintegrierter, Bordstrom, Sandwichbauweise, Flachbodenchassis und, und, und. Ihm schwirrte der Kopf. Begriffe wie Barzahlungsrabatt, Finanzierung und Messerabatt sagten ihm allerdings schon deutlich mehr.
Nach einigen Tagen Studium, so zwischen den Jahren hatte man ja Zeit, wusste Klaus schon besser Bescheid. Er kannte verschiedene Toiletten- und Abwassersysteme, die Un-

terschiede in den Bordküchen und auch die verschiedenen Qualitäten der Betten. Für ihn stand nicht nur fest, dass er mit Gertrude zur CMT fahren würde, er wusste auch schon wohin: Halle 77 Stand C4711, und wenn sie schon mal da waren, so machte er Gertrude beim Kaffee am Nachmittag klar, dann konnten sie sich auch schon mal nach schönen Zielen für ihre Campingreise umsehen. Ihm würde ja eine Fahrt in die Eifel am besten gefallen.

Der Tank war voll, der Anhänger gut gefüllt. Prospekte, Souvenirs, Geschenkartikel, Poster, Grünpflanzen, Kaffeemaschine, Klappstühle, Getränke und die frischen Hemden für jeden Tag waren im Transporter verstaut. Alles war bereit für die Operation Campingmesse.
Bolso hatte sich extra zur Messe einen neuen Anzug von Bugatti und vom gleichen Label passende Schuhe und Krawatten gekauft. Er war wirklich bestens vorbereitet. Gestern Abend hatte er vor dem Spiegel den Anzug mit einer der neuen Krawatten anprobiert und festgestellt, dass so ein feiner Zwirn aus ihm einen völlig neuen Menschen machte. Er, der sich sonst nur in engen 501 und weißem Shirt über den Campingplatz bewegte, sah plötzlich aus wie ein Kaffeedesigner bei Starbucks, nur entschieden besser.
Die kurzen hellblonden Haare und die stahlblauen Augen bildeten einen guten Kontrast zum anthrazitfarbenen Anzugstoff und zu seiner rot mattierten Prada-Titan-Brille. Erst die Brille machte aus dem Kaffeedesigner einen coolen Typen und sein noch immer flacher Bauch trug ebenfalls zu diesem Gesamtkunstwerk bei.
Aber das war gestern Abend. Jetzt fuhr Marcus in einer weiten Kurve vom Campingplatz auf die Straße und lenkte den Wagen in Richtung Nachbarort. Auf dem dortigen Camping-

platz bugsierte er Jens und Hein sowie deren Koffer in den Bully und dann ging es ab in Richtung Süden.
Normalerweise waren sie ja erbitterte Konkurrenten, aber auch den beiden waren kurzfristig die Preise von den Stadtwerken erhöht worden und somit saßen sie nicht nur im gleichen Boot, sondern auch im gleichen Auto. Zügig ging es auf die Autobahn, Marcus saß am Lenkrad und sein Beifahrer Hein spielte mit dem „Autoatlas-auf-dem-Schoß-Navigationsgerät".
Jens hatte es sich auf der Rückbank bequem gemacht und faltete Preislisten und Prospekte. Seine Listen waren gerade erst fertig geworden und bis Stuttgart musste er davon dreitausend Stück gefaltet und zusammengelegt haben.
Der Verkehr rollte, das Wetter hielt sich an die Vorhersage und es gab weder Schnee noch Eis auf der Autobahn. Das Wetter war sogar so gut, dass die Autobahnmeisterei Pflegearbeiten durchführen konnte. Mäharbeiten mitten im Winter! Schon nach zwei Stunden Fahrt standen sie im Stau. Eingekeilt zwischen einem Lkw und – natürlich – einem Wohnmobil. Dann ging es plötzlich weiter, der Verkehr rollte an und trotz einer Mittagspause im amerikanischen Restaurant „Zum Goldenen M" waren die drei Campingchefs schon nach elf Stunden Fahrtzeit in Stuttgart angekommen. Navigator Hein hatte sie sicher zum Eingang der Messe geführt – leider zum falschen!
Die freundliche Dame am Eingang erklärte ihnen, dass sie zum Eingang 73B müssten. „Des isch hopfaleicht", beschrieb sie den Weg, man bräuchte nur einmal um das Messegelände zu fahren und dann gleich die dritte Einfahrt nehmen. „Kein Problem", meinte Marcus und wendete geschickt. Die Ausfahrtstraße führte zweispurig und ohne Abzweig direkt zurück auf die Autobahn. Abbiegen unmöglich! Er fuhr die

nächste Abfahrt wieder runter, drehte und hetzte auf der Gegenspur zurück: „Ausfahrt Messe wegen Überlastung gesperrt!“, also noch eine Ausfahrt weiter und dann den Schildern nach in Richtung Messe.
Parkplatz 1, Parkplatz 2, Tor 5, Tor 9, Eingang 35, 36, aber kein Hinweis auf 73B! Endlich, eine gefühlte Stunde später, ein kleines Tor, ein noch kleineres Schild: “Eingang 73B“. Davor ein Gefängniswärterhäuschen, eine grimmig dreinblickende Wärterin, und auf die freundliche Frage nach Einlass antwortete sie ebenso freundlich: „200 Euro Kaution! Sie haben zwanzig Minuten Zeit zum Ausladen, wenn nicht, behalten wir die 200 Euro ein!“ Sie notierte auf dem Parkschein akkurat und gewissenhaft die genaue Uhrzeit und zeigte ihnen den Weg zur Halle sechs.
Aber, wo war Stand H6-08/15? Dann, gar nicht schlecht positioniert, direkt am Durchgang, blauer Teppich, blaue Schrift: „Die Nordsee – Deutschlands schönste Campingplätze“; Stand H6-08/15. Nur Parken war in der Nähe unmöglich, also ran an die Sackkarre. Prospekte, Klappstühle, Kaffeemaschine, Plakate und die Grünpflanzen raus aus dem Anhänger und rein in die Halle. Marcus, Hein und Jens wurde zum Abend noch mal richtig warm. In letzter Minute schwang Marcus Bolso sich wieder hinter das Lenkrad und eilte zurück zum Eingang 73B, was nun der Ausgang war. Die Wärterin im Häuschen entpuppte sich plötzlich als eine ganz nette: „Sie hädde ruhich noch paar Minude bleibe könne, so genau isch das mit die zwanzig Minude nich.“
Ja, dachte Marcus, aber wer weiß das schon?
Er machte sich auf in das Gewirr der Nebenstraßen und fand keine Viertelstunde später einen Parkplatz, ganz in der Nähe des Messegeländes. Jens und Hein hatten zwischenzeitlich Poster an die Wände geklebt, die Kaffeemaschine angeschlos-

sen und die Kartons mit Prospekten und Werbeartikeln verstaut. Leider wurde der Strom erst am Messetag zugeschaltet, also mussten sie ohne Kaffee ins Hotel.
Die Zimmer machten einen soliden Eindruck und nach einem zweistündigen Test konnte das Campingteam aus dem Norden auch die Hotelküche und den Tresen mit dem Prädikat gut bewerten.

Messe Stuttgart und Tausende von Menschen standen schon vor Beginn der Urlaubsmesse am Eingangstor. Gertrude hatte gesagt: „Entweder richtig oder gar nicht!“, und somit standen auch Klaus und Gertrude schon eine halbe Stunde vor Öffnung am Haupteingang mitten in der Menge, neugierig auf das, was ihnen diese neue Campingwelt bringen würde. Ausgestattet mit Hallenplan, Ausstellerverzeichnis, Werbeflyern und online gekauften Eintrittskarten waren sie bereit für das Abenteuer Campingmesse.
Die Tore gingen auf, die Menge bewegte sich und langsam ging es voran zur Eingangshalle, sehr langsam. Den Grund bemerkten Klaus und viele andere leider viel zu spät. Online gekaufte Karten konnten nur an den Schaltern 1 bis 6 entwertet werden, aber er stand mit Gertrude an Schalter 9. Sie stellten sich noch einmal an und einige Minuten später standen sie orientierungslos zwischen geschätzten zehntausend Wohnwagenmodellen!
Ohne Rücksicht auf seinen exakt aufgestellten Zeitplan schlüpfte Klaus in den ersten besten Wagen und zerrte Gertrude hinterher. Himmelblaue Einrichtung, quittengelbe Gardinen und ein riesiges Bett bestimmten den ersten Eindruck. Nur warum war das Bett so hoch? Klaus sah sich um und entdeckte tatsächlich einen Berater im dunklen Anzug. „Sie“, ging Klaus auf ihn zu, „sagen Sie, warum ist das Bett so hoch?“

Der Verkäufer lächelte, hatte er doch ein potenzielles Opfer entdeckt.
„Dieses Modell hat eine besonders große Garage für Motorräder im Heck, das Bett ist direkt über der Garage angeordnet, dadurch können Sie den Innenraum bis zum Cockpit besser nutzen."
Cockpit?, dachte Klaus, ich will doch nicht fliegen! Er drehte sich um und sah erst jetzt, dass er in einem Wohnmobil gelandet war. Lenkrad, Fahrersitz und Frontscheibe hatte er komplett übersehen. Er wollte doch nur einen Wohnanhänger für sein Auto, nein, hier war er falsch. Er stürmte aus dem Fahrzeug, Gertrude entschuldigte sich schnell beim Verkäufer und eilte Klaus hinterher in die nächste Halle.

Marcus standen die Haare zu Berge, irgendwie schien es ihm, als würden alle zum ersten Mal auf einer Messe sein. Die Steckdose für die Kaffeemaschine funktionierte nicht, das Licht für den Messestand blieb dunkel – und niemand war zuständig. Er eilte von der Messeleitung zum Hallenmeisterbüro und schwitzte in seinem neuen Anzug wie in einem Astronautenskaphander. Hein dagegen sah in seinem Anzug aus wie ein zu alt gewordener Konfirmand, während Jens schon deutlich feuchte Stellen unter den Armen hatte. Ihm waren über Nacht die Poster von der Wand gefallen und so durfte er gleich am frühen Morgen einen Extraeinsatz starten.
Endlich, die ersten Besucher waren schon in der Halle, kam der Elektriker der Firma Messeblitz, um die Sache mit dem Strom in den Griff zu bekommen. Er öffnete eine Bodenklappe, legte einen Schalter um und es wurde Licht.
„Sie hätten Elektroenergieversorgung auf Ihrem Anmeldeformular ankreuzen müssen", sagte der Fachmann vorwurfsvoll

zu Marcus, „Sie haben nur Steckdose und Licht angekreuzt, diesen Auftritt hätten wir uns sparen können!“
Ohne weiteren Kommentar drehte er sich um und ging zum Nachbarstand. Auch dort war es noch verdächtig dunkel.

Fassungslos stand Gertrude in der Halle, warum um Himmels willen waren hier alle Wohnwagen dieser Welt aufgestellt? Wie sollten sie hier jemals das richtige finden? Klaus aber lächelte, zückte seinen Plan, sagte nur: „Halle 77/C4711“ und drehte sich nach rechts. Wenn Gertrude ihm nicht sofort hinterhergeeilt wäre, hätte sie ihn wohl niemals wiedergesehen. Die Halle 77 war schnell gefunden, aber den Messestand mit der Nummer C4711 gab es nicht! Es gab nur große und kleine Wohnwagen, weiße, silberne, graue, beige, mit einer Achse, mit zwei Achsen, mit ... Klaus war schlichtweg ratlos. Gertrude aber hatte einen süßen Wagen in Zartblau gefunden und dieses Mal war sie es, die nach vorne eilte.
Schon stand sie im Wagen und schaute zur Sicherheit gleich nach vorn, nein, ein Cockpit gab es nicht, dafür aber eine kuschelige Sitzgruppe direkt am Fenster. Die Polster waren hell und freundlich und Gertrude rutschte in die bequeme Sofaecke. Sie schaute sich um, Möbel in Mahagoni, weiße Teppiche und schicke kleine LED-Leuchten über der Küche. Überhaupt – die Küche! Interessiert sah sie genauer nach: Kühlschrank, Tiefkühler, Backherd und Mikrowelle; ein Traum in Edelstahl mit supermodernem Cerankochfeld. Sie war schlichtweg begeistert.
Klaus indes stand noch vor dem Wagen und unterhielt sich mit dem Berater. Warum heißen Verkäufer auf der Messe eigentlich Berater? Egal. Der Wagen sei ein Schnäppchen, erklärte der junge Mann. Es wäre das erste Modell der neuen Blue-Line-Elegance-Super-Nova-Style-Serie und würde zum

Messeende zum Werkspreis abgegeben. Trotz des enorm günstigen Preises könne der Caravan, denn so nennt man heutzutage Wohnwagen, also trotz des einmalig günstigen Preises könne der Caravan selbstverständlich auch finanziert werden, argumentierte der Verkäufer. Nur 299 Euro jeden Monat und schon können Sie den Wagen nächste Woche mit nach Hause nehmen, strahlte der Berater.
Klaus fragte fachmännisch wie der geborene Geschäftsmann: „Und wie lange gehört der Wagen Ihrer Bank?"
„Sechsundneunzig Monate", meinte der junge Mann nun deutlich leiser.
„Acht Jahre?", fragte Klaus.
„Was sind schon acht Jahre", meinte der Verkäufer, „keine 300 Euro im Monat, und Sie können acht Jahre lang Urlaub machen."
Klaus hüstelte leicht, wenn das hier ein Schnäppchen war, was gab es dann hier noch? Aber er bekam sich schnell wieder in den Griff, ließ sich vom Verkäufer Karte und Standnummer geben und gab ihm zu verstehen, dass er im Laufe des Tages noch einmal vorbeikommen werde. Derweil könnte er sich ja einige Extras überlegen, um ihm die Sache etwas schmackhafter zu machen.
Arm in Arm machten sich Klaus und Gertrude wieder auf die Suche nach dem Aussteller mit der Nummer C4711. Warum eigentlich hatten sie sich gerade den Wohnwagen C4711, oder wie sie jetzt wussten, diesen Caravan C4711 vorgemerkt?
Am anderen Ende der Halle entdeckte Klaus plötzlich die Mauern einer mittelalterlichen Burg, hinter der Mauer wiederum Caravan an Caravan und auch motorisierte Caravans, also Wohnmobile. Im Vorbeigehen schaute Klaus mal eben so auf die Preisschilder und fragte sich, ob nur Millionäre so eine Campingmesse besuchten, gut, dass Gertrude und er

schon zu Hause eine Vorauswahl getroffen hatten. Ein gutes Auto hatten sie schließlich und so brauchten sie nur noch den dazu passenden Wohnanhänger.
Im Kontrast zu den alten Mauern standen in der mittelalterlichen Burg moderne Wohnwagen dicht an dicht und ganz in der Mitte stand das ersehnte Schild mit der Aufschrift C4711. Gertrude aber hatte etwas anderes entdeckt, ihr Blick war auf einen tollen Wagen mit Fenstern bis zum Boden gefallen.
„Klaus, schau nur, ein ganzer Bungalow auf Rädern."
Klaus nickte dezent und zeigte unauffällig auf das TOP-Angebot-Preisschild im Wagenfenster.

Hein und Jens waren mal eben Kaffee trinken. Campingchef Bolso stand allein am Messestand und ihm gegenüber etwa eine Million Menschen, die ihn mit Fragen bestürmten.
„Wann ist jeden Tag Ebbe?"
„Gibt es an der Küste gefährliche Fische?"
„Kann man angeln?"
„Welche Fische beißen am besten?"
„Welcher Flughafen ist am nächsten?"
„Gibt es im Winter ein Hallenbad?"
„Wie hoch sind die Deiche und sind die auch sicher?" und
„Warum gibt es Inseln und Halligen?"
Diese und tausend andere Fragen prasselten im schönsten Schwäbisch auf Marcus hernieder. Er gab sich wirklich Mühe, alle Fragen zu beantworten, und merkte schnell, dass man hier und da auch mal eine kreative Antwort brauchte, um die Fragesteller zufriedenzustellen.
Endlich, er hatte schon nicht mehr daran geglaubt, fragte auch mal jemand nach einem Campingplatz. Der Besucher wusste dann auch ganz genau, wohin er wollte: „Texel, das ist doch bei Ihnen?!"

„Najaaa", meinte Marcus, so in seinem langgezogenen Norddeutsch, „Texel ist nicht so ganz unser Terrain, wir sind doch eher östlich."
„Östlich?", fragte der Gast zurück und begann Marcus zu belehren, dass er nicht an die Ostsee wolle. Im Osten war er schon und es hätte ihm in Königsberg auch ganz gut gefallen, aber in diesem Jahr wollte er an die Nordsee fahren.
Dann kamen Jens und Hein zurück, nicht nur mit frischem Kaffee, sondern auch mit einer großen Deutschlandkarte im Gepäck. Mit einem dicken Stift markierten sie ihre norddeutsche Heimat und klebten die Karte an die Rückwand des Messestandes. Ganz links am Rande der Karte war sogar Texel zu erkennen.
Mit der Karte im Hintergrund wurde es wesentlich einfacher, den Messegästen ihre Herkunft zu verraten. Hein und Jens erzählten immer wieder, wie toll es war im Schlick, also im Watt, zu wandern und Marcus wurde nicht müde, den Gegensatz zwischen Wattenmeer und dem schlichten Sandstrand vom Messenachbarn Spanien zu erklären. Im Laufe des Tages ergab sich dann noch ein weiteres Argument für die Nordsee. Sie hatten festgestellt, dass die Menschen hier in Stuttgart über die gleichen Dinge lachen konnten wie die norddeutschen Deichbewohner und, so war ihr nächstes Argument, wenn sich alle Mühe gaben, könnte es sogar ohne Dolmetscher und Fremdsprachenkurs funktionieren.
Nationalpark Wattenmeer, Alte Liebe, Helgoland, Dänemark, Leuchttürme und Jugendherbergen; die Campingmänner gaben Auskunft zu allem, was den Norden ausmacht, und brachten ihre Prospekte unter die Leute.
Die Besucher der Messe transportierten vollgestopfte Taschen, Rucksäcke und Handwagen durch die Messehallen in Richtung Ausgang und Marcus Bolso versuchte gar nicht erst

sich vorzustellen, wie viel Urlaub man brauchte, um nur die Ziele abzufahren, die ein einziger Gast in seinen Tüten trug. Trotzdem gab er jedem auch noch seinen Campingflyer dazu und natürlich auch den von Hein und ebenso den von Jens. Auf einen Prospekt mehr oder weniger kam es bei den meisten Gästen wirklich nicht mehr an.

Tolle Farben machten den Caravan zum absoluten Hingucker, außen schick, innen alles hell und freundlich und im Heck stand ein frei stehendes Doppelbett, welches man von beiden Seiten erreichen konnte. Das wäre schon was für mich, dachte Gertrude, in unserem Alter muss Klaus ja nicht jedes Mal über mich hinwegsteigen, um ins Bett zu kommen. Der Wagen war der pure Luxus, geräumig, mit einem kleinen Bad und einem extra Raum für die Toilette, die Sitzecke war gemütlich, ein riesiger Flachbildschirm hing an der Wand und wie ihr der Verkäufer erklärte, würde sich die Satellitenanlage sogar automatisch auf die richtige Position zum Satelliten einstellen. Dazu kam die zweigeteilte Küche, auf der einen Seite Kochfeld, Mikrowelle, Backofen und Kühlschrank, auf der gegenüberliegenden Seite Abwäsche und Geschirrspüler. Gertrude war schlichtweg begeistert.
Klaus dagegen schaute sich das Gefährt von außen an. Womit um alles in der Welt konnte man so ein Ungetüm ziehen? Die Kiste war bestimmt 8,50 Meter lang, hatte eine Doppelachse – und erst die Breite! Waren die Straßen überhaupt so breit? Der Verkäufer hatte den Zweifel in seinem Blick professionell gedeutet und prahlte mit stolz geschwellter Brust: „2,55 m, die maximal in Deutschland zugelassene Breite, und bei einer Gesamtlänge von 8,75 Meter nur 1.890 Kilogramm.“ Klaus hatte sich zur Sicherheit vorab in seinem Autohaus erkundigt, seine Limousine durfte genau 1.400 Kilogramm

ziehen! Gebremst! „Das ist ja alles super", meinte er, „aber haben Sie das Gleiche auch mit nur 1,5 Tonnen, um Meter gekürzt und für einen armen Beamten bezahlbar?"
Das Grinsen des Verkäufers wurde deutlich schmaler, er spürte, dass mit Klaus nicht das große Geschäft zu machen war, und führte ihn geschickt einige Wagen weiter, zum Beratungstresen mit der Nummer 77/C4711.
„Hier haben wir eine Baureihe mit sehr modernen Einsteigermodellen", empfahl der Berater, nun mit einem nahezu schmierigen Lächeln auf den Lippen. Er blätterte für Klaus die Hochglanzbilder auf und zeigte ihm einige Modelle. Einsteigermodell war wohl der Fachbegriff für ganz einfach und billig, trotzdem fragte Klaus, ob er sich die Wagen einmal von innen ansehen könne.
Der junge Mann nickte, zeigte mit einladender Geste auf die Wohnwagentür und verabschiedete sich.
Klaus und Gertrude standen plötzlich ganz allein in genau dem Wohnwagen, den sie sich schon zu Hause ausgesucht hatten.

Ein Bier, ein kühles Bier, das wäre jetzt genau das Richtige. Je länger der Tag wurde, umso mehr machte sich der Hals von Marcus bemerkbar. Normalerweise spricht ein Mann aus dem Norden drei Sätze am Tag. Marcus hatte das Gefühl, dass er sein Redesoll für die nächsten drei Jahre schon nach den ersten Stunden erfüllt hatte, dabei gab es noch neun weitere Tage zu überstehen! Sein Hals war trocken, die Augen von der Hallenluft gerötet, und Durst war schlimmer als Heimweh. Entschlossen gab er Hein und Jens den entscheidenden Wink und kurz vor Ende des ersten Messetages ließen sie ihren Stand einfach mal allein und schlenderten wie zufällig an den Stand von Obertupfingen in die Nachbarhalle.

Hier gab es frisch gezapftes Klosterbräu und sie standen mitten in einer Menschentraube, die aus Herren im Anzug und Damen im Businessstil gebildet wurde. Scheinbar hatte nicht nur Marcus die Idee mit dem Durstlöscher aus der Klosterbrauerei. Gespräche in vielen Sprachen drangen an sein Ohr und das, was er von deutschen Gesprächen mitbekam, ließ ihn neugierig werden.
Reiseveranstalter, Hoteliers, Busunternehmer und Bootsvercharterer hatten scheinbar nur ein Thema zum Ende des ersten Messetages. Wo gab es das beste Bier oder den besten Trollinger in der Stadt? Wo ging man hin? Königstraße oder Cannstadt, Schlossplatz oder Untertürkheim, Brauhaus oder Ochsenstube, Besenwirtschaft oder Weinhaus, Hotelbar oder Diskothek? Unzählige Namen gaben Marcus einen Eindruck von der örtlichen Gastronomie, eine Übersicht über die wirklich wichtigen Fragen der Menschheit und die Erkenntnis, dass die meisten Aussteller wohl schon seit Jahren die Messe besuchten. Es gab scheinbar keine Konkurrenz zwischen Nord und Süd, zwischen Kreta und Bornholm, Hauptsache, der Abend wurde gemütlich.

Stilecht gönnten sich Klaus und Gertrude am Stand der Arabischen Emirate heißen Mokka mit süßem Käsekuchen. Den Turm des berühmten Hotels Burj Al Arab im Blick, ließen sie den Messetag Revue passieren. In Israel hatten sie Falafel gegessen, in Ungarn Kuchen probiert, in Prag ein echtes tschechisches Pils getrunken, in Österreich gab es Germknödel und an der Nordsee noch einen Pharisäer zur Kaffeezeit.
Der Tag war wie im Zeitraffer verflogen, sie hatten zwei Tüten mit Prospekten gefüllt, gefühlte 555 Wohnwagen von innen und außen betrachtet und waren kaum klüger als am Mor-

gen. Ihre größte Erkenntnis lag darin, dass der Kauf eines Wohnwagens weit mehr Vorbereitung bedurfte als gedacht. Erschöpft schlichen sie in Richtung Ausgang, nahmen hier und da noch ein Faltblatt oder den Prospekt eines Campingplatzes mit, verstauten alles in ihren Taschen und sackten am Ende auf dem Sitz der U-Bahn in sich zusammen.

Marcus, Hein und Jens saßen erschöpft, hungrig, durchgeschwitzt und mit brennenden Füßen in der Bahn. Ihre Gedanken krochen mühsam zwischen einer heißen Dusche, einem Bett, frischen Klamotten und dem Hotelrestaurant hin und her.

Eine Stunde später, frisch geduscht und mit der Speisekarte in der Hand ging es ihnen schon wieder besser. Ein frisch gezapftes Pils, eine gute Vorsuppe und ihre Müdigkeit war verflogen.

„Warum hast du eigentlich keinen Campingplatz auf Texel?", fragte Klaus und sah Marcus grinsend an.

„Weil mir der Weg zur Arbeit zu lange dauern würde, jeden Morgen der Stau auf der Brücke zwischen Fehmarn und Rügen, das wäre mir zu stressig."

Gestärkt von drei großen Portionen schwäbischen Zwiebelrostbratens mit Spätzle und je einem klitzekleinen Espresso wechselten die drei Campingbosse vom Restaurant an die Hotelbar. Einen guten Whiskey zum Tagesausklang hatten sie sich verdient und ohne lange in der Karte zu suchen, bestellten sie irischen Single Malt. Der braune Bushmills brachte die gewünschte Entspannung und Marcus schaute sich um. Die meisten Gäste schienen ebenfalls von der Messe zu kommen. Er konnte es nicht verhindern, einen Teil der Unterhaltungen mitzuhören und konnte sich ein Schmunzeln nicht verkneifen. Das Gespräch seiner Nachbarn drehte

sich um einen Wasseranschluss direkt auf dem Messestand, die Nachbarn hatten einen Wasseranschluss erhalten, jedoch keinen Abwasseranschluss. Marcus erinnerte sich an ihren Morgen und an die Steckdose ohne Energieversorgung.
„Hatten Sie denn Licht, oder war es bei Ihnen auch dunkel?“, mischte sich Marcus in das Gespräch.
„Ja, aber hallo“, antwortete sein Nachbar, „natürlich hatten wir Licht und eine gute Espressomaschine!“
Marcus erklärte kurz den Hintergrund seiner Frage und sein Nachbar lachte laut. „Mann“, sagte er, „das Problem hatten wir letztes Jahr, aber wir sind ja alle noch lernfähig, oder?“ Mit einem Schlag auf Bolsos Schulter stellte er sich vor: „Ich bin übrigens Franz Reichahuber, wir machen in Wohnmobile.“
Da Marcus bekanntlich mit seinem Campingplatz die Stellplätze für so ein Wohnmobil im Angebot hatte, war dies ein guter Grund für eine zweite Runde Bushmills Single Malt. Franz war schon seit einigen Jahren auf der Campingmesse und er meinte, es lohne sich jedes Jahr aufs Neue nach Stuttgart zu kommen. Das Gespräch entwickelte sich und auch der Barkellner hatte mit ihnen seine Beschäftigung.
„Nach Mitternacht schon!“
Marcus sah verblüfft auf seine Uhr, die schon 0:30 Uhr zeigte. Er hatte gar nicht bemerkt, wie lange sie schon in der Bar saßen, dabei war er schon gut achtzehn Stunden auf den Beinen und sollte eigentlich müde sein. Er winkte dem Kellner, bezahlte seine fürstliche Rechnung und verabschiedete sich als einer der ersten aus der Runde.

Der erste Arbeitstag im neuen Jahr und Klaus Dipendenti saß wieder an seinem Schreibtisch, hatte die ersten Akten bereits geordnet und widmete sich der Zeitung. „Campingmesse wieder ein Magnet“, titelte der Schwindelfinger

Bote über die riesige Auswahl und das breite Angebot an Urlaubszielen und Campingfahrzeugen. Oh ja, dachte Klaus, das Angebot war wirklich breit, praktisch unüberschaubar, kaum zu durchdringen und er würde sich wohl die Arbeit machen müssen, alle Prospekte zu sortieren.

Am Abend ging es los, Klaus und Gertrude machten sich daran die Prospekttaschen zu leeren und den Inhalt zu sortieren. Sie wählten die Vierstapelmethode. Erster Stapel für Wohnwagen, zweiter Stapel für Campingplätze, dritter Stapel für Urlaubsregionen und Städte und der vierte Stapel für den Müll. Interessant war, wie schnell der vierte Stapel größer wurde; was hatten sie nur alles mitgeschleppt?! Tauchen auf den Malediven, ein Heuhotel in Mecklenburg und Segeln im Mittelmeer, sogar eine Safari in Australien war dabei.

Aber auch der Stapel für Campingplätze wuchs beträchtlich und natürlich die Caravankataloge. Hier half nur ein mathematisches System, obwohl Gertrude die Prospekte am liebsten nach der Farbe der Wohnwagen sortieren würde.

Klaus setzte als erstes Grenzen. 18.000 Euro als Höchstgrenze, maximal 1.600 Kilogramm und höchstens 6 Meter lang. Allein schon die Obergrenze von 18.000 Euro verkleinerte die Anzahl der Kataloge erheblich, da auch Doppelachsen und Breiten von über zwei Metern nicht in Betracht kamen, reduzierte sich die Anzahl der Prospekte noch einmal um die Hälfte. Kurz bevor er die nächste Auswahlrunde starten konnte, verbesserte Gertrude sein System und sortierte schwungvoll alle Einzelbetten aus. Sie wollte schließlich in den Urlaub fahren und kein Trennungsjahr beginnen! Allerdings landeten Wohnwagen, bei denen die Betten nur von einer Seite aus erreichbar waren, ebenfalls sofort im Abfallkorb. Innentoilette, Dusche, Warmwasserboiler, Waschkabine, Dreiflammenherd, Mikrowelle, Kühlschrank, Tiefkühlschrank und

Flachbildfernseher hingegen mussten sein. Klaus sah mit Entsetzen, wie sein gutes mathematisches System den Bach herunterging, denn Gertrude sortierte jetzt nach Polsterstoffen, Gardinenfarben und Fußbodendekor. Seine Logik hatte ausgedient.

Auf der Campingmesse fühlte sich Marcus Bolso nach den ersten Tagen zunehmend wohler, hatten er und seine Kollegen sich zuerst noch jedes Mal auf dem Weg zur Toilette oder auf dem Rückweg vom Obertupfinger Biertresen verlaufen, hätte man ihnen am dritten Tag bereits die Augen verbinden können. Die Fragen der Gäste konnten sie sicher und routiniert beantworten und von nahezu jedem Thema bekamen sie das Gespräch auf die Nordsee gelenkt. Wer in seinem Leben auch nur einmal in die Karibik wollte, musste vorher unbedingt Camping an der Nordsee machen.
Hein und Jens waren mit allen Nordseefragen bewandert und kannten jedes Hotel oder machten zumindest den Eindruck, als ob sie es kennen würden. Sie konnten zu Ebbe und Flut die gleichen perfekten Antworten geben wie zum Geschmack von Röhrkohl mit Kassler. Ob Hallig oder Wattenmeer, Naturschutz oder Strandbuggy, ihre Antworten waren perfekt – und an den Abenden testeten sie ausgiebig die gastronomischen Höhepunkte der Innenstadt.
Franz Reichahuber hatte ihnen zusammen mit zwei Wohnmobilverkäuferinnen, einer Hotelbesitzerin, deren Liebhaber sowie zwei Studentinnen vom Messestand der Barbados-Inseln die wichtigsten Lokale der Stadt gezeigt. Marcus wusste, wo es dunkles Bier gab oder riesige Schweinshaxen, wo ein Restaurant im Keller war und in welchem Haus die schwäbischen Spezialitäten oben in der ersten Etage serviert wurden. Hein kannte die Nachtbars der City und Jens als Filmfreak

hatte bereits alle Kinos der Stadt aufgesucht, die Spielpläne studiert und seine Abende fest geplant. Kein Abend ging vor Mitternacht zu Ende und für den Mittwoch hatte die Messeleitung zur großen Ausstellerparty eingeladen. Ein karibischer Abend, gestaltet von der Partnerregion der Messe, sollte die Aussteller für die zweite Messehälfte noch einmal richtig motivieren.

Am Mittwochabend war das Amt immer bis sechs Uhr geöffnet und Oberamtsrat Klaus Dipendenti musste bis zum Ende im Rathaus bleiben. Es gab tatsächlich Antragstelle, welche der Meinung waren, man würde ihnen beim Ausfüllen eines Antrages behilflich sein, es gab sogar Bürger, welche meinten, in einer Sprechstunde des Amtes könne man Verfahren beschleunigen oder gar Argumente für einen Antrag erläutern. Klaus Dipendenti würde Antragsteller nie verstehen. Er fragte sich jeden Mittwoch aufs Neue, warum er einen ganzen Nachmittag hier vergeuden musste, obwohl er zu Hause tausend Dinge zu erledigen hatte. Bis zum Wochenende musste er es schaffen, den richtigen Wohnwagen zu finden, einen Caravan, der Gertrude gefiel und seinen Vorstellungen von Preis und Technik entsprach. Es war wirklich unverantwortlich, so lange im Rathaus zu sitzen.

Punkt zwei Uhr, Mittwochnachmittag, und die meisten Aussteller hatten sich wie zufällig an einem Bierausschank, bei einem Weinverkäufer oder an einer Sektbar eingefunden. Die Messe hatte Halbzeit, ein guter Grund, mit den Kollegen aus aller Welt anzustoßen und schon mal zu erfragen, wer denn zur Ausstellerparty kommen würde. Die echten Messeprofis, wie der Wohnmobilfranz, kannten bereits die Überraschungen des Abends und wussten schon jetzt, wel-

che karibischen Spezialitäten auf den Tisch kommen würden. Marcus stand an der Sektbar von Südafrika und war auf eine nette Gesprächsrunde mit zwei Hoteliers aus Südtirol und drei netten Damen aus Spanien getroffen. Die Spanierinnen vertraten hier den spanischen Fremdenverkehr und behaupteten kichernd, sie hätten noch nie mit Fremden Verkehr gehabt. Eine der drei dunkelhaarigen Schönen hieß Mariola, genau Mariola Rodriguez und sie lebte im Winter in Belgien. Mariola fuhr von Januar bis März von Stuttgart bis Paris von Messe zu Messe und flog erst im Frühling wieder nach Hause. Stuttgart war für sie die schönste Stadt in Deutschland, und als Marcus nach dem Grund fragte, war ihre Antwort klar: „Am Neckar ist es nicht so bitter kalt und es gibt die guten württembergischen Weine." Sie lächelte ihn dabei an und nippte am Sekt, obwohl dieser aus Südafrika und nicht aus Württemberg stammte.
Von ihrem Lächeln überwältigt plauderte er mit ihr, bis Hein zu drängeln begann. Marcus verabschiedete sich und fragte beiläufig, ob sie denn am Abend dabei sein würde. Sie nickte und meinte, dass sie auf jeden Fall kommen werde.
Vom Sekt gestärkt und mit neuen Plänen im Kopf gingen sie zurück zum Messestand. Dort hatte sich in ihrer Abwesenheit einiges getan, gerade noch ein einziger Prospekt vom Campingplatz lag auf dem Tresen, der Rest war vergriffen.
Es war ein Phänomen, die Besucher kommen zur Messe, um von Insidern die besten Auskünfte zu erhalten, aber die meisten Prospekte werden verteilt, wenn niemand den Messestand betreut. Hatte das Stuttgarter Publikum Angst? Eine Kommunikationsschwelle? Oder gar Sprechblockaden? Nun, Letzteres wohl eher nicht, denn in den nächsten Stunden mussten sie sich wieder den Mund fusselig reden.

Achtzehn Uhr, und tatsächlich kein Bürger mehr im Amt. Schnell fuhr Klaus Dipendenti seinen Computer herunter und beeilte sich, um die Bahn um sieben nach sechs noch zu erreichen.
Zu Hause hatte Gertrude es sich am Kamin gemütlich gemacht. Um sie herum lagen große Stapel mit Reiseprospekten. Tirol, Andalusien, Paris, Berlin, die Eifel, der Bayerische Wald, die Nordseeinseln, die Schwäbische Alb, der Königssee, Rügen, und, und, und.
„Klaus", rief sie ihm entgegen, „wenn wir wirklich so einen Caravan kaufen, brauchst du nicht mehr ins Büro, es gibt viel zu viel zu sehen!"
Nicht ins Büro? Das hatte noch sechs Jahre Zeit, aber Gertrude schien sich mit dem Gedanken Campingurlaub angefreundet zu haben und Klaus meinte, dass man auch an den Wochenenden zum Camping fahren könnte.
„Mit so einem Wohnwagen brauchen wir jetzt nicht mehr dreihundert Tage bis zum Urlaub zu warten. Wir können jedes Wochenende fahren und alle Brückentage nutzen."
Klaus setzte sich zu ihr an den Kamin, um die verbliebenen Wohnwagenprospekte zu sortieren. Es waren nur noch wenige Exemplare übrig geblieben und bei näherem Hinsehen merkte Klaus, dass sich auch die Farb- und Einrichtungsvarianten stark verringert hatten. Gertrude hatte sich geschmacklich festgelegt. Eiche hell, kombiniert mit granitfarbener Küche und dunklem Stoff schien ihre Lieblingskombination zu sein. Dazu ein Bad mit Toilette, die Sitzgruppe im hinteren Teil des Wohnwagens und im Bug gut erreichbare Doppelbetten. Klaus musste jetzt nur noch Vergleiche anstellen: Qualität, Fahreigenschaften, Schlingerverhalten, Stützlast, Achslast, Gewichtsverteilung, Rollwiderstand, Windempfindlichkeit, Manövrierfähigkeit, Wassertankinhalte, Toiletten-

bauform und circa einhundert andere verschiedene Parameter. Ein wirklich anstrengendes Programm, welches nur mit einem guten Trollinger zu schaffen war.

Ohne Trollinger, dafür mit einem kräftigen Daiquiri startete Marcus in den Abend. In dem Moment, in dem Oberamtsrat Klaus Dipendenti sein Büro verließ, erschienen er und Hein pünktlich auf der Ausstellerparty.
Schon zur karibischen Begrüßung gab es für jeden einen doppelstöckigen Daiquiri und Marcus stieß mit Mariola Rodriguez auf den schönen Abend an. Er saß zusammen mit Mariola und Franz Reichahuber, den beiden Tiroler Hoteliers und Mariolas Kolleginnen vom Spanischen Fremdenverkehrsamt an einem Tisch, während Hein schon gemütlich am Tresen der Cocktailbar flegelte. Jens allerdings lag schon im Bett des Messehotels. Er hatte den Weg vom Zweiuhrtee an der Südafrika-Bar zurück zum Messestand nicht mehr geschafft, das Angebot der Bar hatte ihn deutlich überfordert und sie hatten ihn in ein Taxi setzen müssen, welches ihn zum Hotel chauffierte. Für ihn war die Party schon vor dem Start zu Ende.
Ganz anders erging es dagegen Marcus, er konnte kein Wort spanisch, aber Mariola sprach ein wunderbares Deutsch. Sie sprach nicht nur gutes Deutsch, sie sprach auch mit den Augen und so waren die beiden bereits beim vertraulichen Du angekommen, als das Büffet eröffnet wurde.
Es gab Rindfleisch in Kokosmilch, bunte Fischspieße, Papayasalat, Curryreis und alles, was die karibische Kochkunst noch zu bieten hatte, inklusive eines großen Glases Kokosmilch mit Rum.
Wohnmobilfranz hatte sich einen riesigen Teller organisiert und diesen mit gegrillten fliegenden Fischen gefüllt. Mario-

las Kolleginnen hingegen zeigten mit ihrer Auswahl, dass es auch anders geht. Früchte wie Avocados und Mangos waren für Marcus nicht wirklich alltäglich, aber Guanábanas, Cherinoyas und auch Guaven sah er zum ersten Mal. Die Karibik schien wirklich ein tolles Reiseziel zu sein und somit gab es an Gesprächsthemen keinen Mangel. Die Gespräche wechselten von Land zu Land, schwappten von Ozean zu Ozean, von der Nordsee nach Spanien, von Helgoland nach Teneriffa. Franz erzählte von einem Superwohnmobil, welches er bis zum Sommer für einen Kunden aus den USA importieren sollte, und die beiden Tiroler Hoteliers, der Fridolin und der Caspar, erklärten allen am Tisch, dass die wahre Schönheit einer Landschaft erst im Winter zum Tragen käme, dann, wenn alles von Schnee bedeckt wäre und alles Unwichtige unter dem Schnee begraben sei, dann erst zeige eine Landschaft ihr wahres Gesicht. Die Spanierinnen sahen das ein wenig anders und Marcus hatte auch Probleme, sich seine Deiche schneebedeckt vorzustellen. Aber im Moment war ihm das furchtbar egal, er war zufrieden, der Cuba Libre schmeckte, das Essen war fantastisch und Mariola die schönste Frau im Saal. Für ihn war der Abend perfekt.
Perfekt, bis die Liveband auf der Bühne erschien. Mariola war von allen Partygästen die Erste, die sofort tanzen wollte, und damit hatte er nicht gerechnet. Er, der größte Nichttänzer südlich des Nordpols, hatte sich ausgerechnet die scheinbar größte spanische Tänzerin als Begleitung ausgesucht. Marcus erklärte ihr, dass er gar nicht tanzen kann und außerdem hätte er den ganzen Tag gestanden, der Rücken täte ihm weh und seine Knie wären dick geschwollen. Für Mariola war das aber nur ein Grund, ihm über die Knie zu streicheln und ihn an beiden Händen auf die Tanzfläche zu ziehen. Marcus war schlichtweg wehrlos, aber zu seinem Glück füllte sich

die Tanzfläche schnell und so konnte er sich in der Menge verstecken.
Die Band spielte Salsa und seine Spanierin drehte und bewegte sich im Rhythmus der Musik. Er selbst versuchte ihre Bewegungsabläufe irgendwie zu kopieren, viel Erfolg hatte er dabei aber nicht. Allerdings konnte er auch nicht behaupten, dass er nun gar keinen Spaß dabei hatte, mochte aber gar nicht daran denken, wie seine Bewegungen für alle anderen aussehen mussten. Aber die meisten Tanzwütigen waren so mit sich selbst oder ihrem Partner beschäftigt, dass er sich nahezu unbeobachtet fühlen konnte. Mariola lächelte ihn die ganze Zeit an und meinte dann beim dritten Titel, dass sie ein wenig Angst um Marcus haben müsse. Sie schrie ihm etwas ins Ohr, um sich gegen die Lautstärke verständlich zu machen, aber Marcus verstand nur Bruchstücke von „ganz rot“ und „heartattack“.
Er brauchte einen Moment, um zu begreifen. Sie meinte ihn! Marcus nutzte die Chance sofort und legte aus rein gesundheitlichen Gründen eine Pause ein. So, als würde er nie etwas anderes tun, legte er geschickt seinen Arm um Mariolas Hüften und führte sie an ihren Tisch zurück.
Er begleitete sie galant an ihren Platz und fiel danach völlig erschöpft auf seinen Stuhl. Sein Herz hämmerte, er bekam kaum Luft, schwitzte wie verrückt und musste dabei auch noch lächeln, schließlich war er ja der Gentleman von der Küste. Mariola indessen sah aus wie aus dem Ei gepellt, ihr war keinerlei Anstrengung anzumerken. Sie nahm ihr Glas, prostete ihm zu und genoss den eiskalten Cuba Libre, während Marcus beide Hände benutzen musste, um seinen Caipirinha nicht zu verschütten.
Das Gespräch am Tisch drehte sich darum, wie viele Fluggesellschaften die nächsten zwei Jahre wohl überstehen würden,

denn die Mitteleuropäer, speziell die Deutschen, würden weniger Fernreisen machen. Wohnmobilfranz war gar der Meinung, dass es nur die Hälfte aller Airlines schaffen würde, schließlich könne man ein neu gekauftes Wohnmobil nicht mit in den Flieger nehmen – und außerdem würden jetzt sowieso alle in Deutschland bleiben. Deutschlandurlaub sei gerade IN! Marcus sah ihn an.

„Franz du spinnst, jetzt kauft sich doch niemand so ein Wohnmobil!“

„Aber klar doch, mein Lieber“, polterte Franz, „du mit deinem Campingplatz und ich mit meinen Wohnmobilen, wir sind am Ende die Einzigen, die sich noch einen Flug leisten können, und dann sind wir auch die Einzigen, die noch nach Spanien kommen.“ Mit einem absolut selbstzufriedenen Lächeln und komplett von sich überzeugt, lehnte er sich zurück und grinste die beiden Spanierinnen an.

Im nächsten Moment setzte die Lifemusik wieder ein und die Band spielte lautstark einen Bolero. Mariola sprang sofort auf, flitzte um den Tisch herum und Marcus ahnte Schlimmes. Aber es kam ganz anders, sie eilte an ihm vorbei, griff über die Schultern von Franz, zog ihn vom Stuhl und schob den völlig überraschten Mann in Richtung Tanzfläche. Der Arme hatte schon im Sitzen geschwitzt und Marcus hatte kein wirklich gutes Gefühl, als er sah, wie Mariola inmitten der tanzwütigen Menge ihre Arme um Franz legte und ihn im Rhythmus der Musik beschleunigte.

Das Gespräch am Tisch hatte sich unterdessen neuen Themen zugewandt und wenn Marcus zur Tanzfläche schaute, konnte er ab und an den roten, schwitzenden Kopf von Franz erkennen. Die Band wechselte zu karibischem Mambo und dieses Mal bewiesen die Musiker Ausdauer. Und Mariola ebenfalls. Marcus nutzte die Gelegenheit, um neue Cocktails

zu holen und mit Fridolin und Caspar ganz in Ruhe einen Tropical Monkey zu trinken. Die Musik wechselte von Mambo zu Samba und die Band legte sich noch einmal richtig ins Zeug.
Zum Abschluss der Tanzrunde spielten sie Rock'n'Roll, dann kündigte die Sängerin eine Pause an und Mariola kam zurück an den Tisch. Mit Schweißperlen auf der Stirn und einem Lächeln über dem ganzen Gesicht strahlte sie in die Runde: „Ich glaube nicht, dass dieser Wohnmobilhai so schnell nach Spanien fliegt, falls er das Sauerstoffzelt überhaupt jemals wieder verlassen kann." Mariola hatte die Lacher auf ihrer Seite und rückte ihren Stuhl ganz eng an Marcus heran.
Diesmal war auch Mariola die Anstrengung anzusehen und Marcus schob ihr den eigens für sie gemixten Tequila Sunrise zu. Sie lächelte dankbar und trank den Cocktail in nahezu einem Zug. Sekunden später griff sie sich ihre Handtasche und – wie auf ein unsichtbares Kommando hin – verließen die drei Damen gemeinsam den Tisch in Richtung Toilette. Eine Sache, die Männer wohl nie verstehen würden, aber so waren Marcus, Fridolin und Caspar zumindest für einen kurzen Moment allein. Ihnen fiel auf, dass Franz noch immer nicht zurückgekommen war, aber der war kein Schulkind mehr und hatte genügend Messeerfahrung, nach ihm suchen mussten sie nun wirklich nicht.
Die Band spielte Reggae und sofort tauchten die Spanierinnen wieder auf. Mariola griff über den Tisch nach seiner Hand und Sekunden später fand sich Marcus auf der Tanzfläche wieder. Er zog Mariola fest in seine Arme, sie fühlte sich wunderbar wild und geschmeidig an, schmiegte sich fest an seine Brust und dirigierte ihn unauffällig im Reggaerhythmus über das Parkett.
Diese Tanzrunde war nicht die letzte des Abends und auch

der Mojito danach war nicht der letzte Drink. Erst weit nach ein Uhr am Morgen leerte sich der Saal. Mariola flüsterte Marcus etwas von Abschied und „¡buenas noches!“ ins Ohr und er hatte das Gefühl, als würde sich ihre Zunge dabei bis in sein Trommelfell bohren. Sie hakte sich fest bei ihm unter und er begleitete sie nach draußen zum Taxistand. In dem Moment, in dem die Limousine nahezu lautlos in die Nacht verschwand, war auch von Marcus nichts mehr zu sehen.

Das Rathaus war gut besucht, in allen Gängen warteten Bürger und auch vor dem Büro von Oberamtsrat Klaus Dipendenti hatte sich eine lange Schlange gebildet. Das Ehepaar, welches ihm gegenüber am Schreibtisch Platz genommen hatte, kam ihm irgendwie bekannt vor. Irgendwo hatte er die beiden schon einmal gesehen, insbesondere der Frau musste er schon mal begegnet sein. Sie legte Klaus eine Reihe von Formularen und Anträgen auf den Tisch: Darlehnsanträge über Tausende von Euro, Anträge auf Sonderausstattungen und auf Zubehör, und sie erklärte ständig, wie dringend das alles wäre. Bis zum Wochenende müsste Klaus alles unterschrieben haben, forderte sie, und Klaus bemerkte, dass ihm auch die Stimme seltsam bekannt vorkam. Die Frau erklärte ihm, dass insbesondere bei den Anträgen über die Sonderausstattung höchste Priorität vonnöten war, und setzte zu einer weit ausholenden Begründung an.
In dem Moment klopfte es an der Amtszimmertür. Ohne auf seine Antwort zu warten, öffnete sich die Tür, zwei Herren in grauen Geschäftsanzügen kamen herein und zogen einen großen Wohnwagen hinter sich her. Der Wohnwagen passte zuerst noch durch die Tür und wurde dann in seinem Büro immer größer und größer. Hinter dem Wohnwagen drängten immer mehr Antragsteller mit bunten Prospektformularen

zu ihm herein. Ihm gegenüber am Schreibtisch stand Gertrude auf und nahm alle Kreditanträge entgegen. Jetzt wusste er auch, woher er das Ehepaar kannte. Er saß sich selbst mit Gertrude am Schreibtisch gegenüber und genehmigte Anträge auf gelbe Gardinen, während sich immer mehr Antragsteller und Verkäufer in sein Büro drängten. Klaus stand auf, rutschte mit dem Rücken an der Wand entlang an den Menschen vorbei bis auf den Flur und konnte im letzten Moment gerade noch zur Seite springen! Auf dem Flur fuhren Wohnmobile und Wohnwagen in einem Höllentempo die Gänge entlang und bogen bei voller Geschwindigkeit in die Büros ab. Klaus sprintete zwischen den Wagen hindurch und rettete sich mit einem waghalsigen Sprung auf die Herrentoilette. Schwitzend und außer Atem stütze er sich auf das Waschbecken und sah in den Spiegel. Sein Gegenüber fragte ihn mit Gertrudes Stimme, ob er nun endlich den Vertrag unterschreiben wolle.

„Klaus!", forderte die Stimme, „hier unterschreiben, hier unterschreiben!"

Die Stimme wurde immer lauter und es war Gertrudes Stimme. „Hier unterschreiben, hier wach werden!"

Die Stimme erschien ihm unerträglich laut!

„Wach werden, wach werden!"

Schweißgebadet sah Klaus Gertrude an.

„Du musst aufstehen, es wird Zeit", forderte sie und öffnete das Schlafzimmerfenster.

Mariola Rodriguez stand mitten in seinem Hotelzimmer und füllte schwungvoll die überschäumenden Zahnputzgläser mit dem letzten Prosecco aus der Bar. Sie lächelte verführerisch und hielt Marcus den sprudelnden Cartizze an den Mund. Er legte seine Arme um ihre Hüften und versuchte zu trinken, während sie sich gleichzeitig im Rhythmus der Musik bewegten. Er hatte im Radioprogramm des Hotels einen Reggaekanal gefunden und Mariola führte seine überhaupt nicht tanzgewohnten Beine mit ihren Hüften durch das enge Zimmer. Marcus fühlte den Rhythmus, schmeckte den Prosecco und spürte ihre spanische Hitze.

Bob Marley schien nur für sie beide zu singen, ihre Körper bewegten sich im karibischen Takt und die Spitzen ihrer Brüste berührten ihn wie die Elektroden eines Elektroschockers. Jede einzelne Berührung wirkte bei ihm direkt bis zwischen die Schenkel, wirkte bis an die Stelle, wo sich die harte Beule in seiner Hose gegen ihren Unterleib presste. Ihr schlanker Körper war wie glühende Lava in seinen Armen, sein Blick fand ihre halbgeschlossenen Augen, sein Mund ihre geöffneten Lippen.

Sie legte ihre Arme um seinen Hals und er zog sie noch fester zu sich heran. Sein Kuss wurde tiefer und fordernder, seine Zunge entdeckte ihren saugenden Mund und sein Herzschlag beschleunigte sich. Er spürte wieder ihre festen Brüste und seine Finger fanden den Weg unter ihren Kleidersaum, fanden den Weg unter ihren Slip. Er schob seine Hände unter ihren Hintern und hob sie langsam hoch. Sein Körper drängte sich zwischen ihre Schenkel und sie ließ ihre Lippen über seine Wangen gleiten. Ihre Zunge berührte sein Ohr, sie flüsterte etwas auf Spanisch, was er nicht verstand, und dann leckte sie ihm über den Hals. Seine Hände griffen noch fester zu, mit drei kleinen Schritten trug er sie zum Bett und fummelte aus seiner Hosentasche ein Kondom hervor.

Sie lag langgestreckt mit hochgeschobenem Kleid auf dem Bett und fragte ihn in ihrem kräftigen spanischen Akzent, ob er wirklich nur das eine Gummi hätte. „Mi Cariño, denkst du etwa, du kommst mit nur einem Mal davon?“

Sie fuhr sich mit der Zunge über die Lippen, zog mit einer geschickten Bewegung ihren Slip unter dem Kleid hervor und begann langsam die Knöpfe ihres Kleides zu öffnen. Ganz langsam, Knopf für Knopf. Entsetzlich langsam. Marcus hatte bereits Hemd und Jeans ausgezogen, als sie noch immer nicht alle Knöpfe geöffnet hatte. Er sah ihre nackte Haut unter dem Kleid, sah ihre hervorstehenden Brustwarzen und half ihr bei den letzten Knöpfen ...

Wie jeden Morgen brauchte Marcus auch heute keinen Wecker. Er war mit dem ersten Sonnenstrahl aufgestanden und gleich unter die Dusche gegangen. Jetzt stand er in der Tür vom Bad und betrachtete Mariola. Draußen ging die Sonne langsam auf und Mariola stand nackt am Fenster. Ihre Konturen wirkten im weichen Morgenlicht noch zarter als am Abend zuvor, der nahezu bronzene Schein ihrer Haut war die Versuchung selbst. Sie drehte sich um und lächelte ihn an. „¡Buenos días, cariño!“ Mit geschickten Bewegungen sammelte sie ihre Wäsche vom Boden, hauchte ihm einen Kuss auf die Wange und rutschte an ihm vorbei ins Bad. Durch die geschlossene Tür rief sie ihm zu, dass er ihr ein Taxi rufen möchte, denn sie wolle in ihrem Hotel frühstücken und vor allen anderen am Frühstückstisch sein.

Eine halbe Stunde später saß auch Marcus einige Etagen tiefer im Frühstücksraum des Hotels. Ihm gegenüber hockten Jens und Hein, zwei maulfaule norddeutsche Typen, mit furchtbaren Kopfschmerzen und völlig zerknitterten Gesichtern.

Sonntagmorgen, und Klaus schob Gertrude wieder durch das Eingangstor der Messe. Heute hatten sie nur eine kleine Liste mit Dingen, welche sie erledigen wollten, dabei. In Gertrudes Tasche ruhte die aktuelle Schufa-Auskunft, eine Kopie ihres Grundbuchauszuges, eine Verdienstbescheini-

gung vom Rathaus für Oberamtsrat Klaus Dipendenti, der Rentenbescheid von Oma Hilde, Originale und Kopien ihrer Personalausweise und ein aktueller Depotauszug. Zielgerichtet durchquerten die beiden die Halle auf dem direkten Weg zum Stand 77/C4711, dem Stand der Wohnwagenfirma Angle. Diesmal würden sie Nägel mit Köpfen machen und heute Abend mit ihrem eigenen Wohnwagen nach Hause fahren.
Klaus eilte voraus und Gertrude versuchte verzweifelt ihm zu folgen. Plötzlich geriet sie in eine Gruppe von Animateuren. Sie stand mitten zwischen zwölf Riesen auf Stelzen, welche, mit langen Hosen, Fräcken und Zylindern bekleidet, mindestens vier Meter groß waren und Prospekte vom Skandalia-Freizeitpark verteilten. Es gab kein Durchkommen. Sie hielt ihre Tasche mit den Unterlagen fest an sich geklammert und sah Klaus gerade noch in der nächsten Halle verschwinden. Die Stelzenmänner verteilten lächelnd an alle Gäste ihre Prospekte, bückten sich herunter und drückten jedem Messebesucher eine kleine Tüte mit den neuesten Skandalen in die Hand. Endlich zogen sie weiter und Gertrude war wieder befreit. Aber Klaus war verschwunden!
Gertrude stand hilflos im Gang, direkt vor dem Stand der Sektkellerei Mops, und beschloss, hier auf ihn zu warten, er würde sie schon holen. An den Tresen der Sektkellerei gelehnt, blickte sie in die Richtung, in die Klaus verschwunden war.
„Einen wunderschönen guten Tag die Dame, welchen Sekt möchten Sie denn mal probieren, unseren Mops-mediumdry oder Mops-extra-brut?“
Gertrude drehte sich um. „Oh danke, nein, ich möchte nicht, ich warte nur eben auf meinen Mann.“
Der nette junge Mann hinter dem Tresen lächelte.
„Ihr Mann wird sicher gleich hier sein, ein kleiner Probierschluck hilft Ihnen die Wartezeit zu verkürzen.“

Er hielt ihr eine Flasche entgegen: „Also Mops-medium-dry?"
Unschlüssig sagte Gertrude erst einmal nichts, was den Verkäufer aber überhaupt nicht aus der Ruhe brachte. Er schenkte ihr vom halbtrockenen Mops ein und kredenzte ihr das Glas. „Kommen Sie, Sonntag muss es Mops sein."
Gertrude schielte unauffällig auf das Preisschild 0,2 Liter sind gleich 2,50 Euro, aber der nette junge Mann kam ihr zuvor.
„Das Glas ist natürlich gratis, probieren Sie einfach."
Entwaffnet gab Gertrude auf und kostete. Gar nicht schlecht, befand sie, nippte am Glas und grübelte, warum Klaus nicht kam, um sie zu suchen. Von ihm war weit und breit nichts zu sehen und das Glas war schneller leer als gedacht. Während sie noch überlegte, was sie tun sollte, warten oder suchen, schenkte ihr der Verkäufer den Extra-Brut in ein neues Glas.
„Ihr Mann scheint Sie ja vergessen zu haben, aber probieren Sie mal diesen zum Vergleich."
Gertrude hatte schon vom ersten Gläschen so ein angenehmes Prickeln auf der Zunge und zu ihrer eigenen Verwunderung sagte sie nicht nein, sondern sah den jungen Verkäufer schelmisch an. „Aber auf Ihre Verantwortung, junger Mann, und ohne meinen Geldbeutel!"
Und damit er es sich nicht mehr lange überlegen konnte, nippte sie am neuen Glas. Sie musste auf seine Frage hin zugeben, dass der Trockene ihr persönlich besser mundete.
Der junge Verkäufer gab sich interessiert und fragte, wohin ihr Mann denn verschwunden sein könnte. Gertrude erzählte, dass ihr Klaus sicher schon am Stand des Caravanhändlers Angle sei, denn sie wollten heute einen Wohnwagen kaufen.
„Na, das ist doch mal was!", meinte er begeistert und fragte weiter nach dem Wie und Was.
Gertrude erzählte begeistert von Eiche hell im Kontrast zu

dunklen Stoffen und dass sie den Wagen heute kaufen und mit nach Hause nehmen wollten.
„Klingt ja nach einem tollen neuen Urlaubsjahr mit einem superneuen Wohnwagen." Der Verkäufer strahlte fast so wie Gertrude, die jetzt langsam etwas Farbe ins Gesicht bekam. So ein neuer Wohnwagen wäre doch ein toller Grund, mit Bekannten und Freunden auf die Neuanschaffung zu trinken und den Wagen gewissermaßen zu taufen, meinte der Verkäufer und riet Gertrude zum trockenen Mops. Er würde ihr eine kleine Stiege mit sechs Flaschen à 0,7 Liter per Kurier nach Hause schicken und so könnte sie bereits am Dienstag auf den Wagen anstoßen. Die Idee gefiel ihr, in zwei Wochen hatte sie ohnehin Geburtstag und so wäre das eine gute Gelegenheit, allen ihre neue Errungenschaft zu präsentieren. Sie gab dem jungen Mann Adresse, Kreditkarte und eine Unterschrift zur Bestellung von zwölf Flaschen Mops. Nur eine einzige Stiege mit nur sechs Flaschen wäre wirklich zu wenig gewesen. Der Verkäufer notierte alles, zog die Karte durch den Leser und noch während Gertrude ihre Geheimzahl eintippte, schenkte ihr der junge Mann noch einmal vom Trockenen nach.
Klaus war noch immer nicht aufgetaucht, aber jetzt würde sie ihn suchen. Sie sagte dem jungen Mann „Adele" und machte sich auf in die nächste Halle.
Plötzlich machte es bei ihr Klick, sie hatte doch ein Handy, brauchte Klaus nur anzurufen. Gertrude öffnete ihre Tasche, kramte darin einen Moment herum und fand das Telefon. Oh weh, zwölf entgangene Anrufe und alle von Klaus. Er schien die Idee mit dem Telefon schon weit vor ihr gehabt zu haben. Sie drückte den Wahlknopf und machte sich auf den Weg.

Jens und Hein hatten sich am Sonntagmorgen, wie an jedem der zehn Messetage, in die U-Bahn gedrängt, um pünktlich am Messestand zu sein. Heute, am Sonntag, war es besonders wichtig, pünktlich zu sein, denn sonst würden sie im Besucherstau vor der Messe stecken bleiben.
Marcus hatte sich bereits am Freitag bei der Messeleitung einen Parkausweis gekauft und drehte nun scinc Runden. Zuerst einmal um das Messegelände, um die richtige Einfahrt zu finden, und dann, um vor der Halle einen Parkplatz zu bekommen. Er war eindeutig zu spät. Die anderen Aussteller hatten ihre Fahrzeuge schon am Vortag strategisch günstig positioniert. Nach einer guten halben Stunde entschloss sich Marcus, einen Parkplatz bei der übernächsten Halle zu nutzen.
Am Messestand angekommen brauchte Marcus erst mal einen Kaffee. Er stellte sich in die Ecke des Messestandes und beobachtete das hektische Treiben. Die Gäste drängten gegen die Tische und das Personal dahinter hatte am letzten Messetag noch einmal alle Hände voll zu tun. Er hörte, wie Jens zum tausendsten Mal erklärte, dass ihr Messestand die schönsten Campingplätze der Nordseeküste vorstellte und dass er kein Verzeichnis kostenloser Stellplätze für Wohnmobile hätte.
„Unsere Campingplätze sind alle mit drei und vier Sternen ausgezeichnet und Sie können gern mit Ihrem Wohnmobil zu uns kommen, aber für kostenlose Stellplätze können wir hier nicht werben."
Marcus musste schmunzeln, wie alle anderen zuvor war auch dieser Gast mit der Antwort nicht zufrieden und murmelte irgendetwas von „Ihr braucht wohl unser Geld nicht" und „Ihr müsst noch viel lernen da droben" vor sich hin.

Klaus diskutierte unter Zuhilfenahme von Händen und Füßen mit dem Verkäufer. Gertrude sah, wie beide gerade aus dem schicken blau-weißen Wohnwagen stiegen, um am Tresen heftig weiter zu debattieren. Ihr schien es fast so, als hätte Klaus sie noch gar nicht vermisst, aber als sie den Messestand erreichte, freute er sich doch.

„Ja", sagte er und zeigte kurz zu ihr, „meine Frau hat alle Unterlagen dabei, Sie können mir den Caravan schon mal einwickeln, ich nehme ihn heute Abend mit."

Der Verkäufer lächelte, gab Gertrude die Hand und führte die beiden dann in eine ruhige Ecke des Verkaufsareals. Er zog zwei Tassen Kaffee aus einem Hightech-Automaten, öffnete für sich selbst ein stilles Wasser und nahm das begonnene Gespräch wieder auf. „Dieser Caravan hier hinter uns ist nicht das Modell aus dem Prospekt", erläuterte er, und außerdem sei dieses Exemplar bereits verkauft. Alle Modelle aus dem Prospekt wären aber innerhalb weniger Monate lieferbar. Klaus und Gertrude sahen sich beide an. „Wir wollten eigentlich heute Abend mit dem Wagen nach Hause fahren", sagten beide wie aus einem Munde in seltener Einigkeit. Der Verkäufer schüttelte bedauernd den Kopf und erklärte, dass es weit sinnvoller sei, den Wohnwagen aus dem Prospekt auf ihre Wünsche abzustimmen und mit einer soliden Finanzierung versehen in den nächsten Wochen auszuliefern.

Auf der Grundlage der Prospekte, der Zeichnungen im Laptop des Verkäufers, der Ideen von Klaus und vor allem der ganz konkreten Einrichtungswünsche von Gertrude, stellte der Verkaufsberater in der nächsten Stunde ihren Traumwagen zusammen. Der Wohnwagen war von Größe und Grundriss, auch von der Möblierung her noch immer das Modell aus dem Prospekt. Aber bei einer Reihe von Details waren Abweichungen zu erkennen – und diese waren stark

durch Gertrude geprägt. Auch der Preis war vom Grundmodell ein wenig abgewichen. Der nette Verkäufer hatte noch einen schönen Messerabatt eingerechnet und trotzdem lag er am Ende deutlich über dem geplanten Budget.
„Die 18.000 Euro aus dem Prospekt sind mit Ihren Spezialfarben nicht ganz zu halten", meinte er „aber im Rahmen einer guten Finanzierung fällt das nicht weiter auf."
Der Verkäufer erklärte den Ablauf von Finanzierung und Bankanfrage und klärte mit Klaus die Formalitäten der Kreditierung. Sieben Jahre bei einer Anzahlung von 900 Euro und einer monatlichen Rate von nur 260 Euro schienen optimal zu sein. Der Wohnwagen wird bereits in sieben Jahren voll abgezahlt sein und sieben Jahre lang könnten Sie mit nur 260 Euro im Monat in den Urlaub fahren!
Dann war es so weit und Klaus konnte zusammen mit Gertrude unterschreiben. Jeweils zwei Unterschriften für den Auftrag von nunmehr doch 21.500 Euro, für die Finanzierung, für die Versicherung und für die Mitgliedschaft im Angle-Caravan-VIP-Kundenclub. Der Verkäufer gratulierte den beiden zu dem tollen Entschluss, schüttelte ihnen die Hände, überreichte ihnen eine stattliche Anzahl an Papieren und versicherte, dass er sich rechtzeitig vor der Auslieferung im April melden würde.
Glücklich, aber ohne Wohnwagen, verließen Klaus und Gertrude den Messestand und Gertrude grübelte, was sie jetzt mit den zwei Kisten Sekt machen sollte.

Die letzten Stunden der Messe waren angebrochen, die Mittagszeit vorbei und unter den Ausstellern war eine gewisse Unruhe ausgebrochen. Alle warteten auf das Messeende, aber die Besucher waren noch immer neugierig wie am ersten Tag und noch immer bereit, Prospekte und Kataloge mit nach Hause zu schleppen. Die Papiermenge allerdings, welche von den Ausstellern bereits nach und nach zurück in die Autos, Transporter oder Lkw verladen wurde, war ebenfalls nicht unerheblich. Auch Marcus hatte schon einige Stapel per Sackkarre zum Auto gebracht und ihm fiel auf, dass einige Messestände schon sehr aufgeräumt wirkten und dass der eine oder andere Ausstellungstresen bereits gänzlich leer geräumt oder komplett verschwunden war.

An ihrem Nordseestand aber herrschte noch voller Betrieb. Jens war damit beschäftigt, einer Familie zu erklären, dass das Hochwasser auf ihren Campingplätzen nicht über den Deich schwappen konnte und ihre Plätze nicht überflutet wurden. Ihre Campingplätze wären absolut hochwasserfrei, versicherte er und bot ihnen an, hier und heute, direkt auf der Messe, den Stellplatz für ihren Sommerurlaub zu buchen. Jens klappte den Rechner auf und aktivierte das Online-Buchungsprogramm. Aber wie in den Messetagen zuvor wollte auch diese Familie sich nur informieren und einige Prospekte mit nach Hause nehmen, buchen wollten sie nicht. Marcus fragte sich, wozu sie das Online-Buchungsprogramm angeschafft hatten, denn an keinem der zehn Messetage wollte auch nur ein einziger Interessent bei ihnen buchen. Diese Investition hatte sich definitiv nicht gelohnt!

Marcus hörte auf der anderen Seite des Messestandes ein älteres Ehepaar mit Hein diskutieren. Nein, auch dieses Paar wollte nicht online buchen, sie interessierten sich nicht einmal für einen Campingplatz, sie wollten Hein nur überreden, die großen Fotos an der Rückwand des Messestandes abzuhängen und ihnen zu überlassen. In drei Stunden sei die Messe zu Ende und dann würde ja alles im Müll landen, argumentierte das seltsame Pärchen. Hein lehnte natürlich ab, die Fotos seien teuer genug gewesen und deshalb würden sie

auch wieder mit zurückgenommen werden.
„Die Blumen und Pflanzkübel aber doch nicht? Die schmeißen Sie doch weg“, war die Antwort des Ehepaares, „dann können wir doch die Blumen schon mal mitnehmen!“
Hein rollte schon mit den Augen und Marcus ging um den Messestand herum, um die zwei verschwörerisch zur Seite zu ziehen.
„Ich hätte da einen Tipp für Sie“, flüsterte Marcus den beiden zu. „Wenn Sie nachher kurz vor sechs zu einem der Weinverkäufer gehen, können Sie dort alle angefangenen Flaschen umsonst mitnehmen.“
Die beiden grinsten dankbar über beide Ohren und Marcus zeigte ihnen noch den Weg in Richtung Nachbarhalle. Der Weinhändler tat ihm leid – aber nur ein wenig.

Die Karibik-Strand-Bar war gut gefüllt. Mitten in der Karibikhalle war ein Strand aufgeschüttet worden und Calypsoklänge berieselten den Raum. Klaus hatte Gertrude zur Feier des Tages auf eine Pina Colada eingeladen und beide standen entspannt an die Theke gelehnt. „Auf den besten Urlaub aller Zeiten!“, sagte Klaus und stieß mit ihr an.
„Ja, auf unseren neuen Wohnwagen!“, Gertrude hob ihr Glas, „und ob es der beste Urlaub wird, hängt mehr von uns als vom Wohnwagen ab!“ Sie stieß mit ihm an, setzte sich unter einen Sonnenschirm und blätterte in einem der mitgenommenen Prospekte.
Campingkarte Baden-Württemberg, Campingführer Niedersachsen, Campingregion Schwarzwald, Campingparadies Spreewald, Campingkatalog Deutschland, Camping, Caravaning, Campingcars, Auto und Camping, ADAC-Campingnews und sogar zwei Wohnmobilzeitschriften waren dabei. Ihrem Campingurlaub stand nichts mehr im Weg!

Die ersten Messestände verwandelten sich zu Sexshops, überall gab es nackte Regale. Kurz vor sechs gab es zum Teil nur noch kahle Wände und Marcus und Jens brachten vorsorglich die übrig gebliebenen Prospekte zum Auto, nur noch wenige Exemplare blieben auf dem Tresen liegen. Hein hatte sogar schon die Oberlichter gelöscht, damit die Lampen abkühlen konnten und dann, pünktlich zum Feierabend, erklang eine Fanfare über die Lautsprecheranlage der Messe. Eine freundliche Stimme forderte alle Messebesucher auf, die Hallen zu verlassen, bedankte sich im Namen der Messeleitung bei allen Ausstellern, verlieh nochmals der Hoffnung Ausdruck, dass es für alle Aussteller und Händler erfolgreiche Messetage waren und dass sich die Messeleitung freuen würde, alle Anwesenden im nächsten Jahr wieder begrüßen zu dürfen. Die Lautsprecherstimme begann den gleichen Text in englischer Sprache zu verlesen, aber das ging im allgemeinen Getümmel völlig unter.

Überall war die Beleuchtung aus, nur noch das diffuse Hallenlicht beleuchtete die Szenerie. Bilder, Regale, Flachbildmonitore, Dekoration und Fahnen wurden im unglaublichen Tempo entfernt. Rückwände wurden aufgerollt und ganze Verkaufstresen fielen wie Kartenhäuser in sich zusammen und fanden plötzlich in einer kleinen Kiste Platz. Marcus staunte, es war wie im Zirkus. Die letzte Vorstellung war noch nicht beendet und schon war nichts mehr an seinem Platz. Mit rasender Geschwindigkeit verwandelte sich die Glitzerwelt der Messe in eine Baustelle. Hein und Jens schraubten die Lampen ab und Marcus entfernte die gesamte Dekoration. Jens half ihm die Sackkarre zu beladen und schon machte sich Marcus auf den Weg zum Auto. Die Gänge waren vollgestellt mit Spezialkisten und Transportwagen, Teppiche und Container stapelten sich und es war nahezu

unmöglich durchzukommen. Marcus bahnte sich einen Weg zum Hallentor, riss es schwungvoll auf und traute seinen Augen nicht.
Es regnete, nein, es schüttete, was herunter wollte. Er konnte es nicht fassen, den ganzen Tag nur ein paar Wolken und jetzt das! Er stand hier nur im Jackett, Schirm und Jacke lagen im Auto. Ohne lange zu überlegen, machte er an der Tür kehrt und nahm den weiten Weg durch die Hallen. Er umrundete riesige Stapel mit Ausrüstung, schob die volle Karre um ganze Kontinente, wich über ihm völlig fremde Messestände aus und kämpfte sich nach und nach in Richtung Ausgang vor. An der Tür stellte er die Sackkarre ab und sprintete durch den Regen zum Transporter. Scheiße! Der Autoschlüssel war noch bei Jens in der Tasche. Marcus drehte sich fluchend um und rannte zurück. Ohne Karre ging es deutlich schneller und völlig außer Atem war er kurz darauf zurück am Stand.
„Wieso bringst du die Karre nicht wieder mit? Wir haben noch mindestens zweimal zu fahren!“, blaffte Jens ihn an.
„Weil du Nachtwächter den Autoschlüssel hast!“, gab Marcus zurück und wunderte sich, warum Jens so sauer war. Dann sah er es. Jens sah aus wie frisch geduscht!
Hein grinste: „Man sollte eben doch das Wasser aus der Kaffeemaschine ablassen, bevor man sie auf die leichte Schulter nimmt.“
Marcus ließ sich den Autoschlüssel geben und trat erneut den Weg Richtung Auto an. Zum Glück stand die Sackkarre noch so an der Tür, wie er sie abgestellt hatte. Er öffnete die Hallentür und traute seinen Augen nicht. Der Regen hatte aufgehört! Mit schnellen Handgriffen verstaute er die Kisten im Anhänger, tauschte sicherheitshalber das Jackett gegen seine Regenjacke und schob die Karre quer über das Messegelände zurück. Die restlichen Sachen passten auf eine Karre

und kurz nach sieben steuerte Marcus den Transporter vom Messegelände.

Klempnermeister Fritz Kleineplumber rieb sich die Hände. Die ersten Sonnenkollektoren für den Campingplatz wurden diese Woche ausgeliefert und die Firma „SunSale“ hatte zur Markteinführung in Deutschland eine Sonderpreisaktion gestartet.
Kleineplumber hatte Glück. Er gehörte zu den ersten Bestellern und somit zu den wenigen, die die neuen Kollektoren auch wirklich zum Superpreis bekamen. Dieser Auftrag war plötzlich doppelt gut, er hatte im Einkauf richtig gespart, konnte im Anschluss mit dem Gesparten in die Frühlingsferien fahren und der Campingfuzzi Bolso wusste nichts davon ...
Fritz Kleineplumber hatte noch im alten Jahr alle Förderanträge für die Solaranlage gestellt und schon vor Weihnachten die Zusagen erhalten. Kurz vor Jahresende gab es immer irgendwo etwas Fördergeld – und somit stand dem Umbau des Campingplatzes „Watt'n Blick“ nichts mehr im Wege. Am Dienstag würde er mit dem Umbau beginnen und bis dahin sollte auch Campingchef Bolso aus seinem Skiurlaub zurückgekommen sein. Oder was auch immer er da unten im Schwäbischen machte.

Campingchef Marcus Bolso wartete kurz in der Lobby des Hotels, um dann mit Jens und Hein zwei Stationen mit der U-Bahn zu fahren. Als sie in der Schlossstraße aus dem Untergrund wieder an die Oberfläche kamen, warteten Fridolin und Caspar bereits auf die drei.
„Ja, grüß Gott die Nordlichter, auf geht's.“
Ohne lange zu warten ging es direkt in die Schneider-Wib-

bel-Gasse. Schon das zweite Restaurant, an welchem sie vorbei kamen, machte einen netten Eindruck und der Kellner konnte ihnen auch einen guten Wein empfehlen.
Ein typischer spanischer Weißer La Rioja, eine spanische Poulardenpfanne, eine reine Männerrunde und der letzte Tag der Messe – Marcus war zufrieden mit sich und der Welt, und das spanische Restaurant erinnerte ihn noch einmal an Mariola. Leider war sie am nächsten Tag zur Mondial du Tourisme nach Paris abgereist, aber er hatte ihre Nummer.
Marcus verfolgte das Tischgespräch nur im Hintergrund, warf ab und an ein Wort in die Runde und dachte über die letzten Tage nach. Ein gutes, aber völlig überteuertes Hotel, eine wunderbare Frau, täglich acht Stunden Messe, Hunderte von Prospekten an Unmengen von Menschen verteilt und nahezu alle Restaurants und Bars der Stadt getestet.
Marcus hatte die vom Finanzamt anerkannte Summe des Verpflegungsmehraufwands bereits am vierten Tag aufgebraucht. Wenn er den Hotelpreis und das Geld, welches er für Speisen und Getränke verbraucht hatte, zusammenrechnete, hatte er für jede Stunde Schlaf im Hotel 32 Euro gezahlt. Zusammen mit der Anreise und der Standmiete auf der Messe hatten Hein, Jens und er somit die regionale Wirtschaft um mehr als 10.000 Euro gestärkt, hatten 1.700 Euro Mehrwertsteuer in die Region getragen, etwa 30 Euro für Bier- und Sektsteuer bezahlt, und ihre Reise hatte der Bundesregierung etwa 60 Euro Mineralölsteuer eingebracht. Durch ihre Umsätze konnten die hiesigen Steuersklaven etwa 220 Euro Lohnsteuer aufbringen und die Kirchen mit 33 Euro Kirchensteuer unterstützen. Die Krankenkassen wurden in die Lage versetzt, sich mit etwa 1.100 Euro einige Tage länger über Wasser zu halten und selbst „der wilde Osten“ bekam noch 28 Euro Solizuschlag für den Aufbau der blühenden Landschaften.

Marcus hoffte nur, dass sich jetzt auch genügend Gäste zur Nordsee aufmachen würden, um dann ihr Geld in den Wirtschaftskreis des Nordens und in sein Portemonnaie zu bringen; wie sonst sollte er die erhöhten Rechnungen der Stadtwerke bezahlen?

Es klingelte wie verrückt. Irgendjemand hatte die Hand auf der Klingel und erzeugte einen Dauerton. Marcus Bolso quälte sich aus dem Bett und tappte zum Fenster. Ein ihm völlig unbekannter junger Mensch mit langen Haaren stand neben einem großen Lieferwagen vor der Schranke des Campingplatzes und hielt die Hand noch immer auf dem Klingelknopf. Marcus sah zur Uhr, zehn nach sieben, gestern Abend war er um elf Uhr auf den Hof gerollt und hatte gerade noch seinen Koffer ins Bad gestellt und geduscht, um danach in einen komaähnlichen Tiefschlaf zu fallen. Aber jetzt klingelte es noch immer!
Marcus hatte keine Ahnung, wer da was von ihm wollte. Er nahm seinen Bademantel, zog darüber noch eine Lederjacke und steckte seine nackten Füße in die Gummistiefel, um nach draußen zum Tor zu schlurfen.
„Moin, moin Meister", rief ihm der junge Mann furchtbar gut gelaunt entgegen und Marcus sah, dass er in einem Overall der Firma Kleineplumber steckte.
„Ich bring die Kollektoren für die Sonnenbank, El Scheffe kommt auch gleich."
Marcus brauchte einen Moment, um zu verstehen, dass es um seine Solaranlage für die Warmwasserbereitung ging. Er nickte.
„Okay, dann fahr mal hoch zum Sanitärgebäude. Aber komm nicht vom Weg ab, der Boden ist vom Regen total durchgeweicht."

Marcus öffnete die Schranke und stapfte zurück. Im Flur sah er sich im Spiegel. Dicke Augen, nach oben stehende Haare und die nackten Beine in knallgelben Gummistiefeln; es wurde Zeit, dass er in die Gänge kam. Als Erstes schaltete er die Kaffeemaschine ein und eine gute Viertelstunde später saß er frisch rasiert in Jeans und weißem Pullover am Frühstückstisch und schlürfte seinen Kaffee.
Der Kaffee war heiß, viel zu heiß! Marcus stand auf, schnappte sich sein gelbes Notizbuch, stieg wieder in die Gummistiefel und ging nach draußen zu Kleineplumbers Fahrer. Der hatte den Lieferwagen oben am Sanitärgebäude abgestellt und war dabei, mit einem kleinen Ladekran die Sonnenkollektoren abzuladen. Marcus stellte zu seiner Erleichterung fest, dass der junge Mann die Kollektoren mit großer Sorgfalt behandelte und akkurat neben dem Gebäude stapelte. Marcus wollte gerade die Tür zum Heizungsraum aufschließen, als es an der Campingplatzschranke hupte.
Klempnermeister Fritz Kleineplumber war mit seiner sterngeschmückten Limousine eingetroffen und verlangte hupend Einlass.
„Was ist denn hier los?", polterte er, nachdem Marcus ihm die Schranke geöffnet hatte.
„Schlaft ihr hier den ganzen Tag auf dem Zeltplatz oder warum geht hier keiner ans Telefon?"
Marcus winkte ab und ging mit Kleineplumber ins Büro. Hier hatte sich in seiner Abwesenheit eine kleine Staubschicht gebildet und Marcus wischte erst einmal Tisch und Besucherstuhl mit seinem Ärmel ab.
„Ich hab nicht den ganzen Winter Zeit", brummelte Kleineplumber ohne Vorrede, „du hast ja gesehen, die ersten Teile sind schon da, der Rest kommt heute Mittag. Meine Männer reißen heute noch die alten Warmwasserspeicher

raus, morgen werden die Deckendurchbrüche gemacht und dann kommt der Elektriker."
„So schnell schon?", fragte Marcus irritiert und steckte sich seine Titanbrille ins Haar, „wir wollten doch erst Ende Januar starten."
„Die Kollektoren konnten früher geliefert werden als geplant und die Förderung ist auch schon genehmigt. Sobald wir hier fertig sind und du die paar Tausender überwiesen hast, kannst du den Zuschuss beim Ministerium abgreifen."
Marcus konnte kaum folgen „Die Förderung gibt es erst hinterher? Ich muss erst alles bezahlen?"
„Ja klar", meinte Kleineplumber mit hochgezogenen Augenbrauen, „ich brauch mein Geld schließlich auch und muss die Ware bezahlen!" Und meinen Urlaub auch, fügte er in Gedanken hinzu. Dass es für die Kollektoren ein Zahlungsziel von drei Monaten gab, ließ er allerdings unerwähnt und dass er den Sonderrabatt wegen der Markteinführung bekommen hatte, ging Bolso ja nun wirklich nichts an!
Marcus nickte wortlos und dachte daran, dass er dringend mit seiner Bank verhandeln müsste. Hoffentlich hatten die noch ein paar Kröten für ihn, denn jetzt in der Krise hörte man ja ständig von der großen Kreditklemme.
„Also, jeden Morgen. Punkt sieben sind meine Männer hier und um fünf ist Feierabend, am besten ihr macht euren Schlagbaum schon um sechs auf, dann können wir rechtzeitig antreten!", polterte Kleineplumber, drehte sich um und verschwand ohne ein weiteres Wort aus dem Büro. Marcus ging zurück in die Küche, aber der Kaffee war kalt und der Kühlschrank gähnend leer.
Nachdem er kurz zum Supermarkt gefahren war, um seinen Kühlschrank aufzufüllen, setzte sich Marcus wieder ins Büro. Ein ganzer Korb mit Post wartete auf Bearbeitung, dabei

kamen die meisten Buchungen ganz modern per E-Mail direkt auf seinen Computer. Das war schon eine eigenartige Entwicklung, Post gibt es im Supermarkt und Briefe werden elektronisch zugestellt, aber früher gab es ja das Benzin auch in der Apotheke. Das allerdings konnte man noch heute an den Preisen erkennen.

Marcus startete seinen Computer, legte die übliche Bill-Gates-Gedächtnisminute ein, bis der Rechenknecht hochgefahren war, und öffnete sein E-Mail-Programm. Zum Glück hatte er auf seinem Rechner einige E-Mail-Filter installiert, trotzdem hatte er mindestens zehn Einladungen zu Urlaubsreisen, eine Fülle von Angeboten der einschlägigen Internetapotheken, und diverse Banken von den Kaimaninseln wollten sein Vermögen verwalten. Auch Potenzmittel waren besonders günstig zu erhalten. Insgesamt war aber auch eine größere Anzahl von Reservierungen für den Sommer eingegangen, nur aus der Region Stuttgart war nichts dabei.

Es hupte schon wieder an der Schranke und zwei große Lkw mit Material für die Solaranlage standen davor. Marcus öffnete und beeilte sich, um vor den Lastern an der Baustelle zu sein. Das neue Material sollten die Fahrer neben den Kollektoren abladen. Oder auch nicht! Tiefe Fahrspuren zogen sich über den Rasen. Der Fahrer vom ersten Transport hatte alles akkurat gelagert, aber dann wohl sein Auto auf dem Rasen gewendet! Eine tiefe Spur zog sich genau dort entlang, wo der Transporter nicht hätte fahren dürfen! Genau da, wo das Material gelagert werden sollte!

Der erste der beiden Lkw hatte die Planken bereits heruntergeklappt und die Fahrer begannen abzuladen. Der restliche Rasen verschwand unter den Kisten und es hupte wieder an der Schranke! Diesmal waren es die Monteure von Kleineplumber.

Marcus ging ins Büro, holte eine Handvoll Magnetkarten für die automatische Schranke und verteilte sie an die Monteure. Die Männer bretterten auf das Gelände, stellten ihre Autos ab und sahen erst mal zu, wie die Fahrer die Kisten abluden. Die Hände tief in den Taschen vergraben standen sie am Sanitärgebäude und warteten. Ihre Autos parkten gegenüber dem Gebäude, auf dem frischen, neuen Rasen. Marcus schüttelte den Kopf, stöhnte und machte sich wieder an seinen Schreibtisch.
Rechnungen, Gebührenbescheide, Fragebögen der IHK, vom statistischen Landesamt, dem DeHoGa und von seiner Bank warteten auf ihre Bearbeitung. Die Bank hatte auch gleich noch ein zwölfseitiges Exemplar ihrer neuen Geschäftsbedingungen dazugelegt.
Draußen war es dunkel geworden und Marcus hatte gar nicht bemerkt, dass die Handwerker schon vom Hof gefahren waren. Er zog sich eine Jacke über und ging noch zur Baustelle hoch, um nach dem Rechten zu sehen. Das Licht brannte noch, die Außentür war nicht abgeschlossen, der Heizungsraum hatte keine Tür mehr, die alten Leitungen waren nahezu alle aus der Wand gerissen und die guten alten Warmwasserspeicher standen an der Seite. Marcus schaute sich wehmütig um und löschte das Licht.
Nach dem Abendessen setzte er sich ins Wohnzimmer, suchte die dritten Programme nach einem alten Tatort ab und machte es sich mit Stöver und Brockmöller beim „Tod vor Scharhörn“ gemütlich. Mit einem Bier und der altbekannten Handlung ließ Marcus den Abend in aller Ruhe ausklingen. Die Fernsehkommissare latschten wie die Touristen durch das Watt und das Telefon von Hauptkommissar Stöver klingelte immer im falschen Moment. Leider konnte Stöver nicht ans Handy gehen, weil er gerade mit den Jungs vom

CSI:Lübeck Bodenproben im Watt nehmen musste. Es war Ebbe und die beiden Hamburger Kommissare fuhren gemütlich mit dem Pferdefuhrwerk durch das Watt, und Stövers Telefon klingelte noch immer. Marcus schreckte hoch. Es war sein Telefon, was da klingelte! Der Film war schon längst zu Ende, es war weit nach elf und sein Telefon klingelte.
Verschlafen hob er ab.
„Campingplatz Watt'n Blick", meldete er sich.
„Ja, guten Abend", schlug ihm eine muntere Stimme entgegen, „Müller-Vielgescheidt hier, ich bin gerade im Internet auf Ihrer Seite, scheint ja 'n schöner Platz zu sein bei euch am Watt, aber gibt es auch irgendwo eine Auskunft über die Preise, die man zahlen muss?"
„Guten Abend", gähnte Marcus, „schön dass Sie unseren Platz gefunden haben." Marcus musste erst einmal die Augen aufbekommen und überlegen, was die Stimme am anderen Ende der Leitung eigentlich von ihm wollte. „Die Preise, ja genau, scrollen Sie doch einfach mal etwas nach unten, links müsste ein Preis-Button sein."
„Moment, ja stimmt. Ich hab's gefunden, vielen Dank und schönen Abend noch." Aufgelegt!
Marcus sah zur Uhr, höchste Zeit, den Fernseher auszuschalten und ins Bett zu gehen. Kaum war Marcus im Bad, hörte er das Telefon wieder klingeln. Er hatte schon mit einem Bein in der Dusche gestanden und patschte jetzt nackt zurück auf den Flur.
„Campingplatz Watt'n Blick ..."
„Ja, Müller-Vielgescheidt noch mal, wir hatten gerade eben schon mal. Bei Ihre Preise find ich die Kurtaxe nich, wie hoch ist die denn inne Hauptsaison?"
„Wir haben keine Kurabgabe, deshalb steht auch nichts in der Preisliste, aber trotzdem ist es einer der schönsten Küstenorte."

„Ach so, na gut“, und schon hatte er wieder aufgelegt. Marcus rutschte zurück ins Bad und stellte sich unter die Dusche. Das heiße Wasser tat gut und durch das Rauschen hindurch meinte er das Telfon noch einmal klingeln zu hören, aber diesmal war es ihm egal, er seifte sich ab, genoss die Dusche, ging ins Bett und träumte von der alten Liebe. In erstaunlich klaren Bildern erschien sie ihm im Traum und sein Unterbewusstsein beschloss: Am Sonntag werde ich sie besuchen.

„Wohnwagenaußenspiegelhaltergummi“, las Klaus laut vor. „Was soll das denn sein?“, fragte Gertrude zurück. Die beiden saßen am heimischen Kamin und wälzten Campingkataloge. „Wir brauchen extra breite Außenspiegel für das Auto und passende Halterungen dafür. Schreib das mal mit auf die Liste.“ Gertrude hatte zwei Listen gemacht, auf welche sie wichtige Dinge notierte, die noch unbedingt vor der ersten Fahrt mit dem Wohnwagen besorgt werden mussten. Eine Liste hatte Gertrude für sich angelegt, eine für Klaus. Dieses Wohnwagenaußenspiegeldingsbumens schrieb sie sorgfältig auf seine Liste. Dort standen bereits so erstaunliche Begriffe wie CEE-Adapter, Aqua-Kem, Bodenschürze, Alugas, Sturmband, Sonnensegel, Melamin und Panzertape. Warum Klaus auch kleine Holzbretter, Klappspaten, Akkuschrauber, Wasserwaage, Fisch- und Satellitenfinder mitnehmen wollte, war Gertrude allerdings völlig unverständlich. Sie überflog seine Liste noch einmal und dachte sich, dass einiges davon wirklich wichtig war. Campingstühle und Tisch, Angel, Fernglas, Flaschenöffner und ein Federballspiel. „Du willst Federball spielen?“, fragte sie, und für Klaus klang diese Frage ziemlich spitz.
„Ich nicht, aber wir! Oder willst du den ganzen Tag nur in der Sonne braten? Und wir sollten auch die Fahrräder mit-

nehmen." Gertrude sagte lieber nichts, denn ihre Liste sah ganz anders aus. Töpfe, Pfannen, Schüsseln, Gläser, Besteck, Frühstücksbrettchen, Spülmittel und Anti-Mücken-Kerzen. Und Eierbecher. Ein bisschen Stil sollte schon erhalten bleiben. Tischdecken, Handtücher, allergiefreie Bettwäsche und natürlich die Kaffeemaschine mit Espressotaste und Milchaufschäumer. Besen, Kehrblech und Reiseapotheke waren ebenso auf ihrer Liste wie Sektgläser und Wäscheleine.
„Meine Liebe", und damit meinte Klaus wirklich Gertrude, „meine Liebe, entweder wir nehmen das alles mit und melden unsere Hausratversicherung ab, oder aber wir machen einen Einkauf wie nach der Hochzeit. Deine Liste ist viel zu lang!"
„*Du* wolltest Camping machen! *Ich* nicht!", gab Gertrude zurück, trank einen Schluck Wein und setzte das Wort Korkenzieher auf die Liste.

Die Alte Liebe in Cuxhaven war einer von Bolsos Lieblingsplätzen und jetzt am frühen Sonntagmorgen war er der einzige Mensch entlang der Pier. Nur im Winter konnte man den Sonnenaufgang an der Elbmündung so ganz alleine genießen. Er saß auf dem alten Elbanleger, der angeblich aus den Planken versunkener Schiffe gebaut worden war, und schaute über das Meer. Im 18. und 19. Jahrhundert war dieser Anleger für viele Auswanderer der letzte Blick auf Europa, ihre alte Liebe, gewesen. Heute war es ein Touristentreffpunkt – und nur im Winter konnte man noch eine Stunde finden, in der man ganz alleine den Geist der großen weiten Welt spüren konnte.
Marcus steckte sich die Sonnenbrille ins Haar, goss sich Kaffee aus der Thermoskanne ein und wärmte seine Hände am Becher. Unbewusst zog er die Brille wieder runter und rück-

te sie auf der Nase zurecht. Sein Blick glitt über die See, zu den Schiffen, die den Hafen ansteuerten, den Lotsen schon an Bord. Er beobachtete den Containerfrachter, der das ablaufende Wasser der Mitternachtsflut nutzte, um die Elbe in Richtung Nordsee zu verlassen. Entspannt schob er die Brille wieder hoch und lehnte sich zurück. Mein Gott, ist das schön!

Die letzte Woche hatte ihm viel Arbeit gebracht, sein Schreibtisch und die Heizungsbauer hatten ihn voll gefordert. Aber ab morgen wird alles besser, Morgen ist Platzmeister Jasper wieder da. Hoffentlich! Immerhin war Jasper Diekgreve, wie in jedem Jahr, in den Skiurlaub gefahren und, wie in jedem Jahr, hoffte Marcus darauf, dass Jasper nicht als Gipsimport zurück nach Hause kam.

Er nahm einen kräftigen Schluck Kaffee und freute sich, dass er erst heute Abend wieder fahren musste. Sein Auto war am Ufer geparkt und er konnte seinen ganz speziellen, gut angereicherten Kaffee ohne schlechtes Gewissen und in aller Ruhe genießen. Sein Blick glitt über das Wasser und blieb am alten Leuchtturm der Insel Neuwerk hängen. In knapp einer Stunde würde er sich mit dem Pferdewagen über das Watt auf die Insel fahren lassen, den Turm besteigen und die Rundumsicht genießen. Heute war sein Urlaubstag!

Der Kutscher bremste den Planwagen und die Pferde blieben gewohnheitsmäßig direkt vor der Futterraufe der alten Inselpoststation stehen. Nur acht Personen, also nur sieben Gäste waren mit dem Wattwagen auf die Insel gekommen. Wochenendgäste aus Hamburg, die ein Inselpicknick machen wollten. Nach dem Ausstieg zogen sie direkt an den Strand, Marcus hingegen steckte seine Brille ins Haar, schulterte seinen Rucksack und machte sich auf in Richtung Inselmitte, um den Leuchtturm zu besteigen.

Nach einhundertachtunddreißig Treppenstufen erreichte er die Aussichtsplattform und blickte aus vierzig Metern Höhe über die See. Die Sonne stand inzwischen schon recht hoch und in Lee konnte man ihre Wärme deutlich spüren. Nicht mehr lange, und sie wird noch mehr an Kraft gewinnen, wird den Sommer bringen und dann wird es vorbei sein mit der Sonntagsruhe. Heute aber war Marcus allein hier oben und schaute in die Runde.
Aus dieser Höhe war sogar der rot-weiße Leuchtturm von Altenbruch zu erkennen, das Wahrzeichen der Küste schlechthin. Sein Licht war 1983 für immer erloschen und seitdem war die „Dicke Berta" einfach nur noch schön. Marcus legte die Hand über die Augen und sah sich noch einmal um, sein Blick ging bis an die Ostspitze der Insel, dorthin, wo das alte Wrack am Ufer lag. Kurz entschlossen stieg er die Wendeltreppe wieder herunter und machte sich auf, um zur Ostspitze zu wandern.
Seit 1968 lag der alte Muschelsauger nun bereits an der Spitze der Insel. Fest im Sandbett eingegraben schien das Wrack fast ein Kunstwerk zu sein. Seit Jahren malten Touristen die rostigen Reste des Bootes immer wieder mit bunten Farben an, überpinselten die Schilder und setzten neue Namen an die Stelle der alten. Der ursprüngliche Name „Capella" war schon etliche Male überschrieben worden. Eigenartigerweise meinte Marcus heute den Namen „Mariola" am Schiff zu lesen. Er kletterte über die Dünen und wunderte sich. Der Name Mariola war wirklich frisch auf das Wrack geschrieben worden. Er dachte einige Momente zurück an die Campingmesse, dachte an die wunderbare Nacht, schaute noch einmal über das Meer und schlug den Rückweg in Richtung Inselhafen ein.
Das Timing war gut, kaum war Marcus um die Ecke des Ha-

fenbüros gebogen, hörte er auch schon das Tuten des Schiffes, untrügliches Signal dafür, dass der Flipper ablegen wollte. Das weiße Schiff lag abfahrbereit am Anleger, Marcus ging an Bord, löste ein Ticket und kaufte am Tresen einen großen Becher Kaffee. Als das Schiff wenige Minuten später ablegte, stand er an der Reling und schaute zurück zur Insel. Neben ihm ein Mann mit typischer Fischerjacke, Prinz-Heinrich-Mütze und der unvermeidlichen Pfeife. Ohne sich zu unterhalten, schauten sie mit glücklicher Miene auf das Meer und die untergehende Sonne.

Der Wagen fuhr auf den Parkplatz und stoppte neben dem Eingang zur Angle Wohnwagenwelt. Klaus und Gertrude stiegen aus und staunten nicht schlecht. Auf dem Hof, und zum Teil auch unter Dach, standen hier bestimmt einhundert Wohnwagen und Wohnmobile.
Verkäufer Martin Becherle begrüßte sie in der Eingangshalle. „Herzlich willkommen in der Angle Wohnwagenwelt“, er schüttelte ihnen die Hände, als wären sie alte Bekannte, und führte sie zu einer Sitzecke in seinem Büro.
„Ist der Wagen schon da?“, fragte Klaus, und Gertrude setzte gleich nach: „Ist es der am Ende der Halle, der hat die gleiche Farbe.“
Der Verkäufer sah Gertrude an: „Nein, tut mir leid, das ist noch das Vorjahresmodell und es gehört einem Kunden. Ihr Caravan, der ja von der ganz neuen Modellreihe ist, kommt in der vierzehnten Kalenderwoche, also schon in vier Wochen, so Mitte April.“
Gertrude war irgendwie enttäuscht – und Klaus nutzte die Chance und legte dem Verkäufer ihre Listen vor.
„Apropos neuer Wohnwagen, was gehört eigentlich alles dazu? Ist der Wagen reisefertig oder müssen wir noch etwas

extra kaufen?", fragte Klaus. Der Verkäufer sah sich die Liste an und schüttelte den Kopf. „Nein, davon ist fast nichts dabei, im Gegenteil, ich würde Ihnen noch einiges mehr empfehlen."

Klaus zog die Augenbrauen hoch, sollte er etwas vergessen haben?

„Ich würde für das neue Vorzelt, welches ja zum Startangebot unseres Hauses gehört, noch zusätzliche Heringe und ein zusätzliches Gestänge empfehlen." Gertrude guckte nun auch etwas verwirrt. „Sie meinen, nichts von der Liste ist dabei?" Der Verkäufer übte sich wieder in seinem professionellen Lächeln und überflog die Liste zum zweiten Mal. „Also, die Gasflasche ist dabei, natürlich nicht aus Aluminium und natürlich ungefüllt, und die Bodenschürze gehört auch dazu, die brauchen Sie nicht extra kaufen." Immerhin etwas, dachte sich Klaus, und sah Verkäufer Becherle an. „Sie meinen also, wir sollten doch noch mal Ihren Shop besuchen? Und Sie rufen uns an, wenn der Wagen kommt?" Becherle nickte. „Nächste Woche gibt es hier vom Automobilclub ein Fahrzeugtraining, hätten Sie da Lust mitzumachen? Also, ganz unverbindlich, ich meine, so ein Training kann ja nicht schaden, bevor Sie Ihren Wagen hier gleich bei Ihrem ersten Transport zum Abstellplatz beschädigen."

Klaus schaute erschrocken auf, moi Godd, daran hatten sie nicht gedacht! Nein, nicht das Fahrtraining war das Problem, das würde er schon meistern, aber sie hatten keinen Abstellplatz!

„Ich dachte, der Wagen könnte bis zum ersten Urlaub hier stehen bleiben." Jetzt war der Verkäufer verwirrt. Und das passierte ihm selten. „Nein, also ich meine, nein, mein Chef, also der will immer alle Wagen gleich am Verkaufstag weg vom Hof, also, das ist wegen der Versicherung", stotterte er.

„Ab der Übergabe ist es ja Ihr Wagen und auch Ihre Versicherung, also stehen bleiben kann der hier auf keinen Fall.“ Er lächelte. „Aber Sie haben ja noch drei Wochen Zeit, sich nach einem Abstellplatz umzusehen.“ Mit einem Blick in die Unterlagen ergänzte er schnell: „Und Ihr Wunschkennzeichen SCH-KD 333 ist ebenfalls schon bestellt.“
Becherle begleitete sie noch bis zum Eingang des großen Campingshops und verabschiedete sich: „Ich ruf Sie an, sobald Ihr Caravan da ist. Viel Spaß beim Shoppen.“
Der Campingshop erwies sich als Supermarkt. Gertrude schob den großen Einkaufswagen durch die Tür und war begeistert. Hier gab es wirklich alles, was man zum Campen brauchte, und ebenso auch alles, was man niemals brauchen würde. Sie klemmte ihre Listen an den Wagen und schob los.

Der Regen trommelte gegen die Scheiben, der Wind tobte und trotz der Doppelverglasung hatte Campingchef Bolso das Gefühl, als würde der Sturm sogar über den Küchentisch fegen. Er wärmte seine Hände am Morgenkaffee und Platzmeister Jasper Diekgreve erklärte ihm, warum die Toilettentüren noch nicht eingestellt waren und dass er unbedingt neue Dichtungen für die Spülkästen brauchte und einen Trafo für den elektrischen Türöffner.
Marcus nickte und schrieb Jaspers Wünsche in sein gelbes Notizbuch. „Ich fahre nachher in die Stadt und bring alles mit, aber vorher kommt Meister Kleineplumber noch mit seinem Solarexperten. Die wollen die Solaranlage einschalten.“ Jasper schüttelte verständnislos den Kopf: „Bei dem Wetter? Ohne Sonne? Watt soll dat denn?“
Heizungsbauer Kleineplumber hatte gleich nach der Fertigstellung die komplette Rechnung an Marcus Bolso geschickt. Wegen der Fördermittel, hatte er gesagt. Aber übergeben

konnte er die Anlage erst nach dem Probelauf, und der sollte heute starten. „Chef, ich mach denn die Duschen klar und bau die Magnetventile ein."

„Nee, ich muss erst noch die Fliesen verfugen, aber du kannst alle Lampen aufschrauben und sauber machen. Aber die Sparlampen nicht wieder mit den Fingern anfassen, sonst brennen die nächste Woche wieder alle durch!"

Die Fliesen waren fertig, sein Gesicht spiegelte sich darin und Marcus drückte seinen Rücken gerade. Fliesenleger wäre auch nicht unbedingt sein Traumberuf, aber jetzt, nachdem er die frischen Fugen mehrfach abgewaschen hatte und auch die letzte Dusche wieder glänzte, war er stolz auf seine Arbeit. Er machte das Werkzeug sauber, spülte die Schwämme aus und freute sich auf den heißen Bohneneintopf. Er packte sein Werkzeug ein und suchte Jasper.

„Wie weit bist du mit den Lampen?"

Die Antwort kam aus der hintersten WC-Kabine „Alles fertig, ich schraub hier nur noch 'ne Klobrille rauf und dann ist Mittag."

„Okay", Marcus kam zu ihm rüber, „ich geh schon mal vor und mach uns den Eintopf heiß."

Er zog sich die Kapuze tief ins Gesicht, rannte durch den Regen über den Hof und hängte die triefend nasse Jacke über die Badewanne. Der duftende Kaffee tropfte in die Tassen und Marcus stellte den Topf mit den dicken Bohnen auf den Herd. Sein Handy meldete sich. Er rührte den Eintopf vorsichtig um und fummelte gleichzeitig das Handy aus der Tasche, Fritz Kleineplumber rief an. „Moin Bolso, du hör zu, ich komm jetzt schon, nicht erst um zwei, der Solaringenieur muss noch nach Husum. Wir sind in zwei Minuten da."
Noch bevor Marcus antworten konnte, hatte Kleineplumber wieder aufgelegt. Marcus klappte das Handy zu und Jasper

kam rein, tropfend wie ein Schwamm. Kommentarlos stellte Marcus ihm den heißen Kaffee hin und holte die Teller aus dem Schrank. Es hupte an der Eingangsschranke, Kleineplumber wollte rein. Marcus machte per Fernbedienung auf, warf noch einen sehnsüchtigen Blick auf den heißen Bohneneintopf, zog sich seine Regenjacke wieder über und verschwand in den Regen.
Fritz Kleineplumber war bis zum Sanitärgebäude vorgefahren und stand wartend unter dem Vordach. „Kalt, Thomas Kalt, Ingenieur für Solartechnik“, stellte sich Kleineplumbers Begleiter vor und gab Marcus die Hand. Kleineplumber selbst murmelte ein „Moin, Moin“ und ging in den Heizungsraum. Gegenüber früher war der Raum kaum wieder zu erkennen. Neue Kesselspeicher und Zwischenspeicher, viele isolierte Rohre, kleine Pumpen und eine digitale Schaltwand prägten das Bild. Ingenieur Kalt sah sich in Ruhe um, stellte Kleineplumber alle möglichen Fragen, deren Sinn Marcus überhaupt nicht verstand, und schaltete dann mit dem Hauptschalter die Anlage ein. Ein kurzer Blitz! Ein Knall und alle Lichter waren aus!
Alles lag im tiefsten Dunkel. „Was ist denn jetzt los?“, knirschte Kalt mit eiskalter Stimme, „Haben Sie denn keinen Probelauf gemacht, Kleineplumber?“
„Doch doch, schon, ging auch alles, meine Männer haben das alles getestet.“
„Schlüssel!“, forderte Kalt und hielt die Hand auf. Fritz Kleineplumber kramte im Dämmerlicht in seiner großen Mappe und gab Kalt den Schlüssel für den Schaltschrank. „Dat riecht nach Ampere“, meinte Kalt und schnüffelte in den offenen Schaltkasten. Mit seinem Handy leuchtete er hinein. „Und Sie haben alles getestet? Fragen Sie mal Ihre Monteure, ob sie nicht was vermissen! Ich brauch 'ne isolierte Zange und

dann müssen die Sicherungen wieder rein.“ Kleineplumber kramte eine Zange hervor und Kalt fischte ein verbogenes Stück Metall mit zwei verschmorten Plastikgriffen aus dem Schaltkasten heraus. „Man sollte sein Werkzeug nicht auf der Klemmschiene des Elektroanschlusses liegen lassen!“ Sichtlich genervt drückte er Kleineplumber die verschmorte Schere in die Hand, öffnete seinen Koffer und holte eine riesige Taschenlampe sowie eine Schachtel Sicherungen hervor. Zielgerichtet wechselte er im Schein der Taschenlampe die durchgebrannte Sicherung aus und das Licht ging wieder an. Kalt legte den Hauptschalter zum zweiten Mal um. Die Solaranlage erwachte. Kleine Anzeigen blinkten und die Zeiger der Messgeräte bewegten sich. „So, dann wollen wir mal sehen. Und passen Sie gleich mit auf, wie das funktioniert.“ Damit meinte er Marcus und Jasper, der jetzt ebenfalls erschienen war. Kalt ließ Fritz Kleineplumber völlig unbeachtet stehen und arbeitete seine Checkliste ab. Die Prozedur dauerte, draußen wurde es schon dunkel und der Regen hörte nicht auf. „Lassen Sie die Anlage jetzt einfach eine Woche laufen, nur wenn diese Anzeige hier“, er tippte auf ein Lämpchen im Anzeigefeld, „wenn diese Anzeige rot leuchtet, dann rufen Sie mich an.“ Er gab Marcus Bolso seine Karte, schloss seinen Koffer und drehte sich zu Kleineplumber: „Abfahrt!“ Fritz Kleineplumber wirkte immer noch total zerknirscht, obwohl nach dem ersten Fehlstart alles wunderbar gelaufen war. Kalt gab Marcus die Hand und stieg zu Kleineplumber in den Wagen. Die beiden fuhren eilig vom Hof und auch Platzmeister Jasper Diekgreve verabschiedete sich. „Ich muss los, es ist schon viel zu spät, meine Frau will zum Tierarzt, tschüss, bis Morgen denn.“ Er winkte Marcus kurz zu und rannte durch den Regen zu seinem Auto.

Marcus hängte seine nasse Jacke wieder über die Wanne,

stopfte seine Schuhe mit Zeitungspapier aus und wollte gerade die Kaffeemaschine füllen, als das Telefon klingelte. Kaffeemaschine oder Telefon? Marcus überlegte, sein Blick ging hin und her, das Telefon nervte und damit war die Frage beantwortet. „Campingplatz Watt'n Blick, guten Abend, Sie sprechen mit Marcus Bolso, was kann ich für Sie tun?"
„Ja, Müller-Vielgescheidt hier, ich hatte neulichst schon mal durchjerufen, jetzt will ich denn bei Ihnen buchen."
„Ja gerne, natürlich." Marcus nahm sein gelbes Notizbuch zur Hand. „Wann möchten Sie denn anreisen?"
„Gleich zu Anfang der Sommerferien, gleich am Samstag."
„Wann sind denn bei Ihnen Ferien?"
„Gleich im Juli, NRW."
Marcus hatte zum Glück immer einen Ferienkalender griffbereit. „Der erste Ferientag ist Mittwoch der 13., wollen Sie dann am 16., am Samstag, anreisen?"
„Ach, Mittwoch ist schon frei für die Kids? Dann könne' wir ja schon am Freitagabend kommen."
„Gut, dann reserviere ich für Sie ab 15., den Freitag dann. Für wie lange möchten Sie denn buchen?"
„So zwei, drei Wochen, kommt aufs Wetter an, Nordsee kann ja manchmal auch schlecht sein."
Marcus liebte diese Gespräche: „Ich kann nur buchen, wenn Sie mir den genauen Zeitraum nennen. Wenn Sie möchten, dass ich den Platz für Sie reserviere, benötige ich das genaue An- und Abreisedatum."
„Ja und wenn es regnet?"
„Dann ist norddeutscher Sommer. Wenn Sie vorher abreisen möchten, liegt das ganz bei Ihnen, aber bezahlt werden muss der Platz."
„Auch wenn ich vorher abreise?"
„Ja, natürlich." Marcus rollte mit den Augen und dachte da-

ran, wie schön es gewesen wäre, wenn er sich für die Kaffeemaschine entschieden hätte. „Herr Müller-Vielgescheidt, Sie gehen doch mit mir einen Vertrag ein und der muss dann auch bezahlt werden. Welches Abreisedatum ist Ihnen denn recht, was kann ich für Sie buchen?"

„Nee, denn lassen Se mal noch mal, das muss ich mir erst noch mal überlegen. Nee, buchen Sie erst mal noch nich, und nichts für ungut, schönen Abend noch." Müller-Vielgescheidt hatte aufgelegt und Marcus schlurfte zurück in die Küche, setzte die Kaffeemaschine in Betrieb, wärmte den Eintopf noch einmal auf und schaute aus dem Fenster. Es schüttete noch immer wie aus Eimern.

Der Kamin knisterte und Gertrude hatte den guten Reutlinger Trollinger geöffnet. Klaus war heute überpünktlich aus dem Büro nach Hause gekommen, um den Keller aufzuräumen. Sie hatten im Campingshop so viel gekauft, dass sie gar nicht mehr wussten, wohin mit all den Sachen. Nicht nur das zusätzliche Zeltgestänge und der teure Zeltteppich brauchten Platz, es waren vor allem die kleinen Kartons mit den vielen Kleinigkeiten, die überall in der Wohnung standen. Drei Stunden hatte Klaus gebraucht, um genug Platz für die Kartons zu schaffen.

„Wir werden wohl den Sperrmüll anmelden müssen." Klaus kam aus dem Bad, er hatte sich den Kellerstaub unter der Dusche abgespült und sich noch einmal umgezogen, und Gertrude tischte heißen Flammkuchen auf. „Jede Menge alder Blundr", nuschelte Klaus zwischen zwei Bissen. „Ich habe erst mal alles nach vorne gestellt und die Regale zur Hälfte frei gemacht. Mit dem, was da unten steht, könnte man ein ganzes Museum ausstatten. Wann haben wir dort eigentlich das letzte Mal aufgeräumt?" Gertrude sah ihn an und trank einen Schluck Wein, um den Flammkuchen herunterzuspülen. „Noch nie, das Zeug liegt do unne, seid wir hier eingezoge sin." Klaus schüttelte den Kopf, kein Wunder, dass dort noch Teddybären und Kinderwagen zusammen mit uralten Langlaufskiern standen. „Auf alle Fälle haben wir jetzt wieder Platz und wenn der Sperrmüll abgeholt wird, ist es da unten richtig übersichtlich."

Gertrude überlegte, dass im Wohnwagen sicher viel untergebracht werden konnte, aber was sollen sie im Winter machen? Und vor allem, wo lassen wir den Wohnwagen? Sie sah Klaus an: „Hast du schon eine Idee für den Wohnwagen?"

„Wozu?"

„Für den Wohnwage, zum Abstelle!" Er überlegte laut: „Ich könnte im Bauhof der Stadt fragen, oder Oma Hilde. Oder wir fragen unseren Winzer in Reutlingen, der hat doch bestimmt noch Platz." Gertrude schüttelte den Kopf: „Nein, da muss man jedes Mal 50 Kilometer fahren, um zum Wohnwagen zu kommen, der Bauhof wäre da schon besser." Und ich werde zum Gespött vom ganzen Rathaus, dachte Klaus. Der Dipendenti muss jetzt zelten, kann sich keinen Urlaub mehr leisten, wir sollten mal für ihn sammeln. Klaus sah die Gesichter seiner Kollegen bildlich vor sich und hörte den spitzen Kommentar seiner Sekretärin. Die Cabra fährt wieder in die Karibik und ihr Chef auf 'ne feuchte Wiese. „Nein, Bauhof geht nicht, aber Oma Hilde hat doch noch die alte Scheune."

„Die Scheune nimmt doch immer ihr Nachbar, der alte Lämmle, als Garage."

„Stimmt", Klaus trank einen Schluck, „aber der hat doch nur 'nen kleinen Fiat, die Scheune ist groß genug für uns und sein Audole! Wir fahren am Wochenende zu Oma Hilde!"

Die Kapuze tief im Gesicht lief Marcus durch den Regen. Der Wind fegte über den Campingplatz, es war dunkel und nur die schwach beleuchtete Schranke am Eingang war im Regen zu erkennen. Er stieg ins Auto, startete den Motor, machte die Scheinwerfer an und fuhr in Richtung Stadt. Er musste zur Bank, und den Baumarkt musste er auch noch schaffen.

Er beeilte sich und gab am Ortsschild kräftig Gas. Der Wagen schleuderte mit dem Heck, aber das Auto kannte den Weg, und er schaffte es pünktlich zur Bank – und der Baumarkt war ebenfalls noch geöffnet.

Dichtungen und Trafo für Jasper Diekgreve, Holzlasur für die Rezeptionsfenster, Farbe für den Frühjahrsanstrich des Kinderspielplatzes und ein Satz Pinsel; schon waren wieder mehr als 100 Euro weg. Aber Marcus tröstete sich, das Geld war ja nicht wirklich weg, es hatte nur jemand anderes. Er verstaute den Einkauf im Kofferraum und brachte den großen Einkaufswagen zurück. Es regnete noch immer wie aus Eimern und sein Handy klingelte.

Marcus sprang in den trockenen Wagen, ein kurzer Blick auf das Handydisplay, ein umgeleiteter Anruf. „Campingplatz Watt'n Blick, guten Abend, Sie sprechen mit Marcus Bolso, was kann ich für Sie tun?"

„Ja, Müller-Vielgescheidt hier noch mal, wir hatten ja schon."

„Hallo Herr Müller-Vielgescheidt, es geht um die Ferienbuchung?"

„Genau, also ich muss da noch mal mit meiner Frau reden, aber was ich wissen muss, bis wann kann man bei Ihnen denn am Abend anreisen? Vielleicht können wir ja schon Mittwochabend kommen."

„Wir sind jeden Abend bis zehn da, bis dahin können Sie gern anreisen."

„Ja, und wenn wir später ankommen, können wir dann noch auf den Platz?“
Später?, dachte Marcus, später schlafe ich! „Nach zehn ist bei uns auf dem Platz Fahrverbot, unsere Gäste schätzen diese Nachtruhe sehr, Sie können aber den Parkplatz benutzen.“
„Gibt's da auch Strom?“
„Nein, tut mir leid, der Parkplatz ist nur für Pkw gedacht, Elektroanschlüsse sind nur auf dem Campingplatz.“
„Ja, ja gut. Dann weiß ich erst mal Bescheid, und nichts für ungut, schönen Abend noch.“
„Ja, Ihnen auch.“ Marcus klappte das Handy zu und sah nach draußen. Es regnete noch immer. Er winkte den Baumarktjungs kurz zu und fuhr auf die Straße. Die Scheinwerfer mussten sich förmlich durch den Regen fressen, um etwas Licht auf die Straße zu bringen. Die Scheibenwischer kämpften im höchsten Tempo, aber viel sehen konnte er trotzdem nicht. Das Handy piepte! Es blinkte und piepte! Marcus klappte es auf, ein Auge auf der dunklen Straße, eins auf dem Display. Erinnerung: 19:00 Uhr Verkehrsvereinssitzung, Restaurant Tüdelpott. Scheiß Regen! Das hatte er glatt vergessen. Er stöhnte kurz auf und fuhr, ohne am Supermarkt zu halten, direkt zum Tüdelpott.
Marcus schüttelte Wirt Hauke die Hand und ging nach hinten in den Clubraum. Alle anderen waren schon da, aber es war erst fünf Minuten vor sieben und er war pünktlich. Hauke brachte ihm wortlos ein Pils und Marcus fragte in die Runde, ob jemand für ihn eine Tagesordnung hätte.
Der Saisonhöhepunkt, die Kutterschlacht, stand wie immer auf dem Plan, das Gastgeberverzeichnis der Gemeinde, die Strandpflege durch den Bauhof, die Beschwerden der Wattführer – und Marcus sollte von seiner Messeerfahrung im Süden berichten. Ein langer Abend stand bevor. Zum Glück

hatte Hauke eine gute Küche und gegen neun wurde erst einmal kräftig gegessen. Mit leerem Magen zu reden war nicht gut und nach dem Essen erschienen alle Probleme etwas kleiner als zuvor. Essen macht eben friedlich, aber trotzdem zog sich der Abend hin, die Probleme wurden von verschiedenen Seiten beleuchtet, neue Ideen geschmiedet und wieder verworfen. Es war schon weit nach elf, als sich die Runde langsam aufzulösen begann. Marcus ließ sein Auto stehen, bis zum Campingplatz war es nicht weit, und er hatte doch mehr als nur ein Jever getrunken.
Er stapfte durch den Regen nach Hause. Es nieselte nur noch, aber es war dieser feine, ekelige Nieselregen, der jede Art von Stoff durchdringen konnte.
Zu Hause angekommen musste Marcus alles zum Trocknen in den Keller hängen. Er machte sich ein Bier auf, lümmelte sich auf das Sofa und zappte mit der Fernbedienung durch die Programme. Dem Wettermann zufolge neigte sich der norddeutsche Winter endgültig dem Ende zu. Der Frühling war in Sicht, und bald würden die ersten Gäste kommen. Marcus lehnte sich entspannt zurück, machte die Augen zu und trank in aller Ruhe sein Bier.
Schrilles Klingeln durchbrach die Stille, Marcus schreckte hoch, schon wieder das Telefon. Sein Blick ging zur Uhr, halb zwölf, mein Gott, was denn nun noch? Er nahm ab: „Bolso, Marcus Bolso ...“
„Ja, hallo noch mal, Müller-Vielgescheidt hier, ich hab da mal eben mit meine Frau gesprochen, die war so lange bei de Omma, also, wir würden dann zu Ihnen kommen im Sommer.“
„Das ist schön“, gähnte Marcus und suchte nach einem Stift. „Ich buche dann Ihren Stellplatz.“
„Richtig, wir kommen dann am Donnerstag dem 14. und bleiben zwei Wochen bis Samstag.“

Marcus schrieb die Daten in sein kleines gelbes Notizbuch, ließ sich die genaue Adresse geben und verabschiedete sich. „Vielen Dank für die Buchung, ich schicke Ihnen die Bestätigung in den nächsten Tagen mit der Post, einen schönen Abend noch."
„Ja, danke."
Marcus hörte es nur noch knacken und legte ebenfalls auf. Nach einem Blick zur Uhr stand er auf und brachte die leere Bierflasche in die Küche.

Endlich war es so weit! Gertrude war richtig aufgedreht. Gestern hatte Martin Becherle, der Verkäufer von Wohnwagen Angle, angerufen, ihr Wohnwagen war da und konnte abgeholt werden. Klaus hatte am Auto noch eine 13-polige Kfz-Steckdose anbauen lassen und nun standen sie bei Angle auf dem Hof. Gertrude hatte ihren Wagen schon entdeckt. Er stand direkt vor der großen Halle geparkt und sah einfach super aus! Verkäufer Becherle kam ihnen entgegen und zeigte stolz auf den Wohnwagen. Moi Godd, dachte Gertrude, der tut grad so, als häd er de Wage selbschd gebaud. „Grüß Gott und schön, dass Sie gleich kommen konnten, der Wagen ist fertig und auf ihr Wunschkennzeichen SCH-KD 333 zugelassen. Wir brauchen nur noch eine Unterschrift, und dann können Sie sofort in den Urlaub fahren." Das ging Gertrude nun aber doch zu schnell – und so guckte sie wohl auch. Der Verkäufer lachte: „Nein, keine Angst, wir machen das in aller Ruhe, kommen Sie erst einmal mit rein."
Er führte sie zu der schon bekannten Sitzecke, holte Kaffee und brachte einen ganzen Stapel Unterlagen mit an den Tisch. „Ihre Bank hatte den Vertrag ja schon im letzten Monat abgesegnet und die erste Anzahlung ist auch schon da, der Wagen gehört Ihnen also praktisch schon." Klaus grinste

über das ganze Gesicht und freute sich schon auf seine erste Fahrt, auch wenn diese nur bis zu Oma Hilde ging und auch wenn er einen Heidenrespekt davor hatte.
„Ich habe alle Unterlagen für Sie in die Mappe gelegt“, unterbrach der Verkäufer seine Gedanken und Klaus konzentrierte sich wieder darauf, was ihm erklärt wurde. „Bankfinanzierung, Kopie des Fahrzeugbriefes, Zulassung, Bedienungsanleitungen, Warnhinweise und hier, das Übergabeprotokoll. Bitte einfach mal unterschreiben und dann gehen wir nach draußen zu Ihrem Wagen.“ Klaus machte seine Krakler und dann ging es endlich los.
Der Verkäufer schloss die Wohnwagentür auf und Klaus versuchte in den Wagen zu kommen. War dieser auf der Messe auch so hoch gewesen? Man kam ja kaum rein! Er musste Gertrude helfen, damit sie überhaupt in den Wagen steigen konnte. „Vielleicht sollten Sie vor der ersten Fahrt noch einmal in unseren Shop“, meldete sich der Verkäufer, „eine Hockertrittstufe wäre sicher angebracht. Aber jetzt zeig ich Ihnen erst einmal alles.“ Geübt ging er nach vorn, öffnete Schränke, klappte Sitzecken um, veränderte einen Tisch zum Bett, drehte an Gasventilen für Heizung und Küche, erklärte die Toilette, den Wassertank, den Boiler, den Kühlschrank, Fernseher, Lüftung und immer wieder irgendwelche Sicherheitsbestimmungen. Klaus dröhnte der Kopf. Man könnte meinen, so ein Wohnwagen wäre eine fahrende Bombe, er konnte sich nicht einmal die Hälfte merken und würde wohl alles ausprobieren müssen. Gertrude saß derweil in der wirklich bequemen Sitzecke und schaute sich ganz langsam um. Es war wirklich erstaunlich, was in so einem Campingwagen alles drin war, wie schick und dennoch gemütlich es war. Nein, mit Zelt und Luftmatratze hatte das hier nun wirklich nichts zu tun.

Verkäufer Becherle redete noch immer ununterbrochen, aber sie hing ihren Gedanken nach, bestaunte andächtig die Küche und die schicken Gardinen. Sie war sich absolut sicher; sie hatte die richtigen Muster ausgesucht und auch die Stoffe der Sitzbezüge passten gut zum Ohio Kirsche Dekor der Küche. „So, das wäre so weit das Wichtigste", hörte sie den Verkäufer sagen. Sie standen auf, der Verkäufer gab ihnen die Schlüssel und drückte ihnen noch einmal die Hand. „Herzlichen Glückwunsch, gute Fahrt, viele schöne Urlaubstage und wenn Sie mal ein Problem haben, wir sind immer für Sie da."
„Ja, danke", Klaus erwiderte stolz den Händedruck. „Wir gehen dann noch mal rüber in den Shop und kaufen einen Tritthocker für den Einstieg und dann hängen wir an." Becherle nickte: „Wenn Sie beim Anspannen Hilfe brauchen, die Kollegen in der Werkstatt helfen Ihnen gern."
Zwanzig Minuten dauerte der kleine Rundgang durch den Shop und außer dem Hocker fand Gertrude auch noch eine Blumenschale. Im Wohnwagen musste Gewicht gespart werden, aber auf Blumen wollte sie auf keinen Fall verzichten.
Klaus hatte das Auto schon geholt und stand zwei Meter vor dem Wohnwagen. Gertrude sollte ihn einweisen. Sie winkte ihm mit beiden Händen, er musste viel weiter nach links zur Fahrerseite. Mit beiden Armen winkte sie nach links, aber Klaus konnte sie im Spiegel gar nicht sehen. Er stieg aus, sah sich alles aus der Nähe an und startete einen neuen Versuch. Diesmal klappte es besser, auch weil Gertrude jetzt etwas seitlich stand. „Halt!", rief sie schrill und Klaus trat auf die Bremse. „Was ist denn jetzt?"
„Dein Auto ist zu groß!" Klaus schüttelte den Kopf, was sollte das denn jetzt? Er stieg aus um nachzusehen, der Hängerzug vom Auto stand höher als die Kupplung vom Wohnwagen. „Kein Problem, die Deichsel kann man hochkurbeln."

Er drehte an der Spindel, aber die Deichsel bewegte sich nur einige Millimeter nach oben. Dann war Schluss. Der Wohnwagen war noch aufgebockt! Alle vier Ecken standen fest auf ihren Stützen und mussten erst gelöst werden. Klar, dass sich nichts bewegte! „Was hatte der Becherle gesagt, wo hatte er die Kurbel für die Stützen hingelegt?" Aber Gertrude hatte keine Ahnung und Klaus fing an, den Wohnwagen zu durchsuchen. Gertrude hörte ihn poltern und alle Klappen öffnen. Sie wählte entschlossen den anderen Weg und ging zur Werkstatt. „Hallo, können Sie mir mal eben helfen?", fragte sie die drei Männer, die an einer Werkbank herumlungerten. „Was gibt's denn, junge Frau?", fragte der ältere der drei. „Wir versuchen grad unseren neuen Wohnwagen anzuhängen, wenn uns da mal jemand helfen könnte, ach ja, und der Wohnwagen ist noch aufgebockt."
„Kein Problem; Daniel, geh mal eben fix mit raus."
Daniel war wohl der Lehrling, er nahm sich eine lange Kurbel und ging mit Gertrude zum Wagen. Drinnen klapperte Klaus noch immer und Gertrude steckte den Kopf durch die Tür: „Lass mal jetzt, ich hab da einen jungen Mann, der uns hilft."
„Aber", setzte Klaus an, bemerkte dann jedoch, dass sich der Wohnwagen schon langsam neigte und sprang schnell nach draußen. Azubi Daniel hatte schon die ersten Stützen gelöst und Klaus klemmte sich wieder hinter das Lenkrad. Der Lehrling schien im Einweisen geübt und Klaus fuhr direkt unter die Hängerkupplung. Daniel ließ den Wohnwagen einrasten, legte die Bremssicherung um den Hängerzug, steckte den Elektrostecker ein und das Gespann war abfahrbereit. „Ihre Spiegel noch." Daniel zeigte auf die Zusatzspiegel, die Kurt schon zu Hause angebracht hatte. „Sie müssen die Spiegel noch einstellen, bevor sie fahren."

Gertrude positionierte sich schräg hinter dem Wohnwagen und Klaus stellte mit Lehrling Daniel die Spiegel ein, wobei hierbei eher Klaus der Lehrling war.
Gertrude klickte ihren Sicherheitsgurt ein und das Gespann rollte an. Vorsichtig lenkte Klaus in Richtung Tor und bog ganz langsam auf die Straße. Der Wohnwagen war noch länger als gedacht und auch viel schwerer. Ganz langsam beschleunigte er das Gespann und die erste Fahrt begann.

2
Saisonstart!

„**Buongiorno!** Maaaarcus, mein Freund, wir sind wieder daaa."
Don Angelo, mit bürgerlichem Namen Angelo Paraculo, war nun schon seit vielen Jahren Pächter der Campingpizzeria „Bella Vista", aber Marcus hatte sich noch immer nicht an diese überschwängliche italienische Lebensfreude gewöhnen können. Angelo entließ Marcus kurz aus der Umklammerung, schaute ihn an und nahm ihn dann noch einmal in den Schraubstock seiner Arme. „Marcus, du bist ganz blass, du brachst endlich wieder Sonne und gutes Essen! Aber jetzt sind wir ja wieder da, alles wird gut mein Freund."
Endlich konnte Marcus sich lösen und auch Angelos Frau und seine beiden Töchter begrüßen. Sie waren schon in der Nacht angekommen und hatten bereits angefangen das Restaurant zu lüften.
Wenn bei Don Angelo die Stühle wieder auf der Terrasse stehen, wissen alle Bescheid: Die neue Saison beginnt!
Auch bei Marcus standen die letzten Arbeiten auf dem Programm. Platzwart Jasper Diekgreve hatte alle Wasserleitungen des Campingplatzes gespült und desinfiziert, die Elektroverteiler waren von einer Fachfirma kontrolliert und im Sanitärgebäude war Magdalena, seine Putzfee, mit einer Aushilfskraft dabei, alles zum Blitzen zu bringen.
Marcus hatte den Montag, den Dienstag und den halben Mittwoch damit verbringen müssen, eine Aushilfskraft für die Reinigungsarbeiten zu suchen, denn Karolina, die zweite Hälfte des Reinigungsteams, hatte sich am letzten Tag ihres Urlaubs in der heimatlichen Hohen Tatra den Fuß gebrochen und fiel gleich zu Saisonbeginn für mehrere Wochen aus. Es war wirklich nicht einfach gewesen, einen Ersatz zu finden. Wer will schon jeden Tag um vier Uhr in der Frühe putzen und zur Mittagszeit noch mal? Aber jetzt hatte eine Hilfe gefunden und ab nächster Woche würde ihn auch Mudder

Fliedig, seine Rezeptionskraft, wieder unterstützen. Sie war seit Jahren die Seele der Saison – und mit ihr wäre sein Team dann wieder komplett.

Verrückt war die Idee ja schon, aber auch praktisch. Noch lag Schnee an den Straßenrändern, aber Gertrude hatte Klaus überzeugt. Jetzt, wo sie den Wohnwagen endlich hatten, war sie plötzlich ganz wild darauf, ihn auch auszuprobieren, und so ein Test vor dem ersten Campingwochenende konnte ja nicht schaden. Es war ihre Idee, den Wohnwagen in der Scheune von Oma Hilde auszuprobieren und dort eine Nacht zu schlafen.
Im Rathaus hatte Klaus noch immer nichts von seinem Neuerwerb erzählt, er wusste einfach nicht, ob er mit seiner neuen Urlaubsstrategie der Trendsetter war oder ob er nur Gelächter ernten würde. Wenn er sich eine kleine Motorjacht für 15.000 Euro gekauft hätte, wäre er der Held der Woche, mit einem 20.000-Euro-Wohnwagen konnte er aber ebenso gut der Depp des Jahres sein. Er war sich völlig unsicher und das gefiel ihm überhaupt nicht, andererseits freute er sich aber, ebenso wie Gertrude, auf die erste Wohnwagennacht.
„Da sind wir." Klaus parkte vor der Scheune und öffnete die kleine Tür innerhalb des großen Scheunentores. Die Sonnenstrahlen fielen durch die Öffnung genau auf den Wohnwagen und strahlten ihn förmlich an. Da stand er nun und Klaus war stolz wie Oskar. Gertrude lehnte sich an seine Schulter und beide schauten glücklich schweigend auf ihren neuen Caravan.
Drinnen roch noch alles ganz neu und es war kalt. Klaus hatte vorsorglich eine Gasflasche für die Heizung mitgebracht und deponierte sie auch gleich im Flaschenkasten. Mit einer Rohrzange bewaffnet machte er sich daran, die Gasflasche

anzuschließen, um die Heizung in Betrieb zu nehmen. Gertrude schaute ihm zu. „Klaus! Der Verkäufer hat gesagt, dass man den Gasschlauch nur mit der Hand fest machen soll, nicht mit Hilfsmitteln!"
„Warum?" Klaus schaute ungläubig. „Warum weiß ich nicht, aber er hat es gesagt! Und bevor du anheizt, sollten wir hier in der Scheune beide Tore öffnen, nicht, dass wir hier in den Schlaf der ewige Träume versinken."
„Das mit den Toren ist okay, aber der Gasschlauch muss schon richtig fest sein!"
„Klaus, glaub mir einfach oder guck in die Bedienungsanleitung."
Na ja, sicher ist sicher, dachte er sich und durchsuchte die Bedienungsanleitungen. Fahrwerk, TV-Anschluss, Boiler, Vorzelt, Campingtoilette, Gasherd, Kühlschrank; für alles gab es dicke Anleitungen und Gefahrenhinweise, nur für die Heizung nicht. „Gertrude, wir müssen den Verkäufer anrufen! Die Heizung hat keine Anleitung."
„Lass mich mal suchen, du kannst ja schon mal Licht machen, bevor die Sonne untergeht." Sie zog sich die Kiste mit den Anleitungen heran und kuschelte sich tief in die gut gepolsterte Sitzecke.
Klaus hatte die mitgebrachte Kabeltrommel ausgerollt und den Stecker in die alte Steckdose der Scheune gesteckt. Wo war doch gleich die Steckdose am Wohnwagen? Genau. An der Rückwand war der blaue Euro-Stecker eingelassen. Der blaue Euro-Stecker! Er brauchte den blauen Euro-Stecker-Adapter! Sie hatten ihn gleich beim ersten Einkauf im Campingshop gekauft. Aber hatten sie ihn auch mitgebracht oder lag das Ding noch im Keller?
„Klaus!? Therma schreibt in der Bedienungsanleitung, dass die Gasleitung mittels Linksgewinde angeschlossen wird

und dass alle Verbindungen nur handfest angezogen werden dürfen."
„Wer ist Therma? Ich habe nach der Heizung gesucht!"
„Ist doch egal, komm, mach die Heizung an: ‚Zum Zünden nur das Heizungsventil öffnen und den Wahlschalter herunterdrücken, die Heizung zündet selbsttätig', steht hier in der Anleitung." Klaus machte sich wieder am Flaschenkasten zu schaffen, zog den Gasschlauch mit der Hand fest und drehte den Heizungsschalter auf ON.
„... Zum Zünden den Wahlschalter herunterdrücken, die Heizung zündet von selbst ..." Klaus drückte den Schalter der Heizung herunter, es gab ein kurzes Klicken und dann ein kräftiges Blubb. Die Heizung lief.
Die tief stehende Nachmittagssonne strahlte noch immer wie ein Theaterspot durch das Scheunentor den Wohnwagen an und Klaus suchte im Kofferraum den blauen Elektro-Adapter, aber der Adapter war nicht da! „Wir müssen heute bei Kerzenlicht übernachten, anderes Licht haben wir nicht." Gertrude guckte aus der Tür: „Warum das denn, hier drin sind überall Lampen und das Stromkabel hast du doch schon eingesteckt!"
„Ja, aber nur an einem Ende! Du hast den Adapter vergessen!"
Klaus war wirklich nicht begeistert, aber nur weil Gertrude den Adapter vergessen hatte, fuhr er nicht zurück nach Hause! Er holte die Thermoskanne aus dem Auto, gab Gertrude den Kuchen und zündete die Kerzen an.
„Stell dir vor, wir sitzen so auf einem Campingplatz, der Blick aus dem Fenster geht hoch bis in die Berge, wir stehen am Waldrand und sehen Fuchs und Hase beim Wettlauf zu. Ist das nicht schön?"
Gertrude war eindeutig vom Campingvirus befallen. „Aus diesem Fenster können wir keine Berge sehen", bremste

Klaus Gertrude, „aus diesem Fenster sehen wir nur unser Vorzelt."
„Aber aus dem großen Heckfenster können wir die volle Schönheit der Natur entdecken!" Gertrude blieb bei ihrer Campingromantik und Klaus wollte ihr auch nicht gänzlich widersprechen. Der starke Kaffeeduft hatte den Geruch der neuen Möbel abgelöst, der Kuchen schmeckte und irgendwie war die Welt einfach mal so in Ordnung, wie sie gerade war. Gertrude träumte von Bergen am Horizont, von einem Bach direkt am Wohnwagen und von der Sonne am weißen Strand.
„Lass uns das Vorzelt aufbauen." Klaus musste die entspannte Stimmung einfach beenden, sonst würden sie am Ende jede Woche Urlaub in der Scheune machen.
Er holte die Vorzeltteile aus dem Wagen und rollte das Vorzelt auf dem Sandboden der Scheune aus. Das Ding war riesig und der schwere Sack mit den Zeltstangen enthielt eine Unmenge verschiedenster Stangen. Klaus sah sich die Zeichnung vom Vorzelt an und begann das Gestänge zusammenzustecken. A1 an A2, B1 an B2 und C1 an C2, aber wo war die Verbindungsstange D?
„Gertrude!" Sie guckte aus der Tür. „Du musst mir helfen, ich steck zusammen und du gibst mir die Stangen!" Sie besah sich das Stangengewirr und schüttelte den Kopf. So viele Teile für ein einziges Zelt! Und zu Hause im Keller lag noch ein Zusatzgestänge. „Ich brauch die Stange D", rief Klaus.
„Joo, Momend, nu warde mal, i sordier erscht a mal alles." Gertrude ordnete die Teile nach Größe, Form und Bezeichnung und fand endlich auch die Stange D.
Mit Hilfe der Zeichnung und Gertrudes Sortiersystem befestigte Klaus das Zeltgestänge Stück für Stück am Wohnwagen. Knapp eine Stunde später war das Zeltgerippe komplett und

stabil am Wohnwagen befestigt, jetzt musste nur noch das Zelt darübergezogen werden.
Das Vorzelt bestand aus vielen Einzelteilen mit dicken Reißverschlüssen und einem riesigen Kunststoffdach. Das Dach war unerhört schwer und musste mit der Kederschnur in die Kederleiste am Wohnwagen eingezogen werden. Mühevoll fädelte Klaus die Kederschnur ein und zog das Dach einige Zentimeter nach oben. Stück für Stück ging es voran, der erste Meter ging noch recht leicht, aber schon auf Augenhöhe war ihm die erste Zeltstange im Weg. Gertrude schob von unten nach und Klaus zog mit aller Kraft, aber es ging nicht weiter! Das Zeltdach war einfach zu schwer, sie bekamen es nicht über das Gestänge! Ihnen fehlte einfach die Kraft, oder die Übung, oder der richtige Campingtrick!
Schwer atmend standen sie unter dem Zeltgestänge. Camping schien eine wahrlich sportliche Sache zu sein. Gertrude setzte sich verzweifelt in die Tür und blätterte in der Beschreibung ... Kontrollieren Sie vor dem Aufstellen alle Teile auf Vollständigkeit, sortieren Sie für einen problemlosen Aufbau alle Einzelteile und verbinden sie zuerst das Vorzeltdach mit dem Caravan, ziehen Sie hierzu als Erstes die Kederschnur des Daches in die Nut der Kederleiste ein ..., las sie still. „Klaus! Wir sollen zuerst das Dach einziehen!“
„Das machen wir doch, die anderen Teile liegen doch noch alle hier.“
„Nein, die meinen, wir sollen zuerst das Dach einziehen, hier steht: Achten Sie darauf, dass das Dach vorn und hinten am Wohnwagen auf die gleiche Höhe gezogen wird, bevor sie die ersten Zeltstangen unter dem Dach befestigen ...“
„Was!? Sollen wir das ganze Gestänge wieder abbauen?“
„So steht es hier.“ Klaus stöhnte, sie waren fast fertig und sollten alles wieder abbauen? Er fasste einen Entschluss! „Ger-

trude, wir packen alles wieder ein, wir wissen jetzt, wie es geht, und hier in der Scheune brauchen wir kein Vorzelt."

„Schade, ich hätte gern unsere Campingstühle im Vorzelt ausprobiert."

„Ach was, es ist auch viel zu dunkel. Lass uns unseren Lemberger probiere un den ganse Krembl gschwind wieder einpacke."

Durch die stundenlange Lagerung in der Scheune war der Lemberger hervorragend temperiert und die Sitzecke war wirklich bequem. Klaus langte bei den belegten Weckle kräftig zu und sah sich um. Campingromantik in der Scheune, unvorstellbar und doch wunderbar. Wie schön würde es erst sein, wenn sie auf einem Zeltplatz in der freien Natur wären, und wenn sie ein Vorzelt hätten. Und Strom.

Die Buchführung war das, was Marcus am meisten liebte. Wie alle Campingchefs, war auch er der geborene Buchhalter. Widerwillig hatte er in den ersten Monaten des Jahres immer nur das Notwendigste gemacht, und die Stapel auf seinem Schreibtisch waren nach und nach immer größer geworden. Aber ab Montag wird alles besser! Dann wird Birthe Fliedig wieder im Einsatz sein.

Vorher musste er allerdings sein System neu ordnen, damit sie überhaupt beginnen konnte. Als erstes sortierte er alle offenen Rechnungen nach Wichtigkeit. Der erste Stapel bestand aus den Rechnungen, die dringend überwiesen werden mussten, der zweite Stapel enthielt die Rechnungen, die direkt vom Konto abgebucht wurden; Gas und Wasser von den Stadtwerken, Strom vom Energieriesen und die Kfz-Steuer für seinen alten Diesel. Auf den dritten Stapel kamen die Rechnungen, die noch etwas warten konnten.

Es wurde wirklich Zeit, dass die Saison begann, damit er alle

Rechnungen bezahlen konnte und nicht bei jedem Blick auf den Kontoauszug Schüttelfrost bekam und tiefer in den Dispo rutschte.
Marcus steckte sich die Brille ins Haar und versuchte das Antragsformular für den Fördermittelzuschuss der Solaranlage zu verstehen. Fritz Kleineplumber hatte schon vor Wochen alles ausgefüllt und abgeschickt, aber von Marcus fehlte noch eine Unterschrift in der dritten Kopie – und so war der Antrag vom Ministerium zurückgekommen. Er setzte seine Unterschrift in das freie Feld und schüttelte den Kopf. Er hatte schlichtweg keine Ahnung, was er da unterschrieb. Das Formular war ohne ein technisches Ingenieurstudium und ohne abgeschlossene Ausbildung als Steuerfachkraft nicht zu verstehen.
Die nächsten Briefe waren Formulare vom statistischen Landesamt und von der IHK, und dann gab es da noch ein Schreiben vom Landkreis. In der Kreisverwaltung wurde ein neues Abrechnungssystem für Müll und Recycling eingeführt, alle Kunden würden jetzt neue Nummern und Abholtermine erhalten. Er, also der Campingplatz „Watt'n Blick“, würde ab sofort in der Vor- und Nachsaison nur noch am Dienstag angefahren werden, in der Hauptsaison dann zweimal die Woche. Das war wirklich toll! Der Landkreis bestimmte, wann bei ihm Saison zu sein hatte und wann nicht. Marcus fragte sich, ob seine Gäste sich daran halten würden und zu den Feiertagen wie Ostern oder Pfingsten keinen Müll produzieren würden.
Als nächstes wagte er sich an die Abrechnung der Reisekosten seines Stuttgarter Messebesuches. Im Nachhinein betrachtet, war die Messewoche eine der teuersten Wochen seines Lebens überhaupt; aber vielleicht spülte der Messeauftritt ja so viele neue Gäste auf seinen Campingplatz, dass er

nicht nur die Messekosten, sondern auch die Erhöhung der Wasser- und Gaspreise ausgleichen konnte.

Der Schneemann grinste ihn an und streichelte ihm mit seinen eisigen Händen die Nase. Er fühlte, wie der Mann mit den Kohlenaugen seine Nase zu einem Eiszapfen verwandelte. Seine Augäpfel begannen zu gefrieren und bekamen erste Risse. Es war unglaublich kalt. Klaus spürte, wie die Kälte seine Ohren taub werden ließ, und er versuchte sich unter der Decke zu verstecken. Der Schneemann lachte und ein schwarzer Zahn aus Kohle fiel ihm aus dem Mund, Klaus direkt ins Gesicht. Er wischte den Kohlenzahn beiseite, aber der war wie Gummi und wurde immer länger. Klaus versuchte den fadenförmigen Schneemannzahn aus dem Gesicht zu streichen, aber der schien unendlich lang zu sein. Verzweifelt schlug Klaus um sich und die Augen auf. Gertrude hatte sich über ihn gebeugt und ihr Haar fiel ihm aufs Gesicht. „Klaus, wach auf." Er schreckte hoch. Was war los?
„Klaus, die Heizung ist aus und es ist gleich acht!" Er kniff die Augen zusammen, was sollte er machen? Er drehte den Kopf zur Seite und plötzlich war alles klar. Sie waren im Wohnwagen, in der Scheune, und es war kalt. „Die Heizung ist aus", hörte er Gertrude sagen – und er kannte diesen Ton.
Um Schlimmeres zu vermeiden, stand er schnell auf, legte sich die Bettdecke um und kniete sich vor die Heizung. Mutig drückte er den Startknopf und es machte sofort Blubb, die Heizung sprang wieder an. Aber warum war sie überhaupt ausgegangen und warum war es so furchtbar kalt? Klaus sah durch die Fenster zum Scheunentor hinaus, draußen war der Boden mit Reif überzogen. Über Nacht hatte es gefroren.
Das kochende Wasser ließ den Deckel auf dem kleinen Topf klappern und gleich würde Gertrude ihm einen schönen

Morgenkaffee machen. In der Tasse gebrüht, so ganz ohne Filter und Technik; schon allein die Vorstellung wärmte ihn auf. Gertrude stand im Bademantel am Herd und hatte es irgendwie geschafft, ihre Haare zu bändigen. Klaus bemerkte verwundert, dass Gertrude ihm im Wohnwagen irgendwie anders vorkam, dass sie irgendwie schlanker und jünger wirkte. Aber auch ihm hatte der Schlaf im Wohnwagen gut getan, er hatte keine Rückenschmerzen, dafür aber Hunger wie ein Waldarbeiter.
Gertrude nahm den Wassertopf vom Herd und füllte das warme Wasser in zwei Becher. Aber nach Kaffee sah das nicht aus! Klaus stutze, nur warmes Wasser? Keinen Kaffee? Was sollte das? Gertrude griff in die kleine Kulturtasche, fischte zwei Zahnbürsten und Zahncreme heraus und grinste ihn an. „Ab nach draußen, Morgentoilette für die Zähne!" Sie drückte ihm Zahncreme und Bürsten in die Hand, griff sich die Becher und schon fand sich Klaus draußen vor der Scheune wieder. Sehr ursprünglich, wirklich sehr ursprünglich, dachte sich Klaus, als er neben Gertrude vor der Scheune stand und sie sich mit nach vorn gebeugten Oberkörpern am Gartenzaun die Zähne putzten. Zurück im Wohnwagen füllte Gertrude kochendes Wasser in die Kaffeebecher und wunderbarer Kaffeegeruch durchzog den Raum. Die Weckle waren nicht mehr ganz so frisch und knackig, wie Klaus es sich gewünscht hätte, aber das machte gar nichts. Das erste Frühstück im Wohnwagen war einfach gut. Gertrude nickte in Richtung Fenster. „Die Sonne hat schon richtig Kraft, der Reif ist komplett abgetaut. Eine Woche noch und es ist Frühling und wir können auf 'nen Zeltplatz fahren."
Klaus nickte. „Ja, am besten ist, wir fahren zum Siebenmühlental."
„Wie kommst du denn darauf?"

„Da gibt es einen schönen Zeltplatz direkt am Bach.“
„Woher willst du wissen, dass da ein schöner Campingplatz ist?“
„Hab ich halt gelesen.“ Gertrude lächelte und träumte sich durch das Wohnwagenfenster und durch das Scheunentor bis nach Leinfelden in das Siebenmühlental.
Auch Klaus ließ seine Gedanken schweifen, seine Idee mit dem Camping war wohl gar nicht so schlecht; auf alle Fälle war Camping anders als der jährliche All-inclusive-Urlaub und hoffentlich am Ende auch wirklich billiger. Bisher schien es ja noch nicht die große Einsparnummer zu sein. Aber egal, schon diese eine Nacht in der Scheune, ohne Strom und mit eiskaltem Erwachen war ein Erlebnis und er freute sich schon jetzt auf das erste echte Campingwochenende.
Er träumte zum Fenster hinaus und hatte die ganze Campingwelt vor Augen.

Der letzte Sonntag im Winterhalbjahr war Bolsos letzter freier Tag. Schon der morgige Montag würde der erste Saisontag sein, und dann würde es durchgehen bis Ende Oktober. Gestern Abend hatte er die letzte Chance genutzt und war mit Hinnak und Frieder noch mal im Kino gewesen. Sie waren mit der Bahn in die Stadt gefahren und haben nach dem Film in einer Kneipe am Herrentor noch ein paar Bier getrunken, scheinbar ein paar mehr Bier als geplant, denn als Marcus heute Morgen langsam aus dem Nebel erwachte, war es schon nach neun.
Er hätte sicher noch länger geschlafen, aber draußen vor dem Fenster hatte sich Arnulf vom Frodewold, sein Schäferhund, lautstark bemerkbar gemacht. Für den täglichen Rundgang war es schon viel zu spät und der Hund erinnerte ihn daran, dass es Zeit wurde, in den Tag zu starten. Er quälte sich aus

dem Bett, der Kopf tat weh, aber den letzten freien Tag wollte er auf alle Fälle nutzen.
Der März zeigte sich von seiner besten Seite, die Morgensonne schien Marcus ins Gesicht und er ging mit Arnulf die große Runde bis hinunter an den Strand. Mit seinem weißen Rollkragenpullover unter der Jacke war er warm genug angezogen, um die frische Luft genießen zu können. Er steckte seine Sonnenbrille ins Haar und schlenderte mit Arnulf über die Dünen. Die Morgensonne stand strahlend über der See und dennoch waren nur wenig Menschen am Strand. Die klare Luft war erfrischend und er beschloss, den letzten freien Tag für eine Strandwanderung zu nutzen.
Der Schäferhund bekam sein Frühstück im Zwinger serviert und Marcus machte es sich mit Toaster, Frühstücksei und Kaffeekanne hinter dem Panoramafenster im Wohnzimmer bequem. Die Sonne sprühte vor Kraft und Marcus blinzelte ihr entgegen, schlürfte genüsslich den heißen Kaffee und schnitt sein Frühstücksei in genau 6 Millimeter dicke Scheiben. Ein gutes Frühstücksei musste sich in Scheiben schneiden lassen und trotzdem noch einen weichen, fast flüssigen Kern haben. Außen hart und innen weich, so wie er selbst. Er grinste über den blöden Vergleich, und das Telefon klingelte schrill. Er dachte kurz daran, dass er den Klingelton schon lange ändern wollte, und nahm den Hörer ab.
„Campingplatz Watt'n Blick, guten Morgen, Sie sprechen mit Marcus Bolso“, nuschelte er in den Hörer und schluckte schnell das halbe Brötchen runter, „was kann ich für Sie tun?“
„Ja, guten Morgen, Müller-Vielgescheidt hier, wir hatten die Tage schon mal telefoniert wegen der Buchung.“ Marcus schaute auf den Kalender, war heute sein letzter freier Sonntag? „Herr Bolso, Sie haben mir da die Buchungsbestätigung für den Sommerurlaub geschickt, da steht jetzt drin, dass der

Platz ab Donnerstag für uns reserviert ist."
„Ja, mir ist so, als wenn der Donnerstag Ihr Anreisewunsch war, oder ist das nicht richtig?"
„Donnerstag wollen wir kommen, das stimmt schon, aber was ist nun, wenn wir es doch nicht schaffen? Wenn wir erst in der Nacht zu Freitag kommen?"
„Dann parken Sie einfach draußen vor dem Campingplatz und fahren am Freitagmorgen auf Ihren Platz."
„Muss ich das dann bezahlen?"
„Ich denke schon, der Platz ist doch eigens für Sie reserviert Herr Müller-Vielgescheidt."
„Ja, so steht es auch in den Buchungsunterlagen, ich wollte nur noch mal nachfragen, ob es auch so ist."
„Es ist genauso wie Sie es sagen, Herr Müller-Vielgescheidt."
„Na, dann nichts für ungut und noch einen schönen Sonntag."
„Ja danke, Ihnen auch und ..." Freizeichen, er hatte schon aufgelegt.
Marcus holte sich eine verblichene 501 aus dem Schrank, steckte sich seine Sonnenbrille ins Haar, füllte den Rucksack mit Kaffee und Butterkuchen und machte sich zu seiner Strandwanderung auf.
Arnulf zog an der Leine und forderte ein zügiges Tempo, die frische Luft war klar und der Strand nahezu menschenleer. Eine Strandwanderung um diese Jahreszeit war immer wieder ein Erlebnis, die höchste Flut war noch nicht lange her und Marcus konnte beim Gehen das langsame Ablaufen des Wassers beobachten. Heute ist einer dieser seltenen Tage mit nahezu vollkommener Windstille, die Wellen gleiten lautlos über das Watt und der Leuchtturm am östlichen Horizont ist eine schöne Zielmarkierung. Aber selbst wenn Marcus genügend Zeit hätte, er konnte den Turm nicht zu Fuß erreichen, spätestens der große Priel der Inselfähre würde ihn stoppen.

Das fallende Wasser gab immer mehr Watt frei und Marcus konnte Arnulf gefahrlos ohne Leine laufen lassen. Der Hund nutzte die Freiheit und sprang um ihn herum, rannte voraus und kam zurück. Hier und da versuchte er im Boden zu buddeln, aber Marcus pfiff ihn immer wieder zurück. Am Ufersaum hatten die Strandkorbvermieter bereits die ersten Körbe aufgestellt und es gab auch schon Gäste, welche davon Besitz ergriffen hatten, obwohl die offizielle Saison erst am Karfreitag beginnen wird.
Marcus wusste, dass es zwei Kilometer hinter dem letzten Strandkorb einen großen schwarzen Findling direkt am Deichfuß gab. Niemand konnte sagen, woher dieser Stein kam und warum der schwarze Riese, allen Naturgesetzen zum Trotz, schon seit Generationen an derselben Stelle lag.
Marcus erinnerte sich, dass er sich als Schüler oft mit seinen Freunden an diesem Stein getroffen hatte und dass der schwarze Fels schnell von der Sonne aufgeheizt wurde und am Abend lange die Wärme hielt. Eine gute Sache, vor allem, wenn man sich spät am Abend noch mit einem der Mädels aus den Nachbardörfern treffen wollte. Marcus lächelte, der Stein war wirklich immer hilfreich gewesen, die Mädchen damals konnten noch so heiß gewesen sein, kalte Hände und Füße hatten sie immer.
Heute nutze er den Stein, um seine Kaffeepause zu machen, er lehnte mit dem Rücken am warmen Fels und genoss den heißen Kaffee. Arnulf lag zu seinen Füßen und schien die Pause ebenfalls zu brauchen, lange Strecken war er einfach nicht gewohnt.
Marcus überlegte, ob er bis zum Kurmittelhaus im Watt weiterwandern wollte, um dann von dort den Bus zu nehmen, oder aber, ob er schon jetzt auf dem Deich zurück zum Tüdelpott laufen sollte. Aber die Sonne stand noch hoch am

wolkenlosen Himmel und er entschied sich, noch ein weiteres Stück zu wandern.
Er wählte einen Weg weit draußen im Watt, seine Stiefel waren wasserdicht und so machten ihm die Pfützen nichts aus. Die scheinbar endlose Weite des Wattenmeeres war faszinierend, das Wasser der Nordsee konnte er am Horizont gerade noch erahnen und durch sein altes Teleskopfernrohr waren sogar einige Kegelrobben auf den Sandbänken zu erkennen. Die Sonne rutschte langsam tiefer und hinter dem Deich tauchte zum ersten Mal das Dach des Kurmittelhauses auf. Marcus nahm Arnulf wieder an die kurze Leine, stieg die wenigen Stufen zum Deichübergang nach oben und drehte sich auf der Deichkrone noch einmal um. Die Sonne stand nur noch knapp über dem Meer, eine halbe Stunde noch und sie würde zwischen den Wellen versinken. Er schaute auf die Uhr, wenn er Glück hatte und der Bus pünktlich war, könnte er in fünf Minuten in den Bus steigen und bis zum Parkplatz Tüdelpott fahren.
Der Busfahrer hatte gut geheizt, die Wärme machte müde und beim Schaukeln des Busses fielen Marcus die Augen zu. Er döste leicht vor sich hin, nickte kurz ein, und als er die Augen wieder öffnete, waren sie bereits angekommen. Marcus drückte den Halteknopf, der Bus hielt, die Türen sprangen zischend auf und Arnulf sprang von Marcus gefolgt an die frische Luft.
Marcus leinte Arnulf am Fahrradständer an und stieg die wenigen Stufen zum Tüdelpott hinauf. Hauke stand wie immer hinter dem Tresen und wie an jedem Sonntag im Winter war auch heute nicht viel los. Marcus schüttelte Hauke die Hand und bekam sein kleines Jever. Marcus mochte keine halben Liter, kleine Biere schmeckten frischer und außerdem schaffte man mehr. „Na, hast deine Zeltwiese schon gemäht? Die

Ersten werden ja wohl zu Ostern antanzen oder hast du etwa schon Zelter?“

„Nee, nee, wir fangen morgen an und am Donnerstag können dann die ersten Ostergäste kommen, aber keine Angst, jetzt kommt noch keiner mit einem Zelt.“

„Ja, stimmt ja, bei dir beginnt ja der Wahn mit Caravan!“

Marcus nickte und leerte das Glas in einem Zug. „Mein Gott, hab ich einen Durst.“ Hauke hatte ihm schon das zweite Glas gefüllt. „Keine Angst, ich hab noch Bier im Keller und wir haben heute Abend ganz frischen Steckrübeneintopf, steht nicht auf der Karte, nur für den Fall, dass du heut Abend nicht mehr kochen willst.“

„Steckrübeneintopf? Keine schlechte Idee! Sag mal Wibke in der Küche Bescheid, sie soll mir 'ne Schüssel heiß machen. Aber eine Portion für große Jungs mit ordentlich Bauchfleisch drin.“

„Ja, und dann nicht alles schaffen und den Rest für den Hund mitnehmen, Bolso, ich kenn dich!“, Hauke drehte sich um, „Wibke, einmal Steckrüben für den Großbauern!“

Hauke wusste wie immer ein paar Neuigkeiten aus den Dörfern zu erzählen, als Kneiper war er besser informiert als jeder Friseur und noch bevor die Steckrüben kamen, wusste Marcus alles, was man wissen musste. Wibke brachte die dampfende Eintopfschüssel und Hauke stellte ihm ein neues Jever dazu. Was konnte es Besseres geben? Marcus fühlte sich sauwohl und ließ es sich schmecken.

Ostern stand vor der Tür und Gertrude stand mit der Bettwäsche im Arm hinter Klaus. Er öffnete zuerst Oma Hildes Scheunentor und dann die Wohnwagentür. Mit dem Bettzeug voraus kletterte Gertrude in den Wagen und schnupperte. Dieser typische Neuwagengeruch lag noch immer in der Luft und sie öffnete schnell die Fenster. Begeistert saß Gertrude auf dem großen Doppelbett und ließ ihre Blicke langsam durch den Wagen, über die schicken Möbel und die moderne Sitzgruppe schweifen. Der Caravan war toll, viel besser als ein kleines Gummizelt. Gut, dass sie Klaus nicht erzählt hatte, dass auch sie schon einmal zelten war, denn mit dem Gummizelt aus ihrer Lehrzeit hatte dieser Caravan nichts mehr gemein. Gertrudes Blick blieb am Bettzeug hängen und da sie die Betten ohnehin beziehen musste, machte sie es gleich.

Ihre Gedanken gingen noch einmal zurück. Die Campingnacht in Oma Hildes Scheune war nicht ihr erstes Campingerlebnis, aber damals gab es keine komfortablen Betten, nur Luftmatratzen am Boden und Schlafsäcke aus Leinen. Sie war zwei Nächte von zu Hause fort und es waren ihre bisher einzigen Zeltplatznächte. Gertrude musste lächeln, dieses Mal würde sie nicht drei Wochen bangen müssen. Nein, so ein verrückter Hengst war ihr Oberamtsrat Dipendenti nicht, nicht so verrückt wie der Schorschi ihres Jugendzeltplatzwochenendes. Gut, dass Klaus von ihrer Zeltplatzerfahrung nicht einmal etwas ahnte.

Das Bett war fertig bezogen und Gertrude holte den Korb mit Brot und Obst, mit abgepackter Wurst, Butter und Käse sowie sonstigen Lebensmitteln aus dem Auto. Klaus hatte ihr noch zwei Flaschen Wein und eine Kiste Wasser in den Kofferraum gestellt und so, wie sie sonst den Einkauf nach Hause schleppte, trug sie heute die Wochenendverpflegung in die Scheune und verstaute alles in den unendlich vielen Wohnwagenfächern. Klaus räumte derweil irgendwelche Teile ein. Gertrude hörte, wie er von außen die großen Staufächer durch die Ladeluken füllte. „Klaus, denk an den Euro-Adapter für den Strom und an die Gasflaschen! Und hast du

auch die Halterung für die Zusatzspiegel mit?"
„Keine Angst", hörte sie Klaus von hinten rufen, „diesmal hab ich alles mit, und die Spiegel sind schon angebaut." Endlich war alles gepackt. Klaus drehte die Fußstützen des Wohnwagens nach oben und Gertrude half ihm den Wohnwagen anzukuppeln. Diesmal waren sie clever. Gertrude hielt einen Besenstiel mittig auf die Anhängerkupplung des Wohnwagens und Klaus konnte im Rückspiegel genau erkennen, wohin er fahren musste. Sie hatten sich schon zu Hause auf die Handzeichen zum Einweisen geeinigt. Sie hatten das Einweisen zu Hause sogar mit einem Handspiegel am Sessel geübt!
„Camping, wir kommen!", rief Gertrude etwas zu laut. Klaus sah stirnrunzelnd zu ihr rüber, legte den ersten Gang ein und lenkte das Wohnwagengespann vom Hof. Die Sonne stand hoch am wolkenlosen Himmel und sorgte für angenehme Frühlingstemperaturen, im Radio lief SWR 3 und so kurz vor dem Mittag war vom Osterverkehr noch nicht viel zu spüren. Auf der Bundesstraße war wenig Verkehr, und Klaus konnte sich beim Fahren darauf konzentrieren, das Gespann ruhig und ohne zu schlingern auf der Straße zu bewegen.

„Zur Goldenen Mühle" stand auf dem Schild. Eine als Logo stilisierte Wassermühle, goldene Schrift und drei goldene Sterne schmückten das Eingangsschild vom Campingplatz. Nur das Schild hing nicht über dem Eingang, sondern lag auf dem Fußboden der kleinen Rezeption, und Platzwart Sepp Dabsag bohrte unter den wachsamen Blicken seines Chefs Löcher für die Halterungen in das Schild. Sein Chef, Campingplatzpächter Karle Obacha, war sauer. Heute Morgen war er zum Baumarkt gefahren, um eine Spindel zur Reinigung des verstopften Damenklos zu holen, und auf dem Rückweg ist es dann passiert ...

Karle Obacha fuhr, wie immer, an die Schranke seines Campingplatzes, steckte die Karte in den Leser und sah nach oben. Dort am Eingang, dort, wo sonst das Willkommensschild prangte, grinste ein dunkler Fleck von der hellen Wand herunter. Das Klo war verstopft und das neue Eingangsschild noch nicht montiert! Er war stinksauer! Platzwart Sepp Dabsag sollte es schon letzte Woche montieren, und Obacha meinte auch, ihn dabei gesehen zu haben. Aber Sepp hatte nur das alte abgenommen, von der Montage des neuen Eingangsschildes war er irgendwie abgekommen, das jedenfalls war seine Ausrede, als Obacha ihn heute Morgen fragte. Jetzt bohrte Sepp die Löcher zum Aufhängen des Schildes und Karle Obacha trieb ihn zur Eile an.
Gerade hatte Sepp die Bohrmaschine zur Seite gelegt, da hörten sie draußen das typische Bremsgeräusch eines Wohnwagengespanns. Die ersten Gäste trafen ein und Platzchef Obacha setzte automatisch sein Gastgeberlächeln auf und postierte sich hinter dem Tresen. Sein prüfender Blick ging kurz durch die Rezeption und blieb auf dem Fußboden hängen. Die Bohrspäne lagen noch mitten im Raum. „Sepp, warte, stell dich mit dem Schild vor den Dreckhaufen – und wenn die hier drinnen fertig sind, machst du erst mal sauber."
„Jo Chef, das moch i gladdweg." Schon ging die Tür auf und ein toll gestyltes Pärchen schwebte in die Rezeption. Er trug einen hellen, nahezu weißen Freizeitlook mit weißen Sneakers und weißem Basecap und sie trug das gleiche, allerdings in Feuerwehrrot!
Karle Obacha brauchte einige Sekunden, um seinen Mund wieder zuzuklappen. „Grüß Gott, die Herren, habt's ihr unser Plätzle frei und trocken?", der Gast kam mit seiner Begleiterin auf den Tresen zu.
„Ja, grüß Gott und herzlich willkommen, ich hoffe, Sie hatten

eine gute Fahrt, und ein schönes Plätzchen für Sie ist natürlich kein Problem."
„Nee, nee, unsere Fahrt war super, wir sind ja nur drei Stunden von zu Hause weg. Wo stehen denn unsere Freunde, die Familie Brandl?"
Chef Obacha schaute über seinen Brillenrand. „Familie Brandl? Sind Ihre Freunde hier bei uns?"
„Ja, wir haben gerade heute Morgen noch telefoniert, sie sind seid gestern hier und stehen unten auf der Südterrasse, wir hätten gern ein Plätzchen daneben."
„Südterrasse? Eine Südterrasse haben wir nicht und hier im Computer gibt es keinen Brandl."
Jetzt stutzte der weiße Mann und die Dame in Rot verlor für Sekundenbruchteile ihr Lächeln. „Thomas Brandl! Gestern angereist, Campingplatz im Siebenmühlental!"
Obacha nickte. „Ich glaub, ich weiß, wo Ihre Freunde sind, Sie müssten da noch ein Stückle weiterfahren. Sie sind hier schon recht im Tal, aber das hier ist der Campingplatz ‚Zur Goldenen Mühle', das Siebenmühlencamp ist im Nachbardorf."
„Hm, tja", der verhinderte Gast steckte die Hände in die Taschen, um trotz der kurzen Verlegenheit einen coolen Eindruck zu machen. „Dann mach ich mich halt wieder auf, kann ich hier irgendwo wenden?"
„Kein Problem, der Parkplatz ist ..."
„Ja, dann mal tschüsle und frohe Ostern." Die beiden drehten sich wie auf Kommando um, sie hakte sich bei ihm ein und nebeneinander quetschten sie sich gemeinsam durch die Tür.
„Wow", entfuhr es Platzwart Sepp Dabsag. „Wow? Wenn du nicht vergessen hättest, das Schild anzuschrauben, wären die beiden hier gar nicht erst reingekommen."
„Ja, und wir hätten diesen Auftritt verpasst."

Klaus setzte den Blinker, noch 500 Meter bis zum Campingplatz. Vorsichtig bog er von der Hauptstraße ab und quälte sich im Schritttempo die steile Straße hinunter ins Tal. Die letzten Meter schienen unendlich lang und unten angekommen musste er an einer kleinen Brücke noch einmal abbiegen, um auf einem schmalen Stichweg den Campingplatz zu erreichen. Der Weg war mit Betonsplitt befestigt, aber so schmal, dass Klaus Angst hatte, links und rechts die Büsche zu streifen. Am Ende öffnete sich der Weg zu einem Parkplatz und an der rechten Seite begrüßte ein Stoppschild den ankommenden Gast. Stopp und Check-in. Hier sollte man wohl halten.

„Frau Dipendenti, wir sind da, auf geht's." Klaus hatte akkurat an der Haltelinie gestoppt und das Auto mit der Fernbedienung verriegelt. Gertrude hakte sich bei ihm ein und Arm in Arm gingen sie zur Rezeption. Sie hatte in der letzten Woche noch moderne Freizeitjacken von Jacke-Wolfspelz gekauft und damit sahen sie jetzt viel sportlicher aus, als sie es eigentlich waren. Entschlossen und ohne den Mann auf der Leiter neben der Tür zu beachten, öffnete Klaus die Tür zur Rezeption. „Grüß Gott und frohe Ostern, haben Sie denn einen Platz für uns?"

„Ja, grüß Gott und herzlich willkommen, ich hoffe, Sie hatten eine gute Fahrt, und ein schönes Plätzchen für Sie ist natürlich kein Problem."

„Danke, ja, wir sind gut zurechtgekommen, obwohl man mit so einem Gespann ja doch recht langsam ist."

„Sie möchten über die Feiertage bleiben bis Montag?"

„Ja, von heute bis Montag; und wenn Sie einen Platz haben, der leicht zu rangieren ist, dann nehmen wir den." Klaus überlegte kurz und fügte hinzu, dass Sie zum ersten Mal mit dem Wohnwagen unterwegs wären. Es war mit Sicherheit

besser, sich gleich als Anfänger zu outen, als später Stress zu bekommen. Sie wollten sich schließlich erholen. „Kein Problem, wir zeigen Ihnen einen guten Platz, da brauchen Sie dann nicht rückwärts fahren und nicht rangieren."
„Das ist gut", meldete sich Gertrude, „wir sind ganz neu. Sie sind unser erster Campingplatz."
Oh ha, dachte Obacha. „Na dann zeigt Ihnen mein Kollege gleich mal alles. Wir machen zuerst das Offizielle und dann geht's los."
Er legte den polizeilichen Meldeschein und einen Stift auf den Tresen. „Hier können Sie sich schon mal eintragen, kennen Sie ja vom Hotel. Und dann hätte ich gern Ihre Campcard und 50 Euro."
„Campcard? So was hab ich nicht, und 50 Euro auch gleich?"
„Ein Ausweis geht auch." Klaus sah Gertrude an: „Hast du die Brieftasche und die Ausweise?"
„Ja, Moment." Gertrude sah Klaus an: „Die Brieftasche liegt im Auto, unter dem ..."
„Ja dann los, hol sie!" Gertrude verschwand nach draußen und Klaus füllte den Meldeschein aus. Campingchef Obacha tippte derweil mit zwei Fingern auf dem Computer herum und als Klaus fertig war, gab Obacha die Adresse vom Meldeschein auch noch ein. Der Drucker ratterte und Gertrude kam mit der Brieftasche zurück.
Obacha verglich den Ausweis mit dem Meldeschein und war zufrieden. „Die Adresse stimmt, ich gebe Ihnen gleich die Kurkarte und die Magnetkarte für den Campingplatz."
Dann holte er tief Luft und begann seinen Text aufzusagen: „Die Kurabgabe beträgt 1 Euro pro Person, also bis Montag 10 Euro für Sie beide. Damit bekommen Sie Rabatt im Museum und im Fahrradbus. 20 Euro bekomme ich als Pfand für die Magnetkarten und 10 Euro buche ich auf jede Karte. Sie

können dann damit, wie mit einer Geldkarte, hier auf dem Platz einkaufen und duschen. Die Karte ist auch der Schlüssel für die Schranke und für das Dusch- und Toilettengebäude. Am Mittag von eins bis drei geht die Schranke nicht auf und abends ab elf ist sie ebenfalls gesperrt. Unser kleiner Shop ist jeden Tag geöffnet und Weckle müssen Sie immer am Tag vorher bestellen. Aber Ostersonntag gibt es keine, der Bäcker darf nicht backen. Das Restaurant gegenüber in der Mäulesmühle ist jeden Abend geöffnet. Müll wird bei uns sortiert und am Mittag ist die Rezeption nicht besetzt. Ich bekomme jetzt 50 Euro."

Gertrude sah ihn entgeistert an! Was war das denn jetzt? Sie reichte das Geld über den Tresen und fragte sich, wofür die 50 Euro eigentlich waren.

Obacha kam hinter dem Tresen vor, ging vor die Tür und rüttelte an der Leiter. „Alles klar, Sepp? Bring die Herrschaften mal zur Obstwiese, aber so, dass sie nicht rückwärts fahren müssen. Das sind Anfänger! Und zeig Ihnen gleich, wo alles ist!"

„Jo Chef, das moch i gladdweg." Sepp Dabsag stieg von der Leiter und das Eingangsschild hing schief über der Tür. „Ich geh dann schon mal vor." Er drehte sich um und schlenderte mit den Händen in den Taschen den Hauptweg runter.

Klaus sah Gertrude an, sie zuckten beide mit den Schultern und beeilten sich zum Auto zu kommen. Klaus fuhr vor zur Schranke, angelte die Magnetkarte aus der Jacke und steckte sie in den Leser. Das heißt, er wollte sie in den Leser stecken, aber sein Arm war zu kurz, oder die Zusatzspiegel zu breit, oder er war nicht dicht genug herangefahren, auf alle Fälle kam er nicht bis an den Leser. Er drehte sich zu Gertrude: „Das fängt ja gut an, kannst du mal rumgehen und die Karte einstecken?" Gertrude sprang aus dem Auto und beeilte sich, denn der Platzwart war schon ein ganzes Stück den Weg heruntergelaufen. Sie steckte die Karte ein. Nichts passierte. „Mach mal den Streifen nach unten." Sie drehte die Karte, der Schlagbaum schwenkte nach oben und Klaus fuhr durch die Schranke. Gertrude schoss das Andrenalin ins Blut! In wenigen Bruchteilen einer Sekunde wurde ihr heiß. Auf der Schranke stand: Automatikschranke, schließt nach jedem Fahrzeug. „HALT!", schrie sie und Klaus knallte auf die Bremse. Das Gespann stand sofort und die geöffnete Schranke stand wie ein Damoklesschwert genau zwischen Auto und Wohnwagen! Gertrude atmete hörbar aus, wenn die Schranke jetzt runtergeht, bleibt sie genau über der Deichsel stehen. Glück gehabt! Aber die Schranke ging nicht runter, der Schrankenbaum stand unbeweglich gerade nach oben und rührte sich nicht. Klaus beugte sich aus dem Fenster. „Was ist los?"

„Die Schranke, wenn sie jetzt runtergeht, ist der ganze Wagen kaputt!" Sie deutete auf den Wohnwagen und den rot-weißen Schrankenbaum. Klaus überlegte kurz, so ganz unrecht hatte sie nicht, aber warum ging der Balken jetzt nicht runter? Klaus sah die Tür der Rezeption aufgehen und Campingchef Obacha kam heraus. „Kann ich noch was helfen?" Karle Obacha klang eigentlich ganz entspannt und außerdem – hier fuhren jeden Tag Wohnwagengespanne durch, die können ja nicht alle an der Schranke hängen bleiben. „Nein danke", Klaus schüttelte den Kopf, „alles in Ordnung." Er winkte Gertrude ins Auto und fuhr dem Platzwart hinterher. Direkt hinter dem Wohnwagen ging die Schranke automatisch zu.

Platzwart Sepp Dabsag erwartete sie unten am Reichenbach. Auf der Wiese zwischen den Hecken standen schon einige Wohnwagen und Platzwart Dabsag wies sie ein. Er dirigierte sie auf einen Platz neben einem kleinen Wohnwagen und hob den Arm. Klaus stoppte. „So, wir sind da. Sie können den Wohnwagen genau so stehen lassen, wie er jetzt steht. Das Auto stellen Sie einfach dahinter und wenn Sie zum Dusch- und Toilettenhaus wollen, gehen Sie nur den Hauptweg weiter. Hier hinter der Hecke sind Strom- und Wasseranschlüsse und wenn Sie sonst noch Fragen haben, gehen Sie einfach vor zum Chef." Er lächelte kurz und verschwand hinter der Hecke.

Gertrudes Augen leuchteten. Sie waren wirklich da. Ihr erster Campingurlaub begann. Sie freute sich wie ein Kind und fragte sich dennoch ein weiteres Mal, auf was sie sich da eingelassen hatte.

Gut, dass sie in der Scheune schon einmal geübt hatten. Dieses Mal klappte es viel besser mit dem Vorzelt. Klaus hatte das Dach mit Hilfe des Nachbarn, der übrigens Rudi hieß, eingezogen und Gertrude konnte ihm anschließend die numerierten Zeltstangen reichen. Sie brauchten nur eine knappe Stunde, um den Wohnwagen aufzubocken und das Vorzelt aufzustellen. Die Nachbarn aus dem kleinen Wohnwagen waren, gleich nachdem der Platzwart gegangen war, zu ihnen gekommen, um „Hallo" zu sagen und zu helfen. Zuerst waren Gertrude und Klaus etwas verwirrt, aber letztlich waren Brigitte und Rudi nett und die Hilfe beim Aufbau kam nicht ungelegen.

Der Wohnwagen stand, das Auto war eingeparkt und Klaus legte das Stromkabel zum Anschlusskasten. Dieses Mal hatte er den Adapter für den Wohnwagen nicht vergessen. Er brauchte nur noch das Kabel einzustecken und alles war fertig. Aber der Anschlusskasten war verschlossen.

„Na, geht's nicht? Hat Sepp bestimmt wieder vergessen aufzuschließen. Du musst nach vorne gehen und beim Chef Bescheid sagen, sonst bleibt deine Küche heute dunkel."

Nachbar Rudi hatte schon gesehen, dass Klaus ratlos vor dem Kasten stand und war zurückgekommen. „Euer Wohnwagen ist wohl noch ganz neu? Die Gummis sehen noch ganz frisch aus und er riecht auch noch ganz neu."

„Stimmt, wir sind heute zum ersten Mal losgefahren, wir machen zum ersten Mal Camping. Der Wagen ist so neu wie wir." Klaus blickte über die Hecke zum Wagen von Brigitte und Rudi. „Ihr wart sicher schon viel öfter unterwegs."

Rudi nickte: „Ja, unser hat schon zwölf Jahre auf dem Buckel und ganz Deutschland gesehen. Hier im Tal sind wir jedes Jahr zu Ostern, wegen des Osterspazierganges!"

Rudi strich zärtlich mit den Fingerspitzen über die glänzenden Fenstergummis und nickte anerkennend. „Der ist ja wirklich noch ganz neu. Wir machen schon dreißig Jahre Camping, zuerst mit den Kindern, jetzt alleine. Aber einen neuen Wohnwagen und dazu Campingeinstand, so was muss man feiern. Wir sollten heute Abend darauf ein Gläschen trinken. Jetzt aber gehen wir beide erst mal vor zum Chef und fragen nach dem Stromkastenschlüssel."

Klaus blieb gar nichts anderes übrig als mitzugehen. „Ich bin gleich wieder da!", rief er Gertrude noch schnell zu und eilte Rudi hinterher. „Wenn du ein Problem hast, frag mich einfach." Rudi schien sich zu freuen, auf einen Anfänger wie Klaus gestoßen zu sein. „Heute Abend können wir rübergehen zur Mäulesmühle und dort euren Campingeinstand feiern, oder wollt ihr euch etwa gleich am ersten Abend die Küche einsauen?"

„Ich weiß nicht, was meine Gertrude geplant hat. Sie wollte bestimmt kochen, aber das geht morgen ja auch noch."

„Bestimmt! Und übrigens, für morgen früh müsst ihr noch Semmeln bestellen und ihr müsst euch unbedingt für den Osterspaziergang am Sonntag eintragen lassen."

Rudi stieß die Tür zur Rezeption auf und Campingchef Obacha erwartete sie hinter seinem Tresen. „Na, die Herren, was kann ich helfen?"
„Der Sepp hat vergessen den Stromkasten aufzumachen und dann will sich mein Nachbar für den Osterspaziergang anmelden." Rudi nickte zu Klaus herüber. „Ist doch so, oder?"
Klaus fühlte sich irgendwie überrumpelt. „Ja, ja. Natürlich."
Obacha notierte sich ihre Namen und holte den Stromkastenschlüssel. „Ich gebe euch den Schlüssel mit, da braucht ihr nicht warten, bis der Sepp kommt, aber ihr müsst ihn mir gleich wiederbringen." Klaus nickte, bestellte noch vier Weckle und machte sich mit Rudi auf den Rückweg.
Kaffeeduft strömte aus dem Wohnwagen und Gertrude wartete in der Tür. „Wo warst du denn noch? Das Kaffeewasser ist heiß und du läufst weg!"
„Ich habe den Schlüssel für den Stromkasten besorgt und frische Weckle für morgen bestellt – und ich habe uns für den Osterspaziergang am Sonntag angemeldet!"
„Osterspaziergang?! Du willst freiwillig spazieren gehen?"
„Warum nicht? Brigitte und Rudi kommen jedes Jahr hierher, nur wegen des Osterspaziergangs! Ach ja, und heute Abend brauchst du nicht kochen, wir gehen essen."
Gertrude schenkte den Kaffee ein und portionierte den mitgebrachten Träubleskuchen. „Wir gehen essen? Ich hab doch extra alles zum Kochen mitgenommen und frisches Brot hab ich auch."
„Ach komm, es ist unser erster Abend und Rudi meint, so ein erster Abend muss gefeiert werden."

Die ersten Sonnenstrahlen zwängten sich durch einen Spalt im Rollo und es klopfte. Gertrude überlegte. Wer um alles in der Welt klopfte so früh am Morgen? Ganz langsam

öffnete sie die Augen, das Klopfen war völlig gleichmäßig und es kam nicht von der Tür. Nicht von der Wohnwagentür! Wohnwagentür? Sie war im Wohnwagen und das Klopfen kam direkt aus ihrem Kopf. Und es tat weh! Sie blinzelte und grübelte, warum war es hier so dunkel? Die Rollos waren heruntergezogen und ließen die Sonne nur durch einen winzigen Spalt ins Wageninnere. Langsam wurde ihr klar, warum es nicht heller wurde und auch, warum es in ihrem Kopf so hämmerte. Sie drehte sich zur Seite, ließ das Rollo nach oben schnappen und schlagartig legten die Kopfschmerzen noch einen Zahn zu. In ihrem Kopf dröhnte es wie im Innern einer Kirchenglocke, aber draußen wurde es langsam hell.
Gestern Abend in der Mühle war es wohl doch ein Gläschen Wein zu viel. Brigitte und Rudi waren wirklich nett und die Mühle hat einen Spitzenkoch sowie einen Keller mit erlesenen Weinen. Jetzt aber brauchte sie ein Aspirin, eine Toilette, eine Dusche und einen Kaffee. Genau in dieser Reihenfolge. Wo hatte sie ihre kleine Hausapotheke versteckt? Wo waren hier die Duschen und das WC? Und wie kam sie am geschicktesten dahin? Wie kalt war es draußen? Musste sie sich komplett anziehen oder reichte ein Bademantel? Was trug man überhaupt auf einem Zeltplatz am Morgen? Und hoffentlich war die Dusche nicht so voll.
Gertrude sah rüber zu Kurt, aber der schlief noch fest und rührte sich nicht. Sie zog sich den Bademantel über, griff ihren Schminkkoffer und die Handtücher und schlich nach draußen. Es war kalt, sie sollte sich besser Socken anziehen, aber die Zeit drängte und sie musste sich beeilen, um zum Toiletten- und Duschhaus zu kommen.
Niemand begegnete ihr, es war noch völlig ruhig und sie konnte nicht nur ganz allein den Toilettentrakt nutzen, sondern blieb auch beim Duschen ungestört.

Entgegen ihren Befürchtungen waren hier moderne und schick geflieste Einzelduschen installiert. Die Kabinen hatten sogar noch einen kleinen Vorraum, hier hatte wirklich jeder genügend Privatsphäre. Es gab sogar Einzelwaschkabinen. Einfach kein Vergleich zu ihrer Jugendzelterfahrung, und zum Glück viel moderner als erwartet.
Aber was hatte sie eigentlich erwartet? Architektur von 1950? Genau genommen war die Ausstattung besser als in manchem Hotel der letzten Jahre und so früh am Morgen war alles wunderbar sauber. Drei Sterne waren eben drei Sterne und Brigitte hatte recht, drei Sterne sollten es mindestens sein.
Klaus wunderte sich, wo war Gertrude hin? Die Sonnenstrahlen in seinem Gesicht hatten ihn geweckt. Er kniff die Augen zusammen und ließ die restlichen Rollos der Schlafkabine nach oben sausen. Hatte Gertrude ihm keine frischen Sachen hingelegt? Was sollte er anziehen? Und wo war seine Waschtasche? Er zog sich den Bademantel über und die Tür ging auf, Gertrude rauschte herein und mit ihr ein Schwall kalter Luft.
Sie war frisch geduscht, roch nach Frühling und rief ihm furchtbar gut gelaunt zu, dass sie für nur 62 Cent geduscht hätte. „Ja, dir auch einen guten Morgen.", knurrte Klaus. Er griff sich sein Handtuch und nahm Gertrude in den Arm. Er musste sie zwangsweise umarmen, denn anders kam er gar nicht an ihr vorbei, sie stand genau an der engsten Stelle des Wohnwagens und drückte ihm einen Kuss auf die Wange: „Beeil dich, ich setz schon mal den Kaffee auf." Ohne Socken stieg Klaus in die draußen stehenden Schuhe und zuckte zurück! War da Eis im Schuh? Egal, er hatte es jetzt wirklich eilig.
Gertrude hörte es schon wieder klopfen, diesmal aber von

draußen, sie spähte vorsichtig durch die Gardine, Rudi stand am Fenster. Er zeigte ihr eine Tüte Weckle, hängte sie an das Vorzelt und verschwand hinter der Hecke. Gertrude deckte mit wenigen Handgriffen den Tisch, setzte Kaffeewasser auf und holte von draußen die Brötchen. Sie wollte gerade wieder durch den Vorzelteingang schlüpfen, als sie Klaus auch schon zurückkommen sah.
So früh am Morgen machte er in seinem weißen Bademantel eine richtig gute Figur, andere Beamte in seinem Alter waren da schon deutlich runder, und Gertrude wollte sich gar nicht erst vorstellen, wie einige seiner Kollegen wohl im Bademantel aussehen würden.
Sie hielt ihm die Vorzelttür auf. „Das hat aber lange gedauert, ich hab das Frühstück fertig, den Kaffee gebrüht und sogar die Weckle sind schon da."
„Du hast die Weckle schon geholt? So lange war ich doch gar nicht weg! Ich wäre auch schon viel früher zurück gewesen, aber ich konnte nicht duschen und in der Waschkabine dauert es halt länger."
„Wieso konntest du nicht duschen? Ich hatte schön warmes Wasser! Oder waren bei dir alle Duschen besetzt?"
„Ne, ich stand schon nackt unter der Dusche und wollte das Wasser aufdrehen, aber da kam nichts, nicht mal kaltes Wasser."
„Warum nicht, hat deine Karte nicht funktioniert?"
„Viel schlimmer, ich hatte sie gar nicht mit!"
Gertrude goss den dampfenden Kaffee in die Tassen und Klaus schnitt die Weckle auf. Er saß ihr gegenüber und wenn er an ihr vorbei sah, konnte er zwischen den Hecken den Reichenbach sehen. Er nahm einen Schluck Kaffee. „Nach dem, was Rudi und Brigitte gestern Abend erzählt haben, scheinen sie ja schon überall gewesen zu sein." Gertrude

nickte: „Kein Wunder, bei dreißig Jahren Camping kommt sicher was zusammen."

„Südfrankreich, Spanien, Italien, Kroatien und die portugiesische Algarve, die beiden müssen viel unterwegs gewesen sein."

„Ja, aber du hast ja gehört, seit ein paar Jahren bleiben sie in Deutschland. Jetzt, wo der Osten auf ist, gibt's ja auch viel mehr zu sehen." Klaus rührte sich noch etwas Zucker in den Kaffee und sah Gertrude an. „Trotzdem sollten wir im Sommer erst mal zur Nordsee fahren. Sicher ist sicher."

„Ja, und ich möchte in die Eifel."

„Nächstes Mal gucken wir aber zuerst nach den Sternen, Brigitte hat gesagt, wir sollen immer erst nach den Campingsternen gucken und uns vorher die Toiletten ansehen." Klaus schüttelte den Kopf. „Ich mach doch nicht Urlaub auf dem Klo, aber wir sollten unbedingt an den Bodensee fahren."

Gertrude guckte hoch: „Hat Rudi dir den Floh ins Ohr gesetzt?"

„Nee, Rudi wollte, dass wir unbedingt nach MeckPomm an die Seenplatte fahren, aber das ist viel zu weit weg."

„Ach Klausi, der Osten kann auch nicht weiter sein als der Norden."

„Ja, aber bei der Nordsee wissen wir wenigstens, was uns erwartet."

„Stimmt!", Gertrude grinste, „meist Ebbe und kein Wasser."

Der Wanderführer wartete mit einem bunt geschmückten Bollerwagen vor der Rezeption und Gertrude drängelte sich nach vorn, um zu sehen, was denn so Wichtiges in dem kleinen Wägelchen war. Als erstes fielen ihr der Erste-Hilfe-Kasten und das Mineralwasser ins Auge. Der Hauptinhalt jedoch waren Unmengen kleiner Schnapsfläschchen

mit Flüssigkeiten in allen Farben, und Gertrude begann zu verstehen, warum es so wichtig war, beim Osterspaziergang dabei zu sein.
Knapp fünfzig Personen, alles Paare ohne Kinder, hatten sich vor der Rezeption versammelt, und Punkt zehn Uhr erschien Karle Obacha in voller Wanderausrüstung, um seine Gäste zu begrüßen. „Einen wunderschönen Guten Morgen und frohe Ostern." Er schaute mit in die Hüften gestemmten Fäusten in die Runde. „Wir warten noch fünf Minuten, bis auch die Letzten da sind, und dann geht's los. Unser Osterspaziergang führt, wie in jedem Jahr, durch das Tal bis hoch zur Eselsmühle und über den Bundeswanderweg zurück. Unser Wanderführer ist der altbewährte Förschder Hans, der Herr Schulz. Wir planen mit etwa neunzig Minuten, könnten also halb zwölf zurück sein, ich denke aber ...", er machte eine Kunstpause und blickte in die Runde, „ich denke aber, es wird so kommen wie immer und wir werden erst heute Nachmittag gegen drei wieder hier sein."
Bestimmt dreißig Gäste klatschten Beifall und grinsten wie die Breitmaulfrösche, während sich die anderen wunderten. Auch Klaus verstand die Andeutung nicht, er sah nur, dass Rudi und Brigitte mit am lautesten klatschten und feixten. Klaus stieß Rudi an und fragte ihn, warum die wenigen Kilometer so lange dauern würden, aber Rudi grinste nur.
Der letzte Gast war eingetroffen und Wanderführer Hans, der Herr Schulz, stellte sich in Positur. „Guten Morgen, grüß Gott und frohe Ostern. Für alle die, die mich noch nicht kennen, ich bin der Hans oder auch der Herr Schulz, und damit wir uns nicht verlieren und wieder gemeinsam hier ankommen, hört heute alles auf mein Kommando. Wir werden sieben Kilometer wandern und damit nichts schief geht, habe ich reichlich Wasser im Wagen." Die Stammgäste nickten zur

Bestätigung und grinsten noch immer. „Und damit wir heute Nachmittag nicht nur mit der gleichen Anzahl an Personen, sondern auch mit denselben Menschen zurückkommen, gibt es jetzt für jeden eine rote Kette mit Osterei und ein kleines Fläschchen. Die rote Kette bitte so umhängen, dass das Ei nach vorne hängt. Wichtig ist, dass am Ende noch alle ihre Eierkette haben und nichts kaputtgeht!" Hans Schulz und Obacha teilten tatsächlich Halsketten aus rotem Schleifenband aus. An jeder Kette hing ein rot gefärbtes Ei und dazu gab es für jeden ein Fläschchen „Kleine Feige".

Schulz stellte sich auf die Treppe. „Auf los geht's los, ich gehe voran, der Karle Obacha ist das Schlusslicht und mit Prost stoßen wir jetzt auf unseren Osterspaziergang an. Prost und los!"

Gertrude schaute sich um, in Windeseile hatten alle die kleinen Flaschen geöffnet und als sich die Gruppe in Bewegung setzte auch bereits geleert.

Wanderführer Hans legte ein zügiges Tempo vor und Gertrude versuchte als Letzte ihr Fläschchen im Gehen zu leeren. Es ging am Restaurant der Mäulesmühle vorbei am Reichenbach entlang. Es war kaum zu glauben, dass es in so kurzer Entfernung zur Großstadt ein so herrliches Stück Natur gab. Die Sonne schien wärmend in das Tal und durch das hohe Tempo von Herrn Schulz zog sich die Gruppe schnell in die Länge. Überall hatten sich kleine Grüppchen gebildet und zu Rudi und Brigitte hatten sich nicht nur Klaus und Gertrude, sondern auch ein Paar aus dem nahen Waiblingen gesellt. Andrea und Olaf waren schon das dritte Mal zum Osterspaziergang im Siebenmühlental und erklärten Gertrude, was es mit der roten Kette und dem Ei auf sich hatte: Im Siebenmühlental gibt es eine große Anzahl von Fahrradwegen und Inlineskatingstrecken, außerdem gibt es jedes Jahr zu Ostern

Unmengen von Ausflüglern, die hier im Tal wandern. Um gut erkennbar zu sein und um immer bei der richtigen Gruppe zu bleiben, hatte Wanderführer Schulz die roten Ketten eingeführt. „Und wozu ist dieses blöde Ei an der Kette? Das sieht ja so komplett bescheuert aus!“, hakte Gertrude nicht eben begeistert nach. Alle vier, also Brigitte und Rudi sowie Andrea und Olaf, grinsten um die Wette und Rudi meinte: „Das Ei ist wirklich wichtig, sei bloß vorsichtig damit.“
Inzwischen war die Wandergruppe an einem der hohen Bahnviadukte angekommen. Die großen Bögen der ehemaligen Eisenbahntrasse der Siebenmühlenbahn waren gerade frisch restauriert und zeigten die Ingenieurskunst des frühen 20. Jahrhunderts. Ein echtes Erlebnis für einen Bauamtsmenschen wie Klaus Dipendenti. Einige Minuten später, oberhalb eines Abzweiges, blieb Wanderführer Schulz unvermittelt stehen und wartete, bis alle Osterspaziergänger wieder zusammen waren. „Wir haben jetzt genau ein Sechstel der Strecke, also etwas mehr als einen Kilometer, geschafft und im Hintergrund können Sie auf der anderen Seite das Mühlenmuseum sehen. Hier ist ein guter Punkt, um sich zu stärken, und ich würde alle mal bitten, in meinen Bollerwagen zu greifen und sich zu bedienen.“
Wie beim Startschuss des New-York-Marathons setzten sich plötzlich alle in Bewegung und stürzten auf den Wagen zu. Gertrude schüttelte den Kopf und suchte nach Klaus, aber der war schon im Gewühl verschwunden. Wenige Sekunden später tauchte er mit zwei Flaschen Whiskey wieder auf. Gertrude sah, dass sein Osterei an der Kette bei dem Gedränge einige Knicke abbekommen hatte und sagte ihm, er solle doch damit etwas vorsichtiger sein. Klaus winkte ab und noch bevor er antworten konnte, rief Hans Schulz: „Prost und los!“ Mit dem schnellen Leeren der kleinen Fla-

schen setzte sich alles wieder in Bewegung und Gertrudes Fläschchen ging dieses Mal schon viel schneller auf.
Sie gingen in Richtung der Oberen Mühle, am Hang konnte man noch den alten Skilift erkennen. Leider gab es ja in den letzten Jahren kaum noch Schnee, sodass der Lift schon seit Jahren nicht mehr in Benutzung war. Diesen Winter allerdings hätte es sich sicher gelohnt. Jetzt aber war Frühling, das Schmelzwasser floss durch den Reichenbach, die Bäume hatten schon erstes Grün und Gertrude genoss die frische Luft. Sie hatte sich bei Klaus eingehakt und ihre Wangen wurden richtig rot; allerdings nicht nur von der frischen Luft. Die Gruppe folgte zügig dem Wanderweg und erreichte kurz darauf die alte Burgmühle. Hans Schulz stellte sich auf die Stufen des Mühlefundaments. „Unser Campingchef, der liebe Karle, hat uns für eine kleine Einkehr Plätze in der Mühle reserviert. Am Tresen steht für jeden ein Bergsteigerbegrüßungsschnaps bereit und während ihr da jetzt reingeht, kontrolliere ich am Eingang gleich mal eure Ostereierketten."
Wanderführer Schulz winkte einen nach dem anderen durch und schaute nach kaputten Ostereiern. Wie erwartet, war nicht alles heil geblieben und einige Gäste mussten vorerst draußen bleiben. Auch Klaus durfte nicht mit rein, sein Ei war komplett mit Rissen durchzogen. Insgesamt dreizehn Gäste ließ Hans Schulz nicht passieren. „Ich hab es euch extra gesagt: Passt auf eure Eier auf! Ist einer von euch schon mal mitgewandert?" Eine Dame in einem schicken blauen Wanderdress mit blauer Mütze und blauen Nordic-Walking-Stöcken meldete sich kleinlaut und tat, als würde sie sich furchtbar schämen. Mit einer Hand deckte sie ihre Augen ab und schaute nach unten. „Für alle anderen hier gilt das Gleiche wie für Miss Blue." Die Miene von Schulz verriet ganz eindeutig Schadenfreude. „Wer ein kaputtes Ei hat, teilt

sich mit mir und Karle Obacha die Rechnung dieser Einkehr. Heute teilen wir die Schnäpslerechnung also durch fünfzehn." Hans Schulz grinste, tauschte die roten Ketten gegen weiße aus und gab jedem den Tipp, auch auf diese gut aufzupassen: „Sonst müsst ihr nachher noch mal bezahlen."

Inzwischen kannten auch die anderen Gäste die Bedeutung der Eier, und als Hans Schulz mit den dreizehn in den Gastraum kam, gab es ein großes Gelächter. Der Mühlenwirt stand hinter dem Tresen, rief „Frohe Ostern" und „Prost" und schon waren die Gläser geleert. Schulz ging wieder voran nach draußen und nach und nach folgte ihm die ganze Gruppe. Gertrude hatte ihren Obstler in einem Zug geleert und mit Brigitte und Andrea angestoßen, ihre Eier waren allesamt noch heil!

Knapp eine Stunde später und nach zwei weiteren Stärkungspausen hatte die Gruppe den am weitesten entfernten Punkt ihres Osterspazierganges erreicht. Die sechshundert Jahre alte Eselsmühle machte ihrem Namen alle Ehre. Einige Maultiere und Esel standen in der weitläufigen Koppel, auf dem Hof der Mühle gab es frei laufende Hühner und wie vor hundert Jahren drehte sich das Mühlrad langsam und stetig. In der Mühle gab es ein Café und einen Hofladen mit regionalen Produkten, und es gab Gmelinbrot aus dem Holzbackofen, welches mit dem hauseigenen Mehl gebacken worden war.

Im Café stand ein kleiner Imbiss und erneut eine kleine Runde Obstler zur Kräftigung der Wanderer bereit. Bevor es jedoch in die Mühle ging, kontrollierte Hans Schulz wieder die Eierketten. Auch dieses Mal musste er eine ganze Reihe von Gästen aussortieren und am Ende konnten sie die Rechnung durch einundzwanzig teilen. Die große Anzahl der kaputten oder geknickten Eier lag unter anderem auch daran, dass

sich auf dem letzten Kilometer ein neuer Sport breitgemacht hatte. Immer wieder versuchte der eine oder andere, meist jedoch eher *die* eine oder andere, zufällig gegen das Ei auf der Brust des Nachbarn zu stolpern.
Klaus und Gertrude langten bei den belegten Brötchen kräftig zu, denn es war bereits zwölf Uhr durch. Die Weckle und das Brot schmeckten hervorragend und Wurst und Käse aus dem Hofladen waren würzig und frisch.
Nach dem Essen ging es zurück zum Campingplatz. Sie wanderten ein gutes Stück auf dem asphaltierten Bundeswanderweg der ehemaligen Eisenbahnstrecke. Jetzt erwies es sich als vorteilhaft, die Halsbänder zu haben, denn es waren unzählige Radfahrer und Skater unterwegs. Rote Mützen als Warnkappen wären allerdings noch besser gewesen, denn einige Radler versuchten auf der Strecke neue Geschwindigkeitsrekorde zu erzielen, und die Skater waren ohnehin so schnell, dass es Gertrude schon beim Zusehen schwindlig wurde.
Knapp zwei Kilometer weiter schwenkte Wanderführer Schulz ab auf einen schmalen Steig und es gab noch einmal eine Rast mit Verpflegung aus dem Bollerwagen. Gertrude war einerseits fest davon überzeugt, dass es für sie deutlich besser wäre, diese Stärkung nicht mehr zu nehmen, andererseits leerte sie den Kräuterschnaps in einem Zug.
Von nun an wanderte es sich noch leichter, der Wanderweg war breit und fiel bis zum Campingplatz stetig ab. Sie kamen an zwei weiteren Mühlen vorbei und Schulz erklärte, dass es in einer Mühle eine kleine Kunstgalerie gäbe und dass es nicht mehr weit sei bis zum Ziel.
Wie vom Förschder Hans vorhergesagt, war die Gruppe kurz vor drei zurück am Campingplatz. Sie hatten tatsächlich für nur sieben Kilometer fünf Stunden gebraucht – und Gertrude brauchte unbedingt einen Kaffee. Da auch Andrea und

Brigitte auf Kaffee bestanden, verabredeten sich die drei zum Kaffeekränzchen, während die Männer noch ein Bier auf den neuen Wohnwagen trinken wollten.

Marcus Bolso drückte die Entertaste und die Kasse fing an zu rattern. Es war kurz vor Feierabend und die letzten Ostergäste waren längst vom Hof gerollt. Es war immer wieder schön, wenn zu Ostern die ersten Gäste kamen und die Kasse zum ersten Mal wieder klingelte. Bargeld allerdings war heutzutage eher selten, und so klimperten auch nur wenige Münzen in der Kasse.

Im Zeitalter der Elektronik bezahlte man mit Plastikgeld und Marcus dachte sehnsuchtsvoll zurück an die Zeit, als er von seinem Vater den Zeltplatz übernommen hatte: Für sechs Mark konnte man übernachten, ein Quittungsblock reichte für die Buchhaltung und jeder Gast rundete den Endbetrag großzügig nach oben auf. Heute brauchte er eine elektronische Kasse, ein Kartenlesegerät und einen Computer zum Abrechnen, das Geld ging direkt auf sein Konto und wurde von dort automatisch weitergeleitet: An Lieferanten, Krankenkassen und Mitarbeiter. Und an das Finanzamt. Die Bank behielt ihren Teil sofort ein – und für Marcus blieb nur der Rest.

Er stand hinter dem Tresen, zählte das Kleingeld und dachte daran, wie sein Vater ihm einmal am Ende eines Jahres voller Stolz den Kontostand zeigte und wie viel Zinsen er darauf bekommen hatte. Jetzt gab es keine Zinsen mehr, dafür aber unglaubliche Bankgebühren und Kreditkarten, die regelmäßig am 1. Januar nicht mehr funktionierten. Reich wurde man mit dieser Arbeit wirklich nicht, aber es war auch keine Arbeit. Es war eine Aufgabe. Eine Art Bestimmung, ein Leben in der Natur, mit der Natur und mit den Gästen. Marcus

war gern für seine Gäste da. Und – er konnte hier arbeiten, wo andere Urlaub machen, was zählt da schon der schnöde Mammon!
Er gab sich einen Ruck, löschte das Licht, schloss ab und ging über den Hof. Es war ruhig geworden, der Wind hatte nachgelassen und tausend Sterne standen über der See. Nur im Haus gegenüber, auf der anderen Straßenseite des Campingplatzes, brannte noch Licht. Constance Semester saß wohl noch in ihrem Büro. Seit ihr Mann im letzten Sommer nach Kanada gegangen war, arbeitete sie oft bis spät in die Nacht. Das kleine „AC Semesters Reisebüro", also Arne und Constance Semesters Ferienreisebüro, sollte sie besser in „Constances Reisebüro" umbenennen, sie führte es praktisch allein. Marcus sah sie kurz hinter ihrem Fenster stehen, bevor er in seine Küche ging, um endlich etwas zu Abend zu essen.
Im Süden der Republik hatte Campingchef Karle Obacha ebenfalls Feierabend und Kasse gemacht.
Die Campingsaison hatte endlich begonnen ...

Die Kantine im Schwindelfinger Ratskeller war gut gefüllt. Die meisten Rathausmitarbeiter hatten die Ostertage im Schrebergarten verbracht und heute, am ersten Arbeitstag der kurzen Woche, gab es viel zu erzählen. Der Verwaltungsdezernent unterhielt sich lautstark mit einigen Kollegen und starke Worte wie Betrug und Ausbeutung machten die Runde. Am Donnerstag würde das Rathaus wieder bis acht Uhr geöffnet sein und in einer normalen Fünftagewoche sind das zusätzliche Stunden in Höhe von 5,2 Prozent. In dieser Viertagewoche aber entspricht das einer Arbeitszeitverlängerung von 6,5 Prozent! Da müsste doch ein Ausgleich her! Oder etwa nicht?
Eine Gruppe junger Mitarbeiter unterhielt sich lautstark über

ihr gemeinsames Kanuabenteuer auf dem Neckar. Durch die Schneeschmelze der vergangenen Wochen war ihr harmloser Ausflug eine aufregende Wildwassertour geworden. Der Leiter des Passwesens, Oberamtsrat Xaver Schbrichbeidl, mischte sich in die Unterhaltung ein und meinte, sie hätten sich lieber ein Motorboot kaufen sollen statt kleiner Kanus. Er jedenfalls wäre mit seiner neuen 20.000-Euro-Motorjacht ganz bequem auf dem Rhein gefahren und hätte im Boot sogar noch Platz für seine Schwiegermutter gehabt.

Mit einem herablassenden Blick zum Tisch des Bauamtes gewandt, fragte Schbrichbeidl quer durch den Raum: „Und ihr Bauverhinderer, wo wart ihr an Ostern? Eier suchen bei Oma im Garten?" Ohne ernsthaft eine Antwort zu erwarten, wandte er sich wieder den jungen Leuten zu und holte einen Stapel Fotos aus der Tasche. Schbrichbeidl auf der Motorjacht, das Boot mit Schbrichbeidl im Wörther Jachthafen, Schbrichbeidl mit seiner jungen Frau, seine Frau im Bikini an Deck, Schbrichbeidl beim Anlegemanöver mit Kapitänsmütze und weißer Jacke ...

Klaus hörte ihn noch immer lautstark schwadronieren, als er mit Isolde Cabra die Kantine bereits verlassen hatte und mit ihr zurück ins Bauamt ging. Sie erzählte ihm auf dem Gang, dass sie tatsächlich mit den Kindern bei ihren Eltern im Garten war, um dort Ostereier zu suchen. „Es war wunderbares Wetter, mein Mann hat versucht den Hund zu dressieren und ich habe mit den Großeltern auf der Terrasse Kaffee getrunken. Wo waren Sie eigentlich an Ostern?" Klaus hielt ihr charmant die Bürotür auf und ließ ihr den Vortritt. Ja, wo war er an den Osterfeiertagen? Irgendwann würde er sich sowieso versprechen.

„Wir waren im Siebenmühlental auf einem Campingplatz." Er sah seine Sekretärin erwartungsvoll an und beobachtete gespannt ihre Reaktion. Zog sie die Mundwinkel nach unten? Oder grinste sie hämisch? Aber sie schaute eher ungläubig und interessiert. „Sie waren auf einem Zeltplatz? Mit einem Zelt?“

„Nein, nein, aus dem Alter sind wir raus, wir haben uns einen Caravan gekauft.“

„Wow“, Isolde Cabra schien tatsächlich beeindruckt zu sein, „das ist ja toll, hätte ich Ihnen in Ihrem Alter gar nicht zugetraut. Ich gratuliere.“

Klaus fiel tatsächlich ein Stein vom Herzen. Es ist schon erstaunlich, wie abhängig man doch von der Meinung anderer ist. „Wir waren das erste Mal mit dem Wagen unterwegs, nächstes Mal geht es dann weiter weg.“

„Und wohin soll es dann gehen?“

„Das steht noch nicht fest, Camping braucht man ja nicht buchen, wir haben also Zeit zum Planen und wollen erst einmal in die Eifel. Oder an den Bodensee.“

„Mensch Chef! Das ist doch super! Mein Schwager ist auch Camper und total begeistert. Der Peter hat auch so einen Caravan, aber mit Motor, also so ein Auto mit eingebautem Wohnwagen, aber der bucht seine Plätze immer vorher schon.“

„Wirklich? Muss man das?“

Nach dem Abendessen nahm Klaus sich die Abrechnung des Campingplatzes vor. Eigentlich wollte er heute Abend mit Gertrude ihren Ausflug zum 1. Mai planen, aber vorher musste er die letzte Rechnung noch einmal kontrollieren. Donnerstagabend bis Montagvormittag waren vier Nächte für 78 Euro, dazu Weckle und der Wohnwagenbegrüßungstrunk in der Mäuslemühle, also noch einmal 110 Euro. Dann der Wanderschnaps für das kaputte Osterei und das Benzin! Das Osterwochenende schlug locker mit 240 Euro zu Buche.

Nach Adam Riese waren das 60 pro Nacht, und die Wohnwagenrate für diesen Monat kam auch noch hinzu. Er hatte also in diesem Monat für vier Campingübernachtungen 430 Euro bezahlt. So war das nicht gedacht! 8 Euro pro Person und Nacht. Das war der Plan!
Besser, er zeigte Gertrude die Berechnungen nicht – obwohl – früher oder später würde sie es ohnehin herausbekommen, aber später war in diesem Falle deutlich besser!
Klaus schob die Campingrechnung tief unter die Prospekte und ging mit einer Bodensee-Broschüre in die Küche. Da Gertrude noch mit dem Abwasch beschäftigt war, las er ihr vor: „Einzigartige Lage, direkt am Nordufer der Insel, mit eigenem Badestrand und mit Blick über den Gnadensee bis nach Allensbach ..."
„Wo soll das denn sein? Willst du mit mir nach Italien? Mein Appassionato?"
„Nee, das ist auf der Reichenau im Bodensee, keine 200 Kilometer von uns weg. Das wäre was für den 1. Mai. Wir könnten Mittwochmittag losfahren, Freitag nehme ich Urlaub und am Sonntag sind wir wieder zurück. 200 Kilometer sind knapp zwei Stunden Fahrt."
„Klaus, mein Lieber, du kannst nur achtzig fahren, und auf der Autobahn fährst du am Tag vor dem 1. Mai nur den dicken Lastern hinterher."
„Wollen wir dann doch lieber in die Eifel?"
„Nein, mein Klausi, Bodensee ist in Ordnung, aber lass uns auf der Landstraße fahren, und ich glaube, Sigmaringen müsste genau in der Mitte liegen. Ich wollte da immer schon mal hin. Mir das Hohenzollernschloss ansehen."
So ganz unrecht hatte sie nicht, schnell fahren ging mit dem Wohnwagen ohnehin nicht und auf den Landstraßen war bestimmt weniger Verkehr. „Soll ich dann Freitag Urlaub neh-

men?“ Gertrude hängte das Geschirrtuch über den Trockner und stemmte die Hände in die Hüften. „Mein Lieber, du hast mir schon im Siebenmühlental gesagt, dass du am 2. Mai Urlaub nehmen willst, also faggle net lang!“

Birthe Fliedig saß schon am Schreibtisch, als Marcus Bolso mit den belegten Brötchen kam. Er war heute Morgen gleich zum Baumarkt gefahren, um zwanzig Gummistöpsel für die Waschbecken zu kaufen. Auf dem Rückweg hatte er bei Fleischer Hase angehalten, um die viel zu teuren, aber dick belegten Wurstbrötchen zu kaufen. „Moin Chef, so früh schon mit dicken Tüten unterwegs?“
„Ich war in der Stadt, haben wir schon Kaffee?“
„Nee, aber ich kann ja mal auf den Knopf drücken, angesetzt hab ich die Maschine schon.“ Birthe Fliedig stand auf und holte auch gleich das Geschirr. „Haben Sie Hundefutter geholt oder warum waren Sie so früh los? Ihr Arnulf hat die ganze Zeit gebellt, hat der Arme heute Morgen nichts gekriegt?“
Marcus fasste sich an die Stirn: „Den hab ich ganz vergessen, ich wollt schon längst zurück sein, aber im Baumarkt hab ich die Frau Semester von gegenüber getroffen. Ich hab ihr noch schnell ein paar Säcke Gartendünger ins Auto getragen – und dann war ich ja noch bei Schlachter Hase. Wo steckt Jasper eigentlich?“
„Der repariert das Tor zum Strandweg, der Torgriff ist ab, der Mertens vom Panoramaplatz konnte heute Morgen nach dem Joggen nicht mehr rein und musste ein Zusatztraining machen.“
„Wieso das denn?“
„Weil das Tor ohne Türgriff nicht aufging. Er musste um den ganzen Campingplatz herum laufen und durch den Haupteingang gehen.“

Jasper Diekgreve riss die Tür auf: „Moin, Kaffee fertig?" Er feuerte seine Prinz-Heinrich-Mütze punktgenau auf den Garderobenhaken und ließ sich auf einen Stuhl sinken. „Moin Jasper." Diekgreve drehte sich erschrocken um. „Moin Chef, äh, ja. Ich hab schon mal das Tor repariert. Der Türdrücker lag auf der Wiese. Einfach so, war natürlich keiner."
Marcus nickte: „Okay, du kannst nachher gleich die Gummistöpsel mit Edelstahldraht an den Waschbecken festmachen. Mal sehen, wann die ersten davon wieder geklaut sind. Aber jetzt gibt's Kaffee, ich hab Hackbrötchen mitgebracht."
Arnulf bellte noch immer und Marcus beeilte sich. Er trank den Kaffee in langen Zügen, aß nur ein halbes Brötchen im Stehen, holte Arnulf vom Frodewold aus dem Zwinger und startete mit zwei Stunden Verspätung seinen Rundgang.
Der Rasen war überall gut angewachsen, nur neben dem Sanitärgebäude war noch nichts Grünes zu sehen. Marcus band Arnulf am Fahrradständer an, um schnell die Heizung und die Solaranlage zu kontrollieren. Mit einem einzigen Blick auf das Display sah er, dass alles in Ordnung war, und setzte seinen Rundgang mit Arnulf fort.
Bolso machte auf dem Weg noch die Deckel von zwei Stromverteilerkästen zu und ging durch das frisch reparierte Tor zum Strand. Der Hund zog wie wild in Richtung Meer und Marcus blieb mit dem Jackenärmel an der Türklinke hängen. Er hörte das hässliche Geräusch von reißendem Stoff und musste abrupt stehen bleiben. Er war unterhalb der Klinke hängen geblieben und hatte einen schicken Dreiangel im Ärmel. Scheiße! Er fluchte leise, Jasper hatte die Madenschraube nicht ganz rein gedreht. Daran musste man einfach hängen bleiben! Er fischte sein Schweizer Universalmesser aus der Tasche, klappte es auf und zog die kleine Schraube bis zum Anschlag fest. Wenn man nicht alles alleine macht!

Marcus und Arnulf gingen über den Strand und außen herum zum Campingplatz zurück. Am Strand hatten sie noch Altfischer Fiete Hansen getroffen, der alte Mann suchte, wie immer, jemanden zum Erzählen, aber Marcus hatte, wie immer, keine Zeit. Kurz vor der Campingeinfahrt traf er auch noch Nachbarin Constance Semester. Sie war gerade dabei, ihr Auto auszuladen, hatte sich eine Schubkarre an die Heckklappe ihres Audi-Kombis gestellt und versuchte die 40-Kilo-Düngersäcke umzuladen. Arnulf zog an der Leine und wollte weiter, aber Marcus blieb stehen und beobachtete sie.
Wie heute morgen erschien es ihm, als wäre sie viel zu schwach, um die schweren Säcke zu bewegen, aber sie packte kräftig zu und lud den Dünger schwungvoll in die Karre. Trotz ihrer viel zu großen, hässlich grünen Latzhose wirkten ihre Bewegungen durchaus elegant. Sportlich war sie auf jeden Fall. Marcus schaute ihr noch einen kurzen Moment zu, bevor er um die Ecke bog, um ihr zu helfen.
Constance richtete sich auf und strich sich die blonden Strähnen aus dem Gesicht. „Hallo Constance, hast du mir nicht erzählt, dass dein Sohn kommen wollte, um den Garten zu düngen?“ Sie lächelte und rückte ihre schicke Brille zurecht, um dann mit der gleichen Bewegung wie zuvor noch einmal die Haare aus dem Gesicht zu streichen. „Der kommt nachher auch und macht mir den Garten fertig, aber ich brauche das Auto und will nicht mit dem Dünger spazieren fahren.“
Marcus machte Arnulf am Hoftor fest, zog einen Sack aus dem Auto und hievte ihn auf die Karre. „Wohin damit?“ Er stand direkt neben ihr und trotz der Gartenarbeit roch er ein teuer duftendes Parfüm. „Direkt hinter das Gartenhaus, dahin, wo das Kaminholz liegt.“
„Gut, dann lass mich mal.“ Marcus hob die Karre an, bugsierte sie durch den Garten und brachte auch die drei ande-

ren Säcke nach hinten. Die leere Karre stellte er neben die Tür und machte Arnulf wieder los. Der Hund sprang freudig an ihm hoch und Marcus musste ihn erst mal wegschubsen, sonst hätte er ihm glatt übers Gesicht geleckt. „Nee Arnulf, geknutscht wird hier nicht!“ Er nahm den Hund an die kurze Leine und Constance lachte. „Wirklich nicht? Aber danke sagen darf ich doch?“

„Kein Problem, aber sag deinem Sohn, er soll nicht zu lange warten mit dem Düngen, da ist schon Moos im Rasen.“

Mit einem kurzen „Tschüss“ verabschiedete er sich und eilte mit langen Schritten schräg über die Straße zur Campingplatzeinfahrt. Eigentlich schade, dass so eine hübsche Frau allein sein musste, und das auch nur, weil ihr Mann meinte, dass ihn die kanadischen Wälder in seiner Persönlichkeitsfindung weiterbringen würden! Arne war jetzt schon länger als ein Jahr da drüben, und Marcus lächelte innerlich. Constance ist wirklich hübsch!

Als er die Tür öffnete, hielt ihm Mudder Fliedig schon das Telefon entgegen. Lautlos formulierte sie mit spitzen Lippen: „GANZ WICHTIG!“

Marcus nahm das Telefon: „Marcus Bolso hier, guten Tag, was kann ich für Sie tun?“

„Jaaa, hallo Herr Bolso, gut, dass ich Sie persönlich erreich, Müller-Vielgescheidt hier, das geht noch mal um meine Buchung.“

„Hallo Herr Müller-Vielgescheidt, ich hoffe doch, dass alles in Ordnung ist.“

„Ja, nee, das ist okay, aber unser Sohn möchte noch ein kleines Kinderzelt neben dem Vorzelt aufstellen und da wollt ich Sie fragen, ob das geht?“

„Das sollte wohl gehen, die Wiese, auf der Sie stehen, hat große Stellflächen. Ich sage meiner Kollegin Bescheid und sie

vermerkt das auf Ihrer Buchung."
„Klappt das auch, wenn die das macht?"
„Keine Angst, Herr Müller-Vielgescheidt, das funktioniert, die Kollegin ist da sehr erfahren."
„Na gut, dann vielen Dank und tschüss denn."
Marcus gab Birthe Fliedig das Telefon zurück. „Was war das denn?"
„Wie Sie schon sagten, gaaanz wichtig! Schreiben Sie einfach bei Müller-Vielgescheidt noch ein kleines Kinderzelt dazu."

3

1. Mai – und andere lange Campingwochenenden

Schon am gestrigen Abend hatte Klaus den Wohnwagen bei Oma Hilde aus der Scheune geholt und vor der Haustür geparkt. Heute Morgen war er zeitig ins Amt gefahren und durch die optimale Kombination aus der Gleitzeitregelung und den Feiertagsöffnungszeiten zum 1. Mai war er bereits zum Mittagsbrot zu Hause. Gertrude hatte den Wohnwagen zwischenzeitlich fertig beladen und nachdem Klaus die letzten Kleinigkeiten im Auto verstaut hatte, ging es los in Richtung Bodensee.

Es lief wie am Schnürchen und Klaus fuhr ohne Pause bis nach Sigmaringen. Da Gertrude darauf bestand, das Schloss der Hohenzollern zu besichtigen, parkte Klaus unten in der Stadt. Er hatte einen Parkplatz gefunden, auf dem er auch mit dem langen Gespann stehen konnte und von wo aus das Schloss schon in Sichtweite war.

Bereits von unten konnte man die vielen Türme und Erker erkennen. Die prachtvolle Schlossanlage des Fürstenhauses thronte oben auf dem Berg und strahlte Sicherheit und Reichtum aus. Gertrude und Klaus nahmen den direkten Weg und stiegen die engen Gassen zum Schloss hinauf. Der Anstieg war anstrengend und steil, erst nach zwanzig Minuten erreichten sie endlich die breite Zufahrtsstraße, welche direkt zum ersten Schlosstor führte.

Hier vor dem großen Tor konnte man noch gut erkennen, dass die fürstliche Anlage einstmals aus einer Burg hervorgegangen war. Das schwere Tor ließ sich kaum öffnen und im ersten Innenhof blieb Klaus völlig außer Atem stehen. Was auf dem Stadtplan nach einem leichten Spaziergang ausgesehen hatte, war in Wirklichkeit ein mehr als halbstündiger Aufstieg, und bereits in einer guten Stunde würde das Museum schließen. Klaus wollte in der kurzen Zeit auf alle Fälle in die berühmte Waffensammlung und in den Marstall zu den

Kutschen gehen. Er keuchte schwer: „Wir gehen zuerst in das Marstallmuseum mit den Jagd- und Reisekutschen und, wenn dann noch Zeit ist, ins Schloss mit den großen Sälen."
„Nein, besser ist es umgekehrt, wir gehen jetzt in das Schlossmuseum und zum Schluss zu deinen Kutschen."
Da Klaus wusste, dass die große Waffenhalle zum Schlossrundgang gehörte, stimmte er Gertrude scheinbar unwillig zu und kaufte die Eintrittskarten.
Das Schloss war beeindruckend. Vor fast 950 Jahren ist es als Burg erstmals erwähnt worden und noch heute strahlen die großen Residenz- und Prunksäle im Glanz der vergangenen Jahrhunderte. Der Rundgang führte durch fantastische Räume mit original erhaltenen Einrichtungsgegenständen, durch Galerien mit flandrischen Wandteppichen und durch den barocken Ahnensaal. Gertrude kam aus den Ahs und Ohs gar nicht mehr heraus, während Klaus darauf achtete, nirgends allzu lange stehen zu bleiben. Er wusste, dass hinter der letzten Tür am Ende des Saales eine der größten Waffensammlungen Europas zu entdecken war.
Als er dann die Tür zur großen Waffenhalle öffnete, verschlug es ihm fast die Sprache. An den langen Wänden standen Rüstungen und Waffen in Reih und Glied. Bis hoch an die Decke hingen Ausrüstungsgegenstände und eine große Sammlung von Heeresfahnen zeugte von den unzähligen Auseinandersetzungen ehemaliger Fürstenhäuser.
Klaus hatte gelesen, dass es hier mehr als dreitausend Ausstellungsstücke aus allen Jahrhunderten gab. Aber etwas zu lesen oder es tatsächlich zu sehen, war ein riesiger Unterschied. Die Realität war schlicht unglaublich und er musste sich auf eine Besucherbank setzen, um den gewaltigen Eindruck zu verkraften. Leider reichte die Zeit nicht, jedes Ausstellungsstück der Halle zu betrachten. Klaus nahm sich

spontan vor, noch einmal herzukommen. Dann jedoch mit genügend Zeit um alles zu entdecken und auch um in den Marstall gehen.

Der 30. April war, wie in jedem Jahr, der Stichtag. Marcus Bolso saß in der Rezeption, hatte sich seine rote Titanbrille ins Haar geschoben und starrte auf den Kalender. Wo waren die letzten Wochen geblieben? Zusammen mit Platzwart Jasper Diekgreve hatte er seit Ostern tausend Dinge repariert, hatte gestrichen, gesät, gebohrt und geharkt, hatte Wege ausgebessert, Wasserzapfstellen gereinigt und den Campingplatz in Schuss gebracht.
Heute war Stichtag und Marcus wusste aus Erfahrung, dass alles, was bis Ende April nicht fertig war, in der laufenden Saison auch nicht mehr fertig wurde. Jetzt standen die Feiertage unmittelbar bevor, 1. Mai, Himmelfahrt und Pfingsten, und dann kamen auch schon Sommerferien. Heute Mittag hatte er Mudder Fliedig, Jasper Diekgreve, Verkäuferin Fiene Comessa, die Reinigungsfeen Magdalena und Karolina und natürlich auch Opa Schowski noch einmal zum Essen bei Angelo eingeladen. Zwei Stunden Zeit hatten sie sich genommen und weder auf das Eis noch auf den Espresso verzichtet. Soviel Zeit werden sie in den nächsten Monaten nicht mehr haben.
Für dieses Wochenende war Marcus gut gebucht und wenn das Wetter mitspielte, sollte auch sein Kontostand langsam wieder auf die Beine kommen. Bisher bezahlte er immer nur – sein Steuerberater hatte ihn schon angerufen und ihm bestellt, dass er Steuer- und kein Schuldenberater sei, und Marcus möge doch zusehen, dass wieder Geld in die Kasse komme.
Im Gegensatz zu dem Steuerwurm sah Marcus die Lage völ-

lig entspannt. Er war lange genug dabei – und schon bei seinem Vater war es so, dass in jedem Frühjahr das Geld zur Neige ging. Bisher war es immer gut gegangen, und wenn sich sein Messeeinsatz in Stuttgart auswirken würde, dann sollte es auch in diesem Jahr keine Probleme geben.

Michel Muurmann öffnete schwungvoll die Tür der Rezeption und schob seine kleine, rundliche Frau vor sich her. „Moin, moin, ihr Lieben, da sind wir wieder, die Muurmanns sind wieder da, so wie in jedem Jahr! Bolso, mein Guter, hast du den Winter überstanden ohne zu hungern und zu frieren und hast du endlich an meinem Stammplatz einen Wasserhahn angeschraubt?" Laut und poltrig wie immer, dröhnte Muurmanns Bass durch die Rezeption. Als Polier auf dem Bau war er es gewohnt stimmgewaltig zu agieren und Befehle zu erteilen.

Nach ihm waren auch sein Bruder mit Frau, zwei Schwager und alle Kinder in die kleine Rezeption gekommen und alle erzählten mehr oder weniger gleichzeitig, wie schön es doch sei, dass endlich der Mai vor der Tür stehen würde und dass sie heute bei Angelo feiern wollen und trotzdem morgen früh beim „1.-Mai-Strandlauf" dabei sein werden.

Marcus verstand kaum sein eigenes Wort, denn zwischenzeitlich waren noch vier andere Kinder, mit ihrer völlig überforderten Mutter im Schlepptau, in die Rezeption gekommen. Die Lütten im Alter von etwa drei bis sieben Jahren drängelten sich zielsicher bis zur Bonbonschale durch und ihre Mutter versuchte lautstark, die vier quer durch den Raum zu erziehen und sie davon abzuhalten, sich die Taschen mit Bonbons zu füllen.

Gleichzeitig versuchte sie Birthe Fliedig klarzumachen, dass sie einen Platz neben dem Wohnwagen ihrer Schwester braucht, denn sie wäre der Überraschungsbesuch.

Alle im Raum erzählten durcheinander und an einen auch nur halbwegs vernünftigen Check-in war überhaupt nicht mehr zu denken. Kurz entschlossen nahm Marcus seine Jacke vom Haken und drängte sich durch in Richtung Tür, wobei er noch einmal von jedem Muurmann persönlich begrüßt und in den Arm genommen wurde.
Irgendwie schaffte er es trotzdem bis nach draußen. Jasper Diekgreve saß schon auf seinem Fahrrad, um die vier Muurmannschen Wohnwagen an ihren Platz zu bringen. „Gleicher Platz wie jedes Jahr für die Muurmänner?"
„Ja, so wie immer. Jägerwiese." Marcus drehte sich um, nahm zwei Finger in den Mund und pfiff schrill in die Rezeption. Augenblicklich herrschte absolute Ruhe. Es war so ruhig, dass Marcus fast lachen musste, als er zu Michel Muurmann rüberwinkte.
„Ich mach euch jetzt die Schranke auf und Jasper fährt mit dem Fahrrad vor zum Stellplatz. Ihr fahrt ihm nach und in der nächsten halben Stunde schickt ihr eine kleine Abordnung zum Check-in! Okay?"
Muurmann drehte sich um und der ganze Clan setzte sich in Bewegung. Marcus hielt ihnen die Tür auf und nachdem alle in ihre Autos gestiegen waren, öffnete er die Schranke. Jasper trat in die Pedale und die Karawane setzte sich in Bewegung. Die junge Frau stand noch immer mit den vier Lütten an der Hand bei Birthe Fliedig und Mudder Fliedig suchte in der Liste nach dem Namen der Schwester, ohne ihn jedoch zu finden. „Sie hat aber gebucht, zwei Wohnwagenplätze auf den Namen Beckdunker, Björn Beckdunker. Sie hat sogar schon überwiesen und bezahlt!" Marcus kam um den Tresen und sah Mudder Fliedig über die Schulter. Beckdunker jedenfalls stand nicht auf der Liste. Er knipste seinen Bildschirm an und überflog die Buchungsliste der nächsten Tage: Björn

Beckdunker, zwei Caravanplätze vom 1. bis 5. Mai auf der Sonnenlichtung. „Alles wird gut, junge Frau, Ihre Schwester kommt morgen, am 1. Mai."
„Aber ich bin doch heute schon hier!"
„Auch kein Problem, die beiden Wohnwagenplätze sind frei und für Ihr Zelt finden wir auch noch einen Platz!"
„Aber ich muss neben meiner Schwester stehen!" Ein kurzer Blick auf den Belegungsplan sagte Marcus, dass die Sonnenlichtung ausgebucht war, aber mit zwei kurzen Mausklicks organisierte er die Plätze neu und die junge Frau bekam den Platz neben ihrer Schwester. Alles kein Problem.

Campingplatz Inselseele, das Hinweisschild am Ende der Straße zeigte nach rechts und Klaus folgte dem Richtungspfeil. Überraschend schnell stand er vor der Schranke. Er stoppte, öffnete den Gurt und streckte die Arme aus. Gertrude war ebenfalls ausgestiegen und nahm die Jacken aus dem Auto.
Die Fernbedienung fiepte zweimal, das Auto war verschlossen. Dem Tipp von Brigitte und Rudi folgend, gingen sie erst einmal los, um den Platz und die sanitären Anlagen zu begutachten. Gertrude hatte auf eine Besichtigung bestanden und Klaus wollte ihr nicht widersprechen. Camping war für sie beide noch immer ein Experiment, da war Vorsicht geboten.
Sie gingen an der Rezeption vorbei und schlugen zuerst den Weg in Richtung Wasser ein. Es waren nur wenige Minuten bis zum See und Klaus staunte nicht schlecht, der Campingplatz hatte einen Sandstrand wie am Meer und das Ufer war tatsächlich von Palmen gesäumt. Auf der gegenüberliegenden Seite des Sees konnte man das Allensbacher Ufer erkennen und direkt am Strand gab es ein Restaurant mit

Bootsvermietung. Die tief stehende Abendsonne erwärmte die gut besuchte Terrasse und für Klaus gab es keinen Grund, ihre richtige Campingplatzwahl anzuzweifeln. Er schloss für einen Moment die Augen und ließ sich von der Sonne bestrahlen.

„So, und wo ist jetzt das Toilettenhaus?" Gertrude riss ihn unsanft aus der Ruhe und zog ihn weg vom Strand. Mit zügigen Schritten gingen sie den Parallelweg zurück und fanden das neue Gebäude. Ein Flachbau mit Solaranlage auf dem Dach und rutschfesten schwarzen Fliesen auf dem Boden. Das Gebäude war mit edlem Holz verkleidet und machte einen supermodernen Eindruck. Gertrude aber traute dem Frieden nicht und sah sich alles von innen an. Zuerst die Dusche und dann auch noch die Toiletten. Als sie zufrieden wiederkam, zeigte Klaus auf ihre Füße: „Guck mal, wo du gelaufen bist! Deine Spuren sieht man auf den dunklen Fliesen im ganzen Gebäude. Hier steht extra ein Schild ‚Zutritt nur in Badeschuhen'." Gertrude zuckte mit den Schultern: „Mein Gott, wir kaufen doch nicht die Katze im Sack!"

Auf dem Campingplatz gab es überall schöne Plätze mit Sichtschneisen zum See; es gab viele Hecken, alte Bäume und breite Wege. Der Minimarkt auf der Rückseite der Rezeption hatte geöffnet und mit der Magie eines jeden Shops zog es Gertrude direkt hinein. Es gab im Wesentlichen alles, was man zu Hause vergessen konnte, von der Zahncreme bis zu den Badeschuhen, Zeitungen, Lebensmittel, frische Weckle. Und es gab ein riesiges Regal mit Souvenirs – alles, was der Mensch nicht braucht.

Vor der Rezeption herrschte Aufregung. Klaus sah, wie drei Mitarbeiter des Platzes, gut zu erkennen an den roten Westen mit dem Campingplatzlogo, aus der Tür kamen und eilig in alle Richtungen ausschwärmten. Einige Gäste standen vor

der Tür und diskutierten lautstark, andere standen in kleinen Gruppen auf der Straße. Klaus verstand einige Wortfetzen, aber ohne jeden Zusammenhang: „Wer weiß wo ...", „hat niemand gesehen ...", „kennt keiner ...", „echt 'ne Sauerei ...", „schon eine halbe Stunde ..." Zusammen mit Gertrude drängte er sich an den kleinen Gruppen vorbei, um sich in der Rezeption anzumelden. Vor ihm standen noch zwei Familien, die aber bereits eingecheckt hatten. Die junge Mitarbeiterin des Campingplatzes, Luisa stand auf ihrem Namensschild, winkte sie heran. „Grüß Gott, was kann ich für Sie tun?"
Klaus ging zu ihr an den Tresen. „Wir haben auf der Messe Ihren Prospekt bekommen und würden jetzt gern bis Sonntag bleiben."
„Haben Sie gebucht?"
„Nein, hätten wir buchen sollen? Wir brauchen nur ein kleines Plätzchen, nichts Besonderes."
„Kein Problem", meinte sie lächelnd, „wir haben noch freie Plätze. Wenn Sie mir mal eben einen Ausweis geben könnten, mache ich schon mal alles fertig. Mit der Einfahrt kann es aber noch etwas dauern."
Klaus runzelte die Stirn „Warum das denn?"
„Meine Kollegen sind gerade alle auf dem Platz und suchen jemanden; irgendwer hat sein Gespann direkt vor der Schranke geparkt und jetzt kommt keiner auf den Platz."
Klaus wurde plötzlich heiß, sein Blutdruck schoss schlagartig nach oben, er hörte das Blut in seinen Adern rauschen und sein Hals lief von unten her rot an. Er hatte das Gefühl, dass alle auf ihn zeigen würden und sein Kopf fühlte sich wie eine dunkelrote Kirsche an. „Ja, also, meinen Sie den Dunkelgrauen dort an der Schranke?"
„Ja, den mit" – sie sah auf ihren Zettel – „SCH-KD 333!"
Klaus hatte es geahnt. „Das sind wir, also ich, wir waren nur

mal eben kurz nach einem schicken Stellplatz gucken."
Luisa sah kurz auf. Aus ihrem Blick war schlichtweg gar nichts abzulesen und statt einer Antwort nahm sie ihr Funkgerät zur Hand.
„Ihr könnt zurückkommen, hier ist alles klar." Schnell tippte sie etwas in ihren Computer ein und fragte ohne weiteren Kommentar: „Sie möchten bis Sonntag bleiben?"
„Ja, bis Sonntag Mittag", meldete sich Gertrude jetzt.
Luisa nahm eine Strichcodekarte aus dem Drucker und gab diese Gertrude. „Mit der Karte können Sie erst einmal reinfahren, mein Kollege kommt sofort und zeigt Ihnen den Weg und wenn Sie dann richtig stehen, kommen Sie bitte sofort wieder her."
Die drei Mitarbeiter mit den roten Jacken kamen wieder zurück und der erste zeigte auf Klaus: „Sie sind das!"
Klaus nickte. „Dann los, ich zeig Ihnen, wo es langgeht."
Gertrude hatte Mühe, den beiden Männern zu folgen, ja, sie musste sich richtig beeilen, um überhaupt noch ins Auto zu kommen. Mit einem flüchtigen Blick konnte sie gerade noch erkennen, dass sich hinter ihrem Wohnwagen eine lange Schlange gebildet hatte. Die Autotür war noch gar nicht ganz zu, als Klaus auch schon anfuhr, um dem Campingplatzmitarbeiter auf dem Elektroroller zu folgen.

Endlich Feierabend, Marcus Bolso löschte das Licht und ging über den Hof nach Hause. So ein Anreisetag vor einem Feiertagswochenende mit Brückentag war immer der pure Stress. Er hatte zusammen mit Birthe Fliedig den ganzen Nachmittag und Abend alle Hände voll zu tun gehabt, in kurzen Abständen waren immer neue Gäste angereist. Das gute Frühlingswetter hatte dem langen Wochenende noch einen Extraschub gebracht. Viele Gäste, die erst ab morgen gebucht hatten, waren schon heute angereist, und andere waren ganz ohne Buchung gekommen. Platzwart Jasper und Opa Schowski hatten routiniert alle Neuankömmlinge eingewiesen und im Laufe des Abends hatte sich der Campingplatz immer mehr gefüllt.

Es war schon weit nach zehn, als Marcus draußen vor der Rezeption stand und sich über den erstaunlich milden Frühlingsabend freute. Der kaum spürbare Seewind wehte einzelne Wortfetzen von der Restaurantterrasse herüber. Die Campinggäste schienen glücklich zu sein und auch Don Angelo konnte sich über dieses Wochenende freuen. Wenn das Wetter hielt, was es versprach, dann würden morgen wieder Hunderte Radfahrer bei ihm halten und seine Kasse klingeln lassen. Marcus verspürte Lust, ein abendliches Glas Rotwein bei Don Angelo zu trinken, aber das ließ er besser bleiben. Die Terrasse war gut gefüllt und wenn er dort gesehen würde, müsste er mit jedem Campinggast einen trinken. Das würde für ihn mit Sicherheit ein billiger Abend, aber auch ein furchtbarer Morgen werden. Er beschloss, Arnulf aus dem Zwinger zu holen, unten am Strand bis zum Tüdelpott zu laufen, dort ein Feierabendbier zu trinken und dann zeitig ins Bett zu gehen.

Marcus machte Arnulf vom Frodewold draußen fest. Er mochte es nicht, wenn Gäste ihre Hunde mit in die Rezeption brachten, er mochte es nicht, wenn unter dem Nachbartisch eine riesige Dogge lag, und er hasste es, wenn unter jedem Tisch ein Dackel knurrte. Marcus war immer noch der Meinung, dass Hunde in der Kneipe nichts zu suchen hatten, und so musste sich Arnulf die Außentreppe mit den Rauchern teilen.

Der Tüdelpott war gut gefüllt, viele Einheimische waren nicht mehr da, aber die Urlaubsgäste füllten fast alle Plätze. Frem-

de Dialekte schwirrten durch die Luft und Biergeruch lag im Raum. Am kleinen Stammtisch wurde Bier und Köm getrunken und Marcus klopfte zum Gruß auf den Tisch, griff sich einen Barhocker und setzte sich an den Tresen. Wirt Hauke warf ihm einen kurzen Blick zu und Marcus deutete ein Nicken an. Sie verstanden sich stumm. Hauke füllte das Glas mit frischem Jever und stellte ihm das Bier auf den Tresen.
„Alles klor bi di?“
„Jo, geht so, sieht gar nicht schlecht aus für dieses Wochenende, und bi di?“
„Stress, heute Abend geht es bestimmt bis nach eins und morgen früh hab ich den Bierwagen beim ‚1.-Mai-Strandlauf‘.“
„Ach komm, seit wann hast du Stress, du hast doch Wibke.“
„Die hat heute in der Küche geholfen und im Clubraum nebenan bedient. Da machen heute die Frauen von der Boßel-Mannschaft Saisonauswertung!“
Wie auf ein Stichwort ging in diesem Moment die Tür vom Nebenraum auf und lautstark drängten die Boßel-Damen in den Raum. Scheinbar war die Saisonauswertung zu Ende und nach der Tonhöhe des Lachens und der Gesamtlautstärke zu urteilen, hatte es dabei nicht nur Kamillentee gegeben. Die Mädels waren noch lauter als gewohnt und schnatterten durcheinander, als hätten sie sich über Jahre nicht gesehen. Die meisten von ihnen gingen direkt nach draußen und Marcus war froh, dass er den Hund nicht direkt am Eingang festgemacht hatte.
Die Chefin von Strandkorb-Knudsen, Frau Knudsen persönlich, und die Vereinsvorsitzende Jutta Kegel blieben am Tresen stehen und bestellten sich noch ein Bier. Mit halb zugekniffenen Augen visierte Jutta Marcus an. „Und – Zeltplatzmeister Bolso, Frust saufen oder schnell die Umsätze verprassen, bevor das Finanzamt kommt?“ Marcus nahm

noch einen kräftigen Schluck und – gerade als er antworten wollte – setzte sich Constance Semester zu den beiden Damen. Er wischte sich den Bierschaum mit dem Handrücken ab. „Hallo Constance“, und zu Jutta gewandt sagte er, dass er ganz einfach nur den schönen Abend genießen wollte. „Ja, du hast ja zu Hause auch nur 'ne kalte Küche.“ Jutta sah ihn herausfordernd an: „Oder kannst du etwa kochen?“
Marcus dachte für einen Moment daran, dass er es sehr wohl konnte, aber viel zu selten tat. „Normalerweise koche ich mir jeden Abend ein Drei-Gänge-Menü, aber mir sind die Trüffel ausgegangen.“
„Hmmm, Trüffel, nicht schlecht, mein Lieber, hast du denn auch ein kleines Trüffelschwein zu Hause? Mit einem kleinen Ringelschwänzchen?“ Die Knudsen prustete los, als hätte Jutta die Vorlage für die neueste Show von Mario Barth geliefert. Sie musste sich die Hand vor den Mund halten, um kein Bier zu versprühen, und Jutta sah ihn wieder mit zusammengekniffenen Augen an. „Bolso, wenn du mal Trüffel suchen willst, ich hab einen schönen großen Garten.“
„Und nicht nur einen großen Garten!“, fügte die Knudsen laut wiehernd hinzu. Die beiden hatten wirklich nicht nur Kamillentee getrunken! Jutta Kegel griff unter dem Tresen schon nach seinem Knie und Marcus fragte sie schnell, wie es denn mit ihren Kochkünsten so stehe. „Was kochst du denn deinem Mann so jeden Tag?“
„Eintopf!“, war ihre kurze Antwort und plötzlich hatte sie wieder beide Hände auf dem Tisch. Sie wollte auch sofort zahlen. Auch die Strandkorbknudsen trank ihr Bier in einem Zug und drehte sich vom Barhocker herunter. Jutta drückte Hauke das Geld in die Hand und ging. Am Ende des Tresens drehte sie sich aber doch noch mal um, schmiss Marcus einen ziemlich eindeutigen Handkuss zu und säuselte viel zu

laut „Ciao, mein Lieber.“ Marcus winkte ihr kurz zu, steckte sich seine Brille ins Haar und sah Constance an.
„Mein Gott, da hab ich ja jetzt zweimal Glück gehabt. Die beiden sind weg und du bist noch da. Seid ihr Boßel-Weltmeisterinnen geworden oder was habt ihr da gefeiert?“
Constance wurde tatsächlich ein wenig rot und lächelte wieder dieses Lächeln, welches ihn schon in ihrem Garten verrückt gemacht hatte. Ein Lächeln, irgendwo zwischen Selbstbewusstsein und Verlegenheit, einladend und verwirrend zugleich. „Nein, nein, aber Regionalmeisterinnen sind wir schon geworden.“ Wobei ihre Betonung eindeutig auf den Meisterinnen lag.
„Stimmt, ich habe das mal im Deichboten gelesen.“ Er nahm die Hand vor den Mund und obwohl sein Herz hämmerte wie kurz vor dem Infarkt, konnte er kaum das Gähnen unterdrücken. Marcus schaute ihr direkt in die Augen. „Ich war nur kurz bei Hauke auf ein Gute-Nacht-Bier, heute war ein echt langer Tag und der morgige wird auch nicht kürzer. Tut mir echt leid, aber ich muss mich gleich wieder auf die Strümpfe machen.“ Constance lächelte. Mein Gott, dieses Lächeln! „Kein Problem, ich muss auch los, ich will morgen den Strandlauf mitmachen, um zehn ist Start am Prieltor. Aber Anmeldeschluss ist schon um neun.“
„Na, dann wird es bei dir ja auch nichts mit dem Ausschlafen am Feiertag.“ Marcus trank den Rest seines Bieres aus. „Also ich muss los, mein Hund wartet draußen und mein Bett zu Hause.“
„Ist doch schön, wenn überhaupt jemand wartet, ich muss auch nach Hause, nimmst du mich mit?“ Marcus winkte Hauke mit dem Geld, schob ihm 5 Euro über den Tresen und drehte sich wieder zu Constance. „Wenn du keine Angst vor Arnulf hast, bring ich dich sogar bis nach Hause.“

„Spinner, wo willst du denn sonst langgehen, du musst doch sowieso bei mir vorbei." Er hielt ihr die Tür auf und sie streifte ihn mit der Fahne ihres duftenden Parfüms. Ein Duft, der ihn fast aus den Schuhen haute.

Marcus nahm den Hund an die kurze Leine und zu dritt gingen sie die Straße zum Campingplatz zurück. Er versuchte das Gespräch fortzusetzen, aber ihm fiel überhaupt nichts ein. Er war total blockiert, der Kopf völlig leer. Er konnte doch jetzt nicht über das Wetter reden oder über Gartenarbeit! Sterne wären ein gutes Thema, davon gab es heute Abend genug. Marcus zeigte mit der Hand zum Himmel: „Kannst du das Frühlingsdreieck erkennen?" Die drei hellen Sterne waren gut zu sehen, aber Constance blieb stehen und hielt sich den Zeigefinger vor den Mund. „Psst, schau dir einfach alle Sterne an, es sind Tausende und sie leuchten so unglaublich hell." Tatsächlich waren die Sterne jetzt viel heller als zuvor, entweder weil die Straßenbeleuchtung abgeschaltet war oder weil Constance neben ihm ging. Marcus konnte Löwe und Jungfrau gut erkennen und war froh, nicht reden zu müssen. Schweigend gingen sie die Straße hinunter, ohne dass die Stille irgendwie peinlich oder gar störend war, es war einfach nur schön, den Sternenhimmel über sich zu haben.

Viel schneller als gedacht erreichten sie Constances Gartentor. Der Bewegungsmelder registrierte sie und schaltete die Hofbeleuchtung ein. Das helle Licht holte sie in die Wirklichkeit zurück und Constance gab ihm die Hand. „Danke fürs Mitnehmen."

„Ich danke dir." Marcus behielt ihre Hand einige Sekunden länger in seiner, als es notwendig gewesen wäre, drehte sich um und ging schräg über die Straße nach Hause.

Kurz vor dem Campingplatz drehte er sich noch einmal um, die Beleuchtung gegenüber war wieder erloschen und von

Constance war nichts mehr zu sehen. Warum hätte sie auch draußen stehen bleiben sollen? Und warum donnerte sein Puls bis zum Hals?

Der Blick war traumhaft. Gertrude und Klaus saßen im Heck ihres Wohnwagens und schauten aus dem Fenster. Klaus hatte frische Weckle geholt und Gertrude den Frühstückstisch gedeckt und mit drei Veilchen und einer Kerze geschmückt. Jetzt mischte sich der frische Kaffeeduft mit dem Geruch warmer Brötchen und süßen Honigs. Gertrude sah aus dem Fenster, von hier aus konnten sie über einen großen Teil des Campingplatzes blicken und sogar noch weit auf den See hinaus.

Ein Mitarbeiter des Campingplatzes hatte sie gestern zu dieser kleinen Anhöhe begleitet und noch während Klaus und Gertrude ihren Wohnwagen aufstellten, waren immer mehr Gäste auf den Campingplatz gekommen. Die freien Stellplätze um sie herum waren zusehends weniger geworden und ständig waren weitere Wohnwagen hinzugekommen. Das Ganze hatte schon etwas von Zirkus, aus grünen Wiesen entstand innerhalb weniger Stunden eine kleine Stadt. Überall wuselten Menschen um ihre Wohnwagen herum, stellten Zelte auf, parkten Autos ein und klappten Tische und Stühle auseinander. Bei den meisten Campern ging das Aufstellen unglaublich schnell und es dauerte auch nicht lange, bis die ersten Barbecues vor den Wohnwagen glühten.

Ihre Nachbarn zur Linken hatten gestern Abend sogar als Allererstes – noch vor dem Ausrichten des Wohnwagens – ihren Grill ausgepackt und angeheizt. Die beiden, Petra und Matthias, waren kurz vor Sonnenuntergang gekommen und Klaus hatte ihnen geholfen, den Wohnwagen akkurat in Waage auszurichten und die Stützen hochzudrehen. Mehr

machten ihre Nachbarn dann auch nicht mehr, sie wollten lieber den schönen Abend genießen und grillen, statt ewig lange ein Vorzelt aufzubauen.
Im Dämmerlicht der untergehenden Sonne hatte Klaus noch geholfen, das Elektrokabel zu verlegen, und noch bevor das Licht den Wohnwagen erhellte, waren die beiden Männer schon dabei, sich ein Hefeweizen zu teilen. Kurz danach lagen Würstchen und Paprika auf dem Grill und vier Stühle standen drum herum. Mit wenigen Handgriffen hatte Mathias bayrische Gemütlichkeit an das schwäbische Meer gezaubert.
Petra und Matthias machten schon seit vielen Jahren Camping. Sie wohnten in Regensburg und stammten aus eingefleischten Campingfamilien. Sie hatten sich auf einem Zeltplatz in Italien kennengelernt und sogar in einem großen Campingpark geheiratet. Als ihre Kinder noch kleiner waren, hatten sie die Sommerferien immer auf spanischen Campingplätzen verbracht, und in den Winterferien waren sie sogar in die Dolomiten zum Wintercamping gefahren. Jetzt waren ihre Kinder aus dem Haus und Petra erzählte stolz, dass die große Tochter Jura studieren würde und der Sohn in Portugal wäre.
Die vier hatten gestern bis spät in die Nacht zusammengesessen. Der Grill war schon lange ausgegangen und erst, als es selbst mit dicken Decken nicht mehr auszuhalten war, sind sie ins Bett gegangen.
Jetzt strich Gertrude mit einem großen Messer dickflüssigen Blütenhonig auf das warme Brot und schaute über den Campingplatz. Von ihrer kleinen Anhöhe aus konnten sie sehen, wie der Campingbetrieb langsam erwachte. Immer mehr Gäste tauchten auf, junge Frauen liefen im Bademantel zum Sanitärtrakt, Männer eilten im Jogginganzug zum Mi-

nimarkt und Hunde zogen ihre Herrchen in Richtung Feld. Gertrudes Blick ging hinunter zum See, die Morgensonne tauchte den Gnadensee in ein märchenhaftes Licht und sie freute sich auf ein schönes Wochenende. „Weißt du eigentlich, dass der Bodensee ein internationales Gewässer ist? Dass es hier große völkerrechtliche Probleme gibt?" Klaus hatte sich gerade eine neue Tasse Kaffee eingeschenkt und sah Gertrude erwartungsvoll an. Gertrude tat ihm den Gefallen und fragte nach. „Ja, was denn für Probleme, um Gottes willen?"

„Auf dem Obersee, also zwischen Ludwigshafen und Bregenz, gibt es keine anerkannte Grenze zwischen Österreich, Deutschland und der Schweiz. Und deshalb ist der Bodensee auch nicht der größte deutsche See."

„Ich weiß." Klaus stutzte: „Was weißt du?"

„Dass der Bodensee nicht der größte See Deutschlands ist, obwohl man nicht von einem Ufer zum anderen gucken kann."

„Was kann man nicht? Wir sehen doch sogar schon von hier, direkt aus dem Wohnwagen, das andere Ufer."

„Klaus, mein Lieber, wir sind doch hier am Gnadensee, der ist kleiner, da kannst du natürlich rübergucken, aber von Konstanz kannst du nicht bis Lindau gucken, wenn du unten am Ufer stehst."

„Warum das denn nicht? Wegen der Luftfeuchtigkeit und der Spiegelungen?"

„Nein, weil du zu klein bist!" Gertrude fand es durchaus lustig, dass sie mehr wusste als Klaus. Noch lustiger allerdings fand sie seinen Gesichtsausdruck, der war jetzt ganz weit weg vom ursprünglichen Lehrerblick. „Wie, zu klein?" Er schien es wirklich nicht zu wissen. „Klaus, du bist zu klein, weil die Erdkrümmung zu groß ist, auf dem Bodensee steht ein Wasserberg von über 50 Metern Höhe."

„Im Leben nicht!“ Er schaute völlig ungläubig und Gertrude stand auf, legte ihm von hinten die Arme um die Schultern und hauchte ihm ein Küsschen in den Nacken. „Glaub mir einfach.“

Sie nahm die leeren Tassen und Teller vom Tisch und Klaus half ihr, den Tisch abzuräumen. Fünfzig Meter! So ein Schmarrn! Aber er hatte noch ein Ass im Ärmel. „Mag ja sein, dass da ein Berg ist, aber die Allensbacher können dennoch weiter gucken.“

„Klaus, die können auch nur so wie wir über den See gucken, nur eben von der anderen Seite.“

„Gertrude, die Allensbacher können weiter gucken, die blicken direkt in die Zukunft.“

„Ja, genau wie ich, ich habe auch eine Glaskugel zu Hause.“

„Gertrude, die Allensbacher blicken in die Zukunft, die haben dafür extra ein Institut.“

„Ein Glaskugelinstitut?“

„Hast du noch nie was vom Allensbacher Institut für Demoskopie gehört? Die wissen doch schon immer vor der Wahl, wer am Ende gewinnt.“

„Na ja, aber so richtig was erkennen können die dann aber auch nicht!“

Die Sonne schien ihm ins Gesicht, es war wunderbar ruhig, nur das Rauschen des Meeres war zu hören. Es war Flut und der Wind trieb die Wellen bis an die alte Strandmauer heran. Eine kleine Portion Pasta von Don Angelo, dazu einen Espresso und die Maisonne im Gesicht. Was wollte man mehr? Die Mittagsruhe auf dem Campingplatz war nahezu vollkommen, ideal zur Erholung, ideal, um mal richtig auszuspannen. Der Campingplatz war gut besucht, aber das war kaum zu spüren. Durch die großzügigen Stellflächen, die vielen Hecken und durch die breiten Wege gab es keine Enge. Einfach perfekt, wenn man denn Urlaub hätte, aber er hatte keinen Urlaub. Marcus trank den Espresso in einem Zug und schüttelte den Kopf.

Es war schon erstaunlich, wie manche Leute ihren Urlaub planten. Er dachte an die jungen Leute mit dem klapprigen VW-Bully. Sie hatten das ganze Auto voller Lebensmittel, Getränke, einen Riesengrill und einen Zeltpavillon. Die fünf Mädels und ihr Fahrer Lukas kamen aus Berlin und wollten vor dem 1.-Mai-Chaos fliehen. Sie wollten ein ruhiges Wochenende an der Nordsee verbringen, aber als sie heute Mittag hier ankamen, waren sie schon seit Stunden umhergeirrt, ohne ihre Freunde zu finden. Das Problem an der Sache war, dass ihre Freunde die Zelte, die Luftmatratzen und die Schlafsäcke im Auto hatten. Im Zeitalter von Computer und Handy eigentlich unvorstellbar, aber die sechs fanden ihre Freunde nicht. Marcus hatte irgendwie Mitleid mit ihnen und nachgefragt, wo sie sich denn ursprünglich treffen wollten. „Auf dem Campingplatz Weddingstedt, drei Kilometer vom Bahnhof entfernt." Marcus hatte Lukas gesagt, dass es in Weddingstedt zwar einen Bahnhof gäbe, aber keinen Campingplatz. „Ja", meinte Lukas leicht genervt, „das wissen wir jetzt auch, und von den vielen Plätzen hier an der See sind Sie heute schon der fünfte, auf dem wir suchen."

„Warum wolltet ihr euch denn ausgerechnet in Bahnhofsnähe von Weddingstedt treffen?"

„Weil wir ursprünglich mit dem Zug anreisen wollten. Wir wollten uns am Wochenende das Inselfeeling geben."

„Inselfeeling?"

„Ja, wir wollten eigentlich auf der Insel zelten."

Marcus musste sich noch immer über die Unfähigkeit der jungen Leute wundern, er hatte mit nur zwei kurzen Telefonaten ihre Freunde gefunden. Sie warteten auf dem Campingplatz Wenningstedt drei Kilometer vom „Sylter Bahnhof Westerland“ entfernt. Wenningstedt war der Treff, nicht Weddingstedt! Er hatte ihnen noch den Weg nach Niebüll beschrieben und ihnen erklärt, dass sie wie geplant mit dem Zug anreisen würden, denn auf die Insel kommt man nur per Autozug.

Marcus stellte die leere Espressotasse auf den Tresen, legte das Kleingeld passend dazu und schlenderte gemächlich zur Rezeption. Er ging betont langsam und ließ sich Zeit.

Offiziell und laut Hinweisschild hatte er zwischen 13:00 und 15:00 Uhr Mittagspause. Jetzt war es gerade halb zwei und vor der Tür stand eine Gruppe Radler. Mit Sicherheit hatte einer von ihnen eine Panne, mit Sicherheit waren es Mieträder, mit Sicherheit hatten sie kein Werkzeug dabei und mit absoluter Sicherheit würde Marcus heute Abend erst wieder nach zehn aus der Rezeption herauskommen, wenn er jetzt öffnen würde. Er steuerte dennoch zielstrebig auf die Rezeption, und damit auf die Radfahrer zu. „Moin, die Herrschaften, kann ich Ihnen helfen?“

Nebelschwaden umwaberten den Wohnwagen. Dort, wo gestern noch der Blick bis an das gegenüberliegende Ufer reichte, war heute nur noch dicke graue Suppe. Und es war kalt. Im Minimarkt hatte Klaus heute früh nicht nur frische Weckle gekauft, sondern auch gleich noch ein paar Kerzen, mit deren Licht sie es sich gemütlich machen konnten.

Eigentlich stand heute eine Radtour auf dem Programm. Sie waren extra zeitig aufgestanden und Klaus war schon vor acht als einer der Ersten im Minimarkt gewesen. Aber jetzt war Nebel! Gestern hatte ihn Gertrude bei bestem Wetter vor die Wahl gestellt. „Entweder wir umwandern die Insel zu Fuß,

oder wir fahren mit dem Rad!“ Sie wollte sich unbedingt die ganze Reichenau ansehen, wollte die komplette Insel kennenlernen und hatte ihm keine echte Alternative gelassen.
Camping war scheinbar erheblich sportlicher als gedacht! Am ersten Campingwochenende der Osterspaziergang, dieses Mal eine Radtour, was würde als nächstes kommen? Bergsteigen? Drachenfliegen? Oder Windsurfen? Egal, gestern hatten sie sich im Mietcenter zwei Fahrräder für heute reserviert und jetzt standen sie im Nebel. An Radfahren war nicht zu denken und an Wandern ebenfalls nicht. In dieser grauen Suppe konnte man nicht die Hand vor Augen sehen. Klaus stöhnte, hoffentlich würde dieser Nebel nur die Aussicht auf den See verschleiern und nicht Gertrudes gesamte Campingsicht. „Wir sollten den Schorsch anrufen und ihm Bescheid geben, dass wir die Räder heute nicht gebrauchen können.“ Gertrude nickte. „Hast du die Nummer?“ Klaus zog die kleine Karte für die Reservierung der Tourenräder aus der Tasche. Name, Anschrift und E-Mail-Adresse, aber keine Telefonnummer! Er sah Gertrude an. „Wir können ja nicht den ganzen Tag hier im Wohnwagen sitzen, komm, zieh dir was an, wir gehen rüber zum Schorsch und sagen ihm Bescheid.“
Im Verleihcenter war voller Betrieb. Ein Radler nach dem anderen kam heraus und paarweise oder in kleinen Gruppen fuhren sie über den Campingplatz in Richtung Ausgang. Klaus sah Gertrude an: „Was ist denn hier los? Es ist NEBEL! Wo wollen die hin?“
Gertrude zuckte mit den Schultern und verschwand im Verleihbüro. Es dauerte keine Minute und sie war wieder draußen. „Also, der Schorsch meint, dass spätestens um zehn die Sonne scheint und wenn wir ihm nicht glauben, könnten wir die Räder nach zehn Uhr immer noch stornieren.“

„Um zehn? Das ist in nicht einmal einer Stunde. Das wird nie was!“ Klaus sah sich um, überall nur grauer, dichter Nebel. Gertrude zuckte mit den Schultern, „lass uns zurückgehen, ich gehe fix abwaschen und du kannst ja für alle Fälle unsere neuen Sportschuhe imprägnieren.“
Klaus spürte es im Rücken. Er stand draußen am Vorzelt und trug mittels Pumpflasche die Imprägnierung auf. Sein Rücken wurde immer wärmer. Die Sonne kam tatsächlich raus. Gertrude kam mit dem Geschirr zurück und am Himmel waren die ersten blauen Flecken zu sehen. Innerhalb von nicht einmal fünfzehn Minuten wurde es plötzlich sonnig und warm. Der Fahrradschorsch hatte tatsächlich recht.
Gertrude hatte mit wenigen Handgriffen den Wohnwagen aufgeräumt und ihren kleinen Rucksack gepackt. Handy, Portemonnaie, Fotoapparat, Pflaster, Landkarte, Powerriegel und Trinkflasche. Klaus stand draußen und wunderte sich, der Himmel war azurblau und es war noch weit vor zehn.
Zu Hause hatte Klaus nur ein uraltes Hercules-Rad im Keller stehen, hier waren es schicke neue Räder mit aktiver Federung und einer Neungangschaltautomatik. Gertrude hatte darauf bestanden, dass sie sich auch Fahrradhelme mieteten, und so zurrten sie sich jetzt gegenseitig die Kinnriemen fest. Gertrude legte ihren Rucksack in den Fahrradkorb und machte die Karte am Lenker fest. Sie waren bereit.
Klaus trat vorsichtig in die Pedale. Ihm fehlte die Übung. Zu Hause stand sein Rad seit Jahren unbewegt im Keller, nur Gertrude benutzte ihres täglich. Er lenkte das Rad sicherheitshalber nicht zum Ausgang, sondern erst einmal über den flachen Campingasphalt. Schon nach wenigen Minuten hatte er ein gutes Gefühl und fuhr zum Verleihcenter zurück. Mit einem kleinen Klick schaltete er einen Gang höher und beschleunigte. Diese neuen Räder fuhren wirklich fast von

allein. Gertrude sah ihn zurückkommen und wusste, dass sie heute klar im Vorteil war, schließlich war sie es, die jeden Tag den Einkauf mit dem Rad nach Hause holte. Sie war im Training! „Na, mein Lieber, wollen wir los? Du siehst gut aus auf dem Rad." Gut aussehen und gut fühlen sind zwei ganz unterschiedliche Seiten, dachte sich Klaus, aber er war sich sicher, dass er die kleine Runde um die Insel heute locker meistern würde. Mit Schwung fuhr er an Gertrude vorbei und übernahm sofort die Führung. Blöd nur, dass Gertrude die Karte hatte.

Luisa stand vor der Rezeptionstür des Reichenau-Campingplatzes „Inseltraum" und leckte an ihrem Eis. Platzwart Horst hatte wieder Eis vom Schloss Windegg mitgebracht. Seine Frau kochte dort im Restaurant und die Schlossküche war berühmt für ihr gebackenes Schäufele und das hausgemachte dänische Eis. Einen Schäufelebraten soll, der Überlieferung nach, schon Papst Martin V. während seines Schlossaufenthaltes im Jahre 1417 gegessen haben, die Kunst der Eisherstellung allerdings brachte erst ein dänischer Koch in den neunziger Jahren hierher.
Horst und Luisa standen in der Mittagssonne und gönnten sich einige Minuten Ruhe. Nachdem Horst vor zwei Jahren mit dem Rauchen aufgehört hatte, gab es immer mal wieder Softeis aus dem Schloss. Das gute Eis hatte ihm viel Sympathie und jede Menge zusätzlicher Kilos eingebracht. Luisa erklärte Horst gerade mal wieder, dass es bei seiner Leibesfülle viel besser wäre, wenn er zur Mittagszeit eine Runde Fahrrad fahren würde, statt Eis zu essen. Wie immer lachte er nur. „Ich bin noch immer schnell wie der Blitz."
„Ja", scherzte Luisa, „schnell wie ein Kugelblitz." Die Tür ging auf und Rezeptionschefin Dagmar Brischdle steckte den

Kopf durch die Tür. „Kugelblitz? Horst, du musst mal blitzartig zum Sanitärhaus, da ist irgendwas nicht in Ordnung. Die Toiletten sollen alle abgeschlossen sein."
„Ja genau! Die sind alle zu!" Ein älterer Gast kam um die Ecke der Rezeption. „Hat sich denn bei Ihnen noch niemand beschwert?" Luisa versuchte sich an den Namen des Mannes zu erinnern, er hatte bei ihr eingecheckt. „Doch doch, es war grad jemand da, Herr ...?"
„Carsten, ich heiße Carsten ..."
„Eine Dame hat vor einer Minute Bescheid gesagt und jetzt ist mein Kollege ja auch schon los, um nachzusehen."
„Och, da gibt's nicht viel zu sehen, oder vielleicht doch."
Der Alte strahle Luisa mit einem superfreundlichen Lächeln an. „Ich hab schon 'ne Viertelstunde vor dem Sanitärgebäude gestanden und zugeguckt, wie alle auf und ab liefen, dabei konnten die meisten kaum noch laufen, weil sie die Beine zusammenkneifen mussten. Manche hatten schon richtig gelbe Augen. Also – von der Warte aus betrachtet – gibt es dort durchaus noch was zu sehen."
Er lächelte sie verschmitzt an und Luisa durchsuchte ihr Hirn nach dem Namen Carsten. Sie konnte den Mann überhaupt nicht einordnen, obwohl sie genau wusste, dass er sich bei ihr angemeldet hatte. Er war es und er war es wiederum auch nicht. Vielleicht lag es ja auch an seiner Garderobe, soweit man bei ihm überhaupt von Garderobe sprechen konnte. Obwohl es deutlich wärmer geworden war, trug er ein ausgeblichenes, ehemals grüngelbes Stirnband und alte, rote Lederhandschuhe. Die ehemals wohl blaue Sportjacke hatte auch schon bessere Tage gesehen und seine Jeans war völlig zerschlissen. Entweder war die Hose uralt oder aus einem total hippen Designer-Shop. Seine knallroten Sportschuhe waren auf alle Fälle teure Markenware. „Herr Carsten, Sie

hätten uns doch Bescheid geben müssen, dann wäre mein Kollege schon viel eher nach oben gegangen, um den Schaden zu reparieren."

„Nur Carsten", mit seinen jungenhaften blauen Augen strahlte er Luisa an, „einfach Carsten, ohne Herr. Und wenn ich schon früher hierhergekommen wäre, dann hätten die Jungs ja ihren Spaß nicht gehabt! Ihr Kollege braucht nur die Toilettentüren wieder aufzusperren, passiert ist nix, aber die Kinder hatten ihren Spaß." Er zwinkerte Luisa zu und verschwand lautlos in Richtung Minimarkt.

Sie öffnete die Tür zur Rezeption und überlegte noch immer, wer dieser Carsten war. „Dagmar? Hast du den alten Mann gesehen? Kennst du den?" Dagmar Brischdle hob den Kopf hinter ihrem Computer. „Meinst du Professor Ricerca? Den Radfahrer?"

„Das war Professor Carsten Ricerca? Dagmar, der ist bei mir mit einem 7er-BMW vorgefahren und hatte beim Anmelden einen Top-Anzug an!"

„Ja, und – hier ist doch keine Anzugpflicht, er muss doch nicht mit Krawatte über den Campingplatz laufen."

„Aber hast du seine alten Klamotten gesehen?"

„Alte Klamotten?" Dagmar musste lachen. „Luisa, du musst mal sein Fahrrad sehen, das ist wirklich alt." Als die Rezeptionstür wieder aufging, lachte Dagmar noch immer.

„Diese Roddzleffl, verdammichten, haben doch glattweg alle Toilettentüren zugesperrt und niemand konnte rein, Heilandsdonnerwetter!" Horst war richtig sauer und japste vom schnellen Laufen wie ein Fisch an Land. „Ach, das wissen wir doch, Horst, und jetzt wird doch auch alles wieder gut."

„Wieso? Woher wisst ihr das?"

„Weil ... Luisa guck mal schnell raus!" Draußen fuhr Professor Ricerca vorbei und Luisa hörte das alte Fahrrad klappern.

„Mein Gott, die Karre muss ja älter als die Uni Heidelberg sein.“ Dagmar lachte noch immer. „Oder sogar noch älter, aber wenn du bei Heidelberg an den Professor denkst, dann liegst du falsch. Der hat im richtigen Leben den Lehrstuhl für Nukleartechnik in Mainz unter seinen Fittichen.“

Klaus trat kräftig in die Pedale und holte Schwung, um die Steigung hinauf zur Kirche in einem Zug zu schaffen. Gertrude fuhr ihm langsam und ohne Eile hinterher, spätestens an der Kirche würde Klaus auf sie warten müssen, um nach dem Weg zu fragen, schließlich hatte sie die Karte.
Von unten kommend wirkten die Doppeltürme von St. Peter und Paul absolut gewaltig. Gertrude hatte gelesen, wie groß die Türme waren und dass es hinter den Mauern der um 1100 erbauten Stiftskirche ein berühmtes Wandbild des thronenden Christus gab. Sie wollte sich das Bild ansehen, aber Klaus fuhr ohne zu halten an der Kirche vorbei. Entgegen ihrer Annahme ließ Klaus die Kirche völlig unbeachtet und kämpfte sich weiter die Steigung hinauf.
Links und rechts des Weges gab es riesige Gemüsebeete und Gewächshäuser, aber Gertrude hatte kaum Zeit, sich lange umzusehen, Klaus legte ein erstaunliches Tempo vor. Er strebte geradewegs auf die Mitte, auf den höchsten Punkt der Insel, zu. Gertrude wollte ihm zeigen, dass in ihrer Karte ein Aussichtspunkt mit schönem Blick zum schweizer Ufer eingetragen war, aber Klaus war viel zu weit vorausgefahren. Sie wurde das Gefühl nicht los, dass er heimlich trainiert haben musste. Sicher, Radfahren verlernt man nicht, aber wo nahm er diese Kondition her?
Erst in Mittelzell hielt er an und Gertrude schaffte es fast, zu ihm aufzuschließen. Fast. Kurz bevor sie ihn erreichte, trat er wieder an und eilte die Straße weiter hinauf bis auf den

höchsten Punkt der Insel. Dann wartete er tatsächlich. Und Gertrude war völlig erschöpft, als sie neben ihm hielt.
„Was ...“, sie musste erst einmal Luft holen, „was hast du hier vor? Die ganze Insel in einer Stunde abfahren?“ Klaus antwortete nicht. Er hatte sein Rad an einen Baum gelehnt und sich daneben gehockt. Ihm war schwindelig und er bekam kaum noch Luft. Sie hatten den Aussichtspunkt „Hochwacht“ erreicht und er war völlig kaputt. Schwer atmend schaute er sich um, der Rundblick war einmalig, der lange Anstieg hatte sich gelohnt. „Gertrude, wir haben Glück.“ Klaus rang nach Luft. „Von jetzt ab geht es nur noch bergab.“
„Aber wir drehen hier nicht um, wir fahren die ganze Insel ab, mein Lieber. So wie geplant!“
„Ja natürlich, aber ab jetzt geht es wieder in Richtung See, also bergab.“ Er ließ seinen Blick noch einmal in die Runde schweifen. Vom Morgennebel war nichts mehr zu bemerken und der leichte Wind war eine willkommene Erfrischung. Von hier oben aus konnte man die ganze Reichenau überblicken. Ein ganzes Stück unter ihnen war die Schiffsanlegestelle zu erkennen.
Dieses Mal fuhr Gertrude vorneweg und Klaus rollte hinter ihr bergab. Sie brauchten kaum zu treten und konnten die weite Aussicht während der Talfahrt zum Jachthafen genießen. Sie bremsten direkt am Schiffsanleger. Die weißen Boote schaukelten leicht im Wind und das leise Klappern der Seile am Mast erfüllte die Luft mit den typischen Geräuschen eines Seglerhafens. Die Uferstraße vor dem Jachthafen wimmelte vor Menschen und auf den Booten wurde geputzt und gewerkelt. Gertrude hätte Stunden hier stehen können, um sich am Hafenflair zu erfreuen. Aber Klaus wollte weiter.
Er stieg wieder auf sein Rad und fuhr in Richtung Osten, zum Schloss Königsegg. Er fuhr zügig vorneweg und stoppte

weder am Schloss noch in Oberzell. Ab und an drehte er sich um und – wenn der Abstand zu groß wurde – wartete er, bis Gertrude etwas aufschließen konnte. Danach stieg er wieder voll in die Pedale. Gertrude meinte wirklich, er wäre auf der Flucht, immer wenn sie ihn fast erreichte, trat er wieder an. Laut ihrer Karte zweigte der Inselrundweg in Oberzell ab, aber Klaus fuhr geradeaus!

Gertrude verlor ihn fast aus den Augen und folgte ihm, bis sie das Ende des Radweges erreichte. Dort lag das Rad von Klaus am Bruckgraben und er selbst lehnte am Denkmal des heiligen Pirmin. Sie bremste direkt vor seinen Füßen: „Mein Lieber, du solltest besser mich vorfahren lassen, zum einen würden wir dann vielleicht gemeinsam fahren und zum anderen hätten wir den richtigen Weg genommen, jetzt müssen wir wieder zurück."

„Zurück?" Das war nun wirklich nicht das, was er wollte. „Und wie weit?"

„Nicht weit, aber der richtige Weg wäre deutlich kürzer gewesen!" Gertrude drehte ihr Rad. „Und ab jetzt fahre ich wieder vor!" Ohne lange zu warten stieg sie auf und fuhr bergan in Richtung Oberzell.

Gertrude hielt sich jetzt mehr nach rechts. Auf halber Höhe erreichte sie das alte Gemäuer von St. Georg und diesmal war es Gertrude, die nicht hielt. Sie bog ab in Richtung Ufer und kurze Zeit später fuhr sie an der Fischhandlung Reichenau vorbei. Klaus rief ihr irgendetwas zu und sie drehte sich um. Sie konnte seinem Gesicht förmlich ansehen, was er von ihr wollte, und sie hatte ein Einsehen mit ihm.

Klaus bremste direkt neben ihr. „Pause?"

„Fischbrötchen?"

„Gut, Pause und Fischbrötchen!" Gertrude nahm ihren Rucksack aus dem Korb und lehnte ihr Fahrrad an das von Klaus.

Der Schorsch hatte ihnen zwei Schlösser mitgegeben, mit dem einen sicherte sie die Helme, mit dem zweiten kettete Klaus die Räder aneinander.
Nachmittags war die Fischerei scheinbar ein beliebter Treff, dennoch fanden sie zwei kleine Plätzchen an einem der hölzernen Terrassentische.
Die Sonne schien direkt auf die Terrasse, der Fisch war frisch und das Bier gut gekühlt. Es war perfekt und ihre kurze Rast zog sich in die Länge. Gertrude hatte die Augen geschlossen und ließ sich von der Frühlingssonne verwöhnen. Klaus hatte sich ein zweites Bier bestellt und hätte hier ewig sitzen können.
Nach einer knappen Stunde stand Gertrude entschlossen auf, nahm die Helme aus dem Korb und schnallte ihren Rucksack wieder fest. Klaus schloss die Räder wieder los und ...
Der Schlüssel klemmte fest, drehte sich kurz, war wieder fest!
Klaus ging in die Hocke und versuchte das Schloss vorsichtig zu öffnen. Der Schlüssel bewegte sich, aber nicht im Schloss!
Er war völlig verdreht! Mit äußerster Vorsicht versuchte Klaus den Schlüssel zurückzudrehen und ihn langsam herauszuziehen. Ein kleiner Ruck und er hatte den Schlüssel in der Hand. Die Spitze steckte noch drin. Abgebrochen! Mist!
Klaus überlegte. Der kaputte Schlüssel war für den Fahrradschorsch bestimmt kein Problem, der hatte garantiert einen zweiten Schlüsselsatz. Klaus könnte sich den Schlüssel bringen lassen, oder der Schorsch könnte sie hier abholen. Aber die Telefonnummer stand ja nicht auf der Karte! Und plötzlich war Klaus davon überzeugt, dass die fehlende Telefonnummer kein Zufall war. „Wir müssen das Schloss knacken!“
Gertrude schüttelte den Kopf. „Nein, müssen wir nicht!“ Sie suchte in ihrem Rucksack nach dem Handy und rief die Auskunft an. Sie *versuchte* die Auskunft anzurufen. Das Handy

hatte keinen Empfang! Sie ging die Straße etwas weiter hoch, um ein Funksignal zu bekommen, und Klaus bückte sich erneut. Den Schlüssel würde er schon herausbekommen. Das abgebrochene Stück guckte noch ganz kurz raus, vielleicht zwei Millimeter. Vielleicht auch etwas weniger. Klaus konnte es mit den Fingernägeln fassen, aber nicht richtig ziehen. Gertrude kam ohne Erfolg zurück und Klaus rutschte zum zweiten Mal vom Schlüsselstumpf ab und schlug zum zweiten Mal mit dem Handrücken gegen die Sattelfeder. Scheiße!
„Hier ist kein Empfang." Klaus nickte abwesend und versuchte wieder den Schlüssel herauszuziehen. Der Schlüssel bewegte sich. Ganz langsam kam er einen ganzen Millimeter heraus. Scheiße, wieder abgerutscht. Au! Klaus fluchte lautlos vor sich hin. Der Handrücken begann zu bluten und weh tat es auch. Er drückte sich sein Taschentuch auf den Handrücken und fummelte weiter. Das Tuch färbte sich langsam rot. „Was hast du denn da?" Gertrude machte das Taschentuch ab. „Du blutest ja!"
„Ach ja?" Klaus drückte das Tuch wieder fest auf die Hand. Es war nur eine kleine Schramme, aber das Blut sickerte trotzdem durch.
Er richtete sich auf. „Wir knacken das Schloss!"
„Na na, warum denn so brutal?" Klaus drehte sich um. Hinter ihm stand ein älterer Mann mit einem noch älteren Rad.
„Grüß Gott, hast du 'ne Panne?" Klaus sah ihn an und wunderte sich. Wo kam der plötzlich her? Der Alte trug eine verwaschene blaue Sportjacke, alte zerrissene Jeans und rote, supermoderne Sportschuhe.
„Das Schloss geht nicht auf und der abgebrochene Schlüssel steckt noch drin." Der Alte bückte sich, sah sich das Schloss genauer an und grinste: „Mietrad vom Leihcenter und der Schorsch geht nicht ans Telefon – oder?"

Klaus nickte. „Ja, genau."
„Hast du für dein Rad auch ein Schloss gekriegt?" Der Alte sah Gertrude an, „mit einem Schlüssel?"
„Ja, damit hatte ich die Helme angeschlossen."
„Das ist gut."
Was soll daran gut sein? Klaus schüttelte den Kopf. „Gut ist was anderes!"
„Och, bleib mal ganz entspannt und mach dir mal 'ne Binde um deine Hand." Der Alte grinste noch immer, machte seinen Rucksack auf und fummelte ein kleines Verbandspäckchen und ein öliges Tuch hervor. Das Verbandszeug drückte er Gertrude in die Hand und aus dem Öllappen holte er blitzblankes Universalwerkzeug. Mit einer kleinen, aber scharfkantigen Zange machte er sich am Schloss zu schaffen. Geschickt und ohne lange zu probieren, bekam er den Schlüssel zu fassen und zog ihn raus. „So Mädel, dann gib mir mal den anderen Schlüssel." Er sah Gertrude an: „Den Schlüssel vom anderen Schloss!", und zu Klaus gewandt: „Es war wirklich gut, dass ihr zwei Schlösser mitgenommen habt. Der Schorsch vom Mietcenter ist nämlich geizig und hat für alle Räder die gleichen Schlösser gekauft, die Schlüssel passen in jedes Schloss. Totaler Fez, aber in diesem Falle äußerst hilfreich." Mit Gertrudes Schlüssel öffnete er das Schloss und das Problem war gelöst.
Klaus staunte nicht schlecht. „Danke, ich sag mal Danke schön und", er hielt die verbundene Hand hoch, „und kann ich Sie auf ein Bier einladen oder einen Kaffee?"
„Nee, lass mal, ich muss weiter, vielleicht ein andermal." Der Alte hatte sein Werkzeug schon wieder verstaut und schickte sich an, auf sein Rad zu steigen. „Ein andermal?" Klaus sah ihn fragend an. „Wir sind auf dem Zeltplatz und fahren Sonntag wieder weg. Ein andermal wird schwierig."

„Man trifft sich immer zweimal im Leben, mindestens zweimal ..." Beim letzten Satz war er schon aufgestiegen und in Richtung Kirche davongeradelt.
Klaus und Gertrude fuhren nebeneinanderher. Sie waren jetzt viel langsamer als am Vormittag und Gertrude fand es wunderbar, so lautlos am Seeufer entlangzurollen. Später führte der Weg noch einmal bergan. Vom Ufer aus zogen sich Weinreben den Hang hinauf. Der Weg war steil und als Weinlehrpfad angelegt. Sie schoben ihre Räder langsam höher und dann tauchte vor ihnen das Kloster mit dem Münster auf. Durch eine Öffnung in der Klostermauer gelangten sie in den Kräutergarten. Gertrude atmete geräuschvoll durch die Nase ein, es war erstaunlich, schon jetzt im Frühjahr gab es hier Gerüche und Düfte wie aus „Tausendundeine Nacht". Das Kloster war beeindruckend gut erhalten und vor dem Hauptgebäude parkten Autos. Gertrude war neugierig, stellte ihr Rad an die Seite und stieg die Treppenstufen hoch.
„Klaus! Klaus, das Kloster ist jetzt das Rathaus."
„Ja und? Ich hab was Besseres gefunden."
„Was Besseres?"
„Ja, der alte Klosterkeller hier ist ein Weinkeller, das ist definitiv besser. Rathaus hab ich jeden Tag!"
„Aber doch nicht im Kloster!"
„Ja und? Ob Kloster oder Neubau, Weinkeller ist immer besser als Rathaus!"
Nachdem sie das stattliche Münster umrundet hatten, schlugen sie den ausgeschilderten Weg in Richtung Windegg ein. Bis zum Schloss war es nicht mehr weit und direkt unterhalb des Schlossberges war auch schon der Campingplatz.

Punkt 22:00 Uhr. Marcus fuhr den Computer herunter, zählte das Geld aus der Kasse und löschte das Licht. Mit dem Rücken an die Außenwand der Rezeption gelehnt, bewunderte er den klaren Sternenhimmel und dachte an den Heimweg mit Constance. Ob sie beim Mai-Strandlauf wohl erfolgreich gewesen ist? Er sollte sie gleich morgen früh anrufen und fragen. Oder sollte er zu ihr rübergehen? Gleich jetzt? Nicht erst morgen? Er sah wieder auf die Uhr. Nein, für heute war es entschieden zu spät. Andererseits, morgen Abend würde es auch nicht früher sein. Er betrachtete die Sterne über ihm und grübelte.

Zwei Scheinwerfer bogen um die Ecke und Marcus hörte das typische Schnaufen eines alten Diesels. Ein Wohnmobil hielt vor der Schranke, der Motor erstarb, die Scheinwerfer gingen aus und Autotüren schlugen zu. Marcus schloss die Rezeptionstür wieder auf und machte Licht. Er blieb im Türrahmen stehen und wartete auf die beiden Schatten, die ihm aus der Dunkelheit entgegentappten. „God aften, de har et sted?"

Marcus verstand nur Bahnhof. „Guten Abend, good evening, hello." Vor ihm stand ein Paar mittleren Alters, „Hello, a car." Der Mann zeigte auf das Wohnmobil. Marcus hatte keine Ahnung, woher die beiden kamen, aber die Sprache klang skandinavisch, und sie wollten bestimmt einen Platz für ihr Wohnmobil, was auch sonst? Er winkte sie herein. „Welcome, I am Marcus, can I help you?"

„Guten Tak, one place please." Marcus sah beide fragend an und hob den Zeigefinger: „One night? Or two nights?" Er reckte zwei Finger nach oben. „No, no, one night, one car." Der Mann zeigte auf seine Frau und sich und hob dabei zwei Finger, „two." Marcus schrieb den Preis auf ein Stück Papier und die beiden nickten völlig synchron. Der Mann zückte seine Kreditkarte, Marcus tippte den Preis ein und zog die

Karte durch das Lesegerät. Not accepted! Er hatte es gewusst. American Credit ist einfach zu selten. Marcus zeigte dem Mann, dass die Karte nicht akzeptiert wurde und dass er Bargeld brauchte. „Do you have cash?“ Marcus machte das internationale Zeichen zwischen Daumen und Zeigefinger. Die Frau griff in ihre Handtasche und holte dänische Kronen aus ihrer Börse. Damit konnte Marcus nun gar nichts anfangen. „Euro?“

„Nej, no!“ Er hatte es geahnt, nach zehn am Abend sollte man einfach nicht mehr in die Rezeption gehen! Er holte tief Luft, ließ sich die Pässe geben, schrieb die Daten auf und fragte noch einmal nach. „One night only?“

„Yes, tomorrow home.“

„Okay, you can stay here.“ Er lotste die zwei aus der Tür, löschte das Licht und ging mit ihnen zum Wohnmobil. Mit irgendwelchen skurrilen Zeichen machte er ihnen klar, dass sie einsteigen sollten und er ihnen den Platz zeigen würde.

Der Däne ließ den Motor an und fuhr ihm im Schritttempo hinterher. Marcus zeigte ihm den Stellplatz und ging zum Fahrer ans Fenster. „Okay, this place is for one night and is for free.“ Der Fahrer sah ihn ungläubig an und Marcus zeigte ihm mit den Fingern, dass er nicht bezahlen brauchte. „One night is free, only this night, only for you.“

„Tanke, tak.“ Eine Nacht ohne Bezahlung konnte Marcus verschmerzen, aber herumsprechen durfte sich das nicht! Er winkte den beiden noch einmal zu und ging zügig nach Hause. Inzwischen war es schon halb elf geworden und damit auf jeden Fall zu spät, um bei einer Nachbarin zu klingeln.

Marcus warf sein Schlüsselbund schwungvoll auf den Küchentisch und ging ins Büro, um die Tageseinnahmen im Safe zu deponieren. Beim Eintippen der Zahlenfolge dachte er kurz darüber nach, dass er mit den wenigen Scheinen nicht einmal den Wartungsdienst des Geldschrankes bezahlen konnte und dass es viel besser wäre, das Geld zu nehmen und damit in den Tüdelpott zu gehen. Oder mit einer Flasche Wein zu Constance.

Ohne so recht zu wissen warum, zog er sich noch einmal um, stieg in eine saubere Levis und streifte sich ein weißes Poloshirt über. Er schaltete den Fernseher ein und machte sich an seinem Weinschrank zu schaffen. Der Schrank war nicht schlecht, die Flaschen konnten liegend aufbewahrt werden und waren immer richtig temperiert. Nur die Weinauswahl, die war eher norddeutsch geprägt, neben einer schon geöffneten Flasche Pinot grigio und einem Merlot fanden sich hauptsächlich Flaschen mit schottischem und irischem Single Malt.

Nicht nur geläufiger Ballantines und guter Old Bushmills lagerten hier, auch ein über vierzig Jahre alter Deward's Signature wartete noch immer auf den richtigen Moment. Marcus entschied sich spontan für den Merlot und Davidoffs Cool Water. Ein Fläschchen für den Gaumen und ein Flakon für den Körper, auch als Mann sollte man gut riechen, und ein Mann über vierzig sollte besser riechen als die jüngeren.

In einer Hand hielt Marcus die schon entkorkte Flasche, mit der anderen drückte er auf den beleuchteten Klingelknopf, was gar nicht so einfach war, denn er hatte außerdem noch zwei große Rotweinkelche mitgenommen. Er betätigte die Klingel ein zweites Mal und tatsächlich ging das Licht hinter der Glastür an.

Constance öffnete und guckte ihn verwundert an. Sie hatte sich einen weißen Bademantel übergezogen und Marcus registrierte, dass sie dazu knallrote Pantoffeln trug. „Ja, ich weiß, die Mainzelmännchen sind schon im Bett und es ist schon spät, aber ich wollte nicht alleine trinken. Zu zweit ist es gemütlicher und sieht auch nicht so nach Alkoholismus aus." Er hob die Weinflasche und die Gläser hoch, versuchte ein überzeugendes Eroberungslächeln aufzusetzen und hielt dazu den Kopf ein wenig schief. „Magst du ein Glas mit mir trinken?"

Ihr Gesichtsausdruck wechselte von Verwunderung zu einem verwirrten Lächeln – und Marcus meinte Zustimmung in ihrem Lächeln zu erkennen. Und genau dieses Lächeln war der Grund, warum er sich doch noch entschlossen hatte, so spät bei ihr zu klingeln. Constance machte die Tür einen Spalt weiter auf. „Ein Glas." Sie warf einen Blick auf ihr Handgelenk, um die Uhrzeit zu erkennen. „Ein Glas – und dann kommt der Korken wieder auf die Flasche." Marcus rutschte an ihr vorbei und sie schloss die Tür hinter ihm.

Es war nicht nur ihr Lächeln, es war auch ihr Duft. Marcus brauchte keinen Wein zu trinken, er war schon von diesem Wohlgeruch berauscht. Sie winkte ihn durch. „Geh schon mal rein, ich bin gleich da." Marcus öffnete die Tür zum Kaminzimmer, schenkte den Wein in die Gläser, stellte sie auf den Kaminsims und fragte sich, was er hier eigentlich machte.

Hinter ihm ging eine andere Tür auf und Constance kam herein. „Woher weißt du eigentlich, dass ich französischen Rotwein mag?" Sie nahm ein Glas vom Kamin und schaute ihn an. Mein Gott, was sollte er sagen? „Ich hatte nur die Wahl zwischen Irish Whiskey und Merlot, und ich dachte, dass ich mit dem Wein mehr Chancen auf Einlass haben würde."

„Da könntest du recht haben." Völlig ungezwungen stieß sie mit ihrem Glas an das seine. „Prost, auf die nette Überraschung." Sie nippte am Glas und setzte sich auf die Ecke vom Sofa. Marcus bemerkte erst jetzt, dass sie den Bademantel gegen Jeans und Pullover getauscht hatte, nur die roten Pantoffeln waren geblieben. Er setzte sich in den Sessel neben der Couch und stieß noch einmal mit ihr an. Sein Mund war trotz des Weines so trocken, dass seine Stimme krächzte: „Wie ist denn dein Strandlauf ausgegangen?“ Sein Blick fand ihre unergründlichen Augen, und damit war auch sein letzter klarer Gedanke hinüber. „Ach, es lief recht gut, es waren viele Läufer am Start, aber die meisten waren Touristen und kamen mit dem schweren Strandsand nicht zurecht.“ Sie lächelte, rutschte auf dem Sofa nach hinten, schlug die Beine übereinander und hob ihr Glas. „Du sprichst hier mit der zehntplatzierten Läuferin meiner Altersklasse, und das ohne spezielles Training.“

„Ach komm, so gut, wie du in Form bist, brauchst du doch kein Spezialtraining.“

„Na ja, um zu gewinnen, hätte ich ein paar Jahre mehr üben müssen, aber es hat ja gereicht, um anzukommen.“

Marcus sah ihr noch immer in die Augen und musste sich zwingen, ihr richtig zuzuhören. Sie hätte auch über die Ziehung der dritten Quadratwurzel unendlicher Zahlen erzählen können, er hätte ihrer Stimme genauso gelauscht wie jetzt. Er sah nur ihr Lächeln und ihre Augen, ihr Duft hatte ihn ohnehin komplett verwirrt.

Er beugte sich vor und hielt ihr sein Glas entgegen. „Auf den zehnten Platz und vielleicht wird es ja beim nächsten Mal der neunte.“ Constance beugte sich ebenfalls nach vorn, um mit ihm anzustoßen. Ihre Gesichter waren nur wenige Zentimeter voneinander entfernt. Sie ließen ihre Gläser leise aneinanderschlagen und tranken einen kleinen Schluck. Marcus konnte seine Blicke nicht von ihren Augen lösen, und trotzdem war ihm ihre Augenfarbe ein Rätsel. War es Blau, Grau, gar Dunkelgrau – oder schimmerte da doch etwas Grün? Es klingelte.

Es klingelte unerhört laut. Das Telefon stand direkt neben der

Tür, hatte diesen altmodischen Klingelton und hörte nicht auf zu schrillen. Constance stellte ihr Glas auf den Tisch und zögerte. Das Telefon klingelte unentwegt. Sie quetschte ein „Entschuldigung“ hervor, stand auf und nahm den Hörer ab. Marcus hörte nur, dass es eine laute Männerstimme war. „Ja, es ist schon spät.“

„Ja, ich weiß, dass es bei euch erst Mittag ist.“

„Nein, ich hab noch nicht geschlafen.“

„Ja, natürlich bin ich allein.“ Constance rollte mit den Augen und legte sich den Zeigefinger auf den Mund.

Marcus sollte besser leise sein. Er hörte nur, dass am andern Ende der Leitung viel und laut gesprochen wurde, während Constance nur ab und an ein kurzes Ja oder Nein verlauten ließ. Sie sah Marcus an und formulierte mit den Lippen die lautlosen Worte: „Mein Mann!“ – dazu rollte sie wieder mit den Augen und zeigte mit der freien Hand auf die Uhr. Das Gespräch würde wohl noch dauern. Marcus stand ganz leise auf und griff sich die leeren Gläser.

Schade, die Stimmung war hin, andererseits, vielleicht war es auch besser so. Er winkte Constance zu und schlich sich leise auf Zehenspitzen in den Flur und von dort nach draußen. Es war empfindlich kühl geworden, aber die Kälte tat auch gut und brachte ihn schnell in die Realität zurück. Viel zu schnell.

Der Morgen war einmalig. Kein Nebel, kein Wind, ein Sonnenaufgang wie aus dem Bilderbuch und für Anfang Mai erstaunlich warm. Klaus hatte den Klapptisch und die Stühle draußen in die Sonne gestellt und zusammen mit Gertrude den Frühstückstisch gedeckt. Sie saßen schon über zwei Stunden am Tisch – und Klaus überlegte, ob er schon jemals so lange gefrühstückt hatte. Und so schön. Sie plauderten bei frischen Brötchen und heißem Kaffee über die gestrige Fahrt und beklagten sich darüber, dass ihnen die Waden doch mehr weh taten als gedacht. „Guten Morgen", neben ihrem Vorzelt tauchte Nachbar Michael auf. In einer Hand hielt er zwei Bier, in der anderen ein Fläschchen Piccolo mit dem dazugehörenden Glas. „Ich dachte, ich müsste euch beide mal vom Frühstücksstress erlösen und mit euch auf den schönen Tag anstoßen." Er blickte nach oben und hob, mit den Flaschen in der Hand, beide Arme gen Himmel. „Ist das nicht wunderbar?" Er stellte die Bierflaschen bei Klaus auf den Tisch, öffnete, ohne lange zu fragen, die Piccoloflasche und schenkte das Glas für Gertrude ein. „Der Campinggott meint es gut mit uns, das Wetter ist genauso, wie wir es uns verdient haben, und darauf sollten wir anstoßen." Er stellte das Glas neben Gertrudes Kaffee und stieß mit Klaus an. „Prost!" Die beiden ließen sich das Bier schmecken und Gertrude nippte kurz an ihrem Glas. Es war gerade mal zehn – und das war nach ihrem Geschmack deutlich zu früh für Alkohol. „Wo ist eigentlich deine Petra?"

„Die ist am Kochen, bei uns gibt es heute Rollbraten."

„Rollbraten? Da muss die Arme ja den ganzen Vormittag in der Küche schwitzen!"

„Nein, nein." Michael winkte ab. „So schlimm ist es nicht, wir haben ..." Aber Gertrude sah das entschieden anders und drehte sich in Richtung Nachbarwohnwagen. „Ihr könnt hier eben mal den Tisch abräumen und abwaschen, ich geh rüber und helfe der Armen." Sie kam noch einmal zurück und griff sich das Sektglas und die Piccoloflasche.

Die beiden Männer stießen nochmals an und Michael erklärte, dass seine Petra wirklich keinen Stress mit dem Braten hätte. „Wir haben unser Sonntagsmenü schon zu Hause vorbereitet, der Braten muss nur noch zum Garen aufs Feu-

er.“ Sie hatten ein modernes Cerankochfeld im Wohnwagen und der Braten hatte die Nacht über in einer Kasserolle unter dem Wohnwagen gestanden. „Das beste Kühlfach eines Wohnwagens überhaupt ist unter dem Wagen, unten, zwischen den Rädern ist es sogar im Sommer kühl. Du legst einfach eine Steinplatte unter den Wagen und schon kannst du da unten dein Bier kühlen. Und alles andere auch, da unten geht immer ein bisschen Wind, da bleibt alles frisch.“
Klaus nickte, wieder was gelernt. Er nahm noch einen Schluck aus der Flasche und dachte, dass er seit dem ersten Campingwochenende zu Ostern doch schon eine ganze Menge Neues erfahren hatte. Es war ziemlich clever gewesen von ihm, sich überall als Neuling zu outen, sonst hätte ihm wohl keiner so viel geholfen und Tipps gegeben. Auch Michael hatte ihm gestern Abend, als sie zum zweiten Mal am Feuer saßen, noch das eine oder andere verraten und heute Morgen schien er mit seinen Tipps weitermachen zu wollen.
Plötzlich ein Schrei! Schrill! Laut! Eine Frau kreischte wie verrückt. Ein Angstschrei des Entsetzens. Es kam direkt aus dem Nachbarwohnwagen. Aus dem von Petra und Michael! Klaus sprang auf und eilte Michael hinterher, der den Bruchteil einer Sekunde schneller reagiert hatte. Die Campingstühle hinter ihnen kippten um und beide Männer standen fast im selben Augenblick im Vorzelt von Michaels Wagen. Gertrude saß kreideweiß auf einem Stuhl und Petra stand kreischend in der Wohnwagentür. Sie hatte den Arm in Richtung Innenraum gestreckt und zeigte mit dem Finger auf die Küche. „Da!“, mehr brachte sie nicht heraus. Michael drängte sich an ihr vorbei und stand verständnislos im Wohnwagen. Alles war in Ordnung, zwei Sektgläser standen auf dem Tisch, das Gemüse lag frisch gewaschen bereit und der Braten brutzelte vor sich hin. Der Deckel der Kasserolle

klapperte leise beim Kochen, alles schien völlig normal.
Klaus hatte sich wagemutig und hilfsbereit ebenfalls in den Wohnwagen seines Nachbarn gedrängt, aber auch er konnte nichts Außergewöhnliches entdecken und sah Petra fragend an. Die stand noch immer schockiert in der Wohnwagentür und zeigte mit zitternder Hand auf den Herd. „Da, der Braten! Der Braten lebt!" Klaus zog die Augenbrauen hoch und Michael sah seine Petra an, als käme sie direkt vom Mond.
„Was macht der Braten?"
„Er lebt! Guck doch selber nach, wenn du mir nicht glaubst."
Michael sah zweifelnd zum Herd und schüttelte den Kopf, so ein Quatsch. Der Rollbraten brutzelte leise vor sich hin und der Deckel der Kasserolle klapperte leise. Dann hob er sich an, wackelte und – Michael traute seinen Augen nicht: Der Deckel klapperte nicht nur, er hob sich vom Topf ab und fiel scheppernd zu Boden. Der Braten bewegte sich! Als Michael neugierig zwei Schritte in Richtung Herd machte, stürzte Petra panikartig aus der Wohnwagentür, durch das Vorzelt direkt nach draußen.
„Tatarata, wir präsentieren: Der Braten und der Igel!" Michael hatte sich umgedreht und stand lachend in der Wohnwagentür, mit zwei Topflappen hielt er die heiße Kasserolle fest. In der Pfanne war nur noch der halbe Braten und auf dem Braten kauerte ein Igel, der versuchte, seine kleinen Beinchen hochzuheben. Der Braten war heiß, zu heiß für die Pfoten des Igels.
Auch Klaus hatte im gleichen Moment wie Michael entdeckt, warum der Braten lebte. Scheinbar hatte der Igel über Nacht den Naturkühlschrank unter dem Wohnwagen entdeckt und war unter den Deckel gekrochen, um sich am Rollbraten gütlich zu tun. Er hatte nahezu den halben Braten geschafft und war dann wohl erschöpft auf dem Futtervorrat eingeschlafen.

Die Hitze auf dem Herd hatte ihn geweckt, und als Petra den klappernden Deckel hochnahm, hatte sie den lebenden Braten entdeckt. Der Kühlschrank unter dem Wohnwagen war wohl doch nicht die Lösung aller Kühlprobleme.
„Meine Damen und Herren, das war der Braten, heute gibt es entweder Gemüse mit Kartoffeln, gefüllten Igel oder aber wir gehen essen.“ Michael trug die Pfanne an Gertrude vorbei nach draußen und stellte sie auf den Rasen. Jetzt konnte auch Petra sehen, wer ihr Pfannengeist war, und ihr Schreck wandelte sich langsam in ein kleines Kichern, das nach und nach lauter wurde. Zusammen mit Klaus und Michael lachte sie sich den Schreck aus dem Leib und endlich kam auch Gertrude wieder raus. Sie konnte gerade noch sehen, wie der Igel über den Pfannenrand kletterte, auf den Rasen plumpste und erstaunlich schnell zwischen den Büschen verschwand.
„Ich bin dafür, dass wir heute Mittag dem Campingrestaurant am Strand die Ehre geben, uns empfangen zu dürfen.“ Michael schaute einen nach dem anderen an, und noch bevor Gertrude einwenden konnte, dass sie Suppe geplant hatte, stellte er fest, dass sie essen gehen würden. „Also, um zwölf Uhr essen wir, ich lade euch ein.“ Und zu Klaus gewandt, „und bis dahin trinken wir noch ein schönes kühles Blondes.“

Gutes Wetter und ein Brückentag waren wirklich hilfreich in diesem Geschäft. Das „1. Mai-Wochenende“ hatte dem Nordseecampingplatz „Watt'n Blick“ eine gute Belegung beschert und Campingchef Marcus Bolso war durchaus nicht unzufrieden. Wie zu Feiertagen üblich, waren viele kleine Gruppen und Familien über das Wochenende gekommen, und auf dem Spielplatz herrschte schon seit dem frühen Morgen Hochbetrieb.
Jetzt am Vormittag hatte Bolso Rezeptionsdienst und wirk-

lich gut zu tun. Immer wieder kamen Gäste, um Ansichtskarten und Souvenirs zu kaufen, nach dem Radweg zu fragen oder aber, um ihren Sommerurlaub zu buchen. Marcus war gern in der Rezeption, hier konnte er mit den Gästen sprechen und erfahren, was ihnen gefällt und was nicht in Ordnung ist. Er legte großen Wert auf die Meinung seiner Gäste, auch wenn er natürlich nur einen Bruchteil ihrer Wünsche erfüllen konnte und wollte.

Kurz vor der Mittagspause kam noch eine kleine Gruppe mit drei Wohnmobilen für eine Nacht. Sie waren bereits auf der Heimreise und kamen von Dänemark runter. Routiniert checkte Marcus die drei Familien ein und brachte sie zu ihrem Stellplatz. Eigentlich sollte Platzwart Jasper die Begleitung machen, aber der ging mal wieder nicht an sein Funkgerät, also stieg Marcus auf sein Dienstfahrrad und winkte die kleine Gruppe hinter sich her.

Aber warum ging Jasper Diekgreve nicht an sein Funkgerät? Was war da los? Marcus fuhr mit dem Rad zum Wirtschaftshof, aber vom Platzwart war nichts zu sehen. Er betätigte noch einmal die Ruftaste an seinem Funkgerät und hörte sofort das typische Schnarren. Er folgte dem Geräusch über den Werkstatthof und öffnete die Tür. Jaspers Funkgerät lag auf der Werkbank, aber von ihm selbst und von seinem Fahrrad gab es keine Spur. Der lernt das nie! Marcus fluchte leise und machte sich wieder auf zur Rezeption.

Als er um die Ecke kam, sah er schon eine Traube von Gästen vor der Tür stehen und konnte sich in etwa denken, was die von seinem „Komme gleich wieder"-Schild hielten. „Ich bin schon zurück." Marcus sprang betont sportlich vom Rad, schob es mit Schwung in den Ständer, öffnete schnell die Rezeptionstür und bat die Gäste herein. Sie wollten alle zusammen nur eine Radkarte kaufen. Und sie wollten wissen, wo

der beste Radweg für heute wäre. Marcus schaute demonstrativ auf die Uhr. Ein Uhr und Mittagspause, weit konnte man da heute nicht mehr fahren. Er empfahl eine kleine Halbtagstour parallel zum Strand mit Rückenwind bis nach Mückendorf und zurück über die Dörfer bis zum Tüdelpott, denn von dort war es nicht mehr weit bis zum Campingplatz. Die fünf zogen glücklich wieder ab und Marcus zählte seine Kasse. Heute Nachmittag hatte Birthe Fliedig Rezeptionsdienst und er würde am Abend die Spätschicht übernehmen. Das Telefon klingelte, es war Joke Fliedig, Birthes Mann.
„Moin Bolso, du, mien Frau de kann hüt nich, de licht in Bett un friert."
„Birthe ist krank?"
„Nö, nö, er geit dat blot nich gaut, se secht, sei kümmt morgen wedder."
„Morgen schon wieder gesund? Sag ihr, sie soll besser zu Hause bleiben und sich auskurieren, morgen ist hier nicht viel los, das schaffen wir auch alleine."
„Jo, meinst? Soll sei denn tu Hus blieben?"
„Ja, sie soll im Bett bleiben und am Montag zu Dr. Kösterkamp gehen."
„Jo, ich sech er dat, tschüss denn." Marcus legte den Hörer auf und den Kopf in den Nacken. Das Leben war voller Überraschungen und seine Mittagspause würde wohl ohne ihn auskommen müssen.
Marcus nahm noch einmal das Funkgerät, aber Jasper Diekgreve ging noch immer nicht ran. Dafür klingelte das Telefon wieder. „Guten Tag, Campingplatz Watt'n Blick, Sie sprechen mit Marcus Bolso. Was kann ich für Sie tun?"
„Ja, Mahlzeit, Müller-Vielgescheidt hier. Ich hab doch bei Ihnen gebucht in den Ferien."
„Hallo Herr Müller-Vielgescheidt, ja ich glaube, ich erinnere

mich, das war doch wegen des großen Stellplatzes, damit Sie noch ein Kinderzelt aufstellen können."
„Ja genau. Ich brauch jetzt aber zwei große Plätze, der Freund meines Sohnes und seine Eltern wollen auch mitkommen, zwei große Plätze nebeneinander natürlich. Die kommen auch mit einem Wohnwagen." Marcus setzte sich an den Computer und sah sich den Belegungsplan an. „Möchten Ihre Freunde auch am Donnerstag anreisen?"
„Nee, wenn wir mit zwei Wohnwagen fahren, sind wir nicht so schnell, wir würden dann erst Freitag kommen, also wir dann auch. Sie müssten das bei uns mal eben ändern."
Marcus stöhnte lautlos und suchte nach einer Möglichkeit, zwei große Plätze nebeneinander zu buchen. Die Plätze neben Familie Müller-Vielgescheidt waren alle schon gebucht. „Ich müsste Ihre Buchung auch ändern, damit die Wohnwagen nebeneinanderstehen können. Wenn Sie möchten, kann ich beide Plätze ab Freitag auf der Nordwiese für Sie buchen."
„Ja, ja, Hauptsache wir sind zusammen und brauchen den Donnerstag nicht mehr zu bezahlen." Marcus gab die Adressdaten der anderen Familie ein und betätigte die Druckertaste. „Herr Müller-Vielgescheidt, ich habe alles geändert, die Bestätigungen gehen am Montag mit der Post raus und dann steht Ihrem gemeinsamen Urlaub nichts mehr im Wege."
„Na super, ich sach mal danke und 'nen schönen Tag noch." Und wieder war aufgelegt, bevor Marcus sich verabschieden konnte. Aber das kannte er ja schon.
Marcus verriegelte die Tür der Rezeption und schwang sich wieder auf sein Fahrrad, um Platzwart Jasper zu suchen. Jetzt in der Mittagszeit herrschte wie immer eine wunderbare Ruhe; viele Gäste waren am Strand, einige noch beim Mittag, andere schon bei Kaffee und Kuchen, und viele nutzten die Zeit für ein kleines Mittagsschläfchen. Marcus fuhr über den

ganzen Platz, ohne auch nur eine Spur von Jasper Diekgreve zu finden. Bei Angelos Restaurant „Bella Vista" stellte er sein Fahrrad ab, um schnell einen Espresso zu trinken, eine Minestrone zu essen und nach Diekgreve zu fragen. Marcus pustete in die heiße Suppe, als sein Handfunkgerät knarzte und Jasper Diekgreve sich meldete. „Hallo Chef? Sind Sie da?" Marcus schluckte einen Löffel heißer Suppe runter und drückte den Sprechknopf, „Ja, ich bin da und ich habe mein Funkgerät auch dabei. Ich hab meins nicht auf der Werkbank liegen gelassen!"

„Ich war doch nur kurz eine Satellitenschüssel einstellen."

„Und das dauert zwei Stunden? Und dann kann man kein Funkgerät mitnehmen? Ich hab dich zum Einweisen gebraucht und Birthe Fliedig kommt heute auch nicht, wir müssen heute Nachmittag alleine klarkommen."

„Ja gut, Chef, ich bin dann um drei in der Rezeption."

„Nee, du kommst ein paar Minuten früher, damit wir um drei Uhr keinen Stress haben und damit niemand warten muss."

„Gut Chef, dann bis zehn vor drei, aber jetzt mach ich erst mal Mittag."

Nach der warmen Woche war es noch einmal empfindlich kühl geworden. Vielleicht die Eisheiligen? Klaus hatte noch einmal den Kamin angeheizt und saß schwitzend im Wohnzimmer, um Landkarten zu studieren. Ihm lief der Schweiß nur so herunter. Die Kombination aus Glühwein und Kamin war wohl doch etwas zu hoch dosiert.

Auf der Heimreise hatte er sich mit Gertrude endgültig auf das Sommerurlaubsziel geeinigt. Zwei Wochen Nordsee, zwei Wochen frische Luft und Weite tanken. Klaus wollte, dass sie an einem Tag und ohne große Pausen bis an die Küste durchfuhren, aber Gertrude bestand darauf, einen Zwi-

schenstopp einzulegen. Jetzt grübelte er über der Karte und plante die Strecke.
Ihm gegenüber dampfte Gertrude und wälzte ebenfalls Prospekte. Sie hatte Klaus überredet, vor dem Urlaub noch einmal ein Wochenende rauszufahren und die Pfingstfeiertage in der Eifel zu verbringen. Sie musste sich nur noch entscheiden, ob es die Schneeeifel, die Zentraleifel, die Vulkaneifel oder die Südeifel an der Mosel werden sollte. Und dann stand da noch die Frage nach dem richtigen Campingplatz. Welche Lage, wie viele Sterne, welcher Preis und wie gut von zu Hause aus erreichbar. Der Süden war natürlich deutlich näher und somit auch besser zu erreichen. Da Pfingsten der Verkehr erheblich sein würde, könnte am Ende jeder Kilometer zählen. Gertrude stand auf und öffnete ein Fenster, ihre Entscheidung war gefallen.

Es war wieder Ruhe eingezogen, die Wochenendgäste waren abgereist und Marcus saß zu Hause, blickte aus dem Fenster und grübelte. Gestern hatte er sich mit seinen beiden Messepartnern, Jens und Hein, unterhalten. Keiner von ihnen hatte bisher auch nur einen Gast aus dem Stuttgarter Raum.
Aber noch war keine Hauptsaison und jetzt im Mai war es hier an der Küste noch empfindlich kühl. Kein Wetter für wärmeverwöhnte Schwaben.
Norddeutsche Ureinwohner waren da härter und ähnlich sturmerprobt wie seine holländischen Stammgäste. Die kamen bei jedem Wetter. Einige dieser Gäste fuhren sogar nur im Frühjahr an die Nordsee, denn jetzt war die salzhaltige Luft besonders gesund. Letztlich waren um diese Jahreszeit aber nur wenige Gäste auf dem Campingplatz; Sonne zählte im Urlaub einfach mehr als gesunde Lebensweise, erst der

Hochsommer wird die Gäste bringen. Bis dahin aber wollte er mit Jasper Diekgreve noch die Rezeption und den Zaun am Eingangsbereich streichen, Klempnermeister Kleineplumber würde noch die erste gründliche Wartung der Solaranlage vornehmen, und sie mussten den Rasen auf einigen Stellplätzen noch einmal komplett erneuern. Ihre Herbstansaat war leider nicht so erfolgreich verlaufen wie geplant, nach dem Winter war auf einem knappen Dutzend der Stellplätze kein einziger Grashalm aufgelaufen. Da mussten sie noch einmal ran! Insgesamt betrachtet war die Saison aber nahezu perfekt vorbereitet, wenn niemand krank werden würde und das Wetter mitspielte, dann sollte es ein guter Sommer werden. Und gut wäre es natürlich auch, wenn noch ein paar zusätzliche Gäste von der Stuttgarter Messe kommen würden. Und noch besser wäre es, wenn sein Nachbar Arne nicht aus Kanada zurückkommen würde.

Marcus blickte noch immer aus dem Fenster und sah mit halb geschlossenen Augen bis hinüber auf die andere Straßenseite. Constance war nun schon über ein Jahr allein. Warum hatte er die ganze Zeit zuvor nicht einmal zu ihr rübergesehen? Ist er monatelang blind gewesen, oder war es eine Art Vorbestimmung, dass er sie erst jetzt wieder entdeckt hatte? Dabei konnte er vom Büro aus beinahe in ihr Wohnzimmer sehen. Warum war er erst jetzt auf die Idee gekommen, sie zu einem Glas Wein einzuladen? Ohne irgendetwas zu erkennen, blickte Marcus noch immer aus dem Fenster und döste vor sich hin.

Sein Telefon klingelte und unvermittelt war er wieder wach. Mudder Fliedig war dran und reichte ihm Platzwart Diekgreve: „Moin Chef, irgendwat stimmt mit unsere Wasseruhr nich, de löpt und löpt, dreht sich immer freiweg, dabei sind alle Wasserhähne zu!“

„Was ist los? Wieso kann die sich drehen, wenn alle Wasserhähne zu sind?"
„Da muss was kaputt sein, Chef."
Da hatte Diekgreve wohl recht! „Ich komme."
Marcus rückte seine Brille zurecht, griff seine Jacke und eilte über den Hof.
Jasper Diekgreve wartete schon: „Chef, ich hab nur einen Wasserhahn gewechselt und wollte nur mal gucken, ob alles in Ordnung ist, aber die Wasseruhr bleibt einfach nicht stehen. Ich hab den ganzen Strang abgedreht, aber die Uhr läuft immer noch."
„Aber, irgendwo muss das Wasser doch bleiben!"
„Ja Chef, aber wo? Der untere Strang ist abgedreht, das Leck muss also weiter vorne sein."
„Dann ist unten am Deich jetzt gar kein Wasser?"
„Nee, da ist alles abgestellt, aber ..."
„Dann lass uns fix losgehen, bevor die Ersten merken, dass kein Wasser läuft."
Mit Rohrzangen und Schraubenschlüsseln bewaffnet gingen sie zur letzten der oberen Wasserzapfstellen. Der Wasserhahn hatte kein Wasser und im Schacht war alles trocken. Hier war alles in Ordnung. Auch bei den nächsten Zapfstellen schien es keine Probleme zu geben. Jasper kontrollierte Wasserhahn für Wasserhahn und arbeitete sich langsam in Richtung Wasseruhr vor, während Marcus die Wasseruhr im Auge behielt.
Aber der Zähler drehte sich unentwegt weiter, ganz langsam, aber stetig. Marcus holte sein berühmtes gelbes Notizbuch aus der Tasche, schrieb sich den Zählerstand mit allen Stellen hinter dem Komma auf und stoppte den Verbrauch mit der Uhr. Die kleinen roten Zeiger wanderten unentwegt im Kreis, acht Liter pro Minute liefen durch die Leitung. Das

war nicht viel, erleichtert steckte Marcus sein Notizbuch wieder ein.
Vor der Rezeption stand Birthe Fliedig mit einigen Gästen. Marcus wischte sich die Hände an der Hose ab und ging zu ihnen rüber. „Na Chef, was gefunden? Familie de Fondo fragt gerade, wann es wieder Wasser gibt, oder ob sie sich sicherheitshalber ein paar Kisten Mineralwasser kaufen müssen?“ Marcus nickte den Gästen freundlich zu: „Gleich gibt's wieder Wasser, wir haben ein kleines Problem mit einer Leitung, aber wir stellen das Wasser wieder an.“ Jasper Diekgreve kam mit einem enttäuschten Gesicht um die Ecke: „Keine Leckage zu finden. Hast du was gefunden, Chef?“
„Nein, aber die Wasseruhr läuft ohne Unterbrechung; zum Glück nur ein paar Liter in der Minute.“ Er drehte sich wieder zu Familie de Fondo. „Wir müssen morgen noch einmal alles abstellen, aber bis dahin haben alle fließend Wasser. Jasper stellt es wieder an.“ Er drehte sich zu Jasper um: „Du drehst alle Schieber wieder auf und ich fahre ins Gartencenter und hol den bestellten Rasendünger ab.“
„Zum Gartencenter? Wir brauchen mal wieder einen ordentlichen Spaten, ich mein, wenn du schon mal da bist, Chef.“
„Ja, ja. Ich guck mal.“ Marcus verabschiedete sich und fuhr vom Hof. Beim Einbiegen auf die Straße konnte er aus den Augenwinkeln gerade noch erkennen, dass seine Nachbarin Constance schon zu Hause war. Sein Puls beschleunigte sich sofort und für ihn stand in derselben Sekunde fest: Er würde sie zum Essen einladen.

Gestern Abend nach Rezeptionsschluss war Marcus noch einmal zur Wasseruhr gegangen, um den aktuellen Stand aufzuschreiben, und heute Morgen hatte er ihn noch einmal kontrolliert. Der Zähler war nicht stehen geblieben. An

einem Tag, innerhalb von vierundzwanzig Stunden, waren zwölf Kubikmeter Wasser versickert. Das war doch mehr, als die acht Liter pro Minute vermuten ließen.
Nach dem Frühstück sperrte Jasper Diekgreve wieder alle Absperrschieber und Standrohrventile ab. Marcus drehte alle Zapfhähne zu, und sie kontrollierten noch einmal jeden kleinen Wartungsschacht, ohne etwas zu entdecken. Sie hatten keine Ahnung, wo das Leck sein konnte, keine Ahnung, wo sie suchen sollten, und vor allem auch keine Ahnung, wo das ganze Wasser blieb. „Jasper, dreh alles wieder auf, ich ruf Kleineplumber an."
Er ließ das Telefon klingeln und klingeln, aber bei Kleineplumber ging keiner ran. Wenn man Handwerker schon mal dringend brauchte!
Kaum hatte Marcus aufgelegt, klingelte sein Telefon. Er nahm ab und meldete sich. Am anderen Ende war Herr Usura, sein Bankberater, der hatte gerade die monatliche Abrechnung des Campingplatzes bekommen und fragte nun, warum Marcus im März so wenig Einnahmen hatte. „Ganz einfach, im März hatten wir noch geschlossen, keine Gäste, also auch keine Einnahmen." Marcus hatte jetzt wirklich keine Zeit, betriebswirtschaftliche Kalkulationsgespräche zu führen. „Warum hatten Sie denn noch geschlossen? Ich habe die Abrechnung mit der vom letzten Jahr verglichen, da hatten Sie deutlich mehr Umsatz als in diesem März!" Der Vorwurf in seiner Stimme war unüberhörbar und trotzdem musste Marcus grinsen. Nur wenn er keine Einnahmen hatte, brauchte er den Überziehungskredit, und nur damit verdiente die Bank ihr Geld, aber das sagte er dem Schlipsträger nicht. „Letztes Jahr hatten wir schon Ende März geöffnet, weil Ostern schon so früh war."
„Und dieses Jahr?" Marcus fragte sich, ob die bei der Bank

keinen Kalender hatten. „Dieses Jahr war Ostern im April und in der nächsten Monatsabrechnung sehen Sie dann die dazugehörigen Umsätze."
„Sind Sie sicher?"
„Ja natürlich, Ostern war im April und der Campingplatz war gut besucht."
„Na gut, ich werde das einfach mal so akzeptieren und lasse den Dispositionskredit dann weiterlaufen." Ja, dachte Marcus, so steht's ja auch im Vertrag. „Ich wünsch Ihnen noch einen schönen Tag und gute Geschäfte, Herr Bolso."
„Auf Wiederhören, Herr Usura", antwortete Marcus und hoffte, dass er nicht noch einen Extrakredit für die Wasserrechnung brauchen würde.
Marcus überlegte und rief kurz entschlossen die Stadtwerke an, vielleicht konnten die ja helfen. Er erreichte tatsächlich den zuständigen Meister und erklärte ihm sein Acht-Liter-Problem. „Dat is nich gut! So ein paar Liter Verlust sind immer schlecht zu finden, wisst ihr denn, wo die Leitung genau liegt?"
„Na ja, die Hauptleitungen sind klar, aber bei ein oder zwei Nebenleitungen sind wir uns nicht so ganz sicher."
„Na pass auf, ich schick dir zwei Mann mit dem Messwagen raus, die können so ziemlich alles finden. Ich schick die beiden nach dem Mittag los."
„Heute Nachmittag? Das hört sich gut an, dann geht hier nicht ganz so viel Wasser den Bach runter."
„Wenn die denn was finden, manchmal kann man auch Pech haben, also tschüss."
„Ja, tschüss und danke."
Kurz nach eins hupte es an der Schranke. Marcus wollte gerade Mittag machen, aber der Messwagen war schon da. Er ging raus, öffnete die Schranke und zeigte den Jungs die

Wasseruhr und erklärte ihnen sein Problem. „Nur acht Liter? Na, ob wir da was finden? Habt ihr 'ne Vermutung, wo das Leck sein könnte?“ Jasper Diekgreve kam um die Ecke und schüttelte den Kopf. „Nee, so richtig nich, muss aber irgendwo im oberen Teil sein.“

„Okay, wir versuchen mal was mit dem Mikrofon.“ Der eine klemmte mit ein paar Kabeln den Impulsgeber an die Wasserleitung und der andere holte einen Elefantenfuß mit angeschlossenen Kopfhörern aus dem Auto. Er setzte die Kopfhörer auf und stellte den Elefantenfuß, der in Wirklichkeit ein hochempfindliches Mikrofon war, auf den Boden über der Leitung. Meter für Meter hörte er den Boden ab. Die Zeit verging und Marcus und Jasper konnten nicht viel helfen, außer die ungefähre Richtung anzuzeigen. Die Stadtwerker wechselten sich immer wieder ab, scheinbar konnte man nicht sehr lange mit den Kopfhörern arbeiten, ohne Kopfsausen zu bekommen.

Inzwischen hatten sich einige Gäste angesammelt und wunderten sich über den Messwagen. „Wat soll dat denn werden? Wat machen die denn da, Jasper?“ Diekgreve sah seinen Chef an, aber Marcus zuckte mit den Schultern. „Die haben dich gefragt.“ Jasper grinste: „Dat is 'n Seismometer mit eingebautem Geigerzähler, hier unten soll Uranerz liegen, was tickt, und mit dem Ding kann man alles hören, was sich in und auf der Erde bewegt.“ Tatsächlich gingen die Neugierigen, die ganz vorne standen, ein Stück zurück, was den Mann mit den Kopfhörern ziemlich nervte. „Nicht so mit den Füßen trampeln, das stört total, ich kann nix hören!“ Statt jedoch stehen zu bleiben, rückte die ganze Gruppe wieder ein Stück zurück und der Mann am Elefantenmikrofon hörte tatsächlich nur noch Schritte. Er nahm seine Kopfhörer ab. „Leute, ich kann so echt nichts hören, ihr müsst schon stillstehen, oder mindestens hundert Meter weggehen." Aber die Gäste waren viel zu neugierig, und obwohl es für sie nichts zu sehen und schon gar nicht zu hören gab, blieben sie in einigem Abstand stehen, und jeder von ihnen kannte mindestens eine Geschichte, wie bei ihm zu Hause auch schon mal gesucht wurde.

„Bei uns haben die mal ein verstopftes Abwasserrohr gesucht, so ein altes Tonrohr, aber da haben die nix gefunden, bis dann alles irgendwann oben rauskam ..."

„Die hätten da so einen Kameraroboter nehmen sollen, das haben die bei uns gemacht, der hat im Rohr sogar die Ratten gefilmt ..."

„So einen Kamerawagen haben die bei uns auch mal in die Kanalisation geschoben und dann hat irgendeiner ein Schott am Hauptkanal geöffnet. Die teure Kamera hat noch gefilmt, wie das Wasser kam, aber gefunden haben sie die nie ..."

„Ach, der ganze Technikkram, der Bolso soll mal zum alten Bauern gehen. Bei uns haben die drei Tage mit so 'nem Heitechkram rumgesucht und kein Rohr gefunden, und dann kam der alte Gärtner mit der Wünschelrute, keine zehn Minuten hat's gedauert, und der wusste, wo die Leitung war ..."

„Mann, die suchen keine Leitung, die suchen 'ne Leckage ..."

Zum Glück ließen sich die beiden Stadtwerker von den Kommentaren nicht weiter stören und suchten unbeirrt die Hauptleitung ab. Nach zwei Stunden waren sie etwa auf der Hälfte angekommen und es gab nicht das kleinste Anzeichen für ein Leck. Marcus schickte Jasper zu Angelo, er sollte vier Tassen Kaffee holen. Wenn die beiden schon nichts fanden, wollte er sie wenigstens bei Laune halten.

Einhundertfünfzig Meter weiter und eine Kaffeepause später hatten sie das Ende der Hauptleitung erreicht. „Meister, pass auf." Der mit den Kopfhörern sah Marcus an. „Wir

können jetzt versuchen, die Nebenleitungen zu suchen, aber wenn die aus Kunststoff sind, finden wir die nicht. Ich werde jetzt meinen Lauschfuß mal so Stück für Stück um die Absperrschächte der Nebenleitungen setzen, vielleicht hören wir ja da was."
„Die Nebenleitungen sind doch alle abgesperrt, da kann kein Wasser laufen."
„Und wenn ein Schieber klemmt?!"
Eine knappe Stunde später, es war schon nach fünf und sie waren am Absperrschieber der letzten Nebenleitung angekommen, hob der Mann am Mikrofon die Hand. „Hier rauscht was. Irgendwo muss hier Wasser laufen."
Er legte den Zeigefinger auf den Mund, damit sich alle ruhig verhielten. Mit dem Elefantenfuß prüfte er jeden halben Meter und kam dem ominösen Rauschen in seinen Kopfhörern immer näher. Etwa zehn Meter hinter dem Absperrschieber, an einem Windschutz, blieb er stehen. „Hier ist es am lautesten. Liegt hier eine Leitung? Marcus kam näher heran und nickte. „Könnte sein, aber wenn hier eine liegt, dann ist sie abgestellt."
Die beiden Stadtwerker sahen zeitgleich, im akkurat selben Moment auf ihre Armbanduhren. „Meister, wir machen Schluss für heute. Ihr solltet hier mal buddeln, irgendwo hier, ich sag mal so im Umkreis von zwei Metern läuft hier Wasser aus der Leitung."

Gertrude war vom Einkauf zurück. Entgegen ihren Gewohnheiten hatte sie heute die Aktionen der Discounter genutzt. Scheinbar hatten alle großen Lebensmittelketten gemeinsam den Frühling entdeckt und scheinbar hatten alle beschlossen, dass es ein verregnetes Frühjahr geben würde. Bei einem gab es Gummistiefel und Regenschirme, bei einem

anderen waren Regenponchos für Fußgänger und Radfahrer im Angebot und ein dritter hatte gelbe Regenjacken mit Kapuzen direkt an der Kasse postiert. Gertrude hatte Glück und tatsächlich alles in den richtigen Größen bekommen.
Mit den typischen großen Plastikbeuteln am Rad brachte sie die Schnäppchen nach Hause, um sie im Keller zu deponieren. Dort lagerte schon eine Unmenge weiteres Campingequipment, welches beim nächsten Mal mit zum Wohnwagen genommen werden sollte. Die heute erstandene Regenausrüstung würde ihre Campingausrüstung nahezu perfektionieren.

Die Rechnung kam schneller als gedacht. Keine drei Tage nach dem Sucheinsatz der Stadtwerke hatte Marcus Bolso schon die Rechnung auf dem Tisch. Der Betrag war durchaus beachtlich, aber Marcus war froh, dass die Stadtwerker das Leck gefunden hatten.
Er und Jasper hatten sich am nächsten Morgen einen Minibagger ausgeliehen und an der bezeichneten Stelle gegraben. Der durchnässte Boden war immer wieder abgerutscht und das Erkundungsloch hatte enorme Ausmaße angenommen. In der Mitte des Kraters fanden sie dann tatsächlich ein dünnes Kunststoffrohr. Das Rohr hatte einen kleinen Riss und das Wasser spritze mit einem feinen Strahl nach oben. Der Riss war exakt unter dem Windschutz, an dem die Stadtwerker das Leck vermutet hatten. Der Windschutz war mit mehreren Stangen im Boden verankert worden und diese Stangen waren nahezu einen Meter tief in der Erde.
Treffsicher hatte eine das Rohr erwischt, und entsprechend Murphys Gesetz funktionierte genau der Absperrschieber für diese Nebenleitung nicht, und so konnte das Wasser ungehindert aus der Leitung spritzen.

Marcus saß am Computer, um den Einsatz der Stadtwerke zu bezahlen und alle weiteren fälligen Rechnungen online zu überweisen. Jetzt im Frühjahr waren das leider nicht nur die vielen kleinen Reparatur- und Handwerkerrechnungen, sondern auch die Handwerkskammer- und Berufsgenossenschaftsbeiträge, diverse Versicherungen und natürlich auch die Steuern an das Finanzamt. Marcus dachte kurz daran, wie gut seine Bank an der vollen Ausnutzung seines Überziehungskredites verdienen würde, und schickte die Überweisungen mit einem Klick auf die Entertaste ab.
Jedes Jahr im Frühjahr investierte er sein letztes Geld, brachte auf dem Campingplatz alles zum Laufen, machte alles schick und hoffte dann darauf, dass genügend Gäste kommen würden. Aber so geht es allen hier an der Küste, egal ob Campingchef, Hotelier, Kneipenbesitzer oder Reisebüroinhaber. Auch Constance in ihrem Ferienreisebüro wird es so gehen. Überhaupt, er hatte sie seit dem nächtlichen Wein nicht mehr gesehen, und er wollte sie doch zum Essen einladen! Im Telefonbuch fand er die Nummer des Reisebüros, und ohne lange zu überlegen rief er sie an. Es klingelte zweimal und dann war ihre Stimme ganz nah an seinem Ohr. Er mochte diese Stimme. „Semesters Ferienreisebüro, Sie sprechen mit Constance Semester, wohin soll Ihre Reise gehen?"
„Meine Reise? Direkt zu dir, Constance. Marcus hier, dein Nachbar, ich wollte ..."
„Hallo Marcus, wohnst du jetzt so weit weg, dass du anrufen musst? Wie geht's dir?"
„Ach, viel Arbeit und wenig zu essen."
„Soll ich jetzt für dich kochen?"
„Keine schlechte Idee, zumal die Weinflasche vom letzten Mal noch immer hier steht und alleine trinken keinen Spaß macht. Also, um es kurz zu machen, ich möchte dich einladen."

„Zum Essen oder zum Trinken? Und was willst du uns kochen? Kannst du gut kochen?“ Ihre Stimme klang so neugierig, dass er sich sicher war, die richtige Frage gestellt zu haben.
„Ich denke, wir suchen uns ein 5-Sterne-Restaurant, bitten den Kellner, unseren mitgebrachten Wein auf zwei Gläser aufzuteilen, und bestellen uns dazu eine Suppe mit zwei Löffeln.“ Constance lächelte durch die Leitung: „Ja, aber mit zwei kleinen Löffeln, damit ich länger was von dir habe.“
„Dann werde ich für uns zwei Plätze reservieren.“
Constance zögerte: „Ach ich weiß nicht, wenn ich am Abend nicht zu Hause bin und Arne ruft an? Nein, besser ist, wir lassen das.“ Was sollte das jetzt wieder bedeuten? Welches Nein meinte sie? Das Nein als Idee? Das Nein als Vorschlag oder als Hindernis? Das Nein als Nein oder eher als Vielleicht, oder war ihr Nein ein eindeutiges Ja? „Wenn Arne anruft, bist du eben einfach mal nicht da, komm, ich suche uns ein schickes Restaurant und wir testen die Küche.“
„Wohin willst du mich denn entführen, damit du nicht kochen musst? Und wann?“
„Wohin wird nicht verraten und wann: ja entweder heute oder morgen Abend, oder nach Christi Himmelfahrt.“
„Heute? Du, so schnell kann ich nicht. Nein, heute und morgen auf keinen Fall, wenn überhaupt dann nächste Woche.“
„Also, dann nächsten Dienstag um sieben?“
„Um acht, um sieben ist viel zu früh. Bis um sechs ist das Reisebüro auf, und du weißt doch, Frauen brauchen immer etwas länger. Ich muss mich doch schön machen für dich.“ Sie lachte, und Marcus freute sich, dass ihr Nein doch ein Ja war.
„Du? Du brauchst gar nichts zu machen, so wie du aussiehst, kann ich dich direkt um sechs aus dem Reisebüro abholen.“
„Nein, nein, um acht kannst du bei deiner Nachbarin klingeln und mich abholen, ja?“

„Nächste Woche Dienstag, noch sieben Tage? Es wird mir schwerfallen, so lange zu warten, aber ich werde uns was Schönes reservieren und dich pünktlich abholen."
„Schön, ich freu mich."
„Ich mich auch, also ciao bis dahin."
„Ja ciao, und danke."
Marcus konnte ihr Lächeln direkt vor sich sehen und legte den Hörer ganz langsam auf, um ihn sofort wieder abzunehmen. Er wählte die interne Leitung und hatte Birthe Fliedig an der Strippe. „Sagen Sie mal, den Dienstag nächste Woche, können Sie da die Spätschicht machen?"
„Oh, Dienstag nächste Woche? Das ist ja die Woche vor Pfingsten, und dann bis abends um zehn?"
„Ja, aber bis dahin sind die Himmelfahrtsgäste alle weg und die Pfingstgäste sind noch nicht da. Ich hab Dienstagabend einen wichtigen Termin."
„Ja Chef, dann muss ich ja wohl ja sagen, oder?"
„Stimmt, also Sie machen die Spätschicht und ich sag Jasper Diekgreve Bescheid, dass er Sie am Dienstagabend um zehn ablöst. Aber bis dahin sind es ja noch ein paar Tage hin."
„Ja Chef, genau eine Woche und morgen früh beginnt der Himmelfahrtsstress!" Hörte er da ein leichtes Knurren in ihrer Stimme? Marcus war das so was von egal, er freute sich einfach auf die nächste Woche.

Die Kantine war gut gefüllt und Klaus hörte schon an der Tür den dröhnenden Bass von Oberamtsrat Schbrichbeidl. Ausgerechnet ihm, dem Leiter vom Meldeamt, hatte man das Bodenseeschifferpatent nicht ausgestellt. „Bloß, weil eine Kopie von meinem Personalausweis nicht dabei war. Die hätten mich doch anrufen oder einfach ins Amtsregister gucken können, oder glauben die etwa, ich hätte keinen Ausweis?"

Wie immer standen einige junge Kollegen um ihn herum und sahen zu ihm auf.
Schbrichbeidl unterhielt lautstark sein Publikum und Isolde Cabra winkte Klaus von der anderen Seite der Kantine zu. Sie hatte ihm einen Platz am Fenster frei gehalten. Klaus holte sich einen großen Teller dampfender Spätzle mit Kraut und setzte sich zu ihr. „En guade Abbedid midoiander."
„Na Chef, brauchen Sie auch einen Sonderführerschein für Ihren Wohnwagen? Dem Xaver Schbrichbeidl haben Sie seinen Bootsführerschein nicht für den Bodensee umgeschrieben, dabei steht sein Schiff schon unten in Überlingen. Er hat sich extra ein Bodensee-Kennzeichen besorgt und jetzt kann er zum Vatertag nicht am Bodensee protzen, weil ihm das Patent fehlt."
Klaus hatte es also doch richtig mitbekommen. Komisch, er konnte unter all seinen Gefühlen kein Mitleid für Schbrichbeidl finden. „Er kann ja das Boot in den Hafen legen, an Deck Kaffee und Sekt trinken und allen zeigen, was er für ein schickes Bötchen hat." Isolde Cabra sah ihn ungläubig an: „Chef, am Bodensee gibt's keine Liegeplätze, der Xaver Schbrichbeidl hat nur einen Trockenplatz im Jachtclub Überlingen. Und er hat alles schon bezahlt. I ka scho verstehe, dass ihn das eschoffiera tut. Übrigens, mei Schwager fährt zu Christi Himmelfahrt auch an den Bodensee. Weil, Ihne hat es da ja so gut gefalle auf der Mainau."
„Reichenau, die Insel mit Hafen und Campingplatz heißt Reichenau."
„Dann könnten Sie dem Xaver ja mal einen Tipp gebe, dass er dort mal nach einem Liegeplatz frage soll. Wo fahren Sie jetzt am lange Wochenend eigentlich hi?"
„Wir fahren zu Oma Hilde, den Garten fertig machen. Den Wohnwagen hängen wir erst zu Pfingsten wieder an, dann

geht's ab in die Eifel. Aber, der Schbrichbeidl kann sein Boot nicht im Hafen der Reichenau festmachen, er hat doch kein Bodenseepatent, also kann er auch nicht zur Insel hinüberfahren. Dumm gelaufen, würde ich da mal sagen."

Den Himmelfahrtsdonnerstag hatten Marcus und sein Campingteam gut überstanden. Schon am Mittwochvormittag waren die ersten Gäste für das lange Wochenende angereist und ab Mittag bildete sich ab und an sogar ein kleiner Stau vor der Campingplatzeinfahrt. Die frühen Gäste hatten wohl der Wettervorhersage vertraut und gehofft, dass es schon am Vormittag aufhören würde zu regnen. Marcus hingegen hatte schon am Morgen gesehen, dass es mindestens bis Mittag regnen würde. Wenn es hier erst einmal richtig regnete, hörte es am Vormittag niemals auf. Nie. Und Marcus hatte recht behalten.
Jasper Diekgreve und Opa Schowski hatten den ganzen Tag alle Hände voll zu tun, die Anreisenden auf den feuchten Wiesen zu den Stellplätzen zu begleiten und darauf zu achten, dass die Wohnwagen auch richtig und sicher standen. Birthe Fliedig und Marcus hatten es da deutlich besser, sie bedienten den ganzen Tag die Gäste in der Rezeption, und als sie am späten Abend kurz nach elf die Rezeption verließen, schien draußen der Mond. Die Wolken waren abgezogen, die Luft war wie frisch gewaschen und der Donnerstag würde, wie versprochen, ein wunderbarer Frühsommertag werden.
Schon am Morgen war der Himmel kristallklar und die See blau wie das Mittelmeer. Wie immer bei schönem Wetter, füllte sich der Platz mit spontan anreisenden Wohnmobilisten und so gab es ab Mittag nur noch wenige freie Plätze. Allerdings gab es am Nachmittag auch keine einzige Anreise mehr und so hatte Marcus in der Rezeption nicht viel zu tun.

Birthe Fliedig machte, wie in jedem Jahr zum Himmelfahrtstag, am Nachmittag eine Familienkaffeefahrt mit dem Fahrrad und Jasper Diekgreve war mit seinen Kumpels aus dem Dorf zu einer Kutschfahrt aufgebrochen. Opa Schowski hatte sich schon zum Mittag bei Angelo einige Grappa gegönnt und Marcus war allein in der Rezeption geblieben, um die Gäste zu betreuen.
Der ehemalige Vatertag – mit unzähligen alkoholisierten Männern – war in den letzten Jahren mehr und mehr zu einem Familien- und Picknickwochenende geworden. Unzählige Familien waren mit Fahrrädern unterwegs, und daher herrschte schon Hochbetrieb auf Angelos Terrasse.
Marcus saß an seinem Schreibtisch in der Rezeption und sinnierte darüber, dass es vom heutigen Samstag an nur noch drei Tage dauern würde, bis er mit Constance essen ging. Und ein Gläschen Wein trinken, oder auch zwei, oder drei? Er würde sie nach Hause begleiten, nach einem Kaffee fragen.
„Moin Meister!"
„Guten Tag!"
„Hallo", vor Marcus standen vier junge Leute, eher wohl vier Schüler, mit Motorradhelmen in der Hand. „Meister, wir wollen zelten bis morgen."
„Und mal gucken, was so los ist."
„Gibt's hier 'ne Jugendzeltwiese?"
„Und ein paar schicke Tussen?"
Marcus zog seine Brille herunter, rückte sie auf der Nase zurecht und blickte von einem zum anderen. Womit waren die hergekommen? Er hatte kein Motorrad gehört und überhaupt, die dürfen doch noch gar kein Bike fahren. „Männer, seid Ihr denn schon achtzehn?"
„Nee, nur ich. Hier, ich hab meinen Perso dabei." Der Kleinste legte seinen Ausweis auf den Tisch und die drei anderen

jeweils einen Ausweis und einen unterschriebenen Computerausdruck dazu. Sie hatten tatsächlich die schriftliche Erlaubnis ihrer Eltern mit. Vorbildlich, das musste Marcus schon sagen. Vorbildlich und auch die einzige Möglichkeit, bei ihm zu bleiben. „Also, eine Nacht mit vier Zelten?"

„Nee, zwei Zelte, vier Mann und vier Mofas. Morgen Mittag sind wir wieder weg."

Marcus griff sich die Erlaubnisbögen und den Ausweis, um die Adressen in den Computer einzugeben. Er belehrte die Jungs noch mal über die Spielregeln auf einem Campingplatz und über die Ruhezeiten, druckte die Quittung aus und kassierte die eine Nacht gleich ab. „Ich komme mit nach draußen und zeige euch euren Zeltplatz, viel Platz ist nicht mehr, aber ich habe eine schöne Ecke für euch.

Mit dem Fahrrad fuhr Marcus vorneweg und hinter ihm knatterten die vier Jungs mit ihren bis ans Limit beladenen Mofas. Die Dinger waren so voll beladen, dass die Campingausrüstung der Jungs für mindestens ein halbes Jahr Wüstensafari reichen würde.

Der Platz, den Marcus ausgesucht hatte, war mit zwei Hecken abgeteilt, und das gefiel den Jungs. Einen Jugendzeltplatz hatte Marcus nicht und er wusste auch, dass die vier keine Mädels in ihrem Alter treffen würden. Aber für nur eine Nacht war das auch völlig nebensächlich, zumal Marcus gesehen hatte, dass ein Mofa unter der Last von zwei Kisten Bier schon beinahe zusammengebrochen wäre. Hoffentlich würden die Jungs es nicht übertreiben!

Oma Hildes Garten schien jedes Jahr größer zu werden. Früher konnte Klaus alle Beete an einem einzigen Nachmittag umgraben, aber seit einigen Jahren brauchte er dafür zwei volle Tage. Dieses Jahr waren er und Gertrude am Himmel-

fahrtstag und am heutigen Samstag zum Grundstück rausgefahren. Am Vatertag hatten sie zusammen mit Oma Hilde im Garten Kaffee getrunken und Klaus hatte gut die Hälfte aller Beete umgegraben. Heute war Klaus wieder den ganzen Tag mit Spaten und Harke zugange, während Gertrude die Zeit nutzte, um die Scheunentore zu öffnen und den Wohnwagen für den Eifelurlaub vorzubereiten.
Heute Morgen hatte Klaus alles eingepackt, was noch im Wohnwagen verstaut werden musste. Ein längeres CEE-Euro-Sicherheits-Elektro-Verlängerungskabel, einen dreigeteilten Mülleimer zur Mülltrennung, einen Vorzeltteppich aus Spezialkunststoff und Gertrudes Regeneinkauf, also Gummistiefel, Regenschirme, Regenponchos und die gelben Regenjacken mit den großen Kapuzen.
Nachdem Klaus, weit nach der Kaffeezeit, endlich mit der Gartenarbeit fertig war und Gertrude mit dem elektrischen Rasenmäher noch das Gras rund um die Scheune und an der Straße gemäht hatte, war ihr Einsatz in Oma Hildes Garten für dieses Jahr beendet. Sie brauchten nun erst im Herbst zur Ernte wiederzukommen oder um zwischendurch Marmelade und Salat zu holen. Und natürlich, um den Wohnwagen abzustellen. Aber die Miete für die Scheune, die war für dieses Jahr abgearbeitet.

Die Glocke am Tor wurde heftig geläutet und jemand trommelte mit Fäusten gegen das eichene Tor. Der alte Mönch, der heute Nacht die Wache innehatte, humpelte schwerfällig die Stufen zur Empore hinauf. Er quälte sich die Treppe hoch und zog auf jeder einzelnen Stufe das linke Bein hinterher. Es war eine Tortur, aber er musste hinauf, nur von der obersten Empore aus konnte er das freie Feld vor dem Kloster überblicken. Das weite Vorfeld war menschenleer, nur direkt vor der Klostermauer standen zwei Knechte und schlugen mit den Fäusten gegen das Tor. Sie waren sichtlich aufgeregt und völlig außer Atem. Es schien, als bräuchten sie dringend Hilfe. Der Mönch schaute noch einmal über das vom Mond nur schwach beleuchtete Gelände, aber er konnte nichts Gefährliches entdecken. Die Knechte schienen allein zu sein. Er quälte sich die Stufen wieder hinunter und öffnete das kleine vergitterte Fenster. „Gott zum Gruße, was ist in Gottes Namen in der Mitte der Nacht euer Begehr?"

„Two Beer or not two Beer, zwei Bier für ein Königreich, wir sind am Verdursten." Marcus schreckte hoch. Wo waren die Knechte? Wieso Knechte? Er legte sich wieder hin, drehte sich um und zog sich die Decke über den Kopf.

Die Knechte schlugen wieder gegen das Tor und das ganze Kloster dröhnte von den wuchtigen Schlägen. Marcus hörte die Knechte rufen und setzte sich wieder auf. Er hörte das schwere Trommeln der Fäuste und die Rufe. Langsam wurde er wach, jemand schlug an seine Tür. „Ich komme", krächzte er, und musste sich erst einmal räuspern, um seine Stimme zu finden. „Ich komme sofort!", rief er laut und blickte auf die Uhr.

Zwei Uhr dreißig. Marcus wickelte sich die Bettdecke um die nackten Hüften und stolperte zur Tür, um sie einen Spalt zu öffnen. „Guten Morgen, was ist denn los?" Draußen standen zwei von den Mofajungs, scheinbar angetrunken, aber auf jeden Fall völlig verwirrt. „Kommen Sie schnell, sonst stirbt der noch!"

„Moment – ganz langsam, was ist denn passiert?"

„Ja, also ... Wir haben nur zusammen ein paar Bier getrunken und dann ist er plötzlich umgefallen, einfach so."

„Einfach so? Nur vom Bier?! Und was habt ihr sonst noch so gehabt? Ist denn noch jemand bei ihm?"

„Ja ja, wir sind nur schnell hergerannt, als er nicht mehr aufstehen wollte."
„Und auch nicht mehr ansprechbar war, der hatte ganz verdrehte Augen!"
„Okay, wartet eine Minute, ich bin sofort da!"
Marcus machte die Tür zu und eilte in die Küche. Die Bettdecke war ihm von den Hüften gerutscht und er stand nackt am Telefon. Er wählte die 112. Der Notdienst meldete sich.
„Guten Morgen, Campingplatz Watt'n Blick hier, Marcus Bolso. Wir haben einen bewusstlosen, auf alle Fälle nicht mehr ansprechbaren Jugendlichen, wahrscheinlich Alkoholvergiftung, und wir brauchen dringend den Notarzt."
Er zog sich schnell Jeans und T-Shirt an, schlüpfte in den dicken weißen Rolli und stürmte mit dem Telefon in der Hand nach draußen. Die beiden Jungs standen noch vor der Tür. Er griff sich den ersten, „Hast du viel getrunken oder bist du so weit in Ordnung?"
„Nee nee, kein Problem, Meister, ich bin okay."
„Gut, dann wartest du vorn an der Campingeinfahrt und bringst den Rettungsdienst zu eurem Platz. Klar?"
„Rettungsdienst?"
„Ja, Notarzt und Rettungsdienst. Also, du zeigst ihnen den Weg. Klar?"
„Ja. Aber die Schranke ist doch zu!"
„Die mach ich jetzt auf und du zeigst dem Arzt den Weg!"
Marcus öffnete per Funk die Schranke und nahm den anderen Jungen mit.
„Was habt ihr denn getrunken? Und wie viel?"
„Nur ein paar Bier und Red Bull mit Jägermeister." Marcus lief mit dem Jungen zum Stellplatz. „Jägermeister mit Energy-Drink? Das knallt ja richtig! Und dann noch Bier, kein Wunder, dass da einer umfällt, ihr seid noch nicht mal achtzehn."

„Meister, der Opa ist bestimmt schon fünfzig, wir haben gedacht, der kann das ab."
Marcus blieb abrupt stehen „Wie, der Opa? Ich denke, einer von euch ist bewusstlos."
„Nee, wir sind alle okay, nur der Opa, der mit uns zusammengesessen hat, fing plötzlich an, ganz schnell zu atmen und ist dann nach hinten vom Stuhl gefallen. Da war nur noch das Weiße in den Augen zu sehen!"
Sie waren bei den Zelten der Jungs angekommen, neben dem Grill standen zwei Kisten Bier und hinter den Stühlen im Dunklen lag jemand am Boden. Die Jungs hockten daneben.
„Was ist los, atmet er?"
„Ja, er war auch kurz noch mal wach zwischendurch." Marcus leuchtete den Mann mit der Taschenlampe an, er atmete ruhig, fast so, als würde er schlafen. Die Jungs hatten ihn in eine stabile Seitenlage gebracht und das war auf alle Fälle schon mal richtig.
„Gut", Marcus zeigte auf den Jungen, der ihn geholt hatte, „du gehst zurück zur Schranke und wartest auf den Arzt. Der kommt meist kurz nach den Sanitätern mit einem zweiten Auto. Du wartest und bringst dann den Arzt hierher." Den Jungen, der neben dem Mann kniete, schickte Marcus los, um ein paar Decken oder Schlafsäcke aus den Zelten zu holen, und den vierten fragte er, ob er wüsste, wer der Mann sei. „Nö, der kam gestern Abend spät zu uns und hat erzählt, dass er früher auch ein Moped und dann ein Motorrad hatte, er hat nur ein paar Red Bull-Jägermeister getrunken und uns von seinen Motorrädern erzählt. Er kam von da hinten." Er zeigte auf die Stellplätze am Deich. Marcus schaute sich den Mann noch einmal mit der Taschenlampe an, aber der Name fiel ihm nicht ein. Zusammen mit den Jungs schob er einen Schlafsack unter den Mann und legte eine Decke über ihn.

Er atmete noch immer gleichmäßig, aber sein Körper schien völlig erschlafft. „Und ihr wisst wirklich nicht, wie er heißt?"
„Nee, echt nicht, er war nur hier und wir haben so rumgequatscht über Mofas und Bikes und so." Marcus nahm die Decke noch einmal hoch und öffnete die Jacke des Mannes, damit er besser Luft bekam. In der Jackentasche hatte er ein Portemonnaie. Marcus zog es raus, suchte nach Papieren und fand einen Führerschein und einen Diabetikerausweis. Der Mann hieß Christian Supors und war scheinbar Diabetiker. Klar, dass der aus den Latschen kippen musste. Alkohol und Energy-Drink war mit Sicherheit keine gute Kombination für einen Diabetiker, aber Marcus war kein Arzt.
Aber er war Campingchef, und jetzt fiel ihm auch ein, wo der Wohnwagen von Familie Supors stand. Der Platz war gleich hinter den Büschen, praktisch fast neben den Zelten der Jungs.
Blaulicht kam auf sie zu und der Wagen stoppte direkt vor den Zelten. Zwei Sanitäter stiegen aus und stellten ihre großen Taschen neben den Grill. „Moin."
„Moin", Marcus gab den beiden Sanitätern den Diabetikerausweis. „Unser Jugendlicher ist doch schon etwas älter als gedacht, Alkohol und Energy-Drink, nur damit ihr Bescheid wisst." Ein Sanitäter hatte sich schon neben den bewusstlosen Christian Supors gekniet, der andere sah den Ausweis durch. „Ich zieh mal 'ne Dose Glukose auf, der Doc muss ja gleich kommen." Tatsächlich kam jetzt auch der zweite Wagen mit dem blauen Flackerlicht direkt auf die Gruppe zu. Der Arzt stieg aus und Marcus sah, dass er hier vorerst nicht helfen konnte.
Er ging zum Fahrer des Notarztes, bat ihn das Blaulicht abzuschalten und klopfte eine Minute später am Wohnwagen von Frau Supors. Er musste dreimal und ziemlich kräftig klopfen,

bis endlich das Licht anging. Eine schlaftrunkene Frau im Bademantel öffnete ihm. „Frau Supors? Ihr Mann ist doch Diabetiker, haben Sie seine Medikamente dabei?"
„Warum? Ist was? Ist er wieder mal umgefallen?" Wirklich schockiert war die Dame jedenfalls nicht, eher routiniert. „Moment, ich zieh mir nur mal was an, und dann komm ich mit dem Köfferchen."
„Wir sind hier gleich nebenan bei den Zelten. Der Notarzt ist auch schon da."
„Na, dann ist ja gut, dann können wir unsere Spritze ja einsparen." Sie machte die Wohnwagentür zu und Marcus stand im Dunklen.
Als er zurück zu den Zelten kam, saß Supors bereits aufrecht. Der Arzt kam auf Marcus zu. „Sind Sie hier verantwortlich?"
„Ja, für den Campingplatz, nicht unbedingt für die Gäste."
„Ich hab dem Mann erst einmal etwas gegeben, damit er wieder zu sich kommt, wir müssen ihn aber zur Beobachtung mitnehmen. Sagen Sie bitte seiner Frau Bescheid."
„Das können Sie ihr selbst sagen, sie kommt da gerade um die Ecke."
Frau Supors kam mit einer kleinen Reisetasche auf den Arzt zu. „Sie müssen ihn bestimmt mitnehmen, ich hab seine Sachen hier in der Reisetasche, da ist alles drin, was er braucht. Seine Papiere sind in seiner Jackentasche."
„Die haben wir schon."
Der Arzt gab Frau Supors eine Karte mit der Anschrift der Klinik und verabschiedete sich.
Die Sanis führten Christian Supors zum Sanitätswagen und keine drei Minuten später war der ganze Spuk vorbei. Selbst Frau Supors war bereits wieder verschwunden und Marcus gähnte laut.
„So Männer, trinkt nicht mehr so viel, macht nachher den

Grill aus und danke dafür, dass ihr gleich zu mir gekommen seid. Gute Nacht."

Die vier winkten Marcus kurz zu und machten sich daran das Feuer zu löschen. Irgendwie hatten sie keine große Lust mehr, noch lange am Grill zu sitzen.

Pfingsten in der Eifel

4

Der Campingplatz Köwereich sollte es ein. Köwereich lag gut erreichbar in einer Moselschleife direkt an der B53, hatte drei Sterne, machte auf den Bildern einen gemütlichen Eindruck – und bis in die Eifel war es auch nicht weit. Eine noch längere Anfahrt lohnte sich nicht, schließlich war das Pfingstwochenende auch nur einen Tag länger als jedes andere Wochenende, und Klaus und Gertrude wollten die Feiertage nicht auf der Autobahn verbringen.
Klaus nahm sich den Prospekt mit ins Büro und nachdem er mit dem Studium der Montagszeitung fertig war, wählte er die Nummer des Campingplatzes. „Campingplatz Köwereich, Mojen, was können wir für Sie tun?"
„Ja, Oberamtsrat Klaus Dipendenti hier, grüß Gott. Meine Frau und ich möchten am Pfingstwochenende zu Ihnen kommen – bis Montag, ist das ein Problem?"
„Nein, kein Problem, Sie können natürlich gerne kommen, Herr Dipententus, wenn Sie möchten, reservieren wir Ihnen einen Platz, dann benötige ich aber eine schriftliche Anfrage mit Ihrer kompletten Wohnanschrift, per Fax oder E-Mail."
„Sie können mir nicht einfach so einen Platz freihalten?"
„Das kann ich gerne für Sie machen, ich bräuchte dann aber Ihre Kreditkartennummer."
„Meine Kreditkartennummer? Sie sind doch kein Hotel!"
„Herr Dipendentus, damit es ohne Kreditkarte geht, bräuchte ich halt Ihre Adressdaten per Fax oder E-Mail, dann kann ich Ihnen die Reservierung auch sofort bestätigen."
„Einfach so freihalten geht nicht?"
„Nein, tut mir leid, einfach so frei halten geht leider nicht."
Klaus stöhnte leise und startete das E-Mail-Programm des Rathauscomputers. Knapp eine Minute später war die Buchungsanfrage abgeschickt, manchmal konnte die moderne Technik sogar von Vorteil sein.

Marcus stand vor dem Spiegel. Zum ersten Mal überhaupt war er sich nicht sicher, was er anziehen sollte. Normalerweise war das kein Problem, aber heute? Weißes T-Shirt oder weißes Leinenhemd? Sportsakko oder Lederblouson, Davidoffs Cool Water oder Joops Thrill, die rot mattierte Prada-Titan-Brille oder Kontaktlinsen? Marcus konnte sich nicht entscheiden. Nachdem er sich mindestens dreimal umgezogen und zweimal alles gewechselt hatte, entschied er sich für die sportlich-legere Variante. T-Shirt, Leinenjackett und Brille. Warum sollte er gerade heute Abend Kontaktlinsen tragen, schließlich kannte Constance ihn ja nur mit Brille. Am Ende könnte sie noch denken, er würde die Kontaktlinsen nur für sie benutzen. Nein, besser er machte es so wie immer, bloß nichts ändern, was funktioniert!

Pünktlich kurz vor acht parkte er sein frisch gewaschenes Auto vor Constances Einfahrt. Er hatte nicht mehr angerufen und nicht mehr nachgefragt. Hoffentlich hatte sie es nicht vergessen oder es sich anders überlegt. Sollte er klingeln oder im Auto warten? Blödsinn, sie hatte es nicht vergessen, und natürlich gehörte es sich, sie von der Haustür abzuholen.

Marcus steckte seine Brille ins Haar, stieg zügig aus und ging im Licht der Abendsonne mit weit ausladenden Schritten den Kiesweg zur Haustür hinauf. Es war auf die Sekunde acht Uhr, als er bei ihr klingelte.

Er hatte den Finger noch am Klingelknopf, als sich die Tür öffnete. Constance war fertig. Sie war pünktlich. Und sie war toll. Ihr Styling war perfekt – und dann war da wieder dieser Duft, Marcus war schon jetzt betrunken. „Hallo Constance, du siehst toll aus und du bist pünktlich, ich bin schon jetzt begeistert von diesem Abend."

„Hallo Marcus", sie lächelte ihn an, „warum sollte ich nicht pünktlich sein? Wir hatten doch die Zeit extra auf um acht

gelegt, damit ich genug Zeit zum Restaurieren habe."
„Du brauchst doch nur klares Wasser, um dich schön zu machen." Er begleitete sie zum Auto, schloss ihre Tür und setzte sich ans Steuer.
Nachdem er auf die Straße abgebogen war, sah er sie von der Seite an. „Normalerweise verbinde ich den Frauen auf meinem Beifahrersitz immer die Augen, damit sie nicht sehen, wohin ich sie entführe."
Sie grinste: „Wie viele Frauen entführst du denn pro Woche? Und wenn du willst, ich kann die Augen schließen." Tatsächlich ließ sie die Lider fallen und saß mit geschlossenen Augen neben ihm.
Er hätte sie auf der Stelle küssen können. Aber er musste fahren. Zum Glück!
Sie schlug die Augen wieder auf und sah gerade noch, wie Marcus ein Hinweisschild passierte, konnte es aber nicht mehr entziffern. „Wenn du mir die Augen nicht verbindest, kannst du mir doch schon verraten, wohin wir fahren." Sie sah ihn mit schief gehaltenem Kopf an und lächelte. „Bitte."
Es fiel ihm verdammt schwer, sich auf die Straße zu konzentrieren, und er drückte aufs Gas, um sich nicht anmerken zu lassen, dass diese Fahrt für ihn viel aufregender war, als er jemals zugeben würde.
Trotz der schnellen Fahrt schaffte er es immer mal wieder, zu ihr rüberzublicken. Ihr volles blondes Haar saß perfekt und die helle Bluse verschaffte ihm von der Seite einen wunderbaren Blick. Bei ihr saß wirklich nicht nur das Haar perfekt.
„Ich verrate nie, wohin es geht, aber nach Norden geht es nicht und die Abendsonne scheint uns ins Gesicht. Ich denke, wir fahren nach Westen."
„Aber wir wollen doch essen, nicht nur fahren ..." Sie lächelte ihn wieder an und Marcus schwenkte von der Hauptstraße

ab und fuhr auf dem holprigen Kopfsteinpflaster in Richtung Süden.
„He Marcus, du willst zum roten Haubarg? Da war ich schon so lange nicht mehr. Früher war es da immer urgemütlich, meine Eltern sind dort immer zu Ostern mit uns hingefahren. Ich glaube, sie haben immer nur Lamm gegessen."
„Ja, meine Eltern sind früher auch hierher gefahren und es gibt hier noch immer solide friesische Hausmannskost mit guten Weinen. Ich fahre hier gerne her. Nur leider viel zu selten." Constance schien von seiner Wahl durchaus angetan zu sein: „Damals war es nur ein kleines Restaurant im Pesel."
„Jetzt ist es viel größer – und ob es dir noch immer so gut schmeckt wie damals, werden wir jetzt probieren."
Marcus lenkte das Auto über den knirschenden Kies des Vorplatzes und vor ihnen ragte das fast pyramidenartige Reetdach des ehemaligen Bauernhauses auf. Das weiße Haus auf der Warft sah von außen noch immer so aus wie vor zweihundert Jahren, aber als Marcus für Constance die Tür öffnete, lag drinnen natürlich kein trockenes Heu. Ein geschickt aufgeteilter großer Raum, viele kleine Sitzecken, bäuerliche Dekoration und viele Kerzen auf den Holztischen machten aus dem alten Bauernhaus ein attraktives Restaurant.
Die Kellnerin begleitete Marcus und Constance zum reservierten Tisch und reichte ihnen die Karte. Das kleine Tischchen stand gut versteckt in einer Nische hinter dem Kanonenofen. Marcus und Constance saßen sich gegenüber und schauten sich, ohne die Karte zu beachten, einfach nur an. Marcus wollte etwas sagen, aber er hatte einen völlig ausgedörrten Mund und konnte kaum sprechen; er brauchte unbedingt etwas zu trinken. „Möchtest du ...", er hüstelte in die Faust, „möchtest du Wein oder ein Wasser oder ein schönes Bier zum Essen? Oder lieber einen Aperitif?" Er sah ihr noch

immer direkt in die Augen, weit nach vorn gebeugt und mit einer Hand unter dem Kinn. Constance hatte sich ebenfalls weit über den Tisch gebeugt, ihre Gesichter berührten sich beinahe. „Wein oder Bier? Die Frage ist doch: Was essen wir?" Marcus lächelte, ohne seinen Blick auch nur für eine Sekunde von ihr abzuwenden. „Ich denke, wir essen das, wofür dieser Hof so berühmt ist, oder?"

„Gut, dann also einen roten Burgunder?"

„Natürlich Burgunder, ganz wie du möchtest, und das Lamm? Filet oder Karree?"

Constance entschied sich schnell und die Kellnerin kam genau im richtigen Moment zurück, um die Bestellung aufzunehmen. Kurz darauf konnte Marcus den wirklich gut temperierten Wein probieren, um dann vorsichtig mit Constance anzustoßen. „Auf einen schönen Abend."

„Auf dich."

„Oder einfach auf den Koch?" Sie lächelte und Marcus fragte sich, was sich hinter diesem Lächeln verbarg. Der kräftige Wein benetzte seine trockene Kehle, belebte seine Stimme und weckte sein Gehirn. Er konnte wieder locker plaudern. Die Zeit verging wie im Fluge und schon brachte die Kellnerin das Essen. Es roch fantastisch und war angerichtet wie ein Königsmahl, und es schmeckte ebenso. Das Fleisch war zart bei kräftigem Geschmack, der Wein war passend und das Eis zum Dessert war perfekt. Perfekt wie Constances Lächeln. Marcus bestellte den Espresso und fragte sich erneut, wo die Zeit geblieben war. Sie hatten doch nur gegessen und etwas Wein getrunken, wie konnten dabei drei Stunden vergehen?

Marcus beglich die Rechnung, gab ein großzügiges Trinkgeld und legte beim Hinausgehen sein Jackett über Constances Schultern. Es war recht kühl geworden und sie hatte keine

Jacke mitgenommen. Marcus hingegen brauchte nichts zum Überziehen, ihm war heiß und er brauchte die Abkühlung durch die Abendluft.
Erwartungsfroh chauffierte er Constance nach Hause. Sie saß plaudernd auf dem Beifahrersitz und hatte noch immer seine Jacke an. Gleich würden sie ihre Auffahrt erreichen und er wird sie zur Tür begleiten, nach einem Kaffee fragen, die Tür leise von innen schließen und ihr sein Jackett von den Schultern nehmen ... „Marcus, pass auf!"
Ihnen kam ein Wagen mit voll aufgeblendeten Scheinwerfern entgegen! Mitten auf der Straße! Marcus schaffte es im letzten Moment, das Auto an den rechten Straßenrand zu ziehen und eine Kollision zu vermeiden. Warum hatte er den Wagen nicht gesehen? Er sah zu Constance rüber, legte seine Hand auf ihren Schenkel und drückte ihn kurz. „Danke, du hast uns gerade das Leben gerettet."
„Na, na, so schlimm war es nun auch nicht." Sie lächelte. Und sie ließ seine Hand unkommentiert auf ihrem Bein.
Marcus lenkte das Auto jetzt vorsichtiger und langsamer zurück in Richtung Campingplatz. Ein Auge auf der Straße, ein Auge auf Constance und die Hand auf ihrem Oberschenkel. Tausend Sterne funkelten über den Bäumen und die Mondsichel stand kitschig über der See. Er fuhr immer langsamer, um den Moment in die Länge zu ziehen, und sah immer häufiger zu Constance. Ihre Blicke trafen sich, trafen sich immer wieder, aber er musste fahren und nach vorne sehen. Nur seine Hand, die lag noch immer fest auf ihrem Bein. Schweigend und mehr oder weniger träumend, fuhren sie über die Landstraße, passierten das Ortsschild und durchfuhren die letzte Kurve vor dem Campingplatz. Was war das?
Was war da los? Blaulicht vor dem Campingplatz! Schon wieder Blaulicht? Marcus trat auf die Bremse und hielt. Am Ende

der Straße, direkt vor dem Campingplatz, standen mehrere Fahrzeuge durcheinander. Scheinwerfer durchschnitten die Dunkelheit und Blaulicht zuckte durch die Nacht. Mehr war auf die Entfernung nicht zu erkennen. Er sah Constance an.
„Was ist denn da los? Schon wieder der Notarzt?“
„Du, das sieht eher aus wie Polizei. Oder Feuerwehr.“ Marcus ließ die Kupplung los und gab Gas. Es waren nur knapp hundert Meter bis zum Campingplatz, er fuhr an Constances Hofeinfahrt vorbei, bremste ruckartig vor dem Campingplatz, machte die Zündung aus und sprang aus dem Auto. Ein großer Sattelschlepper stand in seiner Einfahrt, dazu zwei Polizeifahrzeuge, die Feuerwehr und mittendrin Platzwart Jasper Diekgreve.
Marcus ging mit schnellen Schritten auf Jasper zu. „Was ist denn hier los?“ Und dann sah er, was passiert war. Der Lkw war ein langer Tieflader mit einer riesigen Planierraupe als Last und das Heck des Tiefladers stand in der Schranke des Campingplatzes. Nicht davor und nicht darunter. Er stand in der Schranke! Der rot-weiße Schrankenbaum war völlig verbogen und ragte wie das Kanonenrohr eines Panzers schräg in die Nacht. Jasper Diekgreve wollte etwas sagen, aber Marcus winkte ab und ging um den Schwertransporter herum. Er hatte es geahnt. Nicht nur der Schrankenbaum war verbogen, nein die schwere Schrankensäule mit der elektrischen Kurbelautomatik war eingedrückt und komplett aus der Betonverankerung gerissen. Marcus bückte sich, um im Schein des flackernden Blaulichts mehr zu erkennen. Viel war nicht zu sehen, aber es war deutlich erkennbar, dass auch das Fundament der Schranke gebrochen war. Marcus richtete sich auf und atmete erst einmal tief durch. So ein Scheiß!
Zwei Polizeibeamte kamen auf ihn zu. „Guten Abend, sind Sie auch am Unfall beteiligt oder was haben Sie hier zu su-

chen?“ Marcus sah die beiden abwechselnd an, als hätten sie Raumanzüge an und kämen von einem anderen Stern. Spinnen die? „Ich? Ja, ich bin beteiligt! Ja, ich bin der Besitzer dieser ehemaligen Schrankenanlage.“
Der ältere der beiden blickte auf seinen Notizblock. „Oh, dann sind Sie wohl der Herr Bolso?“ Marcus nickte, ja wer sonst? „Wir haben den Unfall schon komplett aufgenommen, leider waren Sie ja nicht erreichbar, aber Ihr Hausmeister ...“ Er schaute wieder in seine Notizen, „Herr Jasper Diekgreve war ja zufällig hier und hat uns die Schäden gezeigt. Der Fahrer des Tiefladers wollte hier am Ende der Straße wenden, weil er sich verfahren hatte und ist dann wohl mit dem Heck leicht an der Schranke hängengeblieben. Es ist aber nichts weiter passiert, so ein Tieflader ist ja robust gebaut und Personen waren zum Glück nicht beteiligt.“
„Na ja, bis auf den Fahrer! Der war ja wohl beteiligt und ja wohl auch schuld! Und bis auf den Schaden an meiner Schranke, die ja wohl einen Totalschaden hat!“ Marcus war echt sauer. Nichts passiert! „Ob der Fahrer nun schuldig ist oder nicht, steht noch nicht fest, und den Schaden an der Schranke wird ja Ihre Versicherung bezahlen.“
„Sie meinen, die Versicherung des Transportunternehmens zahlt irgendwann einen Teil des Schadens, und den Ärger mit der Reparatur und dem offenen Tor, den haben wir!“
Marcus wandte sich ab und ging schnell zur Rezeption, um sich etwas zum Schreiben zu holen. Er notierte sich die Autokennzeichen von Zugmaschine und Sattelauflieger und ließ sich von den Polizisten die Protokollnummer geben. Der Fahrer des Lkw war schon dabei, die Rücklichter seines Tiefladers zu kontrollieren, um sich abfahrbereit zu machen. Marcus brauchte einige sehr deutliche Worte, um von ihm die gültige Versicherungsnummer zu bekommen. Darauf,

dass der Fahrer oder gar die Polizei den Schaden an die Versicherung melden würden, wollte er sich lieber nicht verlassen. Jetzt hupte der blöde Kutscher auch noch! Ihm stand Marcus Auto im Weg. Ein Wunder, dass er das Auto überhaupt gesehen hatte! Überhaupt, sein Auto! Da saß Constance noch drin. Marcus sprintete zum Auto, aber sie war natürlich nicht mehr da. Was für ein Ende eines Abends! Eines Abends, der so schön begonnen hatte.
Fluchend fuhr er sein Auto an die Seite und der Tieflader setzte sich langsam in Bewegung. Keine zwei Minuten später verabschiedeten sich auch die beiden Polizisten. Die Feuerwehr war schon kurz vorher wieder gefahren und selbst die schaulustigen Campinggäste waren verschwunden. Jasper und Marcus standen allein im Schein der einsamen Lampe, die gespenstisch die Szenerie beleuchtete. Der Schrankenbaum ragte noch immer drohend in die Luft. Hier war heute nichts mehr zu retten, Marcus schickte Jasper nach Hause und parkte sein Auto quer in der Einfahrt. Er drehte sich noch einmal um und schaute zu Constances Haus. Diesen Abend hatte er sich wirklich anders vorgestellt.

Gertrude war wieder im Campingfieber. Schon zu Beginn der Woche hatte sie sich eine Checkliste gemacht, die leichte Frühlingsbettwäsche herausgesucht und war am Mittwochmorgen mit dem Bus zu Oma Hilde gefahren, um den Wohnwagen zu putzen.
Heute, am Donnerstag, ist sie mit dem Rad zum großen Wochenendeinkauf gefahren, morgen würden sie dann nur noch das Auto beladen müssen, bevor es in die Eifel ging. Aber heute war die Hölle los, alle Frauen aus Schwindelfingen und Umgebung schienen für das lange Pfingstwochenende einzukaufen und einige sogar für das ganze Jahr. Beim Bäcker und

in den Supermärkten war es völlig überfüllt und die Kundinnen schleppten riesige Mengen an Lebensmitteln, Grillfleisch und Getränken aus den Märkten. Auch auf dem Wochenmarkt drängten sich die Menschen, als gäbe es kein Morgen. Mein Gott, dachte sie, das Pfingstwochenende ist doch wirklich nur einen Tag länger als jedes andere Wochenende, aber die Frauen kauften ein, als würden sie ab morgen für immer in Quarantäne gehen. Gertrude kaufte nur etwas Obst, einen schönen Blumenstrauß für den Wohnwagen und erstand beim Metzger ein schönes Stück Putenfleisch.
Das Campingwochenende war perfekt vorbereitet, der Wohnwagen gepackt und der Atlas lag auf dem Tisch. Heute Abend würde sie mit Klaus die Fahrtroute besprechen. Sie hatte sich schon alles herausgesucht und brauchte ihn nur noch davon zu überzeugen, dass die Route über Mannheim und Bingen seiner Meinung nach die günstigste ist. Ohne Stau könnten sie die 300 Kilometer in knapp sechs Stunden schaffen und schon morgen Abend würden sie an der Mosel sitzen und den Sonnenuntergang genießen.

Der Gutachter für die Schrankenanlage musste jeden Moment eintreffen und die Versicherung der Tiefbaufirma hatte Marcus Bolso versprochen, dass der Schaden schnell geregelt wird. Marcus hatte gleich am Morgen die Versicherung angerufen, den verbogenen Schlagbaum abmontiert und die zerstörte Säule für den elektronischen Kartenleser mit Verkehrskegeln gesichert. Die Einfahrt zum Campingplatz war jetzt wieder sicher, dafür aber offen für jedermann. Nachts wird Marcus sein Auto wieder quer in der Einfahrt parken müssen, um die Durchfahrt zu blockieren. Allerdings muss er dann auch wieder um fünf Uhr aufstehen, denn um die Zeit werden Brötchen und Zeitungen geliefert.

Aber jetzt saß Marcus im Büro und wartete auf den Gutachter. Die Versicherung hatte ihm gesagt, dass er auf keinen Fall etwas unternehmen dürfte, bevor der Gutachter den Schaden bewertet hätte. Aber das war natürlich Quatsch. Egal ob mit oder ohne Gutachten, er brauchte eine neue Schrankenanlage mit allen Kabeln und mit einer neuen Lesesäule für die elektronische Zugangskontrolle. Er hatte sich den Schaden genau angesehen, beide Säulen waren verbogen, aus der Betonverankerung gebrochen und unterhalb der Säulen waren jeweils alle Kabel abgerissen. Da war nichts mehr zu retten.
Er hatte sich schon beim Hersteller erkundigt, die gleiche Ausführung gab es natürlich nicht mehr und für die neue gab es eine Lieferzeit von mehr als zwei Wochen. Dafür würde die Firma aber die Schranke nicht nur liefern, sondern auch montieren. Zu einem Pauschalpreis. Günstig natürlich. Wirklich günstig wäre das aber auch nur, wenn die Versicherung alles bezahlen würde, aber würde sie das?
Marcus schaute nervös auf die Uhr. Um zehn sollte der Gutachter hier sein, jetzt war es fünf Minuten nach eins. Mittagsruhe auf dem Campingplatz und vom Gutachter noch immer keine Spur. Marcus gab Birthe Fliedig Bescheid, dass er kurz zu Angelo gehen würde, um schnell etwas zu essen.
Francesca Paraculo, Angelos Tochter, servierte die hauchdünne Pizza und sein Telefon klingelte. Marcus griff mit einer Hand das Messer und mit der anderen das Telefon. Birthe Fliedig war dran: „Chef, der Gutachter ist jetzt da." Natürlich – jetzt! „Sagen Sie ihm, dass ich in zehn Minuten bei ihm bin, er kann sich die Schranke ja schon mal ansehen."
„Gut, ich richte ihm das aus, aber lassen Sie den guten Mann lieber nicht zu lange warten."
„Ich musste auch warten, bis gleich." Marcus drückte den roten Knopf und widmete sich der Pizza.

Heiß, zart, verlockend. Irgendwie wie Constance. Er schnitt die Pizza in gleichmäßige Dreiecke und aß mit der Hand. Nur so schmeckte Pizza richtig.

Constance! Ja, sie war nicht nur zart und verlockend, sie war auch heiß wie ein Pizzaofen. Aber er hatte noch nicht einmal die Zeit gefunden sie anzurufen oder gar zu ihr rüberzugehen. Scheiß Tieflader!

Das Telefon klingelte wieder und wieder war Birthe Fliedig dran. „Chef, der gute Mann sitzt hier bei mir und will nicht anfangen, bevor Sie da sind. Es wäre gut, wenn Sie schnell kommen könnten, und ...", es wurde ganz leise am Telefon, „und es wäre gut, wenn Sie ihn nicht noch mehr aufregen würden, er ist nicht mehr der Jüngste." Marcus drückte genervt den roten Knopf und stopfte die Pizza in sich rein. Irgendwie schmeckte sie nicht mehr.

Er gab dem Gutachter die Hand. „Guten Tag, Marcus Bolso, ich bin hier der Besitzer."

„Tacha, Hans Tacha, ich komme im Auftrag der No-Risk-Insurance Ltd." Marcus war über den festen Händedruck des Gutachters erstaunt, dabei hatte er die Siebzig mit Sicherheit schon überschritten. „Ich würde mir gern die Unterlagen von dem beschädigten Schlagbaum mal ansehen, also die Rechnung."

„Vom Schlagbaum? Beschädigt? Wir hatten hier mal eine elektronisch geregelte Zufahrtskontrolle mit einer elektrischen Schrankenanlage! Jetzt haben wir nur noch einen Haufen Schrott, und die Rechnung habe ich schon Ihrer Versicherung gefaxt!" Tacha sah Marcus mit zusammengekniffenen Augenbrauen an und Marcus spürte, dass hier etwas in die völlig falsche Richtung lief. „Hat meine Mitarbeiterin Ihnen schon einen Kaffee angeboten?" Er drehte sich in Richtung Kaffeemaschine: „Den Kaffee mit Milch und Zucker?"

„Ich brauch keinen Kaffee, der regt mich viel zu sehr auf, das hab ich schon Ihrer Dame hier gesagt.“
„Nun, dann zeig ich Ihnen mal die Unterlagen der Schranke und ...“
„Ich brauch jetzt nur die Rechnung, Sie werden ja wohl einen Kopierer haben, also machen Sie mir einfach eine Kopie der Rechnung. Wenn ich dann noch mehr brauche, melde ich mich. Wo steht die Schranke?“
„Direkt hier neben der Rezeption.“ Marcus zeigte nach draußen. Das Auto des Prüfers mit einem großen Werbeaufdruck der No-Risk-Insurance Ltd. stand direkt in der Einfahrt, genau dort, wo sonst der Schrankenbaum gewesen wäre.
„Wozu brauchen Sie überhaupt eine Schranke hier? Das ist doch kein Sicherheitsbereich!“
„Wir müssen aber für die Sicherheit unserer Gäste und deren Eigentum sorgen und die Zufahrt regeln. Und das geht mit einem Totalschaden leider nicht!“
„Totalschaden? Woher wollen Sie das wissen? Um das zu klären, bin ich ja wohl hier!“
Gutachter Tacha drehte sich um und kniete sich vor die Lesesäule der elektronischen Zufahrtskontrolle, also vor den Kartenleser. „Was, in der kleinen Säule war Ihre Schrankenmechanik?“ Marcus holte tief Luft und zählte ganz langsam bis drei. „Die Schrankensäule steht gegenüber, hier war die Elektronik drin. Marcus holte ein Brecheisen und drückte die rückwärtige Klappe der Säule auf. Die herausgerissenen Kabel hingen frei im Fuß der Säule und das völlig verbogene Gehäuse hatte die Elektronik total zerstört. „Oha, hier ist wirklich nichts mehr zu retten.“ Marcus versuchte den Deckel wieder zu schließen, während Gutachter Tacha auf die andere Straßenseite ging. Plötzlich fing Arnulf vom Frodewold an, wie wild zu bellen. Scheinbar störte ihn Hans Tacha,

vielleicht war er einfach einen Meter zu dicht an sein Revier gekommen, auf jeden Fall machte er sich lautstark bemerkbar. Ein Pfiff von Marcus brachte ihn schnell zur Ruhe und Gutachter Tacha kniete sich hinter die zweite Säule. Hier brauchte Marcus keinen Deckel mehr zu öffnen. Die Verkleidung war völlig zerbrochen und die gesamte verbogene Schrankenmechanik war frei zugänglich. Hans Tacha leuchtete mit einer starken Taschenlampe in den Fuß der Schranke. „Ist das Ihr Hund da drüben?"
„Ja, sozusagen meine zweite Sicherheitseinrichtung, wenn die Schranke mal nicht funktioniert."
Tacha nickte anerkennend. „Der hat eine kräftige Stimme, und Ihre Schranke ist wirklich nicht mehr zu gebrauchen. Schäferhund oder Rottweiler? Der Stimme nach eher ein großer Schäferhund."
Marcus antwortete verwundert: „Ein Schäferhund, Arnulf vom Frodewold, toller Kerl mit guten Papieren."
Hans Tacha stand auf und ließ sich die Rechnung geben. „Fünf Jahre ist die Schranke alt? Na, für den Preis kriegen Sie heute keine mehr", er blinzelte über die Brille auf den Boden, „und wenn Sie Pech haben, müssen Sie noch die gesamte Einfahrt auffräsen lassen und neue Schleifen legen, die sind ja alle abgerissen. Vom Frodewold sagen Sie? Ich kenn den Züchter, guter Hof, gute Zucht." Er sah von der Rechnung auf. „Sie hatten recht, das hier ist wirklich ein Totalschaden. Ich werde die No-Risk gleich mal anrufen, dann bekommen Sie noch heute Bescheid." Er blickte auf seine Uhr. „Wie gesagt, die werden Sie heute noch anrufen. Das Gutachten bekommen Sie in den nächsten Tagen. Können wir mal rüber zum Zwinger gehen?" Hans Tacha sah Marcus neugierig an. „Und ich denke, ich könnte dann doch einen Kaffee vertragen."

Eine gute Viertelstunde standen sie am Zwinger und fachsimpelten, dann brühte Mudder Fliedig frischen Kaffee und Marcus setze sich mit Hans Tacha in die Rezeption. Der Gutachter erzählte begeistert von seinen Hunden. Er war nicht nur ein großer Hundefreund und Züchter, er entpuppte sich außerdem auch noch als wahrer Kaffeegenießer. Am Ende des Gesprächs versicherte er Marcus, dass er sich mit dem Gutachten beeilen würde und dass die Versicherung ihn auf jeden Fall noch heute anrufen würde, damit Marcus die Reparatur in Auftrag geben konnte. Marcus begleitete ihn zum Auto und Hans Tacha verabschiedete sich herzlich. Er fuhr hupend vom Hof und Marcus war froh, dass Arnulf im richtigen Moment gebellt hatte.
Den ganzen Nachmittag über war Marcus in der Rezeption voll beschäftigt, zusammen mit Birthe Fliedig bediente er die anreisenden Gäste – und Opa Schowski saß auf einem bequemen Lehnstuhl in der Einfahrt. Er kontrollierte, wer auf den Campingplatz fuhr. Jasper Diekgreve begleitete die neuen Gäste auf ihre Stellplätze und es zeichnete sich ab, dass es zum bevorstehenden Pfingstwochenende richtig voll werden würde.
Marcus blickte auf die Uhr, es war gleich fünf, das Telefon klingelte den ganzen Nachmittag, aber die No-Risk-Insurance hatte sich noch nicht gemeldet. Jetzt klingelte es wieder. „Guten Tag, Campingplatz Watt'n Blick, Sie sprechen mit Marcus Bolso. Was kann ich für Sie tun?“
„Ja hallo, Herr Bolso, Müller-Vielgescheidt hier, wie geht es Ihnen? Wir kommen ja bald zu Ihnen.“
„Danke der Nachfrage, Herr Müller-Vielgescheidt, womit kann ich Ihnen helfen?“
„Ja, ich hab heute schon frei, langes Pfingstwochenende, wissen Sie? Ich sitz hier so mit meine Frau in Garten auf der Ter-

rasse und wir wollten mal nachfragen, ob es denn am 15. Juli mit den beiden Plätzen klappt wie bestellt. Ich meine, dass wir auch mit unseren Bekannten zusammenstehen."

„Natürlich, das klappt wie versprochen, Herr Müller-Vielgescheidt. Ich schau hier noch mal in den Computer, einen Moment bitte." Marcus öffnete schnell die Buchungsliste, alles war okay. „Ja, so wie wir es schriftlich bestätigt haben, Sie bekommen die beiden Plätze nebeneinander."

„Na dat is schön. Dann ein schönes Pfingstfest, Herr Bolso."

„Auf wieder..." Müller-Vielgescheidt hatte schon aufgelegt.

Alles war gepackt. Klaus tauschte seinen Anzug gegen Jeans und Pullover, hievte noch eine Kiste Bier in den Wagen und startete den Motor. Kurze Zeit später fuhren sie in Oma Hildes Scheune und kuppelten den Wohnwagen an. Um das Gewicht besser zu verteilen, lud Klaus noch einiges um; das Bier kam nach ganz vorn in den Wohnwagen und das lange neue CEE-Euro-Sicherheits-Elektro-Verlängerungskabel verstaute er zusammen mit dem Vorzeltteppich genau über der Wohnwagenachse. Er überprüfte noch einmal alles, stellte die Spiegel ein und dann rollten sie vom Hof. 300 Kilometer lagen vor ihnen, bereits nach zwanzig Minuten erreichten sie die Autobahn und Klaus fädelte sich mit viel Mut und Gas in die Autokarawane ein. Es ging problemlos voran und um kurz nach vier fuhr Klaus auf den Parkplatz einer großen Raststätte. Kaffeezeit! Und der Parkplatz total überfüllt. Klaus fand keinen Platz und musste sich mit seinem langen Gespann auf einen Lkw-Parkplatz stellen. Der Kaffee war wider Erwarten richtig gut. Er war auf jeden Fall deutlich besser als der Rathauskaffee, allerdings auch deutlich teurer. Aber das war egal, es war Wochenende, sie hatten frei und zum Kaffee gab es Kuchen und Eis.

Nach der kurzen Rast machten sie sich zügig wieder auf den Weg, nur Gertrude musste noch schnell einmal in den Raststättenkeller verschwinden. Klaus wartete am Eingang. Neben ihm rauchten zwei Lkw-Fahrer und unterhielten sich lautstark.
„Hast du denn einen ordentlichen Parkplatz gefunden oder stehst du auch an der Tanke?"
„Nö, geht so, aber irgend so ein Depp steht mit seinem Wohnwagen in der Lkw-Spur."
„Ja, jetzt sind die ganzen Touris wieder unterwegs, morgen ist Wochenende, da weißt du wieder nicht, wie du fahren sollst. Ich hatte heut auch wieder so einen Spinner hinter mir."
„Wieso dat denn?"
„Ich bin an so einem lahmen Wohnwagen vorbeigezogen und irgend so ein Spinner hinter mir hat wie wild Lichthupe gegeben und wäre am Liebsten noch zwischen uns durchgefahren."
„Drängeln und Lichthupe? Das kann jetzt richtig teuer werden: Geld, vier Punkte in Flensburg und drei Monate Fahrverbot."
„Drängeln ist ja auch Kindergeburtstag, besser du überholst rechts auf der Standspur. Standspur befahren kostet nur 50 Euro und zwei Punkte."
„Ach hör auf, dass ist doch ein Tipp für Weicheier!"
„Wieso, ist doch geil, rechte Spur und ab."
„Quatsch, bau dir ein Martinshorn an und kleb dir ein Blaulicht aufs Dach. Mit Tatü-Tata kannst du dir die Fahrspur aussuchen, die machen alle schön Platz, und das kostet nur 20 Euro, wenn sie dich erwischen."
„Echt?"
„Echt!"
Zurück auf der Autobahn erzählte Klaus, was er von den bei-

den Truckern gehört hatte. Sie schüttelte den Kopf. „Das ist doch Blödsinn.“
„Der Bußgeldkatalog liegt im Handschuhfach, guck nach.“
Aber Gertrude winkte ab und nahm erst einmal den Autoatlas zur Hand. Sie hatten nur noch 150 Kilometer vor sich, wenn alles gut lief, würden sie um acht auf dem Campingplatz Köwereich sein und mit ihrem Wohnwagen direkt an der Mosel stehen.

Schrankenwärter Opa Schowski saß auf einem Stuhl neben den Schrankentrümmern und kontrollierte die Ein- und Ausfahrt der Gäste. Die Neuanreisenden schickte er in die Rezeption, bei allen anderen reichte ihm eine Gesichtskontrolle. Später am Nachmittag musste er seinen Klappstuhl gegen ein Fahrrad tauschen. Jasper Diekgreve schaffte es nicht mehr allein, alle Gäste einzuweisen.
Der Wetterbericht hatte für das lange Wochenende Sonnenschein und Wärme vorausgesagt und somit kamen nicht nur die vorab gebuchten Gäste, sondern auch viele spontan Anreisende. Marcus Bolso hatte für alle einen schönen Platz, ein paar nette Worte und die Empfehlung, am Pfingstsonntag unbedingt zur Kultparty zu kommen.
Der Ansturm der Gäste riss kurz nach sieben etwas ab, obwohl noch viele Gäste fehlten. Im Radio wurde von überfüllten Autobahnen berichtet, Staus von Bremen bis Flensburg, und Marcus war klar, dass es ein langer Abend werden würde. Er nahm seine Brille ab und steckte sie ins Haar. „Birthe, am besten ist, ihr macht erst einmal eine Pause und ich gehe essen, wenn ihr zurück seid.“
„Schaffen Sie das denn alleine, Chef? Sonst kann Joke mir auch schnell einen Salat bringen.“
„Nee, nee, gehen Sie mal was Ordentliches essen und nehmen

Sie Jasper gleich mit. Der soll sich aber beeilen, sonst fällt Opa Schowski vorher noch um."

Kaum war sie aus der Tür, hielten zwei Wohnmobile in der Einfahrt. „Moin moin, Chef, wir brauchen mal zwei schicke Plätzchen bis Montag."

„Ja hallo, herzlich willkommen, zwei Plätze bis Montag?"

„Ja, Dienstag müssen wir ja wieder arbeiten."

„Ach, das muss ich auch."

„Arbeiten? Sie haben doch immer Urlaub!"

Marcus gab zügig die Adressdaten in den Computer ein, suchte auf dem Lageplan zwei schöne Stellplätze aus und wünschte den beiden ein schönes Wochenende.

Kaum waren sie aus der Tür, öffnete sich die Rezeptionstür erneut und eine Dame in Weiß rauschte herein. Weißer, etwas zu kurzer Rock, weiße, fast durchsichtige Bluse, weiße Lederkappe und rabenschwarze Haare. Marcus hatte sie noch nie gesehen. Er hätte sich erinnert. Sie war bestimmt gut in den Vierzigern, gestylt wie knapp dreißig und ... wow.

„Tachchen Cheffe, mein Männeken hat uns vorhins anjemeldet, aber der Heini hat die Duschmärkjen verjessen. Ick muss erst ma duschen." Sie hob beide Arme in die Höhe und ihr fülliger Busen schwappte mit nach oben. „Ick riech ja schon, ick muss duschen."

„Kein Problem, Frau ..."

„Becero, Rosi Becero! Und Rosi muss duschen."

„Wie ich Ihrem Mann schon sagte, Frau Becero, bei uns ist das Duschen inklusive, einfach die Duschkabine aussuchen, per Knopfdruck die Dusche aktivieren, und dann ab in die Kabine."

„Und wieso sacht mein Männe mir dat nich? Na, schönen Dank erst ma, bis dann, Süßer." Sie drehte sich um und rauschte wieder davon. Leute gibt es, und was manche sich anziehen! Marcus schüttelte den Kopf und draußen bremste das nächste Wohnwagengespann.

Der Blick entlang der Mosel war einmalig. Ein Schlepper stemmte sich der Strömung entgegen und fuhr den weiten Bogen der Moselschleife. Die Bugwelle teilte den Fluss und zu beiden Seiten des Tales erhoben sich die grünen Hänge. Auf der gegenüberliegenden Seite des Flusses waren die Hänge steil, hier, auf der Seite des Campingplatzes, war das Ufer breiter und bot ausreichend Platz für die Straße, das Dorf und den Campingplatz Köwereich. Die Wohnwagen standen wie an einer Perlenschnur nebeneinander aufgereiht und nur der Platz neben Gertrude und Klaus war noch frei.
Sie saßen draußen am Frühstückstisch und freuten sich über ihren Platz. Der Wohnwagen stand nur wenige Meter vom Flussufer entfernt, das Panorama war fantastisch und hinter der Moselschleife konnte ein gutes Auge schon die ersten Häuser von Bernkastel-Kues erkennen. Der Hunsrück erhob sich hinter der Stadt, die Morgensonne drängte sich ins Tal und der Kaffee war heiß und stark.
Gestern Abend waren sie mit mehr als zwei Stunden Verspätung hier am Campingplatz angekommen. Auf der Autobahn waren sie teilweise nur im Schritttempo vorangekommen und erst, nachdem sie Trarbach durchfahren hatten, konnten sie die letzten Kilometer bis nach Köwereich ohne weitere Verzögerung bewältigen. Vor der Rezeption mussten sie sich noch kurz in die Reihe der anreisenden Gäste stellen und dann konnten sie diesen Traumplatz beziehen. Schon beim Check-in hatte sich herausgestellt, dass es eine gute Idee war, sich vorher einen Platz zu reservieren. Sie konnten direkt an der Mosel stehen, während andere Gäste ihre Zelte weit weg vom Ufer entfernt aufschlagen mussten.

Klaus hatte heute Morgen frische Brötchen geholt, die hier Schässje hießen, und jetzt gab es warme Schässje mit Honig. Dazu ein gekochtes Ei und eine wunderbare Ruhe, obwohl der Campingplatz nahezu ausgebucht war. Gertrude schaute andächtig den Fluss hinunter, als sich neben ihr ein Wohnwagen in ihr Blickfeld schob. Ein Wohnwagen kam den Weg herunter und direkt auf sie zu, aber er kam allein!
Kein Auto! Kein Fahrer! Nur ein Wohnwagen! Die Deichsel bewegte sich leicht über dem Stützrad und der Wagen rollte langsam auf sie zu. Niemand war zu sehen. „Klaus", sie stieß ihn laut schreiend an, „Klaus, da kommt ein Wohnwagen!" Klaus drehte sich zur Seite und war entsetzt. Der Wohnwagen rollte direkt auf sie zu. Klaus sprang auf, griff sich den gedeckten Frühstückstisch und rannte damit zur Seite. Auch Gertrude war aufgesprungen, riss die beiden Stühle an sich und eilte Klaus hinterher. Plötzlich wippte der andere Wohnwagen und blieb stehen. Wie von Zauberhand bremste er kurz vor ihrem Stellplatz ab. Gertrude stellte die Stühle ab und Klaus guckte vorsichtig um die Ecke, gleichzeitig kam hinter dem Wagen ein Mann hervor. Er hatte eine Fernbedienung in der Hand und drehte damit den Caravan langsam in Richtung des freien Stellplatzes. „Guude Morjen." Der Mann mit der Fernbedienung nickte ihnen freundlich zu und rangierte den Wohnwagen geschickt mit zwei kleinen Hebeln. Wie von selbst bewegte er sich mit dem leisen Surren eines Elektromotors langsam in die richtige Position.
Klaus und Gertrude standen staunend an der Seite. Was für eine Technik! Und wie sehr hatten sie sich gestern gequält, um ihren Wohnwagen mit der Hand einzuparken. Klaus war begeistert. Er ging neben dem Wagen in die Knie, eine Rolle drückte jeweils auf einen Reifen und bewegte damit den ganzen Wagen. Genial. So etwas brauchte er auch!

Gertrude hatte inzwischen den Tisch und die Stühle wieder zurückgestellt, neuen Kaffee eingegossen und Klaus setzte sich wieder. Sie schauten beide in die große Landkarte des Maare-Mosel-Radwegs. Einfach so tun, als wäre nichts passiert.

Opa Schowski thronte auf seinem Klappstuhl wie ein kleiner König und kontrollierte alle ein- und ausfahrenden Fahrzeuge und war damit zuverlässiger als jede Schranke. Eine Schranke allerdings brauchte weder essen noch trinken, brauchte keine Pause – und vor allem erzählte sie nicht mit jedem Gast.

Marcus musste immer wieder nach draußen gehen, um immer dann Autos durchzuwinken, wenn sich wieder ein neuer Small-Talk-Stau gebildet hatte.

In der Rezeption war es richtig voll, ein Gast brauchte ein Ladegerät, weil die Autobatterie leer war, ein anderer eine Leiter, weil er mit offenem Dachfenster gefahren war, und der nächste brauchte Werkzeug und Sicherungen, weil seine Wohnwagenelektrik kurzfristig in Rente gegangen war.

Birthe Fliedig hatte alle Hände voll zu tun und Marcus musste sich um die letzten Vorbereitungen der jährlichen Pfingstsonntags-Party kümmern. Aus Erfahrung wusste er, dass es besser war, alle Beteiligten noch einmal anzurufen; den DJ hatte er schon erreicht, Fischer Hein Bung versicherte ihm, dass er seinen Räucherofen schon vorbereitet hatte, damit er morgen direkt auf dem Campingplatz räuchern konnte, und die Brauerei wollte das Bier morgen direkt aus dem Kühlhaus liefern. Den Bierwagen hatten sie schon neben Angelos Pizzeria aufgestellt, und die Line-Dance-Gruppe aus dem Nachbarort wollte heute Abend noch einmal proben.

Alles schien vorbereitet zu sein, aber bei Birthe Fliedig gab

es ein Problem. Sie versicherte gerade einem Ehepaar, dass sofort jemand kommen würde, um ihnen zu helfen.
„Probleme?"
„Ja Chef, da muss wohl einer die falschen Steckdosen benutzt haben, jedenfalls ist für die beiden kein Elektroanschluss mehr frei." Marcus schob sich, ohne es zu bemerken, die Brille ins Haar und setzte sie wieder auf. „Dann werde ich da mal hinradeln und die Sache aufdröseln."
Er steckte sich zur Sicherheit Stromprüfer und Sicherungen ein und schwang sich auf sein Rad. Bei den Gästen angekommen musste er feststellen, dass tatsächlich alle Stromanschlüsse belegt waren. Es gab aber für jeden Stellplatz einen Anschluss, irgendwer musste also falsch eingestöpselt haben. Marcus schaute kurz in die Runde und hatte mit geübtem Blick sofort das lange Kabel entdeckt, welches bis hinter die Hecken führte. Er ging dem roten Kabel fast fünfzig Meter nach, bis er den Wohnwagen am anderen Ende fand. Wo war der Fehler? Er schaute in den Verteilerkasten, auch hier waren alle sechs Stromzapfstellen belegt und auch hier ging ein langes Kabel bis hinter die nächste Hecke. Marcus setzte seine Suche fort und ging auch diesem Kabel nach. Es war an zwei Stellen geflickt und führte direkt in Richtung Musik. Hinter einem silbernen amerikanischen Airstreamwohnwagen schien der leibhaftige Jimmy Hendrix seine Gitarre zu quälen, die typischen Woodstockklänge schepperten zwischen den Wohnwagen und an einer uralten Verstärkeranlage standen vier Herren in ausgeblichenen Jeans mit freien Oberkörpern. Alle waren um die sechzig, hatten schon einige Haare gelassen und lebten gerade den ewig jungen Traum der Achtundsechziger.
Sie standen, jeder mit einer Flasche Bier in der Hand, um einen Spießbraten herum. Der Braten drehte sich langsam

und roch unanständig gut. Marcus lief das Wasser im Munde zusammen. „Moin, die Herren, was gibt's denn Leckeres?"
„Tach Meister, wir haben Rehrücken, man gönnt sich ja sonst nix."
„Und wer heizt den Grillofen? Der Mann aus dem Kraftwerk?" Marcus erntete einen kurzen Lacher, der aber schnell verstummte.
„Ihr Kabel vom Grill geht direkt an den Stromverteiler und das zweiten Kabel hier", Marcus zeigte auf das nächste Kabel im Gras, „das zweite Kabel ist am Wohnwagen angeschlossen, finden Sie das nicht etwas unfair gegenüber den anderen Gästen?" Einer der Herren machte die Musik leiser: „Wieso, als wir ankamen, waren noch vier Steckdosen frei."
„Ja, und davon haben Sie jetzt drei belegt, aber zu jedem Platz gehört nur ein Elektroanschluss, Sie nehmen zwei anderen Gästen die Anschlussmöglichkeit und außerdem ziehen Sie dreimal mehr Strom als Sie bezahlen. Meinen Sie, dass das richtig ist?" Die vier wurden deutlich ruhiger. „Wie auch immer, meine Herren, damit jeder Gast seinen Anschluss bekommt, muss ich Sie bitten, zwei Anschlüsse frei zu machen."
„Ja, aber wir ..."
„Nee, ohne Wenn und Aber, Sie müssen sich entscheiden, Klimaanlage im Wohnwagen, Tiefkühltruhe im Vorzelt oder Elektrogrill mit Spießbraten hier draußen. Eins geht nur."
„Wir brauchen aber ..."
„Die anderen Gäste brauchen auch. Als Erstes stöpseln Sie am besten die Klimaanlage ab, dann kann Ihr Nachbar schon mal Strom bekommen. Als Nächstes rollen Sie dann bitte die zweite Leitung ein und – wenn Sie möchten – können Sie bei uns Tiefkühlfächer mieten. Auf alle Fälle können Sie nur eine Steckdose benutzen." Marcus wandte sich zum Gehen, machte es aber dann wie Inspektor Columbo und drehte sich

noch einmal um. „Am besten ist, Sie laden Ihre Nachbarn zum Rehrücken ein. So als kleine Entschuldigung.“
Zurück in der Rezeption war er gerade dabei, den Stromprüfer wieder im Schrank zu verstauen, als er hinter seinem Rücken eine ihm schon bekannte Stimme hörte. Rosi Becero stand mitten im Raum. Wieder ganz in Weiß, wieder mit weißer Hose und weißer Mütze und vor allem wieder mit weißer Bluse. Dieses Mal allerdings, ohne etwas darunter zu tragen! Ihre drallen Formen waren noch deutlicher sichtbar.
„Chefchen, also mit deine Dusche, dat jeht so nich! Ick hab eiskalt jeduscht. Da kam keen einzjer Tropfen Warmet raus!“
Marcus schaute sie an und dachte: So wie du rumläufst, brauchst du auch mindestens zwei kalte Duschen am Tag, sonst läufst du heiß!
Ihre Bluse war wirklich gut gefüllt und scheinbar hatte sie wirklich kalt geduscht. Ihre Nippel hatten es auf jeden Fall. Marcus musste sich zwingen, ihr in die Augen zu sehen.
„Ihre Dusche war kalt? Das tut mir leid, so etwas sollte nicht passieren. Wir kontrollieren das Warmwasser zweimal am Tag. Wissen Sie, ob das Wasser bei den Herren auch kalt war, als Ihr Mann duschen war?“
„Der Alte pennt und ick trau mich nich bei die Kerle rein zum Duschen.“ Ihr Blick sagte irgendwie etwas anderes. „Also bei uns Mädchen waren alle Duschen kalt, ick bin von eene Kabine inne andere jehüpft.“ Sie grinste ihn an, „Nackig!“
„Ich werde mich sofort darum kümmern, vielen Dank, dass Sie uns gleich Bescheid gegeben haben. Ich rufe den Platzwart, der soll sich das gleich mal ansehen.“
„Wat, der Platzwart? Ick dacht, bei die Frauens macht der Chef dat selber.“ Sie lachte – und ihr Lachen war die pure Provokation. So wie sie lachte, wippte ihr kaum verhüllter Busen beinahe aus der Bluse.

„Wie gesagt, der Platzwart geht sofort los und versucht den Schaden zu beheben. Und noch einmal vielen Dank dafür, dass Sie gleich zu uns gekommen sind.“ Um sie schnell zu verabschieden gab er ihr die Hand, aber sie ließ ihre länger in seiner liegen, als es nötig gewesen wäre. Marcus bemerkte ihren festen Griff und dass ihre Brustwarzen noch immer steil unter der Bluse standen.
Zehn Minuten später kam Jasper Diekgreve fluchend zurück. „Diese Rotzlöffels! Da haben die wieder die Warm- und Kalthähne an den Duscharmaturen vertauscht. Wenn man warm aufdreht, kommt nur Kaltes und je mehr man warm aufdreht, desto kälter wird es. Hätte die Becero kalt aufgedreht, wäre heißes Wasser gekommen. Blöde Rotzlöffelbengels! Aber jetzt läuft's wieder, Chef.“

Die letzten Kilometer waren die schlimmsten. Klaus hatte schon gedacht, die kurze Strecke von Bernkastel-Kues zurück zum Campingplatz würde überhaupt kein Ende nehmen, dabei hatten sie doch schon viel größere Entfernungen zurückgelegt. Gleich nach dem Frühstück waren sie heute Morgen mit dem Radlerbus bis nach Daun gefahren, um von dort in den Maar-Mosel-Radweg einzusteigen und talwärts über Mühlheim nach Bernkastel-Kues zu fahren.
Jetzt, am Abend, saßen sie erschöpft und glücklich am Grill ihrer Campingnachbarn. Julie und Claude aus dem nahen Luxemburg hatten sie heute Morgen spontan zum Grillen eingeladen, nachdem Klaus sie nach ihrem Geisterfahrer, dem Wohnwagen-Mover, fragte. Und genau diese Erklärung gab es jetzt am Grill.
Gertrude und Klaus waren mit einer Flasche Rotwein, einem Sixpack Bier und zwei Stühlen bewaffnet zu Claude und Julie gewechselt. Die beiden Männer bedienten zusammen den

Grill und im Licht der untergehenden Sonne erklärte Claude die Sache mit dem Mover. Er hatte sich die beiden Elektromotore im letzten Jahr von seinem Wohnwagenhändler unter den Wohnwagen bauen lassen. Jetzt kannte er keine Rangierprobleme mehr, selbst auf weichem Grasboden und auf Sand trieben die beiden Walzen die Räder des Wohnwagens zuverlässig an. Mit der Fernbedienung in der Hand ließ sich der Wohnwagen kinderleicht bewegen, man fuhr sich nicht mehr fest, passte in jede Lücke und zerstörte auch nicht mehr den englischen Rasen der Campingplatzbesitzer. „Das Ding ist klasse! Aber!", Claude stieß mit Klaus an, „aber man muss aufpassen! Beim ersten Mal hatte ich die Akkus nicht aufgeladen und beim zweiten Mal hatte Julie die Fernbedienung in ihrer Reisetasche. Und die war ganz unten im Auto verstaut." Er lachte und drehte mit der Zange die Würste um. „Wie war eigentlich eure Radtour heute? Ihr saht echt abgekämpft aus, als ihr zurückgekommen seid."

„Die Tour war genial. Man fährt die meiste Zeit auf alten Bahndämmen durch eine fantastische Landschaft, auf gut asphaltierten Wegen und immer leicht bergab; genau richtig für Amateure wie uns."

„Und man braucht die Strecke nur einmal fahren", mischte Gertrude sich ein, „der Radelbus bringt dich am Morgen zum Ausgangspunkt oder holt dich am Abend wieder ab, ganz wie du willst." Klaus prostete Claude nochmals zu und nickte, um Gertrudes Meinung zu bestärken.

„Wir sind mit dem Bus bis Daun gefahren und dann ging es sofort los", Gertrude nippte an ihrem Glas, „alles ist super beschildert und gleich nach dem Start fährt man über einen alten Viadukt. Da geht es dreißig Meter in die Tiefe."

„Und die liebe Gertrude hat sich nicht getraut, nach unten zu gucken."

„Das stimmt so nicht, mein Lieber!“ Sie drehte sich zu Julie. „Der Blick in das weite Tal war einfach zu schön, um nur nach unten zu gucken.“ Und zu Klaus gewandt, meinte sie: „Du hast auch nicht nach unten gesehen und im Tunnel bist du aus Angst vor den Fledermäusen so schnell gefahren, dass du dich beinahe überschlagen hast!“

„Aber doch nicht aus Angst.“ Klaus neigte den Kopf zur Seite und überlegte. „Aber schließlich heißt der Tunnel ja nicht umsonst ‚großes Schlitzohr‘ und fünfhundert Meter Tunnel sind mit dem Fahrrad auch ganz schön dunkel.“

„Wieso? Geht der Weg nur über Brücken und durch Tunnel?“, Claude sah Gertrude und Klaus abwechselnd an. „Nein, nein, meist fährt man auf einem Bahndamm, nur eben ohne Schienen.“

„Dafür ist der Weg aber schön breit asphaltiert und man kann kleine Abstecher machen“, fiel ihm Gertrude ins Wort. „Wollten wir aber nicht.“ Klaus nahm noch einen Schluck Bier aus der Flasche. „Wir hätten zum Weinfelder Maar und zum Pulvermaar oder sogar zu der großen Lavabombe nach Strohn abbiegen können. Aber wir sind auf dem Hauptweg geblieben.“

„Meistens fährt man auf der alten Bahnstrecke, nur ab und an fehlt mal eine von den alten Eisenbahnbrücken“, ergänzte Gertrude, „und manchmal geht es unter der Autobahn hindurch, aber immer wieder durch Tunnel und über Viadukte.“

„Und über Kopfsteinpflaster in der Stadt, das war echt anstrengend.“

„Ach komm, das war ganz wenig Kopfsteinpflaster, und in Wittlich haben wir mehr gesessen, als dass wir gefahren sind.“

„Ja stimmt“, musste Klaus zugeben, „wir haben im Haus Daus zu Mittag gegessen. Uraltes Gemäuer von 1150, aber ganz frischer Eifelschmaus mit Fleischwurst und Spiegelei.“

„Und ...“, Gertrude nahm einen kräftigen Zug Rotwein, „und

danach geht es dann fast nur noch bergab. Als wir die Lieser erreicht hatten, waren wir fast schon wieder hier."
„Na, nun übertreib mal nicht. Vorher mussten wir an der Klostermühle noch mal Pause machen."
„Ja, weil du unbedingt Kaffee trinken musstest", konterte Gertrude. Klaus nickte. „Das schlimmste Stück war auf alle Fälle die kurze Strecke von Bernkastel-Kues zurück zum Campingplatz. Da taten mir die Beine richtig weh." Claude grinste: „Das konnte man sehen, ihr seid hier eingezogen wie Don Quichotte de la Mancha und Sancho Pansa."
Klaus trank einen Schluck und prostete ihm zu: „Und morgen ziehen wir aus, um die Lieser zu erobern, aber zu Fuß und ohne Rosinante."

Arnulf vom Frodewold zog kräftig an der Leine. Nachdem Marcus mit ihm seine abendliche Kontrollrunde über den Campingplatz gedreht hatte, joggten beide am Strand entlang, und Marcus versuchte auf dem schmalen Pfad am Deich so gut wie möglich mit Arnulf mitzuhalten. Erst am sechsten Strandübergang trudelte er aus. Die Fäuste in die Seiten gestemmt, schnappte er wie ein Fisch an Land nach Luft und musste einige Minuten warten, bis sich sein Puls langsam wieder beruhigte.
Immer noch schwer atmend, nahm er Arnulf an die kurze Leine, überquerte den Deich und ging langsam auf die Campingplatzstraße. Sein Heimweg führte direkt an Constances Haus vorbei.
Auf diese Art kam er ganz zufällig bei ihr vorbei und sie saß tatsächlich noch im Garten. Leider nicht allein. Marcus winkte ihr im Vorbeigehen zu und wünschte ihr als Nachbar einen schönen Abend. Sie winkte freundlich zurück, stand auf und kam an den Zaun. „Tobias ist über das lange Wochen-

ende gekommen", sie beugte sich zu ihm über das Gartentor und ihr wunderbares Parfüm übertraf sogar den natürlichen Duft der Hecke. Sie lächelte schelmisch und raunte ihm zu: „Tobias ist mit seiner neuen Freundin da ..."
Marcus verstand: „Na dann, viel Glück, und einen schönen Abend noch", und so leise, dass die anderen es nicht hören konnten, fügte er hinzu: „Ich hab diese Tage wenig Zeit, du siehst ja, was da drüben los ist. Aber nach den Feiertagen müssen wir unbedingt unseren abgebrochenen Abend zu Ende bringen."
Sie lächelte ihn an und meinte leise: „Vielleicht wollen wir ihn sogar noch mal von vorne starten? Vielleicht mit einem Essen bei mir?"
Marcus schluckte: „Gute Idee, ich würde auch den Wein wieder mitbringen." Was für eine blöde Antwort! Aber ihm fiel nichts Besseres ein und er verabschiedete sich schnell, um den Schein des netten Nachbarn zu wahren. Er wünschte den dreien noch ein schönes Pfingstfest und ging quer über die Straße zum Campingplatz.
Als er sein Auto wieder quer in der Einfahrt parkte, schaute er noch einmal rüber in Constances Garten, sie saß noch immer am Grill. Was für eine schöne Frau ...

Es hatte geregnet. Über Nacht waren heftige Regenschauer und ein Gewitter über die Eifel gezogen. Klaus war mehrfach durch die Donnerschläge und das laute Trommeln auf dem Dach wach geworden, aber pünktlich um sechs hörte es auf zu regnen. Eine knappe Stunde später holte Klaus warme Schässje vom Bäcker und als sie am Frühstückstisch saßen, schimmerte bereits die Morgensonne durch die Wolken. Klaus und Gertrude waren heute so früh auf den Beinen, weil sie den ersten Bus nach Manderscheid erwischen

wollten, um von dort aus das Liesertal zu durchwandern. Mit Rucksäcken, Regenausrüstung und Wanderschuhen standen sie am Bahnhof und studierten die Wanderkarte.
„Weißt du, wo es langgeht?", fragte Gertrude und Klaus nickte. „Ja, wir brauchen nur die Straße bis zur Alten Molkerei herunterzugehen, ab dort soll der Lieserpfad bis runter nach Wittlich ausgeschildert sein."
Kurz hinter dem Restaurant, der Alten Molkerei, begann der Lieserpfad und bereits nach wenigen Minuten verließen sie die Stadt. Im Tal und auf den Hängen lag noch die Feuchtigkeit der Nacht, der Nebel stieg auf und der Wanderweg war rutschig und glatt. Er schlängelte sich auf halber Höhe am Hang entlang und gab immer wieder neue Ausblicke frei. Hinter einer scharfen Kurve erreichten sie den ersten echten Aussichtspunkt.
Der Zweiburgenblick bot eine fantastische Sicht zurück nach Manderscheid. Im aufsteigenden Nebel war das große Mühltor gerade noch zu erkennen, aber ihre Augen konzentrierten sich sofort auf die wehrhaften Burgruinen.
Die dicken Mauern von Oberburg und Niederburg waren beeindruckend. Aus beiden Burgen ragte jeweils ein quadratischer Bergfried empor und es schien, als wären beide Burgen kaum einen Steinwurf weit voneinander entfernt. „Warum haben die zwei Burgen vor einer Stadt gebaut?", wunderte sich Gertrude. „Weil dazwischen die Lieser ist. Die Oberburg gehörte irgendeinem Trierer Kurfürsten. Die untere liegt direkt im Flussbogen und diente der Kontrolle des Liesertals, sie gehörte wohl den Herren von Manderscheid", erklärte Klaus; er war der Meinung, dies in einem Wanderführer gelesen zu haben.
Es fiel schwer, sich von diesem großartigen Anblick zu lösen, aber ihr Weg war noch weit. Direkt hinter dem Aussichts-

punkt führte der Pfad steil bergab und näherte sich dem natürlichen Ufer der Lieser. Der Wanderweg, der hier gleichzeitig ein Naturlehrpfad war, schlängelte sich talwärts bis hinunter an den Burgsee.
Fische zeichneten mit ihren Rückenflossen lautlos Spuren in die Wasseroberfläche und außer einem leisen Plätschern war nichts zu hören. Kein Laut störte die Stille. Es war gespenstisch, der Waldboden und der Nebel schluckten jeden Ton und links und rechts des Sees stiegen die Berge steil empor, während der Pfad dem natürlichen Flussbett der Lieser folgte. Es gab kaum Steigungen und nach einigen Kilometern kreuzte der Pfad zum ersten Mal den Fluss. Auf einer Holzbrücke ging es über das Wasser und unmittelbar dahinter kam ein Anstieg. Der vom Wald gesäumte Weg wurde mit jedem Meter steiler und rutschiger. Klaus und Gertrude mussten bei jedem Schritt genau darauf achten, wohin sie ihre Füße setzen konnten. Wenige Meter weiter wurde der ohnehin schon schmale Pfad nochmals enger. Stetig ging es nach oben, bis der Weg hinter einer Kurve plötzlich wieder breiter wurde und die Steigung auf einem Plateau endete. Der Nebel war abgezogen und zum ersten Mal konnten sie den Blick über das ganze Tal genießen.
Am Waldrand stand eine Bank und Gertrude setzte sich stöhnend. Klaus nahm seinen Rucksack ab, schraubte seine Wasserflasche auf und bot Gertrude davon an: „Willst du?“ Sie nickte, nahm die Flasche und saugte einige Tropfen raus. Warum können Frauen eigentlich nicht aus der Flasche trinken? Klaus schüttelte den Kopf, nahm selbst einige Züge, steckte die Flasche wieder ein und zog sein Fernrohr aus dem Rucksack.
Das alte Teleskopfernrohr mit nur einem Okular zoomte das lange Tal auf wenige Meter heran. Weit entfernte Gipfel

schienen zum Greifen nahe und Klaus stellte sich vor, wie es aussehen würde, wenn eine Stahlbetonbrücke mit zehn riesigen Pfeilern das Tal überqueren und gleichzeitig zerschneiden würde. Er hatte im Schwindelfinger Boten gelesen, dass in Kürze eine neue Bundesstraße die Mosel und die Lieser in einhundertsechzig Metern Höhe überqueren soll. Eine grauenhafte Vorstellung.

Hinter dem Aussichtspunkt war der Weg breiter und pendelte am Hang entlang, mal weiter oben, mal weiter unten. Hinter jeder Flussschleife, ja sogar nach jeder Kurve gab es einen neuen Blick durch das Tal oder in ein Seitental. Der Nebel hatte sich gänzlich verzogen und zwischen den Wolken war immer mehr blauer Himmel zu entdecken. Der Mischwald wandelte sich zum Buchenwald und der Weg näherte sich wieder dem Tal. Der Abstieg war nahezu unmerklich, umso erstaunter war Klaus, als er hinter einer Kurve eine Brücke sah. „Wir sind wieder ganz unten." Gertrude blickte von der Brücke aus in den Fluss. „Das Wasser ist total klar." Sie zog Schuhe und Strümpfe aus und hängte ihre Füße ins Wasser. „Mittagspause", verkündete sie. Ohne auf die Uhr oder die Karte zu blicken, packte sie Obst und Weckle aus ihrem Rucksack aus und breitete ein Handtuch als Tischdecke auf der Holzbrücke aus. Sie deckte den improvisierten Picknicktisch und Klaus stellte das Mineralwasser dazu. Erst jetzt fiel ihnen auf, dass sie noch keine Menschenseele getroffen hatten. Stillschweigend genossen sie die unglaubliche Ruhe, die durch das leise Plätschern der Lieser noch intensiver wirkte. Gertrude legte sich auf den Rücken, die Füße im Wasser, den Blick zum azurblauen Himmel. „Mein Gott, ist das schön, einfach unglaublich."

Irgendwann packten sie den Mittagstisch wieder ein, stiegen wieder in ihre Wanderschuhe und marschierten weiter. Unmittelbar hinter der Brücke führte der Weg steil nach oben, erreichte die obere Waldkante und schlängelte sich durch Wiesen, Weiden und Waldstücke wieder talwärts bis an eine Straße. Die erste seit Manderscheid.

Klaus und Gertrude querten mit der Straße den Fluss und auf der anderen Seite ging es wiederum steil bergan. Der Anstieg zog sich scheinbar unendlich lange hin und wollte kein Ende nehmen. Klaus atmete schwer und auch Gertrude kam richtig aus der Puste. Oben angekommen, waren sie völlig kaputt. „Pause!", keuchte Klaus, aber weit und breit gab es keine Bank oder etwas Ähnliches.

Ein Felsbrocken diente als Sessel. Klaus nahm seinen Rucksack ab und gab Gertrude die Wasserflasche. „Wie weit mag es noch sein?" Klaus blickte nach oben zur Sonne, um die Zeit abzuschätzen, und holte die Karte raus. „Schladt muss schon lange hinter uns liegen, es kann nicht mehr weit sein."

„Und wie weit ist es noch?"

„Nicht mehr weit!" Klaus zog Gertrude an beiden Händen hoch. Ihm tat der Rücken weh und der Rucksack drückte auf den Schultern. Warum mussten sie auch die Regensachen mitschleppen?

Der breite Weg fiel steil bergab, wurde zunehmend lehmiger und mit jedem Schritt feuchter und rutschiger. Klaus ging langsam und vorsichtig. Dann passierte es. Gertrude kam ins Rutschen und klammerte sich an ihm fest, er kam ins Straucheln, fiel vornüber und griff instinktiv nach einem Ast. Aber der Ast war trocken, brach laut knackend ab und Klaus fiel zur Seite. Gertrude rutschte an ihm vorbei den Weg nach unten. Die Füße vorneweg, schlitterte sie, eine Schleifspur hinterlassend und laut quietschend, in Richtung Tal. Plötzlich war Ruhe.

Gertrude hatte mit aller Kraft ihre Wanderschuhe in den Weg

gestemmt, konnte sich abfangen und blieb lautlos unter einer trockenen Kiefer liegen. Mit wenigen Schritten eilte Klaus zu ihr. Sie schien mehr verdutzt zu sein, als dass sie Schmerzen hatte. „Alles gut? Tut dir irgendwas weh?“ Er reichte Gertrude beide Hände, um ihr hochzuhelfen. „Och, i glaub, i hab Dusl ghabt, kanscht me ja wiedr uffbäpple.“

„Das ging abbr auch schleunig.“ Klaus half ihr hoch und Gertrude hielt sich den Hintern. „Tut doch was weh? Hast du die was getan?“ Hoffentlich nicht, dachte er, wie sollte er sie aus dieser Wildnis rausbekommen. „Ne, i beh kurand, alles is guud, aber i beh komplett nass.“

Klaus ging um sie herum und konnte sich ein Grinsen nicht verkneifen. „Du bist nicht nur nass, du bist auch komplett verdreckt.“ Gertrude versuchte sich umzudrehen, sah den graubraunen Lehmüberzug auf ihrer Hose und drehte ihre Hände um. Sie waren nicht abgeschürft, aber ebenfalls mit dieser glitschigen braungelben Masse überzogen. „Igitt, wie sehe ich denn aus!“

„Du siehst aus, als ob du in der Lieser baden solltest. Und das, noch bevor wir die Zivilisation erreichen.“

„Ich hab nichts zum Abtrocknen dabei, waschen geht nicht.“

Klaus grinste noch immer: „Ist doch egal. Nass bist du eh, da kannst du Jacke und Hose auch gleich waschen.“

Er rückte ihr den Rucksack zurecht: „Wie auch immer, wir müssen bis runter an den Fluss und dann sehen wir weiter.“

Klaus ging voraus, der Weg wurde wieder breiter und wenig später erreichten sie das Lieserufer.

Der Weg gabelte sich, der Lieserpfad folgte dem Ufer und der abzweigende Weg führte zu einem Ausflugsrestaurant. Laut Hinweisschild war die Pleiner Mühle nur einige hundert Meter entfernt. Gertrude blieb stehen. „Was meinst du, wollen wir da mal nach Kaffee und Kuchen fragen?“ Klaus sah sie an, ging provokativ noch einmal komplett um sie herum und blieb vor ihr stehen. „Meinst du wirklich, dass die dich da so reinlassen?“ Gertrude zuckte mit den Schultern. „Vielleicht kann ich mich da ja auch waschen, das wäre auf alle Fälle besser als am Fluss.“

Im Innenhof des Restaurants gab es eine schöne Terrasse. Kaum stiegen sie die Stufen hinauf, kaum auch schon eine Kellnerin auf sie zu. „Mein Gott, wie sehen Sie denn aus, ist Ihnen was passiert?“ Klaus nickte und zeigte auf Gertrude. „Meine Frau ist ausgerutscht und von hinten ein wenig dekoriert.“ Aber auch von vorn sah Gertrude gefährlich aus, sie hatte sich wohl mit den lehmigen Fingern ins Gesicht gefasst, dort klebte jetzt der Dreck, als wäre sie mit dem Gesicht im Schlamm gelandet. „Kann sie sich bei Ihnen ein wenig waschen, bevor wir das Kuchenbüffet stürmen?“ Die Kellnerin nickte kommentarlos und ging nunmehr ebenso um Gertrude herum wie Klaus zuvor. „Kommen Sie mal mit“, forderte sie Gertrude auf, und zu Klaus gewandt meinte sie, dass er sich schon mal am Büffet etwas aussuchen sollte, ihre Kollegin würde ihm den Kaffee bringen. „Das mit Ihrer Frau wird länger dauern!“ Sie nahm Gertrude fürsorglich an den Arm und verschwand mit ihr im Restaurant. Klaus nahm seinen Rucksack ab, belegte einen Tisch unter einem Sonnenschirm und ließ sich Kaffee und Kuchen bringen.

Der Kaffee war heiß, der Kuchen schmeckte und Gertrude kam nicht mehr wieder, erst nach der dritten Tasse Kaffee tauchte sie, in Decken gehüllt, wieder auf. Sie trippelte mit kurzen Schritten auf ihn zu und versuchte sich, mit der um die Beine gewickelten Decke, an den Tisch zu setzen. Klaus sah sie fragend an. „Was habt ihr denn so lange gemacht?“

„Ach, die Hilde ist ja so nett, sie hat meine Hose und die Jacke in die Waschmaschine getan und ich konnte mich sogar

duschen. Die Jacke war völlig durchnässt und meine Hose so dreckig, dass ich mich damit nirgends hinsetzen konnte."
„Ja und nun? Willst du ohne Hose wandern?" Gertrude beugte sich über den Tisch und verschränkte ihre Hände unter dem Kinn. „Müssen wir denn wandern? Von Wittlich wollten wir doch ohnehin mit dem Taxi fahren. Der Hilde ihr Bruder ist Taxifahrer, er könnte uns direkt von hier abholen."
Klaus lachte: „Ach, daher weht der Wind, aber wenn du Taxi fahren willst, kein Problem." Er lehnte sich zurück und blinzelte in die Sonne. Wandern konnte so entspannend sein.

Die Pfingstparty war in vollem Gange. Marcus hörte aus der Rezeption heraus, wie sich die Stimmung langsam steigerte. Das große Kinderanimationszelt war zum Tanzsaal umfunktioniert worden, gut zweihundert Personen saßen an den Festzelttischen und die Tanzfläche bebte im Takt. Marcus hörte den DJ die Gäste anfeuern und einen Hit nach dem anderen spielen, der Bierwagen vor dem Zelt machte wieder einmal ein dickes Geschäft und auf Angelos Terrasse waren alle Plätze besetzt. Die Stimmung tobte – und genau dafür war die Pfingstparty von „Watt'n Blick" berühmt, deshalb kam man an Pfingsten nach Weeldewarft!
Die ganze Veranstaltung war so gut vorbereitet, dass es für Marcus nichts zu tun gab. Don Angelo Paraculo bediente eigenhändig den Spezialitätengrill und Fischer Hein Bung verkaufte seinen Räucherfisch direkt aus dem heißen Ofen. Die Brauerei und der DJ machten die Party, Birthe Fliedig kümmerte sich um die tausend Kleinigkeiten, Platzwart Jasper Diekgreve war für einen Abend Security-Officer und Opa Schowski versuchte überall ein wenig mitzuhelfen, aber auch in diesem Jahr verließ ihn seine Trinkfestigkeit wieder kurz nach acht.

Marcus selbst zog sich bei dieser Kultparty schon seit Jahren in die Rezeption zurück. Zum einen musste die Anmeldung ganz normal geöffnet sein, zum anderen konnte er kaum auf die Party gehen, ohne mit diesem oder jenem Gast einen Schluck zu trinken. Bei der großen Anzahl an Gästen würde dieser Versuch mit Sicherheit ein schlimmes Ende nehmen und wahrscheinlich wären bei ihm die Lichter noch schneller aus als bei Opa Schowski.

Marcus konnte entspannt die Rezeption betreuen, das Geschehen aus dem Hintergrund beobachten und eingreifen, wenn es nötig werden sollte. Er hatte bereits seine Inspektionsrunden auf dem Campingplatz gedreht und war auch schon mit Arnulf vom Frodewold am Strand, um dort nach dem Rechten zu sehen. Er sah auf die Uhr. Es war kurz nach elf und in knapp zwei Stunden würde die diesjährige „Watt'n Blick"-Pfingstparty zu Ende sein.

Marcus löschte das Licht in der Rezeption und sah im selben Moment jemanden auf sich zukommen. Kurz bevor die Tür aufgerissen wurde, erkannte er Rosi Becero. Auch ohne ihr weißes Outfit, mitten in der Nacht und nur im Bademantel war sie unverkennbar. Die Tür flog auf, Frau Becero stoppte direkt vor ihm und atmete schwer. „Jut, dat hier noch eener is! Der Alte hat sich in Festzelt vollloofen lassen und ick steh schon wieder unter die Dusche und dat Ding jeht wieder nich! Chef, wo is denn deen Hausmeista, ick muss duschen, irgend so ene Tussi hat mir ihrn Eierlikör über de Beene jekippt!" Marcus stand immer noch direkt vor ihr, kaum zehn Zentimeter entfernt, roch ihr Parfüm und ihren Atem. Sie roch bestenfalls nach Chanel, aber nicht nach Eierlikör. „Die hat mir dat Zeuch uff de Beene jekippt und dat klebt und stinkt – und die Dusche jeht nich! Wo is denn nu deen Hausmeister, Chefchen?"

„Guten Abend, Frau Becero, der Platzwart ist nicht hier, kann ich ...“
„Jawoll, du kannst jetzt ma mitkommen und mir dat mit de Dusche ma richtich zeijen!“, fiel sie ihm ins Wort, drehte sich ohne eine Antwort abzuwarten um und eilte voraus. Marcus zuckte mit den Schultern, verschloss die Rezeption und folgte ihr im schwachen Licht der Wegbeleuchtung in Richtung Sanitärgebäude.
Sie ging vor ihm, ihr Bademantel bewegte sich bei jedem Schritt und bedeckte ihre Schenkel nur bis kurz über die Knie. Die runden Formen ihres Hinterns waren selbst bei dem schwachen Licht und trotz des dicken Frotteestoffs nur allzu gut erkennbar. Sie erreichten das Gebäude und Rosi Becero öffnete die Eingangstür und hielt sie für Marcus offen. Sie drehte sich zu ihm und er bemerkte, dass ihr Bademantel nur äußerst knapp geschlossen war, es war eher so, dass er mehr zeigte als verhüllte.
Sie stoppte und Marcus spürte ihre Hand auf seinem Arm. Sie hielt ihn fest. „Ich kieck erst ma, ob jemand drinne is. Oder wollten Se etwa direkt inne Damendusche?!“ Rosi Becero guckte kurz in den Raum und das Licht flackerte auf. „So Chefchen, und jetzt zeich mir ma, wie dat mit de Dusche funznieren soll.“
Marcus quetschte sich an ihr vorbei, rutschte in die Duschkabine und betätigte mit lang ausgestrecktem Arm die Duscharmatur. Die Tür hinter ihm fiel zu und plötzlich spürte er die Becero direkt hinter sich. Sie lehnte sich bei ihm an und er fühlte ihren Körper unter dem Bademantel, roch ihren Duft. Das warme Wasser rauschte aus dem Duschkopf und bei Marcus rauschte das Blut in den Schläfen, als sie hinter ihm leise die Duschtür von innen verriegelte. Die Becero drehte sich zu ihm, löste ihr Haar und Marcus fühlte den

Puls durch seine Adern jagen. Er sah ihr genau in die Augen und sie öffnete mit einer Hand seinen Gürtel, mit der anderen ihren Bademantel. Darunter war sie nackt. Ihre Brüste waren fester als gedacht, die Brustwarzen standen hoch und sie ließ ihren Bademantel zu Boden gleiten.
Marcus war im völlig falschen Film. Was, wenn jetzt jemand kam? Er sollte wach werden und verschwinden. Aber er war wach. Hellwach! Er hörte jedes Geräusch im Gebäude, das Klicken der Ventile im Heizungsraum und das Rauschen des Gasbrenners in der Therme. Er wagte kaum sich zu rühren, hörte seinen eigenen Atem und spürte ihre Hände unter seinem Hemd, wie ihre Finger tasteten, streichelten und dann an seinem Körper abwärts glitten. Suchend streckte er seine Fingerspitzen aus, berührte zuerst nur warme Haut, dann ihre Brüste. Rosi Becero war etwas kleiner als er, und ihre Rundungen pressten sich gegen seine Erektion, ihre Brüste lagen in seinen Händen, ihre Nippel standen zwischen seinen Fingern und der Geruch ihres Parfüms stieg ihm in die Nase. Er beugte sich nach vorn, seine Lippen berührten ihre Schultern, ihren Hals, ihre Wange, dann ihren Mund. Er zog sie zu sich heran, ihre Zungen kämpften miteinander und sie zerrte an seiner Hose, öffnete die Knöpfe und griff ihm lustvoll zwischen die Schenkel. Es dauerte nur Sekunden und er drang in sie ein, um sie heftig zu nehmen.
Marcus presste seine Hand auf ihren Mund, als sie plötzlich zu schreien begann. Das unterdrückte Stöhnen unter seiner Hand erregte ihn noch mehr, auch wenn er in einigen hellen Momenten fürchtete, dass alle Campinggäste plötzlich das Gebäude stürmen könnten. Sie hielt seinen rhythmischen Stößen stand und nahm ihn tief in sich auf. Der Rhythmus steigerte sich langsam, wurde schneller und war längst nicht mehr zu kontrollieren.

Ihr Körper vibrierte und plötzlich gab es eine Reihe weißer Explosionen. Zwischen seinen Lenden und in seinem Kopf. Explosion! Rauchwolke! Das Bild seiner Exfrau an der Decke! Explosion! Das Bild von Constance über ihm! Der nächste Stoß, Mariolas Gesicht vor seinen Augen! Die nächste Explosion und die Augen von Becero waren weit aufgerissen und sie schrie nochmals auf. Es war wie eine Flutwelle, die sie beide erfasste, dann atmeten sie nur noch schwer. Marcus verlor jedes Zeitgefühl und rang nach Luft, ohne zu denken. Später lösten sie sich langsam voneinander und sie beugte sich nach vorn, leckte ihm über den Hals. „Danke, jetzt komm ick mit de Dusche schon viel besser klar."

Während sie sich unter den kalten Strahl der Dusche stellte, knöpfte er seine Levi's wieder zu. Sie warf ihm einen Handkuss zu und dann sperrte sie die Duschkabine erneut von innen ab. Dieses Mal stand Marcus draußen, heilfroh darüber, dass über die ganze Zeit niemand gekommen war.

Der Eintritt in die Stadt versetzte jeden Besucher sofort zurück ins Mittelalter. Die Moselbrücke, auf der Klaus und Gertrude standen, verband die beiden Teile von Bernkastel-Kues miteinander und die Ruine der Burg Landshut thronte über der Stadt.

Sie waren heute Morgen rechtzeitig aufgebrochen, um dem großen Rückreiseverkehr zu entgehen. Gestern Abend, nachdem sie mit dem Taxi zurückgekommen waren, hatten sie schnell ihr Vorzelt abgebaut und heute nach dem Frühstück brauchten sie nur noch ihren Wohnwagen anzuhängen, um den Weg in Richtung Heimat einzuschlagen.

Sie waren der parallel zur Mosel verlaufenden Straße gefolgt und parkten am Altstadtrand. Jetzt, am frühen Vormittag, war das historische Zentrum noch nicht von Touristen über-

füllt und sie konnten nahezu allein durch die Kopfsteinpflasterstraßen wandeln.
Von der Moselbrücke aus gingen sie die Bahnhofstraße herunter zum Bärenbrunnen und weiter zum historischen Markt. Es war wirklich zauberhaft. „Klaus, guck dir bloß mal diese Fachwerkhäuser an, die sehen aus wie im Märchen."
„Ja, vorausgesetzt, dass die Märchen im Mittelalter spielen. Aber wann spielen eigentlich Märchen?"
Sie gingen quer über den Markt und fanden ein Schild, auf dem erklärt wurde, dass die meisten der Giebelhäuser aus dem 17. Jahrhundert stammten. Den Hinweisen auf der Tafel folgend, gingen sie am Michaelsbrunnen vorbei zum Rathaus von Bernkastel. Egal wohin man blickte, Fachwerk, bunte Farben und Kopfsteinpflaster beherrschten den Markt. Ohne viel Mühe konnte man sich vorstellen, wie Eselskarren, Pferdefuhrwerke und Schubkarren den Markt belieferten, wie Mägde und Hausfrauen feilschten oder wie Ratsherren vom Ratskeller zum Rathaus schritten.
„Lass uns da rübergehen." Gertrude zeigte mit der Hand auf die gegenüberliegende Seite. „Auf der Tafel stand, dass dort das älteste Haus der Stadt stehen soll." Klaus nickte und folgte ihr, obwohl er genau wusste, dass auf der Tafel etwas anderes stand. 1416 wurde dort als das Baujahr für das schmale Spitzhäuschen angegeben und dieses Haus war wirklich interessant. Die krummen, über die Jahrhunderte völlig verzogenen Holzbalken hielten das kleine Haus noch immer fest zusammen und wenn man sich in die niedrige Eingangstür stellte, hatte man einen wunderbaren Blick über den alten Markt.
Gertrudes Blick fiel auf ein Jugendstilhaus gegenüber. Wie alle Gebäude, war auch dieses in einem tadellosen Zustand – und doch hatte es etwas ganz Besonderes. Es war das Schild

über der Tür „Café Hansen“ – Gertrude erkannte sofort, dass dieses Café auch schon zu dieser frühen Stunde das erste Haus am Platz war, und sie steuerte zielstrebig auf die Terrasse zu.
Sie setzten sich vor das berühmte Café an einen der Holztische und bestellten doppelte Espressi. Für Eis und Torte war es leider noch zu früh, und wenn sie dem Stau entgehen wollten, mussten sie auch langsam los. „Zahlen bitte.“ Klaus rief den Kellner und zahlte mit knapp bemessenem Trinkgeld. „Sagen Sie, wie lange läuft man hoch zur Burg?“
Der Kellner drehte sich um und schaute hoch in Richtung Landshut. „Zu Fuß? Ein ziemlicher Aufstieg, von hier aus braucht man eine gute halbe Stunde. Es ist nur ein Kilometer, aber sie müssen den Schlossweg an den Weinbergen steil nach oben. Dafür gibt es dann aber auch einen Superblick über die Mosel und ab Mittag sind auch das Restaurant und der Bergfried auf.“ Der Kellner sah Gertrude an: „Aber unsere Torten sind die besseren!“
Gertrude lächelte ihn an. „Bestimmt, aber wir müssen weiter, also keine Zeit für Ihre Torten und leider auch keine Zeit für die Burg.“

Mudder Fliedig war bereits voll in Aktion, als Marcus die Rezeption betrat. Wie in jedem Jahr, leerte sich am Pfingstmontag der Campingplatz nahezu komplett und in der Rezeption herrschte hektische Betriebsamkeit. Gäste bezahlten ihre Rechnung, entwerteten ihre Chipkarten, gaben geliehene Ausrüstungsgegenstände zurück oder kauften noch schnell ein Souvenir. Winken, Hände schütteln, umarmen, „Tschüss“, „Gute Fahrt“, “Bis zum nächsten Jahr“, „Ciao“, „War wieder schön“, „Ja, kommt gut nach Hause.“
Nach und nach verließen die Gäste den Campingplatz und

mitten im Gewühle rief Birthe Fliedig zu Marcus rüber: „Ach, bevor ich es vergesse, einen schönen Gruß von Frau Becero, ich soll ausrichten, dass es gestern eine schnieke Party war und sie bestimmt wiederkommen wird."
„Danke", gab Marcus kurz zurück, und sein Puls schnellte blitzartig nach oben. Es wäre definitiv besser, wenn die Becero nicht wiederkommen würde! Er schaute unauffällig zu Mudder Fliedig, ihr Lächeln war wie immer, aber bei Marcus stand der blanke Schweiß auf der Stirn.

Jetzt wussten es alle. Irgendwie hatte es sich im ganzen Rathaus herumgesprochen, dass Klaus nicht mehr per Flieger in die Sonne startet, sondern Wohnwagenurlaub macht. Alle wussten, dass er in diesem Jahr schon per Achse unterwegs gewesen ist und interessanterweise war auch allen bekannt, dass er zum Pfingstfest in der Eifel war. Woher wussten die das? Seine Sekretärin, die gute Isolde, konnte es nicht erzählt haben, sie ist seit Himmelfahrt in Italien. Aber hier wussten ohnehin immer alle alles, so ein Rathaus war schlimmer als jedes Dorf.
„Wie war dein Campingwochenende?"
„Ihr hattet ja tolles Wetter."
„Ich habe gehört, in der Eifel soll schon Sommer gewesen sein."
„Ist das euer Wohnmobil oder hattet ihr es gemietet?"
„Macht ihr jetzt nur noch Camping?" Klaus wurde ständig auf seinen neuen Caravan angesprochen und irgendjemand musste erfahren haben, dass so ein Wohnwagen doch geringfügig teurer als ein Zelt vom Discounter war. Plötzlich stand Klaus im Rampenlicht und niemand fragte mehr nach Xaver Schbrichbeidls Bodenseepatent.

Es war wie verhext. Jeden Tag passierte etwas Neues, nichts Besonderes, aber doch so viel, dass er einfach keine Zeit für sich selbst fand. Marcus saß in der Rezeption, es war schon wieder kurz nach neun am Abend und wie an jedem Tag war er noch lange nicht fertig. Seit dem Pfingstwochenende waren jetzt schon zwei Wochen vergangen, die Schrankenanlage an der Einfahrt war erneuert, Klempnermeister Fritz Kleineplumber hatte die Warmwasseranlage noch einmal umgebaut und die Männer der Gartenbaufirma Grünfinger hatten die Plätze rund um das Sanitärgebäude mit Rollrasen ausgelegt. Jeden Dienstag und Donnerstag machte er mit den Hobbyornithologen eine geführte Radwanderung zur Silbermöwenkolonie, und mit Mudder Fliedig teilte er sich täglich den Dienst in der Rezeption. Die Zwischenzeit verbrachte er mit Terminen beim Steuerberater, bei seiner Bank, beim Architekten oder bei den Mitarbeitern der Touristinformation. Obwohl nur wenige Gäste auf dem Campingplatz waren, hatte er alle Hände voll zu tun und es noch nicht einmal geschafft, über die Straße zu gehen und Constance zu besuchen. Er hatte sie noch nicht einmal angerufen! Nachdenklich nahm er sein Kinn in die Hand, überlegte, steckte die Brille ins Haar und schaute nach draußen, ohne etwas zu erkennen. Den Kopf schwer auf die Hand gestützt, grübelte er. Warum hatte er sich noch nicht bei ihr gemeldet? Kurzerhand griff er zum Telefon und fingerte gleichzeitig das gelbe Notizbuch mit ihrer Nummer aus der Hose, wählte und lauschte, es klingelte, aber niemand nahm ab. Marcus drückte die Wahlwiederholung und ließ es klingeln. Eigenartig! War sie nicht zu Hause? Wo konnte sie sein? Jetzt am Abend!

Marcus massierte grübelnd sein Kinn und zog sich die Buchungsliste heran. Für heute waren nur sieben Gäste avisiert,

sechs waren schon eingetroffen, nur ein einziger Wohnwagen musste noch anreisen. Konnte er kurz mal weg? Nein!
Kurz entschlossen stand er dennoch auf und Arnulf vom Frodewold freute sich über die unverhoffte Abendrunde. Er zerrte wie wild an der Leine und lief aufgeregt um Marcus herum. Marcus kontrollierte den gesamten Campingplatz, ging bis runter an den Strand und von dort zurück zur Straße. Der Weg führte zwangsläufig an Constances Haus vorbei. In ihrem Kaminzimmer brannte Licht.
Marcus blieb an der Gartenpforte stehen. Zwei Schatten waren im flackernden Licht zu erkennen. Jemand war bei ihr. Marcus ließ den Blick über ihre Einfahrt und den Garten schweifen. Ihr Auto stand wie immer unter dem Carport, mehr war im Halbdunkel nicht zu erkennen. Wer konnte bei ihr sein? Und wenn jemand bei ihr war, was ging ihn das an? Nichts! Oder doch? War er eifersüchtig? Auf einen unbekannten Besucher bei seiner Nachbarin? Er schüttelte den Kopf. Es war bestimmt eine späte Kundin des Reisebüros. Oder ein Kunde? Und dann am Kamin? Marcus grübelte, es ging ihn nicht die Bohne an, was dort drinnen passierte. Aber er würde es zu gern wissen!
Er gab Arnulf einen kurzen Wink und ging mit ihm die Straße weiter runter. Hundert Meter weiter war die letzte Querstraße vor dem Deich und Marcus ging bis zur letzten Laterne. Hatte er es doch gewusst! Hinter der Lampe stand ein großer Jeep. So geparkt, dass man die dicke grüne Aufschrift „Grünfinger“ nicht lesen konnte. Warum parkte der Kerl hier hinten? Und dann so, dass man ihn nicht erkennen kann? Warum nicht vor dem Haus? Marcus atmete tief durch. Es geht dich nichts an, Marcus! Sie ist nur deine Nachbarin! Und wer sagt überhaupt, dass der Grünfingerkerl bei ihr ist? Und selbst wenn, er kann ja einen Auftrag bearbeiten, so wie

bei ihm auf dem Campingplatz. Aber warum jetzt? Am späten Abend? Genau eine Woche, nachdem die Grünfinger bei ihm waren? Das ist kein Zufall!
Marcus nahm den Hund an die kurze Leine und ging langsam zurück. Grelle Scheinwerfer kamen ihm entgegen und bogen zum Campingplatz ab, sicher der letzte noch erwartete Gast. Marcus beschleunigte seine Schritte.

Der Parkplatz war gut gefüllt. Wie an jedem Samstag waren auch heute wieder viele Kunden in Angles Campingshop. Es war früh am Nachmittag, Klaus und Gertrude hatten ihren Rundgang bereits beendet und ihre Einkaufsliste abgearbeitet. Alles, was ihnen bislang noch zu ihrem Campingglück fehlte, lag gut verstaut im Kofferraum.
Nachdem Gertrude bereits die Regenausrüstung perfektioniert hatte, gab es nun endlich auch einen Sonnenschirm und den für einen Nordseeurlaub dringlichst benötigten Windschutz. Dazu einen Wäscheständer, eine Kühlbox, ein zweites Verlängerungskabel, ein Kaffeeservice aus ultraleichtem Melamin für sechs Personen, eine Espressomaschine sowie einen Weinkühler, den man unter der Sitzbank montieren konnte.
Das Auto war randvoll beladen und Gertrude klopfte an die Tür von Manfred Becherles Verkaufsbüro. Der Verkäufer begrüßte sie überschwänglich und schüttelte ihnen die Hände, als wären sie uralte Bekannte. Klaus unterbrach Becherles Begrüßungszeremonie und fragte ihn, ohne lange Umschweife, nach einer elektrischen Wohnwagenrangierhilfe.
Becherles Augen leuchteten; nach seiner Meinung war es eine ausgesprochen gute Idee, so eine Rangierhilfe montieren zu wollen. Er setzte zu einer ausführlichen Beschreibung an, aber noch bevor er die vielen Vorzüge eines elektrischen Mo-

vers aufzählen konnte, fragte ihn Gertrude nach dem Preis. Klaus glaubte seinen Ohren nicht zu trauen und war plötzlich der Meinung, dass sie so ein Ding doch nicht so dringend brauchten. „Wenn nicht jetzt, dann vielleicht zur nächsten Saison?“ Martin Becherle war durchaus geschäftstüchtig. „Im Herbst haben wir unsere Pflegewochen, da gibt es immer gute Angebote für Ausrüstungsgegenstände und Montagen.“
„Dann kommen wir im Herbst vielleicht noch einmal wieder.“
„Sie bekommen doch unsere Werbung?“ Martin Becherle ließ Klaus nicht so schnell entwischen. „Dann bekommen Sie ja auch die Herbstangebote, meist haben wir Komplettangebote für Kauf und Montage von Markisen, Satellitenanlagen, Klimaanlagen oder eben auch für Rangierhilfen.“
Klaus nickte kurz und verabschiedete sich: „Wie gesagt, wir kommen dann im Herbst noch mal, dschüsle, Herr Becherle.“
Auf dem Weg nach Hause fuhren sie bei Oma Hilde vorbei, verstauten alles im Wohnwagen, tranken bei ihr noch eine Tasse Kaffee, aßen mit ihr den mitgebrachten Kuchen und fuhren am frühen Abend wieder zurück nach Hause.

Die ganze Woche über hielten die Serviceautos der Grünfingers vor Constances Haus und jeden Abend erschien Grünfingerchef Knut Krauter persönlich zur Abnahme der Arbeiten in Constances Garten. Und jeden Abend ging diese Abnahme über Stunden!
Leider konnte Marcus von seinem Büro aus nur sehen, wann Krauter kam, und nur hören, wann er endlich wieder fuhr. Die Terrasse selbst war durch die neuen Hecken weder vom Campingplatz noch von der Straße aus einsehbar. Aber normal war das nicht! Knut Krauter konnte unmöglich täglich bei jedem Kunden persönlich kontrollieren und schon gar nicht über Stunden bleiben. Auch nicht bei jeder Kundin!

Was machten die da eigentlich? Und was ging ihn das an? Marcus ärgerte sich darüber, dass ihn das ärgerte. Er hatte überhaupt keinen Grund. Aber Constance ging auch nicht ans Telefon.
Tagsüber hatte Marcus einfach keine Zeit und wenn es am Abend ruhiger wurde, ging sie einfach nicht ran. Es klingelte jeweils nur drei Mal und danach kam das Besetztzeichen. Was auch eigenartig war, aber vor allem, warum ging sie nicht ran?
Marcus legte seine täglichen Kontrollgänge so, dass er immer an ihrem Haus vorbeikommen musste. Neue kräftige Obstbäume standen jetzt im Garten, zwei neue Hecken bildeten einen Sichtschutz, der alte Schuppen war durch eine Blockhütte ersetzt worden und scheinbar war die Terrasse ebenfalls völlig neu. Aber brauchte eine Gartenbaufirma dafür eine ganze Woche? Und musste dafür der Chef jeden Tag zur Kontrolle kommen?
Marcus griff nach dem Telefon und wählte Constances Nummer. Kaum klingelte es am anderen Ende, ging bei ihm die Rezeptionstür auf. Er legte schnell wieder auf. „Guten Abend, was kann ich noch für Sie tun?" Er kannte das Ehepaar Bici schon, die älteren Herrschaften hatten bereits gestern Abend nach einem Radweg zur Silbermöwenkolonie gefragt.
„Guten Abend, Chef, also wir waren heute mal mit den Rädern unterwegs, aber der Weg, den Sie uns empfohlen haben, den Weg gibt es nicht!"
„Sie haben den Weg nicht gefunden, Herr Bici?"
„Wir konnten den Weg nicht finden, weil der Weg nicht existiert." Er legte seine abgegriffene Radkarte auf den Tisch und zeigte Marcus, wo sie entlanggefahren waren. Marcus schüttelte den Kopf: „Herr Bici, da, wo auf Ihrer Karte der Weg eingezeichnet ist, steht seit zehn Jahren ein großer Reitstall.

Ihre Karte ist wirklich nicht die aktuellste." Er erklärte Swidbert Bici die neue Wegführung und zeigte ihm den Abzweig zur Seemöwenkolonie. „Aber, vielleicht sollten Sie sich doch eine neue Karte besorgen."
Bici schüttelte den Kopf. „Nee, lass man, Chef, wir versuchen das morgen noch mal, wir haben ja Zeit." Heidi und Swidbert Bici verabschiedeten sich und Marcus war wieder allein. Sollte er Constance noch anrufen? Zumal heute Abend kein Wagen der Grünfingers in der Einfahrt stand. Marcus griff erneut zum Telefon, aber noch bevor er wählen konnte, klingelte es. Er drückte die grüne Freisprechtaste. „Guten Tag, Campingplatz Watt'n Blick, Sie sprechen mit Marcus Bolso. Was kann ich für Sie tun?"
„Jaa, dat is ja schön, dat ich Sie so spät noch erreiche. Müller-Vielgescheidt hier, guten Abend."
Marcus atmete tief durch. „Guten Abend, Herr Müller-Vielgescheidt, was kann ..."
„Die Ferien fangen ja nun bald an und dann haben wir ja auch schon Urlaub. Wie ist denn das Wetter bei Ihnen so? Lohnt es sich vielleicht doch schon einen Tag früher zu kommen? Mein Kumpel, wat der Vadder von dem Freund von mein Sohn is, also der hat schon früher Urlaub bekommen. Wir könnten jetzt schon einen Tach früher kommen, wenn dat Wetter gut is."
Ohne lange in den Computer zu gucken, wusste Marcus, dass die Plätze für Familie Müller-Vielgescheidt am Donnerstag noch belegt sein würden. „Das tut mir leid, Herr Müller-Vielgescheidt, aber die Plätze sind erst ab Freitagmittag frei. Bis dahin sind Ihre gebuchten Parzellen noch belegt."
„Ja jut, und wir können wirklich erst am Freitag kommen?"
„Ja, ab Freitag sind die Plätze für Sie gebucht ..."
„Jut, dann weeß ich erste Mal Bescheid, tschüss denn."

Schon hatte er aufgelegt. Marcus schüttelte den Kopf, schob sich die Brille ins Haar und sah aus dem Fenster hinüber zur anderen Straßenseite. Konnte er so spät wirklich noch anrufen? Er zog sein gelbes Notizbuch vor, nahm das Telefon zur Hand und tippte die Ziffern ein. Drei Rufzeichen, danach wieder besetzt. So wie jeden Abend. Er sollte nicht telefonieren, er sollte besser zu ihr rübergehen. Sollte er! Machte er aber nicht! Er legte nur den Hörer auf und ging nach Hause.

Die ersten Mitarbeiter im Rathaus waren bereits aus dem Urlaub zurück. Während die Kollegen mit schulpflichtigen Kindern noch einige Wochen warten mussten, war Oberamtsrat Klaus Dipendenti schon bei den letzten Urlaubsvorbereitungen. Freitag war sein erster Urlaubstag und er hatte alle unaufschiebbaren Anträge abgearbeitet, obwohl er natürlich wusste, dass man grundsätzlich alle Anträge aufschieben konnte. Es gab keine Anträge, die nicht warten konnten! Aber Klaus wollte nicht, dass ihm in seiner Abwesenheit irgendeine unerfahrene Urlaubsvertretung das ganze System durcheinanderbrachte.
Für die Antragsteller waren die Chancen auf eine Baugenehmigung noch nie so hoch wie in dieser Woche, aber leider hing die Bearbeitung nicht nur von ihm ab. Circa dreißig Träger öffentlicher Belange wollten in der Regel gefragt werden, und das konnte dauern. Für ausreichend Arbeit im Amt war somit gesorgt, auch wenn er selbst die nächsten zwei Wochen nicht im Hause sein wird.
So wie Klaus hatte auch Gertrude für die Urlaubszeit vorgesorgt und alles perfekt organisiert. Den Schwindelfinger Boten spendete sie dem Heim, ihre Nachbarin kümmerte sich um die Blumen und die Sumpfschildkröte würde Urlaub in der Schwindelfinger Zoohandlung machen. Oma Hilde war

mit dem Notwendigsten für die nächste Wochen versorgt und alle Rechnungen waren im Voraus bezahlt.

Es regnete, besser gesagt, es goss wie aus Kübeln. Marcus Bolso saß schlechtgelaunt in der Rezeption und telefonierte mit dem Bäcker. Trotz des Regens brauchte er zum Ferienbeginn täglich einige Hundert Brötchen mehr. Mit dem Zeitungslieferanten hatte er bereits gestern gesprochen und auch der Getränkeverleger wusste Bescheid. Die Sommerferien standen unmittelbar bevor, da durfte man nichts dem Zufall überlassen.
Wie in jedem Jahr setzte Marcus alles auf die Ferienzeit – und nun das! Er war heute Morgen aufgestanden und der Himmel war schwarz. Zuerst hatte er noch gedacht, er wäre einfach zu früh aufgewacht und es wäre noch Nacht, aber es war sechs Uhr und die Wolken hingen schwer über dem Meer. Und dann fing es an zu schütten. Widerwillig hatte er sich seine Gummistiefel und den gelben Ostfriesennerz angezogen und Arnulf vom Frodewold aus seiner Hütte gezerrt. Es war so nass und dunkel, dass selbst der Hund nicht nach draußen wollte, aber wat mut, dat mut!
Auf dem Rückweg vom Strand standen die ersten Campingwiesen bereits unter Wasser. Nicht besonders hoch, aber an den tiefen Stellen waren die Pfützen doch schon recht groß, und vor einigen Wohnwagen hatten sich kleine Seen gebildet.
„Sagen Sie mal, Birthe", er schaute zu ihr rüber, „haben Sie den Wetterbericht gehört? Soll das mit dem Regen so bleiben?"
„Im Radio gab es eine Unwetterwarnung! Intensiver Starkregen! Aber nur heute Vormittag, danach soll es windig werden."
Marcus nickte: „Und dann? Sonne oder Tiefdruckgebiet?"
„Beides wohl, aber der Wind wird die Wolken hoffentlich

vertreiben, ich muss heute noch mit Joke in Omas Garten."
„Reis züchten?", Marcus grinste sarkastisch und schaute nach draußen, wo die Straßenbeleuchtung noch immer eingeschaltet war.
„So ein Scheiß!" Jasper Diekgreve rutschte durch die Tür und stand tropfend in der Rezeption. „Ist doch nur Wasser", beruhigte ihn Mudder Fliedig, „willst du 'nen Kaffee?"
„Nee, 'n Doktor für die Klapsmühle!" Marcus hob die Augenbrauen, nahm die Brille ab, sah seinen Platzwart fragend an und steckte sich die Brille ins Haar. „Wat is denn los?"
„Ach Scheiße, die von der Eselswiese, die da heute abreisen, die haben gestern Abend wohl noch Radio gehört!"
Mudder Fliedig und Marcus sahen Jasper Diekgreve fragend an: „Ja und?"
„Ja, da gab es eine Unwetterwarnung wegen Regen und die haben rund um ihren Wohnwagen einen Graben ausgehoben."
„Scheiße", entfuhr es Marcus, „da, wo wir den Rollrasen ausgelegt haben?"
„Jo Chef, genau da. Und genau da ist jetzt ein Moddergraben."
Marcus holte tief Luft und schaute auf den Belegungsplan. Natürlich, die Plätze auf der Eselswiese waren, wie in jedem Jahr, gut gebucht und schon heute sollten dort neue Gäste kommen. „Okay, was soll's. Wenn die Familie Bayer nachher abgereist ist, müssen wir den Graben so gut es geht zumachen und walzen."
Am späteren Nachmittag kam tatsächlich die Sonne raus. Der kräftige Wind schob die Wolken auseinander und trocknete den Boden. Einige Gäste brachen noch kurz entschlossen zu einer nachmittäglichen Fahrradtour auf, andere saßen bei Angelo auf der Terrasse und ließen sich bei Tiramisu und Espresso verwöhnen.

Es war fünf, Platzwart Jasper Diekgreve machte Feierabend, Joke Fliedig hatte Birthe abgeholt und Marcus blieb allein zurück. Nur eine einzige Anreise stand heute noch auf seiner Liste und damit sollte es ein ruhiger Abend werden. Die große Anreisewelle mit den Feriengästen würde erst am Freitag beginnen und er könnte die Zeit nutzen, um Constance anzurufen. Hoffentlich würde sie heute ans Telefon gehen. Er grübelte schon wieder. Warum nur nahm sie eine ganze Woche lang das Telefon nicht ab? Und warum rief er immer erst am späten Abend an? Warum nicht schon jetzt? Er überlegte hin und her, aber es gab nicht einen einzigen Grund, wieder bis zum späten Abend zu warten.

Kurz entschlossen schlug Marcus das gelbe Notizbuch auf, suchte auf der letzten Seite die Telefonnummer, wählte und hörte das Quietschen von Bremsen an der Schranke. Die geplante Anreise.

„Guten Tag, herzlich willkommen, was kann ..."

„Ja moin, Herr Bolso, wir haben gebucht ab heute, so wie immer Platz einundzwanzig auf der Eselswiese."

Familie Malöhr stand in der Tür, alte Stammgäste aus dem Hessischen. Marcus steckte sein Notizbuch wieder ein, begrüßte die beiden erfreut, erledigte die Anmeldeformalitäten, übergab Frau Malöhr Schlüsselkarte und Kurpass, setzte sich aufs Rad und begleitete sie zum Platz.

Kurz vor der Einfahrt zur Eselswiese hielt er an und beugte sich zum Autofenster. „Wir müssen beim Einparken ein wenig aufpassen, Ihr Vorgänger hatte einen Graben ausgehoben."

„Wie? Kann ich nicht auf meinen Stammplatz?!"

„Doch, alles wie geplant, wir müssen nur beim Rangieren aufpassen, damit wir nicht in die weiche Spur kommen."

Malöhr nickte und fuhr langsam an. Marcus dirigierte ihn

in einem weiten Bogen, direkt zu seinem Stellplatz, so, dass Malöhr genau neben den frisch gewalzten Graben fahren konnte. „Jetzt einschlagen und langsam rüberkommen." Marcus zeigte ihm genau, wie er fahren musste, und Malöhr folgte den Handzeichen zentimetergenau. Dann gab er plötzlich Gas und zog nach links, ganz dicht an die Hecke ran.
„Halt! Stopp! Weiter rüber!" Marcus fuchtelte wie wild mit den Armen, aber Malöhr zog das Gespann schwungvoll über den Rasen und mit den Vorderrädern genau in die weiche Rinne. Dreck spritze auf, dir Räder drehten durch und das Gespann steckte fest!
Malöhr ließ auf der Fahrerseite die Scheibe heruntergleiten, steckte den Kopf raus und gab wieder Gas. Die Räder drehten viel zu schnell und gruben sich ein. Die linke Seite stand genau in der Rinne. „Ich hatte Ihnen doch gezeigt, wo Sie fahren können!"
„Ja schon, aber ich wollte dichter an die Hecke ran, der Boden sieht doch fest und trocken aus."
„Ist er aber nicht, ich hatte doch gesagt, dass wir aufpassen müssen." Marcus schüttelte den Kopf, nahm seine Brille ab, strich sich mit der Hand über die Nasenwurzel, atmete tief durch und steckte sich die Brille ins Haar.
Das Auto lag auf der linken Seite komplett auf. Malöhr hatte die weiche Rinne akkurat erwischt und noch tiefer gezogen. Vorder- und Hinterrad standen im Schlamm. Das Gespann steckte hoffnungslos fest.
Ganz langsam öffnete Malöhr die Tür und stieg aus. Er besah sich sein Werk und schaute Marcus hilflos an. „Ach du je, was mache ich denn jetzt?"
Am besten gar nichts, dachte Marcus. „Sie kuppeln den Wagen ab und ich hol unseren Traktor, ohne Technik wird das hier nix!" Frau Malöhr stieg jetzt ebenfalls aus und Marcus

knurrte sie an: „Und nichts allein versuchen, Sie graben sich nur noch tiefer ein!"
Mit dem richtigen Werkzeug war alles ganz einfach. Marcus hatte am Ende keine fünf Minuten gebraucht, um mit dem Traktor zuerst das Auto aus der Spur zu schleppen und anschließend den Wohnwagen richtig zu platzieren. Allerdings hatte der Rasen jetzt nicht nur einen Schlammgraben, sondern neben einer breit gefahrenen Pkw-Spur auch noch zwei tiefe Furchen von den Traktorreifen.
Jasper Diekgreve wird sich freuen ...

Marcus saß am Küchentisch und rührte gedankenverloren in seiner lauwarmen Gulaschsuppe. Als er vorhin mit Jaspers Lieblingsspielzeug, dem großen Traktor, an Constances Einfahrt vorbeigefahren war, stand wieder ein Auto der Firma Grünfinger vor ihrer Tür. Seine Hand am Lenkrad hätte sich vor Wut beinahe selbstständig gemacht. Er hatte plötzlich den unheimlichen Drang verspürt, mit dem Traktor direkt in das Auto zu fahren; richtig rein in die Karre! Nur mit viel Mühe konnte er sich gerade noch beherrschen und – statt das Auto frontal zu rammen – war er nur laut hupend vorbeigefahren. Die Hupe vom Traktor dröhnte wie eine Schiffssirene durch die ganze Straße und war mit Sicherheit bis in Constances Schlafzimmer zu hören.
Als er den Traktor dann zurück in die Garage brachte, war das Grünfingerauto noch immer da und Marcus hupte wieder. Lauter und länger! Die beiden sollten sich ruhig gestört fühlen. Wobei auch immer!
Gestört gefühlt haben sich auf alle Fälle die Nachbarn von Constance und damit auch die Nachbarn von Marcus. Oma Schultze jedenfalls hatte ihm deutlich und böse mit ihrer Krücke hinterhergewunken.

Marcus rührte in der kalten Suppe. Scheißspiel! Jetzt klingelte es auch noch an der Tür. Marcus schaute verärgert zur Uhr, wer kommt denn jetzt noch?! Er zog sein T-Shirt glatt, strich sich vor dem Spiegel durch die Haare und ging zur Tür. Constance!

Was war das denn jetzt? Er musste erst einmal schlucken, um seine Stimme zu finden. „Guten Abend, hallo, ja, also. Ja, was bringt dich im Dunklen hierher?" Marcus stand mitten in der Tür und Constance eine Stufe tiefer. „Hallo." Sie stemmte ihre Arme in die Hüften und sah irgendwie furchtbar angesäuert aus. „Muss ich hier draußen stehen bleiben?!" Marcus schüttelte den Kopf, „Nein, natürlich nicht, komm rein." Er ging rückwärts aus der Tür zurück in die Diele. „Wie kommt es, dass *du* bei *mir* klingelst? Du hattest doch eben noch Besuch!" Sie sah ihn mit wütendem Blick an, ein Blick, der einen Hochofen zum Kochen bringen konnte. Sie war stocksauer! Marcus konnte tiefe Wut in ihren Augen sehen, und das machte sie irgendwie noch süßer als sonst. Ihre Augen glühten und Marcus musste grinsen, dabei schien sie echt sauer zu sein. „Sag mal, spinnst du? Du hast dich ewig nicht bei mir gemeldet und dann hupst du das ganze Dorf zusammen! Statt dass du einmal rüberkommst und guten Abend sagst, machst du die ganze Straße wild! Und sag nicht, dass du keine Zeit hattest! Ihr seid oft genug bei mir vorbeigelaufen. Du und Arnulf!"

Was war das jetzt? Marcus merkte, wie der Groll wieder in ihm hoch kam. Sie hatte doch jeden Abend so einen Grünfingerkerl zu Besuch! Sie war es, die tagelang nicht ans Telefon ging! Und jetzt tat sie so, als hätte *er sie* vergessen! Wenn es nach ihm gegangen wäre, dann hätte er jeden Abend bei ihr verbracht! Aber zum einen hatte er einen 24-Stunden-Job und zum anderen: Ja, was eigentlich? Zum anderen stand bei

ihr jeden Abend das Auto von irgendwelchen Gärtnermeistern vor der Tür.
Er zählte ganz leise bis acht, ballte die Hände zur Faust und öffnete sie wieder, holte tief Luft und steckte sich seine Brille ins Haar. „Ich wollte schon seit Tagen rüberkommen, aber du bist nicht ans Telefon gegangen, hattest jeden Abend lange Besuch und dann war es meist auch schon viel zu spät. Außerdem wollte ich den Gärtnermeister nicht beim Ernten deiner Früchte stören!"
Constances Blick verdunkelte sich, ihre Augenbrauen schoben sich noch mehr zusammen und ihre Miene wurde noch düsterer, soweit dies überhaupt noch möglich war. Plötzlich aber wechselte ihr Gesichtsausdruck, ja, sie lächelte ihn beinahe an.
Marcus spürte, wie noch mehr Ärger in ihm hochkam. Was bitte war daran jetzt lustig? Schlimm genug, dass er eine Woche lang zusehen musste, wer bei ihr jeden Abend zu Besuch war. Ihr Mann würde diesen Besuch wohl auch nicht kennen, aber der Trottel war ja noch immer in Kanada!
„*Ich? Du!* Du hattest jeden Abend Besuch, hast das Telefon ignoriert und ich ... Aber das geht mich natürlich alles nichts an."
„Nein, da hast du vollkommen recht, es geht dich nichts an!", grummelte sie. Aber sie lächelte dabei und – warum auch immer – sie schien ihm nicht mehr böse zu sein.
„Nein, es geht dich im Grunde überhaupt nichts an, dass die Gartenbaufirma meines Schwagers mir den Obstgarten umgestaltet hat. Es geht dich auch nichts an, dass der Mann meiner Schwester jeden Abend nachgesehen hat, ob alles in Ordnung ist, und noch weniger geht es dich etwas an, dass diese tolle Gartenbaufirma beim Aufstellen des neuen Gartenhäuschens die Telefonleitung getroffen hat." Ihr grollender Ton war das totale Gegenteil ihrer strahlenden Augen

und ihr Lächeln wurde immer breiter, freundlicher und schöner. „Aber es ist schön zu wissen, dass du auf mich aufpasst.“ Sie grinste und legte den Kopf wieder zur Seite. „Und eifersüchtig bist!“

Marcus fiel eine riesige Last von den Schultern. Mein Gott, was hatte er denn gedacht? Und mit welchem Recht? Er schluckte. „Möchtest du reinkommen? Kann ich dir ein Glas Wein anbieten?“

Er schaute ihr direkt in die Augen und sein Herz setzte aus. Ihre Lippen bewegten sich, sie sagte etwas, aber es dauerte mehrere Sekunden, bis die Worte sein Gehirn erreichten. „Ja gern, ein kleines Gläschen wäre schön, aber“, sie sah ihn ein wenig traurig an, „aber die Sache ist die, der Haken ist der; ich hab wirklich keine Zeit.“

Sie stockte, „sorry, ich muss noch mal ins Büro.“ Aber sie ging nicht. Sie blieb in der Diele stehen und bewegte sich nicht. Sie stand einfach nur da und sah ihn mit ihren unergründlichen Augen an. Den Mund leicht geöffnet, umspielte ihre Zunge ihre vollen Lippen. Wollte sie doch ein Glas Wein?

Er ging zwei Schritte rückwärts in die Küche, holte die Gläser aus dem Schrank und sah sie an. Ihr Blick war die pure Lust. Offene Lippen! Durst? So ein Quatsch! Seine Fantasie interpretierte etwas ganz anderes als Durst und er musste sich mit aller Kraft bemühen, seinen Blick nicht unter ihren Hals rutschen zu lassen. Nicht ihre Brüste zu mustern, die sich unter ihrem hellen Pullover abzeichneten, und nicht ihre Beine zu betrachten, die in einer ultraengen Jeans steckten. Er stellte die Gläser ab. „Ich hol nur eben den Wein.“

Sie ließ ihre Zunge nochmals über die Lippen streichen und befeuchtete ihren Mund. Marcus brach der Schweiß aus. Reiß dich zusammen! „Danke Marcus, aber ich muss wirk-

lich ins Büro, eine Kundin wartet auf mich.", ihre Stimme klang belegt, „tut mir leid, aber die Dame hat mich die ganze Woche nicht erreicht."
Nahezu fluchtartig drehte sie sich zur Tür: „Du weißt schon, ich habe kein Telefon. Aber wenn du willst ...", sie sah ihn an und legte den Kopf zur Seite, „du kannst jederzeit an meiner Haustür klingeln."
Mein Gott, wenn das keine Einladung war! Marcus schoss das Blut durch die Adern und sein Herz erhöhte schlagartig die Frequenz. Das Pochen in seinen Schläfen musste noch auf der Straße hörbar sein. Er öffnete ihr die Tür und hielt sich mit beiden Händen am Türknauf fest, um nicht in die Verlegenheit zu kommen, sie zu umarmen. Constance glitt ganz dicht an ihm vorbei und ihr Duft streifte ihn wie ein Orkan. „Tschüss", murmelte er und sah ihr hinterher. Was für eine Figur. Und was für ein Idiot war er selbst!

Es ging los. Der Wohnwagen war beladen, alles Notwendige eingepackt und die Gewichte gut verteilt. Klaus hatte sogar mit einer Waage die Stützlast nachgemessen und den Luftdruck am Wohnwagen und am Auto kontrolliert. Er war da sehr genau. Zusammen mit Gertrude justierte er noch einmal die Zusatzspiegel und dann rollte ihr Gespann in Richtung Autobahn. Es war Samstag früh und der Campingurlaub ging jetzt wirklich los.
„Wenn alles gut geht, sind wir mittags um zwei in Hannover."
„Klaus, von zu Hause aus waren es genau 550 Kilometer, wir fahren bestimmt sieben Stunden und wenn wir eine Pause machen sogar acht. Wir sind bestenfalls um vier in Wolfersrode an der A377."
„Meinst du? Mein Navi sagt mir, dass wir nur sechs Stunden brauchen."

„Dein Navi weiß auch nicht, dass du einen Wohnwagen am Haken hast, und dein Navi braucht keinen Frühstückskaffee und keine Toilette.“
Klaus sah kurz zu Gertrude rüber: „Acht Stunden? Dann müssen wir irgendwo eine Mittagspause machen.“
„Klausi“, Gertrude war wirklich gut gelaunt, „Klausi, du bist der Fahrer, wir machen die Pausen so, wie du es willst.“ Er sah kurz zu ihr rüber. „Gut, dann lass uns nachher frühstücken und dann sehen wir einfach mal, wo wir zur Mittagszeit sind.“
Sie waren schon bis in den Raum Kassel gekommen, als Klaus das zweite Mal auf einen Rastplatz fuhr. Er tankte und Gertrude verschwand sofort wieder in der Toilette. Klaus parkte das Gespann vor dem Autobahnrestaurant und wenige Minuten später saßen sie jeder vor einem riesigen Berg Nudeln. Spaghetti schienen hier das einzige Gericht zu sein, bei welchem man keine Anteile an der Raststätte erwerben musste. Die Preise waren schlichtweg königlich. Schon das Frühstück mit Rührei und Kaffee hatte ihre Reisekasse kräftig durcheinandergebracht und einen Teil des Mittags musste Klaus schon aus dem Etat des zweiten Urlaubstages zahlen; dabei hatte er den Urlaub genau kalkuliert.
Es ging schließlich nicht nur darum, einen schönen Urlaub zu verbringen, sondern vor allem auch um die Einsparung von Kosten, um die allgemeine Finanzkrise bewältigen zu können. Das war der Plan! Und jetzt war schon die Anreise teurer als geplant.
Klaus betätigte den Anlasser und startete das Navigationssystem. „Noch 170 Kilometer bis Hannover, genauer gesagt, noch 163 Kilometer bis nach Wolfersrode.“ Er beschleunigte und fädelte sich in die Urlaubskarawane ein.

Ferienbeginn in Deutschland und das Telefon steht nicht mehr still. Nachdem es gestern Zeugnisse gegeben hatte, rollte heute die Anreisewelle gen Norden, und wie in jedem Jahr war die Autobahn genauso überlastet wie die Telefonleitungen des Campingplatzes „Watt'n Blick".
Das dicke Regengebiet war abgezogen, der Himmel wurde von der Sonne beherrscht – und plötzlich fiel allen ein, dass Urlaubszeit war. Marcus Bolso und Birthe Fliedig telefonierten abwechselnd und bedienten die anreisenden Feriengäste. Opa Schowski begleitete die Urlauber an ihre Stellplätze und Jasper Diekgreve sorgte dafür, dass alle Strom und Wasser bekamen.
Das Telefon gab den ganzen Tag über keine Ruhe. „Campingplatz Watt'n Blick, guten Tag, Sie sprechen mit Marcus Bolso, was kann ich für Sie tun?" Marcus gab bei jedem Anruf die gleichen Antworten. „Ja, wir haben noch genügend freie Plätze."
„Ja, Sie können gerne kommen", „ja, natürlich haben wir auch Stellplätze für Wohnmobile", „ja, Stromanschlüsse und Wasseranschlüsse haben wir auch", „ja, Sie können gern anreisen", „ja, auch heute noch."
Das Telefon klingelte ununterbrochen und die Rezeptionstür kam nicht zur Ruhe. Neue Gäste kamen, um sich anzumelden, andere, um sich nach Ausflugszielen zu erkundigen und wiederum andere hatten kleine Probleme, die behoben werden wollten.
So, wie Swidbert Bici. Herr Bici erschien jeden Nachmittag zur gleichen Zeit. „Guten Tag, Chef, wir waren ja nun wieder mit den Rädern unterwegs, um zur Silbermöwenkolonie zu kommen. Aber es hat ja so geregnet, da sind wir nur bis zum Reitstall gekommen und ..."
Das Telefon klingelte schrill, Birthe Fliedig sprach schon auf

der anderen Leitung und Marcus unterbrach Herrn Bici mit einer verzeihenden Handbewegung. „Einen Moment bitte.“ Er nahm den Hörer ab und beantwortete wieder die gleichen Fragen: „Ja, selbstverständlich können Sie heute noch anreisen“, „ja“, „ja, natürlich“, „gute Fahrt dann“, „ja bis heute Abend, tschüss.“
Marcus legte auf und sah Swidbert Bici fragend an. „Wie gesagt, wir sind nur bis zum Reitstall gekommen und mussten dann umkehren, den Weg zur Silbermöwenkolonie haben wir wieder nicht gefunden.“
„Der Weg zweigt direkt hinter dem Reitparcours rechts ab, dort steht ein braunes Hinweisschild.“
Das Telefon klingelte schon wieder, Marcus nahm den Hörer ab und hielt sich mit der linken Hand das andere Ohr zu. Mudder Fliedig war gerade dabei, eine Großfamilie in den Computer einzutragen und bei so vielen ging es mit entsprechender Lautstärke zu, zumal hinter der Familie bereits neue Gäste standen, die soeben angereist waren.
„Guten Tag, Campingplatz Watt'n Blick, Sie sprechen mit Marcus Bolso. Was kann ich für Sie tun?“ Marcus hörte zu und nickte: „Ja, selbstverständlich, ja bis 22 Uhr“, „ja, Sie können heute noch kommen, richtig, ja, bis 22 Uhr“, „morgen früh ab acht Uhr sind wir wieder da“, „ja, gute Fahrt!“
Er wandte sich wieder Swidbert Bici zu: „Sie hätten doch gleich am Reitstall nach dem Weg fragen können, aber wie gesagt, direkt hinter dem Reiterhof, dort, wo das braune Schild steht, müssen Sie abbiegen.“
„Wir wollten dort nicht fragen, die Reittrainer sahen alle so beschäftigt aus und wir wissen ja, dass Sie sich hier auskennen, Herr Bolso.“
„Ja“, Marcus nickte, „aber wie gesagt, ich würde Ihnen eine aktuelle Wanderkarte empfehlen.“

„Nee, das mit der Karte lassen wir erst mal, wir versuchen es einfach noch mal, jetzt scheint ja wieder die Sonne."
Marcus gab ihm recht, wünschte ihm viel Spaß und schaute an Bici vorbei, dem nächsten Gast entgegen.
Am Empfangstresen wurde es richtig voll, aber Swidbert Bici faltete seelenruhig seine alte Karte auf dem Tresen auseinander. „Wenn wir die Silbermöwenkolonie finden, können Sie uns auch den Weg zum alten Priel zeigen?"
Das Telefon klingelte erneut, Marcus nahm ab, stellte sich vor und beugte sich zu Swidbert Bici rüber. „Herr Bici, fahren Sie doch erst einmal zur Kolonie, dort gibt es eine große Hinweistafel zum alten Priel und wenn Sie den Weg wirklich nicht finden, fragen Sie einfach dort im Restaurant."
„Meinen Sie?"
„Ja, das ist am einfachsten."
„Gut. Dann tschüss, Herr Bolso."
„Tschüss, Herr Bici, und einen schönen Tag."
Marcus nickte ihm erneut zu und klemmte sich das Telefon zwischen Kinn und Schulter, um dem Gast, der noch immer in der Leitung wartete, zuzuhören und gleichzeitig den nächsten Gast heranzuwinken.

Gertrude hatte das Campingplatzfaltblatt auf der Stuttgarter Campingmesse mitgenommen und jetzt ging sie mit dem Prospekt in der Hand genau über diesen Platz. Die Campinganlage lag günstig in der Nähe der Autobahn, von hier aus würden es morgen nur noch 235 Kilometer bis zum Urlaubsziel Weeldewarft sein.
Hier, auf dem Campingplatz Lärchensee, machten sie nur einen Zwischenstopp für eine Nacht und das war auch besser so. Der Campingplatz war so schön wie auf dem Prospekt beschrieben. Gepflegte Anlagen, moderne Einrichtungen

und ein gemütliches Restaurant. Die Wohnwagen der Jahresgäste standen idyllisch am See und sie selbst hatten einen Platz bekommen, von dem aus sie problemlos weiterfahren konnten. Die gesamte Anlage war wirklich gut gelegen und mit dem Wohnwagen günstig zu erreichen.
„Wirklich, alles toll gepflegt hier", meinte Klaus und schlenderte mit Gertrude am Arm über den Hauptweg des Platzes.
„Ja, aber trotzdem, ich bin froh, dass wir nur eine Nacht bleiben." Gertrude drehte sich um und schaute mit Klaus in Richtung Autobahnbrücke. Die gewaltige Brücke überspannte das Tal mit dem Lärchensee und den Campingplatz.
„Zum Glück geht der Wind heute in die andere Richtung."
„Ja, aber der Lkw-Verkehr, hoffentlich können wir hier überhaupt etwas schlafen."
Klaus überlegte: „Wenn man länger hier ist, hört man den Lärm bestimmt nicht mehr. Oder noch besser, man hört dann wohl eher die Grillen am See als die Autos auf der Brücke."
Gertrude runzelte die Stirn: „Na, ich weiß ja nicht. Aber egal, wir fahren morgen früh an die See."

Die Sonne strahlte mit den Urlaubsgästen um die Wette und Marcus entdeckte bei seiner Morgenrunde nur glückliche Gesichter. Die Urlaubsgäste saßen vor ihren Vorzelten, lasen Zeitungen, studierten Prospekte und frühstückten in aller Ruhe. Der Tag begann so, wie ein Urlaubstag eben beginnen sollte, und Marcus ging gut gelaunt in die Rezeption. Birthe Fliedig hatte schon alles vorbereitet, An- und Abreiselisten waren gedruckt, der Prospektständer aufgefüllt und die Kaffeemaschine in Gang gesetzt. Wie jeden Morgen, versuchten Marcus, Mudder Fliedig und Jasper Diekgreve noch vor Beginn der Öffnungszeit gemeinsam eine Tasse Kaffee zu trinken und die Planung des Tages zu besprechen.

Schwungvoll platzierte Marcus den Deichboten auf dem Tisch und ging zur Kaffeekanne. An seinem Schreibtisch stoppte er. Was war das? Neben dem Telefon stand ein Brief. „Marcus Bolso“ stand drauf, keine Briefmarke. Wo kam der Brief her? Er drehte ihn um und las den Absender. Fiene Comessa, seine Verkäuferin aus dem Campingshop. Er fummelte einen Finger in den Umschlag, riss den Brief an der Seite auf und sah sofort den gelben Zettel. Oh nein, nicht jetzt zum Start der Hauptsaison! Aber leider, er täuschte sich nicht, Fiene fiel laut Krankenschein für mindestens eine Woche aus. Sie hatte noch einen handgeschriebenen Zettel beigelegt: „Tut mir leid, Chef, ich bin im Garten in die Harke getreten, habe heute Morgen noch alle Brötchen und das Brot gebacken, der Arzt sagt, ich muss den Fuß schonen, nächste Woche bin ich wieder da.“

Marcus holte tief Luft, nahm die Brille ab, steckte sie ins Haar, füllte eine große Tasse mit Kaffee und ging zurück zum Frühstückstisch. Birthe Fliedig sah ihn verwundert an. „Was ist los Chef? Regenwolken?“

„Schlimmer“, Marcus trank einen Schluck Kaffee, „Fiene Comessa ist krank, mindestens eine Woche.“

„Wie – krank? Jetzt in der Saison?“

„Ja leider. Schöner Sch...“

„Denn ist ja die kleene Stine jetzt ganz allein im Laden!“

Marcus sah zu ihr rüber. „Ja, aber alleine geht das nicht, wir müssen Oma Warder anrufen, sie muss wieder helfen kommen.“

Jasper Diekgreve nickte. „Ja, das geht, sie kennt sich ja aus.“

„Nee, das geht nicht“, korrigierte Birthe Fliedig, „Oma Warder ist drüben auf Wangerode bei ihrem Sohn. Auf den Enkel aufpassen.“

Marcus sah verwundert auf: „Sie ist nicht da? Und nu? Stine

kann nicht die ganze Woche alleine arbeiten. Kennt ihr jemanden, der schnell aushelfen kann?“ Jasper Diekgreve hielt den Kopf schief. „Jetzt in der Saison? Das sieht schlecht aus, Chef, aber ich kann mich ja mal umhören.“
Marcus nickte und trank seinen Kaffee aus. „Ja, mach das mal, aber vorher musst du runter zum Strand, da ist noch der Rest von einem Lagerfeuer, da muss aufgeräumt werden.“

Die Nordsee ruft!

5

Herzlich willkommen in Weeldewarft. Schon am Ortseingang wurden Klaus und Gertrude von einem großen Schild begrüßt und der Hotelwegweiser hatte ganz unten sogar einen Hinweis auf den Campingplatz. Klaus folgte der Beschilderung und lenkte das Gespann vorsichtig durch die engen Straßen. Nach der breiten Autobahn schienen ihm die Straßen hier besonders schmal und Weeldewarft ein besonders langes Dorf zu sein. Erst kurz vor dem Ortsausgang bog die Straße in Richtung Küste ab und dann standen sie endlich in der Parkspur vor dem Campingplatz. „Unglaublich, wir sind da!"

„Und die Sonne scheint!" Gertrude strahlte über das ganze Gesicht: „Ich rieche schon die See."

Sie öffnete die Tür und sog die Luft deutlich hörbar durch die Nase ein: „Mein Gott, riecht das gut! Luft, See, Wasser, Fische." Sie stiegen aus und Klaus schloss das Auto ab. Es war erstaunlich heiß, er brauchte keine Jacke, ja selbst im kurzen Freizeithemd war ihm sofort warm. Er reckte sich und streckte die Arme gen Himmel. „Nordsee, wir kommen!" Gertrude hakte sich bei ihm ein: „Hoffentlich ist der Platz auch so schön wie im Prospekt beschrieben, nicht, dass hier auch eine Autobahnbrücke den Campingplatz überspannt."

„Oder der Hauptbahnhof von Weeldewarft liegt direkt am Campingplatz", ergänzte Klaus.

„Lass uns erst mal gucken gehen, du weißt doch, immer zuerst Sterne und Klo gucken!"

Sie ließen sich Zeit, gingen über das ganze Gelände bis runter an den Strand und auf dem Rückweg besichtigten sie das moderne Sanitärgebäude. Das große Dach war mit Solarplatten gedeckt und auch sonst machte das Haus einen soliden Eindruck. Gertrude war zufrieden.

Klaus öffnete die Tür zur Rezeption. Der Chef und die Chefin standen hinter dem Tresen. Auf der Seite der Chefin standen zwei Familien mit Kindern und erledigten lautstark die Anmeldeformalitäten, beim Chef stand nur ein älteres Ehepaar, welches sich irgendein Ausflugsziel erklären ließ. Der Herr hatte seine Wanderkarte auf dem Tresen ausgebreitet und der Chef erklärte ihm den Radweg.

„Sie brauchen nur hinter dem Campingplatz den Weg zum alten Priel nehmen, Herr Bici, Sie kommen von dort direkt zu einer Jägerkanzel und von dort führt der Weg parallel zum Deich bis nach Falkenberg."

„Ist der Weg auch leicht zu finden?"

„Ja, der Weg ist ja auch in Ihrer alten Karte eingezeichnet." Der Herr Bici sah seine Frau triumphierend an: „Siehst du, ich hatte doch recht. Wir brauchen keine neue Karte!" Der Chef half dem Ehepaar noch die Karte zusammenzuraffen und dann waren Klaus und Gertrude an der Reihe.

„Moin, moin, und herzlich willkommen auf dem Campingplatz Watt'n Blick."

„Ja, grüß Gott, wir haben Ihren schönen Campingplatz auf der Messe in Stuttgart entdeckt und jetzt sind wir hier."

„Haben Sie denn noch ein schönes Plätzchen für uns? So direkt hinter den Dünen? So, dass man das Meer rauschen hört?", fragte Gertrude direkt.

Der Chef, Marcus Bolso stand auf seinem Namensschild, nickte. „Natürlich haben wir was Schönes für Sie, auch direkt hinter dem Deich. Er tippte irgendetwas in seinen Computer ein und Klaus füllte schon mal das Anmeldeformular aus, welches Bolso ihm wortlos in die Hand gedrückt hatte. Auf die Frage, wie lange sie bleiben wollten, antwortete Gertrude, ohne eine Sekunde nachzudenken. „Wir bleiben vierzehn Tage. Zwei Wochen bei Sonne und Wind." Der Chef Bolso lachte über den Tresen. „Also die zwei Wochen Wind kann ich Ihnen garantieren, das mit der Sonne müssen wir dann mal sehen."

Klaus bekam eine Schrankenkarte, die Kurkarten, den Veranstaltungsplan und diverse Unterlagen. Gertrude steckte alles in ihre Tasche. „Halt." Der Chef zeigte mit den Fingern auf die Tasche. „Die Schrankenkarte nicht einstecken, die brauchen Sie jetzt, um auf den Platz zu fahren. Mein Mitarbeiter bringt Sie zu Ihrem Stellplatz und ich wünsche Ihnen einen schönen Urlaub. Viel Spaß."

Dieses Mal ging alles schneller. Es dauerte keine zwei Stunden und Klaus war mit dem Vorzelt fertig. Gertrude packte in der Zwischenzeit das Auto aus, räumte den Wohnwagen ein, füllte den Kühlschrank, bezog die Betten und stellte Klapptisch und Stühle in die Sonne.

Der warme Wind war kaum zu spüren und die späte Nachmittagssonne wärmte so gut, dass sie in kurzen T-Shirts ihren ersten Urlaubskaffee genießen konnten.

Den ganzen Tag telefonierte er. Immer wenn es kurz einmal etwas ruhiger wurde, griff Marcus Bolso zum Telefon. Er rief Gott und die Welt an, aber niemand hatte Zeit und keiner seiner Bekannten und Freunde wusste, wer ihm im Backshop aushelfen konnte. Es war zum Verzweifeln, endlich war Hauptsaison, Zeit um Geld zu verdienen und ihm fehlte eine Verkäuferin!

Marcus schaute auf die große Uhr an der Wand, es war schon neun, alle anderen waren wie immer schon lange zu Hause und auch er sollte langsam Feierabend machen, schließlich musste er ja morgen früher raus, um die Brötchen zu backen. Dieser Krankenschein brachte wirklich alles durcheinander! Marcus holte tief Luft und stöhnte, nahm seine Brille ab, steckte sie hoch ins Haar und grübelte. Sollte er heute Abend

noch mal in den Tüdelpott gehen? Zu Hauke und Wibke? Die beiden wussten immer mehr als jeder andere. Und wenn auch den beiden nichts einfiel? Marcus stöhnte erneut, dann würde es wohl auf der Nordhalbkugel auch keine freie Aushilfskraft mehr geben.
Marcus schwang sich auf den Barhocker. Er hatte schnell geduscht, sich rasiert, ein strahlend weißes T-Shirt übergezogen und war dann doch noch zum Tüdelpott gefahren. Natürlich musste man sich nicht stylen, um in diese Kneipe zu gehen, aber Marcus hasste es, wenn auf einem seiner weißen T-Shirts auch nur der kleinste Fleck zu erkennen war.
Hauke schob ihm kommentarlos ein Pils rüber und kümmerte sich um die anderen Gäste. Der Tüdelpott war gut gefüllt, Dialekte schwirrten durch den Raum, Wibke kam kurz herein, nickte ihm zu und verschwand sofort wieder mit einer Trommel Bier im Arm. Marcus hörte lautes Gelächter durch die Tür. Im Klubraum tagte irgendein Verein und hier im Gastraum ging es ebenfalls hoch her. Hauke brauchte sich nicht zu beschweren; sein Geschäft lief auf vollen Touren und es dauerte einen Moment, bis er Zeit für Marcus fand.
„Na Bolso, alles klor bi di?"
„Jo, geht so, is' ja Saison nu." Hauke sah ihn an und schob neues Pils zu ihm. „So richtig glücklich hörst du dich aber nicht an, Bolso."
„Nee, nicht so richtig. Ich brauch 'ne Aushilfe, einen Verkäufer." Marcus rutschte vom Barhocker und sah Hauke an, „oder Verkäuferin, oder Bäcker." Hauke runzelte die Stirn. „Wat nu? Wen brauchst du?" Marcus griff sein Bier mit beiden Händen und lehnte sich gegen die Theke. „Meine Verkäuferin im Backshop hat sich heute krank gemeldet, da brauch ich Ersatz. Und das sofort."
„Oha! Jo, das is ja man schwierig."

„Genau, kennst du keinen?“ Hauke sah ihn an. „Ich bin gleich wieder da.“
Marcus schöpfte Hoffnung, bestimmt kannte Hauke jemanden, oder Wibke wusste was. Er beobachtete Hauke, wie er routiniert ein Pils nach dem anderen zapfte und eine kleine Trommel Schnapsgläser mit Doppelkorn füllte. Wibke kam an den Tresen, griff sich das Schnapstablett und die Biergläser und verschwand wieder zwischen den Tischen.
Hauke kam zurück. Marcus hob sein Glas und prostete ihm zu. „Und wen kennst du?“ Aber noch bevor Hauke etwas sagen konnte, wusste Marcus Bescheid. Auch Hauke kannte niemanden! Sein Blick verriet alles. „Nee Bolso, ich weiß echt keinen. Jetzt im Sommer arbeiten die ja alle. Und die, die nicht arbeiten, also nicht mal schwarz, also die willst du auch nicht.“ Marcus schaute ungläubig. „Echt? Du kennst auch keinen? Schön Schiet! Dann mach ich mich besser gleich auf die Strümpfe, ich muss ja morgen früh raus und backen. Und dann weitersuchen.“
„Musst du echt alles alleine machen, Bolso?“
„Ja, wer sonst?“
„Frag doch einfach die da!“
Hauke nickte in Richtung Klubraumtür, die sich in diesem Moment öffnete und eine lärmende, lachende und quatschende Frauengruppe ausspuckte. Marcus kannte fast alle, es war wohl die Frauenkegelgruppe von Weeldewarft. „Du meinst die Keglerinnen?“
„Nee, die Boßel-Mannschaft. Wie wär's mit der Strandkorbknudsen? Oder Jutta Kegel, oder Constance Semester, die wohnt doch bei dir am Campingplatz.“ Marcus stellte sich unwillkürlich gerade auf, drückte den Rücken durch und seine Miene wechselte automatisch von erschöpft auf Strahlemann.

Laut lachend, auf den Tresen klopfend und winkend zog die Boßel-Truppe an Marcus vorbei und verließ in kleinen Gruppen den Tüdelpott. Die Knudsen grinste Marcus an und fragte ihn im Vorbeigehen noch nach seinem Trüffelschwein. Kaum war sie nach rechts in Richtung Tür verschwunden, kniff ihm von links jemand in den Hintern. Marcus drehte sich um. Jutta Kegel. Laut lachend eilte sie an ihm vorbei und den anderen hinterher.

In der Mitte der nächsten kleinen Gruppe war Constance. Marcus hatte ihr Lachen längst herausgehört und sich zu ihr umgedreht. Ihre Blicke kreuzten sich und Constance blieb stehen. Die Frauen um sie herum stoppten ebenfalls, aber Constance verabschiedete sich schnell von ihnen. „Ich bleib noch einen Moment." Sie umarmte kurz ihre Freundinnen und winkte ihnen noch einmal zu, bevor sie zu Marcus an den Tresen kam.

„Hallo Marcus! Was machst du denn hier? Gestern erzählst du mir noch, dass du so viel zu tun hast, und heute bist du im Tüdelpott! Ich denke, du hast Hochsaison?" Sie stellte sich neben ihn und legte zur Begrüßung ihre Hand kurz auf seinen Oberarm. Nur ganz leicht, aber Marcus fühlte sich, als hätte ihn eine Starkstromleitung getroffen.

„Hallo Constance, ja das stimmt auch, ich bin sozusagen geschäftlich hier." Constance grinste: „Geschäftlich. Natürlich!" Sie drehte sich zu Hauke: „Machst du mir bitte auch ein Pils; und was für tolle Geschäfte habt ihr hier am Laufen? Oder sind die so geheim, dass keiner etwas wissen darf?" Hauke schob ihr ein Jever rüber und Marcus stieß mit ihr an.

„Ich wollte von Hauke nur einen Tipp, aber er konnte mir auch nicht weiterhelfen."

Er wischte sich mit dem Handrücken den Bierschaum ab. „Ich trink nur noch schnell aus und dann fahr ich zurück."

„Wie? Du fährst zurück?“
„Mit dem Fahrrad, nicht mit dem Auto. Ich muss morgen früh raus, da wird es Zeit für mich.“ Marcus grinste und sah Constance schräg von der Seite an. „Willst du mit? Bei mir auf der Stange?“ Sie lachte und tippte ihn an die Stirn.
„Du hast wohl ein Bierchen zu viel gehabt. Nix da mit Stange! Aber wenn du schieben willst, ich muss ja auch irgendwie nach Hause.“
Marcus schob einen Schein über den Tresen und winkte Hauke. „Zahlen!“
„Stimmt, du musst auch nach Hause und deine Boßelmädels werden dich morgen ohnehin fragen, wie du nach Hause gekommen bist. Schließlich bist du ja alleine hier geblieben.“ Constance legte den Kopf in den Nacken und lachte.
„Ja, die werden sich bestimmt Sorgen machen, also was ist? Bringst du mich nach Hause?“ Wohin auch immer du willst, dachte Marcus und sah sie mit der Geldbörse wedeln, aber Hauke winkte ab. „Ist schon bezahlt, Constance, dein reicher Campingnachbar war schneller.“
„Oh, danke“, und wieder legte sie ihre Hand kurz auf den Oberarm von Marcus und wieder durchfuhr ihn ein Starkstromschlag. Mein Gott, hatte sie im Kraftwerk geschlafen? Er spürte tatsächlich seinen eigenen Herzschlag und hatte das Gefühl, dass jeder hier im Tüdelpott sehen musste, wie sein Herz von innen gegen das T-Shirt schlug. Es wurde Zeit, dass er nach draußen kam! Er trank den Rest aus dem Glas in einem Zug und fasste Constances Ellenbogen.
„Wollen wir los?“ Constance nickte, winkte Hauke kurz zu: „Tschüss, und sag Wibke noch mal schönen Dank für den Klubraum.“ Marcus ließ ihr den Vortritt und endlich waren sie draußen. Ein wunderbarer, lauer Abend, die Luft fühlte sich weich an und irgendwo im Westen, irgendwo über dem

Meer, ging die Sonne unter. Marcus blieb stehen, steckte sich die Brille ins Haar und nahm sein Fahrrad aus dem Ständer. Gut, dass er für beide Hände etwas zum Festhalten hatte. So ganz allein neben Constance, er hätte gar nicht gewusst, wohin mit seinen Händen. Oder eben doch! Er sollte sein Fahrrad in die Dünen werfen, sie einfach auf den Arm nehmen, nach Hause tragen, in ihr Schlafzimmer bringen und langsam jeden Knopf ihrer Bluse öffnen.

„Übrigens, meine Boßeldamen können mich morgen anrufen und mich fragen, wie ich nach Hause gekommen bin, mein Telefon funktioniert wieder."

Marcus kam zurück in die Wirklichkeit.

„Und nicht nur das Telefon", ergänzte er, um sich abzulenken. „Weißt du noch, im letzten Jahr, als der Bagger alle Kabel zerrissen hatte? Kein Telefon, kein Fax, keine E-Mails, keine Buchungen, keine Kartenzahlungen, kein Internet." Er sah sie an: „Wie ging das eigentlich früher? Mein Vadder hatte nur einen Quittungsblock und einen Postbriefkasten."

„Ja, unser Reisebüro lief zuerst auch nur über Post und Telefon, irgendwann kam dann ein Fax dazu. Jetzt konnte ich wegen der kaputten Telefonleitung wirklich ein paar Tage gar nichts machen."

Constance holte tief Luft und sah Marcus an.

„Meine Handyrechnung für diesen Monat möchte ich lieber nicht sehen. Was wolltest du eigentlich von Hauke? Sie lachte: „Also, wenn es nicht zu geheim ist."

Marcus schaute sie an und versuchte zu lächeln.

„Nein, nein, nicht geheim. Ich brauche ganz dringend jemanden im Backshop, meine Verkäuferin hat sich krank gemeldet." Sie sah ihn an: „Und du hast niemanden zur Aushilfe?" Marcus schüttelte den Kopf: „Nein. Wibke und Hauke waren meine letzte Hoffnung."

„Was muss die Aushilfe denn können?"
„Aaalsoo", er dehnte das Wort, um zu überlegen, „also, wenn ich jemanden zum Backen finden würde, wäre das schon hilfreich, sonst muss ich jeden Morgen, noch vor Öffnung der Rezeption, die Brötchen in den Ofen schieben."
„Das kann doch jede Studentin, es sind doch Semesterferien. Anne ist doch zu Hause, meine Nichte." Constance grinste ihn an: „Die Tochter von meinem Gärtnermeister! Du weißt schon! Sie ist zu Hause. Wenn du willst, kann ich dir ihre Nummer geben."
Marcus konnte es kaum glauben: „Du meinst, sie hat noch keinen Ferienjob?" Constance blieb kurz stehen. "Nein, ich denke nicht, ruf sie doch morgen einfach an." Sie lächelte ihn an und schaute verträumt in den Abendhimmel: „Aber müssen wir wirklich von Arbeit reden?"
Sie gingen gemeinsam nebeneinander her und mussten nicht ein Wort sagen, um sich zu verstehen. Am Abendhimmel erschienen die ersten Sterne. Es mussten Tausende sein. Tausende glühende Sonnen. Mindestens Tausende.
Marcus hatte das Gefühl, als bewegten sich ihre Seelen im gleichen Takt. Trotz des leichten Seewindes konnte er ihr wildes Parfüm riechen, ja, er bildete sich sogar ein, der Duft ihrer Haare würde sein Gehirn durchströmen. Seine Gedanken wanderten wieder unkontrolliert zu Constances Bluse, zu den Knöpfen, zu ihren Brüsten, ihren Knospen.
Constance blieb stehen. Sie waren schon angekommen. Wo war die Zeit geblieben? Er schielte unauffällig auf die Uhr, es war wieder spät geworden, und es wäre am besten, wenn er jetzt direkt nach Hause gehen würde. Aber wider besseres Wissen fragte er sie nach den Umbauten in ihrem Garten. Constance lächelte: „Ach, die Gärtner waren schon fleißig." Sie öffnete die Gartenpforte, ging hinein und zeigte auf die

neue Hecke mit der Terrasse. Marcus folgte ihr ungefragt. Sie gingen über den knirschenden Kies, und er meinte, dass in der Stille des Abends jeder im Dorf hören musste, dass er seine Nachbarin besuchte. Sie mitten in der Nacht besuchte.
„Er hat die ganze Terrasse hochgenommen, den Kies ausgetauscht, neues Bangkirai verlegt und rundherum diese immergrüne Ligusterhecke gesetzt."
Constance blieb neben der Hecke stehen und Marcus spürte plötzlich ihren Blick, ein Blick, der Lava hätte zum Kochen bringen können. Sein Herz begann hastig zu rasen und sein ganzer Körper straffte sich, insbesondere zwischen den Lenden. Er trat einen kleinen Schritt nach vorn und sie kam ihm entgegen, berührte ihn. Er legte seine Arme um ihre Taille und zog sie näher zu sich heran. Marcus meinte, dass sein Herz aus dem Brustkorb springen müsste. Sie legte ihre Hand um seinen Hinterkopf und Marcus beugte sich ein wenig herunter. Constance stellte sich auf die Zehenspitzen, zog seinen Kopf zu sich heran und Marcus suchte ihre Lippen. Schüchtern drehte sie ihren Kopf ein wenig zur Seite und hauchte ihm einen Kuss auf die Wange. Marcus versuchte seinen Arm fester um ihre Taille zu legen, aber sie löste sich geschickt und schob ihn langsam zurück, befreite sich aus seiner Umarmung, und doch konnte Marcus selbst im Zwielicht des späten Abends erkennen, dass ihr Gesicht plötzlich gerötet war und dass plötzlich unter ihrem Shirt die kleinen Wölbungen ihrer Brustwarzen zu erkennen waren.
Sie lächelte ihn verlegen an und ihre großen Augen leuchteten. Marcus konnte die Farbe ihrer Augen noch immer nicht definieren, aber das Leuchten ihrer Pupillen war das pure Glühen.
„Marcus", sie hob ihren linken Arm und schaute demonstrativ auf die Uhr, „du, die Sache ist die, also der Haken ist der,

also – kurz gesagt, Arne ruft gleich an, es ist jetzt Feierabendzeit in Kanada und ich sollte zu Hause sein, wenn er anruft. Und allein!“ Sie stellte sich noch einmal auf die Zehenspitzen und hauchte ihm einen zweiten Kuss auf die andere Wange. „Komm doch die nächsten Tage einfach vorbei und schau dir die Obstbäume an. Ich kann uns dann einen schönen Kaffee kochen“, sie hielt kurz inne und überlegte, „oder wir trinken ein Gläschen Wein. Melde dich einfach.“
Marcus spürte, wie seine Aufregung nachließ und sich Enttäuschung breit machte. Mann, werde wach!, ermahnte er sich selbst. Was hast du denn erwartet? Dass sie mit dir direkt von der Kneipe aus ins Bett springt? Er löste seinen Arm und hob die Hand, meldete sich mit erhobenem Zeigefinger wie in der Schule. „Ich melde mich, also wegen der Obstbäume und dem Kaffee. Morgen melde ich mich.“
Sie lachte: „Ja, ciao Marcus.“

Klaus drehte sich noch einmal um und schielte auf die Uhr? Das konnte nicht sein! Zehn Uhr? Unmöglich! Gestern Abend waren sie noch bis in die späte Nacht am Strand spazieren gegangen und jetzt lagen sie um zehn noch im Bett. Unglaublich! Er schüttelte den Kopf, ihr erstes Nordseefrühstück wird ein Brunch sein. Er drehte sich vorsichtig zu Gertrude und stellte mit Erstaunen fest, dass sie in ihrem Urlaubsnegligé richtig niedlich aussah. Ihre Bettdecke war heruntergerutscht und mit einer für ihn ungewohnt liebevollen Bewegung zog er ihr die Decke wieder zurecht. Seine Hand hielt für einen kurzen Moment über ihrem Kopf inne, er streichelte ihr kurz übers Haar und stand entschlossen auf. Heute war er einmal der Erste.
Die mit süßem Pflaumenmus bestrichenen Brötchen schmeckten in der Sonne einfach wunderbar. Der Himmel über der

Nordsee schimmerte azurblau, die Luft war salzig, der Wind kaum zu spüren und die lokale Zeitung, der Deichbote, meldete für die nächsten Tage bestes Sommerwetter. Klaus wusste spätestens jetzt, dass ihre Entscheidung für die Nordsee goldrichtig gewesen war.
Gertrude schlug die große Nordsee-Entdecker-Landkarte auf und plante die Ausflüge der nächsten Tage. Sie zählte auf, was sie alles sehen wollte und wohin sie mit Klaus noch fahren wollte: nach Nordholz, Cuxhaven, Loxstedt, Marne, St. Peter-Ording, Greetsiel, Nordstrand, Wingst ..."
Klaus hörte gar nicht zu, er hatte die Augen geschlossen und genoss die wärmenden Strahlen der Sonne, hörte das Geschrei der Möwen.
„Und nach Helgoland können wir auch noch fahren."
Klaus blinzelte und erwachte langsam aus seinen Sonnenträumen. „Sicher, wir können jeden Tag etwas anderes entdecken. Aber heute sollten wir erst einmal den Kühlschrank füllen, das Dorf entdecken und uns einen Gezeitenkalender suchen."
„Wieso Gezeitenkalender?", Gertrude legte die große Karte zur Seite.
„Morgens und abends Flut und mittags kein Wasser, ganz einfach", Klaus lachte, „du Landratte. Ebbe und Flut richten sich nach dem Mond und der geht jeden Tag anders auf. Und Ebbe dauert länger als Flut."
Gertrude wollte sich nicht streiten. „Meinetwegen, und wenn die Ebbe sowieso länger dauert, dann können wir ja morgen gleich eine Wattwanderung machen."
„Ja, wenn nicht gerade zu Mittag Flut ist." Aber Wattwanderung ist eine gute Idee, dachte Klaus, sie hatten ja nagelneue Gummistiefel mit.
Die Sommerluft war selbst für einen Süddeutschen erstaun-

lich warm und fühlte sich an wie am Mittelmeer. Gertrude hakte sich gut gelaunt bei Klaus unter und im Gleichschritt stolzierten sie der frühen Nachmittagssonne entgegen. Dem Gezeitenkalender nach hatten sie auflaufendes Wasser und somit sollte der Strand langsam wieder schmaler werden. Noch aber war vom Wasser nichts zu sehen, erst weit hinten am Horizont war der silbrig glänzende Streifen zu erkennen. Sie schlenderten barfuß über den Strand, aber nicht im moddrigen Watt, sondern im Sand, ihre Stiefel standen vergessen auf dem Campingplatz.

Gertrude trug die Schuhe, Klaus die Jacken – und der leichte Seewind kam direkt von Nord. Die Sonne stand noch hoch über dem Meer und dicht an den Deich geduckt, immer parallel zur Küstenlinie, standen Strandkörbe, so weit das Auge reichte. Zwischen den Körben spielten Kinder und weiter draußen im Watt waren Reiter auf ihren Pferden zu erkennen. Zwei junge Frauen versuchten mit Fahrrädern und Bollerwagen auf dem Wattboden zu fahren, und wenn man die Hand als Sonnenschutz vor die Augen hielt und sich ganz viel Mühe gab, konnte man am Horizont die schmale Silhouette eines Leuchtturmes erkennen.

Jeweils in der Nähe der Strandzugänge standen große Holzbänke und luden zum Verweilen ein. Hier und da waren die Bänke besetzt, die meisten aber warteten noch darauf, in Besitz genommen zu werden. Gertrude lenkte ihre Schritte zur nächsten Bank, setzte sich in die Mitte, beugte sich zurück, legte den Kopf in den Nacken und breitete die Arme auf der Lehne aus. Mit geschlossenen Augen, das Gesicht in Richtung Sonne gedreht, murmelte sie ganz leise: „Jetzt a scheana Kaffeeschissel“, sie blinzelte gegen die Sonne, „so a scheana Kaffeeschissel, ob es hier auch irgendwo ein gemütliches Café gibt?“

Sie sah ihn an und Klause wusste genau, was dieser Blick zu bedeuten hatte. Die Frage nach dem Kaffee war in Wirklichkeit überhaupt keine Frage. Es war die Aufforderung, unverzüglich das nächstgelegene Straßencafé aufzusuchen. Dabei tranken die Friesen doch nur Tee. Oder Pharisäer.
„Sicher, irgendwo hinter dem Deich wird es ein Café geben, oder eine friesische Teestube."
„Besser wäre ein italienisches Eiscafé." Sie setzte sich auf und zog sich ihre Schuhe wieder an.
„Ein Eiskaffee wäre jetzt genau das Richtige für mich."
Klaus hatte seine Schuhe schon geschnürt. „Dann los, für dich einen Eiskaffee mit Sahne, für mich einen Pharisäer."
„Einen was?" Er grinste: „Das erkläre ich dir später."
Arm in Arm bogen sie im Gleichschritt auf den hölzernen Strandzugang ab und überquerten den Deich. Dahinter lag windgeschützt die breite Strandstraße, die im Westen weiter zum Wernerwald führte und im Osten bis an den Campingplatz reichte. Sie nahmen die östliche Richtung und bereits wenige Schritte weiter konnte Klaus an der Straßenecke das Schild „Café Wernerwald" erkennen. Stühle und Tische unter weißen Sonnenschirmen luden zum Verweilen auf der Terrasse ein.

Mit einem breiten Grinsen kam Marcus aus der Bank und stieg in sein Auto. Onlinebanking und Kreditkartenzahlung hin oder her, es war noch immer ein schönes Gefühl, wenn man einen kleinen Stapel Bargeld auf sein Konto einzahlen konnte. Und heute konnte er das mal wieder.
Marcus war sehr früh aufgestanden, um die Brötchen für den Campingshop zu backen und dann gemeinsam mit Stine zu verkaufen. Danach hatte er dann Anne, die Tochter des Gärtnermeisters, angerufen, und das Glück war ihm hold. Anne

war noch ohne Ferienjob. Sie wollte ursprünglich nach Italien fahren, aber da hatte sich wohl etwas zerschlagen. Wat den een sien Uhl, is den annern sien Nachtigal, des einen Pech ist des anderen Glück. Er hatte nicht weiter nach dem Warum und Weshalb gefragt, aber Anne würde ab morgen im Campingshop helfen und für ihn war das Problem gelöst. Die Mäuse waren zur Bank gebracht und Marcus fuhr entspannt nach Hause, fuhr an Constances Haus vorbei und lenkte sein Auto in die Campingplatzeinfahrt.
Constance! Er sollte sie gleich anrufen, testen, ob ihr Telefonanschluss wieder funktionierte, ihr von Anne erzählen und sich selbst zum Abend einladen. Bloß nicht wieder lange warten!
Marcus knallte den Fuß auf die Bremse, die Einfahrt zum Campingplatz war blockiert. Ein anreisendes Wohnwagengespann war so geschickt abgestellt, dass niemand ein- oder ausfahren konnte. Marcus stellte sein Auto auf der anderen Straßenseite ab und verriegelte die Türen per Fernbedienung. Früher hatte er sich regelmäßig über solche Parkkünstler aufgeregt, heute wusste er, dass mindestens jeden Tag ein Gast so in der Einfahrt hielt, dass nichts mehr ging. Hatten die Gäste ihr Urlaubsziel erst einmal erreicht, waren sie einfach nur noch glücklich, da zählten keine Schilder mehr.
Und der Fahrer dieses Gespannes schien besonders glücklich zu sein. Der Wohnwagen war ein ganz neues Modell, das Auto hingegen ein absolut abenteuerliches Gefährt. Ein großer Aufkleber beherrschte das Heck „Bis dass der TÜV uns scheidet". Marcus grinste, diese Scheidung wird wohl nicht mehr lange auf sich warten lassen; nur der Rost hielt den Wagen noch zusammen.
Gut gelaunt ging Marcus um das Gespann herum zur Rezeption. Kurz vor der Tür stoppte er. Irgendetwas roch ver-

dächtig. Er saugte die Luft hörbar durch die Nase ein. Es roch eindeutig brenzlig. Es roch nach heißem Öl, nach heißem Blech und nach ... Das Auto qualmte!

An den Seiten der Motorhaube stiegen kleine, nahezu unsichtbare Wölkchen auf. Marcus ging dichter heran. Er täuschte sich nicht, das Auto qualmte und der Qualm wurde mehr ... und dunkler. Das Auto brannte! Jedenfalls der Motorraum. Er schaute in die Frontscheibe, war da noch jemand drin? Es war nichts zu sehen. Marcus sprang an die Seite, legte die Hände ans Gesicht und presste sich an die getönten Scheiben, um mehr erkennen zu können. Aber er konnte nichts sehen und riss mit einem Ruck die Fondtür auf.

Zwei Jungs guckten ihn kurz an, aber nur, um sofort mit ihren Computerspielen weiterzumachen.

„Jungs! Aussteigen, schnell!"

Der größere der beiden blickte kurz auf, ohne hinzusehen bediente er mit unglaublichem Tempo die Tasten der Spielkonsole und meinte flapsig: „Nö, Papa hat gesagt, wir sollen hier warten." Damit war die Sache für ihn beendet und seine Finger flitzten weiter wie wild über die Bedienungstasten seines Spiels. Marcus griff beherzt dazwischen, öffnete die beiden Sicherheitsgurte und wurde deutlich lauter: „Los! Aussteigen! Das Auto brennt! Raus mit euch! Schnell." Plötzlich guckten die beiden hoch.

„Echt? Die alte Karre brennt?" Aber sie blieben noch immer sitzen. „Cool ...", ließ sich der Kleinere vernehmen.

„Los, raus jetzt!" Marcus zog den Ersten nach draußen und sein jüngerer Bruder flitzte hinterher. Marcus half ihm, schmiss die Tür schwungvoll zu und zog die Jungs vom Auto weg.

Aber der Größere riss sich sofort wieder los und ließ das Computerspiel fallen. Ehe Marcus sich versah, machte er

zwei schnelle Schritte zum Auto, öffnete die Tür und verschwand kopfüber zwischen den Sitzen. Wenige Sekunden später tauchte er wieder auf und kroch rückwärts aus dem Auto heraus. In seinen Händen hielt er einen abgedeckten Käfig. Marcus schmiss die Tür zum zweiten Mal zu und zerrte ihn vom Auto weg. „Knipsi war da noch drin."
„Wer?"
„Knipsi, unser Goldhamster."
„Ja, klar." Marcus packte die Jungs fest am Arm und zog sie hinter sich her in die Rezeption.
Drinnen standen die Eltern bei Mudder Fliedig und als Marcus mit den beiden Jungs an der Hand zur Tür hereinkam, drehte sich der Vater um. Er schrie sofort los: „Sie da! Was machen Sie mit den Kindern? Lassen Sie die Kinder los!"
Marcus lockerte den Griff und die beiden rannten los.
„Frau Fliedig, geben Sie mir mal schnell ..."
Aber Marcus war schon um den Tresen herum gelaufen und griff sich zwei Feuerlöscher.
Birthe Fliedig guckte verwirrt. „Was ist denn los, Chef?"
„Nichts weiter, da draußen brennt nur ein Auto", erwiderte Marcus möglichst beiläufig.
Sie stutzte: „Ach so?"
Marcus drehte sich zu den Eltern der Jungs. „Passen Sie auf, dass die beiden nicht nach draußen laufen."
Auf dem Weg zur Tür rief er Mudder Fliedig zu.
„Rufen Sie die Feuerwehr! 112! Kann sein, dass die Feuerlöscher nicht reichen."
Jetzt guckte sie doch erschrocken.
„Chef, wollen Sie wirklich allein ..."
„Ja! Rufen Sie die Feuerwehr!"
Marcus stürmte mit den beiden Feuerlöschern nach draußen. Aus dem Motorraum schlugen bereits die ersten Flammen

und die Farbe begann abzublättern. Er entsicherte den Löscher und hielt die Schlauchpistole so dicht wie möglich an den Spalt der Motorhaube. Das Pulver zischte aus der Pistole direkt in den Spalt. Viel nutzte das nicht. Marcus blickte sich um, griff einen Spaten, der neben der Tür stand, und klemmte ihn unter die Motorhaube. Mit Gewalt hebelte er die Haube auf und verbog das Blech. Sofort züngelten die Flammen heraus, aber die Öffnung war groß genug, um das Pulver unter die Motorhaube zu sprühen.

Der Qualm wurde sofort weniger, aber der Pulverstaub versperrte jede Sicht. Marcus hebelte kurz entschlossen auch die andere Seite der Motorhaube auf und sprühte geschickt einen weiteren Stoß Löschpulver unter die Haube. Die Flammen erloschen nahezu im selben Augenblick. Marcus trat einen Schritt zurück.

Er konnte keine Flammen mehr erkennen. Mit dem Feuerlöscher in der Hand ging er zur Fahrerseite und öffnete die Tür. Nichts passierte. Er ging neben der Tür in die Knie und suchte die Verriegelung der Motorhaube. Mit einem Ruck öffnete er die Haube, die sofort einige Zentimeter nach oben sprang. Marcus hielt den Schlauch des Löschers in die breite Öffnung, drückte ab und entleerte ihn.

Der Vater der Jungen stand plötzlich hinter ihm. Marcus hatte ihn nicht kommen gehört.

„Sind Sie bescheuert?! Was machen Sie mit meinem Wagen?“

Marcus drehte sich um: „Ihr Wagen? Ich glaube ich habe gerade die Reste von Ihrem Auto, Ihrem Wohnwagen und meine Rezeption gerettet. Ihre beiden Jungs übrigens auch!“

Der Mann hatte die Situation überhaupt noch nicht erfasst. Marcus sah ihm direkt ins Gesicht.

„Ihr Auto hat gerade gebrannt! Ich habe es gelöscht!“

„Ach so, ja. Ja klar.“ Er war völlig konsterniert und Marcus

musste versuchen, die ganze Situation möglichst schnell in den Griff zu bekommen.
„Wie war doch gleich Ihr Name, Herr ...?“
„Levity, Daniel Levity.”
„Gut, Herr Levity, Sie kuppeln jetzt den Wohnwagen ab, dann schieben wir Ihr Auto zur Seite und spannen mein Auto davor.“
Marcus blickte sich um, auf beiden Seiten der Einfahrt standen Fahrzeuge und einige Fahrer waren bereits neugierig ausgestiegen. In wenigen Minuten würde es hier einen mittleren Autobahnstau geben. Inzwischen war auch Platzwart Jasper Diekgreve angekommen, er fasste gleich mit an und zu dritt schoben sie das Auto von Levity durch die Schranke. Marcus warf Jasper seine Autoschlüssel zu.
„Häng dir mal den Wohnwagen an und fahr ihn runter auf den Stellplatz, um den Schrott kümmern wir uns später.“
Er selbst ging zurück zur Rezeption, um dort mit Frau Levity und den Jungs zu sprechen. Noch während er die drei beruhigte und ihnen erklärte, dass nichts weiter passiert war, hörte er die Sirene der Feuerwehr. Scheiße, die hatte er ganz vergessen.
Mit lautem Geheule bretterte das Feuerwehrauto in die Einfahrt und kam kurz vor der Schranke zum Stehen. Fahrer und Beifahrer sprangen aus dem Führerhaus und rannten zur Rezeption.
Marcus stand schon in der Tür und hob beruhigend die Hände. „Ist schon alles vorbei. Ich habe das Brandmobil gelöscht.“
„Wirklich alles aus?“ Der Einsatzleiter war skeptisch.
„Ich muss das Auto sehen! Oder gibt es gar kein Auto? War das hier ein Fehlalarm?“
„Nee, nix da mit Fehlalarm, ein schöner Brand im Motorraum.“ Marcus zeigte dem Einsatzleiter den Weg durch

die Schranke zu dem abgefackelten Wrack. Mit hitzefesten Handschuhen öffnete der Einsatzleiter die Motorhaube und befestigte den Aufstellbügel so gut es ging. „Der Motor ist Schrott! Das Pulver zieht überall rein." Er ging zwei Schritte zurück und sah sich das Auto genauer an. „Die ganze Karre ist Schrott, wie ist die überhaupt hierher gekommen?"
„Ja, ein wenig Leichtfertigkeit, eine Portion Mut und Gottvertrauen – und schon ist man hier."
„Na, von hier weg fährt damit jedenfalls keiner mehr."
Der Einsatzleiter verabschiedete sich mit einem kräftigen Händedruck, die Feuerwehr wendete und fuhr ohne Blaulicht zurück zum Depot.

Sonne wie am Mittelmeer; Klaus und Gertrude konnten es kaum glauben. Der zweite Morgen an der Nordsee, der zweite Morgen ohne die kleinste Wolke, einfach fantastisch. Mit Basecap, Sonnenbrille und leichtem Sommerhemd war es einfach himmlisch, die Morgensonne, den heißen Kaffee, die Weckle und die weichen Frühstückseier zu genießen.
Nebenan, bei Brakelmanns, ihren Campingnachbarn, war noch alles ruhig. Gestern Abend, als Klaus und Gertrude noch bei Kerzenlicht Karten spielten, waren ihre Campingnachbarn kurz vorbeigekommen. Die beiden waren schon seit drei Tagen und insgesamt schon zum dritten Mal auf „Watt'n Blick". Jan und Ute Brakelmann, so hatten sie sich vorgestellt, standen gestern Abend jeder mit einem Glas Sekt in der Hand am Windschutz, um sich neugierig nach der Herkunft von Klaus und Gertrude zu erkundigen. Nachdem Klaus sich als schwäbischer Campinganfänger geoutet hatte, war Ute schnell in ihrem Wohnwagen verschwunden und mit zwei weiteren Gläsern Sekt wieder aufgetaucht. Neulinge! Das musste begossen werden!

Ute und Jan waren aus Hamburg, beide waren Mitte fünfzig und sahen unglaublich sportlich aus. Ute war schlank, hatte strahlend himmelblaue Augen und trug ihr langes, leicht rotblondes Haar noch immer offen. In ihrem reinweißen Sweater und der weißen Hose sah sie aus wie Mrs. Onassis im Segelurlaub. Jan war kaum größer als sie, aber er besaß eine unglaubliche Ausstrahlung. Gertrude musste gestern sofort an George Clooney denken. Obwohl, Clooney war noch keine fünfzig, und Jan wirkte selbst auf dem Campingplatz so lässig elegant wie Clooney im Film. Schlank, grau meliert, Dreitagebart, dunkelbraune Augen, gepflegte Augenbrauen und ein absolut gewinnendes Lächeln. So stand er gestern Abend neben ihnen und erzählte tatsächlich von seinem Segelboot. Das Schiff, er nannte es CashFloh, lag normalerweise im Hamburger Jachthafen, aber jetzt war sein Bruder damit unterwegs.

Klaus setzte die Kaffeetasse ab. „So ganz arm scheinen unsere Nachbarn ja nicht zu sein."

Gertrude sah von ihrer Landkarte auf: „Sie sind ja auch aus Hamburg, der Stadt mit den meisten Millionären in Deutschland."

„Und warum haben sie nur diese Knutschkugel als Auto? Mit dem Ding darf man doch keinen Wohnwagen ziehen!"

„Klausi, der Wohnwagen gehört doch dem Bruder von Jan, der ist jetzt mit dem Segelboot unterwegs, und da machen Ute und Jan halt so lange Campingurlaub", sie beugte sich wieder über ihre Karte, „und außerdem ist das keine Knutschkugel, sondern ein Mini Cooper Cabrio."

„Und was schafft er doch gleich? Er baut Windräder?"

„Klausi, hast du denn nicht zugehört? Er ist Manager für den Bau von Offshore-Windenergieanlagen."

„Sag ich doch, er baut Windräder und sie sitzt in der Chefeta-

ge bei einem Engineer Facility Management Service."
„Ja, Koordinatorin bei einer Hausmeisterfirma."
„Ach so?"
„Ja, hat sie doch gesagt."
„Und was hatte Jan mit seinem Spruch des Tages gemeint?" Klaus wunderte sich selbst, er hatte gestern Abend scheinbar nur die Hälfte mitbekommen.
„Hast du denn geschlafen? Jan meinte, dass ein jeder sich für jeden Tag ein Motto geben sollte, so eine Art Motto des Tages, damit jeder Tag im Leben einen Sinn erfüllt."
„Oh Mann! Ist der auch noch Philosoph?"
„Bestimmt!" Gertrude goss sich noch etwas Milch in den Kaffee und rührte langsam um. „Der Jan macht bestimmt noch irgendwas Kulturelles, spielt Klavier und Saxofon, oder fotografiert und schreibt Gedichte."
Klaus nahm seine Kaffeetasse in beide Hände.
„Ist doch Quatsch, für jeden Tag ein Motto. Ich bin froh, wenn ich mal einen Tag meine Ruhe habe und mir keiner was sagt." Er trank den Rest Kaffee in einem Zug aus und stellte die Tasse ab. „Was sagt eigentlich deine Karte? Was machen wir heute?"
Gertrude tippte mit dem Zeigefinger in die Mitte ... „Hier, wir können noch eine Radtour machen oder einen Nordic-Walking-Kurs am Strand belegen."
Klaus runzelte die Stirn und Gertrude tippte nochmals auf die Karte. „Wir können aber auch eine Kutschfahrt nach Greetsiel machen. Da soll es einen idyllischen Hafen mit Hafencafé geben und eine Zwillingsmühle."
Klaus sah auf: „Eine Zwillingsmühle? Was soll das denn sein?"
„Na, eine Mühle mit doppelten Flügeln oder ...?"
„Steht das nicht in der Karte?"
„Nein, steht hier nicht."

Klaus stellte die Kaffeetasse auf den Tisch zurück. „Dann lass uns die Kutschfahrt machen."
Die Kutsche entpuppte sich als zwölfsitziger Kremserwagen mit zwei warmblütigen Friesen davor. Der Kutscher war ein wenig gesprächiger Typ, aber die Gäste auf dem Wagen wurden während der Fahrt zu einer immer lustigeren Truppe. Der Kutscher hatte Schnaps an Bord und wenn er auch nicht viel sagte, so verkaufte er doch reichlich von den kleinen Muntermachern.
Die Gäste auf dem Kremser bestaunten die Landschaft, die Pferde kannten ihren Weg und irgendwann hielt das Gespann oben auf dem Deich zur Fotopause. Alle strömten mit der Kamera im Anschlag aus, um die wichtigen Urlaubsbilder schnell in den Kasten zu bekommen. Komisch war nur, dass die Landschaft am Fotopunkt akkurat die gleiche war wie auf all den Kilometern zuvor.
Nachdem Klaus und Gertrude als Letzte wieder aufgestiegen waren, fuhren sie auf der Seeseite unterhalb des Deiches weiter, um kurz vor Greetsiel noch einmal die Deichkrone zu überqueren. Von dort, oben vom Deich, konnten sie zum ersten Mal die Zwillingsmühlen sehen. Es waren keine Mühlen mit doppelten Flügeln, sondern es waren zwei gleiche, zweistöckige Galerieholländer Windmühlen nebeneinander. Zwillinge eben.
Der Kremserwagen hielt direkt vor den Zwillingsmühlen. Die ganze Gruppe sprang heraus und umrundete diese wie eine Meute japanischer Touristen, um jedes Detail mit ihren elektronischen Kameras oder Mobiltelefonen zu fotografieren. Die Mühlen waren etwa einhundert Jahre alt und eine Schautafel informierte darüber, dass es an dieser Stelle schon seit etwa dreihundert Jahren immer zwei Mühlen gegeben hat. In den Mühlen gab es eine Bibliothek, ein Café und den

unabdinglichen Mühlenshop. Die Zwillingsmühlen waren das Wahrzeichen von Greetsiel, und eine der beiden war sogar noch in Betrieb und konnte besichtigt werden. Aber der Kaffeedurst der Gäste war größer als das Interesse an Landeskultur. Schon nach wenigen Minuten war der Kremser wieder voll besetzt und der Kutscher lenkte das Gespann in Richtung Kutterhafen.
Er stoppte direkt im Hafenbereich und machte die Pferde an der Uferreling fest. Das Café befand sich in einem der alten Bürgerhäuser aus dem 18. Jahrhundert und Klaus erwischte für sie beide einen Fensterplatz. Er bestellte bei der Kellnerin zwei große Pötte Kaffee und Gertrude bestaunte die Schiffe.
„Hier sind ganz schön viele Schiffe im Hafen."
Klaus hob den Zeigefinger: „Kutter, sind das, Fischkutter, und Krabbenfänger. Greetsiel ist einer der größten Kutterhäfen."
„Aber bei Ebbe kommen die doch nicht weg!"
Klaus blickte über den Hafen und versuchte weiter in Richtung Meer zu sehen.
„Doch, die können immer fahren, vor Greetsiel gibt es eine Schleuse, dadurch ist der Hafen gezeitenunabhängig."
Die Kellnerin brachte den vom Kutscher schon per Handy bestellten Friesenkuchen und Klaus ließ es sich schmecken. Gertrude hingegen besah sich den mit Kokosraspeln bestreuten Kuchen erst von allen Seiten.
„Mürbeteig mit Kokos, so was gibt's bei uns nicht."
Klaus hatte den Mund voll, trank einen kräftigen Schluck Kaffee und meinte, dass dieser Friesenkuchen bestimmt eine einheimische Spezialität sei. Jedenfalls meinte er gelesen zu haben, dass es diesen Kuchen hier oben bei jedem Bäcker gab, nur dass ihn jeder Bäcker anders zubereiten würde. „Jede Region hat eben ihre eigenen Rezepte. Echt typisch für diese

Gegend sind aber wohl nur der Friesentee auf dem Stövchen und der Pharisäer."

Gertrude trank ihren Kaffee in kleinen Schlucken: „Du mit deinem Pharisäer. Was ist das überhaupt?"

Sie stand kurz auf und griff sich die Speisekarte vom Nachbartisch, an dem niemand saß. Pharisäer, sie schlug die Karte auf. „Hier steht nur norddeutsche Kaffeespezialität, mehr nicht, aber ganz schön teuer."

Klaus grinste: „Ja, das ist wegen der Sahne."

Auf dem Rückweg nach Weeldewarft nahm der Kutscher einen anderen Weg und die beiden kräftigen Friesen gingen in zügigem Schritt ihrem Stall entgegen. Am Himmel war noch immer nicht das kleinste Wölkchen zu entdecken, nur landeinwärts standen hohe Kumuluswolken. So wie es aussah, würde es auch morgen wieder ein schöner Tag werden.

Telefonservice Bolso. Dieses Schild hätte Marcus sich heute über seinen Schreibtisch hängen können. Seitdem er am frühen Nachmittag vom Steuerberater zurückgekommen war, klingelte das Telefon ununterbrochen, und da Birthe Fliedig vollauf damit beschäftigt war, neu anreisende Gäste zu bedienen oder dem einen oder anderen Gast behilflich zu sein, hatte Marcus den Telefondienst übernommen. Er brauchte das Telefon aber nicht nur, um Fragen zu beantworten, sondern auch, um sich endlich bei Constance zu melden, gestern Abend hatte er dafür einfach keine Nerven mehr.

Nachdem die Aktion mit dem brennenden Auto beendet war und er die Feuerwehr wieder nach Hause geschickt hatte, wollte er einfach nicht mehr telefonieren.

Er war vielmehr zu Angelo in das „Bella Vista" gegangen, um sich dort mit einem doppelten Espresso wieder aufzubauen. So entschlossen er bei dem kleinen Feuer auch gewirkt ha-

ben mochte, so cool, wie es auch ausgesehen hatte, im Nachhinein waren ihm die Knie doch mächtig weich geworden.
Er musste gestern länger als eine Stunde bei Angelo auf der Terrasse bleiben, um sich wieder einzukriegen. Ein brennendes Auto war eben doch nicht so alltäglich.
Jetzt aber klingelte das Telefon wie verrückt, das Wetter war noch immer gut und so gab es naturgemäß mehr Anrufe als an Regentagen. Marcus saß vor seinem Computer und tippte neue Buchungen in das System, verlegte einige Anreisen um ein paar Tage nach vorn oder verschob Abreisen nach hinten. Es war in all den Jahren immer das Gleiche, schien die Sonne, wollten alle kurzfristig ein oder zwei Tage früher anreisen, regnete es, wurden zu Hause die Kinder, die Schwiegermutter oder der Opa krank. Niemals die Gäste selbst. Marcus lächelte vor sich hin, das Gegenstück zu den Erkrankungen bei Regen waren die schnellen Wunderheilungen, die immer pünktlich mit dem nächsten Hochdruckgebiet kamen.
Jetzt aber musste er endlich Constance anrufen. Er zog sein gelbes Notizbuch aus der Tasche, schlug die letzte Seite auf und wählte. Aber es klingelte schon wieder.
„Guten Tag, Campingplatz Watt'n Blick, Sie sprechen mit Marcus Bolso. Was kann ich für Sie tun?"
„Ja hallo, Herr Bolso, dat is ja gut, dat ich Sie gleich anne Strippe habe. Müller-Vielgescheidt hier. Ich weiß nicht, ob Sie sich erinnern, aber ich habe doch für mich und meine Freunde die zwei Plätze gebucht, wir kommen doch nächste Woche bei Ihnen auf den Camping'."
Marcus rollte mit den Augen.
„Hallo Herr Müller-Vielgescheidt, doch, ich glaube ich erinnere mich." Mit der rechten Hand tippte Marcus auf der Tastatur seines Computers und holte sich die Buchung von Müller-Vielgescheidt auf den Bildschirm.

„Sie kommen doch am nächsten Freitag?"
„Ja genau, wir wollen aber jetzt wegen dem guten Wetter doch schon nachts fahren, können wir dann gleich morgens auf den Platz?"
Marcus sah auf den ersten Blick, dass die Plätze am Freitagmorgen noch belegt sein würden.
„Tut mir leid, Herr Müller-Vielgescheidt, aber die Plätze sind belegt, Sie können die gebuchten Plätze erst beziehen, wenn Ihre Vorgänger abgereist sind."
„Aber wir können doch so lange woanders stehen, das geht doch?!"
„Herr Müller-Vielgescheidt, Sie können selbstverständlich vorher auf einem Parkplatz, auch hier auf dem Strandparkplatz von Weeldewarft parken, aber hier auf dem Campingplatz habe ich am Freitagvormittag keinen Platz für zwei Gespanne. Dafür sind Ihre Stellplätze dann aber auch frisch gereinigt und gemäht, wenn Sie am Nachmittag anreisen. Genauso, wie ich es Ihnen beim letzten Mal versprochen habe."
„Ja ich weiß, ich wollte nur noch mal nachfragen."
Müller-Vielgescheidt machte eine kurze Pause und Marcus wollte sich schnell verabschieden, aber Müller-Vielgescheidt war nicht der Typ, der so einfach aufgab.
„Ich kann ja am Donnerstag noch mal anrufen, manchmal fahren die Leute ja doch schon früh am Morgen ab oder sogar schon am Abend vorher. Wegen der Hitze. Wir fahren ja auch in der Nacht."
Marcus nahm seine Brille ab, steckte sie hoch ins Haar und wischte sich mit der Hand über die Augen.
„Ja, Sie haben natürlich recht, Herr Müller-Vielgescheidt, manchmal nutzen die Gäste wirklich die Kühle der Nacht."
„Sag ich doch, ich ruf denn dann am Donnerstag noch mal

an. Tschüss denn jetzt und nichts für ungut, Herr Bolso."
Ja, auf Wieder...", aber Müller-Vielgescheidt hatte schon aufgelegt.
Es vergingen keine drei Sekunden und das Telefon klingelte erneut, Marcus drückte stöhnend die grüne Taste.
„Guten Tag, Campingplatz Watt'n Blick, Sie sprechen mit Marcus Bolso. Was kann ich für Sie tun?"
„Hallo Marcus."
Es war Constance! Unwillkürlich setzte sich Marcus gerade hin, drückte den Rücken durch und war blitzartig hellwach. Das musste Gedankenübertragung sein!
„Hallo Constance, wie komme ich zu der Ehre?"
„Ich bin einfach neugierig."
Marcus wunderte sich, warum neugierig? Aber er sah ihr Lächeln direkt vor sich.
„Wie geht es dir? Ich habe gestern die Feuerwehr mit Blaulicht zu dir fahren sehen."
„Ja, die war gestern hier, aber ..."
„Ich war gestern Nachmittag nicht zu Hause, als ich hier wegfuhr, kam mir die Feuerwehr entgegen und als ich dann später vom Badminton zurück war, wollte ich nicht mehr anrufen, es war schon nach zehn."
Ja, dachte Marcus, und nach zehn Uhr ruft immer dein Kanadier an!
„Vor zehn mache ich nie Feierabend und ... du kannst bei mir zu jeder Zeit anrufen, vierundzwanzig Stunden täglich." Er hörte ihr leises Lachen.
„Das werde ich bei Gelegenheit mal probieren, aber ist bei dir alles in Ordnung? Also wegen der Feuerwehr gestern."
„Alles bestens hier, aber das war schon ein Schreck am Nachmittag, ich kann es dir heute Abend bei einem Gläschen Wein erzählen; ich hab da noch eine Einladung zur Terras-

senbesichtigung mit Obstbaumführung offen ..."
Es vergingen einige Sekunden, ehe Constance antwortete. „Stimmt, diese Einladung ist noch offen, aber heute geht es nicht. Heute mache ich meinen Strandlauf."
Würde sie ihm jetzt gegenüberstehen, hätte er es mit dem Hundeblick versucht, aber am Telefon funktionierte das leider nicht.
„Oooch, gerade heute? Den Strandlauf kannst du doch verschieben, der Strand läuft doch nicht weg."
Sie lachte. „Mein Lieber, in meinem Alter muss ich schon ein wenig mehr für meine Figur tun, als einmal die Woche Badminton zu spielen. Nein, tut mir leid, heute geht es nicht, sorry."
Marcus grinste, er wüsste da schon ein paar Übungen, die gut für die Figur wären. Aber wenn er ehrlich war, hatte er heute auch keine Zeit. Er musste noch gute drei Stunden in der Rezeption bleiben und dann auf jeden Fall noch mit Arnulf eine große Runde gehen.
„Wann machst du denn deinen Strandlauf – und wohin?"
„So gegen neun, wenn es etwas kühler geworden ist, ich lauf immer unten am Wasser in Richtung Wernerwald bis zum Marineturm."
Marcus schaute rüber zu Mudder Fliedig, aber die war noch immer mit dem älteren Ehepaar beschäftigt, welches ein Problem mit einem zu lauten Nachbarpärchen hatte. Da musste Marcus nicht helfen, verschwörerisch flüsterte er ins Telefon: „Ich muss heute Abend noch mit Herrn Arnulf vom Frodewold eine Abendwanderung machen, ich könnte ja zufällig um halb zehn bei den Strandkörben unterhalb des Marineturms sein und dich dort zufällig treffen."
Er hoffte jetzt einfach darauf, dass sie am anderen Ende der Leitung zumindest lächeln würde, aber wissen konnte er das

natürlich nicht. „Wer weiß, vielleicht treffen wir uns zufällig, vielleicht auch nicht. Das Leben ist voller Überraschungen", sie machte eine kurze Pause, „die Einladung zur Obstbaumbesichtigung bleibt auf jeden Fall bestehen. Ich wünsch dir noch einen schönen Abend."

„Danke, ich dir auch, tschüss Constance."

„Tschüss Marcus."

Hätte Marcus ihr Gesicht am anderen Ende der Leitung gesehen, hätte er genau gewusst, dass sie heute Abend am Marineturm sein würde. Aber er konnte es nicht wissen, ganz im Gegenteil zu ihr. Sie wusste schon jetzt, dass sie sehr pünktlich sein würde.

Und damit hatte Constance plötzlich ein neues Problem. Was sollte sie zum Joggen anziehen? Ihr alter, ausgewaschener Laufanzug ging auf keinen Fall!

Feierabend!

Marcus schaltete das Telefon auf sein Handy um, verriegelte die Rezeptionstür, ging schnell über den Hof nach Hause, wechselte in ein neues, weißes T-Shirt, holte Arnulf aus dem Zwinger und marschierte los. Er musste sich beeilen, der Marineturm war nicht gleich um die Ecke.

Heute Morgen waren er und Arnulf nur eine kleine Runde über den Campingplatz gegangen, daher freute sich der Hund jetzt umso mehr darüber, dass er an der langen Leine über den Strand hetzen konnte. Marcus hatte seine leichten Outdoortreter angezogen und ging mit weit ausladenden Schritten zügig in Richtung Westen. Der Hund sprang um ihn herum, lief nach vorn und hinten und kam wie ein Bumerang immer wieder zurück. Um diese Zeit waren am Strand nur noch wenige Fußgänger unterwegs und die Jogger und Radfahrer nutzten den Deichkronenweg. Der Deich selbst war für Hunde verboten und somit ging Marcus auf

dem schmalen Streifen zwischen Deich und Watt dem Marineturm entgegen. Je weiter er in Richtung Westen kam, desto weniger Strandkörbe säumten den Weg und hinter dem Wernerwald standen nur noch vereinzelte Körbe, welche zum Teil nicht einmal mehr verschlossen waren.
Constance lief in leichtem Tempo ebenfalls in Richtung Westen. Im Gegensatz zu den anderen Joggern lief sie nicht auf dem Deich, sondern landseitig auf dem Dünenweg. Sollte Marcus wirklich in Richtung Marineturm unterwegs sein, hatte er mit Sicherheit den unteren Weg am Strand gewählt und konnte sie somit nicht sehen. Sie wollte auch nicht, dass er sah, wie sie schwitzend den Deich entlang hechelte. Constance nahm sich vor, im Schutz des Deiches am Marineturm vorbeizulaufen und dann 500 Meter weiter hinten den Deich zu überqueren und den Strand als Rückweg zu nutzen. Vielleicht würde sie ja wirklich Marcus treffen. Am Marineturm, so ganz zufällig.
Sie hatte sich dreimal umgezogen, bevor sie losgelaufen war. Warum eigentlich? Sie verstand es selbst nicht. Warum musste sie sich stylen, wenn sie nur joggen wollte? Aber wollte sie wirklich nur joggen? Ihr Körper sprach da eine ganz eigene Sprache und war angespannt wie lange nicht. Es prickelte überall und auch das Laufen entspannte längst nicht so wie sonst. Aber sie sah ja auch anders aus als sonst.
Ihren langen, dunkelgrauen Jogginganzug hatte sie vor einer guten Stunde in den Altkleidersack gesteckt, um dann vor dem Spiegel eine kleine Modenschau zu veranstalten. Letztlich hatte sie sich für die gleichen Laufschuhe und die gleiche Sportbrille wie immer entschieden. Aber der Rest war neu, neu in dieser Kombination. Neu und sexy. Sie trug ihr hautenges weißes Sporttop und ihre knallroten, zum Laufen viel zu engen Hotpants, darüber das ultrakurze, weiße French-

Open-Tenniskleid. Als Accessoire und zur Sicherheit hatte sie sich noch ein kleines rotes Handtuch um den Hals gelegt. Zu Hause, allein vor dem Spiegel, war sie von ihrem Outfit absolut überzeugt gewesen, aber jetzt, sie war schon am Marineturm vorbei, jetzt war sie sich da gar nicht mehr so sicher. In ihrem Alter sollte eine Frau nicht halbnackt – nur in einem Tenniskleidchen – joggen! Andererseits, hier unten, hinter dem Deich, sah sie niemand, hier lief sie ganz allein.
Constance trudelte vor dem letzten Deichübergang langsam aus und ging die letzten Meter im Schritt, stemmte ihre Hände in die Hüften, atmete tief durch und pustete. Ihr Körper rang nach Sauerstoff und ihr Puls brauchte einige Minuten, um wieder ruhiger zu werden. Sie tupfte sich mit dem mitgebrachten Handtuch den Schweiß aus dem Gesicht, trocknete ihre Arme, wischte sich die Strähnen von der Stirn und ordnete ihr Haar so gut es ging. Aber ihr Körper prickelte noch immer, jeder Quadratzentimeter Haut fühlte sich an wie bei einem Sonnenbrand. Glühend heiß. Wollte sie jetzt wirklich am Strand zurück in Richtung Marineturm gehen? Sie sah sich unsicher um, überlegte noch einmal und überquerte kurz entschlossen den Deichübergang. Der laue Abendwind umwehte ihre nackten Beine, ihre Haut prickelte noch stärker als zuvor – und plötzlich war sie sich wieder sicher. Ihr Outfit war super und sexy, sie selbst war sexy, und ihr Gefühl war ebenfalls super.
Sie versuchte ihren Puls noch weiter herunterzubringen, aber ihr Herz klopfte bis zum Hals. War das wirklich nur vom Joggen? Sie zwang sich langsam zu gehen und schlenderte am Strand entlang, wich vereinzelt stehenden Strandkörben aus, kam dem Marineturm langsam näher und sah plötzlich Arnulf über das Watt sprinten.
Marcus war hier! Er hatte Arnulf wohl laufen lassen und war

jetzt hier irgendwo. Stand er hinter einem der Strandkörbe, oder saß er darin und wartete auf sie? Wann hatte das letzte Mal ein Mann auf sie gewartet? So ganz zufällig am Abend?
Constance sah, wie sich die lange Leine über den Strand bewegte, sich am Strandkorb direkt vor ihr verklemmte – und dann war Marcus plötzlich da. Er stand unmittelbar vor ihr und sah sie an. Keine zwei Meter von ihr entfernt.
Sein Blick fand sofort ihre Augen und ließ ihr Herz von Neuem hämmern, ihre Brustwarzen augenblicklich hart werden und das Sonnenbrandgefühl direkt zwischen ihre Schenkel rutschen.
Er kam hinter dem Strandkorb hervor und ließ seinen Blick langsam an ihr herunterwandern. Provozierend langsam! Von oben nach unten. Er trat einen Schritt vor – und ohne es zu wollen – kam sie ihm entgegen, näherte sich ihm bis auf wenige Zentimeter, roch sein Aftershave, spürte seinen Atem. Er sagte nichts, nahm sie einfach in den Arm und zog sie zu sich heran. Constance drückte sich gegen ihn und spürte seinen Körper. Es war unglaublich. Ihr Körper zitterte und wollte mehr.
Dann küsste er sie. Endlich! Endlich? Wollte sie das wirklich? Ihr Mund öffnete sich ungefragt und ließ seiner Zunge freies Spiel. Sie kam ihm entgegen, ihre Zungen umspielten einander, tasteten sich ab, neckten sich, suchten sich, wollten sich. Seine Arme zogen sie noch dichter heran, ihre Finger durchfuhren sein Haar und sie presste sich noch enger an ihn heran. Unglaublich, aber noch lange nicht genug.
Sie fühlte seinen Körper und ihr eigener brannte lichterloh, das Blut pochte zwischen ihren Beinen und sie stellte sich auf die Zehenspitzen. Presste sich an seine feuchten Lippen, spürte seinen Körper und die Schwellung in seiner Hose. Seine Hände glitten ihren Rücken herab, rutschten unter das

kurze Tenniskleid und packten ihren Po. Unglaubliche Hitze durchfuhr ihren Schoß und sie wollte mehr, noch mehr von ihm, mehr von seiner Lust, mehr von seinem Körper. Es war, als hätte er nur auf diesen Gedanken gewartet. Seine Hände griffen noch fester zu, hoben sie hoch, zogen ihren Körper zu ihm hinauf und ihre Schenkel umklammerten seine Beine. Er lehnte am Strandkorb und sie schwebte über dem Boden, fest in seinen Armen, fest an seinen Lippen. Seine Zunge nahm ihr den Atem, aber sie wollte mehr. Sie klammerte sich mit den Schenkeln an ihm fest, spürte seine harte Schwellung und presste sich dagegen. Sie konnte nicht sagen, was hier passierte, sein Körper war Erotik pur, die blanke Lust! Und sie wollte diese Lust, wollte ihr Verlangen stillen.

Ihr Körper, ihr Herz, ihre Seele, alles von ihr wollte mehr von ihm, wollte mehr vom Leben, als einmal die Woche Badminton und jeden Abend zu Hause sitzen. Jeden Abend zu telefonieren. Zu telefonieren?

Constance wurde plötzlich wach, fühlte sich, als wäre sie geradewegs aus einem Traum gefallen. Ihre Schenkel lösten die Umklammerung, ihre Füße berührten wieder den Boden, ihr Mund löste sich von seinen Lippen. Sie griff seine Hände, zog sie unter dem Rock hervor und hielt sie fest. Vorsichtig ging sie einen halben Schritt zurück. Ihr Herz schlug noch immer bis zum Hals und ihre Lungenflügel rangen nach Luft.

„Marcus“, sie sah ihn flehend an, „es tut mir leid, aber ich muss los, es ist schon viel zu spät. Um zehn ruft Arne an und dann sollte ich zu Hause sein“, sie blickte kurz auf ihre Sportuhr, „da hätte ich zu Hause sein müssen. Er wird gleich wieder anrufen. Ich muss los. Sorry Marcus, aber ich bin verheiratet. Man kann nicht immer alles haben.“

Sie ließ seine Finger aus ihren Händen gleiten und streichelte ihm über die Wange. „Sorry, tut mir leid.“

Marcus war völlig verwirrt. Hatte sie ihm soeben die Tür vor der Nase zugemacht? Ihn eiskalt stehen lassen? Ihn quasi rausgeschmissen? Er schaffte es noch, ihr zum Abschied zuzulächeln, ja sogar noch einen schönen Abend zu wünschen, aber dann gingen bei ihm die Lichter aus. Er verstand überhaupt nichts mehr. Er sah sie im Dunkel des Abends langsam verschwinden, so wie sie wohl auch aus seinem Leben verschwinden würde. Sie war schon ein ganzes Stück in Richtung Weeldewarft gelaufen und er sah nur noch das helle Kleidchen wehen. Der Abstand zu ihr wurde immer größer, fünfzig Meter am Strand und hundert Meilen von seinem Herzen. Plötzlich blieb sie stehen, drehte sich um, winkte noch einmal und rief ihm etwas zu. Der Seewind zerriss ihren Ruf, aber Marcus wollte nichts hören. Trotzdem drangen einzelne Worte bis in seinen Kopf. Sinnlose Worte ohne Inhalt.
„Terrasse ... Einladung ... Kaffee ... Obstbaum ... Tür ... offen ...", Worte ohne Sinn.
Marcus schüttelte den Kopf und Arnulf begann zu winseln. Der Hund hatte sich zu seinen Füßen zusammengerollt und guckte mit diesem typischen Hundeblick nach oben. Hunde verstanden wohl mehr von Frauen als er selbst. Marcus fühlte sich plötzlich allein und war froh, den Hund dabei zu haben. Er blickte Constance noch einmal hinterher, aber ihr wunderschönes Kleid war nur noch ein heller Fleck im Abendlicht.

„Guten Morgen, guten Morgen, ihr müden Schwaben!" Jan Brakelmann kam frisch geduscht im weißen Bademantel zu Klaus und Gertrude an den Frühstückstisch, streckte die Arme theatralisch zum Himmel und sah zu Gertrude herunter.
„Das Leben ist kein Geschenk, es ist eine große Gabe, darum

wird nicht lange gepennt, denn du sollst nutzen alle Tage!"
Natürlich! Der Leitsatz zum Tag! Klaus konnte nicht anders, er musste einfach etwas dagegensetzen!
„Ja, und erst die Norddeutschen, die stehen halb am Mittag auf und wollen den Tag noch retten, wo die Schwaben schon mit dem Frühstück fertig sind."
Jan Brakelmann lachte. „Du hast recht, mein Freund, wir schlafen im Urlaub immer viel zu lange, aber gleich geht's los. Wir nehmen unsere Mountainbikes und setzen über nach Nordenham. Radeln im Land der bunten Ochsen!"
Klaus trank den letzten Rest Orangensaft und fragte: „In welchem Land?"
Jan Brakelmann lachte wieder. „Im Land der bunten Ochsen, noch nie was davon gehört? Solltet ihr aber!"
Er überlegte kurz und lud Klaus und Gertrude zum Grillen ein. „Ich erklär es euch heute Abend, kommt einfach rüber und bringt Bier mit, wir holen frisches Fleisch vom Schlachter und erklären euch das Land der bunten Ochsen! Alles klar?"
Dass Jan ein Mann war, der lange fackelte und nicht auf den Punkt kam, konnte man nun wirklich nicht behaupten. Er war wirklich kurz entschlossen und Gertrude fand ihn auch sonst einfach überwältigend. Allein schon dieser norddeutsche Klang seiner Stimme war betörend. Sie freute sich schon jetzt auf den Abend bei ihm. Und bei Ute, natürlich auch bei Ute.
Auch Klaus stand der Sache mit dem Grillen nicht abgeneigt gegenüber. Er hatte schon eine ganz spezielle Idee und griff sich die Erlebniskarte. Er meinte, es irgendwo in der Karte gelesen zu haben, und suchte den Eintrag von Wingst, genauer den Eintrag von Neuhaus bei Wingst. Ein Lächeln überzog sein Gesicht, hatte er es doch gewusst!
„Gertrude, wir fahren heute nach Wingst."
Klaus drehte sich um und half Gertrude die beiden letzten

Stufen hinauf. Von der obersten Beobachtungsplattform hatten sie den besten Überblick. Zur linken Seite erstreckte sich das große Wolfsgehege und auf der rechten Seite hausten die Bären. Laut Lageplan des Wingster Zoos waren die beiden Gehege sogar mit einem Tunnel verbunden und die Wölfe konnten rüber zu den Bären wechseln.
Gertrude lehnte sich an Klaus und beobachtete die Grizzlys. Zwei Bären lagen im Schatten, die anderen schwammen im Pool. Die großen Tiere waren im Wasser unglaublich beweglich, von ihren an Land scheinbar tollpatschigen Bewegungen war im Wasser nichts mehr zu bemerken. Sie waren elegante Schwimmer und tobten im Wasser wie eine Gruppe ausgelassener Schulkinder.
Der Zoo war wirklich schön. Klaus und Gertrude hatten gleich zu Beginn die Löwen besucht, waren danach bei den Tigern und kamen zum Ende ihres Rundganges auf der Beobachtungsplattform an. Klaus sah auf den Stundenzeiger seiner Armbanduhr und rechnete. Gertrude hatte auf ihrer Erlebniskarte ja noch diese Brücke entdeckt. Wenn sie dort noch hin wollten, mussten sie sich langsam sputen. So ein Urlaubstag ist einfach viel zu kurz.
Ihm taten die Füße weh! Die Fußsohlen brannten und die Knie fühlten sich an wie geschwollene Ballons. Klaus war es einfach nicht gewohnt, so weit zu laufen, und er hatte auch die völlig falschen Schuhe an. Die Strümpfe klebten am Leder, die Fußsohlen brannten wie Feuer und er hatte das Gefühl, als würde ihm die Haut von den Füßen gezogen. Gertrude war schuld, sie musste ja unbedingt zu dieser Schwebefähre laufen und einmal die Oste überqueren. Die Oste! Ein klitzekleiner Nebenfluss der Elbe, den keiner kennt und bei dem niemand ein besonderes Bauwerk vermuten würde. Das Flüsschen konnte man früher nur mit einem Boot überque-

ren, später ging es dann per Schwebefähre fliegend über den Fluss. Und eben diese Schwebefähre war das Besondere. Obwohl es schon seit Langem eine Stahlbrücke gibt, überspannt die Fähre noch immer die Oste und schwebt Touristen über den Fluss.
Die Schwebefähre sah aus, als wäre sie direkt aus einem Stabilbaukasten zusammengeschraubt. Eine filigrane und dennoch gewaltige Metallkonstruktion überspannte den Fluss. Unter der Brücke hing wie eine Laufkatze die eigentliche Fähre, eine technische Meisterleistung! Für einen Baumenschen wie Klaus war es einfach ein Genuss, so eine Konstruktion zu betrachten und mit ihr den Fluss zu überqueren. Aber alles andere als ein Genuss war dieser Rückweg! Klaus hatte das Gefühl, als würde er überhaupt kein Ende nehmen und als wären seine Füße völlig wund gelaufen. Die Fußsohlen brannten wie Feuer und er wusste genau, die dicken Blasen würden noch kommen. Gequält lehnte er sich an einen Baum, zog seine Schuhe aus und versuchte das letzte Stück des Uferweges barfuss zu bewältigen. Es war furchtbar. Die großen Steine waren heiß und die kleinen stachen wie Nadeln unter den Sohlen. Ganz vorsichtig setzte er einen Fuß vor den anderen und winkte Gertrude.
„Das Auto steht dort hinten an der Kirche, bald sind wir da.“
Sie folgte ihm leichtfüßig und holte ihn mit wenigen Schritten ein. Sie hatte heute Morgen vorsorglich ihre Outdoorboots angezogen und keinerlei Probleme. Klaus hingegen quälte sich immer mehr. Ohne Schuhe und Strümpfe bemühte er sich verzweifelt, die kurze Steigung vom Fluss bis zur Kirche zu erklimmen.
Ihr Auto stand noch immer unterhalb der Kirchenmauer und schräg gegenüber der Emmauskirche konnte man ein kleines weißes Geschäftshaus mit einem von Efeu umrankten Baum

vor der Tür erkennen. Dieses Haus war sein eigentliches Tagesziel. Klaus hatte es heute Morgen auf der Erlebniskarte herausgesucht und aus diesem Grund sein Auto genau hier an der Kirche geparkt. Gertrude las das Schild über der Tür: Brauhaus Neuhaus. Stirnrunzelnd sah sie zu Klaus herunter, der sich selbstquälerisch bemühte, seine nackten Füße in die Schuhe zu quetschen. Er malträtierte sich und Gertrude wunderte sich, was sie um diese Zeit im Brauhaus wollten. Klaus ächzte und stöhnte und schaffte es irgendwie, seine Füße in die Schuhe zu zwängen. Er stand vorsichtig auf und ging zwei Schritte auf das Brauhaus zu. Es fühlte sich an, als ginge er auf rohem Fleisch. Die Füße brannten schlimmer als je zuvor.

„Das Brauhaus ist das angeblich einzige Café der Gegend, in dem es auch nach zehn am Abend noch einen frischen Kaffee gibt und ..."

„Ach, und deshalb müssen wir hier am Nachmittag her?" Gertrude konnte es gerade noch vermeiden, sich mit dem Finger an die Stirn zu tippen. Aber Klaus grinste mit schmerzverzerrtem Gesicht: „Nein, natürlich nicht. Aber hier gibt es Absinth und Cronemeyers Dunkel."

Jetzt fasste sich Gertrude doch an die Stirn.

„Absinth ist verboten und Bier gibt es überall!"

„Falsch!" Klaus triumphierte, soweit dies mit brennenden Füßen überhaupt möglich war, „Absinth ist erlaubt, wird hier an der Oste gebrannt, und das Dunkelbier ist hauseigenes, welches man nur hier kaufen kann. Und genau das machen wir jetzt. Wir packen hier ein paar Flaschen ein, damit wir nachher bei Brakelmann nicht verdursten müssen."

Marcus hatte die Füße auf dem Tisch, hing in seinem Küchenstuhl und grübelte. Der gestrige Abend ging ihm nicht mehr aus dem Kopf. Was hatte er nur falsch gemacht? Hatte er überhaupt etwas falsch gemacht? Konnte er etwas tun? Nein! Er konnte nicht nur, er musste! Er musste aktiv werden! Einfach nach Kanada fliegen, sich einen Grizzly suchen und diesen beauftragen, Nachbar Arne in seine Bärenhöhle als Futterreserve zu verschleppen! Das wäre doch mal was! Marcus musste grinsen – tolle Idee! Aber seine Freude war nicht echt. Scheiße! Die Frage war doch, was sollte er wirklich machen?

Das Telefon klingelte. Mudder Fliedig war dran. In der Rezeption stand ein älteres Ehepaar und beschwerte sich.

„Ich bin in zwei Minuten da."

Marcus legte auf und zog schwerfällig die Beine vom Tisch.

„Einen schönen guten Tag, die Herrschaften, wo klemmt die Säge? Womit kann ich Ihnen helfen?" In der Rezeption stand ein sichtlich erregtes Ehepaar, beide wohl so um die sechzig, und sie schienen wirklich sauer zu sein. Marcus streckte ihnen die Hand entgegen und ihm fiel auf, dass er die beiden bereits gestern in der Rezeption gesehen hatte.

„Marcus Bolso, ich bin hier der Zuständige für Ihren Ärger, womit kann ich Ihnen helfen?"

Aus den Augenwinkeln sah Marcus, wie sich Birthe Fliedig langsam und unauffällig in den hinteren Teil der Rezeption verdrückte und hinter ihrem Schreibtisch immer kleiner wurde. Was hatte das zu bedeuten? Er dirigierte die Eheleute an die Seite und lud sie ein, in der bequemen Sitzecke Platz zu nehmen. Marcus griff seine Frage nach dem Problem wieder auf: „Ja, also, wir konnten jetzt schon die zweite Nacht nicht schlafen!" Die Dame war sichtlich genervt und knetete ihre Hände ineinander.

„Auf welchem Platz stehen Sie denn, Frau ...?"

„Kold, Anneliese Kold! Wir stehen auf dem Platz Grasanger 12."

„Am Grasanger, warum können Sie denn da nicht schlafen, das ist doch eine schön ruhige und windgeschützte Ecke, kein Lärm von außerhalb und kein Spielplatz in der Nähe, was verhindert denn da Ihre Urlaubsruhe?“
„Unsere Nachbarn!“
Marcus nickte verständnisvoll. „Ihre Nachbarn, die zweite Nacht schon sagen Sie, das ist nicht gut. Was ist denn genau passiert?“
Frau Kold holte tief Luft: „Wir sind schon seit einer Woche hier, die andern sind vorgestern gekommen. Die waren erst ganz nett, mein Mann hat ihnen sogar beim Aufbauen geholfen.“ Sie stieß ihren Mann an: „Nun sag du doch auch mal was!“
Marcus sah Herrn Kold fragend an.
„Ja also, meine Frau kann wirklich nicht schlafen, mich stört das nicht so, aber sie hat nun mal einen leichten Schlaf.“
„Gut, aber wo ist jetzt das Problem? Haben Ihre Nachbarn einen Hund, der bellt, oder ist der Fernseher zu laut oder streiten sich die beiden lautstark?“
„Sie schreit!“, presste Frau Kold heraus, „sie schreit laut und das nicht nur einmal in der Nacht, wenn das so weitergeht, reisen wir ab!“
Marcus nickte wiederum: „Haben Sie denn schon mal mit den Nachbarn gesprochen? Ich meine, wenn Sie schon gemeinsam das Vorzelt aufgebaut haben, können Sie doch miteinander sprechen.“
Jetzt rutschte auch Herr Kold ganz nach vorn auf die Sesselkante und beugte sich über den Tisch. „Darüber spricht man nicht und außerdem streiten sich die beiden nicht!“ Er rutschte noch weiter auf die Sesselkante und flüsterte: „Die lieben sich! Oft, lange und laut! Da kann ich ja nicht anklopfen, und sagen sie sollen leise machen.“

Marcus musste sich mühsam ein Grinsen verkneifen und bemühte sich ernst zu bleiben.
„Na dann ist es wirklich gut, dass sie gleich zu uns gekommen sind, ich ..."
Anneliese Kold nickte eifrig: „Wir, ja also, wir waren gestern schon einmal hier, aber wir dachten ja nicht, also ich meine, dass es jede Nacht so weitergehen würde. Wer ahnt denn, dass die so oft dabei sind!"
Marcus nickte und setzte seinen professionellen Verständnisblick auf.
„Ja, Sie haben natürlich recht, damit rechnet man nicht unbedingt. Ich werde zu Ihren Nachbarn gehen und versuchen das zu klären."
„Glauben Sie, dass Sie das hinbekommen?", Frau Kold sah Marcus zweifelnd an, „es sind die links von uns, Platz 13, das haben wir aber gestern Ihrer Kollegin schon gesagt."
Sie war noch immer furchtbar empört und Marcus versprach noch einmal, sich schnell um das Problem zu kümmern. Er stand auf und begleitete die Kolds bis vor die Tür.
„Wie gesagt, ich werde gleich nach den beiden sehen, und dann bekommen wir die Sache in den Griff."
Er schüttelte den Kolds zuversichtlich die Hand und hatte keinen blanken Schimmer, wie er dieses nette Problem lösen konnte. Gleichzeitig dachte er an Constance und wünschte sich, er hätte gestern Abend am Strand mit ihr das gleiche Problem gehabt.
Marcus klopfte an das Wohnwagenfenster. Es passierte nichts. Er klopfte noch einmal, jetzt etwas länger und lauter. Wieder nichts. Scheinbar war niemand da. Er steckte die Hände in die Hosentaschen, guckte noch einmal in die Runde, drehte sich um und sah ein Pärchen auf sich zukommen. Die beiden gingen Arm in Arm und nahmen genauen Kurs auf den

Wohnwagen, kamen direkt auf Marcus zu. „Hallo, schönen guten Tag. Ich bin Marcus Bolso, ist das Ihr Wohnwagen?"
„Ja, warum, stimmt was nicht?"
Marcus reichte den beiden die Hand und begrüßte sie. Beide hatten einen festen Händedruck.
„Ja, oder besser, nein. Mit dem Wagen ist schon alles in Ordnung, aber es ist halt wie alle Wohnwagen nur ein Wohnwagen. Ohne besonderen Schallschutz."
Die beiden sahen ihn verständnislos an.
„Na ja, es ist wohl so, dass durch eine dünne Wohnwagenwand mehr nach außen dringt als bei einem festen Haus. Kurz gesagt, Ihre Nachbarn fühlen sich durch Ihre Stimmen nachts ..., also ich würde sagen, sie fühlen sich in der Nachtruhe gestört."
Marcus sah die beiden abwechselnd an und hoffte, nicht näher ins Detail gehen zu müssen.
„Wie? In der Nachtruhe gestört? Können die nicht schlafen? Wegen uns? Da verwechseln Sie uns bestimmt. Die anderen Nachbarn sitzen immer noch lange am Feuer."
Er zeigte zur gegenüberliegenden Seite und nahm seine Frau in den Arm.
„Wir zwei sind jeden Abend schon früh im Wohnwagen gewesen, wir haben ja Urlaub."
Marcus schüttelte leicht den Kopf: „Nein, ich denke, ich bin bei Ihnen richtig."
Er sah die Frau an. „Ich nehme an, Sie haben eine ziemlich helle und laute Stimme, in der Nacht sind hohe Stimmen erstaunlich weit zu hören."
Die Frau löste sich aus der Umarmung ihres Mannes und machte einen kleinen Schritt auf Marcus zu.
„Ich erzähle nachts nicht! Ich schlafe nachts!"
Sie blickte Marcus geradewegs und direkt in die Augen. „Mit

meinem Mann, wenn Sie es genau wissen wollen!"
Ihre dunklen Augen funkelten ihn an.
„Und ich mach hier Urlaub! Diese Nachbarn, die da angeblich nicht schlafen können, die können meinetwegen nach Hause gehen, ich gehe und ich komme, wann ich will! Und so laut ich will!"
Sie hatte sich direkt vor Marcus auf die Zehenspitzen gestellt, um mit ihm auf Augenhöhe zu sein. Ihre dunklen Augen sahen wütend aus, sie hatte das Temperament einer Flamenco-Tänzerin, aber Marcus lächelte sie einfach an. „Natürlich. Es ist ja Ihr Urlaub. Aber müssen Sie die Nachbarn wirklich so neidisch machen?"
„Ich ..." Ihr Mann legte ihr seinen Zeigefinger auf ihren Mund, fasste ihren Arm, zog sie ein wenig zurück und legte seinen Arm um ihre Schultern, um sie ein wenig zu beruhigen.
„Wir können heute Nacht ja einfach mal die Fenster zumachen, manchmal hilft das ja schon."
Marcus nickte. „Sie haben recht, es könnte helfen. Auf jeden Fall wird es leiser sein."
Marcus wollte es dabei bewenden lassen und sich verabschieden, aber sie hatte noch nicht aufgegeben.
„Bei geschlossenem Fenster ersticke ich!"
Marcus lächelte wieder.
„Sie müssen es ja nicht die ganze Nacht zumachen, machen sie es einfach – danach – wieder auf."

Brakelmanns Grill glühte schon, als Klaus vom Duschen kam. Nachdem sie am späten Nachmittag zurückgekommen waren, musste Klaus seine Füße erst einmal in einem Wasserbad kühlen. Sie hatten sich angefühlt, als wäre rohes Fleisch von wässrigen Blasen überzogen. Es hatte gebrannt wie die Hölle. Aber er war ja hart!

Ohne eine Miene zu verziehen, war er vom Auto bis zum Vorzelt gehumpelt, hatte sich eine Schüssel mit Seifenwasser gefüllt, die Schuhe ausgezogen und die Füße in das kalte Wasser gleiten lassen. Was für eine Wohltat!
Gertrude hatte ihn natürlich gefragt, ob sie ihm helfen sollte, aber das wollte er nicht. Er war schließlich ein Mann und Indianer kennen keinen Schmerz! Erst nachdem Gertrude im Wohnwagen verschwunden war und er sich völlig unbeobachtet fühlte, besah er sich seine Füße genauer. Drehte sie hin und her, aber es war nichts zu sehen. Gar nichts. Sie waren maximal ein wenig rot! Wenn überhaupt!
Klaus fühlte sich irgendwie total enttäuscht, trotzdem badete er die Füße eine ganze Stunde, während Gertrude die Zeit nutzte, um den Wohnwagen zu putzen. Sie fegte und wischte überall, dabei glänzte der Wagen ohnehin noch wie am ersten Tag. Es gab auch nichts aufzuräumen, dennoch räumte sie eine ganze Stunde lang verschiedene Dinge hin und her. Exakt eine Stunde lang.
Klaus griff sich die Tüte mit dem Absinth und klemmte sich den kleinen Kasten Cronemeyers Dunkel unter den Arm. „Ich geh schon mal zu Brakelmann", rief Klaus aus dem Vorzelt in die offene Wohnwagentür, „der Grill ist schon an, ich helfe Jan schon mal Kohle nachzulegen."
Typisch mein Mann, dachte sich Gertrude, Jan kann mit Sicherheit den Grill auch alleine bedienen, auch ohne Klaus. Aber Klaus kann ja nicht einmal seinen Bademantel und sein Handtuch alleine aufhängen. Sie schüttelte den Kopf. Warum musste man ihm eigentlich immer alles nachräumen?
Zu viert saßen sie zufrieden am Grill. Jeder hatte zwei große Stücke Fleisch, feurige Soße, gegrilltes Brot und zwei Würstchen gegessen. Und damit jeweils etwa zwei Steaks und ein Würstchen zu viel. Gertrude lehnte sich erschöpft

im Campingstuhl zurück und starrte wie hypnotisiert in die Glut. Feuer übte eine eigenartige Faszination aus und geistesabwesend beobachtete sie die kleinen rötlichen und gelben Flämmchen auf der glühenden Kohle. In scheinbar weiter Ferne hörte sie Ute stöhnen.

„Warum muss man beim Grillen nur immer zu viel essen?"

„Weil beim Metzger im Laden alles so gut aussieht und weil es hier draußen so viel besser schmeckt", hörte sie ihren Klaus antworten. Brakelmann brummte dazu etwas von Urinstinkt, von Fleisch und Feuer. Und von Arterhaltung.

Dann setzte er sich plötzlich auf, schenkte den Frauen Wein nach und machte zwei neue Flaschen Dunkel auf.

„So ein Grillabend ist auf jeden Fall immer ein gutes Geschäft für den Fleischermeister und" – er machte eine kleine rhetorische Pause, um die Aufmerksamkeit zu gewinnen – „und es ist auch ganz im Sinne der bunten Ochsen."

Klaus quälte sich langsam hoch und setzte sich gerade hin: „Wie, im Sinne der Ochsen?"

Jan Brakelmann trank nachdenklich einen langen Schluck Bier und stellte die Flasche zurück auf den Boden. Gertrude musste lächeln, dieser Jan hatte ein echtes Gespür für Dramatik. Sie mochte seine norddeutsche Art, und er war so natürlich. Und sie hörte ihm so gerne zu. „Wir waren doch heute mit den Rädern drüben in Nordenham, im Land der bunten Ochsen."

„Und warum sollen die Ochsen da jetzt bunt sein? Schwarzbunt sind die bei uns auch, und nicht nur die Ochsen, Kühe und Bullen sehen auch so aus."

„Nee Klaus, ich mein nicht die Bullen", er lachte wieder, „und schon gar keine Kühe. Ich meine große bunte Ochsen, gelb, blau, rot, was immer du dir vorstellen kannst."

Vor Gertrudes innerem Auge zogen gerade gelbe und lilafar-

bene Kühe vorbei. Lilafarbene Kühe auf einer grünen Alm. Sie musste schmunzeln. „Jan Brakelmann, Schokoladenkühe gibt es überall, nicht nur hier an der See, die gibt es sogar bei uns auf den Bergwiesen über der Stadt."
„Ja klar", Jan lachte laut, „aber keine orangen und türkisfarbenen. Nein, im Ernst, es gibt hier nur bunte Ochsen, die stehen überall in der Gegend von Nordenham herum, auch in der Stadt."
„Sag mal, Jan, hast du schon vom Absinth genascht?"
Klaus schüttelte den Kopf, bunte Ochsen!
Jan Brakelmann lachte wieder und Ute gab ihm recht. Sie lächelte verschmitzt und meinte, dass es sogar überall in der Stadt glänzende Hufabdrücke von den Ochsen geben würde. Jetzt schüttelte auch Gertrude den Kopf, irgendwie wurden sie hier gerade mächtig auf den Arm genommen.
„Jan, du dust an bessa Lochkäs schwätza! Bunte Kühe!"
Sie schüttelte den Kopf und Jan versuchte mit erhobenem Zeigefinger die Aufmerksamkeit wieder auf sich zu lenken.
„Keine Kühe. Ochsen!"
Er schien es tatsächlich ernst zu meinen.
„Die Hufabdrücke führen durch die ganze Innenstadt, damit wir – also die Touristen – von einem historischen Ort zum anderen geführt werden. Und ...", er hatte den Zeigefinger noch immer erhoben, „und damit man den Weg, auf dem früher die Ochsen zur Weser getrieben wurden, nachgehen kann." Gertrude schaute ihn an. „Und was sollten die Ochsen in der Weser?"
Jan Brakelmann bekam die Aufmerksamkeit, die er haben wollte, lehnte sich zurück, trank den Rest Bier in einem Zug und holte weit mit den Armen aus.
„Damals, also vor mehr als einhundert Jahren, war Nordenham ein kleines Örtchen an der Weser mit einem kleinen

Verladehafen. Nun war es wohl so, dass das Fleisch der Ochsen aus der Wesermarsch besonders wohlschmeckend und bekömmlich, oder auch einfach nur besonders billig war. Auf alle Fälle wurden im Laufe der Jahre Unmengen von Ochsen nach England exportiert."
Jan schaute wieder in die Runde und nachdem Ute zustimmend nickte holte er noch einmal mit den Armen aus.
„Es war sogar so, dass der Export von Ochsen die Grundlage des späteren Reichtums der Stadt Nordenham bildete."
Mit stolz geschwellter Brust blickte Jan in die Runde, machte noch zwei Bier auf und stieß noch einmal mit Klaus an.
„Wie gesagt, die Ochsen waren die Grundlage, und deshalb hat die Stadt zur Erinnerung überall bunte Ochsen aufgestellt."
Gertrude war begeistert, der Jan wusste einfach alles, und dann sah er auch noch gut aus. Was würde er wohl Morgen zum Motto des Tages machen?

Marcus stieg vom Rad und bedankte sich bei seinen Begleitern. Wie bei jeder seiner geführten Radtouren zur Silbermöwenkolonie waren ihm wieder ein gutes Dutzend Camper gefolgt. Das Besondere am heutigen Ausflug war, dass es der vorerst letzte war. In der Hochsaison haben die Gäste andere Interessen und er selbst auch nicht die Zeit, jede Woche mit dem Rad durch die Geest zu strampeln.
Marcus stellte sein Rad neben den Hundezwinger, hängte seine Windjacke an den Haken und verschwand im Bad, um sich eine Dusche zu gönnen. Eine gute halbe Stunde später betrat er, rasiert und frisch geduscht, mit einem strahlend weißen T-Shirt und einem breiten Lächeln die Rezeption und begrüßte Birthe Fliedig gut gelaunt und überschwänglich. Die kannte das schon. Immer wenn ihr Chef von einer Radtour kam, gab er sich auffallend gut erholt. Sie selbst hat-

te heute Vormittag bereits die ganze elektronische Post erledigt und für Bolso blieben nur noch die traditionellen Briefe und die Rechnungen auf dem Tisch.
Marcus machte die Briefe auf und Mudder Fliedig bediente routiniert am Gästetresen. Mittwochs war nie viel los. Die Briefpost war schnell erledigt und Marcus griff sich sein gelbes Notizbuch, um Klempnermeister Kleineplumber anzurufen.
„Ja moin. Ja, Bolso hier, ... ja genau, Sie wollten doch die Zählerstände der Solaranlage ..., ja natürlich ..."
Marcus wartete, bis Fritz Kleineplumber die richtigen Listen gefunden hatte, und gab ihm die aktuellen Zählerstände durch. Meister Kleineplumber war der Meinung, dass er mit dem regelmäßigen Vergleichen der Zahlen die Funktion der neuen Solaranlage prüfen konnte, und das war natürlich ganz in Bolsos Sinn. Weniger Energieverbrauch bedeutet weniger Kosten und weniger Kosten bedeutet mehr Gewinn und mehr Gewinn bedeutet ...
Ja, leider auch mehr Steuern. Aber er würde im nächsten Jahr auch wieder ein paar Dinge auf dem Campingplatz verbessern können und sich vielleicht doch ein paar Tage Urlaub gönnen.
Marcus sah zum Fenster raus. Urlaub. Die Erlen bewegten sich im Wind. Bewegten sich wie Palmwedel im Hauch des Ozeans. Weißer Strand, der Geruch von Sonnenöl, Constance im Bikini ... Hoch oben von den Klippen sprang jemand ins türkisblaue Wasser, schwamm zügig durch die Wellen des Ozeans, ließ sich zum Ufer treiben und entstieg dem Meer. Braun gebrannt, weißblonde Haare und eine dunkle Sonnenbrille aus Titan. Marcus erkannte sich selbst, und Constance erwartete ihn am Strand. Nur ihn. Und nur im Bikini.
Die Tür zur Rezeption wurde schwungvoll aufgerissen, zwei

Herren im besten Alter quetschten sich gemeinsam durch die Tür und stampften nach vorn an den Tresen. Von Größe und Statur sowie vom Alter her könnten es Vater und Onkel der Klitschko-Brüder sein. Marcus sah erschrocken hoch, dachte kurz nach, stand entschlossen auf und nahm die Bodyguards hinter dem Tresen stehend in Empfang.
„Guten Tag ..."
„Wir wollen den Chef sprechen!"
Marcus schluckte, sah zu den beiden auf und versuchte möglichst geschäftlich zu gucken.
„Ja, ich bin Marcus Bolso, also der Chef, wenn Sie so wollen."
Der eine der beiden stützte die Handflächen auf den Tresen:
„Haben Sie hier wirklich was zu sagen?!"
Marcus nickte.
„Dann kümmern Sie sich mal um die Schweinerei da draußen!"
Die beiden Gäste waren nicht nur erheblich größer als Marcus, sondern auch furchtbar empört. Nur warum? Marcus sah beide so freundlich wie möglich an und war froh, den Tresen vor sich zu haben.
„Wenn Sie mir kurz helfen würden und mir sagen könnten, worum es geht ..."
Der größere der beiden sah auf Marcus herunter und zeigte mit dem Finger auf ihn.
„Wenn Sie hier auch nur ein bisschen was zu sagen haben, dann kümmern Sie sich gefälligst darum, dass hier keine Hunde frei herumlaufen! Hunde, die kleine Kinder und unsere Frauen verängstigen und dann auch noch alles vollscheißen!"
Marcus nickte und wandte sich sicherheitshalber an den Kleineren, obwohl auch dieser noch knapp zwei Köpfe größer als er selbst war.

„Wo genau laufen denn die Hunde und wessen Frau wurde belästigt?“
Während er fragte, überlegte er sich, dass die beiden wohl nicht mehr mit den eigenen Kindern unterwegs waren und dass somit wahrscheinlich ein Hundehaufen das eigentliche Problem darstellen würde.
„Meine Frau“, grollte der Größere, „meine Frau ist mit ihren neuen, original brasilianischen Havaianas in einen Haufen getreten.“ Er zeigte wieder mit dem Finger auf Marcus. „Ich weiß nicht, was *Ihre* Frau dazu sagen würde, wenn sie fast barfuss in einen Haufen von so einem Dorfköter treten würde. Meine jedenfalls wollte die neuen Badeschlappen direkt in den Mülleimer werfen!“
Aha, daher wehte der Wind. Die Herren sind von ihren Frauen geschickt worden und mussten deren Ärger weitergeben. Marcus sah zu den beiden Riesen auf und deutete eine Art Lächeln an.
„Sie kennen ja den Spruch, dass so ein Tritt Glück bringen soll, und ich hoffe einfach mal, dass Sie die Schuhe noch retten konnten.“
Da keiner der beiden etwas sagte, versuchte Marcus die Sache so schnell wie möglich zu Ende zu bringen.
„Wenn Sie mir freundlicherweise sagen würden, wo ich Sie auf dem Platz finde, werde ich sofort meinen Platzwart anrufen, damit er die Hinterlassenschaften umgehend beseitigen kann. Ich selbst werde in der Zwischenzeit versuchen die Hundehalter zu finden und zu ermahnen.“
Marcus schrieb sich die Stellplätze in sein gelbes Notizbuch und verabschiedete die Gäste mit einem Nicken. Diesen Knochenbrechern die Hand zu schütteln, traute er sich einfach nicht.
Kaum waren die beiden Riesen zur Tür hinaus, griff Marcus

sich das Funkgerät, piepste Jasper Diekgreve an, setzte sich aufs Fahrrad und fuhr in Richtung Deich. Freilaufende Hunde waren immer wieder ein Ärgernis und leider auch nicht ganz ungefährlich.
Direkt vor seinem Rad flitzte etwas Graues über den Weg, keine zwanzig Zentimeter hoch, flauschiges Fell, kleine Ohren, große Augen. Ein Irish Setter. Die Bestie? Der Grund der Beschwerde? Marcus stieg ab, lehnte das Rad an eine Hecke und ging in die Richtung, in der das Hündchen verschwunden war. Als er um die Ecke kam, saß der kleine Kerl schon unter dem Campingstuhl seines Herrchens. Der saß im Schatten eines Sonnenschirmes und las ein Buch, während seine Frau bäuchlings auf einer Luftmatratze in der Sonne schmorte. Viel hatte sie nicht an und wenn sie im gleichen Alter wie ihr Mann war, dann hatte sie sich deutlich besser gehalten. Marcus jedenfalls registrierte im Vorbeigehen ihre auffallend gute Figur.
Er ging freundlich lächelnd auf die beiden zu und das kleine Knäuel unter dem Stuhl fing zu kläffen an.
„Hallo. Ich bin gerade eben hier vorbeigefahren und Ihr kleiner Liebling ist mir direkt vor das Rad gelaufen. Haben Sie ihn nicht angeleint?“
Der Mann sah kurz auf, blinzelte über die Brille hinweg und legte demonstrativ langsam sein Buch auf den Tisch, nahm seine Brille ab, klappte sie zeitlupenartig zusammen und legte sie ebenso langsam auf das Buch. Mit absolut gelangweilter, gleichzeitig sichtlich genervter Miene drehte er sich zu Marcus um.
„Junger Mann“, er zeigte mit dem Finger auf Marcus, „dieser kleine Möchtegernheld unter meinem Stuhl tut niemandem etwas.“ Er betonte jede Silbe einzeln, „im Gegenteil, beim geringsten Anzeichen von Gefahr springt er mir auf den Arm.

Den brauche ich nicht anzuketten!“ Natürlich nicht, diese Argumente hörte Marcus mindestens einmal in der Woche, und er hat auch immer die gleiche Antwort parat.
„Das glaube ich Ihnen gern, aber wenn ein Nachbar einen größeren Hund hat oder ein schnelleres Auto, dann ist am Ende immer niemand schuld.“ Marcus ging einige Schritte auf den Mann zu und das Gekläffe fing wieder an. „Glauben Sie mir, Ihr Kleiner wäre nicht der Erste, der hier bei einem größeren Nachbarhund unter die Räder kommen würde, und außerdem“, Marcus machte unbewusst wieder diese belehrende Handbewegung, die er selbst nicht mochte, „außerdem möchte ich, dass hier auf dem Campingplatz alle Hunde angeleint sind. Große wie kleine!“
Marcus bemühte sich zu lächeln.
„Machen Sie ihn einfach fest und genießen Sie das gute Wetter. Ich wünsche Ihnen jedenfalls noch einen netten Tag und einen schönen Urlaub.“
Mit einem kurzen Winken verabschiedete er sich und ging zurück zu seinem Rad.
Keine hundert Meter weiter standen die Wohnwagen der beiden Riesen. Bei ihnen bot sich das gleiche Bild wie beim Besitzer der Irish-Setter-Bestie zuvor. Die Herren saßen zeitunglesend am Tisch und die Frauen räkelten sich auf ihren Liegestühlen und blätterten gelangweilt in irgendwelchen Zeitschriften.
Marcus machte eine Bewegung, als würde er an eine imaginäre Tür klopfen.
„Guten Morgen.“
Die beiden Zeitungsleser sahen von ihrer Lektüre auf, erkannten ihn, und der größere der beiden stand auf und kam Marcus entgegen.
„Ich will nicht lange stören und wollte nur nachfragen, ob

mein Platzwart den Haufen Hundeglück schon beseitigt hat?"
Der Riese blieb direkt vor Marcus stehen. Er war einer der wenigen Menschen, die nur in Badehose noch beeindruckender wirkten als bekleidet. Für sein Alter war er topfit – eine Ansammlung von Muskeln – und Marcus hoffte intensiv darauf, dass wenigstens ein Teil der Energie auch im Hirn gelandet war, denn hier draußen fehlte ihm der schützende Tresen.

„Schön, dass Sie kommen."

Im Gegensatz zum Gespräch in der Rezeption war der Riese jetzt völlig entspannt und freundlich.

„Ihr Meister Diekgreve war schon hier und hat alles sauber gemacht."

Der Mann konnte sogar lächeln.

„Das Dumme an der Sache ist, als er weg war, haben wir noch zwei Haufen gefunden."

Er machte eine einladende Handbewegung, damit Marcus ihm folgen konnte.

Der Mann zeigte Marcus eine Stelle zwischen Zaun und Wohnwagen. Marcus musste grinsen; zwei große Haufen, beide viel größer als das kleine Wollknäuel der Nachbarn.

„Alles klar, ich weiß Bescheid. Ich schicke den Platzwart gleich noch einmal her."

Marcus drehte sich um und blieb zwischen den Liegestühlen stehen.

„Wie gesagt, der Jasper kommt gleich noch mal mit Schaufel und Eimer." Er konnte sich das Grinsen nicht verkneifen: „Sagen Sie, wo sind Sie eigentlich zu Hause, Sie kommen doch bestimmt aus der Stadt?"

Der andere hatte seine Zeitung jetzt ebenfalls zur Seite gelegt.

„Wir kommen direkt aus dem Ruhrgebiet, warum?"

Marcus nickte, so etwas hatte er sich gedacht.

„Viele Schwäne gibt es bei Ihnen bestimmt nicht, oder?"
Jetzt mischte sich eine der Damen ein: „Nein, Schwäne nicht, und Störche auch nicht. Wir haben gestern beim Radfahren ein Storchennest gesehen, und die Schwäne hier sind ganz zahm." Sie richtete sich ein wenig auf. „Wir haben sie sogar schon gefüttert."
Marcus nickte scheinbar verständnisvoll. „Ich weiß."
Er machte eine kurze Pause. „Die beiden Haufen hinter dem Wohnwagen sind die Hinterlassenschaften der Schwäne."
Er sah die beiden Damen freundlich an. „Hunde schaffen solche Haufen nicht. Aber egal, ich schicke meinen Platzwart vorbei – und beim nächsten Mal bitte keine Wildvögel füttern."

Fünf Tage waren sie jetzt schon hier, fünf Tage Sonne pur, und doch war heute ihr erster echter Nordseetag, der erste Tag am Strand.
Heute Morgen, irgendwann zwischen der zweiten und dritten Tasse Kaffee hatte Klaus im Deichboten geblättert.
– Die Nordsee wird kein neues Mittelmeer – war die Schlagzeile des Tages und eine fleißige Reporterin erklärte dem geneigten Leser die tagesaktuelle Forschungsmeinung der Wissenschaft. Der Klimawandel sei viel komplizierter als gedacht und die allgemeine Erderwärmung würde nicht automatisch einen Anstieg der Wassertemperatur in der Nordsee nach sich ziehen. Das jetzt herrschende mediterrane Sommerwetter hätte nichts mit dem Klimawandel zu tun – und überhaupt hätte Wetter grundsätzlich nichts mit Klima zu tun. Die Wahrscheinlichkeit von Eisbergen vor Sylt sei für einen längeren Zeitraum genauso hoch wie für Palmen auf Helgoland.
Klaus lehnte sich zurück, die Variante mit den Palmen war ihm irgendwie sympathischer. Aber letztlich war es auch

egal, wenn er den Artikel richtig verstanden hatte, würde das Ökosystem der Nordsee in den nächsten paar Hundert Jahren weiterhin zuverlässig funktionieren, nur eben mit einigen Veränderungen. Arten, wie der Dorsch, könnten zum Beispiel verschwinden und durch andere Arten ersetzt werden. Aber in seinen Augen wurde der Dorsch ohnehin maßlos überbewertet und die größten Eisberge der Region waren noch immer die Gelatoberge vom „Bella Vista“. Aber nicht nur die Eisberge waren italienisch, auch das Wetter war wie am Mittelmeer und keine einzige Wolke zierte den azurblauen Himmel.

Klaus und Gertrude hatten sich nach dem Frühstück einen Bollerwagen geliehen, waren zum Strand gelaufen und lagen jetzt in einem Zweier, also in einem Strandkorb für zwei Personen. Sie brutzelten bereits seit Stunden in der Sonne und genossen den Blick auf die See. Oder auf das, was um diese Tageszeit vom Meer noch übrig war. Klaus rekelte sich in der Sonne und freute sich.

So ein Strandkorb war eine feine Sache. Man lag bequem, konnte den Schatten dosieren, dem Wind ausweichen oder ihn zum Kühlen nutzen. Das Beste aber war das kleine Tischchen, auf welchem man das Glas mit dem Sekt oder auch eine Tasse Kaffee abstellen konnte. Klaus nahm seine Sektschale zur Hand und stieß leise an Gertrudes Glas.

„Prost! Mein Gott, geht uns das gut.“

Gertrude sah von ihrem Touristenführer auf, erhob ihr Glas und lächelte zu Klaus herüber. Sie wusste, dass die Idee mit dem Sekt nicht unmittelbar von Klaus ersonnen war, sondern dass Jan Brakelmann ihm heute Morgen diesen Tipp gegeben hatte. Der Sekt perlte über ihrer Zunge und war wunderbar erfrischend, wo konnte ein kühles Glas Sekt prickelnder sein als in der Sonne am Strand?

Sie nippte am Glas und gab ihm recht, es gab nichts Schöneres, als im Strandkorb zu liegen und die Sonne zu genießen! In ihrem Reiseführer hatte sie gelesen, dass es diese praktischen Möbel schon seit 130 Jahren gibt und dass Strandkörbe ursprünglich von der Ostsee stammten. Im Ostseebad Kühlungsborn sollen sie erfunden worden sein. Damals waren es rundliche Einsitzer. Heute saßen sie hier in einem eckigen Zweisitzer und der war wunderbar bequem.
Klaus füllte die Gläser noch einmal bis zur Hälfte und Gertrude stieß mit ihm an.
„Prost auf den Strandkorberfinder und", die Gläser schlugen wiederum aneinander, „prost auf dieses wunderbare Wetter."
Gertrude nippte nur kurz an ihrem Glas, um sich sofort wieder ihrem Büchlein zu widmen.
Klaus hingegen trank den kühlen Sekt in einem Zuge leer, seufzte glücklich und ließ sich zurück in die weichen Polster fallen. Mein Gott, geht uns das gut.
Wo war er? Klaus brauchte einige Sekunden, um zu realisieren, woher die Hitze kam. Er musste wohl eingeschlafen sein und den Halt verloren haben. Sein Körper lag komplett in der prallen Sonne, während Gertrude nebenan im Schatten schlief. Ihr Buch war zur Seite gefallen und die Sektflasche war leer. Klaus blinzelte. Am ganzen Strand herrschte emsiges Treiben, nur vom Wasser war noch immer nichts zu sehen.
Er stand auf und reckte sich. Wenn er sich ganz viel Mühe gab, konnte er weit hinter dem Watt einen schmalen Streifen erkennen. Mit etwas Fantasie könnte dieser Streifen Wasser sein. Das Meer. Er überlegte. Gertrude schlief und er hatte kein Buch dabei. Was sprach dagegen, sich auf den Weg zu machen? Er könnte versuchen das Watt zu durchqueren, um dann ein wenig zu schwimmen. So weit würde es schon nicht sein.

Nach wenigen Metern war der feinkörnige Strandsand zu Ende und Klaus folgte der kleinen Karawane der Badegäste, welche sich im Entenmarsch innerhalb eines etwa zwanzig Zentimeter tiefen Rinnsales in Richtung Horizont bewegte. Das Wasser in diesem flachen Graben war warm, der Boden fest, und somit konnten sie zügig dem Meer entgegengehen. Der silbrige Streifen am Horizont wurde viel schneller größer als erwartet und schon nach wenigen Minuten konnte er die ersten Wellen hören und kurz darauf auch sehen. Kinder und Erwachsene ließen sich in die Wellen gleiten, stemmten sich dagegen oder tauchten mutig hinein. Klaus ging die letzten Meter immer schneller und freute sich wie ein Kind darauf, jetzt in die Wellen zu springen, das erste Bad in der Nordsee nehmen zu können. Seine Füße erreichten das Wasser und mit einem großen Schritt eroberte Klaus das Meer. Mit drei kleinen Schritten war er sofort wieder zurück. Mein Gott, war das kalt! Er schaute sich um, alle um ihn herum tobten in den Wellen oder schwammen in Richtung der kleinen Sandbänke, welche dem Watt vorgelagert waren.
Klaus sah dem bunten Treiben zu und wich rückwärts einige Meter zur Seite. Mit den Beinen im Wasser gewöhnte er sich langsam an die Temperatur und entfernte sich gleichzeitig von der Masse der Badegäste. Er wollte unbedingt ins Wasser, wollte auf jeden Fall schwimmen, ja vielleicht sogar zu der kleinen Sandbank vorstoßen, die etwas weiter links von den anderen lag. Er wollte sich auf jeden Fall in die Wellen werfen, aber nicht mitten im Getümmel der Badegäste.
Gute einhundert Meter westlich, vielleicht auch noch einige Schritte weiter, blieb er stehen und sah sich um. Niemand beachtete ihn. Schritt für Schritt ging er langsam in einer Art Storchengang den Wellen entgegen. Die Füße immer möglichst hoch aus dem Wasser nehmend, stakte er vorsichtig

in die Tiefe. Nach und nach fühlte sich das Wasser immer wärmer an und mit einem plötzlichen Entschluss schmiss Klaus die Arme nach vorn, um mit vollem Schwung in die nächste Welle zu tauchen. Was für eine Wohltat, was für eine Erfrischung!

Klaus fühlte sich völlig frei und begann zu schwimmen. Mit kräftigen Zügen, so als würde er jeden Tag trainieren, schwamm er dem Horizont entgegen, durchpflügte die Wellentäler, streckte den Kopf auf den Wellenbergen nach oben, um sich zu orientieren, und schwamm weiter. Die Sandbank die er zuerst etwas abseits auf der linken Seite gesehen hatte, schien ihm jetzt durchaus erreichbar zu sein. Er intensivierte nochmals seine Schwimmbewegungen und stieß sich kräftig ab. Es war einfach wundervoll, durch die flachen Wellen zu gleiten.

Klaus pustete, das gleichmäßige Atmen viel ihm immer schwerer, seine Lungen brannten, und trotzdem musste er für jede seiner Schwimmbewegungen tiefer Atem holen. Mühevoll versuchte er mit jedem Zug möglichst weit voranzukommen. Die Sandbank hätte doch schon direkt vor ihm sein müssen! Aber er konnte sie noch immer nicht sehen. Er war auch nicht mehr in der Lage, auf jedem Wellenberg seinen Kopf zu heben, um weiter nach vorne sehen zu können. Wo war die Sandbank? War er etwa in die falsche Richtung geschwommen? Klaus zwang sich zur Konzentration und schwamm mit aller Kraft den nächsten Wellenberg nach oben, um so weit wie möglich aus dem Wasser zu kommen. Er streckte den Kopf in die Höhe und traute seinen Augen nicht. Die Sandbank war direkt vor ihm, keine fünf Meter vor ihm glänzte der Sand in der Sonne. Er hatte es geschafft. Im selben Moment fühlte er festen Boden unter seinen Füßen und mit wackeligen Schritten stieg er die flache Erhebung hinauf.

Er erreichte das trockene Land und war total erschöpft. Er presste sich die Hände in die Seiten und versuchte gegen den stechenden Schmerz zu atmen. Mitten auf der Sandbank wurden ihm die Knie weich und er rutschte in den Sand. Sein Herz schlug wie wild, der Atem rasselte, aber Klaus grinste vergnügt und freute sich wie ein Schuljunge. Er war ganz allein auf dieser Sandbank und er hatte sein Ziel erreicht. Er ließ sich auf den Rücken fallen, machte die Augen zu und grinste noch immer. Ganz langsam beruhigte sich sein Puls. Die Sonne durchflutete seine Augenlider; trotz geschlossener Augen sah er den rötlichen Schein – und ganz langsam wurde es dunkler, wurde es schwarz.
Sein Herz schlug völlig ruhig und er hörte nur noch das Rauschen der Wellen. Das Plätschern am Rande einer trockenen Oase in der Wüste des Meeres. Das Plätschern am Rande einer kleinen Insel. Wie viele Stunden am Tag war Ebbe, wie viele Stunden am Tag lag die Kuppe der Sandbank über dem Wasserspiegel? Wie viele Stunden am Tag war sie vom Meer bedeckt? Er konnte hier nicht ewig liegen.
Klaus stöhnte leise und zog sich an den Knien hoch, setzte sich auf und öffnete ganz langsam, wie in einem alten Zeichentrickfilm, zuerst das linke Auge, dann das rechte. Er blickte auf das Meer und versuchte wach zu werden. Was war das? Er machte die Augen wieder zu, um sie ganz langsam erneut zu öffnen.
Direkt vor der Sandbank, knappe zehn Meter vor ihm, vielleicht auch nur acht, grinste ihn ein Seehund an. Klaus kniff die Augen zusammen und schielte vorsichtig durch die halbgeschlossenen Lider. Der Seehund streckte noch immer direkt vor ihm den Kopf aus dem Wasser. Zwei große, gutmütige Knopfaugen sahen direkt zu Klaus, die feine schwarze Nase bewegte sich schnüffelnd in seine Richtung und die

schmale Schnauze unter den langen Barthaaren schien zu grinsen. Das glatte Fell glänzte feucht in der Sonne und mit kaum merklichen Bewegungen hielt der Seehund seine aufrechte Position. Er hing senkrecht im Wasser wie die Pose einer Angelschnur und sah Klaus an, ganz direkt. Und Klaus sah ihn an. Dann war er weg. Versank wie ein Stein im Meer und war verschwunden. Klaus kniff noch einmal die Augen zusammen. Was war das? Hatte er geträumt, eine Fata Morgana gesehen oder doch einen echten Seehund vor einer Sandbank? Klaus sah sich um. War das hier überhaupt eine Sandbank? War es nicht vielleicht die angestammte Insel von genau diesem Seehund?

Klaus stand auf und stemmte sich wieder die Arme in die Hüften. Er konnte es nicht schwören, aber er hatte das ungute Gefühl, dass die Sandbank kleiner geworden war. Er sollte sich beeilen und zurück zum Ufer schwimmen.

Der Weg zurück zum Ufer, zurück zum Watt, erschien ihm deutlich kürzer. Die Wellen kamen von hinten, und wenn auch jedes Wellental ihn wieder ein wenig zurück ins Meer zog, so schob ihn doch jede neue Welle ein Stück näher zum Ufer heran. Als Klaus wieder festen Boden unter seinen Füßen spürte, war er längst nicht so ausgepumpt wie bei seiner Ankunft auf der Sandbank. Ohne lange zu verschnaufen reihte er sich direkt in die Perlenschnur der Schwimmer ein, die in Richtung Ufer zog.

Die Haut spannte sich und war völlig trocken. Ein Gefühl, als wäre er gepökelt. Die Sonne brannte viel stärker als zuvor und trotzdem war Klaus einfach glücklich. Er dachte an den Seehund und wusste genau, dass er dieses Erlebnis besser für sich behalten sollte, kein Mensch würde ihm das glauben – und Gertrude schon gar nicht.

We all live in a yellow submarine, yellow submarine, yellow submarine; Marcus sang laut und falsch den alten Gassenhauer der Beatles mit und stand gut gelaunt unter der Dusche. Der Song dröhnte aus seinem CD-Player, das Shampoo umspülte seine Haare und der Schaum rutschte langsam an seinem Körper herunter. Marcus grinste. Der haarige Kerl, der ihm da gegenüber aus dem Spiegel entgegensah, passte viel besser in die wilden Siebziger, als zu den zarten Typen der Zweitausender. Diese neuen, ganzkörperrasierten Jungs à la Justin Timberlake oder gar Justin Bieber würden niemals in einem gelben Unterseeboot glücklich werden. Marcus hingegen schon. We all live in a yellow submarine!
Marcus sang aus voller Kehle und war froh, dass ihn niemand hören und auch nicht sehen konnte. Um diese Jahreszeit war es hier im Norden ewig lange hell, siebzig Minuten länger als im Süden der Republik, und somit brauchte er noch immer kein Licht. Marcus konnte ohne geschlossene Vorhänge nackt durch die Räume seiner Wohnung laufen, um sich Wäsche, ein frisches T-Shirt und eine ladenneue Darkblue-Levi's aus dem Schrank zu holen.
Er hielt kurz inne, blieb mitten im Raum stehen und überlegte, woher seine gute Laune kam. Die Gäste von heute morgen? Wohl kaum. Der nahezu ausgebuchte Campingplatz? Nein, das war es auch nicht. Der große Strauß roter Rosen, der seinen Duft in der ganzen Wohnung verströmte? Nein, der Strauß nicht, eher schon die drei Rosen, die in dem großen Strauß fehlten.
All you need is love.
Marcus stand nackt im Zimmer, summte die Melodie und dachte an die drei verschwundenen Rosen. Sie waren ganz klar der Grund seiner, von Testosteron gesteuerten, guten Stimmung. Er war heute Nachmittag kurz in die Stadt ge-

fahren, um für einen Stammgast einen riesigen Strauß Rosen vom Blumenhaus Vergissmalnix zu holen. Morgen früh würde Axel Nozze den Strauß abholen, um damit zum Frühstück seine Frau zu überraschen. Die beiden hatten Hochzeitstag. Marcus grinste noch immer, all you need is love!
Drei Rosen fehlten im Strauß, denn er hatte auf dem Rückweg Constance getroffen. Sie war gerade im Garten, als er bei ihr am Haus vorbeifuhr, und Marcus hatte gehalten, unbemerkt drei Rosen aus dem Strauß gezogen und sie ihr über den Gartenzaun gereicht. Einfach so, ohne lange zu überlegen und ohne lange Einleitung. Sie war regelrecht erschrocken über die unerwartete Überraschung. Wenn das die Nachbarn sehen! Was sollen die denken?! Genommen hatte sie die Rosen dann doch und er hatte Constance spontan eingeladen, ihr gesagt, dass er sie heute Abend entführen würde. Viertel nach zehn wollte er sie abholen und er würde diesmal keine Ausreden akzeptieren. Marcus sah auf die Uhr. Er hatte nur noch wenige Minuten und stand noch immer splitternackt im Zimmer. All you need is love.
Sie stand pünktlich am Gartentor, mit leuchtenden Augen und in einem fantastisch kurzen Kleid. Marcus musste sich alle Mühe geben, ihr nicht auf die Beine zu starren und sie zur Begrüßung nicht komplett in die Arme zu nehmen und sie vor allem nicht zu küssen. Was sollten die Nachbarn denken!
Jetzt lehnten sie gemeinsam am Tresen und sie schrie ihm etwas von „schon immer hier“ entgegen.
Er schaute ihr in die Augen und versuchte von den Lippen zu lesen. Für einen gemütlichen Small Talk war es an der Bar einfach viel zu laut.
Marcus nahm Constance an der Schulter und versuchte sie in einen der Nebenräume zu dirigieren. Es war furchtbar laut

und voll und er schob sie ganz langsam vor sich her, ganz dicht vor sich her, nahezu hautnah vor sich her. Hinter dem Durchgang war es etwas leiser und sie fanden tatsächlich noch einen Stehtisch ganz hinten in der Ecke. „The Old Peat Bogy Pub" bestand aus mehreren halbdunklen Räumen und hatte keine Sitzplätze. Die Musik war immer zu laut und im TV lief generell nur Rugby, Fußball oder Snooker, es gab zehn Sorten Bier, keinen Wein und dennoch war der Laden jeden Abend voll. Der Besitzer, angeblich ein irrer Ire, hatte die alte Bar im Frühling gekauft und als Pub wiedereröffnet. Marcus war heute zum zweiten Mal überhaupt hier und für Constance schien es das erste Mal zu sein.
„Es ist wirklich ganz schön voll hier."
„Ja leider, es gibt hier wohl nur Bier."
Sie schüttelte den Kopf. „Nein, es ist doll voll hier."
„Nein, ich war noch nicht oft hier."
Constance fing an zu lachen und hob ihr Glas. Gut einen halber Liter, ein Pint Irish Murphy's hatte sie sich bestellt, während Marcus das herbere Guinness bevorzugte. Sie stießen miteinander an und Constance stellte sich ganz dicht zu ihm. Marcus wurde schlagartig heiß. Sie legte eine Hand an sein Ohr und schrie „Nein, ich meinte, es ist richtig voll hier."
Jetzt erst verstand Marcus, was sie meinte, und nickte. Mit einer Hand an ihrem Ohr versuchte er zu antworten, „es soll hier immer so voll sein und man soll hier super Billard und Snooker spielen können."
Mein Gott, sie duftete wieder so unglaublich betörend! Der ganze Laden hier roch nach Bier, aber sie duftete nach Meer und Blumen. Wahnsinn!
Constance beugte sich wieder zu ihm, presste sich ganz dicht heran und legte noch einmal ihre Hand an sein Ohr.
„Kannst du denn Billard spielen?"

„Ja, ich kann dich genau fühlen." Sie lachte und gab ihm einen Klaps auf die Wange.
Marcus wurde beinahe rot. „Billard? Ich weiß, wie es funktioniert. Die Sache mit dem Stoßen und dem Queue."
Sie lachte noch immer und rief ihm zu, dass sie ihn gern einmal spielen sehen würde.
Marcus sah sie fragend an. Wollte sie mit ihm Billard spielen? Konnte sie Snooker spielen? Oder sollte er es ihr zeigen? Eine wirklich verlockende Vorstellung. Sie beide und nur ein Billardtisch. Er nahm sein Guinness in die linke und ihr Murphy's in die rechte Hand und schob sie zwischen seinen Armen zum nächsten Durchgang.
Constance ließ sich ohne Widerstand führen und ging direkt vor ihm durch den mit einem schweren Vorhang versehenen Türbogen.
Der Raum dahinter war größer als die anderen, und im Halbdunkel einiger kleiner Kerzenlampen waren zwei Snookertische zu erkennen. Der dritte Tisch in der hinteren Hälfte des Raumes war strahlend hell von einem Deckenfluter angeleuchtet, und zwei Herren in schwarzen Anzügen spielten konzentriert ihre Partie. Sie schienen die Anwesenheit von Constance und ihm nicht einmal zu bemerken.
Marcus stellte die Gläser auf der Bande ab, holte ein 2-Euro-Stück aus der Tasche und warf es in den Automaten. Es klackte vernehmlich und schlagartig wurde der linke Tisch in gleißendes Licht getaucht. Die farbigen Snookerkugeln lagen akkurat ausgerichtet auf dem grünen Tisch und die weiße Kugel wartete auf den ersten Stoß. Marcus holte zwei Billardstöcke und reichte einen davon an Constance weiter.
„Du", sie lachte, „ich habe davon keine Ahnung, spiel du mal. Ich schau nur zu."
Sie stellte ihren Queue wieder in die Ecke, nahm ihr Glas

Murphy's und trank einen kräftigen Zug. Marcus bückte sich zur ersten Ballaufnahme, peilte die erste Rote an und wunderte sich insgeheim darüber, dass die Frau, die er als Weinkennerin kannte, so zügig trank.

Der erste Stoß passte, die Kugeln drifteten auseinander und verteilten sich auf der ganzen Fläche des Tisches. Er richtete sich auf und hielt Constance den Queue entgegen.

„Ich kann mich hier nicht selbst besiegen, den nächsten Stoß machst du."

Sie lachte wieder.

„Nein, ich kann das nicht, ich schau nur zu."

Marcus schüttelte den Kopf.

„So geht das nicht. Ich zeig es dir."

Seufzend gab Constance sich geschlagen und nahm den Billardstock. „Und jetzt?"

Marcus drehte sie zum Tisch.

„Siehst du die freie rote Kugel? Die spielen wir jetzt. Du musst dich runterbeugen, einen rechten Winkel bilden, die Rote über die Weiße genau anvisieren und sie dann in der rechten Tasche versenken."

„Das schaffe ich nie." Sie versuchte es, stieß viel zu hektisch zu, rutschte von der weißen ab und verfehlte die rote Kugel so weit, als hätte sie nie darauf gezielt. Enttäuscht richtete sie sich auf. „Sag ich doch. Ich kann das nicht."

Marcus lachte, „Natürlich kannst du."

Er nahm einen Schluck von seinem Bier und wischte sich den Bierschaum mit dem Handrücken von den Lippen.

„Schau her." Er bückte sich, knickte seinen Oberkörper regelrecht ab, visierte die nächste Kugel an, probierte den Stoß, holte Schwung, und die weiße Kugel schoss über den Tisch. Sie knallte gegen die Bande, berührte eine rote Kugel und zu Marcus' großer Verwunderung fiel diese tatsächlich in die Mittel-

tasche. Er richtete sich erstaunt auf und sah Constance an.
„Das kannst du auch“, munterte er sie auf und freute sich insgeheim darüber, was er soeben für einen Dusel hatte. Normalerweise traf er nie, wenn er über die Bande spielte, und die Mitteltasche schon gar nicht. Er beugte sich zur nächsten Kugel, zielte genau und verfehlte. Constance hatte ihm genau zugesehen.
„So kann ich das auch.“
Sie lachte und nahm Marcus den Queue aus der Hand.
„Die nächste Rote ist dran.“
Marcus stellte sich hinter Constance, um ihr zu helfen. Sie beugte sich nach vorn und peilte die Kugeln an. Ihr Hintern berührte seinen Schoß aber sie war viel zu konzentriert, um das zu bemerken. Marcus hingegen spürte sie schon. Aber er wollte ihr ja nur helfen. Natürlich wollte er ihr nur helfen. Und für die Berührung konnte er rein gar nichts! Er bückte sich mit ihr herunter und fasste ihren Ellenbogen, um die Achse des Stoßes zu verändern. Er half ihr, die richtige Richtung zu finden, holte gemeinsam mit ihr Schwung, ließ den Queue vor- und zurückgleiten und stieß gemeinsam mit ihr ab. Die weiße Kugel stieß gegen die rote und blieb liegen. Zu wenig Schwung. Marcus richtete sich auf und Constance mit ihm. Sie stand direkt vor ihm, ihr süßer Po berührte ihn noch immer und er nahm ihr schnell den Queue aus der Hand. Marcus atmete tief durch. Mein Gott, war das heiß hier drinnen!
Marcus versuchte, den Ausschnitt seines T-Shirts ein wenig zu lüften. Die Hitze in diesem Pub war nahezu unerträglich! Er umrundete den Tisch, trank einen Schluck und visierte erneut die weiße Kugel an. Sie bräuchte nur einen kleinen Stoß, um die Rote über den Tisch rollen zu lassen, direkt auf die Ecke zu. Die Kugel fiel, und Marcus setzte an zum nächs-

ten Stoß. Er peilte die Kugel an und sah zu Constance auf. Schwerer Fehler! Sie hatte gerade einen Schluck getrunken und Marcus sah, wie ihre Zunge langsam über ihre Lippen glitt. Seine Konzentration war hin. Er knallte mit dem Billardstock gegen die weiße Kugel und verschoss total.
Constance lachte belustigt auf, nicht schadenfroh, einfach nur gut gelaunt übernahm sie den Queue von Marcus und berührte dabei seine Hand. Nur die Fingerspitzen berührten sich, aber er hatte das Gefühl, als wären es glühende Eisenspitzen. Die Hitze fuhr schlagartig durch seinen ganzen Körper.
„Die rote", krächzte er und konnte kaum atmen, „die rote Kugel ist dran."
Marcus stellte sich wieder hinter Constance, um ihr zu helfen. Er war ehrlich genug zu sich selbst, um zu wissen, dass seine Hilfe von jetzt an nur noch ein Vorwand war. Sie bückte sich über den Tisch und ihr Hintern traf wieder auf seinen Schoß. Er beugte sich langsam zu ihr herunter und griff ihren Arm. Ihr Hintern berührte jetzt nicht nur seinen Schoß, sondern er presste sich förmlich gegen seinen Unterleib. Marcus spürte, dass dies kein Zufall war. Er konnte sie nahezu hautnah spüren und versuchte dennoch, ihre Hand mit dem Queue zu dirigieren. Versuchte das Bedürfnis, sie zu küssen, zu unterdrücken und versuchte das Pulsieren in seinem Körper zu ignorieren. Er spürte seine Erektion wachsen, zu sehr presste sie ihren Po an seinen Körper, zu sehr bewegte sie ihren Hintern, um die richtige Position zur weißen Kugel zu finden.
Marcus gab sich geschlagen, gab seinem Körper nach und legte seine Lippen zärtlich auf ihren Hals. Er ließ seine Lippen über ihren Nacken gleiten und ihr leises Seufzen beschleunigte seinen Puls ein weiteres Mal. Er schob seinen

Arm um sie und schmiegte ihn an die Unterseite ihrer Brüste, während er mit den Fingern der anderen Hand noch immer ihren Ellenbogen hielt, um den Queue zu führen. Er spürte ihren Puls schlagen und spürte, wie sie ihren unglaublich zarten Hintern gegen seine Erektion drückte. Er stellte sich vor, nicht mit dem Queue zu stoßen, sondern mit seinem harten Schwanz in sie zu gleiten, ihn tief in ihr zu versenken. Er zog seinen Arm ein Stück zurück und drehte ihn so, dass ihre Brust fest in seiner Hand lag. Sie fühlte sich wunderbar an. Ihr Brustkorb bewegte sich nicht, und Marcus verharrte ebenfalls völlig still, sie hielten beide die Luft an und hofften, dass die Zeit stehen bleiben würde.
„Constance", flüsterte er.
„Was?", hauchte sie zurück.
Er schluckte. „Nein, nichts."
Sie waren noch einen Moment lang still, dann holte sie Luft und ihre Brust drückte sich noch fester in seine Hand. Die Spitze war hart, Constance stöhnte leise und er zog sie noch dichter zu sich heran, richtete sich auf und drehte sie um, zog sie in seine Arme und presste seine Lippen auf ihre. Die Lippen vereinigten sich, der Kuss gewann an Kraft und sie schlang ihre Arme um seinen Nacken. Ihre Brust schmiegte sich an seine und ihre Scham presste sich an die harte Schwellung in seiner Jeans. Sie war wunderbar weich, ihre Lippen gaben nach und öffneten sich für einen kurzen Moment, dann aber löste sie die Umklammerung in seinem Nacken und ihre Hand drängte sich zwischen seine und ihre Lippen. Ihr Zeigefinger verschloss seinen Mund und sie drehte sich geschickt aus der Umarmung.
Sie verharrte eine Sekunde und zögerte, ihre linke Hand hielt noch immer den Queue, sie stellte ihn zurück in die Ecke und plötzlich ging mit einem lauten Klacken das Licht am

Nebentisch aus. Einer der beiden Herren fluchte im Dunkeln und Constance blieb bewegungslos stehen! Nahezu wie erstarrt stand sie da – und erst, nachdem mit erneutem Klacken das Licht am Nebentisch wieder aufflammte, bewegte sie sich wieder.
„Marcus“, sie streichelte ihm über die Wange, „das geht nicht.“ Mit einem verlegenen Lächeln griff sie ihr Bierglas, hob das Glas und stieß mit ihm an.
„Komm, lass uns austrinken und gehen. Morgen wird wieder ein langer Tag.“ Sie trat ganz dicht an ihn heran und verdrehte schelmisch die Augen. „Auch für dich wird es wieder ein langer Tag, du musst schlafen, damit du fit für deine Gäste bist.“ Sie stupste ihn auf die Nase, trank ihr Murphy's in einem Zug und ging durch den schweren Vorhang hinaus.
Was blieb ihm anderes übrig, als sein Glas ebenfalls zu leeren und ihr zu folgen?
Constance wartete vor der Tür auf ihn, und als Marcus nach draußen kam, hakte sie sich wie selbstverständlich bei ihm ein. Die ersten Meter gingen sie schweigend nebeneinander her und Constance versuchte vergeblich, den Rhythmus seiner Schritte aufzunehmen. Erst als Marcus ihre Bemühungen bemerkte und etwas kürzer trat, fanden ihre Körper fast den gleichen Takt. Constance musste grinsen, weil ihr genau in diesem Moment eine alte Weisheit ihrer Mutter durch die Gedanken huschte. Kurz nach ihrer Hochzeit mit Arne hatte ihre Mutter sie einmal gefragt, ob ihr schon mal aufgefallen sei, dass nur die Paare im vollkommenen Gleichschritt gehen konnten, die schon miteinander geschlafen hatten. Constance lächelte still in sich hinein, und da ihr momentaner Gleichschritt mit Marcus alles andere als perfekt war, standen ihr wohl noch alle Möglichkeiten offen.
Sie sah Marcus schelmisch an.

„Das mit dem Gleichschritt müssen wir aber noch üben, das klappt ja gar nicht."
„Nein", antwortete er, „aber wir können ja die halbe Stunde bis nach Hause zum Üben nutzen."
„Meinst du, die paar Schritte reichen?"
Sie lachte und ohne eine Antwort abzuwarten zeigte sie in den Abendhimmel und fragte ihn, ob er auch das lächelnde Gesicht im Halbmond erkenne. Marcus blieb stehen, legte den Kopf in den Nacken und schaute nach oben. Die Sichel des Mondes war gleichmäßig wie in einem Bilderbuch, aber der Mond hatte einen Hof.
„Das Wetter wird sich ändern, die Hitze hört auf. Es wird Sturm geben!"
„Warum denn gleich Sturm?"
Constance musste schon wieder trippeln, um seinen Schritt aufzunehmen.
„Etwas Abkühlung nach der Hitze würde doch schon reichen."
Marcus blieb stehen, legte seine Arme um ihre Hüften und zog sie zu sich heran. Seine Hände kreuzten sich hinter ihrem Rücken und hielten sie fest. Er sah ihr genau in die Augen.
„Glaub mir, es wird Sturm geben."
Er beugte sich vor, um ihre Lippen zu küssen, aber sie drehte ihren Kopf züchtig zur Seite und seine Lippen glitten nur über ihre Wange, streiften ihr Ohr und erreichten ihren Hals. Für einige Sekunden genoss sie die zärtliche Berührung, um sich dann, genau so geschickt wie schon zuvor, aus seinen Armen zu winden. Sie ergriff seine Hand, beschleunigte ihre Schritte, zog ihn durch die Straße und zeigte ihm die tausend Sterne der lauen Sommernacht. Die gleichen Sterne wie in jeder Nacht, nur wirkten sie jetzt viel vertrauter.
„Heute Nacht gibt es keinen Sturm mehr. Hier draußen nicht." Sie blieb stehen, legte ihren Zeigefinger auf seinen

Mund und sah ihn an, „und auch bei mir nicht. Kein Sturm heute Nacht!"
Sie hielt den Kopf schief, lachte und zog ihn die Straße in Richtung Campingplatz weiter. Marcus schüttelte den Kopf. War er enttäuscht? Natürlich würde es keine Erstürmung geben! Wie sollte er auch nur auf die Idee kommen, sie zu stürmen? Sie waren doch nur unterwegs, um Billard zu spielen. Und um ein Bier zu trinken. Nein, er war auf keinen Fall losgegangen, um sie zu stürmen und erst recht nicht, um sie zu küssen. Scheiße! Natürlich hatte er sie nur aus diesem Grund eingeladen.
Constance tänzelte ein paar Meter vor ihm und ihr kurzes Kleid leuchtete im Licht der Sterne. Er konnte ihr nicht einmal böse sein. Sie war einfach viel zu schön.
An ihrem Gartentor blieb sie stehen, öffnete die Pforte, schlüpfte hindurch und verriegelte sie von innen. Als Marcus wenige Schritte nach ihr an die Gartentür kam, stand sie drinnen und er war draußen. Eindeutiger konnte sie es nicht mehr machen! Marcus griff nach ihrer rechten Hand, die auf der obersten Sprosse lag, und zog sie zu sich heran. Er hob die Hand langsam an seinen Mund und küsste ihre Finger. Einzeln. Jeden Finger für sich. Constance seufzte.
„Du kannst es wohl nicht lassen?!"
Dabei legte sie ihren Kopf wieder zur Seite und grinste schelmisch wie ein Mädchen aus der zehnten Klasse. Sie war einfach wunderbar. Er schaute hoffnungsvoll in ihre noch immer unergründlichen Augen und glaubte im selben Moment ihre Hand an seiner Hose zu spüren; bildete sich für eine kurze Sekunde ein, ihre Finger in seiner Hose zu fühlen. Mein Gott. Jetzt hatte er schon Berührungshalluzinationen!
„Ciao Marcus. Es ist wieder viel zu spät. Und meine Mama hat gesagt, ich darf so spät nicht mehr auf der Straße sein.

Ich glaube, du musst morgen noch einmal wiederkommen."
Marcus nickte und hauchte ihr gleichzeitig einen Kuss auf die entschwindende Hand. Sie drehte sich um, und er blieb alleine am Gartentor stehen. Erst als sie bereits in der Haustür verschwunden war, löste er sich und ging quer über die Straße zurück zum Campingplatz.

Willi ist jetzt wieder da, der Willi ist der Nordseestar. Willst du Willi auch mal sehen, musst du mal zum Nordstrand gehen."
Jan Brakelmann zitierte seinen Spruch des Tages. Er stand gut gelaunt an Gertrudes Windschutz und winkte mit der Zeitung.
„Guten Morgen, mein Schwabenmädel, ich habe eure Brötchen mitgebracht und den aktuellen Deichboten. Unser Strand ist heute auf der Titelseite!"
Gertrude brühte gerade den Kaffee und ein Lächeln huschte über ihr Gesicht. Sie hätte jetzt eher ihren Klaus erwartet, aber Jan war ihr viel lieber.
„Guten Morgen, Jan, was für eine nette Überraschung."
Sie wischte sich verlegen die Hände am Handtuch ab. Mein Gott, wie gut dieser Mann schon am Morgen aussehen konnte! „Ich dachte, Klaus wäre endlich zurück vom Duschen, aber wenn du schon die Weckle mitgebracht hast, brauche ich ja nicht mehr zu warten. Ein Mann zum Frühstück reicht mir vollkommen."
Jan lachte und ließ seine strahlend weißen Zähne blitzen. „Klaus kommt gleich, ich habe ihn schon getroffen und ihm gesagt, dass er keine Brötchen mehr holen muss." Jan drehte sich um, weil er hinter sich Schritte hörte. „Ich sag doch, er muss gleich kommen."
Er drückte Klaus, der in diesem Moment um die Ecke kam,

Brötchen und Zeitung in die Hand und verabschiedete sich.
„Kinders ich muss los, Ute wartet, wir wollen mit den Rädern nach Nordholz, Flugzeuge gucken. Was habt ihr denn heut so vor?"
„Wandern", rief Gertrude ihm hinterher, „Wattwanderung rüber nach Neuwerk!"
„Willi ist zurück", las Gertrude laut aus dem Deichboten vor. „Strandseehund Willi ist wieder zurück. Wie schon in den Jahren zuvor, ließ sich Seehund Willi gestern am Nordstrand sehen. Willi wurde zuerst auf den strandnahen Sandbänken gesichtet, schwamm später in den flachen Prielen und verbrachte den Abend zwischen den Strandkörben, ohne sich von den vielen Schaulustigen stören zu lassen."
Gertrude sah Klaus über den Zeitungsrand hinweg an.
„Wer soll das denn nun wieder glauben, diese Schreiberlinge denken sich immer wieder neue Stories aus, um die Urlauber an den Strand zu locken."
Klaus schmunzelte. „Wer weiß? Vielleicht haben sie ja recht? Wenn du nicht im Strandkorb eingeschlafen wärst – vielleicht hat er ja direkt neben unserem Strandkorb gelegen?"
Klaus lehnte sich in seinem Stuhl zurück und blickte zum Himmel. Im Gegensatz zu den letzten Tagen schien der sonst azurblaue Himmel heute nicht ganz so klar zu sein.
„Wir sollten unsere Jacken mitnehmen und die Gummistiefel anziehen, der Wattführer wird pünktlich starten wollen."
Die Gruppe der Wattwanderer bestand aus knapp zwanzig Urlaubern und dem Wattführer Werner. Alle waren mit leichten Sandalen und Basecaps ausgerüstet, nur die Füße von Klaus und Gertrude steckten in dicken Gummistiefeln. Werner musterte die beiden von oben bis unten – und sein Blick sprach Bände. Er sah sie an, als hätten sie Abfahrtskier an den Füßen.

„Ihr zwei da", er zeigte mit langem Arm und ausgestrecktem Finger auf ihre Stiefel, „an welcher Expedition wollt ihr denn mit den Dingern teilnehmen?"
Zum Glück lagen ihre Sportschuhe noch im Auto. Klaus hatte Werners dringenden Rat angenommen und jetzt wanderten sie mit den Schuhen in der Hand barfuss übers Watt. Die Strecke vom Festland bis zur Insel war deutlich mit Reisig ausgeprickt und es ging erstaunlich gut voran. Es war die einzige Gruppe im gesamten Watt und erst auf halbem Wege wurde sie von zwei Wattwagen überholt. Jeweils von zwei PS angetrieben, kutschierte jeder Wagen etwa zehn Gäste rüber nach Neuwerk. Die Pferde bewegten sich sicher und schnell durch das flache, noch immer ablaufende Wasser. Die Sonne schien und Werner erklärte die Welt.
Bis zur Insel waren es zehn Kilometer und schon nach knapp drei Stunden Wattwandern saßen Klaus und Gertrude in einem Café unterhalb des Wehrturmes. Werner erklärte der Wandergruppe, dass der Turm schon im 14. Jahrhundert von Hamburger Kaufleuten errichtet worden war und dass Neuwerk praktisch schon immer ein Teil von Hamburg war. Ganz im Gegensatz dazu stand die kleine Insel Nigehörn. Sie ist Hamburgs jüngster Stadtteil und erst Ende der achtziger Jahre des letzten Jahrhunderts durch Aufspülung geschaffen worden. Mit der neuen Insel entstanden direkt in der Elbmündung neue Brut- und Rastplätze für Seevögel und somit war Nigehörn wohl die einzige Insel weltweit, die bereits vor ihrer Entstehung unter Naturschutz stand.
Neuwerk aber war alt und wirklich schön. Werner hatte viel zu erzählen, die Zeit verging wie im Fluge und selbst die kurze Rückfahrt mit dem Schiff war für die Wattwanderer hochinteressant.
Später am Nachmittag saßen Klaus und Gertrude vor ihrem

Wohnwagen in der Sonne, tranken eine schöne Tasse Kaffee und sahen Jasper Diekgreve zu. Der Platzwart mähte auf dem freien Stellplatz neben ihnen den Rasen und versuchte den Stellplatz für die nächsten Gäste wieder herzurichten. Ihre Nachbarn zur Rechten waren heute Morgen abgereist und hatten einen unschön anzusehenden Stellplatz hinterlassen. Dort, wo zuvor ihr Vorzelt stand, prangte jetzt eine kahle, gräserlose Wunde im Rasen. Der Platzwart fluchte, weil im Vorzelt wohl eine Folie gelegen hatte, und der Platz bei Regen ein einziges Schlammloch sein wird.
„Regen?", fragte Klaus, „hier regnet es doch nicht, die Sonne strahlt seit einer Woche!"
„Eben!", meinte Diekgreve, „das Wetter wird umschlagen und heute Abend gibt's Gewitter! Da mach ich jede Wette."
Und mit einem Blick auf ihr Vorzelt gab er ihnen den Tipp, die Sturmabspannung unbedingt noch einmal nachzuspannen. Wenn der Wind erst über den Deich kommen würde, konnte es schnell gefährlich werden.

6 Stürmische Zeiten

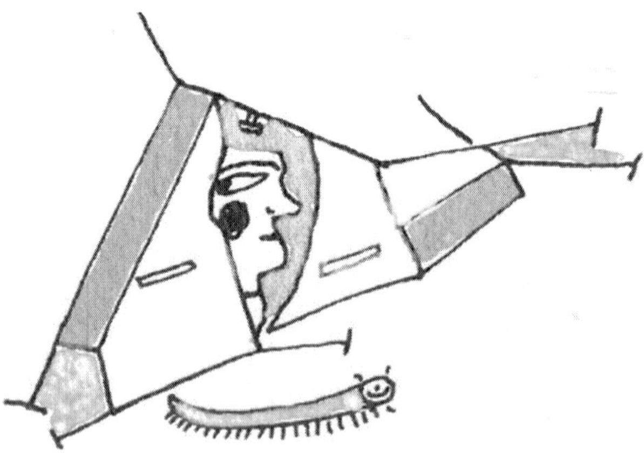

Es nutzte alles nichts. Marcus hatte all seinen Charme aufgeboten, war sehr nett, hatte um Verständnis gebeten, mit dem Anwalt gedroht und sogar eine kostenlose Übernachtung angeboten, aber sie gab ihm keine Chance. Die Dame blieb hart wie Diamant. Sie war nicht einmal unfreundlich, aber sie war gnadenlos. Und jetzt wusste Marcus auch, warum. Sie war nicht nur eine Mitarbeiterin irgendeiner Hochschule. Nein! Sie war Professorin an der rechtswissenschaftlichen Fakultät der Uni Freiburg und sie konnte über die Entschuldigungen von Marcus überhaupt nicht lachen.
Sie hatte eine Woche Fahrradurlaub an der Nordsee geplant und war schon am ersten Tag in Weeldewarft hängen geblieben. Und Marcus war schuld. Sagt Frau Professor. Dabei hatte er es doch nur gut gemeint.
„Frau Professor Abogada, ich kann wirklich nichts dafür, aber das Zelt muss erst per Paketdienst aus dem Taunus geliefert werden. In den hiesigen Geschäften ist dieses Spezialzelt nicht zu bekommen."
Sie legte ihre Arme auf den Rezeptionstresen und lehnte sich zu Marcus rüber. „Junger Mann, ich hatte eine Rundreise geplant und jetzt sitze ich in diesem Ferienhaus fest. Ich wollte die Küste kennenlernen und jetzt häng ich in diesem Kaff. Ich wollte eine Radtour machen und jetzt bewege ich mich zu Fuß im Kreis. Ich bin am überlegen, ob ich nicht auch noch Schmerzensgeld für entgangene Urlaubsfreuden einklagen sollte!" Sie kniff die Augen zusammen und wirkte jetzt noch entschlossener als zuvor. „Und ich denke, wenn ich mein neues Zelt nicht bis morgen habe, werde ich das auch machen! Wenn mein neues Zelt morgen Mittag noch immer nicht hier ist, dann wird es teuer für Sie! Richtig teuer!" Sie nickte, lächelte eiskalt, drehte sich um und verließ die Rezeption.

„Kommt die jetzt jeden Tag?“ Birthe Fliedig hatte das Gespräch mitgehört und ihr Chef tat ihr ein wenig leid. Frau Professor kam jeden Tag und er konnte doch wirklich nichts dafür. Marcus drehte sich um. „Ich hoffe, morgen zum letzten Mal, die Frau kostet mich ein Vermögen. Sagen Sie bloß nie jemandem, dass er Lebensmittel im Zelt aufbewahren kann. Das hier wird für uns teurer, als wenn wir ein ganzes Haus mit Kühlschränken gebaut hätten!“
„Na Chef, zum Glück sind ja nicht alle Gäste frustrierte Juraprofessorinnen.“
Marcus nickte und ließ sich auf seinen Schreibtischstuhl fallen. Er schloss kurz die Augen, steckte sich die Brille ins Haar und wischte sich mit der Hand über die Augen.
Die ganze Geschichte hatte so harmlos angefangen. Die Dame, Frau Professor Abogada, war am Montag, also vor drei Tagen, mit ihrem Supersportrad angereist und wollte eine Nacht auf dem Campingplatz „Watt'n Blick“ verbringen. Sie hatte so ein kleines High-Tech-Survival-Super-Zelt dabei und nachdem alle Anmeldeformalitäten erledigt waren, hatte sie ihn noch gefragt, ob sie denn ihre Lebensmittel im Zelt lagern könnte. Natürlich konnte sie das. Warum auch nicht? Marcus hatte über die Frage gar nicht lange nachgedacht und ihr nur den Tipp gegeben, keine Schuhe vor dem Zelt stehen zu lassen. Als sie erstaunt nach dem Grund fragte, hatte er ihr lachend erklärt, dass die jungen Füchse um diese Jahreszeit immer besonders aktiv seien. Schließlich gäbe es hier eine alte Fuchstradition, wonach die Jungfüchse die Schuhe der Gäste klauen müssen. Und genau diese Jungfüchse waren jetzt in den Nächten unterwegs.
Marcus stöhnte leise, hätte er denn wissen können, dass die Füchse es dieses Mal nicht auf die Schuhe, sondern auf die Obstvorräte abgesehen hatten? Dass die Füchse das neue,

teure und ach so supertolle Spezialzelt durchnagen, durchbeißen, durchlöchern und als Vitaminspender benutzen würden? Stand in den Geschäftsbedingungen des Campingplatzes irgendetwas über die Haftung bei Wildschäden? Nein! Warum um alles in der Welt sollte er dann für den Schaden bluten, den die Füchse von Oberförster Heiner Pirsch hier angerichtet hatten? Für Marcus gab es überhaupt keinen Grund, sich für einen Wildschaden verantwortlich zu fühlen! Bis vorgestern!

Bis Frau Professor am Dienstag früh in der Rezeption stand und Schadenersatz für ihre Lebensmittel forderte, ein neues Zelt verlangte und eine Unterkunft für die nächste Nacht beanspruchte. Marcus war freundlich geblieben, hatte gelacht und natürlich abgelehnt. Gern sei er ihr behilflich bei der Organisation eines neuen Zeltes, aber Schadenersatz, oh nein, nicht von ihm.

„Oh doch!“, hatte sie – völlig von sich überzeugt – geantwortet, „Sie sind natürlich nicht für die Füchse hier verantwortlich, aber ...“

Und dann hatte sie mit ihrem erhobenen Zeigefinger vor Marcus hin und her gewedelt: „Aber ich hatte Sie ausdrücklich gefragt, ob ich meine Lebensmittel unbedenklich im Zelt aufbewahren kann, und Sie haben diese Frage bejaht!“

Sie hatte ihm eine Fülle von Paragrafen und Gesetzen aufgezählt und entschieden darauf bestanden, von ihm ein neues Survival-Spezialzelt zu erhalten und bis zur Lieferung des Zeltes eine angemessene Unterkunft bereitgestellt zu bekommen. Kostenlos natürlich.

Marcus sah zum Fenster hinaus. Der Himmel war noch immer blau mit nur ganz wenigen leichten Wolkenschleiern. Alle Gäste freuten sich über das Superwetter und würden am liebsten ihren Aufenthalt verlängern. Nur Frau Professor nicht. Sie wollte abreisen und konnte es nicht, weil sie ja kein Zelt für ihre Nordseetour hatte. Sie wohnte kostenlos in der Ferienwohnung und nervte jeden Morgen mit den gleichen Fragen.

Marcus stand auf und öffnete die Fenster, um frischen Sauerstoff in die Rezeption zu lassen. Hoffentlich würde das Zelt bald kommen, hoffentlich würde sie bald fahren und – hoffentlich – noch bevor das Wetter umschlagen würde.

Aber daran glaubte Marcus nicht. Birthe Fliedig hatte soeben das Radio lauter gestellt. Sturmwarnung für die Nordsee! Eine Gewitterfront zog von Frankreich über das Ijsselmeer in Richtung Osten.

Marcus nahm sein Funkgerät vom Tisch und piepste seinen Platzwart an.

„Jo Chef, watt los?"

„Jasper, du musst mal wieder die Sturmwarnschilder aufstellen und allen Gästen, die heute gekommen sind, Bescheid sagen, dass sie die Vorzelte richtig sichern sollen oder am besten erst morgen aufbauen."

„Oh Mann, dat hatten wir ja auch lang nich mehr. Alles klor Chef, ich stell die Tafeln auf."

Marcus stand noch immer am offenen Fenster und zog sein Handy aus der Tasche. Das Display war leer. Schade, es war keine neue Nachricht eingegangen. Trotzdem musste er lächeln. Gestern Abend am Gartentor, der Hauch einer Berührung an seiner Hose war keine Einbildung gewesen. Constance hatte ihm ein Kärtchen mit ihrer Handynummer in die Tasche gesteckt. Er hatte es heute Morgen entdeckt und ihr eine kleine SMS geschickt, eine kleine Nachricht mit der Frage nach einem kleinen Kaffee am Nachmittag. Die Antwort auf die Einladung war noch in derselben Minute gekommen.

Marcus drehte das Telefon in der Hand und wählte die Nummer vom Reisebüro. Schon nach dem zweiten Klingeln hörte er ihre Stimme und sein Herzschlag beschleunigte rasant.
„Semesters Ferienreisebüro, Sie sprechen mit Constance Semester, wohin soll Ihre Reise gehen?"
„Einmal quer über die Straße. Ich wollte bei Ihnen eine Nachhilfestunde Snooker bei einer schönen Tasse Kaffee auf der neuen Terrasse buchen. Anreisetermin wäre sofort."
Marcus konnte förmlich sehen, wie sie am anderen Ende der Leitung lächelte.
„Hallo Marcus, nichts los bei dir oder wie kommt es, dass du Zeit zum Telefonieren hast?"
„Ganz im Gegenteil, es ist total stressig und wir kommen nicht einmal dazu, Kaffee zu kochen. Ich dachte mir, ich komm auf deine Einladung zurück und schau mir bei einer Tasse Kaffee endlich deine neue Terrasse an."
Jetzt hörte er sie tatsächlich lachen.
„Trinkst du den Kaffee schwarz oder weiß?"
„Nein, Kaffee muss sein wie meine Füße, groß und schwarz!"
„Ja dann ..."
Constance machte eine Pause und Marcus traute sich kaum zu atmen, „ja, dann beeil dich mal, sonst ist der Kaffee am Ende so kalt wie meine Füße."
„Ich bin schon unterwegs."
Marcus ließ das Handy in die Tasche rutschen und ging zu Birthe an den Tisch. „Jasper soll die Schilder aufstellen, und wenn noch jemand anreist", Marcus sah Mudder Fliedig nachdrücklich an, „die Leute sollen auf keinen Fall mehr ihre Vorzelte aufbauen! Ich bin mal 'ne halbe Stunde weg."
Birthe zog die Augenbrauen hoch, halb wissend, halb fragend, aber Marcus ging nicht darauf ein, öffnete die Tür und verschwand nach draußen über den Hof.

Eine Runde Grappa! Jan Brakelmann winkte Don Angelos Tochter Mariella, damit sie die nächsten Gläser bringen konnte. Draußen tobte der vorhergesagte Gewittersturm und rüttelte wie wild an den Fensterläden. Blitze zuckten und zwischen den Sturmböen hörte man das dumpfe Donnergrollen. Der Regen trommelte unaufhörlich auf das Dach, aber im „Bella Vista" herrschte beste Urlaubsstimmung.
Die Nordseetaverne war bis zum letzten Platz gefüllt, Angelo hatte sogar noch Stühle aus seiner Wohnung holen müssen, um alle Gäste unterzubringen. Der Raum war von lautem Stimmengewirr erfüllt, alle schienen gleichzeitig durcheinanderzusprechen und Gertrude fiel es schwer, überhaupt etwas zu verstehen. Es war wirklich laut und dann hatten sie ja schon vor dem Essen mit Campari begonnen, zur handgemachten Pasta den süßen Lambrusco getrunken, und auch diese Runde Grappa schmeckte wieder nach mehr. Gertrude stieß mit Ute an und versuchte sich auf Jan zu konzentrieren.
Jan Brakelmann hatte seine Geschichte gerade zum zweiten Mal angefangen, als Mariella den Grappa brachte. Sie stießen miteinander an und er startete seinen dritten Versuch.
Jan Brakelmann zog den Kopf zwischen die Schultern und umschrieb mit weit ausholenden Armen einen großen Kreis.
„Es stürmte wie verrückt, Donner krachte über unseren Köpfen, Blitze schlugen direkt neben uns ein und in den kurzen Momenten zwischen den Blitzen war es dunkel wie in der Hölle, auf dem ganzen Campingplatz war der Strom ausgefallen. Es regnete wie aus Kübeln und unser Vorzelt war noch immer nicht abgespannt. Wir waren an diesem Tag viel zu spät angereist, aber wir wollten das Vorzelt unbedingt noch am Abend fertig machen."
Er sah zu Klaus, der zweifelnd die Stirn in Falten legte.
„Ja Klaus, ich erinnere mich so klar, als wäre es erst gestern

gewesen. Es war Freitag und es war nicht irgendein Freitag. Es war Freitag der 13. – und es war ein Unwetter, dagegen ist das hier heute nur Kindergeburtstag. Wie auch immer, wir waren einfach viel zu spät und wir waren mitten im Auge des Orkans!"
Jan streckte seine Arme nach oben und ließ sie wie Fallbeile herunterrauschen. „Die Blitze krachten nur so herunter, der Regen peitschte und ich versuchte gerade mit letzter Kraft die Sturmabspannung am Zelt zu befestigen, als mich plötzlich ein furchtbarer Gedanke durchzuckte."
Jan hielt inne und atmete durch. Abwechselnd sah er Klaus und Gertrude in die Augen. Seine rechte Hand schnellte blitzartig mit erhobenem Zeigefinger in die Höhe. „Ganz plötzlich war mir eingeschossen, dass wir gleich nach unserer Ankunft das Heckfenster des Wohnwagens geöffnet hatten!"
Jan senkte die Stimme und sah Gertrude mit großen Augen an. Er wurde ganz leise und flüsterte nahezu.
„War das Fenster etwa noch offen?"
Er zeigte mit beiden Armen auf Ute.
„‚Ute', rief ich!"
Er sah Ute an: „Du warst im Vorzelt mit irgendwelchen Reißverschlüssen beschäftigt. Ich schrie durch die Leinwand, dass du in den Wohnwagen rennen sollst, um das Fenster zu schließen."
Jan guckte jetzt wieder Gertrude an.
„Wenn es wirklich noch offen gestanden hätte, dann würde das Wasser schon auf dem Fußboden stehen und die Polster wären völlig hin."
Jan zeigte auf Ute und lehnte sich zurück.
„Ich zog mit aller Kraft die Sturmabspannung fest und Ute sprang in den Wohnwagen. Keine Sekunde später hörte ich sie hinter mir schreien. ‚Jan!', rief sie", und Jan beugte sich

nach vorn und kam ganz dicht an Gertrude heran.
„Utes Stimme war im Pfeifen des Sturmes kaum zu hören und das, obwohl sie so laut schrie wie sie konnte. ‚Jan', rief sie, ‚Jan, hier ist kein Fenster!'"
Jan Brakelmann legte eine theatralische Pause ein, lehnte sich wieder zurück und verschränkte die Arme vor der Brust.
„Ich war völlig geschockt und stand da wie angewurzelt, völlig unfähig, mich zu bewegen. Dann rannte ich um das Vorzelt herum. Ute hatte recht! Da war kein Fenster mehr! Nur noch der nackte Rahmen. Der Regen peitschte an der Stelle in ein schwarzes Loch, wo zuvor das Heckfenster gewesen war. Alles war nass, glitschig und dunkel, nur Utes kreidebleiches Gesicht leuchtete im Dunkel, und plötzlich flackerten überall Lichter auf. Der Strom war wieder da."
Jan Brakelmann hob wieder die Hand, drehte sich um und bestellte eine weitere Runde Grappa bei Mariella.
Ute setzte derweil die Geschichte fort: „Nachdem das Licht wieder angegangen war, ist Jan zum Campingchef gerannt. Die beiden haben dann mit Folie, Sperrholz, Gurtbändern und Unmengen von Klebestreifen das Fenster wieder notdürftig abgedichtet. Am nächsten Tag haben wir das Fenster mit blauen Müllsäcken und Panzerband zugeklebt, die Polster in der Sonne getrocknet, und am Sonntag sind wir dann auch so nach Hause gefahren."
Mariella kam wieder an den Tisch und stellte das Tablett mit den Grappas in die Mitte.
„Mit einem schönen Gruß von Papà, diese Runde geht aufs Haus."
Jan hob seinen Grappa in die Höhe, prostete in Richtung Angelo, und Ute rief laut: „Alla Salute, Angelo! Und darauf, dass niemand im Gewitter ein Zelt aufbauen sollte."

Das Handy piepste, draußen krachte irgendwo ein Blitz in die Landschaft und Marcus blinzelte. Seine Nachttischuhr zeigte auf zehn Minuten vor Mitternacht, er war gerade eben ins Bett gekommen und jetzt piepste sein Telefon. Was sollte das denn? Ist dieser Tag nicht lang genug gewesen? Waren zwei zerrissene Vorzelte, komplett abgesoffene Zelte und ein bis an die Achsen festgefahrenes Wohnmobil nicht genug? Wer wollte denn jetzt noch was?!

Er streckte seinen Arm nach dem Telefon aus. Auf dem Display leuchtete das SMS-Symbol und er berührte kurz die Tasten: „Schlaf gut. Constance“

Marcus lächelte. Und fühlte sich schlagartig besser. Es waren nur drei Worte, nur wenige Bits, nur eine kleine elektronische Nachricht, aber er fühlte sich glücklich. Schlaf gut. Constance ... Wann hatte ihm zuletzt jemand eine gute Nacht gewünscht? Er dachte an den heutigen Nachmittag zurück. Er hatte mit ihr Kaffee getrunken, sich ihre neue Terrasse und die Obstbäume angesehen, und sie hatte von ihrem Reisebüro erzählt. Von tollen Reisen, von den immer kleiner werdenden Provisionen, den Problemen mit den Fluggesellschaften und von Kunden, die immer weniger Geld für immer mehr Service ausgeben wollten. Marcus hatte genau zugehört, sie selten unterbrochen und nur ab und an nachgefragt. Sie hatten ihre Kunden mit seinen Gästen verglichen und lachend festgestellt, dass es da kaum Unterschiede gab. Ihre Kunden und seine Gäste, alle waren Touristen, alle waren irgendwie gleich und doch war ein jeder individuell und speziell. Sehr speziell! Die Erinnerung brachte Marcus zum Lächeln. Die meisten Gäste waren nett, aber wer spricht schon über die netten! Und wer wünschte ihm schon eine gute Nacht? Er drehte sich zur Seite, zog sich die Decke über den Kopf und lächelte noch immer. Schlaf gut. Constance ...

Arnulf vom Frodewold sprang an Marcus hoch und wollte selbst im strömenden Regen von Marcus gestreichelt werden. Ihre morgendliche Inspektionsrunde glich heute eher einer Schlamm- und Schlickrutschpartie als einem Spaziergang, aber den Hund störte das heute nicht. Der anhaltende Dauerregen hatte den Campingplatz nahezu komplett aufgeweicht und auch die Wettervorhersage verhieß nichts Gutes. Eher das Gegenteil war der Fall, die Unwetterwarnung war noch immer nicht aufgehoben und zum Nachmittag sollte der Wind wieder Sturmstärke erreichen. Marcus kraulte Arnulf den Bauch, sperrte ihn in den Zwinger, fütterte schnell und floh ins Haus. Die triefend nassen Klamotten landeten schwungvoll in der Badewanne, und Marcus war froh, ein festes Haus um sich herum zu haben. Dauerregen und Camping werden niemals Freunde werden.
Regen war der größte Campingfeind – und Marcus wusste, dass ihn heute eine ganze Reihe von Gästen spontan verlassen würde. Wie immer würden als erstes die komfortabelsten Wohnmobile vom Gelände fahren und dann würden einige Wohnwagengespanne folgen. Die Gäste in den kleinen Zelten dagegen hofften immer darauf, dass der Regen aufhört, damit sie ihre Zelte trocken verpacken können. Marcus blickte zum Fenster hinaus und schüttelte den Kopf. Vergebene Hoffnung, heute hört es nicht mehr auf zu regnen und dabei ist heute Freitag, eigentlich ein Anreisetag.
Das Klingeln des Telefons riss ihn aus den Gedanken. Er schielte kurz auf die Uhr, wer rief so früh an?
„Guten Tag, Campingplatz Watt'n Blick, Sie sprechen mit Marcus Bolso. Was kann ich für Sie tun?"
„Ja, juten Morgen, Müller-Vielgescheidt hier, hallo Herr Bolso, jut, dass ich Sie treffe. Ja, wat soll ich sagen, wir wollten ja heut bei Ihnen kommen, aber ne, bei dat Wetter hier fahn wir

lieber nach Italien. Hier bei uns sippet dat wie verrückt. Also wir kommen denn heute nich, aber weswechen ich überhaupt anrufe, bis wann könn' Se denn die Anzahlung an uns zurückschicken?"

Marcus sagte erst einmal gar nichts. Hatte Müller-Vielgescheidt ihm irgendwann überhaupt einmal zugehört? Und hatte er nicht sogar zwei Plätze gebucht? Und hatte Marcus nicht extra für ihn andere Gäste umgebucht, damit er und seine Freunde Plätze nebeneinander bekamen? Und jetzt wollte er die Anzahlung zurück?

„Ja, Herr Müller-Vielgescheidt, das tut mir leid, aber für das Wetter können wir hier auch nichts – und leider, das Geld kann ich Ihnen natürlich nicht zurückschicken."

„Wie, nich zurückschicken? Sie haben doch meine Kontonummer!"

„Das stimmt wohl, aber ich habe hier zwei Plätze für Sie reserviert, die stehen jetzt bereit, und wenn Sie nicht kommen, bleiben die Plätze leer."

„Ja sicher bleiben die leer. Wer soll denn bei dem Wetter in Deutschland Urlaub machen? Also wann schicken Sie die Kohle zurück?"

Marcus nahm seine Brille ab, massierte sich mit Daumen und Zeigefinger die Nasenwurzel und atmete tief durch.

„Herr Müller-Vielgescheidt, lesen Sie doch mal die Stornierungsfristen in Ihren Buchungsunterlagen nach, die Anzahlung kann ich Ihnen nicht erstatten."

„Wie? Sie wollen das Geld behalten? Ohne, dass wir bei Ihnen in Urlaub waren? Sie hören von meinem Anwalt!"

Absolute Stille im Telefon, Müller-Vielgescheidt hatte aufgelegt. Aber das kannte Marcus ja schon. Er drückte die rote Taste, setzte sich die Brille wieder auf und zog sich eine trockene Jacke über. Mit der Kapuze tief im Gesicht, hochgezo-

genen Schultern und den Händen tief in den Taschen rannte er über den Hof zur Rezeption. Es regnete noch immer wie aus Kübeln.
Kurz nach ihm kam Birthe Fliedig und gleich darauf auch Jasper Diekgreve. Jasper stand in der Hintertür und fluchte.
„Soon Schiet! Dat jaucht wie verrückt und denn geben die auch noch Vollgas auf dem Rasen."
Er hängte schimpfend seinen gelben Ostfriesennerz an den Haken. „Mann, Mann, Mann, ich hab jetzt schon drei von diese Sonntagsfahrer vom Rasen gezogen, wenn dat so weitergeht, muss ich den Trecker heute zweimal tanken."
Marcus winkte ab: „So schlimm wird's schon nicht. Trink erst mal 'nen Kaffee und dann gucken wir mal."
Er goss Jasper und Mudder Fliedig einen Kaffee ein und setzte sich an den Tisch.
„Die drei werden heute nicht die letzten sein, die du rausziehen musst. Und dann haben wir ja auch noch ein paar Anreisen."
Marcus trank einen Schluck vom heißen Kaffee: „Aber weniger, als geplant."
„Kein Wunder, heute wird wohl keiner kommen, der nur ein schönes Wochenende haben will", seufzte Birthe Fliedig.
Marcus nickte: „Auch bei den Gebuchten kommen nicht alle. Müller-Vielgescheidt hat schon angerufen, der kommt nicht."
„Müller-Vielgescheidt?" Frau Fliedig sah kurz auf.
„Hatte der nicht sogar zwei Plätze umgebucht? Kommt nur er nicht oder kommen die beide nicht?"
Marcus schlürfte noch einen Schluck Kaffee.
„Die kommen alle nicht, sie können die Buchung storn ..."
Ein furchtbarer Knall verschluckte den Rest des Satzes. Draußen war es plötzlich gleißend hell und es donnerte ohrenbetäubend. Danach war es ganz still. Und dunkel!

Stromausfall! Der Blitz musste irgendwo eingeschlagen sein, irgendwo ganz in der Nähe! Marcus sprang auf und war mit zwei Schritten am Fenster. Alles schien völlig normal und ruhig. Viel zu ruhig. Der Wind hatte urplötzlich nachgelassen und nichts bewegte sich. Marcus griff zum Telefon, aber auch der Hörer blieb stumm, kein Freizeichen, einfach nichts.
Er griff nach seinem Handy, rief den Energieversorger an, und bat gleichzeitig Mudder Fliedig, ihren Mann mal anzurufen, um zu erfahren, ob überall im Dorf der Strom ausgefallen war. Im Unterdorf hatten die Stadtwerke ihre Pumpen für die Wasserleitungen und ohne Pumpen würden die Sanitärgebäude schon in Kürze ohne Wasser sein. Die Duschautomaten funktionierten ohne Elektroenergie ohnehin nicht, aber ohne Wasser würde auch kein WC mehr nutzbar sein!
Marcus telefonierte noch, als er aus den Augenwinkeln sah, wie sich ganz langsam die Tür der Rezeption öffnete.
Eine junge Frau schob sich vorsichtig herein und blieb tropfend in der Mitte des Raumes stehen. Sie setzte ihre Kapuze ab und unter ihr bildete sich sofort eine kleine Pfütze.
„Guten Morgen“, begrüßte Mudder Fliedig aufmunternd die junge Frau, „womit können wir Ihnen helfen? Sie sind ja völlig durchnässt.“
Die junge Frau wischte sich mit einer fahrigen Geste einige Tränen aus dem Gesicht und schmierte sich dabei Erde unter die verheulten Augen. Sie schien völlig entmutigt und sah Birthe Fliedig traurig an.
„Mein Autoschlüssel ist mir in den Modder gefallen. Bei uns im Zelt ist der Strom ausgegangen, ich wollte die Taschenlampe aus dem Auto holen und bin dabei im Schlamm ausgeglitten. Der Schlüssel ist mir aus der Hand gerutscht und im Morast verschwunden und meine Tochter sitzt allein im Zelt und weint.“

„Na, solange alle gesund sind, ist doch alles gut", versuchte Mudder Fliedig die junge Mutter aufzubauen, „ich schicke Ihnen gleich den Platzwart, der hilft Ihnen suchen, und wenn Sie den Schlüssel wirklich nicht finden, dann rufen wir einen von den Gelben Engeln. Die kriegen jedes Auto auf."

Die junge Frau guckte für einige Sekunden ein wenig erleichtert, aber schon im nächsten Moment liefen bei ihr wieder die Tränen.

Jasper zog seinen Gumminerz über, nickte kurz und ging mit der jungen Frau nach draußen. Marcus beendete sein Handygespräch. Er starrte auf das erlöschende Display und grübelte. Sollte er besser Constance anrufen? Hatte sie das Gewitter gut überstanden?

„Alles in Ordnung, Chef?"

Marcus blickte zu Birthe Fliedig hoch, schob sich die Brille ins Haar und massierte sich die Nasenwurzel.

„Ja, soweit schon. Oder eben auch nicht. Der ganze Landkreis ist stromlos. Entweder die bekommen das wieder hin ...", er machte eine kurze Pause und atmete hörbar tief durch, „oder wir haben in einer Stunde kein Wasser mehr!"

„Na, dann wird's lustig! Ohne Strom reicht mir eigentlich schon. Ich habe mir schon mal Taschenrechner und Quittungsblöcke als Computerersatz rausgesucht." Birthe Fliedig setzte eine Art Verlegenheitslächeln auf und sah Marcus erwartungsvoll an.

„Sie müssten sich mal als Geldschrankknacker versuchen und die Registrierkasse öffnen. Wir brauchen das Wechselgeld."

Marcus hatte kaum zugehört und nickte gedankenverloren. Mit der linken Hand suchte er in der Schreibtischschublade nach dem Kassennotschlüssel, während er gleichzeitig mit der rechten eine SMS an Constance in sein Handy tippte.

Er drückte auf den Sendeknopf und im gleichen Moment er-

tastete er den Notschlüssel für die Kasse. Er öffnete die Kasse und zog die Geldschublade heraus.
Kurze Zeit später, die ersten abreisewilligen Wetterflüchtlinge hatten bereits bei Birthe Fliedig per Quittung bezahlt und Marcus hatte den letzten Schluck warmen Kaffee getrunken, stand Platzwart Diekgreve wieder in der Tür. Er schüttelte den Regen ab.
„So Chef, zwei neue Nachrichten, 'ne gute und 'ne schlechte. Welche wollen Sie zuerst hören?"
Marcus schüttelte den Kopf. „Das ist mir so was von egal!"
„Also, ich sach ma so, die Kleene hat ihren Autoschlüssel wieder ... und die zweite ist, wir müssen unsere Saugpumpen anstellen, hinten am Deich sind die Zelte von den Surfern alle abgesoffen. Da unten steht das Wasser zehn Zentimeter hoch – rund um die Zelte und zum Teil auch schon drinnen."
Und was wollte Jasper dann hier? Warum war er nicht bei den Zelten? Er weiß doch, wo die Pumpen sind! Kann der nichts alleine?
„Mensch Jasper, dann los, hol die Pumpen und leg die Zelte trocken!"
„Chef ... Wir haben keinen Strom!"
„Dann schmeiß das Notstromaggregat an! Muss man dir alles einzeln erklären?!" Marcus war echt grantig, konnte denn hier nur einer nachdenken?
„Chef ... das Notstromaggregat, Sie haben es an den Sportverein verborgt! Haben die das noch oder haben Sie es schon zurück?"
Marcus steckte sich seine Brille hoch und fasste sich an die Stirn. Scheiße! Jasper hatte recht, das Ding stand drüben in der Garage! Er stand auf, kroch wieder in seine Jacke, zog sich die Kapuze über den Kopf und verschwand mit Jasper nach draußen.

Sie rannten über den Hof, der Regen hatte um keinen Deut nachgelassen, Marcus schloss die Garage auf, zog das Tor nach oben und drückte automatisch den Lichtschalter, die Leuchtstofflampen brummten kurz und flackerten auf. Verwirrt drehte er sich um und sah in Jaspers erstauntes Gesicht. Warum ging hier das Licht an? Wie auf Kommando drehten sich beide um und sahen, dass auch in der Rezeption das Licht wieder brannte. Marcus atmete tief durch.
„Da haben wir ja noch mal Schwein gehabt! Das Aggregat holen wir morgen. Du nimmst dir die Pumpen und legst die Zelte trocken, ich kontrolliere die Warmwasserheizung und die Schrankenautomatik."
Jasper nickte wortlos und verschwand mit tief in die Stirn gezogenem Südwester wieder nach draußen.

Klaus schaute aus dem Fenster. Zuerst eine Woche Sommer pur und jetzt das! Das Wasser stand knöcheltief im Vorzelt und es schüttete wie aus Eimern!
„So a Sauweddr, do jagsch koin Hond vor de Dier!"
Klaus fluchte, sie wollten doch heute nach Helgoland! Die einzige deutsche Hochseeinsel stand auf dem Plan.
Eine Seereise, zollfreien Einkauf und den Besuch des Nordseeaquariums hatte man ihnen am Fährhafen versprochen. Aber bei dem Wetter? Ohne ihn! Er stand mit nackten Füßen im Schlamm seines Vorzeltes und versuchte mit wenigen Schritten den Ausgang zu erreichen. Draußen wartete Jan Brakelmann schon mit Schirm und Gummistiefeln. Der grinste, als wäre es der schönste Tag im Jahr.
„Moin, mein Lieber. Ist das nicht tolles Campingwetter?!"
„Dreggweddr, Gott verdammich Haidabimbam Saggzemeent! Das ganze Vorzelt steht unter Wasser! Ekelig!"
Brakelmann grinste noch immer und reichte ihm die Stiefel.

„Mensch Klaus, das gehört dazu! Wer Camping macht, muss auch mal richtig absaufen!"
„So an Soich! Drauuff kann i verzichde!"
Klaus stapfte fluchend neben Jan durch den Regen in Richtung Campingshop und fragte sich zum ersten Mal, ob die Idee mit dem Camping wirklich so gut gewesen war. Im Shop herrschte voller Andrang und Klaus wunderte sich. Hier herrschte Superstimmung! Die Kunden standen im Halbkreis um die Kasse und kommentierten den neuesten Wetterbericht. Die Verkäuferin hatte ein altes, batteriebetriebenes Kofferradio auf die stromlose und somit geschlossene Kasse gestellt und bemühte sich, die Kunden mit flotten Sprüchen und per Taschenrechner abzukassieren. Trotz des dichten Gedränges störte sich keiner der Gäste an der langwierigen Prozedur. Klaus glaubte sogar, dass hier eher das Gegenteil der Fall war. Viele schienen froh zu sein, für eine Weile im Trockenen zu stehen, und die ganz Pfiffigen hatten sich rund um einen Stapel Bierkisten schon zu einer improvisierten Frühschoppenrunde zusammengefunden.
Gertrude dagegen bewunderte mal wieder die Ausstattung ihres Wohnwagens. Trotz Stromausfalls konnten sie so frühstücken wie immer. Nur mussten sie heute drinnen sitzen, aber das machte die Sache erst gemütlich. Duftender Kaffee, frische Weckle, die Tageszeitung bei Kerzenlicht und kein Termin, der eingehalten werden musste. Das Fährschiff von Bremerhaven nach Helgoland würde heute ohne sie fahren müssen. Zum Glück hatten sie noch keine Fahrkarten gekauft, und – wie hatte Jan gestern so treffend gesagt: Es gibt kein schlechtes Wetter, es gibt nur falsche Bücher. Und Gertrude hatte die richtigen mitgenommen.
„Bremerhaven!" Klaus riss sie aus ihren Gedanken.
„Wir sollten trotzdem nach Bremerhaven fahren."

Klaus hatte sein Eigelb auf dem Löffel und verharrte damit auf halbem Wege.
„Wir können in das Auswanderer-Museum und in den Zoo."
Er hielt kurz inne und ergänzte den Satz.
„Und wir könnten shoppen gehen."
Er steckte sich den Löffel in den Mund und sah Gertrude erwartungsvoll an. Was sollte sie sagen? Eine Einladung zum Shoppen bekam sie schließlich nicht alle Tage.
Die Idee mit Bremerhaven hatten scheinbar auch andere. Die Parkplätze waren rappelvoll, und Klaus brauchte eine gefühlte Stunde, um endlich einen freien Platz für sein Auto zu finden. Aber dafür parkten sie jetzt direkt am historischen Hafen, genau gegenüber dem Auswandererhaus.
Nach einem kurzen Gang durch den scheinbar ewig andauernden Landregen standen Klaus und Gertrude plötzlich vor einer riesigen schwarzen Wand. Der Bordwand eines Ozeanriesen. Zurückversetzt in eine andere Zeit stiegen sie gemeinsam mit anderen Auswanderern des Jahres 1870 die schwankende Gangway zur Lahn hinauf. Der schnelle Dampfer des Norddeutschen Lloyd sollte sie innerhalb weniger Tage in das Land der unbegrenzten Möglichkeiten bringen. Klaus und Gertrude schlüpften in die Rollen zweier Amerika-Auswanderer und erlebten die Überfahrt hautnah am eigenen Leib. Während die Passagiere der ersten Klasse im Salon feierten und die Nächte in komfortablen Kabinen verbrachten, mussten Klaus und Gertrude im Zwischendeck der dritten Klasse mit Hunderten von anderen Emigranten hausen. Ratten und Mäuse waren in dieser Klasse ebenso Passagiere wie Kranke und Gebrechliche. Viele hatten ihren letzten Groschen für die Überfahrt gegeben, und die tagelange Überfahrt war in den stickigen Zwischendecks eine einzige Tortur. Aber irgendwann war dieser Teil des

Amerika-Abenteuers zu Ende. Die Schiffsreise endete mit einem eleganten Anlegemanöver vor Ellis Island. Die Passagiere konnten einen kurzen Blick auf die beeindruckende Hafenkulisse von New York werfen, dann erwartete sie auch schon die amerikanische Einwanderungsbehörde mit vielen Fragen in einer Sprache, die sie nicht verstanden. Wie durch ein Wunder schafften Klaus und Gertrude es, den Einwanderungstest zu bestehen, und konnten in der neuen Welt an Land gehen ...

Als Neubürger Amerikas verließen sie das Museum und standen wieder im norddeutschen Regen. Einige hundert Meter weiter, direkt am Ufer der Wesermündung, erwartete sie der Zoo am Meer. Klaus beschleunigte seine Schritte, aber Gertrude zerrte ihn am Eingang vorbei. Nicht bei diesem Wetter! Und außerdem war sie neugierig. Waren sie plötzlich in Dubai? Stand dort das berühmte Hotel Burj Al Arab? Tatsächlich tauchte das eigenwillig geformte Hotel langsam aus der grauen Regenwand auf und wenn es nicht schütten würde wie aus Eimern und kalt wäre wie im Herbst, würde Gertrude wirklich glauben, sie stünden am Persischen Golf. Aber das Gebäude war nur eine gute Kopie und sie standen nicht in der Wüste von Dubai, sondern im Regen der Nordseeküste.

Genervt vom Regen zerrte sie Klaus weiter die Promenade herunter in Richtung Mediterraneo, der überdachten südländischen Einkaufsmeile. Direkt hinter dem High-Tech-Komplex des Klimahauses lag das Einkaufsparadies, und gespannt ging Gertrude die Treppen herunter; Klaus folgte einen halben Schritt hinter ihr. Sie durchschritten die Eingangssäulen und plötzlich waren sie in Italien, standen mitten auf einer Piazza. Die Einkaufstraße lud zum Shoppen ein, die Schaufenster zum Bummeln und die kleinen Cafés zum Espresso.

Großmutter hatte recht. Damals, als Marcus noch in kurzen blauen Hosen und Matrosenanzug im Sandkasten seiner Großeltern spielte, war seine Oma für ihn die klügste Frau der Welt. Sie wusste immer ganz genau, was alles im Dorf passiert war, und sie kannte auf jede Frage eine Antwort. Von ihr stammten so wundervolle Sprüche wie: Junge, wenn du zwei Möglichkeiten hast, dann entscheide dich immer für die richtige. Oder: Der Pathologe ist immer klüger als der Arzt. Eine Weisheit, die er erst Jahre später verstanden hatte. Schon ganz früh aber hatte er Omas Lieblingsspruch verstanden: Junge, du kannst ganz sicher sein, auf Regen folgt immer Sonnenschein. Und recht hatte sie!
Entgegen den Vorhersagen der Wetterprofis war das Regengebiet nach Süden abgezogen, und als er heute Morgen aus dem Fenster blickte, leuchtete ihm ein strahlend blauer Tag entgegen. Keine Wolke mehr am Himmel, keine abgesoffenen Zelte und keine flüchtenden Gäste. Dafür jede Menge Arbeit.
Platzwart Jasper Diekgreve hatte den ganzen Vormittag damit zu tun, wenigstens die gröbsten Schäden auf Stellplätzen und Wegen zu beseitigen, und Birthe Fliedig musste sich zusammen mit der Aushilfsschülerin in der Rezeption alle Mühe geben, die neu anreisenden Gäste unterzubringen. Zusammen mit Opa Schowski begleitete Marcus die Neuankömmlinge zu ihren Plätzen und fragte sich wieder einmal, wo die plötzlich alle herkamen.
Für ihn war es noch immer ein Phänomen. Schon zu Zeiten seines Vaters verließen die Gäste bei Schietwetter nach und nach den Campingplatz. Kaum aber schien für wenige Stunden die Sonne, reisten Unmengen neue Gäste an. Für ihn war es seit mehr als dreißig Jahren ein unbeantwortetes Mysterium: Wo waren *die* in der Zwischenzeit?

Egal! Marcus steckte sich die Brille ins Haar und warf den Kopf in den Nacken. Die Hände in die Hüften gestemmt, blickte er mit geschlossenen Augen direkt in die Sonne. Er war ein Sonnenmensch. Er brauchte das Licht, er war sonnensüchtig, die Sonne war sein Treibstoff und jetzt, wo sie wieder hoch am Himmel stand, lief sein Motor wieder an. Er würde gleich bei Angelo zu Mittag essen, danach einen doppelten Espresso in der Sonne genießen und in der Mittagspause schnell zum Baumarkt fahren. Und er wird Constance anrufen, um sie zu seinem Strandfest einzuladen.
Der Gewittersturm war einer Flaute gewichen und Marcus konnte wie geplant seinen großen Lagerfeuerabend mit Gitarrenmusik und Stockbrotbacken am Strand veranstalten. Gut, dass er auf Oma vertraut hatte und somit noch überall die Plakate für seine große Lagerfeuer-Strand-Party hingen. Marcus stand abseits auf einer alten Fischkiste. Er liebte es, ab und an so ein kleines Strandfest für seine Gäste zu geben. Schon langfristig hatte er den Strandabschnitt vor dem Campingplatz von der Gemeinde gemietet und Angelo Paraculo überzeugt, seine berühmte Strandbar wieder für einen Abend aufzustellen. Zufrieden steckte er seine Hände in die Taschen, wippte auf den Fußspitzen und betrachtete das muntere Treiben. In der untergehenden Sonne tummelten sich nahezu dreihundert Menschen am Campingstrand.
Das Lagerfeuer aus gutem Buchenholz brannte gleichmäßig in den dunklen Abendhimmel und Jonny Lang unterhielt mit Gitarre und Reibeisenstimme die bunte Menge. Jonny war nicht Joe Cocker und auch nicht Eric Clapton, aber doch eine tolle Mischung aus Stimme und Gitarre. Der Bursche aus Fargo war jeden Cent wert. Marcus stand noch immer unbemerkt im Hintergrund und beobachtete die Szenerie. Unter dem klaren Abendhimmel von tausend Sternen

standen die Cocktail schlürfenden Gäste in kleinen Gruppen und unterhielten sich. Eine größere Anzahl hatte sich um Jonny Lang versammelt und klatschte mit den Händen den Takt, während sich die Kinder um Fiene Comessa, seine Verkäuferin aus dem Backshop, scharten und begeistert den Stockbrotteig auf ihre Holzstöcke klebten. Zusammen mit ihren Vätern steckten sie ihre Knüppel ins Feuer, um dann den halb verkohlten Salzteig von den Weidenruten zu knabbern. Marcus grinste, gesund war der verbrannte Teig mit Sicherheit nicht. Aber musste denn immer alles so furchtbar gesund sein?

„Pass nur auf, dass du nicht abhebst!"

„Mamma Mia! Du musst richtig schütteln, immer hoch über Kopf, immer mit viele Schwung und Amore!"

Marcus stand hinter Angelos kleiner Strandbar und sah zu, wie er zusammen mit Mariella und zwei weiteren Kellnerinnen einen Drink nach dem anderen mixte.

„Viele zu viele Arbeit und viele zu wenig Geld bei diese Cocktailmixerei!"

Angelo stöhnte wie immer, und Marcus wusste genau, dass Angelo heute Nacht noch mehr stöhnen würde, dann nämlich, wenn er vom Geldzählen Blasen an den Händen bekommen würde.

„Oh Angelo, mein Freund, ich schicke dir ein Almosen, damit du überleben wirst."

Marcus lachte, klopfte Angelo auf die Schulter und mischte sich unter die Gäste.

Die kleineren Kinder wurden bereits von ihren Eltern zurück zum Campingplatz gebracht, während nach und nach die ersten Jugendlichen zum Strand herunterschlichen.

Zwischen den jungen Leuten, die über den Deich kamen, erkannte Marcus plötzlich ein Gesicht. Nein, kein Gesicht, eher eine Figur und typische Bewegungen. Er meinte sogar, das Parfüm riechen zu können. Sie schritt langsam über den Deich, trug einen langen Rock, der knapp über dem Dünensand endete, eine helle Bluse, die ihm durch die Nacht entgegenleuchtete, und statt einer Jacke hatte sie sich ein rotes Tuch über die Schultern gelegt. Vielleicht auch ein grünes. Es war zu dunkel, um die Farbe wirklich zu erkennen. Es war sogar zu dunkel, um ihr Gesicht zu sehen, und trotzdem erkannte er Constances strahlendes Lächeln. Am liebsten würde er seine Arme ausbreiten und ihr entgegenfliegen, aber er bemühte sich, langsam zu gehen, und schlenderte ihr entgegen. Constance kam direkt auf ihn zu, er sah ihre Augen und ihr verführerisches Lächeln. Marcus legte ihr seinen Arm um die Hüften, zog sie zu sich heran, nahm sie gänzlich in den Arm und hauchte ihr zur Begrüßung einen Kuss auf die Wange. Einen Kuss, den sie vorsichtig erwiderte. Ihre Lippen streiften seine frisch rasierte Haut und er spürte wieder diese unglaubliche Hitze. Fühlte Verbrennungen dritten Grades in seinem Gesicht, atmete den wilden Geruch ihrer Haare und den Duft ihrer Haut.

„Guten Abend, Marcus." Sie lächelte ihn unschuldig an und ihre Augen strahlten wie Sterne. Er schluckte und versuchte zu sprechen. Es gelang ihm erst mit dem zweiten Versuch, und es dauerte einige Sekunden, bis er wieder Herr seiner Sinne war. Mit einer völlig übertriebenen Geste breitete er seine Arme aus. „Schön, dass du gekommen bist, jetzt bin ich nicht mehr so allein am Strand."

„Ach, du Ärmster. Hier sind", sie drehte sich kurz im Kreis, „hier sind mindestens zweihundert Menschen und du fühlst dich allein? Soll ich dich betreuen oder sollte ich dir besser die Adresse von einem Psychologen geben?"

Marcus schob sich kurz die Brille ins Haar und setzte sie wie-

der auf. „Meinst du, Psychologen können helfen bei Entzug?" Er legte vorsichtig seine Hände auf ihre Schultern und drehte Constance in Richtung Strandbar.
„Ich habe dich schließlich zwei Tage nicht gesehen."
Constance lachte und griff nach seinen Händen, „Spinner!"
Vor Angelos Strandbar stand eine große Traube durstiger Seelen und wartete ungeduldig auf den nächsten Drink. Marcus schob Constance an der Seite vorbei und schlängelte sich mit ihr bis hinter den Tresen. Sie standen ganz eng aneinandergedrückt, und als er sie fragte, was sie trinken möchte, befanden sich seine Lippen direkt an ihrem Ohr.
„Keine Ahnung, such du was aus."
Sie drehte sich zu ihm um und hob mahnend den Zeigefinger, „aber nur etwas mit ganz wenig Alkohol."
Marcus bestellte sich einen Singapore Sling und für Constance einen harmlos klingenden Long Island Ice Tea, zu wenig Alkohol war schließlich auch keine Lösung! Wenige Minuten später verließen sie das dichte Gedränge der Bar und schlenderten mit den kühlen Drinks in Richtung Lagerfeuer.
Jonny Lang hatte gerade seine Pause beendet und sich den Tragegurt der Gitarre wieder um die Schulter gelegt.
„Here we go."
Die Stimmung war ausgelassen und zugleich entspannt. Kaum waren die ersten Riffs erklungen, klatschten die meisten der Gäste wieder den Blues und bewegten die Körper im Takt. Auch Constance hatte sich an Marcus gelehnt. Sie legte den Kopf in den Nacken und bewegte sich im Rhythmus der Musik, spürte seinen Körper im Rücken und – erstaunlicherweise, den Alkohol im Blut. Dabei sollte er ihr doch etwas Leichtes bestellen!
Nach zwei weiteren Drinks an Angelos Strandbar und der nächsten Runde von Jonny Lang verließen sie das Getümmel

und liefen abseits der Straße kichernd bis zur Rückseite von Constances Garten. Sie schlichen sich durch die Hintertür des Gartens ins Haus und hielten sich dabei an den Händen wie zwei Teenies, die sich heimlich getroffen hatten und nicht erwischt werden wollten.
In dem Moment, in dem die Tür von innen mit einem leise schmatzenden Geräusch ins Schloss fiel, wurde Marcus plötzlich bewusst, dass er mit Constance ganz alleine war. Seine Augen funkelten und seine Fingerspitzen berührten ihr Gesicht.
„Du bist wunderschön", hörte sie ihn flüstern, – und dann sah sie nur noch seine stahlblauen Augen, die immer näher kamen. Sein Mund berührte ihren Mund und sie fühlte seine Lippen auf ihren Lippen, sanft, heiß und fordernd. Sie stöhnte innerlich und erwiderte seinen Kuss mit viel mehr Leidenschaft als gewollt. Aber ihre Sinne fragten nicht nach richtig oder falsch. Seine Hände strichen über ihre Bluse und suchten die kleinen Wölbungen ihrer Brustwarzen. Sie spürte das zielstrebige Tasten seiner Fingerspitzen, spürte seine Hände unter der Bluse, unter dem BH und endlich an ihren zarten Spitzen. Seine Fingerkuppen strichen über ihre harten Knospen und sie rang nach Luft, als sie ihre Lippen kurz von ihm lösen musste. Sie schaute ihn noch immer an und sah in seinen Augen die gleiche Lust, die auch sie verspürte. Und sie sah die Frage in seinen Augen. Und ihre Antwort war ja.
„Ja …", flüsterte sie, und das ließ seine letzten Hemmungen schwinden. Er nahm ihr Gesicht in seine Hände, presste seine Lippen wieder auf ihren Mund, seine Zunge suchte sich ihren Weg und sie spürte, wie er versuchte, die Knöpfe ihrer Bluse zu öffnen. Seine Finger nestelten vergeblich daran herum und dann riss er mit einem Ruck die Knopfleiste auf und versenkte seinen Kopf in ihrem glühenden Dekolleté. Sie

spürte das Brennen seiner Lippen auf der nackten Haut und streckte ihm ihren Oberkörper entgegen. Er ließ sie los, um sich seines T-Shirts zu entledigen und stand dann mit nacktem Oberkörper direkt vor ihr. Seine Brust war mit dunklem, schon leicht angegrautem Haar bedeckt und sie strich gierig mit der Hand darüber und spürte die kleinen Brustwarzen unter dem dichten Haar. Er küsste sie wieder, noch heißer und mit weit geöffnetem Mund. Sie schlang ihm die Arme um den Hals und presste sich an seine Brust. Schmiegte sich an ihn und wollte ihn. Er hielt sie fest und drängte sich zwischen ihre Schenkel. Sie drückte ihren Schoß gegen seinen Unterleib und spürte das Vibrieren in seiner Hose, das Summen auf der Innenseite ihrer Schenkel. Ein Vibrieren, das so nicht dorthin gehörte. Irritiert und gleichzeitig fordernd ließ sie ihre Finger an seiner nackten Brust heruntergleiten. Sie genoss das Gefühl seiner heißen Haut und ließ ihre Hand zu seiner Hose rutschen. Das Vibrieren hörte nicht auf. Er musste es doch ebenfalls spüren! War das etwa?
In diesem Moment, in genau diesem Bruchteil dieser einen Sekunde schien es auch Marcus zu begreifen. Verwirrt löste er sich von ihr. Nur ganz wenig, nur so weit, um mit der Hand in die Tasche seiner jetzt viel zu engen Jeans zu fassen und das Handy hervorzuholen. Constance sah das hell erleuchtete Display, während Marcus erkannte, wer ihn da versuchte zu erreichen. Es war Platzwart Jasper Diekgreve. Marcus stöhnte und sein Unterleib schickte seinem Hirn einen eindeutigen Befehl: Handy ignorieren!
Entschlossen drückte er die rote Taste und ließ das Telefon auf den Glastisch fallen. Constance spürte wieder seine starken Arme auf dem Rücken. Er zog sie wieder fest zu sich heran und seine Hände lagen flach auf ihren Schulterblättern, hielten sie fest wie zwei Schraubzwingen und beschleunig-

ten ihren Puls erneut. Ihre Hände strichen über seine nackte Brust, ihr Mund berührte seinen Hals und ihre Lippen glitten wieder hinauf zu seinem Mund. Ihre Zunge drängte sich zwischen seine Lippen, als er endlich versuchte ihren BH zu öffnen. Seine Finger schoben den Verschluss zusammen, als ein unangenehmes Klirren vom Tisch herauf vibrierte. Das Telefon schepperte laut auf der gläsernen Oberfläche. Marcus streckte seinen Arm aus, um es zu erreichen und abzuschalten. Aber Constance beugte sich ein wenig zurück und sah ihn an. „Geh ran. Es muss wichtig sein."
Marcus schüttelte den Kopf. „Nein, ich will nicht." Er hatte den Daumen schon auf dem roten Knopf.
„Geh ran und frag, was los ist."
Seufzend gab Marcus ihr recht. Wer weiß, was passiert war? Er drückte den grünen Knopf.
„Chef! Wo sind Sie?! Hier ist alles voller Polizei und Ordnungsamt! Die wollen den Strand räumen wegen einer ungenehmigten Veranstaltung!"
Marcus war plötzlich hellwach.
„Und warum gleich Polizei und Ordnungsamt?"
„Da war vorher schon einer da vom Ordnungsamt! Bei Angelo. Aber Angelo hatte den Genehmigungszettel nicht dabei. Jetzt sind die mit drei Autos zurückgekommen und wollen alles dichtmachen!"
„Scheiße", Marcus überlegte, er hatte eine Kopie der Genehmigung in seinem Schreibtisch zu Hause.
„Jasper, pass auf! Sag den Bullen, dass das alles meine Gäste sind und sie noch warten sollen! Und den Idioten vom Ordnungsamt sagst du, dass ich ihnen gleich die Kopie der Genehmigung bringe!" Marcus drückte die Offtaste und fluchte. Er legte den Kopf in den Nacken und starrte an die Decke. Das konnte doch nicht wahr sein!

Er spürte Constances Hand auf seiner Wange. Auch sie schien plötzlich völlig nüchtern und zurück in der Realität zu sein.
„Komm Marcus, geh rüber und klär das. Es sind deine Gäste."
„Ja, du hast wohl recht. Marcus griff sich sein T-Shirt und streifte es im Gehen über. An der Tür drehte er sich um und ging noch einmal zurück. Constance stand mitten im Zim mer und versuchte vergeblich, ihre zerrissene Bluse zu ordnen. Marcus nahm ihren Kopf in beide Hände, zog sie ganz fest zu sich heran, nahm sie in seine Arme, küsste sie und blickte fest in ihre noch immer unergründlichen Augen. „Ich bin gleich zurück."
Constance lächelte schief. „Vielleicht, vielleicht ist es aber auch besser so." Sie holte tief Luft und versuchte zu lächeln.
Marcus rannte in sein Büro, holte die Genehmigung und rannte hinunter zum Strand.
Erst spät in der Nacht, am Himmel war bereits der neue Morgen zu erkennen, schickte Marcus eine kleine SMS mit einem lieben Gruß an Constance.

Ute saß am Steuer, leicht nach vorn gebeugt und dicht hinter das Lenkrad geklemmt, chauffierte sie den Mini Cooper über abseits gelegene Nebenstraßen. Den Sitz bis zum Anschlag nach vorn geschoben, klebte sie mit der Nase fast an der Scheibe, während sich Klaus und Jan die kleine Rückbank mit einer Kiste Bier teilten und Gertrude mit angezogenen Knien auf dem Beifahrersitz hockte. Sie versuchte die Karte zu entziffern, Ute zu dirigieren und gleichzeitig gegen ihre Kopfschmerzen anzukämpfen. Ihr Schädel brummte wie ein Hubschrauber und sie fragte sich, wie die Männer um diese Zeit schon wieder Bier trinken konnten. Allein der Gedanke an Alkohol brachte ihren Magen wieder in Wallung und verstärkte das Hämmern in ihrem Kopf. Sie hatten gestern Abend oder besser heute Morgen, bis zum Schluss auf der Cocktailparty gefeiert, den Aufmarsch der Polizei überstanden und im Laufe der Nacht beschlossen, nach Krummhörn zu fahren. Dort fand heute der Höhepunkt des Jahres, das Schlickschlittenrennen, statt. Gertrude konnte sich nicht im Geringsten vorstellen, was ein Schlickschlitten sein sollte, aber Jan ist heute Nacht der Meinung gewesen, dass man dieses Rennen nicht verpassen darf.

Ute parkte den Mini abseits vom großen Krummhörner Deich. Der ganze Deich war auf einer Länge von mehreren hundert Metern eng mit Zuschauern gefüllt, aber Jan Brakelmann fand ganz am Ende noch einen schönen Platz mit Blick auf den Start- und Zielbereich.

Gertrude stand dicht neben ihm und ihre Augen hingen wie gebannt an seinen Lippen. Jan erklärte die Regeln. Natürlich mit weit ausholenden Armen und großer Pose.

„Es geht um eine alte Fischertradition. Die Fischer fuhren früher mit ihren Schlickschlitten durch das Watt zu ihren Stellnetzen, um die Reusen zu leeren und den Fang nach Hause zu bringen. Diese kleinen, gerade einen Meter großen Kisten ..." Er zeigte mit beiden Händen in Richtung Start, wo rote, blaue, gelbe und bunte Kisten im Modder standen. „Diese Kisten waren früher natürlich nicht so bunt bemalt, und natürlich trugen die Fischer nur ihre traditionelle Kleidung und sind nach norddeutscher Sitte nur gemächlich durch das Watt geglitten." Jan schwenkte die Arme in Richtung der Wettkampfteilnehmer, die in völlig absurden Kostümen am Strand umherliefen. „Lange Rede, kurzer Sinn, es gibt Kinder-, Männer- und Frauenwettkämpfe und es gibt Preise für die schnellsten und auch für die schönsten Teams. Darum geht's, das ist alles." Er steckte die Hände in die Taschen, beugte sich zu Gertrude und raunte ihr zu: „Alles, bis auf eine Kleinigkeit.“

Gertrude sah ihn neugierig an und Jan strahlte wie immer. „Es gibt bei der Wahrung der alten Fischertradition ein ungeschriebenes Gesetz, an das sich hier alle halten müssen.“

Gertrude nickte und sah ihn fragend an.

„Ganz wichtig für alle Teams ist, dass man möglichst schlecht bis gar nicht trainiert in den Wettkampf geht, jegliche aktive Vorbereitung ist absolut verpönt!“

Die Ebbe hatte schon früh eingesetzt, sodass der Kinderwettbewerb bereits beendet war. Kaum aber hatten sich Klaus und Jan noch einmal mit Bier versorgt, ging es los. Als Erstes machte sich eine Damenmannschaft in weißer Unterwäsche aus dem Jahre 1900 startbereit. Die Damen schienen sich allerdings noch nicht ganz einig zu sein, wer welche Rolle in der Mannschaft übernehmen sollte. Bis zum Ertönen des Startschusses diskutierten sie lauthals und so blieb ihr Schlickschlitten am Start vorerst einige Sekunden stehen, aber dann ging es los in Richtung Reuse.

Gertrude kreischte vor Schreck und musste sich kurz bei Jan festhalten. „Moi godd, Oine alloi ka net so bleed sei!“

Eine der Damen hatte beim Anschieben den Griff des Schlittens verfehlt und war direkt an der Startlinie der Länge nach hingeschlagen. Als sie ihre Röcke wieder aufgerafft hatte, war auf der Vorderseite vom frischen Weiß nichts mehr zu sehen. Dessen ungeachtet sprintete sie dem Schlitten so schnell wie möglich hinterher und Gertrude sah, dass sie zusammen mit dem Schlitten den Wendepunkt erreichte. Das Leeren der Reusen schien nicht ganz einfach zu sein. Die Damen lagen auf den Knien im Schlamm, sammelten den Inhalt der Reuse aus dem feuchten Watt, schmissen alles in den Schlitten und rannten wieder los. Der Schlamm spritzte und die drei flogen dem Ziel entgegen. Eine Minute später raste der Schlitten über die Linie und kam erst tief im Zielraum zum Stehen. Glücklich rissen sie die Arme nach oben und jubelten dem Publikum zu. Als erstes Team hatten sie klar die Führung erobert, auch wenn dieser Erfolg auf die Sauberkeit der Kostüme gegangen war. Alles war von einer dicken Schlammschicht überzogen, was aber ihrer Freude über den ersten Platz keinen Abbruch tat.

Der Streckensprecher rief das nächste Team an den Start. Drei, in weiße Hochzeitskleider gehüllte, junge Frauen nahmen Aufstellung wie bei einem Bobwettbewerb im Winter. Sie schlugen sich zur Motivation auf die Hände und stürmten mit dem Startschuss über die Linie. Die jungen Bräute schienen dramatisch schneller zu sein als die Gruppe zuvor. Gertrude fiel laut juchzend in die lauten Anfeuerungsrufe des Publikums ein. Alle schrien durcheinander und die drei flogen nur so übers Watt. Und dann ins Watt! Der Schlitten kam ins Schleudern, die Mädels fanden keinen Halt mehr, stolperten, rappelten sich wieder auf und taumelten bis zum Wendepunkt. An der Reuse füllten sie den Inhalt in ihre hochgeschürzten Röcke, luden alles in den Schlitten um und rannten mit dem Schlickschlitten voran zurück in Richtung Ziel. Das Publikum auf dem Deich klatschte frenetisch im Rhythmus der Schritte und feuerte das Team zur absoluten Höchstleistung an. Der Schlitten rutschte direkt vor Gertrude über die Ziellinie und sie erkannte, dass auch dieses Team keinen trockenen Faden mehr am Leibe hatte. Der Sprecher verkündete, dass sie die absolut beste Zeit des Tages erzielt hätten und rief die Nächsten an den Start. Die bunten venezianischen Karnevalskostüme dieses Teams waren zum Sprinten leider völlig ungeeignet und mussten dem Schlamm ebenso Tribut zollen, wie die langen Ordenstrachten der nachfolgenden Nonnen. Gertrude feuerte inbrünstig alle Teams an und fragte sich noch immer, worin der eigentliche Sinn dieses Wettkampfes bestehen könnte. Bestand das Ziel darin, den Schlitten samt Inhalt möglichst schnell ins Ziel zu bringen? Lag der Sinn darin, möglichst viel Fisch über die Ziellinie zu bringen, oder war das Ziel die maximale Verschmutzung der Kostüme? Oder aber das anschließende Abspritzen des Schlammes direkt vor der Zuschauertribüne? Das Publikum jedenfalls johlte dabei wie verrückt und feuerte ansonsten alle Mannschaften an, als ginge es um olympische Rekorde.

Die mit Abstand meisten Fans hatte das Team aus dem nahegelegenen Sieldorf, insbesondere beim Männerwettkampf wurde die einheimische Mannschaft eindeutig vom Publikum bevorzugt. Sie wurden förmlich nach vorn gepeitscht und zum Sieg geschrien. Insgesamt aber waren die Zuschauer fair. Und trinkfest!

Das Publikum feierte sich selbst, verkonsumierte hektoliterweise Bier, folgte dem sinnlosen Treiben über Stunden und jubelte am Ende den Siegern frenetisch zu. Gertrude hörte den Beifall noch, als sie bereits wieder zu viert im Mini saßen und den Parkplatz längst verlassen hatten, aber den wahren Sinn dieses Kampfes verstanden am Ende wohl doch nur die Eingeborenen.

Kräftiger Kaffeeduft durchströmte den Raum. Marcus hatte aus der Stadt friesischen Butterkuchen mitgebracht, und da im Moment gerade niemand in der Rezeption war, nutzten er und Mudder Fliedig die Gunst der Stunde für eine kleines Päuschen und eine Tasse Kaffee. Die wenigen montäglichen Abreisen waren soeben vom Platz gerollt und Marcus konnte endlich Constances Morgen-SMS beantwor-

ten. Mit schnellen Fingern schrieb er ihr, dass er sich schon auf den Abend freuen würde. Er dachte kurz nach. Bevor er heute Abend zu ihr gehen konnte, musste er auf jeden Fall noch die fälligen Rechnungen online überweisen und alle Reservierungen kontrollieren. Jetzt waren in nahezu allen Bundesländern Ferien und da sich das Wetter wieder in normalen Bahnen bewegte, würden sie spätestens am Mittwoch ausgebucht sein. Da musste mit den Buchungen alles passen. Marcus verschickte die SMS, schob das Handy wieder in die Hülle, steckte sich die Brille ins Haar, rollte den Stuhl zurück und streckte die Beine aus. Die Sonne schien steil durch die großen Fenster der Rezeption und er schlürfte laut und genüsslich den heißen Kaffee, was Birthe Fliedig mit einem bösen Blick wortlos kommentierte.
Marcus musste schmunzeln. Diese Frau Fliedig war viel zu vernünftig für diese Welt. Dabei war es so schön, einfach mal unvernünftig zu sein. So wie Constance und er am Samstagabend. Ein breites Lächeln überzog sein Gesicht, als er daran dachte, wie sie Hand in Hand vom Lagerfeuer weggeschlichen waren. Das Lächeln verflog schlagartig, als das Telefon wieder klingelte und ihn automatisch an das verhängnisvolle Klingeln seines Handys erinnerte. Das Handy hatte die Nacht ruiniert! *Die* Nacht!
Marcus rückte seine Brille zurecht und rollte mit dem Stuhl an den Tisch. Familie Desastre meldete sich per Handy, Marcus verstand nur zerrissene Wortfetzen und musste immer wieder fragen. „Hallo Frau Desastre? Sie kommen also heute doch wie geplant?“ Er hielt sich den Hörer ganz dicht an das Ohr. „Ach Sie müssen schon früher kommen! Über Mittag?“ Die Stimme klang immer wieder abgehackt und wurde von leisem Schluchzen unterbrochen. „Sie hatten eine Panne und kommen deshalb früher?“ Marcus verstand nur Bahnhof.

„Mit einem großen Auto? Ja gut. Großes Auto. Und über Mittag.“ Marcus sah verständnislos zu Birthe Fliedig rüber und zuckte mit den Schultern. „Ja, Frau Desastre, so machen wir das. Ja, ich werde hier sein. Ja, ich warte auf Sie. Ja, gute Fahrt.“ Er legte auf und drehte sich zu Mudder Fliedig. „Haben wir eine Familie Desastre auf unserer Anreiseliste?“
Sie tippte schnell den Namen in den Computer und nickte. „Ja, Desastres kommen heute für zwei Wochen. Wohnwagengespann auf der Jägerwiese.“
„Okay. Jedenfalls kommen die heute schon über Mittag. Sie hatten 'ne Panne und kommen jetzt früher, aber dafür mit einem großen Auto.“
Mudder Fliedig hielt den Kopf schief. „Früher wegen einer Panne? Und was für ein großes Auto?“
Marcus zuckte wieder mit den Schultern. „So ganz verstanden habe ich das auch nicht.“
Die Tür ging schwungvoll auf. „Hab ich's doch gewusst!“ Jasper Diekgreve, Opa Schowski und Aushilfe Anja erschienen in der Tür. „Habt ihr denn für uns auch einen Kaffee?“
Jasper schlenderte unauffällig an den Tresen und griff sich mit langem Arm ein Stück Butterkuchen. Mit vollem Mund brummte er etwas von ‚Mülschkaffeh‘ für Anja und 'n Pott für Opa, gleichzeitig wischte er sich mit dem Handrücken die Krümel von den Lippen.
„Mmm, lecker, de is ja richtich schmüdich!“ Er leckte seinen Daumen ab. „Wo habt ihr den denn her?“
Birthe stellte einen großen Pott Kaffee und Anjas Tässchen mit dem Milchkarton auf den Tresen.
„Den Butterkuchen hat der Chef mitgebracht“, sie zeigte mit dem Finger auf Jasper, „und das, obwohl du dran bist!“
„Ja ja, ich weiß. Meine Frau wollte gestern schon backen, aber wir hatten Besuch.“ Er nahm seine Tasse vom Tresen. „Jetzt

will sie heute Abend backen, dann gift dat Morgen früh Koffiekooken."
Marcus hatte schnell im Computer nachgesehen und drehte sich zu Jasper. „Ist der Platz Jägerwiese acht schon fertig? Da kommt heute Mittag jemand."
Diekgreve nickte und nuschelte: „Ja, alle fertig, auch die Plätze für morgen."
Opa Schowski war wie jeden Mittag nach Hause gegangen und Birthe, Jasper und Anja waren im Campingshop, um bei Fiene Comessa Pause zu machen. Marcus saß allein am Schreibtisch, aß einen Apfel und checkte die neuesten E-Mails. Er hatte es sich angewöhnt, mindestens dreimal am Tag die elektronische Post zu beantworten, es gab immer mehr Gäste, welche von einer Buchung zurücktraten, wenn sie nicht innerhalb weniger Stunden ihre Zusage bekamen. Aber es war schwierig. Wer jetzt noch einen Platz für eine ganze Woche suchte, war nahezu chancenlos.
Jemand rüttelte an der Tür. Marcus sah vom Schreibtisch auf. Eine junge Frau versuchte die Tür zu öffnen und Marcus sah sofort, dass mit ihr irgendetwas nicht stimmte. Sogar auf die Entfernung waren ihre total verheulten Augen zu erkennen. Aber noch bevor Marcus aufstehen konnte, hatte sie die Türklinke wieder losgelassen und sich umgedreht. Marcus sprang vom Schreibtisch hoch, riss die Tür auf und rief ihr hinterher. Sie hatte den Kopf tief zwischen die Schultern gezogen und drehte sich ganz langsam zu ihm um. Ihre Augen waren dick verquollen, das wenige Make-up völlig verschmiert. Sie sah entsetzlich traurig und zerbrechlich aus. Und enttäuscht. Marcus hielt ihr die Tür auf, berührte sie vorsichtig an der Schulter und schloss hinter ihr wieder ab.
„Was ist passiert?"
Ohne eine Antwort abzuwarten ging er einige Schritte vor-

aus, stellte eine neue Tasse unter den Auslauf der Kaffeemaschine und drückte auf den Knopf.
„Nehmen Sie Milch und Zucker?"
Sie sah nur ganz kurz auf, das angedeutete Nein ihrer Kopfbewegung war kaum wahrzunehmen und ganz leise – nahezu unhörbar – flüsterte sie, dass sie gar nichts wolle.
Marcus sah sie an und stellte ihr den duftenden Kaffee auf den Tresen. „Sie brauchen erst einmal einen Kaffee, und dann erzählen Sie mir einfach mal, was los ist."
Sie strich sich zwei blonde Strähnen aus dem Gesicht. Vielleicht fünfundzwanzig, dachte Marcus, vielleicht sogar jünger. Er sah sie aufmunternd an. „Also, was ist passiert?"
Sie inspizierte mit starrem Blick die Fußbodenfliesen.
„Nichts ist passiert", brachte sie halb schluchzend, halb flüsternd hervor. Marcus berührte vorsichtig ihre Schulter.
„Und warum sind Sie dann in die Rezeption gekommen?"
Sie hob ihren Blick ein wenig. Ganz wenig nur, aber doch so weit, dass Marcus ihre traurigen Augen sehen konnte. Er sah sie erwartungsvoll an.
„Christoph ist weg. Das Auto auch. Und seine Sachen." Sie wischte sich ungeniert mit dem Unterarm die tropfende Nase. „Er hat alles mitgenommen. Das Geld, den Rucksack, sogar seine dreckige Wäsche." Schluchzend drehte sie sich weg und Marcus wartete eine volle Minute, ohne zu reagieren. Dann fragte er vorsichtig weiter.
„Christoph? Sie sind zusammen hier im Urlaub? Und er ist ..."
Sie drehte sich um und sah ihn böse an. „Der war!"
Marcus musste innerlich lächeln. Sie lebte also noch! Spontan schoss es ihm in den Kopf, wie es wohl wäre, mit Constance in den Urlaub zu fahren. Sofort sah er Constance vor seinem geistigen Auge im Bikini am Strand.
Gleichzeitig sah er die junge Frau an und musste sich zwin-

gen, seine Gedanken zu konzentrieren. „Er war?"
Sie wischte sich erneut die Nase. „Ja, er war! Wir waren zusammen hier. Es sollten drei Wochen werden. Aber wir haben uns nur gestritten. Ich musste alles machen und er hat nur in der Sonne gelegen!" Sie trank einen Schluck Kaffee. „Und als es geregnet hat, als das Wasser ins Zelt gelaufen ist, mitten in diesem Scheißsturm ist er zu diesem blöden Italiener gegangen und hat sich mit Grappa zugeschüttet!" Sie sah wieder kurz auf. „Als er besoffen wiederkam, hab ich ihm seinen Rucksack rausgeschmissen und er musste die Nacht im Auto schlafen. Samstagabend waren wir zur Strandparty und haben in den Dünen geschlafen. Ich dachte, alles ist wieder gut. Aber heute morgen waren seine Sachen weg. Sein Rucksack weg, das Auto, das Geld und er auch! Alles weg!"
Marcus atmete tief durch. „Meinen Glückwunsch!"
Sie sah ihn entsetzt an und Marcus hob beschwichtigend die Hände. „Ich weiß, ich weiß, aber überlegen Sie mal. Wenn er schon nicht im Urlaub die große Nummer ist, was wird er dann im Leben sein? Glauben Sie mir. Ende gut – alles gut. Irgendwann werden Sie das auch so sehen."
Sie sah ihn entsetzt an und schluchzte erneut. „Gar nichts ist gut. Er ist weg", und ganz leise fügte sie hinzu, „und ich bin allein."
Marcus sah sie mitfühlend an und ergänzte den Satz: „Ja allein, ohne Auto, ohne Geld und nur mit einem Zelt."
Sie nickte: „Und mit einer Rechnung. Ich muss den Platz noch bezahlen und irgendwie nach Hause kommen."
Marcus überlegte kurz: „Haben Sie ein Handy?"
Sie nickte. „Aber die Karte ist fast ..."
Lautes Hupen unterbrach ihren Satz. Das war kein Pkw, das hörte sich an wie eine Schiffssirene. Marcus ging schnell zur Tür und drehte sich im Laufen zu ihr um.

„Wie heißen Sie eigentlich?"
„Pena, Jennifer Pena".
Gut, Jennifer, warten Sie hier auf mich, ich bin sofort zurück!" Marcus schloss die Tür auf und eilte nach draußen. Auf der Straße, kurz vor der Einfahrt stand der ADAC und hupte. Ein großes gelbes Auto und auf der Ladefläche ein Wohnwagen. Das waren wohl Familie Desastre und das große Auto. Ein Kleinwagen fuhr am ADAC-Schlepper vorbei und hielt an der Schranke. Die Tür ging auf, Eltern stiegen aus und drei Kinder krabbelten hinter den Sitzen hervor. Die Frau nahm das Kleinste an die Hand und ging zum gelben Lkw. Der Mann drückte sein Kreuz durch, versuchte ein Lächeln und kam Marcus mit ausgestreckter Hand entgegen.
„Desastre. Guten Tag. Meine Frau hatte angerufen, dass wir in der Mittagspause kommen." Er machte eine entschuldigende Geste. „Der ADAC kann nicht so lange warten."
Marcus erwiderte den festen Händedruck und winkte ab. „Kein Problem, was ist denn passiert?"
Desastre holte tief Luft und verzog das Gesicht zu einem gequälten Lächeln. „Autobahnauffahrt. Jemand wollte sich auf die volle Spur einfädeln und traf dabei nicht die Lücke, sondern uns! Ein Stoß, ein Schreck, eine Vollbremsung, dann ein Stoß vom eigenen Wohnwagen und wir knallten rechts in die Leitplanken." Er drehte sich um und zeigte auf den Wohnwagen. „Beim Hänger ist das ganze Bremsgestänge kaputt und das Auto ..." Er ballte die Hände zur Faust, stemmte sie in die Hüften, holte tief Luft und vervollständigte den Satz mit zusammengebissenen Zähnen. „Das Auto ist Schrott!" Er klopfte mit der Hand auf das Dach des Kleinwagens. „Wir haben jetzt das Ding hier, aber ohne Hängerzug und ohne Kofferraum. Unsere Sachen sind im Wohnwagen auf dem Abschlepper."

Marcus staunte, der Mann und die Kinder schienen den Unfall erstaunlich gut weggesteckt zu haben.
„Sie wollen also trotzdem Urlaub machen?"
Desastre nickte und beobachtete seine Frau, die am Wohnwagen stand. „Ja. Wir müssen sogar. Meine Frau braucht unbedingt Ruhe und der Wohnwagen muss repariert werden und dann brauchen wir auch noch einen Leihwagen mit Hängerzug." Er stöhnte kurz auf. „Ja. Wir müssen Urlaub machen." Er sah Marcus an. „Kann der ADAC reinfahren zum Abladen? Die wollen wieder los."
Marcus nickte und ging zur Tür. „Ich mach die Schranke auf, und dann zeige ich Ihnen Ihren Platz."
In der Rezeption blieb er wie angewurzelt stehen. Jennifer Pena! Die hatte er ganz vergessen. „Frau Pena? Jennifer?"
Sie stand noch immer am Tresen und drehte sich langsam um, so langsam, als störe er sie mitten in einem Traum. Mit abwesendem Blick sah sie ihn an. Er winkte ihr zu. „Jennifer, könnten Sie mal eben mitkommen und mir helfen, danach kümmern wir uns dann um Ihr Problem und lassen uns etwas einfallen." Er sah sie aufmunternd an und hielt die Tür für sie auf. Er konnte sie schlecht alleine warten lassen und etwas Ablenkung konnte nicht schaden. Vorsichtig schob er die junge Frau vor die Tür, öffnete die Schranke und zeigte Familie Desastre den Weg. Jennifer Pena schlurfte neben ihm her.

Klaus schürte die Glut, rote Funken stoben auf und verglühten wie kleine Sternschnuppen rund um den Grill. Er saß mit Jan Brakelmann direkt an der glühenden Holzkohle, während sich Gertrude und Ute in die windgeschützte Ecke zwischen Wohnwagen und Feuer drückten.
Jan reichte ihm eine frisch geöffnete Flasche Bier, proste-

te ihm zu und setzte seine Erzählung fort. Er und Ute sind heute in Marne gewesen und knapp 20 Kilometer mit der Draisine durch das Marschland gefahren. Die Tour ging quer durch die Weiden, an schwarzbunten Kühen vorbei, entlang der alten Marschbahn, und nur die überall in der Landschaft stehenden modernen Windkraftanlagen erinnerten an das 21. Jahrhundert. Jan holte gestikulierend mit den Armen aus und erklärte, dass die Marsch die pure Wildnis sei und zudem weitläufig wie die Prärie.
Klaus schüttelte unbemerkt den Kopf. Den vielen Abenteuern nach, die Jan auf dem Draisinenkurs durchlebt und überlebt haben wollte, musste die Fahrt mindestens drei Tage gedauert und über mehrere hundert Kilometer geführt haben. Dazu kamen dann noch die Erlebnisse seiner Seereise. Jan erzählte, dass sie sich am frühen Morgen in Cuxhaven als Radfahrer eingeschifft hätten, um zu einer aufregenden Schiffsreise aufzubrechen.
Klaus nahm einen kräftigen Zug aus der Flasche, beugte sich näher zu Jan und fragte mit unschuldig-ernster Miene: „Eingeschifft? Brauchtet ihr Bordkarten und internationale Pässe?"
Jan nickte und antwortete vollkommen ernst: „Ja, genau so war es. Unsere Räder mussten an Bord verbracht werden, die Bordpässe waren nur für diese eine Reise gültig und nicht auf andere Personen übertragbar."
Klaus rückte noch näher an ihn heran, beugte sich vor und deutete mit der Flasche auf Jan. „Anders ausgedrückt, ihr habt eure Räder auf die Personenfähre geschoben, euch beim Schaffner eine Fahrkarte gekauft und wurdet auf der Elbe bis nach Brunsbüttel übergesetzt!"
Jan schaute ihn enttäuscht an, trank einen kräftigen Schluck Bier und wischte sich mit dem Handrücken über den Mund. „Wenn du es so unromantisch beschreiben willst – ja. Die

Fahrt dauerte heute Morgen eine gute Stunde bis an den Kaiser-Wilhelm-Kanal und heute Abend ging es die gleiche Strecke retour."

Klaus lachte und stieß ihm seinen Ellenbogen in die Rippen. „Mein lieber Jan, langsam kenne ich dich." Klaus trank noch einen Schluck Bier und schürte die Glut. „Wir waren heute den ganzen Tag am Strand. Letzte Woche war es dort schon fast zu heiß, und heute musste man sich den Strandkorb aus dem Wind drehen, um nicht zu erfrieren." Er sah vom Feuer auf. „Morgen wollen wir auch zum Nord-Ostsee-Kanal und danach weiter nach Friedrichskoog, Seehunde gucken, aber bei dem Wind nehmen wir das Auto."

Jan nickte. „Ja der Wind war heute echt heftig." Er schaute nach oben und blickte an den dunkel gefärbten Himmel. „Und er wird wieder stärker, hoffentlich endet das nicht wieder im Sturm." Jan sah Klaus mahnend an. „Kauft euch bloß ein paar ordentliche Heringe für die Sturmabspannung!"

Klaus nickte, gab ihm recht und holte zwei neue Flaschen Bier. „Du sagst es. Nach dem Urlaub müssen wir unbedingt zum Wohnwagen Angle und größere Heringe, einen Vorzeltteppich und einen ordentlichen Grill kaufen. Ein Elektrogrill wäre nicht schlecht. Kein Rauch, keine Asche."

Jan sah ihn mitleidig an: „Und kein Geschmack und kein Spaß und umweltschädlich."

„Umweltschädlich? Wie kommst du denn darauf? Elektrogrills haben keine Krebserreger, kein Feuer, keinen Rauch, nur einen sauberen Elektroanschluss."

„Ja, und der Strom kommt aus Brunsbüttel, direkt aus dem Atommeiler!"

Klaus sah ihn ungläubig an. „Ich denke der ist abgeschaltet?"

Jan zuckte mit den Schultern. „Dann heizt du eben mit französischem Atomstrom, das ist alles der gleiche Mist. Denk

einfach mal nach, es gibt weltweit ...", er betonte es noch einmal extra, „*weltweit* kein einziges Atomendlager, also ich bleibe bei Holzkohle, die ist immerhin CO_2-neutral."
„Du meinst wirklich, es ist umweltfreundlich, den Nachbarn einzuqualmen und das Fleisch wie einst ein Homo erectus auf dem offenen Feuer zu grillen?" Klaus schüttelte zweifelnd den Kopf, nahm einen kräftigen Schluck Bier und schürte erneut die Glut. Wieder stoben rote Funken und verbreiteten wohltuende Wärme.

Felix fand das total cool! Hier beim Camping durfte er alles mitmachen. Zu Hause durfte er das nie. Da war er angeblich immer zu klein! Dabei war er schon acht und wenn die Ferien zu Ende wären, käme er schon in die zweite Klasse! Und Marius ist schließlich auch erst zehn!
Jetzt standen Marius und er mit ihren Mountainbikes ganz oben auf dem Spielplatzturm. Wie zwei Cowboys aus Bad Segeberg überwachten sie die Prärie und beobachteten die Landschaft. Heute Morgen waren sie die Ersten, mit stolz geschwellter Brust hielten sie die Hände über die Augenbrauen, um die tief stehende Morgensonne abzublenden. Ihre Blicke schweiften über den Campingplatz.
Felix war superstolz. Heute morgen waren sie vor Mama und Papa aufgestanden, hatten ihre Pferde aus dem Stall geholt und waren zum Spielplatz geritten. Es war voll cool, hier oben auf dem Kletterturm zu stehen, allein, nur mit ihren Mountainbikes, ihren edlen Rössern.
Plötzlich ein Pfiff. Ein greller Pfiff, der quer über den halben Campingplatz zu hören war.
„Mist, Papa sucht uns!"
Armin Padres fluchte leise vor sich hin. Wo waren die Bengels nur hin? Sie wollten doch heute nach Helgoland – und in

einer knappen Stunde fuhr die Fähre. Er pfiff aus dem Fenster seines Autos und auf der Beifahrerseite rief Yvonne nach den Jungs. Armin fuhr ganz langsam den Campingplatzhauptweg entlang, pfiff auf zwei Fingern aus dem Fenster und sah nervös zur Uhr. Die Zeit lief ihm weg und von den beiden keine Spur. Er wusste, dass sie auf dem Campingplatz waren, aber wo?
Dann sah er sie. Vorn an der Weggabelung standen sie mit ihren Fahrrädern, mitten auf dem Weg, die Colts locker am Patronengurt, bereit zum Duell. Armin sah nochmals auf die Uhr und pfiff, so laut er konnte. Jetzt hatten sie ihn gehört. Im gemächlichen Trab, so als hätten sie alle Zeit der Welt, kamen sie auf ihn zugerollt. Armin stieg aus. Die Zeit war knapp. Kurz entschlossen nahm er ihnen die Fahrräder ab, verfrachtete die Jungs auf die Rückbank und schloss die Fahrräder mit der dicken Kette zwischen zwei Bäumen an. Hier standen die Räder sicher, und sie mussten nicht noch einmal zum Wohnwagen zurück.
Mein Gott, der hat's aber eilig. Karl Ruhe schüttelte den Kopf. Im Urlaub sollte man sich Zeit lassen, und auf einem Campingplatz sollte man ohnehin langsam fahren. So wie er. Er war heute schon am frühen Morgen in die Stadt gefahren, um frische Brötchen und die Zeitung zu holen. Die Brötchen in der Stadt waren acht Cent billiger, und er brauchte sie nicht jeden Tag zu bestellen.
Karl Ruhe lenkte seinen silbernen Mercedes gemächlich den Campingweg entlang und fuhr auf seinen Parkplatz. Ruckartig stieg er auf die Bremse. Sein Parkplatz war besetzt! Zwischen den beiden Kiefern, da wo er immer parkte, standen zwei Fahrräder. Auf seinem Parkplatz! Neben seinem Wohnwagen! Seit wann stehen hier Fahrräder?!
Karl stieg aus, um die Räder zur Seite zu stellen. Aber die

waren fest angekettet. Was sollte das denn? Ärgerlich stieg er wieder ein, knallte die Tür zu, fuhr um die Bäume herum und parkte den silbergrauen Daimler auf dem freien Platz dahinter. Der Platz war groß genug und genau genommen stand der Wagen hier viel besser als zwischen den Bäumen.
Zurück im Wohnwagen wurde Karl schon von Marianne erwartet.
„Wo bleibst du so lange? Wir wollen doch mit Schimmelpfennigs zum Golfen. Die beiden warten schon, wir haben schon alles eingepackt!"
Karl überlegte. Wollten sie heute Golf spielen? War der Termin nicht erst morgen? Und wann sollte er seine Zeitung lesen? Und was war mit den frischen Brötchen?
„Karl!" Seine Marianne sah ihn augenrollend an und zeigte auf die Uhr: „Beeil dich, wir warten alle auf dich."
Karl gab sich wortlos geschlagen, verschwand im Wohnwagen und zog sich um. Keine zehn Minuten später fuhren sie mit Schimmelpfennigs großem Geländewagen vom Platz.
Marcus Bolso stellte die Espressotasse auf dem Geländer ab und schaute von der Terrasse des „Bella Vista" über den Campingplatz. Er lächelte zufrieden in sich hinein. Der Platz war nahezu ausgebucht, das Wetter wieder stabil und heute Abend hatte er frei. Nicht einfach nur frei. Nein, er würde mit Constance in den „Old Peat Bogy Pub" gehen, noch einmal mit ihr Snooker spielen und ihr noch einmal zeigen, wie man ein Queue richtig führt. Er kippte den süßen Espresso in einem Zug herunter, schlenderte zurück zur Rezeption und setzte sich an seinen Schreibtisch.
Marcus sah auf die große Uhr an der Wand, um acht würde er Feierabend haben und schon um neun, also in knapp vier Stunden, würde er mit Constance den Pub betreten, würde zwei Bier bestellen, einen Euro in den Automaten werfen,

sich hinter Constance stellen und ihr die optimale Führung eines Snookerqueues demonstrieren. Er würde wieder direkt hinter ihr stehen, ihren Po spüren und ihr Haar riechen. In knapp vier Stunden.
Fritz Estres ärgerte sich. Er hatte zwei Stunden länger gebraucht als geplant, aber die Autobahn ist auch viel voller als in den Jahren zuvor gewesen. Seit zehn Jahren brauchten sie immer genau sechs Stunden bis nach Weeldewarft zu ihrem Campingplatz. Heute waren sie zwei Stunden länger gefahren, und er fühlte sich wie gerädert, als er endlich vor der Schranke hielt.
Marcus schielte gerade wieder auf die Uhr, als sich die Rezeptionstür öffnete. Schnell ließ er seinen Blick über die Anreiseliste gleiten, zwei Anreisen waren noch offen, und der Mann in der Tür musste Stammgast Estres sein.
„Guten Abend, Herr Estres, hatten Sie eine gute Fahrt?"
Fritz Estres winkte ab und gab Birthe Fliedig die Buchungsunterlagen. Die beiden erledigten routiniert die Formalitäten und als Estres fertig war, erwartete Marcus ihn bereits vor der Tür.
„Ich komme mit und zeig Ihnen den Platz."
„Das muss nicht sein", murmelte Fritz Estres, „ich weiß, wo ich lang muss."
„Doch doch, Ordnung muss sein, und Sie wissen doch, wir begeleiten jeden Gast an seinen Platz."
Marcus radelte den Hauptweg herunter und hörte hinter sich die knirschenden Reifen des Wohnwagengespanns. Dann stutze er, fuhr langsamer und blieb stehen. Warum steht da ein Auto? Er stieg vom Rad und deutete Estres mit einem Handzeichen, dass er ebenfalls anhalten sollte. Marcus ging noch einige Schritte, aber er täuschte sich nicht. Mitten auf dem gebuchten Platz stand ein silberfarbener Mercedes. Wem gehörte der?!

Marcus schaute sich um, aber es war niemand zu sehen. Kurz entschlossen notierte er sich das Kennzeichen in sein gelbes Notizbuch, sagte Estres Bescheid, dass er einen kurzen Moment warten möchte und fuhr zurück zur Rezeption. Er fluchte. Sein Funkgerät lag auf dem Schreibtisch und er hatte keine Ahnung, wem die silberne Karre gehörte.
Wenige Minuten später war er zurück und klopfte am Wohnwagen von Karl Ruhe. Nichts rührte sich. Hier war niemand. Nur das Auto stand mitten auf dem gebuchten Platz! Scheiße! Marcus ging vorsichtig um den silberfarbenen Daimler herum. Das Auto war ihm vorher noch nie aufgefallen, wahrscheinlich parkte es sonst woanders. Er umrundete den Wagen ein zweites Mal. Wenn man den Wohnwagen von Estres mit der Hand rückwärts reinschieben würde, sollte er gerade noch in die Lücke passen. Heute würde Estres sein Vorzelt ohnehin nicht mehr aufstellen. Marcus ging zu ihm.
„Kleines Problem, Herr Estres. Wir müssen den Wagen von der anderen Seite aus mit der Hand reinschieben."
„Wie mit der Hand? Und von wo aus?"
Marcus zeigte ihm mit ausgestrecktem Arm die hintere Zufahrt. „Sie müssten bitte bis zum Ende des Hauptweges fahren, dort den Seitenweg nehmen und dann den schmalen Weg wieder zurück. Wir kuppeln den Wagen dann schnell ab und schieben ihn mit der Hand. Ich fahr mal eben vor und zeige Ihnen den Weg."
Estres winkte ab, „nee, ich kenne den Weg, ich bin gleich zurück."
Estres ließ die Seitenscheibe nach oben gleiten und fuhr zum Ende des Hauptweges. Marcus lehnte sich an den Mercedes, entspannte sich und schaute glücklich in die Sonne. Noch gut drei Stunden, und er würde mit Constance am Snookertisch stehen.

Er schreckte hoch! Ein furchtbares Quietschen zerriss die Ruhe! Was war das? Blech? Eisen? Jetzt stöhnte ein Motor, laut und in hohen Drehzahlen. Was war da los? Marcus ging in die Richtung des Geräusches und ihm fiel auf, dass es aus der Richtung kam, in der Estres verschwunden war. Marcus ging um die Kurve, sah das Elend. Oder besser, er ahnte es. Fritz Estres war nicht bis zum Ende des Hauptweges gefahren, er hatte abgekürzt und den Weg am Spielplatz genommen. Also den Weg, den es im letzten Jahr noch gab. Den Weg, der jetzt gesperrt war und den Jasper mit großen Feldsteinen abgegrenzt hatte.
Marcus beschleunigte seine Schritte, ging um das Gespann von Estres herum und sah, was er befürchtet hatte. Fritz Estres hatte seinen Wagen schwungvoll auf einen Stein gesetzt. So geschickt, dass der Vorderwagen auflag und die Räder komplett in der Luft hingen. Er musste wirklich gut Schwung gehabt haben! Marcus schob sich die Brille ins Haar und stemmte die Hände in die Seiten. Warum hören die Leute nie zu! Und warum bin ich nicht vorausgefahren? So wie sonst auch! Marcus wusste nicht, über wen er sich mehr ärgern sollte, über Estres oder über sich selbst. Er gab Estres ein Zeichen, den Motor abzustellen, und ging vor dem Auto auf die Knie, um sich den Schaden von unten anzusehen. Am Auto schien auf den ersten Blick alles heil geblieben zu sein. Es gab also noch Hoffnung.
Marcus stand auf, klopfte sich die Hose ab und überlegte. Er brauchte einen Plan. Und er brauchte einen schnellen Plan. Er schob sich wieder die Brille nach oben und öffnete die Tür von Estres Auto.
„So Meister, ich glaube wir haben ein kleines Problem.“
Estres nickte nur und Marcus erklärte ihm seinen Plan.
„Wir kuppeln jetzt den Wohnwagen ab und hängen ihn an

mein Auto. Ich fahre ihn von hinten an Ihren Platz und wie geplant schieben wir ihn mit der Hand neben den Daimler."
Fritz Estres nickte erneut: „Und was ist mit meinem Auto?"
Marcus holte tief Luft und ließ seine Brille wieder auf die Nase rutschen. „Das retten wir danach, ich bringe mein Abschleppseil mit und ziehe Sie dann rückwärts vom Stein."
„Meinen Sie, das funktioniert?"
Marcus zuckte mit den Schultern. „Ich hoffe es. Also, Sie kuppeln schon mal ab und ich hole mein Auto."
So jedenfalls funktionierte es nicht. Alle vier Räder des Allraders drehten durch und rissen die Grasnarbe aus dem Boden, aber das Auto von Estres bewegte sich nicht, ruckte nicht einen Zentimeter. Es saß fest, und als Nächstes würde das Seil reißen oder die Kupplung verglühen. Marcus brauchte einen Plan B!
Wenn das Auto sich nicht bewegen ließ, dann vielleicht der Stein. Marcus stellte den Motor ab und löste das Abschleppseil.
„Wir versuchen was anderes. Ich lege das Seil um den Stein und versuche ihn unter dem Auto hervorzuziehen."
Estres umklammerte noch immer sein Lenkrad und sah wenig überzeugt zu Marcus auf. „Und das klappt?"
„Haben Sie eine bessere Idee?"
Marcus schielte auf die Uhr. Die Jungs vom THW waren schnell, es hatte nur knapp zwei Stunden gedauert bis der blaue LKW mit dem Bordkran angerollt war. Marcus hatte nach seinen vergeblichen Rettungsversuchen einen Kumpel beim Technischen Hilfswerk angerufen. Und Constance. Zähneknirschend musste er ihr erklären, dass es heute keinen Snookerabend geben würde. Und, das jedenfalls waren seine Gedanken: auch kein Guinness, keinen süßen Po, keinen aufre-

genden Duft frisch frisierter Haare und schon gar nicht *mehr*. Es dauerte nur eine knappe halbe Stunde, bis das Auto mit Hilfe von breiten Ledergurten angehoben war. Der Wagen von Estres schwebte über dem Stein in der Luft, und auf ein Zeichen des Einsatzleiters hin zog Marcus mit seinem Allrader den Stein zur Seite. Ohne aufheulenden Motor und ohne gerissenes Seil. Ganz leicht.
„Voll cool ..."
Felix haute seine kleine Faust in die Rippen von Marius, damit der zu ihm herunterguckte.
„Voll cool ... wie der die Karre hochhebt."
„Ach Quatsch, der Jeep ist der Hammer, wie der den Stein da rausflutscht!"
Felix nickte eifrig, um seinem großen Bruder recht zu geben.
„Marius?", er zog am T-Shirt seines Bruders, „Marius, warum stand das Auto auf dem Stein?" Ohne seinen Blick vom Geschehen abzuwenden, hob der die Schultern.
„Weiß ich doch nicht! Vielleicht hat der Opa den Stein nicht gesehen, vielleicht hat er keine Brille!"
Keine fünf Minuten später waren die Männer in den blauen Uniformen mit der Arbeit fertig. Es gab nichts mehr zu gucken, Marius nahm die Kette von den Fahrrädern ab und mit einer langen Runde über den Campingplatz fuhren sie zum Wohnwagen zurück.

Wunderbarer breiter Strand. „Total toll!" Jan Brakelmann hörte vor Begeisterung gar nicht mehr auf zu erzählen. „Wir fahren jedes Jahr nach St. Peter."
Er sagte St. Peter, nicht St. Peter-Ording. Gertrude war wieder einmal fasziniert. Jan war scheinbar auf allen Gebieten ein Experte. Auf allen? Sie erinnerte sich kurz an die vergangene Nacht. Ihr Klaus hatte tatsächlich den Wohnwagen zum

Wackeln gebracht. Und sie? Gertrude lächelte still vor sich hin und schielte vorsichtig zu Jan, der auf der anderen Seite des Feuers saß und noch immer von St. Peter schwärmte.
Im entscheidenden Moment heute Nacht hatte sie an Jan gedacht. Genau in dem Moment, als Klaus tief in ihr kam. Eigentlich ein Gefühl wie Weihnachten und Ostern auf einen Tag und auch genauso selten. Er kam wirklich heftig, und sie selbst war wohl sogar ziemlich laut. Zum Glück hatte sie nicht auch noch Jans Namen geschrien. Sie lächelte noch immer und hörte ihm weiter aufmerksam zu.
„Super Strände, jedenfalls für die Nordsee. Du überquerst direkt von der Strandpromenade über lange Holzstege den breiten Deich und stehst dann direkt an der See. Einfach fantastisch. Und dann diese Pfahlbauten." Er sah zu Klaus rüber und stieß mit ihm an. „Kennt ihr St. Peter?"
Klaus schüttelte den Kopf und trank den Rest seines Bieres. „Nee, wir sind ja vorher noch nie hier gewesen."
Jan gab ihm ein neues Bier. „Ihr müsst unbedingt mal nach St. Peter. Da gibt es eine Super-Dünen-Therme und dann eben diese Pfahlbauten. Die Häuser stehen direkt am Strand und bei starker Flut läuft das Wasser einfach unter den Häusern hindurch, und selbst bei einer Sturmflut gucken sie immer noch raus. Wie eine Ölplattform im tiefen Meer. Nur viel älter. Und besser." Er nahm einen Schluck aus der Flasche. „Die Dinger sind schon knapp hundert Jahre alt und die meisten sind Kneipen. Tolle Kneipen!"
Klaus nickte. „Vielleicht irgendwann ein anderes Mal. Für uns ist heute Schluss, morgen nach dem Frühstück geht's zurück. Wir haben schon alles abgebaut und sauber gemacht, morgen früh hängen wir nur noch den Wohnwagen an und dann geht's ab nach Hause."
„Guten Abend, hallo, darf ich kurz mal stören?"

Klaus drehte sich um. Die Stimme kannte er. Woher kannte er diese Stimme?
„Kommen Sie ruhig näher“, forderte Jan den Fremden auf, der in diesem Moment aus dem dunklen Schatten der Hecke trat. Klaus wusste sofort, zu wem die roten Sportschuhe, die alte Jacke und die Stimme gehörten.
„Professor Ricerca? Sind Sie das?“
Es war der Professor, ganz eindeutig war das ihr Retter vom Bodensee! Der Professor leuchtete Klaus mit dem letzten Licht seiner schwach glimmenden Taschenlampe an. Auch er schien ihn erkannt zu haben. „Ach, schau an, der Radler vom Bodensee. Ist denn der Finger verheilt?“ Das gelbe Licht seiner Taschenlampe wurde immer schwächer. „Das Ding hier hat mich verlassen, hat vielleicht jemand von Ihnen eine Lampe für mich bis morgen früh?“
Jan sah den Professor an: „Nee, aber ich hab Batterien hier, manchmal passen die ja.“
Professor Ricerca schüttelte den Kopf. „Die hab ich schon gewechselt, hat nicht geholfen.“
„Wir können es ja trotzdem versuchen.“
Jan stand auf und verschwand im Wohnwagen.
Auch Gertrude hatte den Professor wiedererkannt.
„Oh, das ist ja schön, dass wir Sie noch einmal wiedertreffen. Machen Sie hier auch Urlaub?“
Und ohne eine Antwort abzuwarten fragte sie ihn, ob er schon lange hier wäre und ob er denn dieses Mal seine Frau mitgebracht hätte und warum er denn da herumstehen würde, er könne sich doch setzen – und Jan würde bestimmt eine Lampe für ihn finden. Ricerca winkte ab und versuchte sie zu unterbrechen.
„Nein, ich bin ganz allein hier, nur leider bin ich heute Nacht der Wicht ohne Licht.“

Gertrude bat ihn noch einmal, sich doch zu setzen, und bot ihm Jans Stuhl an. Der Professor nickte höflich und wollte sich gerade setzen, als Jan mit seiner großen Taschenlampe, einem Klapphocker und einem Bier zurückkam. Er schraubte die Taschenlampen auf und tauschte die Batterien. Die Lampe des Professors leuchtete hell. „Das ist ja komisch."
Der Professor runzelte die Stirn und seine Augenbrauen wanderten hoch und runter wie bei einer Comicfigur.
„Ich hatte doch extra neue Batterien zum Wechseln mitgenommen." Er sah Klaus an. „Weißt du was? Ich hab zu Hause die neuen weggeschmissen und die alten eingepackt."
Klaus grinste und Jan fing an zu lachen, setzte sich neben den Professor auf den mitgebrachten Hocker und reichte Ricerca ein Bier.
„Prost, und morgen kaufen wir beim Brötchenholen auch gleich frische Batterien."
„Prost, und bitte, ich bin Carsten. Den Professor gibt es nur an der Uni und die Batterien tauschen wir gleich wieder zurück. Ihr braucht eure Lampe und ich kaufe mir morgen früh ein paar neue." Carsten Ricerca trank mit einem Zug die halbe Flasche leer, und plötzlich fiel Klaus etwas ein. Er drehte sich zu Gertrude. „Haben wir für morgen frische Weckle bestellt?"
„Ich nicht, du warst im Shop!"
„Ich hab keine bestellt."
Gertrude sah ihn achselzuckend an.
„Dann gibt es morgen kein Frühstück."
Klaus sah auf die Uhr, es war gerade zehn.
„Oder ich gehe schnell zur Rezeption, mit etwas Glück ist noch jemand da und wir können noch Weckle bestellen. Eventuell bekommen wir sogar noch die passenden Batterien."

Gertrude zuckte wieder mit den Schultern. „Wenn du meinst.“ Klaus stand auf. „Ich geh mal schnell ins Campingbüro.“
„Ich komme mit.“ Professor Ricerca setzte die Bierflasche ein zweites Mal an, trank sie in einem Zug leer, stand leichtfüßig auf und folgte Klaus mit kurzen Schritten.

Endlich war Ruhe eingekehrt und Marcus konnte gemütlich mit Constance telefonieren. Gestern Abend hatte es bis weit nach elf gedauert, ehe das THW vom Campingplatzgelände gefahren war und Marcus nach Hause gehen konnte. Er war nur noch kurz unter die Dusche gegangen, hatte ein halbes mehr oder weniger trockenes Brötchen gegessen und war danach todmüde ins Bett gefallen. Trotz seiner Müdigkeit lag er danach noch lange wach und hatte durch das offene Fenster die Sterne gezählt. Irgendwann mitten in der Nacht verschickte er dann noch eine SMS. Aber kaum hatte er die Nachricht abgeschickt, war er sich vorgekommen wie ein Stalker. Er hatte sich richtig schlecht gefühlt. Wer verschickte schon mitten in der Nacht eine SMS! Jedoch piepste schon wenige Sekunden später ihre Antwort auf seinem Handy und bescherte ihm einen wunderbaren Traum.
Heute hatte er im Laufe des Tages immer wieder versucht sie zu erreichen, aber entweder war Kundschaft bei ihr oder Gäste bei ihm in der Rezeption. Jetzt waren sie endlich allein und erzählten sich schon minutenlang die Erlebnisse vom Tage. Marcus wusste nunmehr, dass ihr heutiger Arbeitstag genau so lang gewesen war wie sein eigener, dass sie noch nicht einmal zu Mittag gegessen hatte und dass sie heute Abend leider nicht zum Lauftraining gekommen war. Marcus hörte ihr zu. Er hätte ihr unendlich lange zuhören können. Ihre klare Altstimme hatte einen wunderbaren Klang und seine Gedanken schweiften ab. Sie war nur hundert Me-

ter entfernt, war ebenfalls hungrig und saß, so wie er, einsam und allein am Telefon.
Sein Magen knurrte und sein Blick blieb an den großen Ziffern der Rezeptionsuhr hängen. Es war schon nach zehn. Sie würde gleich ihren Anruf aus Kanada bekommen und er musste unbedingt etwas essen. Er könnte mit ihr zum Tüdelpott fahren. Wibke hätte bestimmt noch etwas für sie in der Küche. Und dann könnten sie noch ein Glas Wein trinken ...
„Oder ist es zu spät?"
Marcus schreckte hoch und war schlagartig zurück in der Wirklichkeit. Wofür war es zu spät? Was hatte er verpasst?
„Nein, es ist nie zu spät."
Er hörte ihr Lächeln und ihre Antwort.
„Dann setze ich jetzt den Topf auf und du bringst den Wein mit?"
Topf? Mein Gott, welchen Teil hatte er hier gerade verpasst?
„Du willst mich einladen?"
Sie lachte. „Nein. Ich koche uns Pasta und du spendierst den Wein."
Er musste wirklich das Wichtigste verpasst haben. „Wir wollen bei dir essen?"
„Ja natürlich, ich bin am Verhungern ..."
„Guten Abend!" Die Rezeptionstür schlug auf und zwei Gäste drängten eilig durch die Tür. „Hallo, wir sind ein bisserl spät, dürfen wir trotzdem kurz stören?"
Marcus winkte die beiden herein, hielt sich das Telefon ganz dicht ans Ohr und fragte ungläubig noch einmal nach.
„Du willst jetzt wirklich kochen? Für uns beide?"
Ihre Stimme war plötzlich zweifelnd.
„Ja, aber wenn du nicht willst ..." Marcus glaubte noch immer sich verhört zu haben, er nickte den beiden Herren zu, stand auf und schirmte den Telefonhörer mit einer Hand ab.

„Ich bin schon unterwegs, schmeiß deine Küche an, ich schmeiße hier nur noch meine letzten Gäste raus." Immer noch ungläubig legte er das Telefon in die Halterung zurück.
„Meine Herren, was kann ich mitten in der Nacht für Sie tun?"
Marcus sah die späten Besucher fragend an, der eine schielte auffällig unauffällig auf seine Uhr, während der andere versuchte, seine Arme auf den Tresen zu legen. Das kleine Männchen in der abgewetzten Sportjacke schaffte es aber gerade so, seine Hände auf dem Pult zu platzieren.
„Meister, wir haben da zwei kleine Probleme."
Marcus nickte fragend: „Ja?"
„Mir sind die Batterien ausgegangen und mein Kumpel hier hat vergessen, für morgen früh seine letzten frischen Wecken zu bestellen. Kann man da was machen?"
Marcus holte tief Luft. „Man? Sie meinen, ob ich da was machen kann?"
Der kleine wackelte abwägend mit dem Kopf hin und her.
„Ja genau."
Marcus nickte lächelnd und schaltete seine Schreibtischlampe aus.
„Ich muss ohnehin in den Campingshop und nachsehen, ob alles seine Ordnung hat. Kommen Sie einfach mit."
Marcus stand unter der Dusche. Soviel Zeit musste sein. Das kühle Wasser umströmte und erfrischte ihn. Aus dem Wohnzimmer dröhnte Keith Richards berühmtester Gitarrenriff. Die Lautsprechermembrane vibrierte und sein Herz schien im Takt zu flimmern.
„I can't get no!" Mick Jagger schrie die Worte, die er schon in allen großen Stadien dieser Welt gesungen hatte, quer durch die Wohnung. Satisfaction, dachte Marcus, stellte den Wasserhahn ab und trocknete sich ab.
Er hatte den beiden späten Gästen eine Packung Batterien in

die Hand gedrückt, schnell die Brötchenbestellung entgegengenommen und sich zügig verabschiedet.
Danach hatte er sich Zeit gelassen, sich gezwungen, in Ruhe zu überlegen und den richtigen Wein auszuwählen. Was passte zu Pasta? Und wie würde Constance sie zubereiten? Welcher Wein war der richtige? Die Minuten waren verstrichen und er konnte sich nicht entscheiden. Am Ende zog er eine Flasche Merlot aus dem Regal, den gleichen Wein wie am ersten Abend.
Marcus lehnte am Türrahmen und sah Constance zu. Geschickt bestrich sie die feinen Streifen des Hähnchenfilets mit einer rötlichen Soße. Wusste sie, dass er scharfe rote Soßen liebte? Er sah aufmerksam zu, wie sie die Streifen im Olivenöl anbriet und gleichzeitig den Salat zubereitete, zu den Tomaten Balsamico und Oliven gab und mit kräftigem Feta würzte.
Draußen strich der Wind ums Haus, man hörte das Klimpern des Windspiels, und es kam ihm vor, als wären sie ganz allein auf der Welt. Marcus stand noch immer in der Tür und beobachtete, wie sie die Hähnchenstreifen in den Backofen schob, den Salat geschickt auf einem großen Teller dekorierte und mit dem schon offenen Merlot die Soße abschmeckte. Als Constance kurz aufsah, lächelte sie ihn an und drückte ihm zwei Weingläser in die Hand. Ihre Fingerspitzen berührten sich – und schon diese kurze Berührung brannte auf ihrer Haut. Sie senkte den Blick. „Bring die Gläser schon mal rein." Er berührte sie vorsichtig mit dem Finger unter dem Kinn, hob ihren Kopf und schaute ihr direkt in die Augen. Sein Gesicht war nur wenige Zentimeter von ihrem entfernt. „Constance, ich ..."
Sie legte ihm einen Finger auf den Mund. „Sag nichts, lass uns einfach den Abend genießen." Sie nahm den Salat und

den Wein und er folgte ihr ins Zimmer. Aus den Lautsprechern ihrer alten Stereoanlage flüsterte Eric Clapton „You are so wonderful tonight“ – und genau das war sie auch.
Bevor Constance sich auf das Sofa und an den Tisch setzen konnte, hielt er sie auf. Sein Blick fixierte ihre unergründlichen Augen und ohne etwas zu sagen nahm er wortlos ihre Hand, führte sie an seine Lippen und küsste ihre Fingerspitzen, eine nach der anderen. Er legte den Arm um ihre schmale Taille und zog sie zärtlich zu sich heran, flüsterte ihr etwas ins Ohr und drehte sie langsam im Kreis. Die Musik umspülte sie aus weiter Ferne und Constance lag fest in seinem Arm. Sie spürte seine Hände und seinen Atem, schloss die Augen und lehnte ihren Kopf an seine Schulter. Ohne es zu wissen, hatte sie sich genau diesen Moment gewünscht. Sie folgte dem Rhythmus der Musik, drehte sich mit Marcus und spürte, wie seine zärtlichen Hände begannen ihren Körper zu erkunden. Als sie den Kopf hob, um ihn anzusehen, streifte ihr Mund seine Lippen, zuerst nur zögerlich und scheinbar zufällig, dann zielgerichtet und beim nächsten Mal gab sie ihrer Zunge freien Lauf. Sie schmiegte sich noch enger in seine Arme und forderte seinen Kuss. Nicht mehr vorsichtig, sondern voller Lust. Ihre Zunge suchte, wurde eindeutig, wurde sinnlich. Und sie spürte, wie ihre Brustwarzen hart wurden. Eine unheimliche Hitze durchzog ihren Körper von den Brüsten aus direkt zwischen ihre Schenkel. Sie legte ihre Hand fest um seinen Nacken und ihre Zunge drängte sich tiefer in seinen Mund. Gleichzeitig spürte sie seine suchenden Hände auf ihrem Rücken und das Schlagen seines Herzens an ihrer Brust. Er presste seine Lippen auf ihren Mund und sie bekam kaum noch Luft. Sie löste sich zärtlich, befreite sich aus seinen Armen, strahlte ihn an, atmete tief durch und ging entschlossen zurück in die Küche.

Aber nur, um den Herd abzustellen und sofort zu Marcus zurückzukommen. Er erwartete sie am Kamin, gab ihr ein Glas Wein und stieß mit ihr an, küsste sie über das Glas hinweg und legte seine Hand um ihre Hüfte, spürte die Wärme ihres katzenweichen Körpers und zog sie fester an sich heran. Gleichzeitig führte er sie wieder in Richtung Sofa.

„Du riechst so wunderbar", murmelte er und schob sein Gesicht durch ihr duftendes Haar. Er steckte sich die Brille hoch und zog sie besitzergreifend in die Arme.

Sie stöhnte leise auf und ließ es nicht nur geschehen. Nein, sie wollte ihn, presste sich an seinen Unterleib, gegen seine Brust und inhalierte seinen Geruch. Ihre Zunge suchte wieder, wurde hungriger und gieriger, gleichzeitig spürte sie den Druck seiner Erektion an ihrem Leib. Seine kräftigen und doch so zärtlichen Hände glitten von ihrem Rücken aus nach unten und schoben sich langsam unter den Saum ihres Kleides. Sie fühlte das Tasten seiner Fingerspitzen, es gab keinen Zweifel mehr, er wollte sie auch und sie wollte nicht mehr warten. Sie wollte ihn jetzt, wollte ihn berühren – und sie wollte ihn ganz. Alles von ihm! Seine Hände glitten vorsichtig auf die Innenseite ihrer Schenkel.

Sie hatte ein Gefühl, als würden seine Fingerspitzen glühen. Marcus öffnete schnell, und ohne auf die einzelnen Knöpfe zu achten, ihr Kleid. Sie schob eine Hand in sein Hemd und die andere verirrte sich nach unten zwischen seine Beine. Sie spürte das Objekt ihrer Begierde und fühlte seine harte Schwellung. Ihre Hand fingerte an den Knöpfen seiner 501, während er ihren Büstenhalter öffnete. Endlich befreit streifte sie ihn ab, und nahm eine ihrer heiß geschwollenen Brüste in die Hand, um ihm die harten Brustwarzen abwechselnd direkt in den Mund zu schieben. Das Saugen seiner Lippen spürte sie bis tief in ihren feuchten Schoß.

Er leckte ihre Brustwarzen und sie öffnete seinen Gürtel, ließ ihre Hand nach unten rutschen und ihr Atem wurde schneller. Seine harte Erektion spannte den Stoff der Bermudas und Constance fühlte die pulsierende Schwellung ihrer Möse. Lüstern zog sie seine Jeans zusammen mit dem Slip nach unten. Sein Schwanz stand aufrecht wie ein Freiheitssymbol direkt vor ihren Augen und sie ließ sich rücklings auf die Couch fallen, heiß wie im Fieber und perlend feucht. Sie spürte seine Küsse überall, hielt wieder ihre Brüste in den Händen und streckte ihre steifen Nippel seinen Lippen entgegen. Das abwechselnde Saugen links und rechts durchflutete ihren Schoß in heißen Wellen. Er zerrte ihr den Slip herunter, den letzten Rest Stoff, der sie noch trennte. Stöhnend drängte sie sich gegen seinen nackten Körper.
Vier Hände glitten über zwei nackte Körper, Schweiß tropfte über glühende Haut. Lippen und Hände berührten sich und Zungen kämpften miteinander. Aus weiter Ferne sagte eine Stimme etwas wie „Hör nicht auf, mach weiter."
Sie wusste nicht, ob es seine oder ihre eigene Stimme war. Er lag neben ihr, unter ihr und über ihr, streichelte sie und küsste sie an Stellen, wo es ihr peinlich sein müsste. Aber das war es nicht, es machte nur süchtig. Und sie wollte alles.
Sie umklammerte mit ihren Schenkeln seinen Körper, umklammerte mit ihrer Möse seinen Schwanz, spießte sich an ihm auf, ergab sich ihrer unersättlichen Gier. Ihrer Sucht nach tiefster Berührung, einem immer weiterwachsenden Drang, einem nach Unendlichkeit schreienden Verlangen. Es war eine tief sitzende Lust, die sich hochschaukelte in ihrem Körper, stetig wuchs, immer mehr von ihr Besitz ergriff und plötzlich explodierte. Sie drängte seinem Kommen ihre hungrigen Hüften entgegen und glaubte, den Hurrikan nicht zu überleben.

Lange blieben sie im Bett liegen, genossen die Gegenwart und die Berührung des anderen.
Viel später in der Nacht stand Constance auf und schlüpfte in einen dünnen Bademantel. Marcus stieg nackt in seine Jeans und folgte ihr in die Küche. Sie waren beide hungrig. Die Hähnchenstreifen und die Pasta waren kalt, und auch die Soße musste noch einmal in die Mikrowelle. Als das Gerät Pling machte, stürzten sie sich wie zwei Ausgehungerte auf das kleine Mahl. Sie aßen mit Genuss und Liebe, aber auch in Eile. Beide sehnten sich so schnell wie möglich ins Bett zurück.
Als der Morgen dämmerte, lagen sie noch immer eng umschlungen nebeneinander. Die Sonne stieg über den Horizont und Marcus erwachte. War das wirklich wahr? Constance lag neben ihm und schlief. Er stand kurz entschlossen auf und schlüpfte in seine Sachen. Sie wohnten auf dem Dorf – und es war besser, wenn man ihn nicht am frühen Morgen von Constance kommen sah. Er beugte sich zu ihr herunter und küsste sie vorsichtig. Sie knurrte leise im Halbschlaf, und als Marcus die Tür leise hinter sich zuzog, träumte sie sich wieder in den Schlaf.

Die Autobahn war voll. Rammelvoll! Kreitzdonnerwedder, war dasch digge auf de Bahn! Klaus fluchte vor sich hin und ärgerte sich über seine eigene Schusslichkeit. Daran hätte er auch denken können! An den Freitagsverkehr.
Lkw über Lkw, die ganze rechte Spur voller schwerer Laster, und er genau dazwischen. Kurz vor ihm ein kleiner Sicherheitsabstand und direkt hinter seinem Wohnwagen, praktisch im Heckfenster, schon der nächste Truck. Zweimal schon wollte er abbiegen und auf einen Rastplatz fahren, aber der Vierzigtonner hinter ihm fuhr so dicht auf, dass er sich

nicht traute, auf die Bremse zu treten. Es war beängstigend! Klaus klammerte sich am Lenkrad fest. Seine Handknöchel schimmerten schon weiß und blau. Die A7 ließ keinen Raum zur Erholung, aber irgendwann würden sie tanken müssen! Endlich bog der drängelnde Trucker hinter ihm ab und nahm die Ausfahrt. Klaus entspannte sich, lockerte seine Handgelenke und setzte an der nächsten Raststätte den Blinker. Er stoppte direkt an der Supersäule und noch bevor er den Motor ausmachen konnte, stürzte Gertrude geradewegs in Richtung Toilette.

Klaus hatte den Tank komplett gefüllt, danach direkt vor dem Autobahnrestaurant geparkt und war dann mit Gertrude eine Kleinigkeit essen gegangen. Jetzt fuhren sie wieder auf der rechten Spur, eingereiht in die Blechlawine, die sich in Richtung Süden wälzte. Im Großraum Frankfurt wurde es noch einmal richtig dick, und als der Verkehr endlich etwas ruhiger wurde, merkte Klaus, wie erschöpft er war. Durchfahren bis nach Schwindelfingen ging auf keinen Fall. Er war hundemüde und sah Gertrude von der Seite an.

„Nimm dir mal den Atlas und schau nach, ob da Campingplätze eingezeichnet sind."

Gertrude kramte den neuen Atlas hervor und rutschte mit dem Finger über die Legende.

„Zeltplätze sind hier als rote Dreiecke eingezeichnet."

Klaus war beruhigt. „Dann schau nach, ob einer in der Nähe ist. Aber nicht wieder unter der Autobahn!"

Gertrude sah ihn fragend an: „Und wo sind wir?"

Der Campingplatz „Zum wilden Räuber", den Gertrude herausgesucht hatte, lag nur eine knappe Viertelstunde von der Ausfahrt Fulda entfernt im kleinen Örtchen Rabental. Er schien recht klein zu sein, aber an der Tür prangten drei goldene Sterne. Das sollte reichen für eine Nacht.

„Grüß Gott, haben Sie ein schickes Plätzchen für uns?“, fragte Klaus die Dame in der Rezeption, die hier wohl die Chefin war.
„Nur für eine Nacht, bis morgen früh“, ergänzte Gertrude, „wir sind auf der Heimreise.“
„Ja natürlich, Platz ist immer. 18 Euro kostet das für eine Nacht, wenn Sie zu zweit sind. Mit Strom und ohne Quittung! Duschen kostet extra.“
Klaus stutzte. „Und mit Dusche?“
„1 Euro pro Duschchip.“
„Und mit Quittung?“
„24!“
Klaus guckte noch immer ungläubig.
„Und wo ist der Unterschied?“
Die Dame zuckte mit den Achseln.
„Im Preis! Also, wie soll es jetzt sein? Mit oder ohne Quittung und Duschen?“
Klaus sah Gertrude fragend an, und bevor er antworten konnte, nahm Gertrude die Sache in die Hand.
„Einmal komplett, mit Dusche, Quittung und einem Platz, wo wir leicht rauf- und wieder runterfahren können.“
Die Chefin ließ sie die Meldescheine ausfüllen und drückte ihnen wortlos die Quittung in die Hand.
Klaus saß im Wohnwagen und sortierte die Urlaubsbelege und Quittungen. Er hatte alles aufgehoben. Tankrechnungen, Eintrittsgelder, Restaurantquittungen und die Belege der drei Campingplätze, einschließlich der Quittung des heutigen Nachtquartiers. Wenn er alles zusammenrechnete, war dieser Urlaub weit entfernt von seiner ursprünglichen Idee, pro Übernachtung nur 8 Euro zu bezahlen. Wenn er richtig rechnete, die Raten für den Wohnwagen, den ganzen Kleinkram und die Übernachtungen addierte, dann war es sogar ihr teuerster Urlaub aller Zeiten!

Aber im Preis inbegriffen waren Erlebnisse, die es bei all-inclusive nie gegeben hätte. Niemals!
Ein 5-Sterne-Urlaub war nichts im Vergleich zu einem Urlaub unter tausend Sternen!
Klaus war sich absolut sicher, auch im nächsten Jahr würden sie wieder Camping machen, nur – zum Sparen, da würde er sich etwas Neues einfallen lassen müssen.

Alles war wie immer. Ein ganz normaler Freitagnachmittag im Sommer. In Semesters Reisebüro war nicht viel los und Constance war die meiste Zeit allein. Die Einheimischen waren im Garten oder am Strand; niemand verschwendete bei diesem Wetter auch nur einen Gedanken an einen Winterurlaub.
Ein ganz normaler Freitag eben und doch so anders. Constance war total kribbelig und ihre Gedanken schweiften immer wieder ab. Wie konnte ihr das nur passieren? Auf was hatte sie sich da eingelassen? Und warum? Und warum tat es so gut?
Mein Gott, Constance! Was soll das? Sie versuchte sich selbst zu überzeugen. Constance, du bist verheiratet! In Kanada wartet dein Mann! Ihr Herz war allerdings ganz anderer Meinung. Und ihr Körper auch. Allein der Gedanke an die letzte Nacht ließ ihn wieder aktiv werden. Sehr aktiv. Und überhaupt? Wem nützt ein Selbstfindungsreisender, der seit mehr als einem Jahr nur anruft? Pünktlich jeden Abend um zehn. Wie langweilig! Auch heute würde Arne wieder Punkt zehn anrufen. Und zehn Minuten später würde es an ihrer Tür klingeln. Es würde klingeln und *er* würde Pizza von seinem Italiener mitbringen. Pizza! Seit wann machst du dir etwas aus Pizza? Gestern Pasta, heute Pizza! Und ein fremder Mann im Bett! Mädchen, wach auf! Du bist im falschen

Film! Aber dieser Film war wunderbar und ihr Körper reagierte schon wieder.
Constance duschte sich die letzten Seifenreste ab und besah sich ihren nackten Körper im Spiegel. Sie war nicht wirklich unzufrieden mit dem, was sie sah, und zog ihren ohnehin schon flachen Bauch ein wenig ein, hielt die Luft an und drückte mit beiden Händen ihre Brüste zusammen. So wie sie es gestern für Marcus gemacht hatte. Sofort sprossen ihre Warzen wieder. So wie in der letzten Nacht. Schnell versuchte sie den Gedanken abzuschütteln und frottierte sich eilig ab. Im Schlafzimmer lag ihre Spitzenunterwäsche bereit. Sie streifte die feine Wäsche über und fragte sich gleichzeitig, warum sie das tat. Sie würde sie ohnehin nicht lange tragen.
Er war pünktlich, duftete wieder frisch geduscht und hatte eine neue Flasche Merlot mitgebracht. Constance roch sein frisches Deo und den Duft der heißen Pizza. Die Mischung aus diesen beiden völlig entgegengesetzten Gerüchen steigerte ihren Appetit. Jeglichen Appetit.
Aber zuerst musste sie etwas essen. Vorher. Sie ging an den Küchentisch, schnitt die Pizza in kleine Stücke und beobachtete ihn aus den Augenwinkeln. Ihr lief das Wasser im Mund zusammen. Mühevoll versuchte sie sich zu konzentrieren und drapierte die Pizzastücke auf dem großen Teller, goss den Wein in die bereitgestellten Gläser und wollte an Marcus vorbei, um den Pizzateller ins Wohnzimmer zu bringen. Aber Marcus stand in der Tür, versperrte den Durchgang und zog ein großes Stück Pizza vom Teller.
Grinsend steckte er es ihr in den Mund. Verwirrt und etwas überrascht begann sie zu kauen, aber er schob sofort die nächste Pizzaecke nach. Er selbst trank dabei einen Schluck Wein, schaute ihr feixend zu und hielt ihr das Weinglas an den Mund. Er hob es höher – und wenn sie nicht wollte, dass

alles überlief, musste sie schlucken. Constance trank schnell und in großen Zügen, um nicht zu kleckern saugte sie den Wein förmlich aus dem Glas. Kaum war ihr Glas geleert, fütterte er sie bereits wieder mit dem nächsten Pizzastück. Er hielt es über ihren Kopf und mit weit geöffnetem Mund verschlang sie die heiße Pizzaecke.
Sie war hungrig. Hungrig nach allem, was er ihr gab. Er hatte nachgeschenkt und hielt ihr wieder das Glas an die Lippen, aber sie trank zu langsam. Dicke Tropfen liefen ihr aus den Mundwinkeln über den Hals und hinterließen große Spritzer auf der weißen Bluse. Marcus lächelte sie an und hielt den Kopf schief. „Die Bluse musst du wohl waschen." Er zwinkerte mit dem linken Auge: „Am besten gleich, sonst gibt es Flecken."
Constance wurde noch heißer, als ihr ohnehin schon war. Sie leckte sich mit der Zunge den Wein von den Lippen, sah ihm direkt in die Augen und knöpfte ihre Bluse auf. Ihre aufgerichteten Brustwarzen waren schon viel zu deutlich unter dem BH zu sehen und sie zog ihn sofort mit aus. Ihre Brüste glühten. Er drückte ihr das Weinglas in die Hand, fütterte sie erneut mit Pizzaecken und berührte mit den Fingerspitzen ihre Lippen, spielte mit dem Daumen unter dem Kinn und ließ die Hand langsam über ihren Hals abwärtsgleiten. Constance schluckte den letzten Wein herunter und glaubte gleichzeitig auszulaufen. Er hatte soeben die Spitzen ihrer Brüste berührt und sie war in derselben Sekunde so feucht geworden wie schon lange nicht mehr. Mit der rechten Hand löschte sie das Licht in der Küche, mit der linken nahm sie ihn an die Hand und zog ihn in die Richtung ihres Schlafzimmers. Das Sofa war ihr heute viel zu klein.
Sie drückte ihn sanft aufs Bett, beugte sich über ihn und begann sein Hemd aufzuknöpfen. Zuerst ganz langsam, dann

schneller und dann riss sie den Stoff rücksichtslos herunter. Sie kniete auf ihm, ihr Schoß war glühend heiß und zwischen ihren Schenkeln spürte sie durch das Höschen hindurch seinen harten Schwanz. Marcus richtete sich unter ihr auf, küsste ihre harten Brustwarzen, streichelte ihren Rücken, leckte die Unterseite ihrer Brüste, leckte über deren Spitzen und saugte abwechselnd daran. Sekunden später lag sie mit hochgezogenem Rock und gespreizten Beinen unter ihm. Ihre Nippel waren nass von seiner schnellen Zunge, er küsste das schwitzende Tal zwischen ihren Brüsten und zog mit seinen Lippen eine feuchte Linie herunter zum Nabel. Sie spürte seine Zunge abwärtsgleiten und versuchte in der gleichen Geschwindigkeit ihren Rock auszuziehen. Er kam ihr zu Hilfe, befreite sie und kniete sich zwischen ihre Schenkel. Seine Zunge berührte wieder ihren Bauch, berührte sie unter dem Nabel und dann ihr feuchtes Höschen. Er leckte darüber. Sie hielt sich an seinen Schultern fest und zog seinen Kopf zwischen ihre Schenkel, drehte sich hin und her und spürte die Hitze in Wellen aus dem Schoß aufwärts bis zum Herz schlagen. Sie konnte kaum noch atmen, als er sich kurz von ihr löste. Aber nur so kurz, um ihr den Slip von den Beinen zu ziehen. Dann spürte sie seine Zunge wieder, jetzt ohne jeden Stoff. Sie zitterte und glühte, und wollte mehr.

„Mehr!"

War das ihre Stimme?

„Mehr!"

Ohne, dass sie es beeinflussen konnte, reagierte ihr Körper viel heftiger und schneller als gedacht, bäumte sich auf, zuckte und war plötzlich völlig gelöst. Ihre Brüste hoben und senkten sich noch immer, aber ihr Atem wurde ruhiger. Sie machte die Augen auf. Hatte sie etwa die ganze Zeit die Augen geschlossen?

Sie sah ihn verwundert an, sah ihm direkt in die Augen, aber er hielt ihrem Blick stand. Und dann sah er die Veränderung, ihre Pupillen wurden noch kleiner und die Lust in ihrem Blick noch größer. Sie löste seinen Gürtel und öffnete seine Hose. Ihr Atem wurde wieder schneller und gierig schob sie eine Hand in seinen Schritt. Seine Atemfrequenz erhöhte sich schlagartig. Sie hörte und fühlte seine Lungen beben und half ihm seine Hose auszuziehen. Ihr Blick fiel automatisch auf seine Erektion, fixierte sie für den Bruchteil einer Sekunde, ehe sie ihm wieder in die Augen sah. Aber er hatte ihren Blick bemerkt und sofort presste sein Körper noch mehr Blut in seinen Ständer. Marcus spürte seinen pochenden Schwanz, was sich noch einmal steigerte, als sie ihre Finger darübergleiten ließ. Sie umschloss ihn fest und jeder Muskel seines Körpers spannte sich wie die Sehne eines Bogens. Sie streichelte mit der Hand über die Innenseite seiner Schenkel und rutschte auf dem Rücken quer über das Laken. Flach ausgestreckt zog sie ihre Schenkel an und lag vor ihm. Heiß und verletzlich. Sein Blick glitt über ihren vibrierenden Körper und fand ihre Augen. Ohne den Blick noch einmal abzuwenden, legte er sich zwischen ihre Schenkel, schob seine Hände unter ihren Körper und drang – ohne auch nur eine Sekunde zu verschenken – in sie ein. Sie sog ihn förmlich ein und es gab für sie beide kein Halten mehr.
Sie hatten das Gefühl, gemeinsam einen Wasserfall herunterzustürzen. Ein Wasserfall aus heißem, salzigem Wasser, der in einem Pool endete und sie fast zum Ertrinken brachte. Wasser, so heiß wie ihre Körper, so salzig wie ihr Schweiß. Sie versuchten sich mit heftigen Bewegungen vor dem Ertrinken zu retten und irgendwann, irgendwann, nach schier endlosen Sekunden kam die Rettung. Kam das Überleben, das Erwachen. Nach und nach beruhigten sich ihre Körper,

beruhigten sich ihre ausgebrannten Lungen und der Atem wurde flacher. Der Hunger kam zurück. Der Hunger auf Nahrung, der Hunger nach Energie. Constance richtete sich auf und ließ ihren Blick über seinen entspannten Körper gleiten.
„Möchtest du Pizza?“ Seine Augen strahlten sie an.
„Ja, als Vorspeise.“
Constance sah, dass sein Körper schon bei diesem Gedanken nicht mehr ganz so entspannt war wie noch Sekunden zuvor, und sie hoffte, dass sie nicht allzu viel Zeit beim Essen vergeuden würden ...

Klaus und Gertrude waren schon am frühen Morgen aufgebrochen, um dem Verkehr zu entgehen, aber anders als am gestrigen Freitag war die Autobahn kaum befahren, und schon zur Kaffeezeit rollten sie bei Oma Hilde auf den Hof. Ohne lange zu überlegen schoben sie den Wohnwagen auf seinen Stammplatz in der Scheune und klingelten dann, um sich zurückzumelden.
Als Erstes übergaben sie die windschiefen Souvenirtassen. Oma Hilde bestand immer darauf, ein kleines Urlaubsgeschenk zu bekommen, und etwas Besseres als diese Souvenirtassen war ihnen leider nicht eingefallen.
Zwei Stunden später hatte Schwindelfingen sie wieder. Sie beide und jede Menge dreckiger Wäsche. Gertrude verteilte alles auf verschiedene Körbe und füllte auch gleich die erste Waschtrommel. Klaus musste sich sogar extra noch einmal umziehen, damit seine Hose mit in den ersten Waschgang konnte. Als wenn das nicht bis morgen Zeit hätte!
Klaus war von der langen Fahrt völlig kaputt und musste sich Mühe geben, um nicht sofort im Sessel einzuschlafen. Die Fahrt mit dem Wohnwagen im Schlepp war viel an-

strengender gewesen als gedacht und trotzdem drehte sich ihre Abendunterhaltung schon wieder um die nächste Reise. Gertrude wollte unbedingt in den Schwarzwald, und einen Herbsttrip würden sie auf jeden Fall noch unternehmen, schließlich mussten sie ja auch ganzjährig ihre Raten zahlen. Mit der genauen Reiseplanung kann Klaus gleich am Montag beginnen, dann ist er wieder im Büro, dann hat er Zeit. Er wird die Reise online organisieren und den wichtigen Einkaufsplan erstellen. Ihre Campingausstattung bedurfte dringend einer gründlichen Erweiterung, die Ausstattungslücken ihres Equipments waren viel zu groß und ohne Grill konnten sie auf keinen Fall noch einmal in ein Wochenende starten! Klaus stöhnte leise auf. Allein der Gedanke an den bevorstehenden Einkauf brachte sein schwäbisches Gemüt zum Stöhnen und Ächzen, der Shoppingausflug würde den großen Stapel an Quittungen noch einmal deutlich erhöhen.
„Wir müssen einkaufen!" Gertrude stand in der Zimmertür und riss Klaus aus seinen strategischen Gedanken. „Vor der nächsten Fahrt müssen wir unbedingt einkaufen gehen!"
„Ich weiß, wir brauchen einen Vorzeltteppich, einen ordentlichen Grill und ..."
„Nein!" Gertrude schüttelte entschieden den Kopf und hielt ihm ihr Kleid entgegen. „Das Kleid!"
Sie hielt ihren Urlaubsfummel hoch und Klaus guckte. Was sollte damit sein? Das Kleid war doch völlig in Ordnung.
„Ich brauch ein neues Kleid! Ich kann damit unmöglich in den nächsten Urlaub fahren. Stell dir vor, wir treffen jemanden, der in Watt'n Blick war, und ich habe noch immer dasselbe Kleid!"
Klaus schüttelte unmerklich den Kopf und ohne zu antworten setzte er den Preis des Kleides gedanklich schon mal auf die lange Liste der Campingkosten.

Ausgebucht! Marcus saß an seinem angestammten Platz in der Rezeption und studierte den Belegungsplan. Es gab keinen einzigen freien Platz! Wer heute anreist, ohne reserviert zu haben, wird weiterfahren müssen. Wenn voll, dann voll!
Er ballte unter dem Tisch die Faust! Ja! Ein echter Grund zum Feiern. Er schob seine Brille ins Haar und stellte sich diese spezielle Feier vor. Eine schöne kleine Party, nur Constance und er, für jeden einen kleinen Drink, Kerzenschein und unendlich viel Zeit. Er holte tief Luft und pustete sie deutlich hörbar wieder aus. Das war genau das, was er nicht hatte. Zeit! Er ließ die Brille zurück auf die Nase rutschen und suchte nach seinem gelben Notizbuch.
Das Telefon läutete, und Marcus klemmte sich den Hörer zwischen Schulter und Kinn, um nebenbei seinen Schreibtisch nach dem Notizbuch zu durchkämmen. Er stutze und fragte nach. „Lutz? Bist du das?"
Es knackte einige Male in der Leitung und dann war die Stimme wieder da. „Von wo rufst du denn an, es klingt, als wärst du in Australien!" Marcus wunderte sich, sein alter Kumpel Lutz rief eher selten an. Meist nur, wenn er einen Sechser im Lotto hatte oder etwas brauchte. Aber bisher hatte er noch nie etwas gewonnen! „Mein ICE ist ausgefallen und mein Anschlusszug wird schon weg sein, wenn ich komme. Du musst mich heute Nacht abholen!"
„Wie, heute Nacht? Warum ich? Und von wo? Und wann kommt der Zug?"
„Falls der Fahrplan stimmt und kein Schnee liegt, dann um Viertel nach eins."
„Und ich soll dich abholen? Mitten in der Nacht? Und was meinst du, wer dann hier auf dem Camp die Nachtwache schiebt?"
„Mensch Marcus, die sind doch alle erwachsen! Die können

auch mal 'ne halbe Stunde ohne dich schlafen, wer soll mich denn sonst abholen?"
„Wie wär's mit deiner Frau?!"
„Nachtblind! Also, stell dich nicht so an."
Marcus schüttelte den Kopf, und dann schoss ihm plötzlich eine Blitzidee ins Hirn.
„Lutz, ich melde mich gleich zurück!"
Er legte auf, wählte eine neue Nummer, wechselte nur wenige Worte und rief noch zwei weitere Nummern an. Marcus grinste über das ganze Gesicht, lehnte sich im Sessel zurück, schob seine Brille ins Haar und telefonierte noch einmal kurz mit Lutz.
Saturday Night Fever. John Travoltas Uralthit schwappte aus den Lautsprechern der Empire Bar und Marcus bestellte am Tresen zwei völlig überteuerte Caipirinhas. Aber Preise spielten hier keine Rolle, die Bar im zwanzigsten Geschoss war ein Hammer, und wer hier oben feierte, war oben angekommen! Vom Fußboden bis zur Decke verglast, gab die Bar einen fantastischen Blick über die Nordsee frei und jetzt, in der Dunkelheit der Nacht, blickte man auf das Lichtermeer der Hafenstadt. Der Blick war schlichtweg einmalig, und in den getönten Scheiben spiegelte sich Constances Gesicht. Für Marcus war sie das echte Highlight der Empire Bar. Es gab mit Sicherheit hundert schick gestylte Frauen in diesem Raum, aber nicht eine konnte Constance das Wasser reichen. Und Marcus fühlte es, das Kribbeln des Saturday Night Fevers!
Er balancierte die eisgefüllten Gläser durch die Menge der eng stehenden Gäste und stellte die Drinks auf die schwer erkämpfte Ecke eines Stehtisches direkt am Fenster. Unter ihnen siebzig Meter schwarzes Nichts und rund um sie herum Party pur. Die Gäste vibrierten im Sound der Musik und egal

wohin man blickte, es wurde gebaggert, geflirtet, geknutscht und ins Ohr geturtelt. Es war schlichtweg zu laut, um viel zu sprechen, aber wozu auch? Constance war bei ihm, ihre Augen strahlten, sein Herz hämmerte auf Hochtouren und so wie Constance in seinen Armen lag, fühlte sie sich an wie eine schnurrende Katze im Körbchen. Marcus stand direkt hinter ihr, hatte seine Arme um sie geschlungen und seine Hände lagen kurz unterhalb ihrer Brüste.
Seine Blitzidee war einfach genial. Er war zur Wohnung von Lutz gefahren, hatte sich von Bärbel den Autoschlüssel geben lassen, dann Constance abgeholt und war mit ihr zum Bahnhof gefahren. Die Autoschlüssel lagen jetzt bei der Bahnhofsaufsicht, und wenn der Zug heute Nacht irgendwann eintreffen würde, konnte Lutz sie hier aus der Bar abholen und zurück nach Weeldewarft bringen.
Sie sagten fast kein Wort und saßen artig wie die Klosterschüler auf der Rückbank des Wagens, bis Lutz vor Constances Einfahrt stoppte. Marcus und Constance stiegen aus, winkten sich und Lutz kurz zu und gingen nach Hause; Constance durch ihr Gartentor direkt ins Haus und Marcus quer über die Straße in Richtung Campingplatz.
Constance ließ die dunkle Holztür ihrer Wohnung angelehnt und machte nur die kleine Leuchte über der Abzugshaube der Küche an. Der schmale Lichtschein fiel auf den Flur und ließ die Maserung der Tür deutlicher hervortreten, als Constance sie je gesehen hatte. Sie hatten nicht darüber gesprochen und doch war sie sich absolut sicher, dass die Tür in wenigen Sekunden aufgehen würde, dass Marcus hereinkommen und sie in den Arm nehmen würde und dass sie ...
„Constance?“
Marcus stand in der Tür und flüsterte ihren Namen. Er war schon da! Vor Aufregung vergaß sie fast zu atmen.

Als er leise die Haustür schloss und in Richtung Küche schlich, versuchte sie ihn zu rufen. Ihre Stimme war nur ein flacher Hauch, die knappe Andeutung eines menschlichen Tons. Aber er hörte sie, drehte sich um und stand direkt vor ihr. Im Halbdunkel des schwachen Lichts wirkten seine Augen wie Laserkanonen, die bei ihr alles zum Schmelzen brachten. Sein Blick trieb ihr Herz zur Höchstform an, es hämmerte wild in ihrer Brust, und gleichzeitig spürte sie ihre Brustwarzen hart werden und dann wieder dieses feuchte Ziehen zwischen ihren Beinen. Ihr ganzer Körper pulsierte. Dabei hatte er sie noch nicht einmal berührt!
Er streichelte ihr zärtlich über die Wange, umarmte ihre Hüften, fasste ihren Po und zog sie fest in seine Arme. Seine Lippen fanden ihren Mund und Constance öffnete sich für seine Zunge. Seine Lippen waren heiß und fest, so fest wie das Ding in seiner Hose, welches sich gegen ihren Körper presste. Aufgeregt fuhr sie mit den Fingern durch sein kurzes Haar, hielt seinen Kopf in den Händen und ihre Zungen kämpften wie zwei streitende Kobras miteinander. Constance spürte den Griff seiner Hände an ihrem Hintern, fest und fordernd. Plötzlich wurde sie hochgehoben und – um nicht zu stürzen – musste sie ihre Schenkel um seinen Körper legen. Sie umklammerte mit ihren Beinen seinen Leib und krallte sich mit den Fingern in den Haaren fest. Sie hielt ihn fest umschlungen, während er sie in die Richtung ihres Bettes trug.
Auf dem Rücken liegend spürte sie seine großen Hände, Hände, die sie kneteten, streichelten und dabei zärtlich tiefer rutschten. Sein zupackender Griff massierte ihre Brüste, drehte ihre Warzen zwischen Daumen und Zeigefinger und stöhnend versuchte sie sich halbherzig noch ein letztes Mal zu wehren. Versuchte mit den Armen seinen Oberkörper wegzudrücken, während ihre Schenkel ihn gleichzeitig noch

fester umklammerten. Mit einer Hand begann er an den Knöpfen ihrer Bluse zu nesteln, während die andere Hand weiterhin ihre Brust massierte. Nahezu willenlos half sie ihm bei den Knöpfen und beim BH. In dem Moment, als sie ihren Slip von den Beinen streifte, kniete er bereits nackt vor ihr. Sie spreizte ihre Beine und beobachtete seinen Kopf, der sich zwischen ihre Schenkel bewegte. Sie spürte die feuchte Hitze zwischen ihren Beinen aufsteigen, ihr ganzes Ich schien sich auf die kleine Knospe zwischen ihren Schamlippen zu konzentrieren. Ihr Unterleib streckte sich seiner Zunge entgegen, jeder Muskel ihres Körpers spannte sich und begann zu vibrieren. Sie schob sich ein Kissen unter den Rücken, und ihr Schoß war plötzlich der höchste Teil ihres zitternden Körpers. Er reckte sich feucht zur Zimmerdecke und sie wollte mehr. Und sie wollte Marcus. Jetzt und ganz!
Ihre Hände griffen seinen Kopf, ihre Finger krallten sich wieder in seinen Haaren fest und sie zog ihn mit ganzer Kraft nach oben. In dem Moment, als seine Augen auf ihrer Augenhöhe kamen, genau in der Sekunde, als sie das Stahlblau seiner Iris erkannte, drang er in sie ein. Ein Gefühl, als würde sein ganzer Körper in ihr aufgehen. Sie drängte sich an ihn, kreuzte ihre hochgezogenen Beine auf seinem Rücken und stemmte sich seinen Stößen entgegen.

Die ganze Woche über, jeden Tag zur Mittagszeit in der Kantine und immer dann, wenn er auf dem Rathausflur jemandem begegnete, wurde Klaus nach seinem Urlaub befragt. Am hartnäckigsten war seine Sekretärin Isolde. Sie hatte ihn gleich am Montagmorgen mit einem frisch gebrühten Kaffee und einer neuen Rathausgeschichte begrüßt, um dann, praktisch im Austausch, seine Urlaubsgeschichte exklusiv als Erste zu hören.

„Schön, dass sie wieder da sind, Chef. Haben sie schon gehört? Der Mäxe Schbrichbeidl hat sein Schnellboot jetzt auf dem Altrhein liegen. Er hat sich einen Liegeplatz in Otterstadt gekauft und gleich bei seinem ersten Ausflug einen Brückenpfeiler gerammt.“ Sie grinste hinterhältig und ergänzte, dass dem Vernehmen nach Schbrichbeidls Schwiegermutter mit an Bord gewesen sein soll, und dass sie es wohl gewesen wäre, die in letzter Sekunde das Boot gerettet hätte, um es anschließend mit aufgerissenem Bug zurück an den Anleger zu manövrieren.
Konjunktiv, dachte Klaus. Konjunktiv! Hätte, wäre, wenn! Könnte und sollte! Und keiner traut sich, den Mäxe nach der wahren Geschichte zu fragen!
„Chef, wie war denn nun der erste Urlaub mit dem Wohnanhänger?“
Sie war neugierig wie der Mossad, blieb in der Tür stehen und machte den Eindruck, als wollte sie ohne eine umfassende Antwort nie wieder in ihr Vorzimmer zurück.
„Frau Cabra, der Wohnanhänger ist ein Caravan und es war ja nun wirklich nicht der erste Urlaub, schließlich waren wir damit schon an den Wochenenden unterwegs.“
Klaus wollte sie erst einmal loswerden, um es sich an seinem Schreibtisch bequem zu machen.
„Aber es war doch Ihr erster richtiger Wohnwagenurlaub, ganze zwei Wochen, und der Karle hat sagt, dass das Wedder an de Nordsee sensasionell gewese sei soll. Der war nämlich auch da drobe.“
„Ja, das Wetter war nicht schlecht, viel Sonne. Aber Sturm hat's auch gehabt.“
Bei der nächsten Frage winkte Klaus energisch ab und sagte ihr, dass sie doch einfach mal die Türe schließen soll, schließlich liegt nach zwei Wochen Abwesenheit sein ganzer

Schreibtisch voller Anträge. Das war am Montag gewesen, seitdem hatte die Cabra ihm nach und nach alle Einzelheiten des Urlaubs aus der Nase gezogen, und meist musste Klaus die ganze Geschichte noch ein zweites Mal in der Kantine erzählen. Nur zum Arbeiten war er die ganze Woche über nicht viel gekommen, schließlich musste er ja noch den Herbsturlaub zur Weinlese planen und die extrem wichtige Liste für den Einkauf bei Wohnwagen Angle rechtzeitig fertigstellen.
Schwungvoll parkte Klaus seinen Wagen vor Angles Campingshop. Er fühlte sich richtig dynamisch und ausgeruht, so eine Bürowoche nach dem Urlaub setzt völlig neue Kräfte frei. Er nahm die Einkaufsliste, bot Gertrude galant seinen Arm und schlug den Weg in Richtung Verkaufsbüro ein. Ihr Klopfen wurde mit einem fröhlichen „Herein, wenn's kein Schneider ist" erwidert, und als sie das Büro betraten, streckte ihnen Verkäufer Martin Becherle die Hand entgegen.
„Grüß Gott, was kann ich für Sie tun? Haben Sie Interesse an einem schicken Wohnmobil? Oder eher an einem Caravan mit unserer hauseigenen Sonderausstattung? Wir könnten Ihnen zum Herbst hin auch ein besonders attraktives Finanzierungsangebot machen."
Er grinste dabei wie ein Honigkuchenpferd auf Ecstasy und konnte seine Enttäuschung kaum verbergen, als Klaus abwehrend die Hände hob.
„Nein, nein, Herr Becherle. Wir haben Ihr persönliches Provisonskonto schon im Frühling kräftig aufgestockt."
Becherles Lächeln wurde deutlich kleiner, trotzdem bot er ihnen einen Platz in der Sitzecke an und fragte, womit er denn helfe könne. Klaus erklärte ihm noch einmal kurz die Sache mit der elektrischen Rangierhilfe für Wohnwagen und dass sie so einen Mover auch ganz gerne hätten. Dieser Wunsch weckte neues Leben in Becherles Gesicht, er blätterte kurz in

seinem Terminkalender, telefonierte mit der Werkstatt und grinste dabei noch immer, als würde er gerade den Millionendeal seines Lebens machen.

„Ich könnte Ihnen anbieten, den Mover noch vor der Herbstsaison zu montieren."

Unglaublicherweise schaffte er es, sein Lächeln noch einmal zu steigern.

„Ich kann Ihnen, als Angle-Caravan-VIP-Kundenclub-Mitglied, sogar schon jetzt den Herbstaktionspreis für die Komplettmontage anbieten." Sein Blick wechselte zwischen Klaus und Gertrude hin und her. „Na, was meinen Sie dazu?"

„Nichts, gar nichts!" Klaus grinste jetzt genau so breit zurück. „Sie haben uns ja den Preis noch nicht verraten."

„Oh, sorry. Ach ja, also, der Preis beträgt laut Angebot", er schaute noch einmal in seine Unterlagen und tippte irgendetwas in seinen Rechner ein, „also der Preis beträgt genau 2.499 Euro!"

Klaus sagte erst einmal nichts und Gertrude atmete ganz langsam, aber deutlich hörbar aus. Der Verkäufer grinste noch immer und versuchte nachzulegen.

„Also, das ist mit Lieferung, Montage, vollen Batterien und natürlich Vor-Ort-Service, wenn sie im Umkreis von 79 Kilometern wohnen. Sie brauchen den Wagen nicht einmal zu uns zu bringen."

Money, Money, Money, Money, Money ... Klaus pfiff gut gelaunt die Melodie des alten Liza-Minelli-Cabaret-Songs, Money makes the world go round, world go round. Sie hatten heute richtig gut eingekauft. Den super ausgestatteten, exklusiven Holzkohlegrill mit Emaille-Versiegelung, einen Vorzeltteppich, große Zeltheringe für Extremstürme, eine Wäscheleine, eine verstärkte Campingliege für Gertrude und diverse Kleinigkeiten von der Einkaufsliste. Und sie brauchten ihren Einkauf nicht einmal zu transportieren. Der Monteur würde am Dienstag alles mitbringen. Dann, wenn er zu Oma Hilde kommt, um die Rangierhilfe anzubauen. Money, Money, Money, Money, Money ...

Der heutige Samstag schlug noch einmal mit gut 3.000 Euro zu Buche. 3.000 Euro, die den Jahresetat ihres Camping-Abenteuers auf eine Summe erhöhten, die weit jenseits einer Karibikkreuzfahrt lag. Von Sparen konnte schon lange keine Rede mehr sein und dennoch pfiff Klaus jeden Titel mit, den ihm der SWR in sein Auto übertrug.

Warum soll das Geld auf der Bank verschimmeln, wenn man es mit einfachen Mitteln vor der Entwertung retten kann?

Warum die Kohle in Aktien verbrennen, wenn man davon viel besser zum Camping fahren kann?

Warum soll man sich mit fünf Sternen begnügen, wenn man Urlaub unter tausend Sternen haben kann?

Sein Blick rutschte kurz von der Fahrbahn hinüber zu Gertrude und er freute sich. Nur noch wenige Wochen und sie würden wieder im Auto sitzen und in den Herbsturlaub fahren. Zehn Tage Weinlese, zehn Tage mit Gertrude, zehn Tage unter tausend Sternen, und im nächsten Jahr wird ihr Campingtrip definitiv an die Ostsee gehen, um den „wilden Osten“ zu entdecken.

I would do anything for love. Das, was Marcus seit Tagen für die Liebe tat, war in erster Linie aufräumen, putzen und wischen. I would do anything for love. Meat Loaf, der Motorradrocker aus der Rocky Horror Picture Show, brachte die Lautsprecher zum Beben, schwor stimmgewaltig, dass er wirklich alles für die Liebe machen würde, und Marcus sang lautstark mit. Laut und falsch. Aber niemand konnte ihn hören, nicht einmal er selbst. Die Musik und der Staubsauger waren viel zu laut und er selbst war viel zu sehr damit beschäftigt, darüber nachzudenken, ob auch er alles für die Liebe machen würde. Er hatte den Lautstärkeregler seines Surroundsystems in den Volllastbereich gedreht und die Bässe wummerten durch das ganze Haus. Oh, I would do anything for love, but I won't do that. Es war so laut, dass Klingelzeichen, Telefone oder Düsenjets keine Chance hatten, ihn zu stören. Und er durfte sich auch nicht mehr stören lassen. Die ganze Saubermacherei seiner Wohnung war schon hart an die Grenze einer Renovierung gerutscht und jetzt zum Schluss wurde die Zeit richtig knapp. In einer Viertelstunde würde Constance in der Tür stehen. Zum ersten Mal würde sie bei ihm essen und zum ersten Mal seit Tagen würde er bei Sonnenaufgang nicht nach Hause schleichen müssen.

Glücklicherweise hatte er rechtzeitig den Tisch gedeckt und das selbstgemachte Tiramisu im Kühlfach portioniert. Der Tisch war mit Rosenblättern dekoriert und die Schälchen mit Basilikum und Parmesan standen schon bereit. Er musste nur noch die Garnelen im Olivenöl anbraten, Zwiebeln, Paprika und Tomaten erhitzen, die schon vor sich hin köchelnden Linguini rechtzeitig untermischen, den Wein zum Atmen öffnen und sich duschen. Und das alles gleichzeitig.

Constance war pünktlich. Marcus schaffte es gerade noch, die CD im Player zu wechseln und die Lautstärke herunterzudrehen, als Constance auch schon den Klingelknopf berührte. Die alles durchdringende Melodie von Ravels berühmten Bolero schwappte durch den Raum – und Marcus fühlte sich wie im Himmel. Die letzten Strahlen der Abendsonne standen in Constances Rücken und ließen die Umrisse ihres Körpers wie im Glanze eines Heiligenscheines leuchten. Sie erschien ihm wie ein Engel. Er hielt die halb geöffnete

Tür in der Hand und starrte sie an. Sie war so wunderschön – und er versuchte jeden Hauch von ihr zu spüren, seine Nase erfasste das Aroma ihres Parfüms, den Duft ihrer Haare, den Geruch ihrer Haut ...

„Marcus? Hallo!“ Constance hob ihre Stimme. „Hallo? Erde ruft Marcus! Bist du da? Darf ich reinkommen? Oder wolltest du gerade gehen?“

„Constan...“ Er trat stotternd zur Seite und ließ sie rein.

Direkt hinter ihr fiel die Tür wieder ins Schloss und er nahm sie in den Arm. Es war kaum zu glauben, sie war bei ihm zu Hause. „Schön, dass du da bist.“

Ihm fiel nichts Besseres ein, genau genommen fiel ihm gar nichts ein, und er musste sich Mühe geben, um überhaupt einen ganzen Satz zu formulieren.

„Schön, dass du da bist, und herzlich willkommen in meinem Palast.“

Sie lächelte und legte ihm beruhigend die Arme um den Hals. Zielsicher trafen sich ihre Lippen und Marcus zog ihren zarten Körper ganz nah zu sich heran. Schon dieser erste Kuss des Abends hatte die Kraft des Leuchtfeuers von Neuwerk. Constance fühlte sich an wie ein Vulkan, ihre Lippen waren süß und heiß zugleich, waren Leidenschaft und purer Genuss. Er liebte ihre Art zu küssen, wollte sie nie mehr aus den Armen lassen, und doch meldete sich tief in seinem Hirn eine Stimme, die der Meinung war, dass die Pasta mit den Meeresfrüchten langsam kalt werden könnte. Und das wäre wirklich schade. Marcus löste vorsichtig ihre Arme hinter seinem Kopf, fasste sie an beide Hände und führte sie an den gedeckten Tisch. Er hatte nichts vergessen. Rosen, Stoffservietten, frisch polierte Gläser, das gute Silberbesteck seiner Großmutter und eine perfekt temperierte Flasche Pinot Grigio ergänzten sein Arrangement rund um die Garnelen mit Linguini.

Von all den künstlerisch auf den Tellern angerichteten Kostbarkeiten blieb nicht der kleinste Krümel übrig, seine Kochkünste waren scheinbar doch nicht die schlechtesten. Constance verschränkte nach dem letzten Happen Tiramisu ihre Hände unter dem Kinn, legte ihren Kopf auf den Handrücken und strahlte ihn an.

„Du bist ja echt 'ne gute Partie." Sie drehte den Kopf zur Seite und ließ den Blick durch das Zimmer schweifen, als wäre es erst jetzt neben dem Tisch aufgetaucht. „Schicke Möbel, richtig gut aufgeräumt, und die beste Vorspeise, die ich seit Langem hatte."

Bei den letzten Worten grinste sie ihn verdammt eindeutig an und beugte sich über den Tisch. Ihre Lippen trafen sich erneut, aber nur ganz leicht. Die Entfernung über die geplünderte Tafel hinweg war einfach zu groß.

Marcus stand auf, ging um den Tisch herum, zog sie an beiden Händen vom Stuhl und nahm sie wieder in den Arm. Sie war geschmeidig wie eine Raubkatze und presste sich ihm erwartungsvoll entgegen, schlug ihre Arme erneut um seinen Hals und zog seinen Kopf zu sich heran. Sofort fanden sich ihre Lippen wieder und zielsicher wanderten seine Hände über ihren Rücken, rutschten langsam tiefer und fanden ihren Hintern. Er packte zärtlich zu und sie drückte sich an seinen Körper, zog ein Bein nach oben und schlang es um seine Schenkel. Ihr Mund löste sich von seinen Lippen, streifte halbfeucht über seine Wange und fand sein Ohr.

„Welches Zimmer?", flüsterte sie.

„Ganz hinten links," hauchte er als Antwort und setzte sich im selben Moment in Bewegung. Sie hielt seine Hand und folgte ihm.

Monate später ...

Marcus saß mit hochgesteckter Brille zu Hause im Büro und kämpfte mit der Buchhaltung. Das Sortieren und Ordnen von Quittungen, Rechnungen und sonstigen Belegen gehörte wirklich zu den lästigsten aller denkbaren Arbeiten.
Er rückte sich die Brille auf der Nase zurecht, stützte das Kinn in beide Hände und sah durch die offen stehenden Türen bis in seine Küche. Ein Lächeln rutschte über sein Gesicht. Er liebte es einfach, sie zu beobachten. Ihre eleganten Bewegungen, ihre schönen Beine, ihren grazilen Gang und ihren zarten Körper. Sie war so wunderbar schlank und das, obwohl sie so eine gute Köchin war. Heute, am Sonntag, bereitete sie eine spanische Paella, eine Paella de Pescado zu. Ihm lief schon jetzt das Wasser im Munde zusammen und er dachte zurück an den Abend, an dem er sie wiedergetroffen hatte.
Er war im Januar wieder nach Stuttgart gefahren, hatte wieder die Messe besucht und war bereits am ersten Abend wieder in die Schneider-Wibbel-Gasse gegangen, um wieder in demselben spanischen Restaurant zu essen. Es sollte wohl so sein. Mariola Rodriguez saß mit ihren Freundinnen am Tisch gegenüber, und er hatte sich zu ihnen gesetzt. Irgendwann waren die Freundinnen gegangen und er hatte Mariola beim Inder rote Rosen gekauft und heute ...
Heute stand sie in seiner Küche und zauberte eine Sonntagspaella.
Mariola Rodriguez war kurz entschlossen nach der Messesaison nicht zurück nach Spanien geflogen, sie war in Deutschland geblieben, hatte sich für den kalten Norden entschieden und wollte den Sommer mit Marcus verbringen. Mit ihm. In seinem Haus. In seinem Bett.
Marcus lächelte noch immer, erfreute sich an ihren eleganten

Bewegungen und fühlte sich glücklich. Auf jeden Fall versuchte er sich glücklich zu fühlen.
Das Leben war Veränderung, mal ging es aufwärts, mal bergab. So wie im vergangenen November. Ausgerechnet im nebligen, depressiven November.
An einem Mittwochnachmittag, es wurde gerade dunkel, hatte er aus dem Fenster zu Constances Haus herübergesehen. Und genau in dem Moment, in dem er aus dem Fenster schaute, hielt vor ihrer Tür ein Taxi. Marcus glaubte seinen Augen nicht zu trauen, als er Arne Semester mit drei großen Koffern aus dem Auto steigen sah. Der Kanadaflüchtling war zurück – und schon in dem Moment schwante ihm nichts Gutes. Und er sollte recht behalten.
Nein, sie sagte ihm nicht etwa am Gartenzaun Ade oder jagte ihm Arne auf den Hals, um sich fürchterlich mit ihm zu prügeln. Sie machte ihm auch keine furchtbare Szene oder schickte ihm einen Abschiedsbrief. Nein, sie war eine moderne Frau, und Marcus fand am nächsten Morgen ihre Nachricht auf dem Handy. Abschied per SMS.

Es war schön mit dir und du bist ein ganz Lieber. Ein lieber Nachbar und Freund. Mein Mann ist zurück und es ist besser, wenn wir uns eine Zeit lang nicht mehr sehen. Noch besser ist es, wir sehen uns nur noch als Nachbarn oder gar nicht mehr. Ich bin verheiratet und was wir gemacht haben, gehört sich nicht. Wir sind zu weit gegangen und darum ist Schluss. Das Leben ist Veränderung und ich gehöre zu meinem Mann.

Marcus erinnerte sich noch ganz genau an jenen Morgen, an jenen Moment, an genau die Sekunde, in der er ihre Nachricht las. Der ganze Campingplatz lag im Nebel und in seinem Hirn fing es an zu rauchen. Immer wieder hatte er die wenigen Zei-

len gelesen, ohne sie zu begreifen. Aber es schien vorbei. Es war vorbei! Für Constance war es vorbei und für ihn war es unverständlich. Aber es war ein Ende ohne Hintertür. Einfach aus.
Marcus hasste Kerle, die nach Kanada gingen, und noch mehr hasste er Kerle, die zurückkamen. Er hasste Kanada und liebte Amerika. Liebte seine alten Freunde Jim und Jack.
Sein Körper reagierte ohne Befehle. Seine Hände holten ganz von allein den Jim Beam aus dem Kühlfach, füllten ein Glas bis zum Rand und kippten den Inhalt in ihn hinein. Und dann ein weiteres Glas. Später dann ein Drittes. Ein viertes Glas gab es nicht mehr, er hatte angefangen, den Bourbon direkt aus der Flasche zu trinken.
Sie wollte bei Arne bleiben! So ein Scheiß! Schließlich war er ihr Mann! Schwachsinn! Aber es war wohl wahr. Sie war nicht mehr da! Nicht mehr bei ihm!
Aber der Campingshop war da. Dort lagerte Whiskey genug. Marcus hatte sich schwankend eine Flasche Jack Daniels geholt, hatte sich in ihren Inhalt verliebt und war dann irgendwann eingeschlafen. Am nächsten Morgen hatte er sich die nächste Flasche des Tennesseedestillats aus dem Regal genommen, wieder nichts gegessen, nicht geduscht, sich nicht rasiert. Nur gesoffen. Und traurigen New Orleans Blues gehört. Den Text gefunden. Den Rhythmus gestampft. Seine Füße waren wie Totengräber, sie stampften den Blues.
I-VI-I-V, I-VI-I-V.
Immer wieder den traurigen Blues I-VI-I-V.
Do you know what I mean? I-IV-I-V.
Oh, I miss you in New Orleans, I-VI-I-V.
Oh, Constance, why do leave? I-VI-I-V.
Oh, I don't need a meal, I-VI-I-V.
I only want Jim Beam! I-VI-I-V, I-VI-I-V.
Die Füße stampften, was der Kopf nicht begriff.

Als er irgendwann, an einem der nächsten Tage, erwachte, schien die Nachmittagssonne in die Küche. Wie viele Tage und Nächte hatte er am Küchentisch verbracht? Warum stank es hier wie in einer alten Hafenkneipe? Warum dröhnten tausend Elefanten durch seinen Kopf? Mit unsicheren Schritten war er zum Fenster getappt, hatte es aufgerissen, und im nächsten Moment die Galerie leerer Flaschen auf dem Fußboden entdeckt. Eine angebrochene stand noch auf dem Tisch, nur zur Hälfte geleert. Entschlossen hatte er den Verschluss aufgedreht und den Whiskey in den Ausguss gekippt. Der widerliche Alkohlgestank war ihm in die Nase gestiegen – und dann kam alles aus ihm raus. Er kotzte in hohem Bogen in den Ausguss, bis irgendwann nichts mehr kam. Nur noch Galle. Ein Blick in den Spiegel gab ihm dann den Rest.
Er brauchte einen ganzen Tag, um sich und die Küche wieder herzurichten. Die anderen Räume waren sauber. Er hatte sie seit Tagen nicht benutzt.
Noch am selben Abend hatte er Jens und Hein angerufen und die beiden überzeugt, wieder mit ihm nach Stuttgart auf die Messe zu gehen. Er wusste natürlich, dass die Campingmesse wieder viel zu teuer werden würde, er wusste, dass sie nicht den großen Erfolg bringen würde und er wusste, dass sie nicht einmal ihre Kosten decken würde. Aber er wusste auch, dass er von hier weg musste. Raus aus Weeldewarft. Weg von den Nachbarn!
Entgegen allen Erwartungen war die Messe ein voller Erfolg. Schon am ersten Tag konnte er die ersten Buchungen verzeichnen, und bereits am Abend war er wieder auf Mariola getroffen. Eine ganze Woche lang zog er mit ihr jede Nacht durch die Clubs und Bars der Stadt, während er tagsüber unzählige Prospekte auf der Messe verteilte.
Marcus lehnte sich zurück, schloss die Augen und erinnerte

sich. Die Messe war der Knaller, er führte Tausende Gespräche mit potenziellen Gästen, und als er wieder nach Hause kam, quoll sein elektronischer Briefkasten förmlich über. Im Gegensatz zum Vorjahr waren in diesem Jahr durch die Messe zahlreiche Buchungen entstanden. Er war sich sicher, die Gäste aus dem Großraum Stuttgart würden ihn im August und September überrollen, während in der ersten Sommerhälfte seine nördlich geprägten Stammgäste seine Wiese und seine Kasse füllen werden.
Die Krise ist gemeistert und das neue Campingjahr wird ein Erfolg. Ein Erfolg in absolut jeder Weise. Marcus verschränkte die Arme hinter dem Kopf und sah beseelt und entzückt zu Mariola in die Küche. Ein breites Lächeln überzog sein Gesicht, auch Mariola Rodriguez war eine schöne Frau. Auch sie war intelligent, war unternehmungslustig, aktiv, sportlich und erotisch. Und sie war bei ihm, jede Minute, jeden Tag. vierundzwanzig Stunden, Tag und Nacht. Sie schlief mit ihm, bei ihm, neben ihm. Und sie schlief fest, sehr fest. Marcus grinste. Das Leben ist schön.
Und das Leben ist Veränderung.
Gestern war Beerdigung im Dorf. Sein Nachbar Arne Semester ist würdevoll unter Anteilnahme des ganzen Dorfes zu Grabe getragen worden. Eine riesige Linde in einer scharfen Kurve war seinem Oldtimer und ihm selbst zum Verhängnis geworden. Die Bremsen hatten versagt. Auf der Beisetzung war gemurmelt worden, dass sich unverständlicherweise die Bremsschläuche gelöst haben sollen.
Einfach unverständlich.
Marcus lächelte noch immer.

Micha H. Echt wurde 1962 als ältester Sohn eines Lehrerehepaares in Mecklenburg geboren. Er ist ausgebildeter BMSR-Techniker und seit 1990 selbstständig tätig. Camping ist sein Leben! Zusammen mit sieben Mitarbeitern und drei Auszubildenden betreibt er zwei Campingplätze in Mecklenburg-Vorpommern und ist an allen Fronten tätig. Er selbst bezeichnet sich abwechselnd als Selbstständiger, Campingunternehmer, Norddeutscher, Kaufmann … Durch seine vielen Erfahrungen und Erlebnisse mit Campern und der Branche wurde er inspiriert, dieses nicht nicht immer ganz ernst zu nehmende, Buch zu schreiben. Privat ist er glücklich verheiratet und hat zwei erwachsene Töchter.

LESETIPP!

Micha H. Echt
MI-SIX:
Operation Bernsteinzimmer

640 Seiten
13,5 x 20,5 cm
Softcover mit Klappen
ISBN: 978-3-946732-45-7
17,90 € (D)

Spanien 1943. Ein konspiratives Treffen zwischen dem deutschen und den westlichen Geheimdiensten endet mit einem kühnen Plan. Wenige Monate später reist der in Schottland lebende deutsche Kulturwissenschaftler Hans von Grauwitz zurück ins Deutsche Reich. Im Auftrag des britischen MI6 soll er für die Proklamtion des Deutschen Kaisers die Berliner Krönungskronen sicherstellen und für die zukünftige Kaiserin das russische Bernsteinzimmer aus Königsberg in den Westen holen. Unter Einsatz seines Lebens gelingt von Grauwitz der Coup mit den Kronen, aber im ostpreußischen Königsberg erwarten ihn die Häscher der Geheimen Staatspolizei, ein bernsteinbesessener Museumsdirektor und eine dem Nationalsozialismus hörige schöne Frau. Kaum in der Stadt angekommen reißt seine letzte Verbindung nach London ab und er tappt in eine hinterhältige Falle. In dieser, für ihn aussichtslosen Situation, begegnet er Luise, der schönsten Krankenschwester Königsbergs. Sie rettet ihm das Leben und er setzt alles daran das berühmte Bernsteinzimmer aus Königsberg herauszubringen. Kann er es schaffen? Und was wird aus Luise?

LESETIPP!

Karina Albrecht, Elke Steckhan
Distel im Wind

185 Seiten
12 x 19 cm
Softcover
ISBN: 978-3-943168-16-7
12,90 € (D)

Eine Kindheit in Vorpommern

Das bäuerliche Anwesen der Großeltern war für Karoline Lewin in den 60er-Jahren das Paradies auf Erden. Schule fand sie vollkommen überflüssig – alles, was im Leben wichtig war, lehrten sie doch die Großeltern. Viel Rätselhaftes musste erforscht werden: warum die Ärmel am Gewand des Pastors so weit waren, dass gut und gerne Großvaters Sau samt ihren acht Ferkeln darin Platz finden würde, weshalb man Himbeeren nur im Mondschein essen sollte und warum nicht viel Gutes dabei herauskommt, wenn die Kuh durchs Dorf getrieben wird. Auch die seltsame Angewohnheit der Westverwandtschaft, ihr eigenes Klopapier mitzubringen, war eigenartig. Die Erkenntnis, dass Probleme nur maskierte Gelegenheiten sind, erweist sich bei der Suche nach den Antworten für Karoline Lewin als unschlagbare Waffe.